Rachael Treasure

WO DIE WASSER SICH FINDEN

Buch

Im Outback von Australien. Als Rebecca Saunders, genannt Bec, nach ihrem Schulabschluss auf die elterliche Farm »Waters Meeting« zurückkehrt, hat sie nur einen Wunsch: Sie möchte ihr Jahrespraktikum als »Jillaroo«, als Cowgirl, absolvieren und danach Agrarwissenschaften studieren. So würde sie genügend Know-how erwerben, um später die Familienfarm mit modernen Methoden führen zu können. Doch sie hat nicht mit dem unerbittlichen Widerstand ihres Vaters gerechnet, der sie eher als Lehrerin oder Krankenschwester sieht. In Wahrheit, so weiß Bec, will er sie nicht an seiner Seite haben, weil sie ihm seine Unzulänglichkeiten vor Augen führt. Das Zerwürfnis mit ihm scheint endgültig, als er sie nach einem Streit von der Farm jagt.
Rebecca aber will sich nicht von ihrem Traum abbringen lassen. Entschlossen geht sie in den Norden und findet eine Stelle als Jillaroo auf einer Schaffarm. So nimmt das Schicksal seinen Lauf. Denn dort macht Bec Bekanntschaft mit Charlie Lewis. Er ist nicht nur ein charismatischer Partykönig und zum Verlieben attraktiv, sondern teilt als Sohn eines Getreidefarmers auch Rebeccas Liebe für ein Leben auf dem Land. Kaum aber beginnt sie sich eine Zukunft mit Charlie auszumalen, geschehen zwei Tragödien, und Rebecca steht vor der schwersten Entscheidung ihres Lebens: Welche Liebe wiegt schwerer? Die zu Charlie oder die zu ihrer Heimat »Waters Meeting«, wo sich die Wasser finden?

Autorin

Rachael Treasure wurde 1968 in Hobert/Tasmanien geboren. Sie studierte Agrarwissenschaft und Journalistik und arbeitete für eine Reihe regionaler Zeitungen und Zeitschriften. Bei einer ihrer zahlreichen Reisen im In- und Ausland lernte sie ihren Mann John kennen, einen Viehzüchter in fünfter Generation. Mit ihm und Tochter Rosie lebt sie auf einer Farm im Süden Tasmaniens, wo sie Pferde, Kelpie-Hunde und Merinoschafe züchten.

Von Rachael Treasure bereits erschienen:

Tal der Sehnsucht (36563) · Wo der Wind singt (Blanvalet HC, 0282)

RACHAEL TREASURE

Wo die Wasser sich finden

Australien-Saga

Deutsch von Christoph Göhler

blanvalet

Die Originalausgabe erschien 2002 unter dem Titel
»Jillaroo« bei Penguin Books, Penguin Group (Australia),
a division of Pearson Australia Group Pty Ltd.

FSC
Mix
Produktgruppe aus vorbildlich
bewirtschafteten Wäldern und
anderen kontrollierten Herkünften

Zert.-Nr. SGS-COC-1940
www.fsc.org
© 1996 Forest Stewardship Council

Verlagsgruppe Random House FSC-DEU-0100
Das für dieses Buch verwendete FSC-zertifizierte Papier
Holmen Book Cream
liefert Holmen Paper, Hallstavik, Schweden.

1. Auflage
Taschenbuchausgabe Januar 2010 bei Blanvalet, einem Unternehmen
der Verlagsgruppe Random House GmbH, München.

Umschlaggestaltung: HildenDesign, München
Umschlagmotiv: GARDEL Bertrand / Hemispheres Images / aif
ES · Herstellung: RF
Satz: Buch-Werkstatt GmbH, Bad Aibling
Druck und Einband: GGP Media GmbH, Pößneck
Redaktion: Regine Kirtschig
Printed in Germany
ISBN: 978-3-442-36974-4

www.blanvalet.de

1. Teil

Kapitel 1

Rebecca Saunders pfiff ihrem Hund.

»Mossy, ganz zurück.«

Im goldenen Morgenlicht umrundete der kleine, leichtfüßige Kelpie wie schwebend die Schafherde im Sammelpferch. Nichts als das Klirren von Mossys Halskette war zu hören, als sie in einen leichten Trab fiel und sich dann flach auf den staubigen Boden kauerte. Die Schafe drängten sich enger zusammen und drehten die Köpfe Mossys reglosem rotbraunen Leib zu. In dem sicheren Wissen, dass Mossy die Herde zuverlässig auf den Hof bringen würde, kehrte ihr Bec den Rücken zu und öffnete das Tor. Sie hängte die Kette aus, schleifte das rostige, quietschende Gatter durch den Staub und befahl Mossy mit einem Pfiff, sich den Schafen zu nähern. Rebecca beobachtete, wie das Meer von Mutterschafen mit dem Widder in der Mitte langsam auf sie zutrieb. Der Widder hielt den Kopf hoch erhoben und hatte die Lippen zurückgezogen. Seine Hörner umringelten wie eine Richterperücke sein Gesicht in einer pompösen Spirale. Bec betrachtete ihn stirnrunzelnd. Seine Hoden gefielen ihr gar nicht. Fast die ganze Nacht waren sie ihr im Kopf herumgegangen.

Sie erinnerte sich lebhaft, wie ihr wettergegerbter, drahtiger Großvater beide Hände ausgestreckt und die knotigen Finger in der Luft zusammengekrallt hatte.

»Zwei volle Bierdosen«, hatte er gesagt. »Wie zwei volle Bierdosen. Genauso soll'n sie sich anfühlen.« Dann hatte ihr Großvater den schweren Hodensack eines seiner Widder angehoben und in beiden Handflächen gewogen.

»Hier, Mädchen, fühl mal.«

Warum also, überlegte Bec an diesem Morgen, trug der

Widder, für den ihr Vater eben erst 2000 Dollar gezahlt hatte, eine volle Bierdose und ein Minibar-Fläschchen in seinem Hodensack herum? Hätte ihr Vater doch nur auf sie gehört.

Während sie energisch in Richtung Hof ging, fragte sie sich, ob sie ihn wohl überreden konnte, den Widder zurückzugeben. Wieder sah sie den Schafbockzüchter im Tweedmantel vor sich, dem die grauen Haare aus Nase und Ohren wucherten. Unglaublich, aber der Mann sprach immer noch mit englischem Akzent.

»Jo, das ist ein feiner, aufrechter Zuchtbock«, hatte der Züchter verkündet, als würde er mit der Königin persönlich plaudern. Dann hatte er die Arme vor dem Bauch verschränkt und das Kinn vorgereckt. »Prächtig gewachsen und mit einem edlen Schädel.«

»Wichser«, sagte sie laut zu dem Bild in ihrem Kopf. Wenn sie den Blindgänger von Bock doch nur zurückbringen und das Geld für einen leistungserprobten Widder ausgeben könnten, einen, der garantiert etwas in ihrer Herde bewirkte. Doch damit wäre ihr Vater niemals einverstanden, das wusste Rebecca genau.

Gerade als sie das rissige Holztor zum größten Pferch öffnete, hörte sie eine Explosion von wildem Gebell und galoppierenden Hufen, die eine riesige Staubwolke aufwirbelten.

»Verflixt noch eins, Dad.« Bec schüttelte seufzend den Kopf und verdrehte die Augen.

Ihr Vater Harry Saunders zwängte sich durch den Drahtzaun und brüllte dabei: »Mate, Spot, Mardy … Zurück! Kommt zurück! Ihr Drecksköter! Mardy! Hierher! Raus da!«

Seine bunt zusammengewürfelte Meute von Hütehunden hatte in Teamarbeit ein einzelnes Schaf aus der Herde gelöst und jagte es jetzt böse schnappend in Richtung Zaun. Die kleine Mossy tat ihr Bestes, um die Herde zusammenzuhalten, obwohl die übrigen Hunde dicht an den Schafen vorbeirannten und sie in Aufruhr versetzten.

»Jesus, Dad. Bist du sicher, dass du diese ganzen Tölen brauchst? Ich hatte sie praktisch schon im Pferch.« Sie nahm die Hände hoch, um ihre Augen gegen die Sonne abzuschirmen, und spähte mit zusammengekniffenen Augen auf die im Kreis laufende Herde. »Nicht zu gebrauchen die Truppe!«

Ihr Vater hielt, glühend rot im Gesicht, Mardy am Halsband zurück. Der junge Hund starrte wie gebannt auf die Schafe und ließ hechelnd die Zunge seitlich aus dem Maul hängen. Mardy war so versessen darauf zu arbeiten, dass er gar nicht merkte, wie er gewürgt wurde.

»Komm mir nicht so, Mädel.« Ihr Vater deutete warnend mit dem Finger auf sie. Um zu beweisen, was sie meinte, stieß Bec einen kurzen Pfiff aus und rief leise: »Mossy, komm her zu mir.« Mossy drehte Bec ein Ohr zu, sah sie an und kam gehorsam angetrottet. Rebecca wandte ihrem Vater den Rücken zu. Sie wusste, wie zuwider es ihm war, dass ihre Hunde so gut abgerichtet waren, aber sie bedauerte ihn um seine untrainierten Hunde.

»Dann bring die blöden Biester selbst in den Pferch«, murmelte sie vor sich hin.

»Was hast du gesagt, Mädel? Was hast du zu mir gesagt?«

Ohne auf ihn zu hören, marschierte sie davon, um die verhedderten Schläuche und Drenchpistolen zum Entwurmen der Schafe zu entwirren, die in einem großen Haufen auf dem Boden des Geräteraumes neben dem Scherstall lagen.

Nach einer Weile erschien die massige Silhouette ihres Vaters in der Tür zum Schuppen. Sein Schatten breitete sich über die ausgetretenen, alten Dielen.

»Du weißt, dass wir dich heute nicht auf dem Hof brauchen, Bec«, verkündete der Umriss. Ihr Vater trat in den schummrigen Schuppen. »Deine Brüder kommen herunter, sobald sie die Pumpe repariert haben. Sie können das Drenchen übernehmen, und ich bringe die Herde rein.« Er schaffte es nicht, seiner Tochter ins Gesicht zu sehen.

»Aber Dad, ich habe dir doch gesagt, ich bin fertig mit der Schule … Ich bin zurückgekommen, um hier zu arbeiten. Und zwar endgültig.« Rebecca lud mit einem lauten Scheppern ein Zwanzig-Liter-Fass mit Entwurmungsmittel auf der Holzbank im Geräteraum ab.

»Bec, du weißt selbst, dass wir auf der Farm nicht genug Platz für alle drei Kinder haben. Wir haben das schon besprochen. Meine Tochter wird auf keinen Fall eine sogenannte Landwirtschaftskarriere einschlagen. Das hat keine Zukunft.«

»Aber für deine Söhne hat es Zukunft?« Bec drehte sich zu ihm um und stemmte die Hände in die Hüften.

Harry setzte den vom Schweiß fleckigen Hut ab und fuhr sich mit den Fingern durch das ergrauende Haar.

»Das ist was anderes, Bec. Die Jungs können nichts anderes … Sie wurden dazu erzogen … Die Jungs können es schaffen, die Station wieder auf die Beine zu bringen.«

»Und ich *nicht?«* Bec baute sich vor ihm auf.

»Es ist nur zu deinem Besten, Rebecca.« Er wandte den Blick ab und schaute konzentriert auf die Drenchpistole auf der Bank, mit der den Schafen das Entwurmungsmittel ins Maul gespritzt wurde. »Die besten Chancen hast du, wenn du einen Abschluss als Lehrerin oder Krankenschwester machst und dann einen netten Farmer heiratest, der nicht bis zum Hals in Schulden steckt oder sich aus einer Schlammschlacht von Scheidung freikaufen muss und … dann kannst du …«

»Was für eine Schafsscheiße, Dad!«, explodierte Bec. »Du solltest dich hören! Weißt du eigentlich, wie verflucht sexistisch du klingst? Ich bin hier geboren, und ich werde hier bleiben … Ich habe genauso ein Anrecht auf die Farm wie Mick und Tom.«

Sie schleuderte das um einen leeren Entwurmungskanister gewickelte Knäuel von Schläuchen auf den Boden. »Auf gar keinen Fall werde ich Krankenschwester oder Lehrerin, nur damit ich ein konservatives Sexistenschwein heiraten kann, das von mir erwartet, den ganzen Tag Scones zu backen oder mit seiner Mum zum Landfrauenbund zu gehen. Das kannst du vergessen … genauso wie alles andere, was du dir vorstellst.«

»Wag es nicht, so mit mir zu reden, Mädel.« Harry hatte ihr den Rücken zugewandt, und Bec konnte sehen, wie sich seine Schultern vor Ärger verkrampften, während er gleichzeitig vorgab, an der Drenchpistole die richtige Dosis einzustellen. Sie wusste, dass sie ihn in die Enge trieb, und trat auf ihn zu.

»Dad. Ich werde das bestimmt nicht tun. Lehren. Oder als verflixte Krankenschwester arbeiten. Wie kannst du nur so … so … verdammt starrsinnig sein. Mein Gott, Dad! Mum ist *Tierärztin,* Herrgott noch mal! Du weißt selbst, wie es berufstätigen Frauen ergeht, die auf einer Farm landen … wie sie sich abhetzen müssen, um es ihren Männern und Familien recht zu machen und gleichzeitig mit ihrer Arbeit zu Rande zu kommen. Lass es nicht an mir aus, wenn du nicht damit umgehen konntest, dass Mum ihren eigenen Kopf hat … und ihr eigenes Leben!«

»Lass deine Mutter da raus!« Er drehte sich wieder zu seiner Tochter um. »Wenn du nicht so viel Zeit mit deiner Hundeausbildung und deinen Pferden verplempert und dafür fleißiger gelernt hättest, hättest du auch Tierärztin werden können, Rebecca. Das ist deine eigene Schuld.«

»Ich wollte doch nie Tierärztin werden! Ich wollte immer nur zurück nach Waters Meeting und diese Farm so führen, wie sie geführt werden sollte.«

»Was soll das wieder heißen?« Harry knallte die Drenchpistole auf die ölfleckige Holzbank. »Willst du damit sagen, ich führe die Farm nicht so, wie es sich gehört?«

»Jeder kann sehen, dass diese Farm noch im Mittelalter steckt. Mick und Tom sind zu verängstigt, als dass sie dich fragen würden, ob sie die Bücher prüfen dürfen. Ständig drohst du, du würdest sie rauswerfen, wenn sie nicht auf Kommando strammstehen. Du hast keine Ahnung, was sie dir alles erzählen würden, wenn sie den Mumm dazu hätten … wie zum Beispiel, dass der Schönling von Schafbock, den du gekauft hast, ein Blindgänger ist. Sie haben Schiss vor dir. Genauso, wie du vor Grandad Schiss hattest.«

Rebecca sah einen Muskel im Kiefer ihres Vaters zucken, als sie ihren Großvater erwähnte. Sie wusste, dass sie sofort gehen und ins Haus verschwinden sollte. Aber sie war noch nicht fertig.

»Weil du nicht loslassen kannst, Dad, gehen wir allmählich alle den Bach runter. Lass dir gesagt sein, ich werde weder Lehrerin noch Krankenschwester. Ich habe mich für nächstes Jahr auf einem Landwirtschaftscollege angemeldet und werde dort ein Diplom in Agrarwissenschaft machen, dann werde ich heimkommen und den Laden hier in Schwung bringen. Aber bevor ich dorthin gehe, brauche ich ein Jahrespraktikum als Jillaroo, das ich hier und jetzt, auf dieser Farm absolvieren werde.«

»Den Teufel wirst du tun.« Ihr Vater richtete sich zu seiner vollen Größe auf, machte einen Schritt auf sie zu und zielte mit einem schwieligen Finger auf ihr Gesicht.

»Jetzt lass dir eines gesagt sein, meine kleine Miss Naseweis – du wirst hier keine Erfahrungen für deinen nutzlosen, großkotzigen Collegekurs sammeln. Entweder respektierst und befolgst du meine Wünsche, oder du kannst auf der Stelle dein Bündel packen, deine kostbaren Zuchthunde einsammeln und von meinem Grundstück verschwinden. Aber dann wirst du nicht an diesen Teil des Flusses zurückkehren, so lange ich hier lebe.«

Tränen traten in Becs Augen, doch ihr Vater war noch nicht fertig.

»Deine Brüder werden froh sein, dich von hinten zu sehen,

Miss Selbstgerecht. Ich wollte damals sowieso kein drittes Kind. Ich sagte deiner Mutter, nein, es wird schwer genug, hier zwei Jungs durchzubringen, von einem dritten Balg ganz zu schweigen … und noch dazu ein Mädchen. Und jetzt geh mir aus den Augen.«

Rebecca spürte, wie ihre Unterlippe zu beben begann, und biss eisern darauf, um sich nicht anmerken zu lassen, wie verletzt sie war. Seit sie denken konnte, war sie stets das Mädchen ihres Großvaters gewesen – nie das ihres Vaters. Seit sie denken konnte, hatte immer Grandad sie in eine Decke gewickelt und vor sich hoch in den Sattel gehoben. Gemeinsam waren sie losgeritten, hinauf in die Berge, um nach verirrten Schafen zu suchen. Unterwegs hatte er ununterbrochen gebrummelt, ihr von der Welt um sie herum erzählt, von den Tieren und Bäumen und wie man ein Schaf findet und einen Hund ausbildet. Sie konnte sich nicht entsinnen, dass ihr Vater je dabei gewesen wäre, dass er ihr beigebracht hätte, wie man Schafe schert oder ein Kalb an den Beinen fesselt oder auch nur Tee auf einem offenen Feuer kocht. Je mehr Liebe und Aufmerksamkeit Rebecca von ihrem Großvater geschenkt bekam, desto mehr zog sich Harry zurück. Über die Jahre wuchs der Groll der beiden Männer aufeinander immer mehr, und das Schweigen zwischen ihnen heizte sich immer weiter auf. Schließlich entzündete es sich und traf erst Harrys Frau Frankie und später seine Tochter.

Doch jetzt, als Rebecca im Scherstall ihrem Vater gegenüberstand, war für sie das Maß voll. In einem wütenden Schwall sprudelten die Worte aus ihrem Mund, während ihr Gesicht sich in tiefer Trauer verzerrte. Der Rest des Schuppens verschwamm vor ihren Augen, als sie ihn tobend anschrie:

»Kein Wunder, dass Mom dich verlassen hat! Du willst es einfach nicht begreifen, oder? So wirst du noch alles verlieren!«

»Halt deinen anmaßenden kleinen Schnabel, und geh mir aus den Augen. Bis Mittag bist du hier verschwunden, oder ich erschieße alle deine elenden Köter. Mir reicht es jetzt.« Er krallte die Finger zornig in Becs Schultermuskeln und schob sie auf den Eingang zu. Erschrocken über den brutalen Griff, stolperte sie die Stufen hinab. Sie sah zu ihrem Vater auf und wollte ihn anbrüllen, doch kein Laut kam über ihre Lippen. Mossy kam winselnd angetrabt und blieb an ihrer Seite stehen. Rebecca sah ihrem Vater in die starren Augen. Kälte schlug ihr daraus entgegen. Und Hass. Sie wusste, dass es ihm ernst war. Die vielen Zusammenstöße mit ihm seit ihrer Kindheit hatten sie gelehrt, ihr Glück und ihre Kraft ausschließlich aus den Bergen, dem Boden, den Pflanzen und aus diesem wunderschönen Fluss zu schöpfen. Tief im Herzen wusste sie, dass ihr Vater sie ablehnte, weil sie eine Leidenschaft und eine Verbundenheit mit dem Land fühlte, die ihm auch nach vielen Jahren als Farmer verschlossen blieben. Sie konnte sich ganz und gar in der Welt ihrer Hunde verlieren. Sie trainierte sie, liebte sie, studierte sie und sprach mit ihnen. Sie blickte ihnen tief in die braunen Augen und erschloss damit ihre Seele. Die Hunde waren für sie eine Zuflucht vor dem brodelnden Groll ihres Vaters und seiner Unfähigkeit, ihr Liebe zu zeigen.

Nun, da ihre Mutter Frankie nicht mehr da war, um ihrem Vater eine beschwichtigende Hand auf die Schulter zu legen, müsste sie gehen, das war ihr jetzt klar. Sie wandte sich von seinem Blick ab und lief aus dem Schuppen. Mossy trottete ihr nach und sprang an ihrer Seite hoch, um ihr in einer tröstenden Geste die Hand abzulecken.

Beinahe heulend schleuderte Bec in ihrem Zimmer ihre Sachen in den verschlissenen Rucksack. Die Schluchzer blieben ihr brennend in der Kehle stecken. Sie rannte die Treppe hinunter und aus dem dunklen Haus. Nachdem sie ihre Taschen und den Schlafsack hinten in ihren alten Subaru-

Pick-up gepackt hatte, winkte sie ihren drei Hunden, auf die Ladefläche zu springen. Die Tiere sahen sie besorgt an, als sie einen nach dem anderen an die kurze Haltekette legte. Zitternde Hände drehten den Zündschlüssel im Schloss. Jetzt wich das Schluchzen gepresstem zornigen Schimpfen, und sie hämmerte im Fahren mit der Hand auf das Armaturenbrett ein. Als ihre Mutter damals ihr Zeug gepackt und sie zurückgelassen hatte, war Bec in der Schule gewesen. Sie fragte sich, ob ihre Mutter dabei geschluchzt oder geheult hatte oder ob sie nur schweigend mit stolz erhobenem Kopf davongefahren war. Im Rückspiegel sah Bec hinter einem Staubschleier, wie ihr Vater mit geballten Fäusten im Tor zum Scherstall stand.

Auf der Koppel neben der Zufahrt warf ihre schwarze Stute den Kopf herum und galoppierte auf Höhe des Subarus neben dem Zaun her. Als der Pick-up über den Gitterrost ratterte, stemmte sich die Stute im letzten Moment in den Boden und kam nur eine Handbreit vor dem Eckpfahl zum Stehen.

Rebecca ertrug es nicht, von der am Hang verlaufenden Straße in das verschlafene grüne Tal hinabzublicken. Es brach ihr das Herz, ihren Fluss verlassen zu müssen. Waters Meeting. Ihre Heimat.

Harry hatte schweigend beobachtet, wie seine Tochter von ihm weg- und die Anhöhe hinauf auf das große Steinhaus zugerannt war. Der leichtfüßige Hund war ihr um die Füße getanzt und hatte dabei immer wieder zu ihr aufgesehen. Wie oft hatte er beobachtet, wie sie heimlich Tränen weggewischt hatte? Noch heute konnte er ihr Kindergesicht vor sich sehen, das ihn zornrot angeschrien hatte, nachdem er wieder einmal Nein gesagt hatte.

Nein, sie konnte nicht mitkommen, wenn auf der Hochebene die Herden zusammengetrieben wurden. Nein, er würde sie nicht zu einem Hunde-Trial fahren. Nein und nein. Nein. Immer, wenn Harry Nein sagte, lief sie zu ihrem Großvater, der Ja sagte. Harry merkte, wie ihm das schlechte Gewissen zusetzte. Das schlechte Gewissen, seine Familie und die Farm nicht richtig geliebt zu haben. Immer war er zu beschäftigt für Bec gewesen. Ganze Tage hatte er im Maschinenschuppen vor sich hingebrütet. Oder sich irgendwo im Haupthaus oder einem der Nebengebäude versteckt, um seinem Vater aus dem Weg zu gehen. Oder mit dem Traktor die Saat ausgebracht und dabei nicht von den üppig grünen Schösslingen geträumt, die der Regen austreiben lassen würde, sondern davon, woanders zu leben, Ingenieur oder Architekt oder gar Pilot zu sein. Nur nicht hier, gefangen auf dieser Farm und unter einem Dach mit seinem Vater.

Nie hatte er ein nettes Wort oder ein Lob aus dem Mund seines alten Herrn gehört. Sie waren Viehzüchter. Sie waren Bauern. Da wurde nicht gequatscht. Wenn Harry als junger Mann die Rinder zu scharf angetrieben hatte, bis sie mit hängender Zunge, Schaum vor dem Maul und schweißdampfendem Rücken auf dem Hof angekommen waren, hatte sich Harrys Vater nur angewidert abgewandt. Jene natürliche Begabung als Viehzüchter, die niemals erlernt werden konnte, hatte eine Generation übersprungen. Harry besaß sie einfach nicht. Sein Vater gab ihm das Gefühl, in seinem eigenen Heim ein Außenseiter zu sein, er konnte nicht einmal einfach gehen. Harry war der einzige Sohn, und seine Lebensaufgabe war es, die Farm zu übernehmen. So liefen die Dinge eben.

Harry hatte zugesehen, wie Rebecca das Tor hinter sich zugeknallt hatte und durch den üppigen grünen Garten gestapft war. Gleich darauf war sie auf die Veranda getreten und in dem alten Haus verschwunden. Blinzelnd hatte er zu ihrem Zimmerfenster im Obergeschoss aufgeblickt und dann seufzend die Augen geschlossen. Wieso machte ihn seine Tochter nur immer so wütend? Warum konnte er ihr keine Chance geben?

Plötzlich hörte er draußen seine Hunde aufgeregt bellen, die Mutterschafe im Sammelpferch fielen ihm wieder ein. Harry lief durch den Schuppen in die gleißende Sonne hinaus.

»Verflixte Köter.«

Wie satt gefressene Wölfe spielten die Hunde zum Zeitvertreib mit den Schafen. Sie jagten die Mutterschafe vor und zurück, bis sie sich ängstlich ans Gatter drängten. Ein paar schwächere Tiere waren schon zu Boden gegangen, unter dem massiven Druck der Herde in den Staub gepresst. Mardy bestieg, auf den Hinterbeinen balancierend, gerade ein Schaf, das gegen das Gatter gepresst wurde. Die weißen Vorderpfoten umgriffen die Hüfte des Schafes, und sein welpenhaftes Becken schob sich aufgeregt vor und zurück. Seine Augen waren vor Lust ganz glasig, und die rosa Zunge hing ihm seitlich aus dem Maul.

Sobald sich Harry näherte, zerstreuten sich die älteren Hunde, quetschten sich unter den Querstangen der Einzäunung durch und verzogen sich außer Sichtweite. Nur der junge Mardy setzte weiterhin dem Schaf zu.

»Schluss damit. Du dreckige Töle!« Harry packte eine Hand voll Fell und Welpenhaut und riss den jungen Hund von dem Schaf weg. Der Welpe warf sich erschrocken vor Harry auf den Rücken, wedelte hektisch mit dem Schwanz und pinkelte über sich selbst und Harrys Stiefel. Harry beugte sich vor und hob Mardy am Nackenfell hoch. Dann presste er den Leib des Welpen so fest gegen den Boden, dass dem Tier alle Luft aus der Lunge gedrückt wurde und das Winseln wie ein erstickter Schrei klang.

»Schluss damit!«, brüllte er und rüttelte den Hund erneut durch, ehe er ihn wie ein Holzscheit über den Zaun schleuderte. Mardy überschlug sich zweimal im Staub, kam auf die Füße, krümmte sich vor Schmerzen zusammen und schlich, den Schwanz bis zum Bauch eingezogen, in den Schatten des Scherstalles davon.

Immer noch bebend vor Wut war Harry in den Geräteraum zurückgekehrt, um die Drenchpistolen vorzubereiten. Die weiße Flüssigkeit schoss durch den durchsichtigen Plastikschlauch, sobald er die Düse an der Pistole öffnete. Er hatte die Dosis höher eingestellt, weil die Mutterschafe schwer aussahen. Bemüht, nicht darauf zu achten, wie sehr seine Hände zitterten, hatte er sich den Kanister auf den Rücken geschnallt und im selben Augenblick gehört, wie Rebeccas Pick-up ansprang und der Motor zu grummeln begann. Er hatte zum Eingang des Schuppens gesehen, wo die strahlende Sonne ein Rechteck auf die Holzbohlen malte. Im selben Moment hatte er den Kanister wieder abgesetzt und war zum Tor gelaufen, um nach dem Pick-up zu schauen. Ihre Hunde waren auf der Ladefläche. Und ihr Beutel. Das kleine weiße Gefährt war über den Gitterrost an der Hauskoppel gerattert und an ihm vorbeigeschossen. Im Vorüberfahren hatte Harry noch einen Blick auf ihr Profil erhaschen können. Die Zähne krampfhaft zusammengebissen, den Mund in Pein verzogen. Beim zweiten Rost hatte Rebecca nicht einmal mehr abgebremst, sondern war, einen Staubschleier hinter sich herziehend, die Straße hinabgerast.

Sie war weggefahren. Diesmal hatte sie die Farm tatsächlich verlassen. Das hatte er nicht erwartet. Genauso wenig wie damals bei Frankie hatte er das erwartet. Beide waren strahlende Sterne am Himmel, Mutter wie Tochter, beide waren so voller Lachen und Lebenslust. Jedes Mal hatten sie mit einem Scherz die zornigen Lücken gefüllt, die Harry in der großen, düsteren Villa aufgerissen hatte. Frankie und Bec hatten immer zu reden verstanden. Immer wieder hatte Frankie für die beiden Jungs das Wort ergriffen. Wie ein Dolmetscher hatte sie regelmäßig zwischen Harry und Mick und Tom vermittelt. An dem Tag, als sie abfuhr, hatte sie sich wütend darüber ausgelassen, dass er nicht lieben könne, dabei hatten die ganze Zeit über jene Worte in Harrys Kopf festgesessen, die nur nicht über seine Lippen kommen wollten. »Geh nicht, Frankie«, hatte er sagen wollen. Er hatte alles durchsprechen wollen. Er liebte sie. Für sie hätte er sogar die Farm verkauft. Aber die Worte wollten nicht kommen. Sie blieben eisern in seinem Kopf. Stattdessen hatte er reglos dagestanden und zugesehen, wie seine Frau abfuhr. An einem grauen Montagmorgen war sie davongefahren und hatte ihn zurückgelassen. Mit den Kindern und der Farm und diesem riesigen, dunklen Loch, das sein Leben war. Und natürlich mit dem Schweigen, das zurückgeblieben war.

Harry ballte die Fäuste, während sein Leib in langsamen Wellen zu beben begann. Ein heiseres, aus seiner Lunge aufsteigendes Ausatmen verwandelte sich in ein erschütterndes Schluchzen. Er stemmte eine große Hand gegen den rissigen Türrahmen, um sich aufrecht zu halten, und schlug die andere vor die Augen, als könnte er dadurch seine Scham mildern. Die Scham, Rebecca so wehgetan zu haben. Die Scham, seine Söhne zu erdrücken.

Er war dabei, seine Familie zu verlieren. Und sein Land dazu. Langsam stieg er die wacklige Vortreppe des Scherstalles hinunter und ließ sich auf der untersten Stufe nieder, den Kopf in die Hände gestützt. Aus dem dunklen Balkengitter darunter blickten ihn zwei verängstigte braune Augen an. Leise flüsterte er: »Hierher, Welpe. Komm her, Mardy. Tut mir leid, Kumpel.«

Mick und Tom rasten auf dem verschlammten Quad auf die Pferche zu. Über Micks Schulter hinweg konnte Tom seinen Vater von Schafen umgeben im Laufgatter stehen sehen. Mick parkte das Quad im Schatten eines knorrigen alten Eukalyptusbaumes und wartete ab, bis Tom abgestiegen war. An der Art, wie sein Vater die Schafe behandelte, konnte Tom sehen, dass der Alte eine Stinklaune hatte.

Mit gesenktem Kopf ging Tom auf das Ende des Laufgatters zu und bückte sich, um die Schultergurte eines Drenchkanisters zu nehmen.

»Kommst du durch, Dad?«

»Ich wäre schon längst durch, wenn ihr beide früher aufgetaucht wärt.« Harry zwängte die Metalldüse der Drenchpistole in das Maul eines Schafes und schoss einen Strahl Entwurmungsmittel in den Rachen des Tieres. Die Schafzähne schlugen klappernd gegen die Düse, als Harry die Pistole wieder herauszog und vorwärts watete, um nach dem Kopf des nächsten Schafes zu greifen. Er sah seinen Sohn kein einziges Mal an, aber Tom hatte es dennoch bemerkt. Er hatte zu große Angst, als dass er gefragt hätte, warum die Augen seines Dads so rot waren und sein Gesicht so abgezehrt und grau wirkte. Er hätte gern gefragt: »Was ist mit dir, Dad?«, aber solche Fragen stellte man Harry nicht. Über das Wetter oder den Fluss oder die Woll- und Rindfleischpreise konnte Tom mit seinem Vater reden, aber ganz sicher nicht über Gefühle. Nicht mit Harry.

Er schwang den Kanister auf seine breiten Schultern und ging an das Sortiertor am Ende des Laufgatters, um sich die Schafe vorzunehmen, die dort warteten. Er konnte kaum glauben, dass sein Vater geweint hatte. Das schockierte Tom.

Mick lehnte am Geländer, die Arme vor der breiten Brust verschränkt, und bekam nichts von der Laune seines Vaters mit. Mick hatte dem Vorbild seines Vaters nachgeeifert. Er setzte keine Worte, sondern lieber seine Größe und sein Gewicht ein, um Präsenz zu zeigen.

»Wo steckt Bec? Die könnte die nächste Herde zusammentreiben, während ich mich ans Pflügen mache«, sagte Mick.

»Die treibt heute nicht. Jetzt mach los. Bis du die nächste Herde reingebracht hast, sind wir mit denen hier durch.«

Mick tat die barsche Bemerkung seines Vaters mit einem

Achselzucken ab und schlenderte zu seinem Quad zurück. Tom biss die Zähne zusammen. Sie hat wieder mit Dad gestritten, dachte Tom. Typisch.

Tom musste bis nach dem Essen warten, bevor er nach seiner Schwester suchen konnte. In der Küche stopfte er sich einen trockenen Brotkanten in den Mund und stand vom Tisch auf. Sein Blick fiel auf seinen Vater und auf Mick.

Mick saß zusammengesunken an dem schweren Holztisch, der mitten im Raum stand. Eine altmodische Holzuhr stand laut tickend auf dem Kaminsims hinter ihm. Das Pendel schwang hinter den goldenen Schilfstängeln, mit denen das Glas bemalt war, hin und her. Mick biss geräuschvoll in eine Karotte und ließ langsam kauend den Blick über die Fahrzeug-Kleinanzeigen in der Zeitung wandern.

Seit Frankie in die Stadt gezogen war, verbrachte Harry nur noch wenig Zeit in der Küche. Früher hatte er meist dort gesessen, wo mittlerweile Mick saß. Stattdessen war Harry während der Mittagspause lieber in dem verglasten Wintergarten, der ans eine Ende der Küche angebaut worden war. Frankie hatte auf den Anbau bestanden, damit etwas Helligkeit in das alte Haus kam. Sie hatte das schon bei ihrer Hochzeit verlangt und den Anbau endlich durchgesetzt, als alle Kinder in der Schule waren und Harrys Mutter gestorben war. Der Wintergarten bestand aus riesigen, in Stahl gefassten Glasscheiben und einer großen Schiebetür, die direkt in den schattigen alten Garten führte. Im Lauf der Jahre hatten Weinranken und Glyzinien den Anbau überwuchert und den Anblick von verschnörkelten grünen Ranken, Trauben und hängenden Blütendolden im Haus geboten.

Tom betrachtete seinen Vater, der jetzt dort saß. Er musste daran denken, wie er selbst als Kind auf einem sonnigen Fleck in dem brandneuen Raum gesessen hatte. Er war nicht zur Schule gegangen, weil er Windpocken hatte. Frankie hatte große Bögen Butterbrotpapier und Wachsmalkreiden auf dem Schieferboden ausgebreitet.

»So, Tom. Versuch dein Glück damit. Vielleicht findest du ja deine Berufung. Man kann nie wissen.« Als Frankie wieder in den Raum gekommen war und die wirbelnden Farben der Fische, den Meeresgarten und das Unterwasserschloss gesehen hatte, waren ihr Tränen in die Augen getreten, und sie hatte die Hand vor den Mund gepresst.

Als kleiner Junge hatte sich Tom immer gefragt, warum seine Gemälde seine Mutter zum Weinen brachten. Erst viel später, als er älter war, hatte er begriffen, dass sein künstlerisches Talent sie jedes Mal verzückte und gleichzeitig verstörte, weil sie wusste, dass sein Vater seine Zukunft längst vorgezeichnet hatte.

Als Harry an jenem Tag die Zeichnungen seines Sohnes zusammengeknüllt und in den Ofen gesteckt hatte, hatte Frankie begonnen, ihren Mann für seinen Zwang, seine Söhne zu dominieren, zu verabscheuen. Es war jener Tag, an dem ihr aufgegangen war, dass er jene Muster des Vaterseins wiederholen würde, die er selbst erlebt hatte. Diese Aussicht hatte sie mit einer stillen, endlosen Furcht erfüllt.

Jetzt lag Harry ausgestreckt auf einer Rattancouch unter der laubüberwachsenen Decke. Landwirtschaftszeitungen, Briefe, Rechnungen und aufgerissene Umschläge lagen verstreut um ihn herum. Ein mit Krümeln übersäter Porzellanteller mit einem braunen Apfelbutzen darauf stand neben einem halb vollen Teebecher auf dem Schieferboden. Die in grobwollene Socken gekleideten Füße waren an den Knöcheln übereinandergeschlagen, die braunen Arme über dem schlanken Bauch gefaltet. Auf dem Gesicht des Dösenden lag aufgeschlagen das *Australian Farm Journal.*

Toms Blick ruhte auf seinem stillen Bruder und Vater. Zwei vom gleichen Schlag. Seit Frankie nicht mehr da war, waren alle Küchenarbeiten Rebecca und Tom zugefallen.

Mick schaffte es immer, sich um alles zu drücken, was nach Hausarbeit oder Arbeit mit den Tieren schmeckte. Allerdings störte das Bec und Tom nicht weiter. Sie spendeten einander Trost. Aber manchmal, in seinem dunklen Zimmer, zerrte Tom wütend an seinen Haaren. Er wollte seine Mutter wiederhaben. Er hatte Rebeccas wegen ein schlechtes Gewissen. Schließlich verließ er sich darauf, dass sie ihn bemutterte. In manchen Nächten weinte er nach seiner Mutter, in anderen tobte in ihm der Zorn auf sie. Stimmen in seinem Kopf. Wütende, heulende Stimmen.

In der sonnigen Küche grub Tom die Zähne in das weiße Fleisch eines Apfels und zog dann die Küchentür hinter sich zu. Er musste Rebecca finden.

Die Kühle der Betonstufe hinter dem Haus drang durch seine Jeans, als er sich darauf niederließ und seine Stiefel anzog. Die rotbraune Katze rieb sich an Toms Rücken.

»Es gibt zwei Stellen, wo sie sein könnte, wenn sie so ausrastet«, erklärte er der Katze.

»Komm schon, Ginge. Gehen wir sie suchen.« Er ging über den Pfad davon. Die Katze setzte sich und sah ihm nach, bis er durch das Gartentor und hinter der Böschung am Fluss verschwunden war.

Er rechnete damit, sie unten am Fluss zu finden, wo sie von ihren Hunden Stöcke apportieren ließ. Fast meinte er die zierliche Gestalt und die Kappe zu sehen, unter die sie ihre blonden, welligen Haare gestopft hatte. In seiner Fantasie stand sie leise lächelnd am Ufer und warf Stöcke in das träge dahinfließende Wasser. Aber an diesem Nachmittag war sie nicht unten am Fluss.

Er ging zum Haus zurück. An der Gebäudeseite überschattete eine Gruppe von Pfefferbäumen eine Reihe von ausgehöhlten Baumstämmen. Er konnte sich noch gut daran erinnern, wie Rebecca mit ihrem Vater um die Hundezwinger gestritten hatte. Sie wollte ihre Hunde nicht in den großen Auslaufzwinger zu Harrys Meute von kläffenden Mischlingen und durch Inzucht degenerierten Tieren stecken. Sie wollte die Hunde näher am Haus unterbringen, damit sie ihnen beibringen konnte, still zu sein. Ihr Vater hatte das abgelehnt und sie als Hundesnob bezeichnet, aber sie hatte ihre Hunde trotzdem hier untergebracht. Nachts konnte Tom bisweilen hören, wie sie die Schlafzimmertür öffnete und barfuß auf die Veranda trat, um leise auf ihre drei Hunde einzureden.

An diesem Nachmittag tänzelte keiner von Becs Kelpies am Ende seiner Kette in einem Zwinger, und kein Hund peitschte mit dem Schwanz den Staub auf. Die Ketten lagen im Dreck, während der auffrischende Wind in den dunklen Kronen flüsterte, die das Sonnenlicht abhielten. Tom blickte zu der Veranda im Obergeschoss auf und sah in Gedanken seine Schwester mit aufgestützten Ellbogen an dem weißen Holzgeländer lehnen, während ihre langen Haare sanft in der Brise wehten. Tom wusste, dass sie nicht mehr hier war, sonst wären ihre Hunde da gewesen. Er spürte, dass sie Waters Meeting verlassen hatte. Es war die gleiche Eiseskälte, die er gefühlt hatte, als seine Mutter sie verlassen hatte. Im Laufschritt kehrte er ins Haus zurück und riss die schwere Haustür auf, nicht ohne ein paar Spinnweben zu zerreißen, als der Türflügel aufschwang.

In der muffigen Düsternis des Arbeitszimmers wählte Tom hastig die Telefonnummer seiner Mutter. Während er auf Antwort wartete, sah er immer wieder zur Tür des Arbeitszimmers. Falls sein Dad ihn dabei erwischte, wie er am helllichten Tag das Telefon für ein Ferngespräch mit seiner Mutter benutzte, würde er an die Decke gehen. Endlich hörte er die neutrale, aber freundliche Stimme seiner Mutter auf dem Anrufbeantworter.

»Hallo, hier ist Dr. Frankie Saunders, bitte hinterlassen Sie Ihren Namen und Ihre Rufnummer, dann rufe ich zurück.

Falls es sich um einen Notfall handelt, wenden Sie sich bitte an unsere Tierklinik in der North Road. Die Nummer ist 87 34592 …«

Tom wartete auf das Piepen.

»Mum. Hier ist Tom. Ich glaube, Dad und Bec hatten wieder Streit. Diesmal hat sie ihre Hunde mitgenommen. Wahrscheinlich ist sie auf dem Weg zu dir, ruf mich bitte an, wenn sie heute Abend auftaucht. Danke, Mum. Bye.«

Tom legte auf und ging in die Küche zurück, um für das Abendessen ein paar Koteletts aus dem Gefrierfach zu nehmen. Mick und Harry befanden sich noch in derselben Position wie bei seinem Abgang. Sie sagten nichts und sahen auch nicht auf, als er ins Zimmer kam. Trotz des gleißend hellen Sonnenscheins draußen hatte Tom das Gefühl, dass ihn die Dunkelheit des Hauses erstickte. Sie legte sich über seine Schultern und saß ihm drückend im Genick. Leise schloss er die Küchentür und stieg die Treppe im Gang hinauf.

Auf seinem Bett rollte er sich zusammen und zog die Beine an die Brust. »Hör auf damit«, ermahnte er sich streng.

Kapitel 2

Die Hunde auf der Ladefläche rumpelten schwankend gegeneinander, als der Pick-up die Kurve nahm. Eine Sekunde lang kamen die Hinterräder auf dem Schotter ins Rutschen, dann griffen sie wieder. Rebecca packte das Lenkrad so fest, dass ihre Knöchel weiß leuchteten.

»Bastard!« Sie schlug auf das staubige Armaturenbrett. Winzige Staubflocken flogen auf und schwebten im Sonnenschein. Vor Zorn hatte sie Kopfweh. Die anfänglichen Tränen, Ängste und panischen Befürchtungen waren inzwischen zu Wut geronnen. Wut auf ihren Vater. Auf die Scheidung. Auf seine verfluchte Arroganz. Sie wischte sich mit dem Ärmel ihres alten Arbeitshemdes über Nase und Gesicht. Begriff er denn nicht, dass sie seit jeher immer nur auf Waters Meeting leben wollte?

Ihr Großvater hatte erkannt, dass sie sich nicht nur lebhaft für die Farm interessierte, sondern auch eine kluge Farmerin war. Gewitzt. Wenn sie an seiner Seite saß, während er die Bücher führte, konnte er ihren Geschäftssinn erkennen. Auf der Weide bewies sie ein unglaubliches Verständnis für alles, was mit der Natur zusammenhing. Jede Woche las sie die Landwirtschaftszeitungen, außerdem verschlang sie alle landwirtschaftlichen Zeitschriften oder Viehzuchtmagazine. Ständig ergoss sich ein Strom an Fragen über alles Mögliche aus ihrem Mund.

Zu alledem war da noch ihre »Gabe«. Ihr Großvater hatte den Begriff geprägt. Sie besaß ein natürliches Gespür für alle Tiere. Das Talent, ruhig und voller Selbstbewusstsein eine Schaf- oder Rinderherde zu führen. Hunde brauchten sie nur anzusehen und reagierten sofort auf jedes ihrer Kommandos. Pferde beruhigten sich unter ihrem Körpergewicht und strengten sich für sie an, wenn sie ihnen befahl, alles zu geben. Sie ging sanft mit ihren Rindern und Schafen um und erfasste wie von selbst die Rangordnung und die natürlichen Bewegungen innerhalb einer Herde. Sobald Rebecca reiten konnte, gab es für sie nur noch die Arbeit mit den Tieren. Im Alter von zehn Jahren konnte sie glückselig von Sonnenaufgang bis Sonnenuntergang im Sattel sitzen. Sie liebte es, wenn ihr Großvater von jedem einzelnen Tier erzählte, sei es von den Vorzügen der pigmentierten Lider bei den Herefordrindern, den genetischen Merkmalen, die sich am ehesten vererbten, wie weißen Gesichtern, oder den Hörnern oder von sonst was.

Ihr Vater hingegen fand seine Erfüllung umgeben von Zahnrädern, Nieten, Kolben, Zylindern und Bolzen. Er mied die Arbeit mit den Tieren und erledigte freiwillig alles, was auf der Farm an Wartungsarbeiten anfiel. Er war ein »Maschinenmann«. Ein »Werkzeugmann«. Ein »Diesel-Dick«, wie die Männer im Pub es nannten. Doch es war nicht so, als hätte Harrys Vater seinen Sohn für diese Eigenschaften respektiert oder bewundert. Das wusste Rebecca nur zu gut. Und Mick war von Kindheit an ein Abziehbild seines Vaters gewesen. Als kleiner Junge hatte er endlos im Schuppen gewerkelt. Bec sah ihn noch mit dem Schraubenschlüssel in der kleinen Hand vor dem Rasenmäher stehen, dessen Innenleben über den ganzen Boden ausgebreitet war.

»Was wird Dad dazu sagen?«, hatte sie zu ihrem älteren Bruder gesagt und dabei gegen die Räder des Rasenmähers getreten.

»Halt die Klappe, Erbsenhirn«, hatte Mick geantwortet und ihr einen Streifen Öl auf die Wange geschmiert. Als sie noch Kinder waren, hatte Mick Bec manchmal so wütend gemacht, dass ihre Wangen rot aufleuchteten und sie ihn von hinten angesprungen hatte, um mit ihren kleinen Fäustchen auf ihn einzudreschen. Tom war Bec jedes Mal zu Hilfe gekommen und hatte versucht, sie zu beruhigen und von Mick wegzuziehen.

Aber eines teilten sie alle – ihre Liebe zum Fluss. Diese Liebe schien zeitweise die ganze Familie zu verbinden. Während der Hochwasserzeit. Während der Dürre. In den guten Zeiten. Während der langen Sommertage, in denen sie darin geschwommen hatten. Der Fluss hatte sie zusammengehalten. Ein langer, feuchter Strang, der sich durch ihre Seelen zog.

Auch jetzt sehnte sich Bec nach dem Fluss. Sie ging vom Gas und fuhr von der Schotterstraße ab auf das grasbewachsene Ufer. Mit einem Fußtritt stieß sie die quietschende Fahrertür ihres Pick-ups auf und stieg aus, um die Hunde loszumachen.

»Runter mit euch«, sagte sie, und alle drei Kelpies sprangen von der Ladefläche. Bec zwängte sich zwischen den rostbraunen Drähten des durchhängenden alten Zaunes hindurch. Auf dem steilen Uferhang rutschten ihre Blundstone-Lederstiefel über das trockene Eukalyptuslaub, bevor sie griffen. Die Hunde tollten voraus, schnüffelnd, markierend, niesend. Mossy blieb stehen und nahm mit hochgereckter Schnauze Witterung auf, während Dags und Stubby raschelnd durch das nahe Unterholz zogen. Rebecca ging geradewegs zum Fluss hinab. Ihrem Fluss. Dem Fluss, der ihren Namen trug und an Tagen wie diesen, fand sie, auch ihre Seele.

Der Rebecca River war für einen australischen Fluss in bemerkenswert guter Verfassung. Sein sauberes, frei fließendes Wasser strich über goldbraune Felsbrocken und an riesigen alten Eukalyptusbäumen vorbei. An den steileren Uferabschnitten tunkten junge, graublaue Akazien und staubgrüne Teebäume ihre Blätter ins kühle Wasser.

Die Homestead der Saunders stand mit Blick auf den

Ursprung des Rebecca River, an dem sich zwei Oberläufe vereinten, die sich ihren Weg um eine massive, zerklüftete Bergkette gebahnt hatten. Von hier an öffnete sich der Rebecca River hin zu den üppigen Flussebenen von Waters Meeting. Vom Haupthaus aus konnte man zwischen dem offenen Buschland am Berghang die roten und weißen Rücken der Herefords aufleuchten sehen, und die schwarzerdigen Flusswiesen, auf denen fast das ganze Jahr über Grün spross, waren getupft mit Fleischlämmern und Merinos. Doch schon wenige Kilometer weiter schloss sich die Bergkette wieder. Die steilen Felsen zwangen das Flusswasser, düster durch steile Schluchten zu tosen. Oberhalb von Waters Meeting spendete der verlässliche Bergregen dem Fluss Leben und kontrollierte seine unzähligen Launen.

Eines, was ihr Vater beim Farmmanagement richtig machte, war der Wasserhaushalt. Er liebte den Fluss. Die Berge schieden ihr Land von anderen Farmen, weshalb das Unkraut am Flussufer leichter zu kontrollieren und auszumerzen war als weiter flussabwärts. Jedes Jahr wurden Bec, Tom und Mick mit Pestizidtornistern beladen und ausgeschickt, um Brombeeren aufzuspüren und zu vernichten.

Bec rief dabei regelmäßig in Richtung der Berge: *»Who ya gonna call?«* Worauf ihre Brüder, die Sprühdüse in der Hand, ihr zur Seite sprangen und im Chor antworteten: *»Berry-Busters!«* An den langen Sommertagen konnte Bec Harrys Motorsäge über die Hügel schallen hören, wenn er die Weiden ausschnitt, die einst die sandigen Ufer des Rebecca River erstickt hatten.

Jetzt hörte Rebecca durch die dicke Hitze des Busches hindurch den Fluss über die glatten Felsen sprudeln und schießen. Der Regen hatte den Fluss gerade erst aufgefüllt, sodass sie im Näherkommen das süße Wasser riechen konnte. Die Hunde rannten spritzend ins kühle Wasser und schwammen mit angelegten Ohren und zurückgezogenen Lefzen, als würden sie lächeln. Rebecca setzte sich auf einen Stein, legte den Kopf schief und lächelte wehmütig.

»Ihr kennt wirklich keine Sorgen …« Mossy schlug einmal mit dem nassen Schwanz, als er Becs Stimme hörte. Stubby, ein kleiner schwarzer Kelpie mit braunen Flecken über den Brauen und braunen Pfoten, der clownhafteste unter ihren Hunden, kam aus dem Wasser zu ihr gelaufen und schüttelte einen Sprühregen von silbrigen Tropfen aus dem kurzen Fell. Silberne Flussperlen landeten in Rebeccas Haar und befleckten ihr Hemd.

»Verzieh dich, Stubby!« Sie lächelte den Hund an und schickte ihn mit einer knappen Handbewegung fort. Der Hund sprang schwanzwedelnd ins Wasser.

Während die Hunde am Ufer spielten und sprangen, füllten sich Rebeccas Augen mit Tränen. Salzige Tropfen fielen in die frischen, flachen Pfützen, die an den Steinen leckten. Sie dachte an ihr Zuhause weiter flussaufwärts. Heute Morgen hatte sie Hass in den Augen ihres Vaters gesehen. Als sie an ihr Pferd Ink Jet dachte, begannen die Tränen zu fließen. Vielleicht hätte sie den Anhänger ankuppeln und sie mitnehmen sollen. Sie stieß mit der Stiefelspitze gegen die Flusskiesel. Ihre tränenverschmierten Wangen juckten so, dass sie ihr Gesicht mit beiden Händen massierte und danach die Strähnen zurückstrich, die aus ihrem Pferdeschwanz entkommen waren. Den Blick in das kühle, grüne Flusswasser gerichtet, schälte sie die papierdünne Borke von einem Stock.

Ihre Gedanken wanderten in die Zeit, als sie noch zu Hause gewohnt hatte. Bevor sie ins Internat geschickt worden war. Bevor ihre Mum weggegangen war.

Für Bec war Frankie eine Art Legende gewesen. Schon um halb sechs war sie aufgestanden und hatte in dem großen, alten Farmhaus herumgeklappert. Holz für den Ofen. Mittagessen für die Kinder und für Dad. Das Abendessen in der Gefriertruhe unter einer Klarsichtfolie mit der Aufschrift:

»Abendessen – nur warm machen«. Um sieben Uhr dreißig hatte sie ihre drei Kinder zum Schulbus gefahren, dann war sie arbeiten gegangen. Hatte Kälber zur Welt gebracht, Schafen Blut abgenommen, um es auf Paratuberkulose zu testen, Katern die Eier abgeschnitten.

An manchen Abenden hatte ihre Mum bei Freunden in der Stadt übernachtet, damit sie am nächsten Morgen früh aufbrechen konnte, um die Kühe im Nachbartal auf Trächtigkeit zu prüfen. An anderen Tagen kam sie erst in der Dunkelheit heim, lange nachdem die Hennen auf ihre Stangen geklettert waren und sich die Hunde in die Wärme ihrer hohlen Baumstämme verkrochen hatten. Dann war Frankie in ihrem besprenkelten Kittel durch die Tür gestürmt, gefolgt von einem kalten Luftzug und einer leichten Kuhdungschwade. Die kastanienbraunen Haare standen in einem lockigen Heiligenschein um ihren Kopf, und ihre Wangen waren lieblich gerötet. Aber schon wenige Minuten nach ihrem beschwingten Auftritt hatten der stille Groll und die Ablehnung ihres Mannes das Rosa von ihren Wangen vertrieben, die Haare waren flach gekämmt, und sie stand am Spülbecken, um abzuwaschen. Inzwischen wusste Rebecca, dass der brodelnde Groll ihres Vaters auf eine Affäre zurückzuführen war, die es nie gegeben hatte.

Manchmal hörte Bec im hohen Hausflur das tiefe Brummen ihres Vaters, unterbrochen von dem leisen Flehen ihrer Mutter. Sie schnappte nur Bruchstücke auf, doch schon als Kind ahnte sie, was ihre Mutter empfinden musste. Er hatte sich eine Landfrau gewünscht und eine Tierärztin geheiratet. Er hatte die Farm groß aufziehen wollen, aber dann waren die Wollpreise gesunken, die Rindfleischpreise waren ins Bodenlose gefallen, und die Zäune und Gatter waren Jahr für Jahr tiefer im Dreck versunken. Sein stiller Groll, wenn Frankie arbeiten fuhr, verwandelte sich im Lauf der Zeit in brodelnden Zorn, den er an den Tieren ausließ, von denen er lebte. Harrys Adern wölbten sich wütend in seinem Hals, wenn eine Kuh im Fixierstand in die Knie ging; immer wieder drangsalierte er sie mit dem Elektroschocker, bis ihr tiefes Brüllen von den Hängen widerhallte. Schafe, die im Laufgatter stecken blieben, taumelten schließlich mit blutigen Nasen, wacklig und geprügelt durch das Sortiertor. Harrys dürre Hunde spürten die Knochen seiner Fäuste in ihren Flanken. Mit seinem Kontostand schmolz auch seine Liebe dahin. Nur in seinen Söhnen konnte er noch Hoffnung finden, während die Frauen in seiner Familie die ganze Schuld zu tragen hatten. Rebecca konnte es spüren. Sie spürte, wie sein Hass und seine Schuldzuweisungen wuchsen.

Sie erinnerte sich noch an den Tag, an dem er es ausgesprochen hatte. Damals hatte er mit hochgekrempelten Ärmeln am Ofen gestanden und eine Orange geschält. »Wir haben dich im Ladies' College angemeldet.«

»Sehr witzig«, hatte sie geantwortet und im nächsten Moment gespürt, wie ihr Ohr nach dem Schlag seiner mächtigen Pranke zu glühen begann. Ein leichter Orangenduft blieb in ihren Haaren hängen.

Als sie dann ins Internat abfuhr, verabschiedeten sich ihre Brüder von ihr.

»Bis dann, Kurze«, hatte Mick, der ältere Bruder, sie geneckt. Dann hatte er seine riesige Faust geballt und ihr verspielt gegen die Schulter geschlagen. »Ich hoffe, du kommst als foine Lai-dy heim.«

Tom, der nur elf Monate älter als Rebecca war, ließ den Kopf hängen und hatte die Hände tief in den Taschen seiner ausgebeulten Jeans vergraben. Sie wuschelte ihm durchs sandfarbene Haar, bis er sie ansah. Seine Augen waren ernst und braun. Bec fand, dass sie aussahen wie Collie-Augen. Still und sanft. Er umarmte sie verlegen und sagte nur: »Bis dann, Schwester.«

Tom hatte sich gewünscht, dass Bec mit ihm auf die örtliche Highschool ginge. Er war schüchtern. Die Lehrer hatten ihn mit dem Etikett »künstlerisch begabt« bedacht, doch als die anderen Jungs Toms Andersartigkeit zu spüren begannen, hatte er schnell gelernt, seine Talente zu verbergen. In der Grundschule war Rebecca immer wieder für ihn in die Bresche gesprungen. Hatte ihn vor Micks Frotzeleien und den Schlägen der anderen Jungs beschützt.

»Mach dir keine Sorgen, Tommy«, hatte ihm die sommersprossige Rebecca versichert. »Ich hau ihnen in den Bauch. Die tun dir nichts.« Rebecca und Tom waren in der winzigen Landschule in dieselbe Klasse gegangen. Sie hatte neben ihm gesessen und die größeren Jungs mit finsteren Blicken eingeschüchtert.

Als Tom mit der Grundschule fertig war, hatte sein Vater verlangt, dass beide Jungs in der Nähe blieben, damit sie ihm auf der Farm helfen konnten, und so waren sie mit dem Bus in die örtliche Highschool gefahren.

Als Bec ins Internat geschickt wurde, trug sie im Herzen einen stillen Schmerz, weil sie von Tom getrennt wurde. In der Sandgrube, im Fluss oder abends auf dem dunklen Dachboden hatten sich die beiden ihre Träume anvertraut. Hatten sich flüsternd Geschichten über Waters Meeting erzählt. Träume von der Farm oder den Tieren, die sie eines Tages besitzen würden, wenn sie erst erwachsen waren. Dabei hatte immer Bec den Ton angegeben. Ohne sie versank Tom in Schweigen. Bec wusste, dass er nicht weniger leiden würde als sie, wenn sich das Schuljahr endlos hinzog.

Aus dem Auto heraus hatte Bec beobachtet, wie die Silhouetten ihrer winkend vor dem Haus stehenden Brüder mit zunehmender Entfernung immer kleiner wurden.

»Warum hast du dich nicht für mich eingesetzt, Mum? Warum hast du Dad nicht gesagt, dass ich nicht ins Internat soll? Warum?«

Ihre Mutter schüttelte schweigend den Kopf.

»Wir können uns das doch gar nicht leisten, Mum … Das weiß ich. Warum kannst du dich nicht für mich einsetzen, verflucht noch mal?«

»Das kann ich im Augenblick nicht, Rebecca. Ich kann es einfach nicht. Eines Tages wirst du das verstehen.« Ihre Mutter hatte stocksteif geradeaus gestarrt, so als könnte ein einziger Blick auf ihre Tochter ihre Seele zerspringen lassen.

Bec hätte am liebsten geschrien: »Warum hast du ihn überhaupt geheiratet? Warum?« Doch stattdessen hatte sie aus dem Autofenster geschaut und auf die rauschenden Eukalyptusbäume geblickt, während sie sich immer weiter von Waters Meeting entfernt hatten.

Jetzt kamen die drei Hunde angelaufen, um sich neben Bec auf den Grasflecken am Fluss niederzulassen. Flach ausgestreckt ließen sie sich von der Sonne den Pelz trocknen, Stubby sogar auf dem Rücken, die Pfoten in die Luft gereckt.

»Stubs, du alte Schlampe.« Bec kraulte den geschwollenen Schwangerschaftsbauch der Hündin.

»O Mann, was machen wir jetzt?«

Sie wusste, dass sie nach Süden in die Stadt fahren konnte, wo sie ins Internat gegangen war und wo ihre Mutter inzwischen lebte. Vierhundert Kilometer nach Süden, das war bis zum Abendessen zu schaffen. Vielleicht war ihre Mutter bis dahin schon aus der Tierklinik heimgekommen. Nach Parfüm und Desinfektionsmittel riechend, würde Frankie die Wohnungstür öffnen. Rebecca konnte das Begrüßungslächeln ihrer Mutter vor sich sehen und meinte gleichzeitig zu spüren, wie steif die Umarmung ausfallen würde. Rebecca wusste genau, dass Frankie denken würde: »Was hat sie jetzt wieder angestellt?«, und dass sie beim Umarmen die Augen verdrehen würde. Dann würde Frankie lang und breit darüber debattieren, was sie mit den Hunden anstellen sollten, weil, wie sie Rebecca schon früher erklärt hatte, die Zwinger in der Tierklinik für die Tiere der Kunden gebraucht wurden. Bec hätte das Gefühl, Frankies durchorganisiertes Stadtleben auf den Kopf zu stellen. Andererseits war sie schon früher unangemeldet vor Frankies Tür aufgetaucht, wenn sie es mit ihrem Vater nicht mehr ausgehalten hatte. Frankie hatte sie jedes Mal aufgenommen.

Am Ufer sitzend, blickte Rebecca in Mossys braune Augen und seufzte. Es wäre so einfach, nach Süden zu ihrer Mutter zu fahren.

»Scheiß drauf, Mossy, wir fahren nach Norden.«

Als Frankie Saunders ihre Einkäufe vor der Wohnungstür fallen ließ, dachte sie an Analdrüsen. Die Lebensmittel, die sie aus dem rund um die Uhr geöffneten Supermarkt mitgebracht hatte, sackten tiefer in die Einkaufstüten. Während Frankie in der Handtasche nach dem Schlüssel kramte, dachte sie an die Behandlung eines Border-Collie-Corgi-Mischlings vor zwei Wochen. Es hatte sich um einen der schlimmsten Fälle von verstopften Analdrüsen gehandelt, der ihr seit langer Zeit untergekommen war. Sie hatte es so eilig gehabt, den ekligen Job zu erledigen, dass sie den gut aussehenden Hundebesitzer erst registriert hatte, als er schon wieder gehen wollte.

Der Mann, Peter Maybury, hatte strahlend blaue Augen, die von kleinen Lachfältchen umringt waren. Er war ein bisschen pummelig, aber nett, auf eine große, weiche Weise.

»Wenn es möglich ist, sollten Sie ihn nächste Woche noch einmal bringen, Peter, dann drücken wir seine Drüsen wieder für Sie aus.« Als sie ihm in die Augen sah und ihm die Rechnung überreichte, berührten sich ihre Hände. Frankie spürte, wie ein Kribbeln durch ihren Körper lief, und erwiderte sein Lächeln.

Als Peter seinen Hund Henbury zum zweiten Mal brachte, hob er ihn behutsam von dem glatten Boden im Untersuchungsraum auf den Untersuchungstisch.

»Keine Angst, Henners, alles wird gut.« Er streichelte den Hund langsam und mit fester Hand, während Henbury auf seinen wackligen, lang behaarten Beinen auf dem Edelstahltisch stand. Frankie stellte die Standardfragen und begann dann vorsichtig, ein bisschen tiefer nachzubohren. Sie mochte diesen Mann.

»Er ist ein klein bisschen übergewichtig. Geht er oft spazieren?«

»Ich gehe jeden Abend mit ihm raus«, sagte Peter.

»Und es gibt niemanden, der ihn morgens ausführen könnte?«

»Nein! Nein. Geschieden.« Peter zuckte mit den Achseln.

»Ahhh«, sagte Frankie. »Dann müssen Sie seine Futterrationen kürzen.«

»Das wird nicht leicht. Ich koche für mein Leben gern, und er ist unwiderstehlich, wenn er mit diesen hungrigen Augen zu mir aufsieht. Sie kennen den Blick sicher.« Peter versuchte, sie möglichst hungrig anzusehen.

Frankie lächelte und streifte einen Handschuh über. »Schon gut, Junge. Das geht so schnell, das merkst du gar nicht.« Stirnrunzelnd führte sie den gekrümmten Zeigefinger ein. »Die linke Drüse ist okay, die rechte ist wieder ein bisschen zu voll … aber ich glaube, das Problem ist unter Kontrolle.«

Mit der nicht behandschuhten Hand gab Frankie dem Hund ein Stück getrocknete Leber und hob seine Schnauze an, damit er ihr in die Augen sah.

»Sag deinem Dad, von heute an keine Gourmetspeisen mehr, okay?«

Nachdem er Henbury auf den Boden gehoben hatte, griff Peter nach Frankies Hand und sagte: »Vielen, vielen Dank, Dr. Saunders. Er sieht aus, als ginge es ihm deutlich besser.«

»Oh!« Lächelnd zog sie den dünnen Latexhandschuh ab, bevor Peter ihre Hand nehmen konnte.

»Nennen Sie mich Frankie«, plapperte sie lächelnd und errötete sogleich. Die weiche, warme Haut seiner Hand fühlte sich so tröstlich an. Sie war rissige, spröde und schwielige Farmerhände gewohnt.

Am Empfang strich sie den in Bleistift vorgenommenen Eintrag »Henbury Maybury – Analdrüsen« im Terminkalender aus.

»Das macht dann sechsunddreißig Dollar, vielen Dank.«

Gerade als sie die Kasse öffnete, kam Charlotte von der Straße hereingelaufen und zog dabei die Strümpfe unter ihrer Schwesternuniform hoch.

»Tut mir leid, dass es ein bisschen später geworden ist, Frankie, in der Bank war so eine Schlange. Du kannst jetzt Mittag machen. Ich erledige das.«

»Mittagessen!«, sagte Peter. »Das nenne ich eine Idee! Sollen wir, ich meine, wir könnten doch, ähm, zusammen essen gehen.«

»Warum nicht?«, sagte Frankie, und Charlotte schmunzelte.

Draußen in der Sonne, wo der Verkehr vorbeizischte und -brummte, setzten sich die beiden praktisch Fremden gemeinsam an den Tisch eines Straßencafés nicht weit von der Tierklinik entfernt. Henbury wurde an einen nahen Laternenmast gehängt und ließ sich auf dem Pflaster des Gehwegs nieder. Er legte die weißen Pfoten ordentlich nebeneinander, als würde er seine Nägel betrachten, und drehte von Zeit zu Zeit den Kopf, um seinen langhaarigen Hintern abzulecken.

Peter kam von sich aus auf das Thema Scheidung zu sprechen und schnitt ironische Grimassen des Grauens, als er von der »Sorgerechtsschlacht« um Henbury erzählte.

»Das war schlimmer als bei den Kindern!« Seine Augen lachten sie an, dann tat er das Thema mit einer Handbewegung ab. »Die waren damals schon alle aus dem Haus und brauchten mich, den ums Überleben kämpfenden Lehrer, nicht mehr.«

Plötzlich merkte Frankie, dass sie ihm erzählte, wie sie Harry, Waters Meeting und ihre Kinder verlassen hatte.

»Ich mache mir so oft Sorgen um Tom. Er war immer so empfindsam. Eigentlich ist er das mittlere Kind, aber gefühlsmäßig ist er für mich das Nesthäkchen der Familie. Um ihn habe ich die größte Angst, seit wir uns getrennt haben.«

Peter lächelte sie mitfühlend an, sagte aber nichts, sondern drängte sie mit seinem Blick, mehr zu erzählen. Sie fühlte sich bei diesem Mann so geborgen, dass sie einen Schluck Kaffee nahm und weitersprach.

»Michael kommt bestimmt zurecht, er ist genau wie sein Vater«, meinte sie trocken. »Aber Rebecca, ach, Rebecca, um sie mache ich mir jeden Tag Gedanken. Sie ist so wild. Im Internat lief sie ständig Amok. Sie hat das Hirn, alles zu werden, was sie sich nur in den Kopf setzt, aber sie wollte auf gar keinen Fall bei mir in der Stadt bleiben, nachdem sie letztes Jahr mit der Schule fertig war. Sie musste zurück auf die Farm. Zu ihrem Fluss. Sie ist eine absolut Tier- und Hundenärrin.« Frankie spielte mit den dünnen, länglichen Zuckertütchen, die in einem Glas vor ihr standen, und Peter lächelte verständnisvoll.

»Sie sind nicht leicht zu ertragen, nicht wahr?«, fragte Peter. »Diese Schuldgefühle.«

»Ja«, bestätigte Frankie.

Sie hatten jeweils ihre Privatnummer auf die weichen Papierservietten geschrieben, die sofort einrissen, wenn man mit dem Stift zu fest draufdrückte. Beide hatten gelacht, als sie sich zum Abschied die Hand gegeben hatten. Frankie hatte beobachtet, wie Peter und Henbury die Straße hinabspaziert waren. In Peters Gang lag eine Leichtigkeit, die sich zuvor nicht gezeigt hatte.

Als sie jetzt in ihre Wohnung trat, fiel Frankies Blick als

Erstes auf das rot blinkende Lämpchen am Anrufbeantworter.

Hatte Peter angerufen? Es war nach neun Uhr abends. Eine diabetische Katze, die um fünf gebracht worden war, hatte sie aufgehalten. Er hätte reichlich Zeit zum Anrufen gehabt. Frankie warf ihre Schlüssel auf die Bank und ging zur Tür zurück, um die Einkäufe hereinzuholen. Auf dem Weg zur Kochecke drückte sie den Wiedergabeknopf.

Gerade als sie sich bückte, um die Milch in den Minikühlschrank zu stellen, hörte sie Toms Stimme und hielt inne, um seiner Nachricht zu lauschen, bevor sie den Kühlschrank wieder schloss.

Sie sah zur Wanduhr auf. Seufzend trat sie ans Telefon, um ihren Sohn zurückzurufen und ihm zu berichten, dass Bec nicht bei ihr aufgetaucht war. Um sich selbst zu beruhigen, sprach sie laut in die schale Luft ihres kleinen Apartments: »Das hat Bec schon öfter gemacht.«

Rebecca war schon immer ein temperamentvolles Mädchen, aber nach der Trennung war sie nicht mehr zu bändigen gewesen. Mehr als einmal hatte Mrs Snell, die Internatsdirektorin, um sechs Uhr morgens angerufen, um sich in ihrem näselnden, super-britischen Tonfall zu beschweren.

»Saunders? Dr. Frankie Saunders? Ihre Tochter ist vergangene Nacht *ernoit* aus dem Internat entwichen. Inzwischen ist sie jedoch wieder bei uns. Wir können dieses Verhalten nicht dulden, wie Sie verstehen. Wir werden geeignete Disziplinarmaßnahmen ergreifen müssen. Schließlich besteht das Risiko einer Schwangerschaft oder Schlimmerem. Das würde den Ruf der Schule beflecken. Außerdem hat sie, nebenbei bemerkt, keinen guten Einfluss auf die anderen Mädchen. Natürlich berücksichtigen wir durchaus Rebeccas … ähem, familiäre Situation, dennoch muss etwas unternommen werden. Familiäre Trennungen wirken sich so verheerend auf die Kinder aus. Wären Sie so *froindlich, hoite*

Morgen auf dem Weg in die Klinik kurz in der Schule vorbeizuschauen? Sagen wir um acht Uhr? Punkt acht Uhr? *Froit* mich. Wir sehen uns dann.«

Doch nach einer weiteren kleinen Schulepisode, bei der Bec drei elfjährige Jungs in ihren Schlafsaal geschmuggelt hatte, hatte Mrs Snell schließlich befunden: »Nehmen Sie das Mädchen mit heim.« Sie durfte weiterhin als Externe den Unterricht besuchen, doch Bec hielt es nicht aus, mit ihrer Mutter in der voll gepfropften Wohnung eingesperrt zu sein. Am meisten vermisste sie ihre Hunde.

Hin und wieder musste Frankie, wenn sie von der Arbeit heimkehrte, feststellen, dass der Carport leer und der Wagen weg war. Dann hatte Rebecca wieder einmal die Schule geschwänzt und war drei Stunden gefahren, nur um bei ihren Hunden zu sein, selbst wenn das hieß, dass sie sich an ihrem Reiseziel den Zorn ihres Vaters zuzog.

Tom deckte sie oft. Er war ein Jahr zuvor von der örtlichen Schule abgegangen. Tom hatte Rebeccas Hunde gefüttert und ausgebildet, während sie in der Schule war. Tom versteckte auch den Wagen unten an der Zufahrt und schmuggelte Essen aus dem Haus, weil Bec in ihrem Schlafsack in einem Heuschober schlief, damit ihr Vater sie nicht in die Stadt zurückschickte.

Tom wird sich schreckliche Sorgen um sie machen, dachte Frankie, während sie die Nummer von Waters Meeting wählte. Ihre Tochter war heute eindeutig nicht hier in der Wohnung gewesen.

Sie hörte Harrys Stimme am anderen Ende der Leitung. Er hatte offenkundig geschlafen, sein »Hallo?« klang barsch.

»Harry, ich bin's. Ich bin auf der Suche nach Bec. Tom scheint zu glauben, dass sie mit ihren Hunden losgezogen ist. Was hast du diesmal angestellt?«

Harrys Schweigen am anderen Ende der Leitung erfüllte Frankie mit Angst und Schrecken. Immer wenn Bec so ein

Ding abzog, peinigte sich Frankie unausweichlich mit Selbstvorwürfen. Dass sie eine schlechte Mutter war. Dass es ihre Schuld war. Dass ihr der Beruf wichtiger war als die Kinder. Dann schlug ihr Zorn regelmäßig um und richtete sich gegen Harry. Wenn er nur mehr mit ihr gesprochen hätte. Mehr moralische Unterstützung geboten hätte.

»Herrgott noch mal, ist dir deine Tochter eigentlich egal?« Ihr Ausbruch traf auf tiefes Schweigen. Typisch, dachte sie.

»Du weißt, wie sie Auto fährt, wenn sie wütend ist. Sie könnte irgendwo tot im Graben liegen oder einen Unfall gebaut haben. Sie ist jung und attraktiv. Ein Kerl könnte ihr etwas angetan haben! Hast du nach ihr gesucht?«

»Es wird ihr schon gut gehen«, war alles, was Harry sagte.

»Es wird ihr schon gut gehen? O nein, das wird es nicht. Es geht ihr weiß Gott nicht ›gut‹! Sie könnte überall sein! Du hast sie aus dem Haus getrieben, Harry. Deshalb ist es auch deine Aufgabe, sie zu suchen und zu finden! Herr im Himmel, übernimm endlich etwas Verantwortung für deine Kinder!«

»Und das ausgerechnet von dir«, erwiderte Harry ruhig.

Zornestränen stiegen in Frankies Augen auf, und sie knallte den Hörer auf die Gabel. Sie spürte, wie Schuldgefühle und Zorn in ihr hochkochten. Doch als sie schließlich auf die Couch sackte, kam die Angst. Angst um ihre Tochter. Die ganze Nacht hindurch trug sie das Gefühl in ihrem Bauch mit sich herum. Ihre Tochter war zu allem fähig. Aber andererseits, versuchte sie sich zu sagen, während sie sich in den verhedderten Laken ihres Bettes wälzte, war ihre Tochter fähig, Punktum. Sie konnte für sich selbst sorgen. Dieser Gedanke ließ Frankie schließlich einschlafen und von ihrem kleinen Mädchen träumen, das lachend im Fluss planschte. Als das Wasser stieg und ihre Tochter tosend fortriss, erwachte Frankie mit klopfendem Herzen zu dem elektronischen Schrei ihres Weckers.

An jenem Morgen stolperte Frankie mit dunklen Ringen unter den Augen und straff zurückgekämmtem, notdürftig im Nacken zusammengehaltenem Haar in die Klinik. Sie überflog den Terminkalender, doch ihr Hirn weigerte sich, auch nur einen Eintrag zu speichern. In ihrem Kopf war nur Platz für Rebecca. Die Angst hatte sich in einen stillen Groll gegen ihre Tochter gewandelt. Wie oft hatte Rebecca ihren Terminplan über den Haufen geworfen? Wie oft hatte sie Frankies Konzentration gestört, wenn sie wichtige Operationen vornehmen musste? Frankie spürte die Anspannung in den Schultern. Es war wie ein Messer, das zwischen ihren Schulterblättern gedreht wurde.

Bis zum späten Vormittag, als Charlotte an die Tür zum Pausenraum klopfte, um ihr mitzuteilen, dass Peter Maybury am Telefon war, hatte Frankie kaum durchatmen können.

»Kann ich Sie morgen auf einen Kaffee einladen?«, fragte er zwitschernd.

»Ja. Gut.« Die Antwort kam lust- und tonlos. Sie zögerte und hätte Peter beinahe gefragt, ob sie die Polizei rufen sollte, doch dann legte sie schnell auf.

Sie beschloss, erst heimzufahren und den Anrufbeantworter abzuhören.

In ihrer Wohnung blinkte bereits das rote Lämpchen. Sie drückte die Abspieltaste und sank auf die Couch, als sie Rebeccas aufgekratzte Stimme hörte. »Hi, Mum, ich bin's, Bec. Na schön, das hast du bestimmt schon gemerkt, schließlich bist du meine Mum. Jedenfalls rufe ich aus einer Telefonzelle an. Ich bin auf dem Weg nach Norden. Dags, Stubby und Moss lassen dich grüßen, stimmt's, Jungs?«

Frankie musste lächeln, als sie über dem Knistern des Bandes Hundegebell hörte. Offenbar hatte Bec den Hunden per Handzeichen befohlen, »Laut zu geben«.

»Diesmal hatten Dad und ich einen echt heftigen Streit. Den vollen Magenschwinger. Schätze, ich komme nicht so schnell zurück. Der alte Bastard. Er will mich nicht auf der Farm haben.«

Frankie hörte die Stimme ihrer Tochter brechen.

»Jedenfalls ruf' ich wieder an, Mum, sobald ich irgendwo gelandet bin. Liebe dich.« Dann war die Leitung tot.

Frankies Hände begannen zu zittern, und ihre Augen starrten ins Leere. Sie saß auf der Couch, presste die flatternden Hände an den Mund und begann zu weinen.

Es war alles so ein Chaos. So ein schreckliches Chaos.

Kapitel 3

Bec tastete nach den heißen, voll gesogenen Pommes frites in dem Pappbehälter zwischen ihren Beinen. Das hochtourige Heulen ihres Subarus wurde von der scheppernden Kassette übertönt, die in dem verstaubten Recorder steckte.

Tom und Bec hatten den Recorder mit rostigen Schrauben unten am Armaturenbrett befestigt, als Bec ihren Führerschein gemacht hatte, und beide hatten gelacht, als Tom einen zusammengeknickten Kronkorken als Sicherung eingesetzt hatte.

John Cougars blecherne Stimme krähte »*Hurt so good*« aus den wummernden Lautsprechern in den Türen. Der weiße, unterbrochene Mittelstrich lief unter den sirrenden Reifen durch, und Bec sang unter dem Kauen, wobei sie gelegentlich einen Blick in den Rückspiegel und auf ihre Hunde warf. Das Lied erinnerte sie an Sal, ihre Freundin aus dem Internat. Sally hatte sich vor Kurzem an einer Universität eingeschrieben, deren Campus ein paar Stunden östlich der Stadt lag, durch die Bec gerade gerast war.

Bestimmt lag sie gerade in einem winzigen Zimmer, verkatert oder betrunken, und hatte vielleicht die Schenkel um den Leib eines jungen Kerls gelegt, den sie auf der Abschlussparty nach der Orientierungswoche aufgelesen hatte. Oder aber sie saß gebeugt an einem Schreibtisch, die lange, schlanke Nase in ein Buch über Agrarökonomie versenkt und eine kleine Falte zwischen den elegant geschwungenen Brauen.

Bec lächelte, als sie sich ihre beste Freundin vorstellte. Als sie Sally das erste Mal gesehen hatte, hatte sie eine Schuluniform getragen, an einer Backsteinwand gelehnt und langsam einen Apfel gekaut. Sally, groß und schlank, hatte selbst in dem faden Grau der freudlosen Uniform gut ausgesehen. Bec hatte an dem verknitterten Hemd und dem schlecht sitzenden Blazer hinabgesehen, den sie selbst trug, und wollte an ihr vorbeigehen, weil sie glaubte, dass dieses Mädchen bestimmt zu blasiert war, um sich mit ihr zu befreunden.

»Willst du mal beißen?«, hatte Sally gefragt.

»Nicht, nachdem du draufgesabbert hast«, hatte Bec geantwortet, und beide mussten lachen. Es war der Beginn einer übermütigen Freundschaft – von zwei Mädchen, die nie wirklich in die schnatternde Schar von »jungen Damen« passten, die diese Schule besuchten. Anfangs hatte sie ihr spröder Humor verbunden, aber bald vertiefte sich ihre Freundschaft, bis sie einander fast jeden Gedanken und jede Sorge anvertrauten, die sich ergaben, wenn man als Teenager in einer bedrückenden, verlogenen Privatschulkultur überleben wollte.

Um während der Mittagspausen die Zeit totzuschlagen, imitierte Sally oft ihren Vater, einen Arzt. Selbst nach fünfundzwanzig Jahren in Australien war sein englischer Akademikerakzent unüberhörbar, und er bestand darauf, an jedem Wochentag zur gleichen Zeit den Nachmittagstee zu nehmen.

»Du hast ein ›Ausreichend‹ in Chemie, mein Mädel. Formidabel!«, imitierte Sally ihn wild gestikulierend und mit vorgerecktem Kinn. »Das ist eine gewaltige Steigerung gegenüber dem vergangenen Jahr, meine Rosenblüte.«

Dr. Carter verwendete ständig Bezeichnungen wie »Rosenblüte«, »Blume« oder »Kürbis«, wenn er sprach, doch am öftesten sagte er »meine Liebe«.

»Noch etwas Tee, meine Liebe?«, sagte er etwa zu Bec, wenn sie sich auf der Kante der mit Chintz bezogenen Chaiselongue im Wochenendhaus der Carters niederließ. Dann tauschten die beiden Mädchen heimlich ein kurzes Lächeln, während Dr. Carter Bec eine Blumenmuster-Teetasse mit Goldrand reichte und ihr dazu einen original englischen Haferkeks anbot.

Dr. Carter war so anders als Becs Vater, dass sie sich oft dabei ertappte, wie sie ihn anstarrte und jede seiner Bewegungen verfolgte, als sei er ein Außerirdischer. Mrs Carter war nicht minder faszinierend, wenn sie, die Hände in blumenbedruckte Gartenhandschuhe gepackt und mit einem Weidenkorb über dem Ellbogen, auf Zehenspitzen durch den Garten tippelte.

»Mann«, sagte Bec zu Sally, während sie Mrs Carter durch das Fenster beobachtete. »Sie erinnert mich an Mrs Bucket aus *Mehr Schein als Sein.*«

Sally verdrehte die Augen und kaute an ihren Nägeln.

»Komm schon, lass uns die Schlüssel zur Bar suchen, damit wir Mums Gin wegputzen können, bevor sie reinkommt«, sagte sie augenzwinkernd.

Bec verbrachte viele Wochenenden bei den Carters. Wenn Dr. Carter nicht in seiner Praxis war, fuhren sie auf ihren kleinen Wochenend-Bauernhof nahe der Stadt. Rebecca starrte jedes Mal ungläubig auf die blanken Zäune, die adretten, amerikanisch aussehenden Scheunen und die schlaglochfreie Einfahrt, die links und rechts von weißen Schmucklilien gesäumt war.

»Wahnsinn, Sal, schau mal, wie viele Zaunpfosten dein Dad da gesetzt hat … und Maschendrahtzaun! Der Zaun muss ein Vermögen gekostet haben! Was will er auf der Koppel halten? Elefanten?«

»Alpakas«, erwiderte Sally trocken. Bec spürte, dass ihrer Freundin der yuppiehafte Farmstil ihres Vaters peinlich war.

»Ich nehme an, als Nächstes kommen ein Olivenhain und ein Weinberg«, sagte Bec.

»Nein.« Sal verschränkte die Arme. »Trüffel.« Sie seufzte.

Es war kein Wunder, dass Sally an einer Universität mit einem Studiengang in Agrarökonomie gelandet war, wo sie zur landwirtschaftlichen Finanzberaterin ausgebildet wurde. Sie hatte für ihren Vater schon Zillionen von potenziellen Anbauprojekten überprüft und alle Kosten- und Einnahmeschätzungen für ihn durchgerechnet. Aber vor allem die zerklüfteten Berge und üppigen Flussebenen von Waters Meeting hatten Sally dazu verleitet, sich für eine Laufbahn im landwirtschaftlichen Bereich einzuschlagen. Sie war für ihr Leben gern während der langen Sommerferien auf die Saunders-Farm entflohen. Und Bec hatte Sally alles darüber beigebracht, welche Art von Anbau in der Region betrieben wurde. Sally wäre zu Tode betrübt, wenn sie erführe, dass Bec Waters Meeting endgültig verlassen hatte.

Bec stopfte die letzten Pommes frites in ihren Mund, wischte die Hände an den Jeans ab und schubste den Pappbehälter auf den Wagenboden. Sie spielte mit dem Gedanken, ihre Freundin anzurufen und zu besuchen, aber Rebecca war klar, dass die vernünftige Sally mit ihrer pragmatischen Lebenseinstellung sie überreden würde, umzukehren und heimzufahren. Sie beschloss, Sally erst später anzurufen und ihr den Streit mit ihrem Vater zu beichten. Bis zum Abend wäre sie mehrere hundert Kilometer von der Farm entfernt, und es gäbe kein Zurück mehr.

Während der ersten Nacht hatte sich Bec unruhig in ihrem Schlafsack herumgewälzt. Sie hatte ihn hinten auf dem am Straßenrand geparkten Pick-up ausgebreitet, die Heckklappe offen gelassen und eine Plane über den Schlafsack gezogen, falls es regnen sollte. Sie versuchte sich einzureden, dass die Gänsehaut an ihrem Körper von der Kälte und nicht von Angst zeugte. Ihre Hunde lagen zusammengerollt in kleinen Mulden, die sie unter dem Pick-up, wo Bec sie angebunden hatte, in den staubigen Grund gewühlt hatten. Bec wusste, dass sie Wache halten und für sie lauschen würden, sie kannte jedes einzelne Bellen und wusste genau, was welcher Hund ihr damit mitteilen wollte.

Während der nächsten drei Tage fuhr Rebecca immer weiter nach Norden und dann nach Westen und hielt nur ab und zu an einer Raststätte, um Essen und Benzin zu besorgen. Manchmal machte sie an einem öffentlichen Park mit büscheligem Rasen oder an einem kühlen, schattigen Flussufer Rast, um ihren Hunden Auslauf oder Gelegenheit zum Schwimmen zu geben. Dann bog sie eines Morgens, nachdem ihr Bankkonto auf fünfzig Mäuse geschrumpft war, auf einen Auktionshof voller Männer und Rinder.

Die Trucks standen mit dem Heck zu den Laderampen, während die Viehvermittler, die für die Farmer die Kaufverträge mit den Kunden aushandelten, in blauen Hemden mit Firmenaufnähern und in Leinenhosen im Laufschritt die Schafe durch die Zwischengänge trieben. Begleitet von Dags, ihrem besten Hütehund, wanderte Rebecca durch die Reihen von Schafpferchen hindurch, bis sie zu den Laderampen gelangte.

Ein Truckfahrer in dunkelblauen King-Gee-Hosen war gerade dabei, große alte Schafböcke hochzuheben, die sich in der Ladeluke verkeilt hatten und den Zugang verstopften. Halblaut über die Schafe fluchend, rief er erneut nach seinem Hund, der schwer keuchend im Schatten unter der Rampe stand. Ein weiterer Mann, der die Uniform eines Viehvermittlers trug, stand neben dem Truck und piekte mit einem kurzen schwarzen Schlauchstück in die Schafe. Die Knöpfe seines blauen Hemdes spannten und dehnten sich vor seinem dicken Bauch. Die Hose hing ihm tief auf der Hüfte und sah so aus, als würde sie jeden Moment ganz herunterrutschen, wäre da nicht der straff gespannte Ledergurt knapp unter seinem Ranzen gewesen. Sein rotes Gesicht glänzte verschwitzt, obwohl die Sonne die Luft noch kaum aufgewärmt hatte.

»Brauchen Sie Hilfe?«, rief Bec, wobei sie eine Hand oben auf einen Eisenpfosten stemmte und über den Zaun flankte. Der Vermittler sah sie stirnrunzelnd an, schob den Hut in den Nacken und kratzte sich am Kopf. Bec wusste genau, was er dachte. Jung. Weiblich. Sie ignorierte die zusammengekniffenen Augen und den schmalen Mund.

»Ihr Hund sieht ein bisschen mitgenommen aus«, sagte sie gut gelaunt. Sie nickte zu dem kleinen schwarzen Hund des Fahrers hin, der die Schafe hechelnd und mit kurzen Kläfflauten zu lenken versuchte, ohne dabei seinen Zufluchtsort im Schatten zu verlassen.

»Meiner ist frisch und schnappt nicht, solange es ihm nicht befohlen wird.« Bec beugte sich vor und kraulte Dags hinter dem Ohr. Der bierbäuchige Viehvermittler warf einen Blick auf den gut gebauten, schwarz-braunen Kelpie und brummte: »Wenn er doch zuschnappt und eines der Tiere blutig beißt, dann werden Sie das bezahlen, Sie haben also hoffentlich Geld dabei.«

»Na schön. Ehrlich gesagt, nein«, sagte Bec. »Ich bin total pleite, ohne Job und Wohnung … aber immerhin weiß ich, dass mein Hund nicht beißt.« Sie schenkte dem Mann ein strahlendes, halb sarkastisches Lächeln und sagte ruhig: »Dags. Hierher. Spring da rein.«

Der Hund sprang in den Treibgang, der mit Blechwänden verkleidet war, und landete geschickt auf den Schafen.

»Gib Laut«, rief Bec, und Dags ließ ein tiefes Bellen ertönen, bei dem seine Rute schnell und tief zwischen den Hinterläufen hin und her schlug. Mit einer Reihe von kurzen Pfiffen schickte Bec ihren Hund die Rampe hinauf in den unteren Laderaum des Lasters. Die Schafe kamen in einem dichten Schwall aus dem Truck und fluteten in einem steten Strom durch die Treibgänge.

Der Trucker und der Viehvermittler sahen einander an, und Bec war sicher, den Viehvermittler zwinkern zu sehen.

»Macht er gut«, sagte der Lasterfahrer mit einer Kopfbewegung zu Dags hin, der auf den Rücken der kürzlich geschorenen Widder zu surfen schien.

»Nicht schlecht«, bestätigte der Viehvermittler. An Bec gewandt fragte er: »Wo haben Sie den her?«

»Den habe ich selbst gezüchtet. Ich habe übrigens einen Wurf von Welpen in Aussicht, die er gezeugt hat.« Bec nickte zu Stubby hin, die mit gespitzten Ohren auf der Ladefläche des Pick-ups hockte.

»Würde gern wissen, wie sich die machen. Ich bin übrigens Rodney Phelps«, sagte der Viehvermittler und streckte die Hand aus.

»Das hier ist Darren Barnett, einer unserer Fahrer.«

»Rebecca Saunders.« Sie gab beiden die Hand.

»Und von woher hat's dich zu uns verschlagen?«, fragte Darren, während er die schwere Ladetür des Trucks zuschob.

»Ach, ich bin aus dem Süden.« Sie schwenkte unbestimmt die Hand. »Ich suche Arbeit, falls einer von euch jemanden kennt, der jemanden braucht.«

»Bist du von einer Farm?«, fragte Rodney.

»Genau.«

»Nicht viele Stations hier nehmen Jillaroos, aber ich kann trotzdem für dich rumfragen, Kleine.« Rodney griff nach einem blauen Notizbuch in seiner Hemdtasche, drehte ihr dann den Rücken zu und begann wegzugehen.

»Kann ich noch irgendwo helfen?«, fragte Rebecca schnell. »Bevor der Verkauf beginnt?« Sie versuchte sich nicht anhören zu lassen, wie wichtig ihr das war. Sie war davon ausgegangen, dass Dags mit seinem Geschick die Männer von ihren Fähigkeiten als Viehtreiberin überzeugen würde, doch die beiden zeigten sich wenig beeindruckt. Darren und Rodney sahen einander an, dann zuckte der Trucker mit den Achseln.

Rodneys Blick lag auf Dags. Schmallippig murmelte er: »Der Verkauf beginnt um neun. Du kannst die Schafe hier in den hinteren Pferch bringen, den mit dem Baum drin.«

Bec nickte ihm dankbar zu, pfiff Dags, der zwei Handbreit vom Zaun zurückwich, und ging dann gemeinsam mit ihm los, die Schafe in den Pferch zu treiben.

»Die müssen aber noch gezählt werden!«, rief Rodney ihr nach. »Du kannst doch Schafe zählen, oder?«

Bec drehte sich um, nickte lächelnd und begann in Richtung der Schafe zu laufen. Sie wusste, dass sie dank Dags eine Chance hatte. Eine Chance, einen Job und einen Neuanfang zu finden.

Während die Sonne höher stieg und ihr allmählich der Schweiß auf die Stirn trat, trudelten immer mehr Käufer, Verkäufer und »Reifentreter« ein. Manche lehnten an den Zäunen und plauderten. Andere hängten mit lautem Klirren die Ketten der Gatter aus und wanderten in die Pferche, wo sie mit fetten Farmerfingern die Rücken der Schafe betasteten. Alte Männer mit schlaffer Haut und geröteten, tränenden Augen beugten sich über die Wollschafe und wühlten sich mit geschicktem Griff durch das Vlies. Sie prüften mit scharfem Blick, wie weiß die Unterwolle war, und spielten sich und anderen vor, dass sie unter der Deckwolle erkennen konnten, wie kräftig die Haare gelockt waren. Die Viehvermittler in ihren blauen Hemden schlenderten hierhin und dahin, sprachen eifrig in ihre Handys oder notierten die Nummern der Pferche.

Bald stand Rodney auf dem Laufsteg, der oberhalb der Pferche verlief, umgeben von seinen Schreiberlingen, die ihre Clipboards in der Hand hielten. Er rief laut: »Verkauf! Verkauf!«, woraufhin die Männer aus den Pferchen herbeiströmten und sich unten am Gatter versammelten, wo sie einen See von Hüten bildeten. Die Schafe direkt vor Rodney schreckten auf und flohen, die Schnauzen gegen die Rücken anderer Tiere gedrückt, vor seiner Stimme in die am weitesten entfernte Ecke. Sanfte gelbe und von weißen Lidern geschützte Augen beobachteten, wie sich die Käufer versammelten.

Die Schafe im ersten Pferch hatten Wolle mit geschlossenen Spitzen. Die Oberfläche ihrer Vliese öffnete sich in winzigen Ritzen wie Schlamm rund um eine austrocknende Pfütze. Einige Schafe sprangen im Gedränge hoch, andere schnupperten an dem Beton unter ihren Hufen. Rodney brüllte die Verkaufsbedingungen in einem atemlosen Schwall von Worten hinaus, den jeder dieser Männer hier schon hundertmal gehört hatte. Bald war die Auktion in Schwung gekommen, und Rodney schlug immer wieder mit seinem Stock und einem lauten »Verkauft!« an das Metallgitter der einzelnen Pferche.

Bec hatte sich unter die Männer mit Hut gemischt und spürte ihre Blicke auf sich ruhen. Augen, die ihr Gesicht und die Brüste unter ihrem roten T-Shirt abtasteten. Sie zog den Hut tiefer ins Gesicht und versuchte abzuschätzen, welchen Preis jeder Pferch erbringen würde.

Als sie zu Rodneys fassförmiger, krakeelender Gestalt vor dem blauen Himmel aufsah, zupfte ein Schmunzeln an ihren Mundwinkeln. Er hatte die Angewohnheit, den Inhalt seiner Unterhose zu sortieren, bevor er von einem Pferch zum nächsten wanderte und mit dem nächsten Gebot begann. Und zwar ausnahmslos jedes Mal. Ein kurzer Griff an den Jeansstoff. Bec rätselte, ob das den Bietern aufgefallen war. Zu stören schien es niemanden. Offenbar war er so lange im Auktionsgeschäft, dass es die Bieter gar nicht mehr wahrnahmen oder niemand mehr Witze darüber riss. Rodney war gut in seinem Job, er wurde von einer nervösen Energie angetrieben. Seine Finger begannen unwillkürlich zu zucken, wenn er die Gebote ausrief.

»Was höre ich für diese wunderschöne Herde von Schafen? Ganz frisch geschoren und gut in Form. Ich beginne mit zwanzig, zwanzig, höre ich zwanzig? Fünfzehn, fünfzehn.«

Der Beobachter neben ihm, dessen Blick unausgesetzt über die Bieter wanderte, rief: »Ja!«, und deutete mit dem

Clipboard auf einen Bieter am Zaun. Das Nicken eines Mannes mit Strohhut erhöhte das Gebot, bis Rodney bei vierzig Dollar mit seinem Stock auf den Zaun schlug.

»Verkauft! V. C. und G. Goodman, Sandhurst«, sagte er zu seinem Schreiber. Die Menge wanderte weiter zum nächsten Pferch, und Bec wanderte mit.

Nachdem die erste Reihe von Pferchen verkauft war, begannen die Laster wieder an die Gatter zu fahren, um die Schafe abzutransportieren. Bec hörte die Motoren anspringen und pfiff nach Dags, der dösend unter einem schattigen Baum lag und nach den Fliegen schnappte. Er sprang sofort auf, und gemeinsam gingen sie zur Fahrstraße hinüber, um weiter nach Arbeit zu suchen.

Doch jeden Fahrer, den sie fragte, ob er von einem freien Job wisse, schüttelte den Kopf, bis ihr Mut und ihre Hoffnungen schwanden.

Irgendwann registrierte Bec, die auf den Verladerampen arbeitete, dass die Auktion immer noch lief, doch die Stimme des Auktionators gewechselt hatte. Rodney machte Pause, und ein jüngerer Auktionator war an seine Stelle getreten. Hier oben auf der Laderampe konnte sie über die Menge hinwegschauen. Rodney unterhielt sich gerade mit einem klein gewachsenen Mann, und beide sahen zu ihr herüber. Sie pfiff eilig nach Dags, der sich geschickt über die Schafrücken zu ihr vorarbeitete. Der selbstbewusste Hund stieß ab und zu ein strategisch geschicktes Bellen aus und hatte die Schafe in kürzester Zeit dazu gebracht, nacheinander auf den klapprigen zweistöckigen Sattelschlepper zu trotten.

Bec rollte die schwere Ladetür des Schleppers zu und hängte die Haltebolzen ein. Als sie sich umdrehte, sah sie den kleinen Mann auf sich zukommen.

»Guten Hund haben Sie da …«, rief er ihr zu.

Bec sah unter ihrer Hutkrempe hervor den kleinen, silberhaarigen Mann am Gatter lehnen. Genau wie bei Rodney hielt ein Gürtel unter dem Bierbauch eine tief herabhängende Hose.

»Selbst gezüchtet und ausgebildet. Wir suchen Arbeit, falls Sie jemanden wissen.«

»Wir?« Der Mann sah sich nach einem jungen Mann um.

Bec musste über sich selbst lachen und lächelte den Mann ein. »›Wir‹ wie ich allein. Ich und meine drei Hunde.«

»Ach so. Na ja, normalerweise stellen wir keine Frauen ein. Wir haben keine getrennten Unterkünfte.«

»Getrennte Unterkünfte? Ach, verstehen Sie mich nicht falsch. Ich bin einiges gewöhnt, ich bin mit zwei Brüdern groß geworden, wenn Sie also glauben, das würde meine Arbeit beeinträchtigen …«

Der Mann hob die Hand, um ihr das Wort abzuschneiden.

»Ich habe keinen Zweifel, dass Sie zurechtkommen. Rodney hat mich schon bequatscht. Kein Wunder, dass er der beste Viehvermittler weit und breit ist, er kann mir alles aufschwatzen. Wir haben eine Anzeige für einen Jackaroo geschaltet, aber keinen passenden Bewerber gefunden, darum stehen die Unterkünfte einstweilen leer. Sie könnten zwei Monate zur Probe arbeiten. Aber wenn es auch nur den kleinsten Ärger mit einem meiner Männer gibt, verschwinden Sie von der Station.«

»Und welche Station wäre das?«, versuchte Bec das Gespräch wieder auf das eigentliche Thema zurückzulenken.

»Ich bin Alastair Gibson. Manager der Blue Plains Station. Um die dreißig Kilometer von hier. Allerdings bin ich nur zeitweise dort. Ich leite die Station von der Stadt aus, aber der Verwalter, Bob, und seine Frau Marg sind anständige Leute. Sie werden sich um Sie kümmern und Ihnen alles zeigen, was Sie wissen müssen.«

»Danke, Mr Gibson. Ich bin Bec. Rebecca Saunders.« Sie reichte eine staubige Hand über das Gatter.

»Freut mich, Sie kennenzulernen, Rebecca. Kommen Sie nachher zu mir an die Bar, dann erzähle ich Ihnen, was wir so treiben.«

»Abgemacht«, sagte sie und sah ihm nach, während er breitbeinig zu der vor den Viehvermittlern versammelten Menge spazierte.

»Wieso tragen Männer ihre Hosen immer so, dass ihnen der Boden in den Kniekehlen hängt?«, fragte sie halblaut Dags, der keuchend neben ihr saß, das große Maul zu einem breiten Kelpie-Lächeln gedehnt.

Gegen Ende der Auktion, als die Sonne hinter den Pfefferbäumen versunken war und die Kakadus auf den Stromleitungen krakeelten, hatte Bec ein kaltes Bier in der Hand und einen Job als Jillaroo auf der Blue Plains Station. Die Station war Teil einer Kette von Landgütern, die der Australian Rural Company gehörte, von den Arbeitern immer nur AR genannt. Blue Plains umfasste 65 000 Hektar von größtenteils hügeligem Land, auf dem traditionell Merinoschafe gehalten wurden. In jüngster Zeit hatte das Unternehmen diversifiziert und etwas extensive Getreidewirtschaft sowie eine Herde von achthundert Zuchtrindern eingeführt. Alastair erzählte ihr, nachdem das Wetter während der letzten Jahre mitgespielt habe, seien die Herden vergrößert worden, sodass mittlerweile 30 000 Schafe auf den Weiden und den knisternden Weizenstoppeln weideten. Er lehnte sich an die Plane des Pick-ups, der einem Viehvermittler gehörte, und nahm einen Schluck Bier.

»Sie könnten genau die Richtige sein, um die Schafböcke für die Shows vorzubereiten. Seit sie die Shows verkleinert haben, haben wir auch unsere Show-Mannschaft verkleinert. Trotzdem war es der Firma immer wichtig, auf den entscheidenden Ausstellungen aufzutreten. Wir werden jemanden brauchen, wenn die Saison beginnt.«

Bec hatte zwar wenig Bezug zu den steifen Schaf-Vorführungen und den in Tweed gewandeten Gestalten, die dort aufkreuzten, doch sie nickte eifrig. Sie musste an den unfruchtbaren Schafbock denken, den ihr Vater gekauft hatte, und an den haarigen, selbstverliebten Kerl, der ihn gezüchtet hatte.

»Sicher.« Sie lächelte. »Super, Mr Gibson. Das wäre toll!« Bec wusste, dass auf den Schaf- und Wollvorführungen oft auch Hütehunde-Trials stattfanden. Das bedeutete möglicherweise, dass sie ihre Hunde auf einem Wettkampf antreten lassen konnte, wenn sie gerade nicht mit den Schafen zu arbeiten hatte.

Sie hob ihre Bierflasche in Rodneys und Alastairs Richtung. »Danke für die Chance, und danke für den Job.«

»Sieht aus, als wärst du mir einen von deinen zukünftigen Welpen schuldig.« Rodney zwinkerte.

»Sieht so aus«, sagte Bec und stieß mit ihm an. Dann tranken alle. Eiskalte Flüssigkeit rann durch ihre Kehle. Noch nie hatte Rebecca ein Bier so gut geschmeckt.

Kapitel 4

Tom schob die Tür zum Pub auf, und Mick marschierte mitten ins Gedränge. Hinter dem Tresen warf ein fassbäuchiger Mann die Hände in die Luft.

»Woo-hoo! Die Saunders-Buben sind in der Stadt! Nehmt euch in acht, Mädels!«

Mehrere Köpfe drehten sich zum Eingang, und der stetige Gesprächsfluss im Gastraum flaute kurzfristig ab. In einer Ecke des Pubs beugten sich mehrere Mädchen vor und begannen hektisch hinter vorgehaltener Hand zu flüstern. Ihre Blicke flogen Mick zu. Er war deutlich größer als Tom. Er hielt die Schultern gerade und den Kopf hoch erhoben. Stoppeln säumten sein energisches Kinn, und seine blauen Augen strahlten hinter dunklen Wimpern hervor, als sein Blick durch das Pub wanderte und auf dem Tisch der jungen Frauen liegenblieb. Dann setzte er seinen Weg durch die Menge an die Bar fort.

Die Blicke der Mädchen folgten seinem kleinen Bruder. Auch er war ein Bild von einem Mann. Aber er strahlte weniger Selbstvertrauen aus. Seine großen braunen Augen hatten etwas Verträumtes. Trotzdem waren die beiden die bestaussehenden Männer in der Bar.

Während sich die Brüder durch die Menge arbeiteten, stießen ein paar der hiesigen Jungs auf sie an, mehrere von ihnen klopften Mick auf die Schulter oder streckten ihm die Hand hin. Tom folgte leise nach.

»Dirty Weatherby! Wie geht's, wie steht's?« Mick krempelte die Hemdsärmel auf und stemmte die kräftigen Arme auf die Theke. Während Mick das Portemonnaie hinten aus seiner Jeans zog, ließ sich Tom auf dem Barhocker nieder, auf dem er immer während ihrer Freitagabend-Trinkgelage saß.

»Das Übliche, danke, Dirty.« Mick zog einen Zwanziger aus der Tasche.

Während Dirty das Glas gegen das Dosierkreuz unter der Flasche mit Bundaberg-Rum drückte, rief er ihnen über die Schulter zu: »Schon was von eurer kleinen Schwester gehört?«

»Nee. Nichts. Sie könnte weiß Gott wo sein«, sagte Mick.

»Was hat euer Dad deswegen unternommen?«

»Er kann kaum was machen.« Mick hob die Schultern.

»Also, ihr könnt ihm ausrichten, sie ist wohlauf und gesund, aber das hat sie nicht ihm zu verdanken.« Dirty zog eine Postkarte heraus, die zwischen den braunen Fliesen hinter der Bar steckte. Er ließ sie zu ihnen herübersegeln. »Die ist letzte Woche gekommen.« Er ging kopfschüttelnd davon.

Tom griff nach der Karte. Sie zeigte einen großen Brahmanen-Bullen mit faltiger Haut. Er drehte sie um und sah die Briefmarke aus dem Norden. Mick las über Toms Schulter hinweg Rebeccas Bericht mit – von der Fahrt nach Norden, von den Hunden und der Aussicht auf einen neuen Job weit im Westen.

»Jesus! Die ist am Arsch der Welt gelandet!«, sagte Mick.

Sie hatte ein Postskriptum angefügt. Tom drehte die Karte seitlich und las mit zusammengekniffenen Augen. Seine vollen Lippen schlossen sich zu einem dünnen Strich. Ein Muskel zuckte in seinem Kinn, während er die winzigen Buchstaben entzifferte.

»Falls du Tom und Mick siehst, dann grüße sie lieb von mir und sag ihnen, ich schicke ihnen meine neue Anschrift, sobald ich mich eingerichtet habe.«

Tom kippte seinen Rum und klatschte einen Fünfer auf die feuchte Theke.

»Hiiii!« Er hörte eine aufgekratzte Mädchenstimme in seinem Rücken. Als er sich umdrehte, erblickte er Angela Carmichael, die in einem hautengen Top hinter ihnen stand und zu Mick aufschaute.

»Hey, Ang.« Mick ließ ein charmantes Lächeln aufstrahlen.

»Mick.« Sie küsste ihn auf die Wange, knapp oberhalb des Grübchens, das ihr besonders gut gefiel. Dann wandte sie sich an Tom. »Hi.«

»Hallo«, sagte Tom und nahm einen Schluck Cola mit Rum.

Sie trat kurz beiseite, um ihre Freundin vorzulassen.

»Mick. Ich möchte dir eine Freundin von mir vorstellen. Das ist Trudy Gilmore. Sie hat gerade als Lehrerin an unserer Schule angefangen.« Sie schubste Trudy nach vorn.

Er ergriff Trudys schmale, blasse Hand, hauchte einen Kuss darauf, sah ihr in die Augen und zwinkerte ihr zu. Sie schenkte ihm ein Lächeln, das Mick bei den Frauen zu deuten gelernt hatte. Er beobachtete, wie sie ihr lockenloses Haar hinter die leicht abstehenden Ohren strich.

»Hallo, Michael«, sagte sie.

Tom drehte sich wieder der Theke zu. Der Freitagabend hatte begonnen wie sonst auch, nur dass diesmal Rebecca nicht dabei war und ihm Gesellschaft leistete.

In der Dunkelheit stand Tom, pinkelte in einen Busch und blickte auf die Lichter des Dingo-Trapper-Hotels. Es war ein halb verfallenes, altes Pub, das in einer vom Rebecca River gelegten Schleife stand. Mick bezeichnete es gern als Muschifalle – im Lauf der Jahre hatte er dort die meisten hiesigen Mädchen abgeschleppt. Und wenn gerade kein Mädchen aus der Gegend zur Hand war, hatte er sich an die Rucksacktouristinnen gehalten, die gelegentlich während der alkoholseligen, bierdümpelnden Nächte hereinschneiten. Kantige

Schwedinnen oder Engländerinnen mit weißer Haut, die allesamt eine dicke Portion Aussie-Macho probieren wollten. Eine Rolle, die Mick auf den Leib geschneidert war.

Tom sah Mick mit der Dürren tanzen. Beide waren von dem Fenster umrahmt, aus dem ein hell leuchtendes Rechteck auf den dunklen Rasen vor dem Pub strahlte. Tom sah, wie sich die Dünne mit fliegenden Haaren und einem strahlenden Lächeln in Micks Armen drehte. Diese Lehrerin, dieses Mädchen, dachte Tom, erschien ihm anders als die anderen. Sie hatte andere Absichten. Tom zog seufzend den Reißverschluss zu und spazierte ins Pub zurück.

Ein Garth-Brooks-Song dröhnte aus der blinkenden Jukebox, und der Boden bebte. Mick und Trudy tanzten eng und Becken an Becken. Ab und an beugte sich Mick vor und küsste sie auf den Hals.

Tom ließ sich wieder auf seinem Barhocker nieder und stapelte sein Wechselgeld zu einer kleinen Säule.

»Sie ist zu dürr für ihn, die da«, sagte Dirty und nickte zu Trudy hin. »Das Land, das euer alter Herr besitzt, ist rau … wenn dein Bruder eine Frau sucht, die es mit so einem Land aufnimmt, dann braucht er ein gutes, kräftiges Weib, das Zäune und Zähne ziehen kann. Keinen dürren Zaunpfahl wie die da.«

Er knallte eine weitere Cola-Rum vor Tom hin und suchte die passenden Münzen heraus.

»Was ist mit dir, Tommyboy? Wo ist deine Frau?«

Tom drehte sich um und beobachtete, wie sein Bruder Trudy über den pockennarbigen Pooltisch beugte. Sie stieß spitze Schreie aus, während die anderen Mädchen eifersüchtig zuschauten.

»Ach, die ist ganz nah, Dirty. Ganz nah.«

Aber Dirty war schon weg und bediente am anderen Ende der Theke den nächsten Kunden.

Tom senkte den Blick in den dunklen Spiegel seiner Cola.

Er war in Sally Carter verknallt. Rebeccas Freundin. Als würde er Dirty das auf die Nase binden.

Als Teenager hatte er in Becs Zimmer nach einem Brief oder einem ausgeliehenen Pulli gesucht. Irgendwas. Irgendwas von Sal. Nachdem sie die Wochenenden in Waters Meeting verbracht hatte, hatte Tom die Laken des Gästebetts nach ihren glänzenden, geraden Haaren durchsucht. Er hatte seine Wange auf das Kissen gelegt, auf dem sie geschlafen hatte, und die Erektion in seiner Jeans gespürt. »Perversling«, hatte er sich selbst gescholten.

Auf Zehenspitzen war Tom durch die Gänge des alten Hauses geschlichen. Hatte sich hinter Türen versteckt. Gelauscht. Und versucht zu hören, ob Sally ihn erwähnte. Ein paar Mal hörte er seinen Namen aus ihrem Mund, aber jedes Mal war er an ein weiteres Wort geknüpft wie »der schüchterne Tom«. »Der kleine Tom.« »Der stille Tom.« Ein einziges Mal hatte sie »der süße kleine Tom« gesagt, und sein Herz hatte einen Schlag ausgesetzt, aber als sie ihn beim Abendessen mit der Familie komplett ignoriert und mit Mick geflirtet hatte, war es ihm wieder in die Hose gesunken.

Er kippte den restlichen Rum. Der total neurotische Tom, dachte er und knallte das leere Glas auf die Theke. Er hasste sich dafür, dass er immer noch von dem kurzen Kuss träumte, den sie im staubigen Halbdunkel des Schuppens auf seine siebzehnjährigen Lippen gedrückt hatte.

Er hasste sich dafür, dass er einfach nicht loszukommen schien.

»Diesmal Rum auf Eis, danke, Dirty«, sagte Tom.

»Jetzt wird's ernst, wie?« Dirty nahm das Glas von der Theke.

Aus der Menge kamen Mick und Trudy Arm in Arm angestolpert. Als Trudys Toms leeres Gesicht sah, löste sie sich von Mick. Sie rückte den blassrosa Kragen ihres Hemdes gerade und zog es glatt. Dann strich sie über ihr korrekt geschnittenes Haar und nestelte an der silbernen Gliederkette um ihren Hals.

»Amüsierst du dich?«, schrie sie über den Lärm hinweg.

»Und wie.«

»Tommo, mein Freund.« Mick schlug seinem Bruder auf die Schulter und beugte sich an sein Ohr. »Ich hab's geschafft. Sie hat mich gefragt, ob ich heute bei ihr übernachten will. Schätze, du kannst mich morgen Früh abholen kommen.«

Mick zwinkerte und war gleich darauf verschwunden.

2. Teil

Kapitel 5

Rebecca gehörte nicht zu den Mädchen, die oft Zeit hatten, sich die Nägel zu lackieren, oder auch nur Wert darauf legten. Doch sie hatte das Gefühl, dass dieser Abend ein besonderer werden würde. Die tanzenden, glänzenden Nägel, die sich um den Henkel des Eimers schlossen, schienen einer Fremden zu gehören. Im Eimer schwappten körperwarme Schafsinnereien. Ein weißer Kakadu kreischte auf dem Eukalyptusbaum, auf den die Sonne gnadenlos schien. Die knorrigen alten Glieder des Baumes hingen träge über dem knarrenden Blechdach des Schlachtschuppens. Rebecca blinzelte gegen die Nachmittagssonne, sah zu dem Vogel auf und nahm dann ihre ganze Kraft zusammen. Der Schweineeimer war immer extrem schwer, wenn er bis zum Rand gefüllt war. Angestrengt hob sie ihn vorn auf das Quad. Die Innereien schwabbelten wie Gelee und gaben leise Schmatzlaute von sich. Die Stimme ihres Dads kam ihr in den Sinn: »Reiß dir nicht die vier Buchstaben auf, wenn du das hebst, Rebecca.« Sie versuchte ihn aus ihrem Kopf zu verbannen. Seit zehn Monaten hatte sie ihn nicht mehr gesehen. Inzwischen lebte sie auf Blue Plains, verdiente achtzig Mäuse pro Tag und das bei freier Verpflegung.

Sie musste an den Tag denken, an dem sie das erste Mal auf die Station gefahren war. Trotz der Hitze hatten sich alle Härchen auf ihren Armen aufgestellt, als der Subaru über den breiten Rost geholpert war und sie zu dem weiß glänzenden Schild aufgeblickt hatte, auf dem »Blue Plains – AR Co« stand. Während sie die Zufahrt entlangrollte, hatte sie sich die Weiden, die Zäune und das Viehtränkensystem mit den auffälligen Windrädern und riesigen Betontanks angesehen.

»Ich wette, ich werde auf Wasserpatrouille gehen und auf diese verfluchten Dinger klettern müssen«, sagte sie zu sich.

Als sie über eine Anhöhe kam, sah sie im Osten einen gelben Bulldozer, der sich auf einer fernen Koppel einen riesigen Erdhügel hinaufmühte. Schwarzer Qualm wölkte sich aus dem hochstehenden Auspuffrohr. Später erfuhr sie, dass die Planierraupe von Stumpy – Stummel – gefahren wurde. Während ihres ersten Rundganges durch die zahlreichen Gebäude der Station hatte sie im Maschinenschuppen Stumpys Hand ergriffen und dabei entdeckt, woher sein Spitzname rührte. Nach zehn Monaten war sie überzeugt, jede noch so abwegige Geschichte darüber, wie er seine Finger verloren hatte, gehört zu haben. Stumpy hatte trotzdem darauf bestanden, ihr eine andere Version zu erzählen, wobei er eine Selbstgedrehte zwischen den verbliebenen zwei Fingern gehalten und den Rauch über die rissigen Lippen geblasen hatte.

Die Jungs im Maschinenschuppen waren okay, dachte Rebecca. Sie hatte es genossen, mit ihnen gemeinsam die Stoppelfelder abzusengen. Stumpy war mit dem Dozer dabei gewesen, um eine Feuerschneise zu ziehen. Er war unglaublich stolz auf seine Maschine, und Rebecca hatte schon viel von ihm gelernt.

Er behandelte Rebecca, als wäre sie ein Teil seines Teams. Dennoch gab es einen Kerl im Maschinenschuppen, vor dem sie sich in Acht nehmen musste. Falls die Viehhüter irgendwo mit ihren Quads liegen blieben, riefen sie den langen, schlanken und ziemlich versoffenen Jimbo. Er war ein schmieriger, öliger Mechaniker, der unter den Fahrzeugen hervor unverhohlen und ausgiebig auf Rebeccas Brüste starrte und bei jeder Gelegenheit mit ihr zu flirten versuchte. Sie war schon versucht gewesen, mit Alastair Gibson über ihn zu sprechen, wenn er das nächste Mal aus der Stadt angeflogen kam, beschloss aber, dass das zu ihrem Job gehörte.

Solange Jimbo sie nicht berührte, würde sie seine Anzüglichkeiten hinnehmen.

Zu ihrer Erleichterung hatte Bec festgestellt, dass der Vorarbeiter der Viehhüter, Bob Griffith, ein anständiger Mann war. Es war schwer zu sagen, wie alt er war. Bec schätzte ihn auf Anfang vierzig, Ende dreißig. Um seine Augen und an den Mundwinkeln hatten sich Lachfalten gebildet. Sein Gesicht war so braun, dass seine blauen Augen strahlten. Er hatte große, breite Hände und trug keine anderen Farben als Variationen von Brauntönen. Braune Stiefel, hellbrauner Gürtel, braune Wranglers und ein beige kariertes Hemd. Er sprach nur wenig, und bisweilen war Bec überzeugt, dass er sie, wenn sie eine große Rinderherde trieben, für eine Gedankenleserin halten musste.

Anfangs war Bob sauer auf Alastair gewesen, weil der ihm eine Frau geschickt hatte, doch als die erste Woche dem Ende zuging, hatte er mit ein paar kalten Bieren in der Hand an die Tür zu Becs Unterkunft geklopft. Seine Frau Marg hatte hinter ihm gestanden, einen Korb mit Keksen und Kuchen unter dem Arm. Sie saß still mit am Tisch der Jackaroo-Unterkunft, während Bob Rebecca auszufragen begann, wo sie so gut reiten gelernt hatte.

»Du kannst Rosie nächste Woche Probe reiten«, hatte er gesagt, dann einen Schluck Bier genommen und den von seiner Frau angebotenen Keks mit einem Kopfschütteln abgelehnt. »Sie ist ein reinrassiges Quarter Horse. Ein bisschen kopfscheu und noch sehr jung, aber sie kann ein Rind auf einer Zwanzig-Cent-Münze drehen. Hast du daheim ein eigenes Pferd?«

Bec hatte lächelnd an ihre Stute gedacht. »Ja.«

»Wirst du sie irgendwann holen?« Bob hatte an ihrer Reaktion erkannt, dass er nicht weiter nach ihrem Zuhause fragen sollte. Schnell wechselte er das Thema. »Und diese fantastischen Hunde, die du da hast. Was für einen Stammbaum haben die?«

Marg hatte schweigend zugehört, während Bob und Bec geplaudert hatten, bis das Bier ausgetrunken und alle Kekse gegessen waren.

Erst Wochen später war Marg allein in die Unterkunft gekommen, um mit Rebecca zu sprechen. Sie hatte sich am Tisch niedergelassen und geredet und geredet.

»Ich dachte, du wärst eines von diesen jungen Dingern aus dem Süden mit großen Träumen. Du kennst diese Mädchen. Sie tauchen hier auf und glauben, jeden Job zu schaffen, den Kopf voller romantischer Vorstellungen darüber, wie das Leben hier draußen ist. Es gibt Mädchen, die nur auf Männersuche sind … du weißt, welche ich meine.«

Erleichtert, dass Marg sich endlich öffnete, hörte Bec ihr nickend zu.

»Aber ich sehe, dass du viel zu sehr mit deinen Hunden und Pferden beschäftigt bist, als dass du den Kerlen nachschauen würdest. Und was Bob so erzählt, machst du dich gut auf der Koppel. Er hat mir erzählt, wie geschickt du dich an der Kopfhalterung angestellt hast, als ihr die entwöhnten Kälber markieren musstet. Und dass du nicht einmal geweint hast, als dich diese verrückte alte Brahman-Kuh gegen das Gitter getreten hat. Bob ist wirklich beeindruckt.« Marg schenkte ihr ein warmes Lächeln und fuhr mit den Fingern durch ihre kurzen Locken.

»Möchtest du vielleicht eine Cola mit Rum?«, hatte Bec gefragt.

Marg hatte »Ja« geantwortet, und Bob hatte die beiden drei Stunden später hysterisch lachend und zu einem Tom-Jones-Song tanzend entdeckt. Rebecca erinnerte sich verschwommen daran, dass ihr die beiden anschließend aufmerksam zugehört hatten, während aus ihr herausgesprudelt war, was auf Waters Meeting alles passiert und wie wütend sie auf ihren Vater war. Bob und Marg waren sehr fürsorglich und mitfühlend gewesen. Sie hatten beschlossen, dass

Bec Aufmunterung nötig hatte. Und zwar so sehr, dass Bob befunden hatte, nur eine weitere Flasche Rum könne das bewerkstelligen. Es hatte nicht lang gedauert, da hatte Elvis aus dem CD-Player geplärrt, und die drei waren wild im Raum herumgetanzt.

Yep, die Dinge hatten sich gut entwickelt, dachte Bec, während sie ein Bein über das Quad schwang und den roten Fingernagel vorreckte, um den Anlasserknopf zu drücken. Der Klang des anspringenden und startenden Motors gefiel ihr. Sie hatte die Schafe so schnell wie möglich geschlachtet, ohne dabei schlampig zu werden. Bob wurde jedes Mal stinkig, wenn sie zu viel Gewebe mit dem Fell abzog. Aber die abgezogenen Schafe sahen gar nicht schlecht aus, alle hingen leuchtend rosa im Schlachtschuppen.

Becs Nägel wirkten so unpassend auf der Gabel des Quads, dass sie lächelnd über den staubig roten Weg holperte. Sie erinnerten sie an das Cover eines Joan-Collins-Romans, nicht dass sie sich je die Mühe gemacht hätte, einen zu lesen. Die einzigen Bücher, die um ihr Bett verstreut lagen, waren Handbücher für die Hundeausbildung und die offizielle Broschüre des Landwirtschaftsministeriums zum Bau besserer Schafstallungen.

Sie spürte den warmen Wind im Gesicht. Die Sonne war so goldflüssig, dass sie sich wie Sirup über das trockengebleichte Gras ergoss. In den zehn Monaten auf Blue Plains hatte sie das offene, flache Land lieben gelernt. Anfangs hatten ihr die Heimat und die Berge gefehlt, die sich gegen den Himmel schmiegten, aber hier draußen war der Himmel dafür riesengroß. Jeder Sonnenuntergang war ein Meisterwerk auf einer riesigen Leinwand. Extravagant hingen die kühnen Gold- und Rosatöne in der Luft und waren im nächsten Moment verschwunden.

Dafür fehlten diesem weiten Land im Westen die schweren, schwarzen Böden von Waters Meeting und auch das ständige Rauschen des Flusses. Rebecca war schon vor ihrer Geburt im Rebecca River geschwommen, im warmen Wasser im Leib ihrer Mutter. Auf dem Rücken hatte ihre Mutter im Fluss gelegen, den runden Bauch himmelwärts gerichtet. Das Wasser war durch ihre ausgestreckten Finger geströmt, und rundherum waren Insekten vorbeigesirrt, die über einem tiefgrünen Spiegel schwebten. Hier draußen gab es keinen Fluss, nur Brunnenlöcher, Windräder und Betontanks, an deren Fundamenten grüne Büschel sprossen, sobald irgendwo ein Ventil tropfte. Sie versuchte, die Gedanken an ihr Zuhause im Zaum zu halten.

Die Schweine drängten an den Zaun, sobald sie das Quad hörten. Wie üblich war Miss Oink als Erste am Gatter und begrüßte sie quiekend, während ihre Ferkel sich hinten im Auslauf versammelten. Die Ansammlung inzwischen zahmer, ungebändigter Schweine drängte kreischend näher und wartete gespannt darauf, dass der Inhalt des Eimers mit den Eingeweiden in den Stall geworfen wurde. Rebecca hob den Deckel von der rostigen Hundertfünfzig-Liter-Tonne und schaufelte das Korn darin mit einer alten Kakaodose in den Trog. Die Schweine rasten zum Trog und schubsten sich gegenseitig vom Futter weg, nur Miss Oink nicht, die wie immer den besten Platz einnahm.

»Und hier kommt der Nachtisch!« Bec wuchtete den schweren Eimer über den Zaun und kippte die Schafsinnereien auf den Boden. Sofort waren die Körner vergessen, und die Schweine kamen angerannt, um die Eingeweide zu zerfetzen, darum zu kämpfen und schmatzend die Innereien zu verschlingen.

»Wo bleiben eure Manieren!«, sagte Bec und schwang sich wieder auf das Quad. Wieder musste sie an ihren Vater denken. Er wäre entsetzt, wenn er mitbekommen hätte, dass Bec die Schweine mit Schlachtabfällen fütterte, aber wie Bec gelernt hatte, zählten Gesetze und Vorschriften hier draußen wenig. Sie liebte den ungezähmten Westen und die Menschen hier, die darauf bestanden, die Grenzen immer wieder ein wenig hinauszuschieben.

Mit aufjaulendem Motor fuhr Rebecca zurück und am Maschinenschuppen vorbei zu den Hunden, die in Maschendrahtzwingern mit Betonboden untergebracht waren. Stubby, Dags, Mossy und ihr Welpe wedelten begeistert mit den Schwänzen und sprangen aufgeregt jaulend und schnappend am Zaun hoch. Bec drehte den Schlauch auf, füllte die alten, ursprünglich mit Entwurmungsmittel gefüllten Tonnen mit Wasser und schaufelte braune Hundekuchen aus einer alten Mülltonne in das Sortiment von Fressnäpfen. Einige bestanden aus uralten Radkappen, andere aus ausgemusterten, verrosteten Pflugscheiben. Sie schickte ein stilles Gebet für ihre Hunde zum Himmel, dass Bob nicht vergessen möge, sie zu füttern und zu tränken, während sie fort war. Es fiel ihr schwer, die Hunde zurückzulassen, aber sie konnte die Tiere dieses Wochenende nicht zum großen *Dustraisers Bachelor & Spinsters Ball,* der Party für »Junggesellen und alte Jungfern«, mitnehmen. Sie schob die Hand durch das Drahtgeflecht und kraulte Stubbys seidiges Ohr. Direkt daneben sprang Mouse, die Letzte von Stubbys sechs Welpen, auf und ab.

»Ruhig, Mouse.«

Im ganzen Distrikt sprach man über Rebeccas Hunde. Sie hatte Mossys Welpen problemlos für gutes Geld an den Mann bringen können, aber Mouse, ihre Favoritin aus Stubbys Wurf, hatte sie behalten, um sie großzuziehen und später deutlich teurer als ausgebildeten Hütehund zu verkaufen.

»Gefallen dir meine Nägel, Mouse?« Bec lächelte in die tiefbraunen Augen des Hundes. »Nee, dachte ich mir schon. Und jetzt sei ein braves Mädchen, bis ich wiederkomme.«

Sie startete das Quad und fuhr in Richtung der Unterkünfte. Auf der Party heute Abend würde es richtig abgehen.

»Yeah, Baby, yeah!«, schrie sie, gab noch einmal Gas und schleuderte den Sand zu einem perfekten Staubschleier auf.

Noch während die Fliegentür auf der Veranda hinter ihr zufiel, schleuderte Rebecca die Stiefel von den Füßen. In der Küche stand Dave, der Jackaroo, der mittlerweile mit ihr in der Unterkunft wohnte, am Spülbecken. Er hatte löchrige Socken an und schüttete gerade roten Kräuterlikör in ein Bierglas, das sie aus dem Pub hatten mitgehen lassen. Er drehte den Wasserhahn auf, füllte das Glas und hielt es gegen das Licht.

»Uäääh! Jede Menge Zappeltiere.« Er trank in lauten Schlucken und ließ den Adamsapfel an seiner Kehle tanzen.

Als Rebecca nach Blue Plains gekommen war, hatte sie sich ausgemalt, die Unterkunft mit einem großen, dunkelhaarigen und muskelbepackten Jackaroo mit wunderbaren Fähigkeiten im kulinarischen Bereich, häuslichem Talent und einem breit gefächerten Sortiment an Konversationsthemen zu teilen. Stattdessen hatte sie Dave bekommen. Rothaarig, sommersprossig und mit einem größeren Repertoire an Blondinenwitzen ausgestattet, als Rebecca je für möglich gehalten hätte.

Dave schlurfte an den Küchentisch. Er schlabberte etwas Tomatensoße auf eine Scheibe Weißbrot und stopfte sie sich auf einmal in den Mund.

»Wann fahren wir los?«, fragte er kauend.

»Sobald wir fertig sind«, sagte Rebecca und trank ein Glas Wasser. Der Tag war heiß gewesen.

»Deinen Nägeln nach zu urteilen, bist du echt scharf drauf, dir was aufzureißen«, sagte Dave und griff nach der nächsten Brotscheibe. »Du hast wohl vor, heute Nacht die Zeit der Dürre zu beenden.«

»Nee … ich hab bloß vor, mit meinen Freundinnen einen draufzumachen. Meine beste Freundin Sal kommt vielleicht von der Uni übers Wochenende rauf.«

»Ach was! Sieht sie scharf aus?«

»Superscharf. Allerdings ein bisschen zu flachbrüstig und unblond für dich, Dave-schmave.«

»Ach, ich bin nicht wählerisch!«

»Das habe ich mir schon gedacht, als du dich mit der Wirtin eingelassen hast … und mit der Alten mit dem Stoppelkinn.«

»Das ist doch Scheiße!« Dave schwenkte das Buttermesser in ihre Richtung.

»O nein!«

»O ja! Sie hatte kein Stoppelkinn … bloß haarige Beine.«

»Uaargh! Du bist so eklig! Ich gehe mich jetzt aufdonnern!« Sie spazierte aus dem Raum.

In der Dusche löste sich der rote Staub auf Becs Gesicht in winzige braune Rinnsale auf, die über die Rundungen ihres Körpers flossen. Shampooschaum glitt ihren Rücken hinab. Ihre Arme und Schultern waren goldbraun, weil sie in der Sonne meist nur dünne Trägerhemden trug. Während sie ihre Kopfhaut schrubbte, fiel ihr auf, dass sich die Muskeln in ihren Oberarmen deutlich unter der Haut abzeichneten. Die Arbeit auf Blue Plains war schwer. Schwerer als daheim, wo Dad ihr den ganzen Tag im Nacken gesessen und sie ständig aus den Pferchen und Maschinenschuppen vertrieben hatte. In der kurzen Zeit, die sie hier war, hatte sie ungeheuer viel gelernt, nicht zuletzt, wie viel Ausdauer sie aufbringen konnte. Man erwartete von ihr, dass sie alles tat, was Dave tat. Ob sie die schweren Salzsteinblöcke auf den Pick-up wuchten oder stählerne Zaunpfosten in den felsigen Boden rammen musste.

Die Haut auf ihren Fingern war zu winzigen Drecknetzen aufgeplatzt, die auch nach dem Schrubben sichtbar blieben.

In den Handflächen hatten sich Schwielen gebildet, an denen sie gedankenverloren zupfte.

Ihre festen Muskeln, ihre Kraft, die Rundungen ihres zierlichen Körpers und das strohgelbe, lang gelockte Haar zogen die Blicke der Männer an. Bec merkte das kaum und behandelte alle Männer wie ihre Brüder. Sie sah mit großen blauen Augen zu ihnen auf und brachte dadurch, ohne es zu ahnen, Herzen zum Schmelzen.

Während Bec die fremd wirkenden Fingernägel der Flasche mit Conditioner entgegenstreckte, setzte sie zu ihre besten Rod-Stewart-Parodie von »Do Ya Think I'm Sexy« an. Lächelnd beobachtete sie, wie die roten Nägel über ihre seifige Haut glitten.

Später trat Rebecca in ihrem kurzen roten Kleid in die Küche. Dave sah auf und stieß einen tiefen, leisen Piff aus.

»Prost, Alter«, sagte sie, knackte eine Bierdose, hob sie ihm entgegen und trank. Sie lehnte sich gegen den Kühlschrank, der mit jedem nur erdenklichen *B&S*- und Pubsticker beklebt war. Er stellte das Vermächtnis jener Jackaroos dar, die vor ihnen hier waren. Ein Zeugnis für Hunderte von Dollars, die für durchsoffene Nächte draufgegangen waren.

»Ich finde, wir sollten uns auf den Weg machen und dem kleinen Baby hier einen neuen Sticker spendieren.« Rebecca tätschelte den Kühlschrank.

»Unbedingt«, sagte Dave.

Durch roten Staub wuchteten sie ihre Schlafsäcke, Taschen und Kühlboxen und warfen alles unter die Plane auf der Ladefläche des Pick-ups, der unter einem Pfefferbaum parkte. Sobald sich der Zündschlüssel im Schloss drehte, erwachte der Kassettenrecorder zum Leben, und Shania Twain dröhnte aus den Lautsprechern.

Seine Bierflasche als Mikrofon in der Hand, sang Dave mit. Rebecca sah lächelnd zu ihm hinüber. Sie würde all das vermissen. Ihre Einschreibung an der Tablelands University war bestätigt worden. Der spröde Brief, der den Beginn einer neuen Lebensphase besiegelte, war letzten Monat in der Öltrommel gelandet, die hier als Briefkasten diente.

Heute Abend stand die große Tonne allein neben dem Rost, während sich die Sonne dem weiten Horizont hinter der Blue Plains Station entgegensenkte. Rebecca spielte kurz mit dem Gedanken, anzuhalten, um einen Blick in die dunkle, rostige Trommel zu werfen, aber sie wusste, dass Bob erst gestern die zweimal wöchentlich gelieferte Post abgeholt hatte.

Für Bec war der Briefkasten ihre einzige Verbindung nach Waters Meeting. An manchen Tagen fand sie kleine, schlampig versiegelte Umschläge darin, die von Tom stammten. Sie versuchte aus den Tintenschnörkeln genauere Informationen über die Farm und ihre Zukunft herauszulesen. Aber Tom blieb immer nur an der Oberfläche und schrieb ausschließlich vom Regen oder der Ernte, von der Schur oder vom Ausscheren der Schafe gegen die Maden. Harry tauchte in seinen Briefen praktisch nicht auf, dafür schrieb Tom oft von Micks Freundin Trudy. Wie sie versucht hatte, in dem eigensinnigen Holzherd auf Waters Meeting einen Braten zuzubereiten, wie sie es auf sich genommen hatte, seine Unterhosen zu bügeln und zusammenzulegen, oder wie sie ihm mit allem und jedem tierisch auf die Nerven ging. Tom spekulierte oft darüber, warum Mick die Schürzenjägerei aufgegeben hatte, seit er Trudy begegnet war. Warum er ausgerechnet sie ausgewählt hatte. Tom hatte den Verdacht, dass sie ihren Kopf äußerst geschickt durchzusetzen verstand und es für Mick einfacher war, ihre Wünsche zu erfüllen, als ihr launisches, stummes Schmollen zu erdulden.

Zwischen den Zeilen las Rebecca heraus, dass Mick jemanden brauchte, der stärker war als er selbst, und so wie es klang, war Trudy auf ihre ganz eigene Weise stärker als Mick. Rebecca nahm an, dass Mick die Geborgenheit einer Partnerin suchte, die ihm sagte, was er tun sollte, die sein Leben organisierte und ihn vor allem bemutterte.

Nachdem sie Toms Briefe gelesen hatte, faltete Bec sie regelmäßig zusammen, steckte sie zurück in den Umschlag und legte sie auf den Stapel in einem Schuhkarton. Der Stapel wuchs schnell. Nicht so sehr durch Toms Briefe, sondern vor allem durch die Schreiben ihrer Mutter. Frankie schrieb in großen, chaotischen Krakelbuchstaben, während sie durch die Stadt hetzte. Mehrmals hatte sie in ihren unzusammenhängenden Briefen einen Mann namens Peter erwähnt, und Rebecca konnte daraus ablesen, dass Peter für ihre Mutter endlich die ersehnte Ablenkung von der fast besessenen Konzentration auf ihre Arbeit als Tierärztin darstellte. Auch wenn Rebecca gern Briefe von ihrer Familie erhielt, wurde sie an den Posttagen von einem leichten Unbehagen erfüllt.

Sie wusste, warum, konnte es sich aber nur schwer eingestehen. Sie hoffte jedes Mal auf einen Brief ihres Vaters. Einen, in dem stand: »Komm heim.«

Daves Stimme riss sie aus ihren Gedanken.

»Wie wär's mit einem Dim Sim aus der Raststätte?«, fragte er.

»Gute Idee. Und dazu einer Rum-Cola aus dem Pub!«, gab sie grinsend zurück. Sie rasten über die blaugraue Straße durch eine von der Sonne vergoldete Landschaft.

Es war beinahe Mitternacht, doch Rebecca hatte keine Ahnung, wie spät es war, und interessierte sich auch nicht dafür. An ihren Subaru gelehnt, schlüpfte sie aus den schwarzen Schuhen und warf sie auf die Ladefläche des Pick-ups. Dann kramte sie in ihrer Reisetasche, bis sie ein Paar rote Fußballsocken und ihre Arbeitsstiefel gefunden hatte.

»Aaahh! Das ist besser.« Sie stampfte auf, um mit der Ferse in den Stiefel zu rutschen.

Nicht weit von ihr entfernt stand ein Jüngling mit struppigem Haar am Zaun und pinkelte ausgiebig.

»Mach hin, Johnno!«, rief Rebecca ihm zu. Rülpsend und furzend zugleich zog er den Reißverschluss seiner Anzughose hoch.

»Brauch noch mehr Rum«, lallte er und schlang den Arm um ihren Hals. Über Steine stolpernd und eingetrocknete Schafsköttel kickend, traten sie beide den Weg über die kahle Koppel auf Wilmot Station an. Lachend. Flirtend.

Vor ihnen bebte der Scherstall unter der lauten Musik. Die Lichter strahlten nach draußen und beleuchteten die Randbereiche der Party. Versprenkelt standen Gäste herum, an den Pferchen, den tragbaren Toiletten, Kühllastwagen und Essensständen.

Der Himmel in ihrem Rücken war tintenschwarz und mit einer Zuckergussglasur aus glitzernden Sternen überzogen. Becs Blick wurde nach oben gelenkt, als Johnno sie herumwirbelte und seine rumfeuchten Lippen auf ihren Mund presste. Sie legte den Kopf in den Nacken und gab sich, den blauen Plastikbecher fest in der Hand haltend, dem angenehmen Gefühl hin, seine Zunge in ihrem Mund zu spüren. Er schmeckte nach Schweiß und Alkohol. Weil er sich etwas zu fest auf sie stützte, taumelten beide lachend rückwärts. Ihre Augen strahlten, und auf ihrem Gesicht glühte ein breites Lächeln.

»Wie heißt du noch mal?«, fragte er sie.

Während sie die steile Rampe zum Stall hochstiegen und auf den Rost traten, war Rebecca von kribbelnder Seligkeit erfüllt. Im Stall war es rappelvoll. Angetrunkene Jungs im Abendanzug schütteten sich mit Rum zu. Mädchen in bunten Kleidern lachten und kreischten, von Cola-Rum beflügelt, unter verschwitzt strähnigen Haaren.

Ein rotgesichtiger Junge kam direkt auf sie zu. Rebecca sah, wie er eine Tube Lebensmittelfarbe in seinen Mund quetschte und einen Mundvoll aus einem Plastikbecher mit gelbem Bier nahm. Dann rannte er auf Johnno los, hielt ihn an beiden Armen fest und besprühte sein Gesicht mit roter Farbe.

»Arnie! Du Ratte!« Schon setzte Johnno dem Angreifer quer durch die Menge nach.

»Wenn die Lebensmittelfarbe zum Einsatz kommt, fängt die Party erst richtig an«, hörte sie eine Stimme in ihrem Rücken.

Das war Sally, die vier Plastikbecher mit Rum in den weit gespreizten Fingern hielt.

»Heilige Mamma, Sal, du siehst total breit aus!«

»Ich bin so viel Rum nicht gewöhnt«, lallte Sally.

»Bockmist! Soweit ich aus deinen Briefen lesen konnte, hast du nichts getan, außer zu bechern und mit Jungs rumzumachen!«

»Von wegen! Nicht seit ich im ersten Semester in einem Kurs durchgefallen bin. Seitdem bin ich praktisch trocken. Kein Rum mehr. Kaum noch Jungs. Ich habe mich dem Streben nach Vollkommenheit verschrieben!«

»Mann, ich bin echt froh, dass du im Moment nicht nach Vollkommenheit strebst. Danke, dass du mich besuchst. Ich freue mich so, meine beste Freundin zu sehen.«

»Das war jetzt fast ein volles Jahr! Und nachdem ich nur übers Wochenende hier bin, sollten wir lieber loslegen«, sagte Sally und reichte Rebecca zwei Becher mit Rum. Einen Becher in jeder Hand über dem Kopf haltend, drängten sie durch die lärmenden Trinker. Im Dickicht der Menge spürte Rebecca kalten Rum auf ihr Gesicht und ihre Brust spritzen. Er durchtränkte ihr Kleid und tröpfelte ihr in den Ausschnitt. Um ihr Gesicht kringelten sich die Haare zu Korkenzieherlocken oder klebten in zuckrigen Strähnen an ihrer Haut. Sie kippte entschlossen einen Rum hinunter, warf den Becher weg und wischte sich das Gesicht mit dem Handrücken trocken.

Als sie sich zu Sally umdrehte, lachte sie laut auf. Sallys nackte Schultern waren mit Lebensmittelfarbe besprüht, ihr Gesicht war rot und gelb getüpfelt.

»Die Schweine haben mich erwischt«, lachte Sally.

Trotz der Farbakzente sah Sally umwerfend aus. Ihr großer, schlanker Körper stach in dem schwarzen Kleid aus der Menge heraus. Noch während sie damit beschäftigt war, das Bier und die Lebensmittelfarbe aus ihren Augen zu wischen, biss ein Junge sie in den Nacken.

»Autsch!«, kreischte Sally und schlug ihn weg. Er verschwand tanzend in der Menge.

»Sollen wir?«, schrie Sally Rebecca zu.

Sie tauchten in das Meer der hüpfenden, schwitzenden Körper, die wie besessen vor der Band unter den gleißenden Scheinwerfern tanzten.

Kerle in schwarzen Hosen, fleckigen weißen Hemden und mit verwegen aussehenden Fliegen wirbelten Sally und Bec über die Tanzfläche.

Der langhaarige Drummer prügelte auf seinen schwarzsilbernen Drumkit ein, während die Gitarristen eine Lee-Kernaghan-Nummer durchpeitschten.

Unter den bunt zuckenden Scheinwerfern stieß Bec einen begeistertes »Wooo-EEEEE!« aus und spürte gleichzeitig das Wummern der Drums in ihrem Bauch. Die Gitarren schepperten, die Harmonikas sangen, und der Sänger »heyupte« wie ein echter Country-Veteran. Beim Refrain legten die Tänzer die Arme um die Taille ihrer Mittänzer, drehten das Gesicht den Sparren unter dem Wellblechdach zu und sangen aus voller Kehle:

We're all members of the Outback Club.
She don't back down and she don't give up.
She's living in the land she loves.
Born and raised she's a member of the Outback Club.

Bec in ihrem Alkoholnebel war überzeugt, dass Lee

Kernaghan dieses Lied nur für sie geschrieben hatte. Sie sang so laut sie konnte:

She rides boundary fences with the blokes.

She's a match for any man alive when she works a mob …

Ehe Bec wusste, wie ihr geschah, lagen Johnnos Lippen auf ihren, und seine Zunge schob sich in ihren Mund. Sie spürte seinen schweren Körper an ihrem. Sein dunkles Haar fiel über blaue Augen, die boshaft im Scheinwerferlicht funkelten.

Im nächsten Moment war er wieder verschwunden. Von seinen Kumpels entführt. Betrunken und ohne einen weiteren Gedanken an ihn zu verschwenden, tanzte Rebecca vor der fleischigen Mauer der Security-Truppe mit Sally weiter. Einer Barriere von Männern mit ausdruckslosen Gesichtern, strengem Blick und verschränkten Armen.

Bec und Sal gingen inmitten der Menge auf dem von Rum, Schafskötteln und Plastikbechern rutschigen Boden in die Hocke und beschlossen, einem der Tänzer die Schnürsenkel zusammenzubinden. Sie hatten ihr Werk gerade vollendet, als Dave auftauchte und wie ein Massaikrieger auf und ab zu hüpfen begann. Er brüllte in Richtung Podium:

»Spielt was von Barnesy! Khe Sanh! Spielt Khe Saaaanh! Chisel! Spielt was von Chisel, ihr Säcke!«

Er wandte sich an Sally und Bec und fragte: »Noch nicht fündig geworden?« Rebecca verdrehte die Augen und nickte in Richtung Schurstand.

Dort stand Johnno mit Arnie, dem dicken Jungen. Arnie beugte sich über Johnno und tat so, als wäre er der Scherer und müsse Johnno den Bauch scheren. Die imaginäre Schere zitterte in seiner Hand, als er die letzte Wolle von Johnnos nicht vorhandenem Lämmerschwanz schor. Beide Hände auf Johnnos Hintern gedrückt, schob Arnie Johnno-den-imaginären-Bock die Rutsche hinab, die unten aus dem Scherstall herausführte. Johnno verschwand mit lautem

Scheppern kopfüber in der Rinne, bis die zahlreichen Zuschauer nicht mal mehr seine Red-Wing-Stiefel und Anzughosenbeine sehen konnten.

Rebecca beschloss, unter dem Scherstall nach ihm zu suchen. Inzwischen fühlte sie sich richtig betrunken. Sie wollte ihn noch mal schmecken. Wer er auch war. Und so ließ sie Sal und Dave auf der überfüllten Tanzfläche zurück.

An dem riesigen Rolltor oben an der Rampe zum Scherstall spürte sie die kühle Nachtluft auf der Haut. Die Rampe, über die gewöhnlich die Schafe in den Stall geführt wurden, hatte sich in eine improvisierte Bühne für spontane Stunts verwandelt. Ein paar Jungs standen auf der geriffelten Oberfläche und hielten einen Einkaufswagen fest. Alle sahen zu dem Dach oberhalb der Rampe auf.

»Carn Basil! Tu's! Komm schon!«, riefen sie im Chor von der Rampe her.

Bec folgte den Blicken und sah in einem Lichtkranz gegen den Nachthimmel abgezeichnet einen splitternackten jungen Mann stehen. Er hatte einen roten Plastikeimer aufgesetzt und stand oberhalb des Gitterrostes. Das Licht warf harte Schatten auf seinen großen, muskulösen Körper. Um seinen Auftritt dramatischer zu gestalten, ging er ein paar Bodybuilderposen durch. Wenn Sal hier gewesen wäre, dachte Bec, hätte sie bestimmt gekräht: »Der hat voll den Riesenschwengel!« Bec hingegen bemühte sich, nicht auf den weißen baumelnden Penis zu starren, der von einem dunklen Haarbüschel eingerahmt wurde. Stattdessen heftete sie ihren Blick auf die Schultern und kräftigen Arme und vor allem auf die großen Hände und das riesige Kinn. Sie fuhr sich mit der Zunge über die Lippe und spürte ein lustvolles Kribbeln in ihrem Unterleib. Er sah wirklich verdammt gut aus.

»Spring, Basil, spring!« Die Jungs begannen wie Gorillas zu grunzen. »Ugh, ugh, ugh!«

Der junge Mann nahm ein paar Schritte Anlauf auf dem

quietschenden Wellblechdach, sprang ab und landete unter lautem Geschepper im Einkaufswagen. Der silberne Metalleinkaufswagen erwachte zum Leben wie ein aufgeschrecktes Pferd und rumpelte die Rampe hinab, bis seine Räder auf die Holzlatten trafen, die quer über die Rampe genagelt waren. Er kippte um und blieb mit drehenden Rädern seitlich liegen. Der Stuntman landete bäuchlings vor Rebeccas Füßen. Einen Augenblick blieb er reglos liegen. Dann sah er zu ihr auf.

Der Eimerhelm hing ihm schief auf dem Kopf. Seine Augen funkelten im Licht der Außenlaternen. Atemberaubend grüne Augen unter einem Saum aus dunklen Wimpern.

»Einkaufswagen sind sehr, sehr ungnädig«, erklärte er gepresst. Er ließ den eimergeschützten Kopf mit einem dumpfen Schlag auf den Boden sacken und tat, als wäre er ohnmächtig geworden.

Bec betrachtete ihn lächelnd, während sich seine Kumpels johlend, lachend, jubelnd und klatschend um ihn versammelten. Sie packten ihn unter den Armen und stellten ihn auf die Beine. Er schwankte leicht, kippte nach links ab und glich das mit einem taumelnden Schritt nach rechts wieder aus, bei dem er beinahe von der Rampe fiel. Mit einer breiten braunen Hand und einem Aufblitzen seiner zusammengebissenen Zähne klappte er den Metallbügel unter seinem Kinn hervor, zog den Eimer vom Kopf und entblößte dabei kurz geschnittenes schwarzes Haar. Dann schleuderte er den Eimer zu Boden und breitete die Arme aus, um seine Freunde zurückzustoßen.

»Verzeihung, Männer, aber ich habe etwas Wichtiges zu erledigen«, lallte er. Er kam auf Bec zu.

»Ich glaube, ich liebe dich.« Seine grünen Augen funkelten. Die hinter ihm versammelten Jungs jubelten wieder und klatschten ihm auf den nackten Rücken.

»Charlie Lewis.« Er streckte die Hand aus. »In dieser Gegend besser bekannt als Basil.« Rebecca nahm seine Hand, schüttelte sie energisch und schenkte ihm ein Lächeln in ihrem Blick.

»Rebecca Saunders«, erwiderte sie.

»Ups!« Er schlug hastig beide Hände vor sein Geschlecht. »Hab ganz vergessen, dass ich nackig bin!« Er ging in die Hocke und grinste zu ihr auf. Plötzlich sammelten sich Charlies Kumpels um ihn, hoben ihn hoch und trugen ihn die Rampe hinunter und in die Nacht davon. Lachend sah Rebecca ihnen nach.

Aus dem Schuppen blitzte ein Regenbogen von Lichtern, und Rebecca spürte, wie ihr Blut vor Lust schwer wurde. Sie lächelte begeistert vor sich hin. Sie hatte eben Charlie Lewis kennengelernt. Und er war fantastisch.

Die über die Bäume kriechende Sonne bestrahlte die silbrigen Spinnennetze im Gras. Verkaterte Partygänger rührten sich in ihren Schlafsäcken, die sie auf dem Boden oder auf den Ladeflächen der Pick-ups ausgebreitet hatten.

Rebecca war wach, lag aber mit geschlossenen Augen da und lauschte dem Hämmern der Musik, die aus den Lautsprechern eines weiter unten geparkten Pick-ups dröhnte. Es lief *»Thunk God I'm a Country Boy«*. Stöhnend wischte sie sich mit dem Handrücken über ihren Mund. Sie war durstig.

Sie öffnete die Augen und beobachtete, wie die unersättlichen Trinker um das Lagerfeuer herumstolperten, das schon längst seinen rot glühenden Zauber verloren hatte. Hinter den Reifen ihres Pick-ups sah sie einen grünen Hügel liegen – Daves Schlafsack, den er neben dem Kuhfänger ausgerollt hatte.

»Hey Dave …«

»Mmmm?«

»Ich fühl mich scheiße.«

»Mmmmm«, sagte Dave. Er schlug die Decke seines

Schlafsacks zurück und stützte sich blinzelnd und mit abstehenden Karottenhaaren auf einen Ellbogen.

»Mann. Du *siehst* scheiße aus«, stellte Rebecca fest. Sie hörte ein Rascheln, etwas bewegte sich, dann tauchte das Gesicht eines dunkelhaarigen Mädchens aus Daves Schlafsack auf.

»Morgen«, sagte Bec. Sie hatte das Mädchen schon gestern Abend gesehen. Wie hieß sie noch? Annabelle? Sie hatte Dave den ganzen Abend nachgestellt. Offenbar hatte sie ihn schließlich erwischt.

»Mmmm. Ist mir übel«, sagte Annabelle und sackte wieder zurück.

Nicht viel später wurden sie von lautem Jubel und dem Aufheulen eines Motors wieder aufgeweckt. Ein gelber Holden-Pick-up kreiste wild auf einer kahlen Koppel herum. Hinten war mit einem Abschleppseil ein Dixie-Klo angehängt. Dessen Tür klappte bei jeder Kurve hektisch auf und zu. Ab und zu konnte man in dem Staub, den die dicken, durchdrehenden Reifen des Pick-ups aufwirbelten, einen Jungen im Klohäuschen erkennen, der sich mit heruntergelassenen Hosen verzweifelt am Türrahmen festhielt.

Ein paar Mitglieder des Veranstaltungskomitees kamen in ihren gestreiften Rugbyjacken auf die Koppel gelaufen und versuchten Arme schwenkend den Fahrer aufzuhalten. Sobald das Fahrzeug langsamer wurde, sprang der rundliche Toilettengeher aus der Kabine, purzelte noch hosenlos durch den Staub und kam nach einem geschmeidigen Purzelbaum auf die Füße, um sich graziös und nacktärschig zu verbeugen.

Aus ihren Schlafsäcken heraus applaudierten und pfiffen Rebecca, Dave und Annabelle zusammen mit den übrigen Partygängern, die allmählich aus ihren Schlafsäcken auftauchten und sich auf den Ladeflächen ihrer Pick-ups niederließen.

»Sieht so aus, als würde die Party weitergehen«, sagte Bec. »Höchste Zeit für ein Frühstücksbier.«

Dave hielt Rebeccas Pick-up in der Schlange, die vom Partygelände weg über die staubige Straße rollte. Annabelle saß mit ihrem breiten Hintern auf dem Beifahrersitz, während Sally und Bec auf der Ladefläche lagen und die Füße auf einen Kühlbehälter stützten. Die Party wurde verlagert, jetzt waren alle zu einem Erholungsausflug an den Fluss unterwegs.

»Was hast du gestern Abend noch getrieben?«, fragte Rebecca.

»Mmmm! Wo soll ich anfangen? Ich geb dir einen Tipp.« Sally wedelte mit den Fäusten wie ein Trommler.

»O Gott! Nicht der Drummer! Du hast dich mit dem Drummer eingelassen!«

»Mmm … diese Armmuskeln!« Sally nahm einen Schluck aus ihrer Bierflasche.

»Und was war mit dir?«

»Ach. Johnno habe ich irgendwann verloren. Das war sowieso nur eine Bierlaune. Aber dafür bin ich gestern Nacht mal rausgegangen, und da bin ich dem schärfsten Typen mit dem fantastischsten Körper und dem ansehnlichsten Päckchen zwischen den Beinen begegnet, den du dir nur vorstellen kannst.«

»Echt? Und wem?«

In diesem Augenblick löste sich ein fetter Toyota Pick-up aus der Schlange und fuhr mit zwei Rädern auf dem Seitenstreifen an ihnen vorbei. Hinten saß inmitten mehrerer Jungs Charlie Lewis, der sofort sein Bier erhob, als er Rebecca bemerkte.

»Ich glaub, ich bin in dich verknallt!«, rief er, während sie vorbeizogen.

»Dem da«, sagte Bec zu Sally.

Am Flussufer saßen sie in kleinen Gruppen. Tranken, starrten in den Himmel oder tanzten zu der Musik der Band, die auf der Ladefläche eines Trucks spielte. Sallys Blick wanderte auffällig oft zu dem Drummer hinüber, und jedes Mal seufzte sie mit einem kleinen Lächeln. Rebecca lag auf dem Rücken und blickte durch eine goldfarben leuchtende Rumflasche. Sie drehte sich auf den Bauch, schenkte den Rum in zwei Plastikbecher, mischte ihn mit warmer, schaler Cola und reichte Sally einen Becher. Sally legte sich neben ihre Freundin, sie stießen an und tranken.

»Schon was von deinem Dad gehört?«, fragte Sally.

»Mann, fang bloß nicht mit dem an, während ich meinen Rum genieße!«

»Bec! Irgendwann musst du dich dieser Familienscheiße stellen. Wir lernen an der Uni eine Menge über Nachfolgeplanungsstrategien. Du musst mit deinem Dad kommunizieren.« Sally schob die Sonnenbrille an der Nase nach unten und sah ihrer Freundin in die betrunkenen blauen Augen.

»Dad kann mich mal. Scheiß auf die Farm, selbst Tom hat seine Sachen schon gepackt. Die ganze Kacke ist total verfahren.« Bec fuhr sich mit der schmutzigen Hand durch den verfilzten blonden Schopf und biss in den Rand ihres Bechers.

»So gut, wie?« Beide schwiegen, während Sally ihnen wacklig den nächsten Drink einschenkte.

»Mir fehlt Waters Meeting, Sal.« Bec stiegen Tränen in die Augen. Sie begann leise zu weinen. »Dieser verdammte Idiot. Was soll ich nur machen, Sal? Eigentlich will ich bloß heim. Heim nach Waters Meeting und zu meinem Fluss. Ich vermisse mein Pferd … die Tiere, alles.«

Sal legte den Arm um Becs Schulter und lehnte ihre Stirn an Becs.

»Ich weiß beim besten Willen nicht, was du machen sollst, Bec.«

»Ich genauso wenig.«

Es blieb kurz still.

»Scheiß doch drauf, Sal! Saufen wir uns lieber einen an.«

»Ähm, Bec, das haben wir schon getan, und hat das vielleicht was genutzt?«

»Mmmm.« Bec begann Blasen in ihrem Becher zu blasen, kippte dann den Inhalt in ihren Mund, drehte sich wieder auf den Rücken und stieß ein »Ärrgh!« aus.

Sal tat es ihr gleich: »Ärrgh!« Dann »ärrghten« sie noch ein paar Mal und grunzten zum Abschluss, weil sie betrunken waren und Spaß hatten.

Plötzlich spürten Rebecca und Sally Hände um ihre Armgelenke und Knöchel. Dave, Johnno, Arnie und ein kleiner, drahtiger Junge trugen sie zum Fluss.

Am Ufer spürte Rebecca, wie sie hin und her geschwungen wurden, dann lösten sich die Hände, und sie segelte durch die Luft. Sie landete, das kühle Wasser spritzte um sie herum auf.

Als sie aufstand, sah sie, dass sie in bauchtiefem Wasser stand. Sie strich sich die Haare aus dem Gesicht. Die Jungs plantschten ihr nach und riefen: »Nasses T-Shirt! Nasses T-Shirt!«

Rebecca sah auf ihre Brüste, die sich deutlich unter dem durchtränkten, an der Haut klebenden Stoff abzeichneten. Sie tauchte ganz in den trüben Fluss ein und schwamm unter Wasser zur Mitte des Schwimmteiches. Beim Wassertreten entdeckte sie Charlie Lewis am Ufer. Er lagerte auf einer lila Aufblascouch und hatte eine Rumflasche unter den Arm geklemmt. Seine Kumpels fielen über ihn her, zogen ihm die Flasche unter dem Arm hervor und hoben ihn mitsamt der Couch hoch. Laut johlend kippten sie ihn in das schlammige flache Wasser am Ufer.

Als er auftauchte und sie in der Mitte des Flusses Wasser treten sah, schwamm er zu ihr. Als er näher kam, sah sie seine Augen. So grün. Lange, dunkle, mit Flusswasser benetzte Wimpern.

»Howdy Dudey«, sagte Bec.

»Aber Miss Rebecca, ich muss schon sagen. So begegnen wir uns wieder«, antwortete er.

Er trat wie wild Wasser und schüttelte ihr darum leicht unsicher die Hand. Sie war überrascht, dass er sich nach der gestrigen nächtlichen Alkoholfahrt im Einkaufswagen an ihren Namen erinnerte. Er paddelte so dicht neben ihr her, dass sie spürte, wie seine Fingerspitzen das Wasser durchgruben.

»Sollen wir flussaufwärts oder flussabwärts schwimmen?«, fragte er flirtend.

»Ich bin lieber oben«, sagte Bec, stieß sich mit den Zehenspitzen vom schlammigen Flussgrund ab und begann gegen die sanfte Strömung anzuschwimmen.

Ein großer, vor langer Zeit ins Wasser gekippter Baumstamm bildete ein nasses Liebesnest, auf dem sie sich niederließen und sich in die Augen sahen. Beide hatten eine leichte Gänsehaut. Charlie sah sie lange an und strich die Strähnen aus ihrem Gesicht.

»Hab ich einen Popel an der Nase oder was?« Bec rieb sich unsicher mit der Hand über die Nase.

Charlie lachte leise und nahm ihre Hand von ihrem Gesicht. »Ach was. Deine Nase ist perfekt.«

Die Wellen leckten an Charlies Brustwarzen, und obwohl er bibberte, fühlte sich seine Hand warm an. Bec wartete darauf, dass er sie küsste. Zu ihrer Verwunderung verzehrte sie sich so nach diesem Mann, dass sie kaum noch Luft bekam. Er war perfekt. Braune Haut, kantiges Kinn mit leichtem, dunklem Schatten, volle Lippen und diese Augen.

Als er mit der Hand über ihren Arm und ihre Schultern strich, überschlugen sich die Fragen in ihrem Kopf. Woher kam er? Mochte er Hunde oder Vanilleeis oder Cricket?

Warum fühlte sie sich so zu ihm hingezogen? Empfand er das Gleiche für sie? War das nur der Rum?

Stattdessen schwieg sie. Sie ließ zu, dass seine Lippen ihre berührten, und gleich darauf begann sie wieder zu schwimmen. Sie schwamm in einem unglaublich warmen Rumkuss, der ihr Herz zum Schmelzen brachte. Obwohl sie betrunken war, war dieser Kuss nicht mit dem von Johnno zu vergleichen. Dieser Flusskuss. Dieser Charliekuss. Dieser Alleskuss. Ihre Hände strichen über Charlies Körper, und ihr Atem begann vor Begierde zu flattern. Sie spürte die Haut seiner Beine an ihren, dann drückte er seine breite Brust an ihren Leib. Lust.

Plötzlich begann jemand panisch zu schreien, und Becs Augen flogen auf.

»Ein U-Boot!«, brüllte jemand.

Am Ufer lief ein Typ armewedelnd auf und ab und brüllte immer wieder: »Yobbo hat ein U-Boot abgeseilt! Alles raus aus dem Wasser! Alles raus aus dem Wasser!«

»Was?«, fragte Bec.

»Ach!«, sagte Charlie. »Yobbo hat ein Unterwasserkabel gelegt, das jetzt flussabwärts treibt! Igitt! Nichts wie raus hier.« Sie schwammen lachend flussabwärts, trunken vor Lust und von dem Rum in ihren Mägen.

Doch sobald er sich seinen Kumpeln näherte, spürte sie, wie er auf Abstand ging. Er entfernte sich ein paar Schwimmzüge von ihr und versuchte, seine Unsicherheit zu überspielen.

»Wir sehen uns später«, sagte sie cool und spazierte aus dem Fluss, bemüht, so Bo-Derek-mäßig wie nur möglich auszuschauen, obwohl sie mit Schlamm beschmiert war und ihr die Unterwassergräser wie Egel an der Haut klebten.

Später tanzte sie vor der Band, duckte sich vor herumfliegenden Grasbüscheln und stampfte mit den anderen Betrunkenen im Staub herum. Sal stand ganz vorn in der Menge, mitten in der heißen Nachmittagssonne, und ließ vor der Band ab und an ihre kleinen, festen Brüste aufblitzen.

Unter dem Tanzen brüllte Bec ihrer Freundin atemlos ins Ohr: »Der Kuss meines Lebens! Das war der Kuss meines Lebens! Und er wurde von einer schwimmenden *Kackwurst* unterbrochen!«

»Was?«, brüllte Sal gegen die Musik an. Bec zuckte mit den Achseln und tanzte noch wilder. So war das Leben eben.

Kapitel 6

Rebecca hörte, wie die Schermaschine in den Leerlauf fiel und die scharrenden Hufe festen Stand zu finden versuchten. Automatisch reagierte sie auf das veränderte Geräusch. Sie hob das Vlies in einer einzigen, geschmeidigen Bewegung auf und warf es hoch. Die weiße Wolle schwebte durch die Luft und landete aufgefächert auf dem Holzbohlentisch. Dann griff sie nach ihrem Besen und kehrte die Locken beiseite, bevor Barney den nächsten Schafbock herbeizerrte.

Für Rebecca war das Zuarbeiten wie ein Tanz. Sie kannte die Schritte auswendig und vollführte sie ohne nachzudenken. Schon als Kind hatte sie diesen Tanz gelernt, als sie während der Schur auf Waters Meeting neben ihrem Großvater gearbeitet hatte. Gleich beim ersten Mal hatte sie sich in den Geruch der Wolle verliebt, die den Schafen vom Leib fiel. Stundenlang war sie damals dabeigestanden und hatte, hypnotisiert von den Bewegungen der Scherer, zugeschaut. Die Männer im Team, durchwegs fest angestellte Arbeiter, ermutigten Rebecca, ihnen zu helfen. Sie ließen sie kurz vor der Vesper die letzten Wollreste von den Schafen entfernen, sodass sie schon als Sechzehnjährige ein Schaf in weniger als vier Minuten scheren konnte. Ihr Großvater zeigte ihr, wie er die Wolle klassifizierte, indem er die langen, weißen Wollfäden zwischen Daumen und Zeigefinger durchlaufen ließ und sie mit einem Schnippen des Mittelfingers auf ihre Festigkeit prüfte. Rebecca half ihm oft, die erstklassigen Vliese in den Behältern zu hohen weißen Bergen aufzutürmen. Die Schur dauerte auf Waters Meeting nur zwei Wochen, aber Rebecca genoss jeden einzelnen Tag.

Auf Blue Plains hatten sie inzwischen seit zwei Wochen

geschoren, waren bei der dritten Herde angelangt und hatten noch mehrere Wochen Arbeit vor sich. Schon jetzt freute sie sich auf die Schurparty danach. Alastair würde aus dem AR-Hauptbüro in der Stadt angeflogen kommen, zusammen mit der versprochenen Flasche Rum für Dave und einer Flasche Bailey's für Rebecca. Für sie war Alastair ein echter Mentor. Sie hing an seinen Lippen, wenn er sich über die ökonomischen Prognosen für jeden einzelnen Landwirtschaftszweig ausließ oder berichtete, von welchen Betriebsübernahmen in der Branche gemunkelt wurde. Er war bei allen landwirtschaftlichen Entwicklungen rund um den Globus auf dem Laufenden und konnte diese Informationen bei jedem einzelnen AR-Betrieb in Managemententscheidungen umsetzen. Rebecca bewunderte ihn, und sie wusste, dass Alastair Potenzial in ihr sah. Sie war die jüngste Angestellte im ganzen Unternehmen, aber Alastair ließ keinen Zweifel daran, dass sie zu den Besten gehörte. Er erzählte oft und gern die Geschichte, wie er Rebecca und ihre Hunde auf den Viehhöfen »entdeckt« hatte. Aber er erinnerte sich lieber nicht daran, dass er ihr versprochen hatte, sie könne mit den Zuchtwiddern arbeiten. Rebecca liebte zwar die körperliche Arbeit auf der Station, aber sie sehnte sich danach, mehr mit den Zuchttieren arbeiten zu können, ihre genetischen Eigenschaften zu studieren und das Muster der Vliestypen zu prophezeien, das jedes Schaf liefern würde.

In letzter Zeit allerdings waren ihre Gedanken, selbst hier auf dem Scherstand im Stall, meilenweit von jeder Wolle entfernt. Während Rebecca die Vliese hochwarf und sortierte, träumte sie immer wieder von ihrem Flusskuss. Immer wieder durchlebte sie jeden Augenblick bis zu der Sichtung des U-Bootes. Seit der Party hatte sie sich über Charlie schlau gemacht. Seine Party-Persönlichkeit »Basil« war legendär. Er stammte irgendwoher aus dem Südwesten. Einen »Diesel-Dick« hatte ihn jemand genannt, und einen »Getreidegeier«.

Rebecca kannte diese Art von Farmerjungen. Es waren Burschen, die Traktoren, Sämaschinen, Ackerfräsen, Trucks, Getreidesilos, Bulldozer und alles andere aus Metall liebten. Die glückselig Tag und Nacht auf einem Traktor schnurgerade Furchen ziehen konnten oder die ganze Tage im Maschinenschuppen untertauchten, um an den Motoren herumzubasteln oder etwas Neues zu erfinden. Diesel-Dicks waren jene Typen, die nach der Ernte aufmerksam und hoffnungsvoll auf den Regen warteten, damit sie den Boden endlich wieder umpflügen und die neue Saat ausbringen konnten. Lächelnd stellte sich Rebecca Charlie hoch oben auf einem riesigen Traktor vor. Nackt.

Sie schüttelte den Gedanken aus dem Kopf und trat schnell vor, um die Bauchwolle aufzunehmen und hastig die urinfleckigen Stellen auszuzupfen; dann warf sie die Wollreste wie ein Basketballer in die Tonne und begann, mit einem Lächeln für Neville, den Wollklassifizierer, die Locken unter dem Tisch zusammenzukehren. Sie liebte das Zuarbeiten. Es war wie ein zweimal vierstündiger Aerobic-Kurs jeden Tag. Nicht einmal stützte sie sich auf den Besen. Die Scherer nahmen das wahr und mochten sie dafür. »Dampfnudeldave« musste hingegen die endlosen Neckereien der Scherer über sich ergehen oder, wie sie es nannten, sich »anpieseln« lassen. Sie nannten ihn Dampfnudel, weil er sich so langsam erhob wie Hefeteig. Er ließ sich Zeit am Scherstand, vor allem, wenn er sich bückte, um ein Vlies aufzuheben.

»Letztes Schaf!«, rief Reg, der den letzten schweren Widder aus dem Pferch hereinschleifte. Der Widder sackte zwischen seinen Beinen zu Boden, Reg zog die blauen Hosen hoch, wischte sich das Gesicht am Handtuch ab und zog im Bücken das Kabel der Schermaschine zu sich her. Dann fasste er nach dem Scherkopf und begann zu scheren. Wenn die Scherer »Letztes Schaf!« riefen, kam Bec Dave regelmäßig zuvor. Sie pfiff nach Dags und marschierte zu den hinteren Pferchen.

»Zusammentreiben, zusammentreiben«, befahl sie ihm, und Dags ritt auf den Schafen in die Haltepferche. Inzwischen hatte sie es raus, wie sich die Tiere im Stall verhielten. Wenn sie den richtigen Zeitpunkt erwischte, konnte sie alle auf einmal mit einem Minimum an Gedränge und Geschubse durch das Tor treiben. Aber wenn sie diesen Zeitpunkt verpasste, kam das Leitschaf zum Stehen, kehrte um und war dann nicht mehr zu bewegen. Anschließend musste sie dann jedes Mal die Schafe einzeln wieder umdrehen und in die richtige Richtung schubsen, wobei sie das Tor einsetzen musste, um zu verhindern, dass sie zurückliefen. Gleichzeitig wusste sie, dass sie nicht zu lange vom Scherstand fernbleiben konnte, weil Dave in Panik geriet, wenn zwei Schafe gleichzeitig abgeschoren waren.

Aber mit Dags an ihrer Seite konnte sie den Job im Nu erledigen. Selbst Stubbys Welpe Mouse zeigte schon vielversprechende Ansätze im Scherstall und bewies große Kraft. Ein Scherer hatte ihr fünfhundert Dollar für Mouse geboten, aber Bec ließ sich nicht beschwatzen, solange sie nicht mehr als das Doppelte geboten bekam. Mouse war jeden Dollar wert.

Rebecca versuchte nicht auf die Uhr zu sehen, als eine Gruppe von Schafen nach der anderen an ihr vorbeilief, aber an diesem Nachmittag konnte sie nicht anders. Es waren nur noch fünf Minuten bis zur Nachmittagsvesper. Gleich würde die Köchin Katie mit einem großen Korb voller Sandwichs und Wurstbroten in Alufolie in den Stall marschiert kommen. Dave hatte schon den Teekocher eingeschaltet, unter dessen Dampf die Fenster beschlugen, bis der Sonnentag draußen trüb und grau erschien.

Als die Vesper kam, war die Stille eine Wohltat. Die surrenden Sunbeam-Schermaschinen kamen ratternd zum Stehen, dann griffen die Scherer nach den Ölkannen, Handtüchern und Zigaretten. Während sich einer nach dem anderen zum Tee niederließ, waren nur noch die scharrenden Hufe der

Schafe zu hören, die langsam in ihrem Gehege herumwanderten. Die AR-Manager hatten die meisten Ställe auf ihren anderen Gütern genau im Auge, aber auf Blue Plains musste die Qualitätskontrolle während der Schur erst noch aufpoliert werden. Die Schreibtischhengste hatten es noch nicht so weit hinaus geschafft, darum war das Rauchen im Stall noch nicht verboten worden, und alle aßen ihre Vesper auf den niedrigen Holzbänken bei den Wollbehältern. Bec gefiel diese altmodische Nonchalance, doch ihr war klar, dass sich die Dinge ändern mussten. Auf Waters Meeting hatte sie ihren Vater zu überzeugen versucht, die Schadstoffbelastung der Wolle zu minimieren und dafür einen Pausenraum anzubauen, aber ihre Vorschläge waren auf ein schlichtes, endgültiges »Quark …« gestoßen, was in der Sprache ihres Vaters hieß, dass er nichts weiter davon hören wollte.

Hier auf Blue Plains war dies die letzte Schur, bevor der Scherstall umgearbeitet werden sollte. Wahrscheinlich war es auch Becs letzte Schur hier, denn in wenigen Monaten würde sie ihr Studium aufnehmen. Sie beschloss, das Beste daraus zu machen und die Scherer zum Lachen zu bringen. Sie flehte Dave an, kein Eiersandwich zu essen.

»Es löst eine Abwehrreaktion im Unterleib aus«, erläuterte sie scheinbar verzweifelt und mit aufgerissenen Augen, »die ziemlich schmerzhaft und äußerst unangenehm für alle Beteiligten sein kann!«

Dave ließ einen krachenden Furz fahren, der die lanolindunklen Dielen, auf denen er saß, vibrieren ließ.

»Genau das«, sagte Barney, riss Dave das Sandwich aus der Hand und schleuderte es über die Gittertür auf den Rost hinaus. Dann warf er sein durchschwitztes Handtuch über Daves Kopf.

»Oi!«, protestierte Dave unter seinem gestreiften Kopfputz hervor.

Die Scherer redeten mit Bob über Sport und das Wetter,

während Bec mit Barney über Hunde sprach. Dave saß still und langsam kauend daneben.

Es war Freitag, Annabelle würde heute Abend vorbeikommen, und Bec hatte angeboten, den beiden einen Braten zu machen. Sie müsste nach der Arbeit sofort losrennen, wenn sie noch die Hunde füttern und den Braten rechtzeitig in den Ofen bekommen wollte.

Was man nicht alles aus Liebe tut, dachte sie. Der Liebe anderer Leute zuliebe.

Sie war gerade dabei, den schweren Bräter in den fettigen Ofen zu schieben, als die Fliegentür quietschend verkündete, dass jemand auf die Veranda gekommen war. Es war Bob, und er war außer Atem.

»Telefon für dich«, schnaufte er.

Der Apparat für die Arbeiter, ein Münztelefon, war aus unerfindlichen Gründen in einer Ecke jenes Pultdachschuppens aufgehängt, in dem die Motorräder standen. Es war ätzend, in kalten Nächten zu telefonieren, und es war auch nicht der Ort für vertrauliche Gespräche, weil die Mechaniker immer Schlange standen, um das Telefon zu benutzen. Infolgedessen rief Bec kaum jemanden an.

Der Hörer baumelte neben dem Haken, und Bec fragte sich stirnrunzelnd, wer sie wohl anrief.

Ihr »Hallo« kam eher zaghaft.

»Schwester!«

»Mick! Warum zum Teufel rufst du an?« Seit Monaten hatte sie nichts von ihm gehört. Was sie über ihn wusste, hatte sie von Tom oder ihrer Mum erfahren. Augenblicklich begann ihr Herz zu klopfen. »Was ist passiert?«

»Noch gar nichts, du Schaf. Ich wollte nur anrufen, um dir zu sagen, dass ich heiraten werde.«

»Heiraten! Heilige Maria. Ich meine, herzlichen Glückwunsch! Du heiratest doch Tur … ich meine Trudy?«

»Logisch! Hier. Sie steht hier neben mir, ich gebe dich mal weiter.« Bec wollte noch protestieren, aber Mick war schon weg, und ihr tröpfelte ein zuckersüßes »Hi Becky« ins Ohr.

»Ähh. Ja. Guten Tag. Wie geht's? Nett, dass wir uns mal sprechen. Ähm. Herzlichen Glückwunsch übrigens! Das sind ja tolle Neuigkeiten.« Bec schnitt sich selbst eine Fratze und schob die Hand tief in die Tasche ihrer schafdungbefleckten Jeans.

»Ich habe darauf bestanden, dass Mikey dich anruft. Er schiebt dieses Gespräch schon seit Tagen vor sich her – ich bekomme ihn kaum aus dem Maschinenschuppen. Er telefoniert wirklich schrecklich ungern. Du kennst ihn ja.«

»Yep. Und … habt ihr schon einen Termin für die Hochzeit?«

»Aber ja. Den vierzehnten Februar, am Valentinstag.«

»Mmmm. Gute Wahl.«

»Du kommst doch, oder, Rebecca? Du musst unbedingt kommen. Ich würde dich so gern kennenlernen. Ich finde, du solltest auch Tom zuliebe kommen. Er vermisst dich so … nicht dass er das je zu mir sagen würde, wohlgemerkt … wie dem auch sei, wir müssen jetzt los. Wir haben heute Abend einen Empfang im Gemeindesaal organisiert.« Bec hörte, wie Trudy die Hand über die Sprechmuschel deckte und laut rief: »Michael, komm her und verabschiede dich von deiner Schwester!« Dann drang ihre Stimme wieder laut und überschwänglich an Becs Ohr.

»Er winkt dir.«

Bec hörte von fern Micks Stimme: »Bis dann, Pferdearsch.« Sie hörte noch, wie Trudy mit ihm schimpfte, dann legte sie auf. Ein Empfang im Gemeindesaal? Kein Besäufnis im Pub? Etwas stimmte nicht, dachte Bec und lief in die Unterkunft zurück. Mick konnte es nicht ausstehen, wenn er Michael genannt wurde. Trotzdem hatte er glücklich geklungen. Ihre ganze Kindheit hindurch hatte er kaum mit

Rebecca gesprochen. Und wenn, dann nur, um sie herumzukommandieren oder zu ärgern. Er hatte sie immer auf Abstand gehalten. Er war der älteste Sohn – der eines Tages den Großteil der Farm erben sollte. Darum war es immer Mick gewesen, den ihr Vater im Pick-up mitnahm. Mick durfte als Erster den neuen Traktor ausprobieren, und er durfte mit Harry eine Ladung Heu in die Stadt bringen.

Ach was, dachte Bec, es war nett, dass sie angerufen hatten, und solange Trudy ihn glücklich machte, war das für Rebecca in Ordnung. Aber dann musste sie an Toms Briefe denken. Sie erinnerte sich an seine Bemerkungen, dass Trudy nicht wirklich begreife, was es bedeute, eine Farmerfrau zu sein und mit wie wenig Geld sie zu jeder Jahreszeit über die Runden kommen mussten. O Gott, dachte sie, und in ihrem Kopf blitzte die Vision einer imaginären Trudy mit Pelzmantel und Brillantenkollier auf. So was war schon vorgekommen – ganze Farmen und ganze Vermögen waren von goldgierigen Ehefrauen aufgezehrt worden. So ein netter Hof und Garten, schade um das Vieh und die Weiden, dachte Bec trocken. Warum wollte Mick sie eigentlich heiraten? Er war doch nicht blind? Plötzlich erfüllte der Gedanke, was mit Waters Meeting geschehen würde, Rebecca mit Grauen.

Statt im Laufschritt zur Unterkunft zurückzukehren, machte sie kehrt und rannte zu den Hundezwingern. Sie musste mit Mossy sprechen und Trost bei ihren Hunden suchen. Rebecca hatte es so eilig, dass sie nicht einmal bemerkte, wie die Sonne jenseits der Ebene in strahlender Schönheit unter dem weiten, orangefarbenen Himmel versank.

Kapitel 7

Charlie Lewis ließ seine staubige Leinentasche auf den Boden in seinem Zimmer fallen und kippte vornüber aufs Bett.

»Charlie?«, hörte er die Stimme seiner Mutter. »Bist du das, Schatz?« Charlie brachte nur noch ein Stöhnen heraus. Sein Gaumen fühlte sich rau an, und ihm tat alles weh. Er kniff die Augen zu und schluckte die Übelkeit hinunter. Mrs Lewis streckte den Kopf durch die Tür.

»Dein Vater tobt schon seit heute Morgen. Das ganze Wochenende, ehrlich gesagt ... Ach Gott, du hast das *schon wieder* mit deinen Haaren gemacht!« Charlie rührte sich nicht. Er lag auf dem Bett wie ein Toter. Mrs Lewis huschte seufzend ins Zimmer. Sie machte sich daran, seine Reisetasche aufzuziehen.

»Hast du was zu waschen?«

»Lass es, Mum.« Charlies Reibeisenstimme war durch das Kissen kaum zu verstehen.

»Du könntest ruhig diese widerlichen Sachen ausziehen, dann wasche ich gleich eine Maschine. Du siehst noch schlimmer aus nach deiner letzten Junggesellenparty.«

Charlie wälzte sich zur Seite und sah an sich herab. An seinem blauen Hemd waren alle Knöpfe abgerissen, und seine Jeans waren mit fettigem Staub und klebrigen Cola-Rum-Flecken überzogen. Tomatensoßenspritzer hatten sie mit seltsam gefärbten Sprenkeln getönt. O Gott, stöhnte er innerlich, der Tomatensoßenkampf ... dafür waren sie aus dem Pub geflogen. Er ließ den Kopf aufs Bett zurückfallen.

»Ich weiß nicht, was ihr alles treibt, wenn du dich mit deinen Freunden in der Stadt triffst, Charlie, aber ich bin sicher, dass ich es auch nicht wissen möchte.«

Mit diesen Worten begann Mrs Lewis an den Sportsocken ihres Sohnes herumzuziehen, was ihn weniger gestört hätte, wenn er sie nicht noch an den Füßen getragen und nicht so deutlich gespürt hätte, dass er seinen Knöchel verstaucht hatte.

»Schon gut!«, sagte er wütend, setzte sich auf und schlug ihre Hände weg. Dann begann er die stinkenden Sachen von seinem Körper zu schälen und reichte sie nacheinander seiner streng blickenden Mutter, bis er in seinen blau karierten Boxershorts vor ihr stand.

»Ich funke deinen Vater an und sage ihm, dass du zu Hause bist.«

»Nein, Mum. Gib mir noch eine Stunde.«

Mrs Lewis schüttelte den Kopf und eilte ärgerlich aus dem Zimmer, den Arm voll mit Charlies verdreckten Klamotten.

»Danke, Mum«, sagte er und ließ sich wieder aufs Bett fallen. Mrs Lewis hörte ihn nicht. Gleich darauf, noch während er die Rohre gluckern und die Waschmaschine anlaufen hörte, rief Mrs Lewis nach oben: »Und dusch dich, bevor du dich wieder auf dein Bett legst.« Charlie verzog das Gesicht und rutschte unter die kühlen Laken. O Gott, dachte er, sein Alter würde ihn in der Luft zerfetzen. Er dachte daran, wie er am Freitagabend seiner Mutter einen Abschiedskuss gegeben und seinem Vater zugenickt hatte.

»Bis Samstagnachmittag bin ich zurück und kümmere mich um die Fahrzeuge«, hatte er gesagt, sein Vater hatte ihn über die Zeitung hinweg angesehen und nur geantwortet: »Komm nicht zu spät.« Damit war Charlie abgezogen, und nur ein leichter Duft nach Shampoo und Seife war zurückgeblieben. Seine Mutter hatte sein Hemd bretthart gebügelt, darum hatte er, während er in seinem Pick-up zum Pub gefahren war, die Ärmel rücksichtslos über die braunen Unterarme gekrempelt und versucht, den gestärkten Kragen zu lockern.

Jetzt wälzte sich Charlie erneut auf den Bauch und begann

zu stöhnen. Wie konnte das nur passieren? Am Freitagabend war er losgefahren, und jetzt war es Montagmorgen. Schuld waren nur diese behämmerten Baumwollbauern. Die hatten das Ernten und Ballenrollen beendet und zum Abschluss richtig einen draufgemacht. Irgendwie war Charlie in ihre Feierlichkeiten geraten. Der Freitagabend im Pub hatte sich bis zum Samstagvormittag hingezogen. Als er irgendwann aus seinem Schlafsack gekrochen und zu seinem Pick-up gestolpert war, weil er heimfahren wollte, musste er feststellen, dass jemand seinen Autoschlüssel geklaut hatte. So angestrengt er seinen Freunden auch ins Gesicht gefurzt und ihre Nippel gezwirbelt hatte, er konnte nicht herausfinden, wer der Übeltäter war. Irgendwann hatte Charlie aufgegeben. Er war durch die quietschende Tür des Lebensmittelladens spaziert und hatte die eher üppige, fetthaarige Janine betört, für ihn eine Pastete in die Mikrowelle zu schieben, das Öl heiß zu machen und ihm ein paar Frühstücksfritten zuzubereiten. Bis sich die Schlüssel wiedergefunden hatten, war Charlie schon zu betrunken, um noch zu fahren. Wenigstens zu betrunken, um heimzufahren. Stattdessen hatte sich die Bande verwegen aussehender Jungmänner an die Bewässerungskanäle verzogen, wo sie sich, an ihre Kühlboxen gelehnt, gegenseitig Witze erzählt hatten. Bis zum späten Nachmittag hatte Charlie das Versprechen, das er seinem Vater gegeben hatte, vergessen, und dann hatte Boof sein Surfboard samt Segel angebracht!

»Der Wind steht gut!«, hatte Charlie ausgerufen und war in seinen Shorts aufgesprungen. Er hatte den Zeigefinger angeleckt und ihn in die Luft gehalten. Kein Hauch war zu spüren. Er rannte zu seinem Pick-up, fuhr rückwärts an den Rand des Bewässerungskanals und warf Boof ein Seil zu. Dann fuhren sie los, und der unbeholfene Surfer krallte sich mit Todesverzweiflung am Brett fest, während der Pick-up den Kanal entlangraste.

Auf seinem Bett liegend, zog Charlie die Schulter hoch und dachte daran, wie übel er gelandet war, als Boof das Seil plötzlich losgelassen hatte.

»Dieser Arsch«, sagte er zu sich selbst.

Steif, wund und von der Sonne verbrannt, waren die Jungs am Samstagabend wieder ins Pub gezogen, nachdem Charlies Pick-up am Kanal das Benzin ausgegangen war. In einem Nebel von Billardpartien und Tänzen vor der Jukebox erinnerte sich Charlie vage, dass er einem alten Säufer die ganze Nacht hindurch Drinks spendiert und ihm immer wieder erklärt hatte: »Meinalterbringtmichum.«

Den Sonntagmorgen hatte er schlafend und kotzend in seinem Schlafsack bei den alten Kartons hinter dem Pub zugebracht. Er konnte sich erinnern, dass irgendwann ein klapperdürrer Hund vorbeigekommen war und auf seinen Schlafsack gepinkelt hatte. Und dass Rog ihn mit der Stiefelspitze angestoßen und ihm erklärt hatte, seine Mutter hätte im Hotel angerufen und nach ihm gefragt – schon wieder.

Weil Janine im Laden keinen Bock auf den inzwischen miefenden Charlie hatte, hatten die Jungs entschieden, dass es zum Frühstück nur Bier geben würde. Bis das Pub am Sonntagmittag wieder öffnete, hatte Charlie seine Stiefel verloren, und die Jungs hatten ihm schon wieder den Kopf geschoren. Im Pub hatte man für den Nachmittag eine Band engagiert. Charlie verzog das Gesicht, als er sich daran erinnerte, mit ein paar anderen Jungs getanzt zu haben. Alle mit runtergelassenen Hosen. Dabei hatten sie das Duo mit seinem zahmen »Welcome to the Hotel California« übertönt. Stattdessen hatten sie ihre schönste Version von »Up there Cazaly« zum Besten gegeben. Charlie verzog erneut das Gesicht, als er an die Touristen dachte, an deren Tisch er sich niedergelassen hatte. Während er ihnen die Fritten wegfutterte, hatte er sie mit einem schwindelerregenden Potpourri von Themen bequatscht, darunter illegale Einwanderung und die Vorzüge einer neuen Variation von Dixon's Weizensaatgut. Als er begonnen hatte, auch seine Ohren und Nasenlöcher mit Fritten vollzustopfen, hatten ihn seine Kumpels wieder losgerissen. Damit lösten sie den Soßenkampf aus und erreichten, dass Rog, der fassbäuchige Pubwirt, sie alle nach draußen beförderte.

Rog war es auch, der Charlie am Montag im Morgengrauen einen Benzinkanister in die Hand gedrückt und ihn in Richtung seines Pick-ups geschubst hatte.

»Fahr heim zu deinen Leuten«, hatte Rog müde erklärt und dem torkelnden Charlie nachgeschaut.

Charlies Augen flogen auf, als seine Bettdecke rücksichtslos weggerissen wurde.

Er spürte, wie die riesige Pranke seines Vaters in sein Fleisch griff und sich unbarmherzig um seine schmerzende Schulter schloss.

»Raus aus dem Bett.« Sein Vater rüttelte ihn kurz durch und begann seinen Sohn von seiner Liegestatt zu zerren.

»Dad!« Er sah dicht vor seinem Gesicht zornflammende Augen schweben und roch den Atem seines Vaters. Er roch nach Pulverkaffee.

»Du ziehst dich an und gehst auf der Stelle in den Maschinenschuppen!«

Im Schuppen hielt Charlie seinen dröhnenden Schädel mit beiden Händen fest, während ihm sein Vater die Leviten las.

»Deine Mutter war krank vor Angst. Wenn Roger aus dem Hotel nicht angerufen hätte, hätte sie spätestens am Samstagabend die Polizei angerufen und gemeldet, dass du irgendwo in einem Graben unter deinem verunglückten Pickup liegen musst. Sie war außer sich.«

»Es tut mir –«

»Erspar mir diesen Bockmist. Reiß dich endlich zusammen, Sohn. Zeig einen Funken Stolz auf dich! Und mach dich an die Arbeit.« Er drückte Charlie einen Plastikbehälter mit Motoröl in die Hand, stieg in seinen Pick-up und jagte mit aufheulendem Motor die staubige Straße hinunter.

Charlie trat gegen den Traktorreifen. Die Worte hatten ihm schon auf der Zunge gebrannt … hätte er sie nur ausgesprochen. Er wünschte, er könnte seinem Alten endlich sagen, dass er ihn am Arsch lecken konnte. Er malte sich aus, wie er sich vor seinem riesigen Vater aufbaute. »Leck mich, Dad«, brüllte Super-Charlie. »Du gönnst mir keine freie Minute! Nie! Ihr beide behandelt mich wie ein Kleinkind! Weißt du was, ich mache das nicht mehr mit, Dad!«

Charlie begann im Maschinenschuppen schattenzuboxen und, die Zähne zusammengebissen, im Staub herumzutänzeln. »Nimm das … und das … und das!« Aber bald pochte sein Schädel so stark, dass er neben einem Reifen in die Hocke ging.

»Bin wohl noch zu blau«, lallte er vor sich hin. Er rief sich ins Gedächtnis, wann er sich das letzte Mal derart die Kante gegeben hatte. Das war schon Monate her. Auf diesem B&S, auf dem er dieser Rebecca Saunders begegnet war.

»Scharfe Braut«, sagte er laut und machte sich daran, den Ölmessstab aus dem Motor zu ziehen.

Kapitel 8

Anfangs fühlte er sich in Frankie Saunders' Wohnung fehl am Platz. Er kam sich viel zu groß für das winzige Wohnzimmer vor, als er, die Arme auf dem Rücken verschränkt, darin umherging und sich ab und zu vorbeugte, um ein Familienbild zu studieren. Er gab sich alle Mühe, nicht zu lange auf den Ex-Ehemann zu starren, wollte aber gleichzeitig Interesse an den drei lächelnden Kindern und der Hundeschar zeigen.

»Was möchtest du trinken, Peter?«, hörte er Frankies Stimme aus der Kochnische. Sobald sie die Worte ausgesprochen hatte, drehte sie ihm den Rücken zu und werkelte an der Kochzeile herum. Sie war genauso nervös wie er, das verriet ihre hohe, gepresste Stimme.

»Oh. Ähhh … gerne Wein.«

»Um. Wein? Oh. Ach. Wein.«

»Wenn du keinen hast, tut es auch Wasser.«

»Wie steht es mit Bier?«

Frankie fiel ein, dass sie vor Monaten für ihre einsame, vor dem Fernseher begangene Feier des großen Finalspiels in der Australischen Football-Liga ein traurig aussehendes Sixpack gekauft hatte. Die Dosen lagerten immer noch hinten in ihrem zwergenhaften Kühlschrank, wo sie viel zu viel Platz einnahmen. Sie erinnerte sich, dass sie eine rote Bratwurst gegessen und den Anstoß angeschaut hatte, um dann, ohne auch nur ein einziges Bier aufzureißen, zu Bett zu gehen, wo sie weinend der Finalspiele vergangener Zeiten gedacht hatte. In ihrer Erinnerung waren ihre Kinder alle beisammen. Rebecca und die Buben, die in ihren Trikots auf dem Wohnzimmerboden rauften. Lange Wimpel umrahmten den brummenden und knackenden, weil viel zu laut eingestellten Fernseher. Sie versuchte sich ein paar der selbst gedichteten Gesänge ins Gedächtnis zu rufen, die sich alle nicht wirklich gereimt hatten. Immer wenn sie länger an Footballübertragungen dachte, musste sie unwillkürlich auch an Harry und den leeren Blick denken, mit dem er die Spiele verfolgt hatte.

Manchmal, wenn sie ihn in seinem Sessel thronen sah, die Füße auf einen alten Melkschemel gestützt, hätte sie schwören können, dass er gleich sabbern würde, und malte sich dann aus, wie sie die Hände unter sein Kinn halten würde. Zu anderen Gelegenheiten hätte sie ihn am liebsten links und rechts geohrfeigt und ihn angeschrien: »Sprich mit mir!« Aber das tat sie nie, sie schaltete einfach ab und hoffte, dass das Telefon läuten würde und sie zu einer Kuh, die nicht kalben konnte, oder einem vergifteten Hund gerufen wurde.

Nach der Scheidung hatte Frankie sich zu erklären versucht, was schiefgelaufen war oder, dachte sie spröde, was überhaupt richtig gelaufen war. Sie war immer eine Wissenschaftlerin mit Leidenschaft für ihren Beruf gewesen. Frankie versuchte sich in Erinnerung zu rufen, wann Harry aufgehört hatte, mit ihr zu sprechen. Wann er aufgehört hatte, ihr seine Liebe zu zeigen. Doch sie konnte den Augenblick nie benennen. Irgendwann wurde ihr klar, dass er schon immer still und mürrisch gewesen war. Anfangs hatte er sie unbestreitbar erotisch angezogen. Er war ein durch und durch männlicher Mann – ganz und gar nicht wie die Akademiker, mit denen sie während des Studiums gegangen war. Ihre Freundinnen hatten oft gefragt, warum sie so lange bei ihm geblieben war, und sie hatte damals immer geantwortet: »Wegen der Kinder.« Dennoch wusste sie insgeheim, dass sie nie allein der Kinder wegen bei ihm geblieben wäre. Sie lebte für ihre Arbeit. Sie lebte für ihre Wissenschaft, und je mehr beides sie von ihrer Familie und diesem riesigen, kalten Haus entfremdete, desto vollständiger fühlte sie sich. Inzwischen nutzte sie ihre Wissenschaft und ihre Arbeit, um die tiefe Kluft, die ihre Schuldgefühle gegraben hatten, zu übertünchen.

In der Küche spannte sie kurz die Muskeln an und seufzte. Peter stand drüben im Wohnzimmer und sah aufmunternd zu ihr herüber.

»Ich bin eigentlich kein Biertrinker, aber ich werde es versuchen. Normalerweise trinke ich nur am Australia Day oder beim Football-Finale Bier.«

»Ach«, lachte Frankie und bückte sich, um das verwelkte Gemüse beiseitezuschieben und das Sixpack herauszuziehen. Sie streckte es ihm entgegen. »Nicht gerade ein Gourmetbier. Sollen wir uns vielleicht eines teilen?«

Es war noch eine halbe Stunde bis zu ihrer Reservierung in einem italienischen Restaurant zwei Straßen weiter. Frankie wünschte, sie hätte einen Hund oder eine Katze, dann hätten sie die Aufmerksamkeit und das Gespräch auf die Fellzeichnung oder die Gewohnheiten des Tieres lenken können, aber ihre Wohnung war aufgeräumt und kalt. Vielleicht sollten sie über Henburys Analdrüsenproblem sprechen, aber dieses Thema hatten sie mehr oder weniger ausgeschöpft, und der Hund hatte seit Monaten keine Unterleibsprobleme mehr.

»Setz dich doch«, sagte sie und schwenkte ihre Hand in Richtung der Couch wie eine Verkäuferin im Teleshop-Kanal.

Das Leder gab ein leises Furzgeräusch von sich, als Peter sich setzte. Er versuchte das Geräusch ein zweites Mal auszulösen, indem er sich zurechtsetzte, nur damit Frankie erkannte, dass er nicht wirklich gefurzt hatte, aber die Couch schwieg eigensinnig.

Peter rutschte an die Polsterkante vor und deutete auf das Familienfoto auf dem Fernseher.

»Du hast nette Kinder.«

»Ja.«

»Deine Tochter ist eine sehr attraktive junge Dame.«

»Sie ist ein wildes Kind. Weiß der Himmel, was sie auf dieser Schafstation treibt.«

»Wenn sie nur entfernte Ähnlichkeit mit ihrer Mutter hat, kommt sie garantiert zurecht.« Peter sah Frankie in die Augen und holte hörbar Luft, als hätte er sich gerade zu einer Entscheidung durchgerungen.

Lieber Gott, bitte mach, dass er mich noch nicht küsst, dachte Frankie.

Aber Peter sagte: »Ich weiß, das ist schwierig für uns beide. Wir haben beide eine gescheiterte Ehe hinter uns, aber du sollst wissen, dass ich keinen Druck ausüben möchte. Wir sind beide so nervös! Lass uns einfach Freunde werden, dann sehen wir schon, was sich daraus entwickelt. Okay?« Er suchte in ihrem Blick nach einer Reaktion. »Okay?«, hakte er nach.

»Sicher«, antwortete Frankie. »Auf die Freundschaft«, doch während sie ihr Glas anhob und mit ihm anstieß, dachte sie: »Verdammt!« Immerhin war das letzte Mal fast vier Jahre her.

Im schummrigen Licht des lauten italienischen Restaurants lachten Frankie und Peter über den jovialen, mondgesichtigen Musiker, der, an seinem Instrument herumrupfend, zwischen den Tischen herumtigerte. Sie kämpften mit Gabeln voll zappelnder Fettuccine, die sie in den Mund zu bugsieren versuchten, ohne dabei ihr Kinn mit Soße zu bespritzen. Bei der zweiten Flasche Lambrusco hätte Frankie beinahe bemerkt, dass die Fettuccine in diesem Licht bemerkenswerte Ähnlichkeit mit Bandwürmern hatten, verkniff sich den Satz aber. Peter, dachte sie, war ein echter Städter. Erst als Peter die Fettuccine von der Gabel baumeln ließ und fragte: »Erinnert dich das an deine Arbeit?«, musste sie so laut lachen wie seit Jahren nicht mehr. Peter eröffnete ihr, dass er vor allem Naturwissenschaften unterrichtete und dass sein liebstes Fachgebiet die Biologie war.

»Wir haben in unserem Labor verschiedene Wurmarten ausgestellt. Ich muss irgendwann eine Führung für dich machen.«

»Das wäre fantastisch«, antwortete Frankie aufrichtig.

»Vielleicht könnten wir ein Abkommen mit deiner Praxis schließen, uns mit Tierteilen für unsere Experimente zu versorgen«, meinte Peter ironisch. Urplötzlich spürte Frankie, wie ihr von dem Wein und von Peters Blick warm ums Herz wurde. O Gott, dachte sie, er liebt Naturwissenschaften! Sie spürte ein leises Kribbeln im Bauch.

Nach einer ungestümen Darbietung des Musikanten und einem atemberaubenden Tanz sanken Frankie und Peter wieder auf ihre Restaurantstühle. Bald hatten sich ihre Finger auf der Tischplatte gefunden, und der Kerzenschein glomm in ihren Augen.

»Wie wär's mit einem Port, bevor wir uns wieder auf die Straße wagen?«, fragte Peter.

»Bezaubernd.«

Draußen war die Luft abgekühlt. Peter hakte sich bei Frankie ein und ging dicht neben ihr bis zu ihrem Apartment. Sie plauderten angesäuselt und lachten laut auf der leeren Straße. Unten am Hauseingang beschloss Frankie, die Post aus dem Briefkasten zu holen. Als der winzige silberne Briefkastenschlüssel abrutschte und über den Briefschlitz kratzte, begannen beide hinter vorgehaltener Hand zu kichern.

»Ich kann das Loch nicht finden«, sagte Frankie.

»Bist du sicher, dass du den richtigen Schlitz hast?« Peter sah ihr in die Augen, und dann brachen beide in sprudelndes, kicherndes Lachen aus.

»Hier. Lass mich mal ran.« Schließlich drehte Peter den Schlüssel im Schloss und holte die Post heraus. Er blätterte durch die Umschläge. »Rechnung, Rechnung, Rechnung … aha!« Er wedelte mit einem Umschlag. »Der hier sieht interessant aus.«

Frankie sah das Licht der Straßenlaterne auf dem goldumrandeten Umschlag glitzern. Sie stutzte.

»Hier.« Peter reichte ihr den Brief.

Der große Umschlag war weiß und schwer, und die goldene, geschnörkelte Handschrift ließ ihren Namen, Dr. Frances Saunders, unglaublich pompös wirken. Ihre Finger bohrten sich unter das goldene Siegel, und ein in Goldfolie gewickeltes Schokoladeherz purzelte zu Boden. Während Frankie das steife Papier auffaltete, bückte sich Peter, um das Herz aufzuheben, den Blick fest auf ihr verdattertes Gesicht gerichtet.

»Hochzeit? Mein Sohn? O mein Gott. Mein Sohn wird heiraten.«

»Aber das ist doch toll«, freute sich Peter enthusiastisch.

»Nein. Das verstehst du nicht. Sie haben mich nicht einmal angerufen. Ich weiß gar nichts davon. Ich kenne das Mädchen überhaupt nicht. Ich habe sie noch nie gesehen. O mein Gott.« Sie presste die Hand vor den Mund. Peter legte liebevoll den Arm um sie und führte sie ins Haus und in den Lift.

Während sie auf der Couch saß, drückte er ihr eine dampfende Tasse Tee in die Hand und setzte sich neben sie, ohne sich um die gepressten Furzgeräusche zu scheren, die ihre Couch von sich gab. Frankie starrte mit Tränen in den Augen in ihre Tasse.

»Entschuldige, Peter. Bitte entschuldige. Es ist einfach ein Schock für mich. Das musst du verstehen. Er ist mein Ältester. Du weißt schon, Michael – Mick. Der mir die Schuld an allem gibt. Er findet, ich sollte zu seinem Vater zurückkehren. Deshalb hat er nicht angerufen.«

»Hey, hey, hey. Schon okay. Schon okay.« Er nahm ihr die

Tasse aus der Hand und stellte sie auf dem Couchtisch ab. Dann schloss er sie in die Arme. Er legte eine Hand auf ihren Hinterkopf, und sie ließ ihr Gesicht an seine Brust sinken.

»Mach dir keine Sorgen«, sagte Peter und fasste mit der freien Hand nach der Einladung auf dem Couchtisch. »Hier steht Dr. Frances Saunders mit Begleitung. Wenn du möchtest, ich meine, wenn du glaubst, dass es dir hilft, dann könnte ich mitkommen. Und wenn du willst, muss ich nicht einmal zur eigentlichen Hochzeit mitgehen. Wir könnten, verstehst du, als Freunde fahren. Eine Art Kurzurlaub machen. Nur damit du während der Fahrt nicht alleine bist.«

Sie hätte nicht sagen können, ob sie Peter zum Schweigen bringen wollte oder ob sie ihm zeigen wollte, wie dankbar sie für sein Verständnis war, so oder so hob Frankie ihr Gesicht und drückte ihre Lippen auf seinen Mund.

Kapitel 9

Tom sank in seinen Sattel zurück und schaute lautlos fluchend zu, wie sein Vater krachend den Rückwärtsgang einlegte.

»Nimm deinen nutzlosen Köter aus dem Weg!«, brüllte Harry und setzte den Pick-up rückwärts dorthin, wo immer mehr Schafe aus der Herde ausbrachen.

Tom hasste es, mit seinem Vater Schafe zu treiben. Fünf der Hunde seines Vaters trotteten weitab der Herde im Rudel dahin, zu verängstigt, um wirklich einzugreifen, und gleichzeitig zu verängstigt, um gar nichts zu tun. Bessie, die kleine Hündin, die Rebecca für Tom gezüchtet hatte, zauderte auf Harrys wütende Drohung hin, blieb aber standhaft auf der anderen Seite der Herde, wo sie aufmerksam auf Toms Kommando wartete. Das Gatter war noch mehrere hundert Meter entfernt, und Harry versuchte, mit seinem Pick-up und seinen Hunden die Schafe am Zaun entlang zum Tor zu treiben. Sobald der Druck zu groß wurde, brachen einige Schafe aus und rannten den steilen Hügel hinauf. Die Tiere, die nicht aus der Herde zu entkommen versuchten, drängten sich zu großen Kreisen zusammen, die sich in riesigen Wirbeln drehten, während Harry immer wieder hupte und »Haaa!« rief.

Tom verlagerte sein Gewicht im Sattel, woraufhin Hank, sein lang gestreckter Brauner, der angesichts des Aufruhrs nervös mit den Ohren zuckte, antrabte. Tom leckte den Staub von seinen Lippen, pfiff nach Bessie, die in einem weiten Bogen die Herde umrundete und dann hinter Hanks Hufen herlief.

Schon als kleine Kinder hatten Bec und Tom zusammen

mit ihrem Großvater zugeschaut, wie eine Herde sich bewegt. Grandad hatte es ihnen sogar auf dem Hof demonstriert. Dazu hatte er etwas rote Kreide aus seiner Tasche gezogen, eines der fünf Schafe gepackt, die zusammengedrängt in der Ecke standen, und es mit einem dicken roten Strich auf der Nase markiert. Anschließend hatte er zwei weitere Schafe ausgewählt und sie mit blauer Kreide markiert. Danach war er mit langen Schritten im Pferch herumspaziert und hatte sich die Schafe von seinen flinken Collies zutreiben lassen. Dank der Markierungen erfassten Bec und Tom sofort, was ihnen ihr Großvater über die Bewegungsmuster der kleinen Herde erklärte.

»Schaut! Schaut!«, hatte Grandad gesagt. »Der rot markierte Bursche da, der ist euer Leitschaf. Nach so einem müsst ihr Ausschau halten, wenn ihr eine Herde treibt ... so einer und ein paar seiner Kumpels führen die restliche Herde an ... wenn ihr die gefunden und eure Hunde dazu gebracht habt, sie richtig zu leiten, dann werden sie die blauen Burschen durch jedes Gatter führen, das ihr aussucht.«

Grimmig sah Tom auf die Silhouette seines Vaters im Pick-up. Grandad hatte sich zwar die Zeit genommen, seine Enkel im Viehtreiben zu unterweisen, aber sein Sohn war ihm immer zu fremd geblieben, als dass er ihn beeinflusst hätte. Tom entsann sich noch gut, wie sie an dem großen Küchentisch unter der tickenden Wanduhr gesessen hatten. Großvater am Kopfende, Harry am anderen Tischende. Immer war die Stimmung gedrückt gewesen. Grandad sagte regelmäßig Sachen wie: »Tom, richte deinem Vater aus, dass du morgen mit mir zur Hütte kommen kannst«, oder: »Tom, richte deinem Vater aus, dass der Holden zur Inspektion muss.« Er sagte das sogar, wenn Harry direkt vor seiner Nase saß. Er benutzte seine Enkel, um mit seinem eigenen Sohn zu kommunizieren. Kein Wunder, dass wir alle so verkorkst sind, dachte Tom verbittert, als er seinem Vater zusah.

Nach dem Tod ihres Großvaters hatten Tom und Bec es während der Schulferien meist übernommen, die Herden zu treiben. Tom konnte seinem Vater den glühenden Neid beinahe ansehen, wenn er eine Herde hereintrieb. Ganz ohne Geschrei, ohne wildes Gehupe oder nebenher trottende Hundemeuten. Die Schafe schienen wie von selbst in die Pferche zu fließen, während Tom und Bec langsam und mit lockerem Zügel nebenher ritten. Sie unterhielten sich sogar dabei, meistens erzählte Bec begeistert über Viehzuchtprogramme, die sie erproben sollten, oder von neuem Saatgut, das sie ausbringen konnten.

»Von *wegen!*«, schlossen sie jedes Mal im Chor. Dann sahen sie sich an und brachen in Gelächter aus, beide bemüht, die engen Fesseln zu dehnen, die ihnen ihr Vater anlegte. Becs Hunde waren bislang ihre einzige erfolgreiche Veränderung im Hinblick darauf, wie die Farm geführt wurde.

Ihre Kelpies hatten einen so ausgeprägten Instinkt, dass sie ihr die Schafe wie von selbst zuführten. Tom und Rebecca brauchten nur am Zaun entlang auf die Front und Flanke einer Herde zuzureiten, und die Hunde erledigten den Rest, indem sie die Schafe vorwärts trieben. Falls die Herde ausbrach oder zu schnell wurde, rannte Bessie instinktiv vor die Herde, um ihr gewaltlos den Weg zu versperren. Dabei hielt sie reichlich Abstand, damit die Leitschafe nicht abdrehten und die Herde zu kreisen begann. Anschließend sah sie aufmerksam auf Tom und wartete auf das nächste Kommando.

Genau das hatte Bessie heute auch getan, nur dass Harry das nicht begriff. Er war so ganz anders als Grandad. Je älter Tom wurde, desto mehr erkannte er seinen Vater in seinem Bruder Mick wieder. Mick arbeitete inzwischen nur noch selten mit den Herden. Er zog es vor, im Maschinenschuppen herumzubasteln, die Fahrzeuge zu inspizieren und aus eselsohrigen, ölfleckigen Katalogen neue Ersatzteile zu ordern. Natürlich galt das nur für die Zeit, bevor Trudy auf der Bildfläche erschienen war. Inzwischen verschwand er öfter über ein verlängertes Wochenende und besuchte Trudys Eltern. Jedes Mal wirkte er bei der Rückkehr noch distanzierter. Seit sie ihre rituellen Freitagabend-Besuche in Dirty's Pub aufgegeben hatten, redete Tom kaum noch mit Mick. Manchmal unterhielten sie sich kurz über die Farm, aber nur ganz selten sprach Mick über seine Beziehung mit Trudy.

»Irgendwann muss jeder erwachsen werden«, bemerkte Mick. »Sie ist eine echt gute Haut, du musst sie nur besser kennenlernen.« Als Tom daraufhin keine Miene verzog, bohrte Mick weiter: »Sie kocht mir leckere Sachen, und außerdem hat ihr Alter Kies.« Mick hatte das ironisch gemeint, doch Tom konnte ihm ansehen, dass ein Körnchen Wahrheit in seiner Bemerkung lag. Trudy war eine kleine Prinzessin aus gutem Hause, die nur zu gern die Rolle einer Farmerfrau in einem großen Gutshaus spielen wollte.

Plötzlich zupfte Hank kurz an seinem Gebiss, drehte den langen Kopf der Straße zu und stellte die Ohren auf. Tom folgte dem Blick des Wallachs. Es war Trudy. Sie raste in ihrem roten Ford Laser den Hügel herunter, viel zu schnell und Staub und Steinchen aufwirbelnd. Als sie an der Herde vorbeizog, hupte sie und winkte aus dem Fenster. Tom lächelte still vor sich hin, als die Leitschafe in der Herde stehen blieben und dem kleinen roten Flitzer nachschauten, aus dessen CD-Player Celine Dion quäkte. Im Geist sah er, wie sein Vater im Fahrerhaus des Pick-ups rot anlief und fluchte. Bestimmt schwollen gerade die Adern in seinem Hals, und er zischte etwas wie: »Blöde dumme Kuh.«

Sie fuhr durch das Tor und stieg danach aus, um es zu schließen.

»Lass es auf!«, brüllte Harry aus mehreren hundert Metern Entfernung. Celine jodelte ihren Liebeskummer über die Weiden hinaus. Trudy legte die Hand ans Ohr und machte tonlos: »Was?«

»Nicht zumachen! Nicht – zu – machen!«, brüllte Harry.

»Okay!«, lächelte die hüpfende Trudy und rannte los, um das Tor zu schließen. Zufrieden, dass sie alles richtig gemacht hatte, winkte sie ihnen zum Abschied zu, als würde sie auf Weltreise gehen, sprang in ihren Laser und röhrte in Richtung Farm.

»Verflucht und zugenäht«, sagte Tom. Heute Abend würde am Esstisch wieder dumpfes Schweigen herrschen, so viel stand fest.

Bis sie das Tor wieder geöffnet und die kreisende Herde hindurch und über den langen Hügel zu den Wiesen am Fluss getrieben hatten, war die Sonne schon hinter einem stummen, blauen Berg untergegangen. Hank wusste, dass sein Arbeitstag so gut wie vorüber war, und grüßte mit einem bebenden Wiehern Rebeccas Stute, die am Zaun der Koppel bei der Farm auf und ab trabte und nach ihrem Gefährten rief.

Jedes Mal, wenn Rebecca schrieb oder anrief, fragte sie Tom: »Wie geht es Stinky?«

Frankie hatte der aus einem guten Stall stammenden Stute vor einigen Jahren das Leben gerettet. Ein alter Mann unten im Tal hatte sie auf seinem Grund großgezogen, konnte aber die Tierarztrechnungen nicht mehr begleichen, nachdem die Stute sich an einem Zaunpfahl aufgespießt hatte. Er wollte das Tier schon erschießen, als Frankie in ihrem verbeulten Allradgefährt aufgetaucht war und ihm ein Angebot unterbreitet hatte. Der Alte hatte damals schwer getrunken, doch Frankie hatte genau gesehen, dass seine Augen nicht vom Saufen wässrig waren. Sie behandelte die Stute selbst, ungeachtet der beträchtlichen Kosten. Und dank Rebecca, die damals die nässende Wunde hingebungsvoll säuberte, hatte die Stute überlebt. Der Deal war, dass Rebecca das Tier behalten durfte und dafür das erste Fohlen, falls die Stute trächtig werden sollte, zu dem Alten ins Tal zurückgeschickt werden sollte. Das Pferd war als Australian Stockhorse namens Beaufront Ink Jet registriert. Natürlich hatte sich der Name Ink Jet, kaum hatte das Tier Rebecca gehört, erst zu Stink Jet und dann zu Stinky gewandelt. Rebeccas Mutter schüttelte jedes Mal den Kopf, wenn sie hörte, wie ihre Tochter ihr Pferd Stinky rief. Der Name wurde dem Tier nicht gerecht. Die Stute war ein zähes, kleines Tier, gedrungen, von festem Wuchs und für eine Stute angenehm temperamentvoll.

Tom beobachtete sie, während er den abgesattelten Hank zum Gatter führte. Stinkys gut ausgebildete Muskeln glänzten in glatten Wölbungen unter dem schwarzen Fell. Dank der fetten Wiesen auf den Flussweiden von Waters Meeting war sie gut in Form – fast zu gut. Manchmal reagierte sie beim Reiten ein bisschen störrisch. Jetzt bog sie den Hals und schnupperte an der platt gedrückten Stelle, wo die Satteldecke auf Hanks geschwungenem Rücken gelegen hatte.

»Na, meine Schöne«, sagte Tom freundlich, streckte die Hand aus und legte sie auf ihren Hals.

»Vielleicht kommt Bec dich bald besuchen, Mädchen. Vielleicht kommt sie zum großen Fest nach Hause. Das wäre schön, nicht wahr?« Die feste Mähne der Stute lag in dicken Zotteln auf ihrem Hals. »Allerdings müssen wir dich ein bisschen sauber machen, bevor sie kommt, meine Stinkerin.«

Auf dem Rückweg zu dem kleinen hölzernen Sattelschuppen, der sich träge an den alten steinernen Stall zu schmiegen schien, kam er an der Werkstatt vorbei und warf einen kurzen Blick hinein.

Dort saß Mick im Fahrerhaus des Pick-ups hinter getönten Scheiben, das Gesicht so lustverzerrt, dass es schon fast gequält wirkte. Im Vorübergehen konnte Tom Trudys Beine hinter der offenen Fahrertür und ihren Kopf erkennen, der sich rhythmisch über Micks Schoß auf und ab bewegte.

Ganz langsam zog Mick den Kopf nach vorn, machte die Augen auf und registrierte leicht erschrocken, dass sie beobachtet wurden. Als er erkannte, dass es Tom war, entspannte sich seine Miene wieder, und er zwinkerte ihm zu.

Tom senkte verlegen den Kopf und eilte vorbei, um seinen Sattel wegzubringen. Er fluchte leise, dann pfiff er nach Bessie, die damit beschäftigt war, die Hühner wie jeden Abend in den Stall zurückzutreiben.

Als Tom später in der warmen Küche saß, schaute er Trudy zu, die durch den Raum flog, als würde sie für die Auszeichnung der »Farmerfrau des Jahres 1950« kandidieren. Auf dem Tisch lagen verstreut Hochzeitskataloge, deren Seiten mit gelben und rosa Post-its markiert waren. Das Telefonbuch lag bei F wie Floristen aufgeschlagen daneben.

F für Fick dich, dachte Tom und sah ihr eisig zu.

Trotzdem plapperte sie ungerührt weiter: »Natürlich können meine Eltern einfach nicht verstehen, warum ich mir eine Buschhochzeit antun will. Sie verstehen nicht mal, warum ich den Busch so liebe und hier draußen mitten im Nichts leben möchte. Sie hätten es lieber, wenn der Empfang in Dads Club in der Stadt stattfinden würde und die Hochzeit in der Kirche, in der sie damals geheiratet haben. Sie haben angeboten, alles zu bezahlen, darum nehme ich an, dass ich nicht in allen Punkten meinen Willen durchsetzen kann. Michael und ich könnten so eine Hochzeit nicht bezahlen. Dad hat sogar schon den DJ ausgesucht. Er ist Anwalt, weißt du? Ist das nicht witzig, Tom, ein Paragrafenreiter als Discjockey?«

Tom wusste genau, dass Trudy ihn mit Absicht zutextete. Er wusste, dass sie die hirnlose Blondine spielte, wann immer es ihr passte. Tom erinnerte das an seine Hündin Bessie. Sie setzte ganz ähnliche Mittel ein, wenn sie etwas angestellt hatte. Er fragte sich, ob er Trudy seine Theorie erklären sollte.

Aber bevor Tom etwas sagen konnte, kam Harry in die Küche, und mit ihm der Duft von billigem Shampoo. Er sah Trudy an und seufzte. Trudy hörte auf zu werkeln und verstummte. Harry griff nach einer Ausgabe des *Rural Weekly* und ging in den Salon mit dem knisternden Holzofen, den Tom vorhin zum Leben erweckt hatte. Er zog die Tür betont kraftvoll hinter sich zu.

»Er ist immer noch sauer auf mich wegen dieser Gattergeschichte heute Nachmittag«, flüsterte Trudy und beugte sich dabei über Tom, als würde sie ihn ins Vertrauen ziehen. Sie seufzte und warf einen vorsichtigen Blick in den Holzherd.

»Aber ich krieg schon noch raus, wie diese Farm … und diese Familie läuft.« Sie hatte die Zähne zusammengebissen. Dann wechselte sie wieder zu ihrer Zuckerstimme: »Tom, sei ein Schatz und ruf Michael, die Fleischwurst ist gleich fertig.«

»Das ist schon die zweite Fleischwurst, die du dir heute in den Mund stopfst, Trudy«, sagte Tom und huschte eilig aus der Küchentür. »Wenn du so weitermachst, passt du bald nicht mehr in dein Hochzeitskleid.«

Trudy stand in ihren mit Hühnern bedruckten Herdhandschuhen neben dem Ofen und starrte ihm mit offenem Mund und weit aufgerissenen Augen nach.

»Idioten«, sagte sie und kickte die Katze mit der Fußspitze aus dem Weg.

Kapitel 10

Rebecca, Dave und Annabelle waren gerade dabei, ihre Stirnlampen aufzusetzen und die Golfschläger auszuwählen, als die Fliegentür die späte Ankunft eines weiteren potenziellen Spielers ankündigte.

»Was in aller Welt habt ihr vor? Oder sollte ich lieber nicht fragen?«, hörten sie die Stimme von Alastair Gibson. Sein Erscheinen ließ die angehenden Agakröten-Golfer abrupt innehalten. Ihn in diesen Räumen stehen zu sehen, war ungewöhnlich. Nein. Mehr als ungewöhnlich. Weder Bec noch Dave hatten den Manager *je* in ihrer Unterkunft gesehen. Natürlich erschien er gelegentlich an den Stufen vor dem Eingang, aber er kam nie ins Haus. Er sah auf seine Stiefel und trat sie sich, kurzfristig verunsichert, von den Füßen.

»Bin heute Morgen übers Wochenende mit ein paar ausländischen Gästen hergeflogen. Bob ist mit ihnen ins Pub gefahren. Gnade ihnen Gott. Darum dachte ich, ich schau mal hier vorbei.«

Rebeccas Blick huschte über die chaotische Küche, in der sich schmutzige Teller, Tassen und Bierflaschen auf den barbusigen Mädchen aus Daves Schmuddelheften stapelten. Die Unordnung hatte sich in der ganzen Unterkunft ausgebreitet, als hätte eine Windbö das Chaos über den Boden bis ins Wohnzimmer geblasen. Es war zum Ritual geworden, dass Annabelle freitagabends zum Essen kam, den ganzen Samstagvormittag zu den Klängen von *Rage* mit Dave vögelte und den Nachmittag damit zubrachte, um den lethargisch fernschauenden Dave herum aufzuräumen.

Bec spürte hin und wieder leise Gewissensbisse, bot dann ihre Hilfe an und schrubbte daraufhin zaghaft an den Flecken im Klo herum, aber sie weigerte sich eisern, blaue Entchen in die Kloschüssel zu hängen oder pilzförmige Stinkedinger auf dem Wasserspeicher aufzustellen.

Als jetzt Alastair vor ihnen stand, wünschte sie sich, sie hätte etwas mehr hausfrauliche Qualitäten bewiesen.

»Wir wollen … äh … hm«, sagte Rebecca und lehnte ihren Golfschläger an den Sessel.

»Wir wollen … ähem«, ergänzte Dave, »golfen gehen. Nur dass wir keine Bälle benutzen. Sondern Agakröten.«

»Ach, ich verstehe!«, lachte Alastair. »Ich schätze, ihr tut damit der Umwelt einen Gefallen … Kaum zu glauben, dass diese Mistviecher so weit ins Landesinnere vorgedrungen sind. So viele wie in diesem Jahr habe ich noch nie auf Blue Plains gesehen. Bitte entschuldigt, wenn ihr euer Turnier meinetwegen um ein paar Minuten verschieben müsst. Ich wollte mit Rebecca sprechen.«

»Klar! Keine Sorge!«, antwortete Dave übertrieben enthusiastisch und drehte sich zu Annabelle und Rebecca um. Seine eingeschaltete Stirnlampe folgte jeder Kopfbewegung wie ein übereifriger Theaterbeleuchter.

Rebecca zerrte das Elastikband ihrer Stirnlampe vom Kopf und räusperte sich betont in Daves Richtung. »Möchten Sie vielleicht ein Bier, Mr Gibson?«, fragte sie.

»Bitte nennen Sie mich Alastair, und ja, bitte, ich hätte sehr gern ein Bier.«

»Ähm. Setzen Sie sich doch.« Dave räumte den Zeitungsstapel von der Couch und kickte ein paar Dosen und Plastikflaschen über den Fußboden in die Ecke.

»Nicht nötig, ich bleibe nicht lang. Ich wollte Rebecca nur einen Vorschlag unterbreiten.«

»Gut, dann machen wir uns dünne.« Annabelle lächelte strahlend. »Komm schon, Dave. Wie wär's mit einer Runde?« Sie sah Dave an und ergänzte ein bisschen zu schnell: »… Golf.«

Sie nahmen ihre Schläger, die Fliegentür seufzte auf und schlug hustend hinter ihnen zu, dann waren beide in der schwülen Nachtluft verschwunden.

Bec reichte Alastair eine Bierflasche. »Ich würde Ihnen auch ein Glas anbieten, aber …« Sie deutete auf die aufgereihten Gläser hinter der Spüle. »Wenn Sie möchten, wasche ich Ihnen eines ab.«

»Nein. Nein. Das Bier ist schon im Glas.« Alastair hob lächelnd die Glasflasche an und nahm am Küchentisch Platz.

Bec tat es ihm nach, setzte sich ihm gegenüber, nahm einen Schluck kaltes Bier und blickte an ihm vorbei auf das Durcheinander aus Tomatensoßenflaschen, halb leeren Brottüten, Sojasoßenfläschchen, Vegemite-Gläsern und Türmchen von Plastikbehältern für Pfeffer und Salz.

»Bob hat mir erzählt, dass Sie heute Nachmittag Ihre Kündigung eingereicht haben.«

»Ja. Das ist richtig«, sagte Bec. »Ich hoffe, Sie haben das nicht falsch aufgenommen. Es gefällt mir sehr gut hier. Ehrlich. Aber mein Bruder heiratet kurz nach Weihnachten, darum muss ich sowieso heimfahren. Außerdem habe ich mich an der Tablelands University für einen Kurs in Betriebswirtschaft und Farmmanagement eingeschrieben. Das Studium beginnt im März. Ich dachte, wenn ich noch vor Weihnachten kündige, gebe ich Ihnen damit genug Zeit.«

»Sicher. Sicher haben Sie das. Es ist nur so, dass Sie eine wirklich gute Angestellte sind. Sie gehören zu unseren Besten. Obwohl Sie noch so jung sind, bewegen Sie eine Menge und haben der Firma gezeigt, wie wertvoll Sie sind.«

Die Worte waren für Rebecca wie warme Küsse. Ihr Leben lang hatte sie vergeblich darauf gehofft, ein lobendes Wort von ihrem Vater zu hören. Nichts, was sie unternommen hatte, hatte ihm je genügt, sosehr sie sich auch angestrengt hatte.

»Als wir uns damals bei der Viehauktion kennenlernten, hatte ich Ihnen versprochen, dass Sie mehr mit den Widderställen und unseren Show-Aktivitäten zu tun haben würden. Ich weiß, inzwischen ist ein ganzes Jahr vergangen, ohne dass Sie von der Farm weggekommen wären. Es hat etwas gedauert, bis ich Bob so weit hatte, euch Youngsters eine Chance zu geben, aber ich glaube, inzwischen ist er weichgekocht und kann erkennen, was für eine Bereicherung Sie bei der Vorführung der Zuchttiere von Blue Plains wären.«

Bec zupfte an dem Label ihrer Bierflasche, bis es sich in einem feuchten, klebrigen Fetzen löste. Sie klebte es wieder fest und zog es wieder ab, während sie schweigend lauschte.

»Wir möchten, dass Sie sich für die Hochzeit Ihres Bruders so lange freinehmen, wie Sie möchten, aber wir möchten auch, dass Sie danach zurückkommen, und zwar nicht als Jillaroo, sondern als Managerin unserer Zuchttier-Vorführungen. Natürlich gibt es zu diesem Titel auch ein entsprechendes Gehalt … na schön, fast jedenfalls, es ist immerhin deutlich höher als das, was Sie jetzt verdienen. Falls Sie Ihr Studium um mindestens ein Jahr verschieben könnten, würde Ihnen das eine Gelegenheit geben, mehr zu lernen und mehr zu sparen. Es ist nicht zu übersehen, dass ein beträchtlicher Teil von Ihrem und Daves Gehalt in die hiesigen Pubs wandert.« Er lächelte nachsichtig.

»Sie bitten mich also nur um ein weiteres Jahr?«

»Genau.«

Bec spürte einen Anflug von Melancholie. Nie im Leben hätte ihr Vater ihr die Leitung eines ganzen Zweiges der Farm anvertraut. Unwillkürlich wünschte sie sich, sie hätte einen Vater wie Alastair.

»Das war's schon, Bec. Lassen Sie sich Zeit, und denken Sie darüber nach. Sagen Sie uns bis spätestens Weihnachten Bescheid, wie Sie sich entschieden haben. Ich habe die Zentrale gebeten, eine Jobbeschreibung mit einer detaillierten Aufgabenliste sowie allen Gehaltsdetails für Sie zu erstellen. Bis Dienstag müsste Bob die E-Mail bekommen haben, wenn Sie sich nächste Woche an ihn wenden, werden Sie alles Weitere erfahren.«

»Super. Danke. Ich werde darüber nachdenken, Alastair. Das ist sehr freundlich von Ihnen.«

Weit draußen vor dem Fenster war ein »Woo-hooo!« zu hören.

»Offenbar hat Dave einen Kröten-Birdy geschafft«, meinte Alastair, und Bec lächelte. »Über Weihnachten fahren Sie nicht nach Hause?«

»Nein.«

»Kommen Ihre Verwandten zu Besuch?«

»Ähh. Nein.« Bec lächelte verlegen und schüttelte unsicher den Kopf.

»Ich wollte nicht aufdringlich sein. Ich weiß, dass sich das Verhältnis zu Ihrem Vater während der vergangenen Monate nicht gebessert hat. Weihnachten ist ein guter Zeitpunkt für eine Versöhnung, aber wenn Sie beide noch nicht so weit sind, dann sind Sie herzlich eingeladen, in die Stadt zu kommen und Weihnachten mit meiner Familie zu feiern.«

Rebecca lächelte dankbar. Noch nie hatte sie mit einem Mann in Alastairs Alters so locker geplaudert. Sie mochte ihn.

»Danke, Mr Gibson. Das ist wirklich nett von Ihnen, aber ich will meine Hunde nicht alleinlassen, und außerdem wollen Marg und Bob ein Barbecue am Billabong veranstalten, ich werde also nicht alleine sein.«

»Na schön. Solange Sie mir eines versprechen.«

»Und zwar?«

»Dass Sie zu Hause anrufen. Reden Sie ein paar Takte mit Ihrem alten Herrn. Ich weiß, wenn Sie meine Tochter wären, wollte ich von Ihnen hören.«

Rebecca sah zur Decke hoch und kniff die Lippen zusammen. »Okay«, sagte sie wie ein ungezogenes Kind. Dann mussten beide lachen.

Er trank sein Bier aus, und sie dachte schon, er würde gehen, aber stattdessen griff er nach dem Golfschläger, der an seinem Stuhl lehnte.

»Und jetzt«, verkündete er, »gehen wir golfen.«

Rebecca blieb der Mund offen stehen.

»Okay!«, strahlte sie. »Aber Sie brauchen noch die hier.« Damit reichte sie Alastair eine lila getönte, verspiegelte Rund-um-Sonnenbrille, die Dave vor Kurzem aus einem Ramschladen in der Stadt mitgebracht hatte.

»Wozu in aller Welt? Da draußen ist es stockfinster.«

»Zum einen sieht es scharf aus«, neckte ihn Bec, »und es erschwert das Krötentreffen. Aber vor allem kann das Gift dann nicht in Ihre Augen spritzen.«

Während Alastair seine Stiefel anzog, brummelte er: »Das hört sich nicht nur gefährlich, sondern auch lächerlich an.«

»Es ist charakterbildend«, verkündete Bec, und die Fliegentür knallte einen Punkt hinter ihren Satz.

Kapitel 11

Die Hunde auf der Ladepritsche reckten ihre Nasen in die vorbeiströmende Hitze und kniffen die Augen gegen den Wind zusammen. In der kleinen, heißen Fahrerkabine bedeckten alte Essenspapiere den Boden, und eine Trinkflasche mit Wasser wärmte sich zwischen Rebeccas Knien. Ab und zu sprenkelte sie etwas von dem Wasser auf ihr Gesicht und ihre Brust. Der durch das offene Fenster hereinblasende Wind sog die Feuchtigkeit aus ihrem Unterhemd und bewirkte dadurch, dass ihr etwas kühler wurde. Bec schaute auf ihren rechten Arm, der auf dem Türrahmen ruhte. Er war knallrot, während der andere Arm sein gewohntes Honigbraun behalten hatte. Sie tastete nach der Tube Sonnencreme auf dem Armaturenbrett und verschmierte einen weißen Klecks auf ihrem Arm. Den Rest massierte sie auf ihr rechtes Bein, das ebenfalls der Sonne ausgesetzt war. Sie rutschte in ihrem Sitz herum, weil ihr verschwitzter Rücken am Polster des Pick-ups klebte. Dann drehte sie das Radio auf und gab sich alle Mühe, die glühenden Temperaturen zu ignorieren.

Die Orte wurden allmählich größer, zivilisierter, gleichförmiger. McDonald's, Kentucky Fried Chicken, blank polierte, immergleiche Kästen, die das immergleiche Fett verkauften. In einem Ort hielt Rebecca an einem riesigen Kaufhaus, schlenderte zwischen den Kleiderständern herum und hielt mutlos nach einem Kleid für die Hochzeit Ausschau. Sie bewegte sich unter den übrigen Kunden, als wäre sie gar nicht da. Ihre braun gebrannten Finger strichen über die unzähligen, jungfräulich sauberen Kleider, während die Verkäuferin sie argwöhnisch beobachtete, als wäre sie eine Ladendiebin.

Bec hatte ihre Hunde auf der Ladefläche des Pick-ups unten in der dunklen Tiefgarage gelassen, sie sorgte sich um sie. Es waren Klassehunde – am Ende würden sie noch gestohlen. Außerdem hasste sie Einkaufen. Sie wollte schon gehen, als ihr Blick in einen Spiegel fiel. Unter dem kalten Leuchtstoffröhrenlicht des Supermarktes betrachtete Rebecca ihr Spiegelbild. Ein braun gebranntes, windzerzaustes Mädchen in zerrissenen Denim-Shorts. Sie sah verändert aus. Sie wusste nicht, inwiefern, aber etwas an ihr hatte sich definitiv verändert.

Scheiß drauf, sagte sie zu sich. Sie würde im nächsten Ort etwas zum Anziehen finden. Sie fuhr mit dem Aufzug in die Tiefgarage unter dem Einkaufszentrum und strich mit den Fingern über die Ohren ihrer begeistert herumhüpfenden Hunde.

Bec zitterten nach der langen Schotterstraßenfahrt, aber auch vor Nervosität die Hände, als sie am Samstag vor der Hochzeit die Glocke des Dingo-Trapper-Hotels läutete. Aus der Bar hörte sie Darren Weatherby rufen: »Immer ruhig mit den jungen Pferden, ich komm' ja schon.« Eine Zigarette im Mundwinkel, kam er um die Ecke, die Arme voll leerer Kartons. Als er Rebecca erblickte, ließ er sie in gespieltem Entsetzen fallen.

»Beccy Saunders, ich glaub' es nicht!«

»Dirty!« Sie warf sich in seine Arme, und er drückte einen stoppeligen, nikotingeschwängerten Kuss auf ihre Wange.

»Du kommst zur Hochzeit, stimmt's?«

»Ja, ich dachte, das gehört sich so.«

»Wie ist es so im Norden? Ein bisschen weiß ich von Tom und von deinen Karten. Er erzählt, du würdest Schweine schießen, mit Kröten golfen und mit wilden Stieren kämpfen.«

»Genau. War toll. Wär lieber daheim auf der Farm, aber so läuft das Karnickel nun mal, ay, Dirty?«

»Ahh! Hab' schon gehört, dass du das ›Ay‹ aus dem Norden mitgebracht hast.«

Bec zuckte lächelnd mit den Achseln.

»Deinen alten Herrn hab' ich in letzter Zeit kaum gesehen. Wenn er was zu erledigen hat, schickt er lieber Mick in die Stadt.«

Rebecca sah sich im Pub um. »Bei dir hat sich kaum was verändert.«

»Nee.« Dirty sah sich ebenfalls um. »Hab' eben kein Glück.«

»Hättest du für ein, zwei Nächte ein freies Zimmer, Dirty? Ich weiß nicht so recht, wo ich übernachten soll.« Bec spürte, wie ihr die Tränen in die Augen stiegen.

»Ach, Liebes. Wir sind mit Hochzeitsgästen ausgebucht. Ein Haufen von denen ist aus der Stadt raufgekommen, bis jetzt hab ich nichts als Beschwerden von denen gehört. Ständig fragen sie, ob's eine ›anderweitige‹ Unterkunft in der Nähe geben würde, etwas mit eigenem Bad. Die machen mich noch irre. Aber für deinen Schlafsack finden wir bestimmt einen Platz, und die Dusche kannst du auch benutzen. Ich schätze, deine Hunde hast du auch dabei, wo du doch die Hundekönigin bist und so.« Er schaute aus dem Fenster nach ihrem Pick-up. »Die kannst du hinten anbinden.«

»Danke, Dirty. Du bist eine Legende.«

»Du hast uns gefehlt, Mädchen. Deinem Bruder Tom übrigens auch. Der hängt hier praktisch jedes Wochenende ab und trinkt sich zu.«

»Hast du ihn dieses Wochenende gesehen?«

»Er ist draußen bei eurem alten Herrn und lässt sich als Trauzeuge rausputzen. Trudy ist mit den Brautjungfern bei Angela Carmichael und lässt sich die Haare aufdingsen. Von dort aus fahren sie direkt zur Kirche. Du solltest St. Matthews sehen … sämtliche Weiber der Stadt hocken in der Kirche, hängen alles mit Blumen voll und blasen die Vorder- und Hinterbacken auf. Trudy hat beschlossen, dass der Empfang auf Waters Meeting gegeben wird.«

Rebecca spürte kaltes Entsetzen, als Dirtys Kommentar über sie wegspülte.

»Sie haben den Garten hergerichtet und anscheinend ein Zelt und eine Jazzband aus der Stadt gemietet.«

Damit hatte Bec nicht gerechnet. Laut Einladung sollte die Feier im Gemeindesaal stattfinden. Heimzukehren und zu erleben, wie ein wildfremdes Mädchen in ihrem Elternhaus heiratete, in ihrem Farmhaus auf Waters Meeting … Sie spürte, wie der Hass auf ihren Vater in ihrem Herzen zu erglühen begann und ihr gleichzeitig schlecht wurde.

»… Heiliger Hammer. Eine *Jazz*-Band. Ich frage dich, was soll aus dieser Welt nur werden!« Dirty verstummte, als er Becs verzerrtes Gesicht bemerkte.

»Es ist doch schon nach elf, oder, Dirty?«

»Was? Oh.« Er sah auf die Uhr. »Gerade mal.«

»Ist deine Bar geöffnet? Ich brauche nämlich einen Scotch.«

»Für dich ist die Bar immer geöffnet, Bec. Ich geb' dir einen Doppelten, oder?«

»Ja. Nur ein schneller Kurzer, dann binde ich meine Hunde an und werfe mich in Schale.«

Er reichte ihr den Drink, und ihr Blick senkte sich auf die Eiswürfel, die in der gelbbraunen Flüssigkeit dümpelten. Ein Klumpen schnürte ihr die Kehle zu. Dicke, warme Tränen tropften auf die flauschige grün-rote Decke auf der Bar und spritzten dann, als sie das klirrende Glas hob, auf die Eiswürfel.

»Hey, Bec«, sagte Dirty tröstend, »wenn du lieber einen Scotch mit Wasser gehabt hättest, hättest du das sagen sollen.« Er kam um die Theke herum, nahm ihr das Glas ab und legte den Arm um ihre Schultern. Sie lachte ein wenig und vergoss gleichzeitig eine Menge Tränen, und Dirty tat alles, um ihr die Verlegenheit zu nehmen.

»Man sagt immer, die Arbeit in einer Bar besteht zu fünfzig Prozent aus Drinksausschenken und zu fünfzig Prozent aus Ratgeben.« Dirty sprach zu dem Scheitel auf Rebeccas gesenktem Kopf. »Durch dich und Tom spült dein Dad einen Haufen Geld in meine Kasse. Eigentlich sollte ich dem alten Mistkerl ein Dankschreiben schicken.«

Damit schaltete er die Musikbox ein und wählte den traurigsten Dixie-Chicks-Song aus, den er darin finden konnte. »Wenn du schon in deinem Elend baden willst, dann solltest du es richtig machen und dich so tief wie nur möglich in dein Unglück versenken, Mädchen.«

Die Dixie Chicks erfüllten das leere Pub mit ihren schneidenden Trauerstimmen. Dirty reichte Bec den zweiten Scotch, und sie sah dankbar in sein faltiges und freundliches Gesicht auf.

Sie konnte sich kaum bedanken, weil die Tränen schon wieder zu fließen begannen. Der Drink wärmte ihren leeren Magen wie Balsam.

Frankie sah ihre Tochter vor der weißen Holzkirche stehen. Sie wollte schon zu ihr hinlaufen, doch etwas hielt sie zurück. Sie beobachtete Rebecca durch die Menge hindurch und erkannte erschrocken, dass ihre Tochter ihr fremd geworden war.

Sie sah verändert aus. Älter. Sie hatte das Haar hochgesteckt und stand verlegen in ihrem ärmellosen blauen Kleid abseits. Frankie kam zu dem Schluss, dass Rebecca schön aussah. Erwachsen.

Nervös über seine Krawatte streichend, folgte Peter ihrem Blick. »Rebecca?«

Frankie nickte.

»Sie ist bezaubernd.«

Als Rebecca sich umdrehte und ihre Mutter bemerkte, kam sie angelaufen und schloss sie liebevoll in die Arme.

»Mum! Wie schön, dich zu sehen. Du siehst toll aus.«

»Du aber auch! Wie braun du bist!«

»Das kommt von der Arbeit im Freien.«

Sie lachten und umarmten sich erneut.

»Nervös?«, fragte Frankie.

»Und wie.«

»Hast du Dad schon gesehen?«

»Nein.«

Peter räusperte sich.

»Ach! Entschuldige«, sagte Frankie zu Peter. »Rebecca, ich möchte dir einen Freund von mir vorstellen. Peter. Peter, das ist meine Tochter. Rebecca.«

»Schön, dass wir uns endlich mal begegnen.« Bec schüttelte enthusiastisch seine Hand. »Schließlich tauchst du oft genug in Mums Briefen auf.«

»Ach ja, ach ja?« Peter lächelte Frankie liebevoll an.

Rebecca fand ihn sympathisch. Er strahlte aufrichtige Güte aus, und seine Augen wirkten freundlich. Genau in diesem Moment erschien der Pfarrer unter dem Rundbogen der Kirchentür und bat die Hochzeitsgäste in den Saal.

»Mum, der Mann im langen Kleid möchte, dass wir ein wenig mit Gott schwatzen.« Sie nickte zu dem Pfarrer hin.

»O Rebecca!« Frankie verdrehte die Augen und lächelte. »Wie ich sehe, hast du noch immer keinen Respekt vor der Kirche entwickelt.« Dann sagte sie zu Peter: »Meine Tochter hat Schwierigkeiten mit allem, was Konformität erfordert. Darunter fällt auch die Religion. Der Mann im langen Kleid ist Pater Peterson. Er hat alle meine Kinder getauft und mich und meinen … Harr … meinen Ex-Mann getraut.«

Bei der Erwähnung von Rebeccas Vater krampfte sich Rebeccas Magen zusammen. Ihr graute vor dem Gedanken, dass er hier, in dieser Kirche, saß. Die Wirkung des Whiskys am Vormittag war verflogen, inzwischen hatte sie Kopfschmerzen. Ihre Mutter nahm sie am Arm und führte sie in die kühle, dunkle Kirche. Rebecca fragte sich, ob Frankie sie damit unterstützen wollte oder ob es sich genau umgekehrt verhielt.

Menschen, die ihr größtenteils unbekannt waren, drängten sich in den alten Eichenbänken. Die drei begannen zu zaudern und verzogen sich in eine leere Bank weit hinten in der Kirche. Ein paar Einheimische drehten sich zu ihnen um und winkten sie nach vorn in die Reihen, die für die Verwandten reserviert waren, aber Rebecca und ihre Mutter schüttelten lächelnd den Kopf und lehnten ihr Angebot mit einem kurzen Winken ab.

Rebecca konnte ihren Vater ganz vorn in der Kirche sitzen sehen. Seine Haare waren lang und lagen in einer struppigen, grauen Matte auf seinem Kopf. Die Nadelstreifen seines Anzugs hingen schlaff über seinen herabgesackten Schultern. Er schien angestrengt seine Schuhe zu betrachten.

Vor Harry saßen Tom und Mick. Rebeccas Herz machte einen Satz, als sie die beiden sah. Obwohl die Jungs nervös an ihren Krawatten und Knöpfen herumnestelten, sahen beide richtig scharf aus. Rebecca hatte vergessen, wie groß und gut aussehend Mick war. Sein schwarzes Haar glänzte und war im Nacken frisch und akkurat geschnitten. Er war rasiert, und an seinen Händen war nicht der kleinste Ölfleck zu entdecken. Er sah umwerfend aus. Dann musterte Rebecca Tom. Sein eigensinniges, sandblondes Haar war kurz geschnitten und nach hinten gekämmt. Es stand ihm gut. Seine Haut hatte den gleichen honiggoldenen Teint wie Rebeccas. Er legte die Hand an seine Krawatte und zog sie zurecht. Was für wunderschöne Hände, dachte Rebecca. Sie fragte sich, ob er inzwischen eine Freundin gefunden hatte. Es hätte Rebecca erstaunt, wenn nicht eine von Trudys Freundinnen heute Abend auf ihn anspringen würde.

Genau in diesem Moment tauchte eine Frau mit rosa Hut, das Haar zu einem Lockenberg aufgetürmt, vor den Jungs auf und strich Toms Haar glatt. Rebecca starrte auf ihren ausladenden, in fuchsienrote Seide gezwängten Hintern und auf die Fußballerbeine, die in fetten Knöcheln und winzigen, in rosa High Heels mit Riemchen geklemmten Füßchen mündeten.

Frankie flüsterte Bec zu: »Ich glaube, das ist Trudys Mutter.«

»Keine guten Gene, so wie es aussieht«, murmelte Bec aus dem Mundwinkel und spürte im nächsten Augenblick, wie ihre Mutter ihr sanft auf den Schenkel schlug.

Die Frau an der Orgel rang ihrem Instrument ein paar gepresste Töne ab, die sich nach einer rolligen Katze anhörten. Dann hielt die Braut von ihrem kleinen, fetten, fast kahlen Vater begleitet Einzug.

»Ganz eindeutig keine guten Gene«, flüsterte Bec ihrer Mutter wieder zu.

»Pssst.«

»Wahrscheinlich versteckt sie sich deshalb unter diesem Moskitonetz.«

»Psssst!«

Bec starrte durch mehrere Lagen von weißem Tüll und versuchte Trudys Gesicht auszumachen. Sie sah mit ihrem elfengleichen Antlitz und den tränenglänzenden Augen hübsch aus. Rebecca spürte, wie sich Frankie an ihrem Arm festkrallte, und sah, als sie ihre Mutter anblickte, wie sich deren Gesicht unter dem Ansturm der Gefühle verzerrte. Rebeccas Schutzwall aus whiskygetränktem Sarkasmus fiel in sich zusammen. Sie fühlte sich verletzlich und allein.

Während die dröhnende Stimme von Pater Peterson die Kirche erfüllte, saßen Mutter und Tochter still weinend in ihrer Bank, umkrampften ihre Taschentücher und tupften sich immer wieder die Augen trocken. Wenn jemand in ihre

Richtung sah, reagierten Rebecca und Frankie mit einem dünnen Lächeln. Seufzend sah Rebecca auf die Rücken ihrer aufrecht und still dastehenden Brüder. Sie hatte das Gefühl, die beiden Männer, die in ihren eleganten Anzügen vor dem Altar standen, gar nicht zu kennen.

Bunte Papierlampions hingen an den Veranden rund ums Haus. Bambusfackeln flackerten rund um die mit frischem Kies aufgeschüttete kreisförmige Auffahrt, und in den Eukalyptusbäumen blinkten Lichterketten. Die Fuchskusus huschten nervös in den Ästen herum und beobachteten von oben herab die Menschen, die in kleinen Grüppchen auf dem Rasen standen. In dem Partyzelt auf dem Rasen vor dem Haus stießen die Gäste lachend mit Weingläsern an oder lagerten beschwipst auf den weißen Plastikstühlen.

In einer Ecke hockte ein zusammengesunkener und betrunkener Harry an seinem Tisch und sah immer wieder missmutig zu Frankie und Peter herüber, die mit Rebecca an einem Tisch saßen.

An der langen, weißen Hochzeitstafel lungerte Mick im Kreise seiner Trauzeugen wie ein Römer bei einem Gelage. Trudy flatterte, ein unverrückbares Lächeln auf dem Gesicht, in ihrem perfekten Satingewand von Tisch zu Tisch.

»Wie schön, dass ihr gekommen seid«, schnurrte sie Frankie an.

»Also, ich würde doch kaum die Hochzeit meines eigenen Sohnes verpassen, oder?«, murmelte Frankie in ihr Weinglas.

In der Hoffnung, dass Trudy sie nicht gehört hatte, sprang Rebecca allzu schnell vom Tisch auf und stieß dabei ein Bierglas um.

»Oh! Huch! Dabei wollte ich dich nur umarmen, Schwägerin!« Während Frankie und Peter das verschüttete Bier aufwischten, umarmten sich Bec und Trudy ungelenk. Rebecca spürte Trudys knochiges Schulterblatt unter dem Brautkleid. Sobald Trudy zum nächsten Tisch abflatterte, griff sie nach ihrem Weinglas und kippte die schale Flüssigkeit hinunter.

Harry suchte den Blick seiner Tochter, doch Rebecca drehte ihm betont den Rücken zu. Sie schaute den Paaren zu, die sich zahm zu den Jazzstücken bewegten. Am Rand der Menge bemerkte sie Tom, dem das Hemd aus der Hose hing und dessen Haar schon wieder wild zerzaust war. Er saß verkehrt herum auf einem weißen Plastikstuhl und ritt ihn wie beim Rodeo. Tom gab seinem weißen Stuhl die Sporen und warf eine Hand hoch, als würde er auf einem wilden Stier sitzen. Plötzlich knickte ein Stuhlbein ein, und er landete der Länge nach auf den ungehobelten Dielen des Tanzbodens. Rebecca stand auf, um ihm zu helfen, aber Trudys Mutter kam schon mit wackelndem rosa Hut angeeilt.

»Das reicht jetzt wohl«, sagte sie mit einem stählernen Lächeln. Ihre Finger bohrten sich in Toms Arm.

»Wir wollen doch nicht, dass du Michaels und Trudys Ehrentag verdirbst.«

»Was soll daran eine Ehre sein?«, sagte Tom halblaut und sah stirnrunzelnd dem wackelnden Hinterteil von Trudys Mutter nach. Er taumelte an einen freien Tisch, schnappte sich ein Glas mit Rotwein, setzte an und leerte es in einem Zug.

»Machst du einen drauf, Tom?«

»Ahhh! Bec! Trinken wir auf eine im Himmel geschlossene Verbindung!« Er sah zu Mick hinüber, der eine taftumhüllte Brautjungfer auf dem Schoß hatte und lachte.

»Komm mit! Bringen wir ein bisschen Schwung in die Sache.« Rebecca griff nach Toms Hand, und gemeinsam tauchten sie unter die weißen Leintücher, mit denen die Hochzeitstafel gedeckt war.

Sie krabbelten bis zu dem Platz, auf dem Mick mit der beschwipsten, kichernden Brautjungfer saß. Boshaft lächelnd fuhr Rebecca mit einer Hand an Micks Schenkel auf und ab.

»Er ist so blau, dass er bestimmt glaubt, es ist die Kleine! Er hat keine Ahnung, dass wir hier sind«, flüsterte Bec. Tom deutete auf das Bein der Brautjungfer.

»Mach schon!« Bec nickte grinsend.

Tom schob seine Hand unter das Kleid der Brautjungfer; in dem Glauben, es sei Micks Hand, kreischte das in pfauenblauen Taft gehüllte, üppige Mädel auf und kippte nach hinten weg, nicht ohne Mick eine zu kleben.

Unter dem Tisch erstickten Bec und Tom fast vor Lachen, als sie Trudys Brautschuhe auf Mick und die Brautjungfer zumarschieren sahen. In nicht allzu leisem Flüsterton befahl Trudy Mick, sich zu benehmen, und Shelley, nüchtern zu werden.

Dann packte Trudy Mick an der Hand, schleifte ihn zum Tanzboden und zeigte ihm dort, wie entschlossen sie war, »ihren Hochzeitstag zu einem Erfolg« zu machen. Immer noch lachend, streckte Bec eine Hand unter dem Tischtuch hervor und stibitzte eine Flasche Wein vom Tisch. In ihrem Hochzeitstafel-Spielhaus hoben Bruder und Schwester ihre Gläser zu einem schwankenden, trunkenen Trinkspruch.

»Auf Dick und Trübi!«

»Auf Dick und Trübi!«, wiederholte Tom, dann stießen sie an.

»Du hast Rotweinlippen«, lallte Bec, als sie zusammengekauert einander im Schneidersitz gegenübersaßen.

»Du auch«, lallte Tom zurück und schwenkte einen unsicheren Finger in ihre Richtung, bis sie ihn wegschlug. Beide verstummten, während sie sich den Rotweinrand von den Lippen leckten.

»Scheiß doch drauf, Tom.«

»Genau. Scheiß doch drauf, Bec.« Dann tranken sie wieder.

»Scheiß auf Dad«, sagte Tom.

»Genau. Scheiß auf ihn.« Wieder verstummten beide und tranken.

»Scheiß drauf, Rebecca … ich bin in deine Freundin verknallt«, platzte es aus Tom heraus.

»In wen? Was für eine Freundin?«, fragte Bec mit hochgezogenen Brauen und setzte das Glas von den Lippen ab.

Tom schüttelte den Kopf. »Nee. Nee. In niemanden …«

»Komm schon, Bruder. Spuck's aus.«

»Sal. Ich liebe Sal. Sally Carter-Farter, die ist echt Wahnsinn. Trudy hat sie nicht auf ihre Hochzeit eingeladen.«

»Sally? Sally Carter? Du liebst Sal? O Gott, Tom.« Rebecca schlug die Hand vor den Mund, so überrascht war sie. »Aber Tom, du weißt doch, wie sie ist … sie ist immer noch in ihrer ›Probefahrt‹-Phase, was Männer angeht. Sie ist, also, sie ist … echt nicht nett zu den Männern, Tom. Sosehr ich sie liebe, sie ist nichts für dich. Erst würde sie dich besinnungslos vögeln, und dann würde sie dir das Herz brechen.«

Tom fuhr sich mit der Hand durchs Haar und wandte das Gesicht ab, doch sie konnte den Schmerz in seiner Miene sehen.

»Vergiss einfach, dass ich was gesagt hab.«

»O Tom.« Bec schloss ihn in die Arme. Als sie ihn so hielt, spürte sie, wie ihr betrunkener Bruder unter ihrer Berührung zerbrach und in sich zusammensackte.

»Komm wieder nach Hause, Bec. Komm einfach wieder nach Hause. Ohne dich halte ich es hier nicht aus. Ohne dich und Mum. Ich halte es mit ihnen nicht mehr aus. Es geht einfach nicht mehr.«

Rebecca hielt ihn von sich weg.

»Dann geh! Komm mit mir nach Blue Plains.«

»Nein.«

»Warum denn nicht? Warum schreibst du dich nicht an der Uni ein? Für Kunst oder so? Du weißt, dass du begabt bist. Du könntest mit Mum zusammen in der Stadt wohnen …«

»Nein«, schluchzte Tom und schlug ihre Hände weg. Mit schmerzverknittertem Gesicht sagte er: »Ich werde hier nie weggehen. Das ist mir klar geworden. Wohin ich auch gehen würde, er wäre immer schon da … und was ich auch anfangen würde, er würde es kaputt machen.«

»Wer?«

»Du weißt schon, wer. Sag mir nicht, dass du seine Stimme nicht in deinem Kopf hörst. Jeden Tag. Voller Tadel. Ich halte es nicht mehr aus. Es geht einfach nicht mehr.« Er begann an seinen Haaren zu zerren.

Rebecca konnte nichts weiter tun, als ihren weinenden Bruder an seinen breiten Schultern zu fassen. Sie strich ihm über die Haare und sagte immer und immer wieder: »Psst. Psst. Psst.«

Rebecca zog die Decke über Toms Schultern und stellte den Eiskrem-Behälter an den Bettrand. Dann beugte sie sich über ihn und redete auf ihn ein wie auf einen halb tauben Greis.

»Der Eimer steht direkt neben dem Bett, wenn dir übel wird, Tom. Ich habe ihn dir hergestellt, Tom. Wenn dir übel wird. Tom, der Eimer.« Keine Reaktion.

Hinter dem Fenster konnte sie die Schatten der Gäste sehen, die sich innerhalb des Zeltes bewegten. Schatten, die zum »Chattanooga Choo Choo« tanzten.

Sie trat aus Toms Zimmer in den Gang. Blumensäulen reihten sich an der Wand. Es war Jahre her, seit sie das letzte Mal Blumen in diesem Haus gesehen hatte. Sie fuhr mit der Hand über die kühle Mauer. Dann bemerkte sie eine Gestalt hinter sich und schreckte zusammen.

Sie drehte sich um – es war Frankie. Es war so befremdlich, sie hier im Haus stehen zu sehen.

»Mum!«

»Sag es nicht deinem Vater. Ich habe ein bisschen herumgeschnüffelt. Das Haus ist eindeutig aufgeräumter als zu meiner Zeit«, sagte sie. »Aber es ist immer noch dunkel und kalt.« Sie schauderte sichtbar.

Rebecca hätte am liebsten geantwortet: »Kein Wunder, dass es unaufgeräumt war, du warst ja nie zu Hause!« Aber sie behielt ihre Gedanken für sich und sagte leise: »Mum. Es ist wegen Tom. Es geht ihm nicht gut.«

»Mach dir keine Sorgen. Der muss sich nur ausschlafen. Weißt du noch damals nach dem großen Flohmarkt, als du zwölf warst und er dreizehn und ihr beide die Kiste Sekt aufgetrieben hattet und –«

»Nein. Das meine ich nicht. Es geht ihm nicht *gut,* du weißt schon.« Rebecca tippte sich mit dem Zeigefinger gegen die Stirn.

»Bec, er war schon immer empfindlich. Das weißt du doch. Er wird schon darüber hinwegkommen. Diese Launen gehen vorüber.«

Rebecca packte ihre Mutter am Arm. »Mum, du musst mit ihm reden. Du musst etwas unternehmen.«

»Was denn unternehmen? Er ist mein Sohn. Ich kenne seine Launen. Sie gehen vorüber.« Die Reaktion ihrer Mutter machte Bec fassungslos. »Machst du das immer so?« Plötzlich wurde Rebecca wütend und spürte, wie die Gefühle sie überwältigten.

»Wie meinst du das?«

»Wegrennen. Wenn dir etwas zu anstrengend wird – so wie deine Familie.«

»Rebecca, das ist nicht der Zeitpunkt und nicht der Ort dafür.«

»Ach so, und wann ist für dich der richtige Zeitpunkt und Ort, dich der Tatsache zu stellen, dass dein Sohn von seinem Vater erdrückt wird?«

Frankies Gesicht schrumpfte in sich zusammen, und plötzlich standen Tränen in ihren Augen. »Ich kann das jetzt nicht, Rebecca. Es war schwer genug für mich, hierher zu kommen … Du weißt ja nicht, wie das ist.«

»Nein, das weiß ich nicht, und ich werde es hoffentlich nie wissen«, brüllte Rebecca sie an. »Warum läufst du nicht zu deinem neuen Lover, haust mit ihm ab und überlässt es wie üblich mir, alles auszubaden?« Sie drängte an ihrer Mutter vorbei, stampfte den Gang hinunter und trat instinktiv in ihr ehemaliges Zimmer. Sie knallte die Tür zu, lehnte sich mit dem Rücken gegen das schwere hölzerne Türblatt und schloss die Augen, um nicht loszuheulen. Als sie die Augen wieder öffnete, wurde der Raum von dem milden Licht der Papierlampions im Garten erfüllt. Magisch tanzte es auf den Goldbuchstaben ihrer Preisbänder und beschien die winzigen Gesichter in den Fotorahmen. Sie schaltete das Licht an und stand unvermittelt mitten in ihrer Vergangenheit. Ihrem Zimmer. Ihrem Heim.

Alles war genau so, wie sie es zurückgelassen hatte, nur dass ihr Bett mit Schachteln voller Hochzeitskarten und den gleichen goldenen Bändern, die in der Kirche die weißen Rosen gehalten hatten, beladen war. Trudy war in ihrem Zimmer gewesen. Rebecca biss die Zähne zusammen und trat an ihren Schrank.

Drinnen lagen ihr Lederfärbe- und ihr Bierbrauer-Set unter ihren Kleidern, Kleidern, die einer Fremden zu gehören schienen.

Sie stellte sich an den Schreibtisch und beugte sich zu den Fotos am Pinnbrett vor. Eine junge Rebecca mit Rattenschwänzchen lächelte sie an. Sie saß mit ihren Brüdern und ihren Cousins auf den Stufen vor dem Haus. Reg, ihr alter rotbrauner Hund, lehnte an ihrem Bein und sah zu ihr auf. Auf einem zweiten Bild war sie älter. Mit wild wehender Mähne auf Ink Jet, die über einen Baumstamm setzte.

Bei der Heuernte am Steuer des Deutz-Traktors. Grimassen schneidend auf einem Aussichtsturm über einem Berggipfel. Genau wie Tom. Neben ihrer Mutter hinter strahlenden Kerzen bei einer Dinnerparty im großen Esszimmer. Gemeinsam mit ihren Brüdern kopfüber an einem Pick-up hängend, mit bleichem, verquollenem Gesicht nach einem B&S.

Rebecca verschränkte die Arme vor der Brust. Sie hatte eine Gänsehaut. Auf dem ganzen Brett gab es kein einziges Bild, das ihren Vater zeigte.

Sie holte einen Rucksack aus ihrem Schrank und begann, die Fotos abzunehmen und einzupacken. Dazu stopfte sie etwas Wechselkleidung und ein paar ihrer liebsten Ratgeber für Hundeausbildung. Dann fuhr sie mit den Fingern über den flauschigen Filz der Ponyclub-Bänder und schloss noch einmal die Augen.

Als sie wieder aufsah, stand er in der Tür.

»Was tust du hier oben? Bist du gekommen, um mich zu beklauen?«

»Dad.«

O Gott. Was konnte sie zu ihm sagen? Sie sah ihm in die Augen. Was *sollte* sie zu ihm sagen? Vielleicht würde er sie ausgerechnet jetzt wieder aufnehmen. Sie blieb vor ihm stehen.

»Raus aus meinem Haus.«

Die Worte trafen sie wie eine Ohrfeige.

»Dad?«

»Glaub bloß nicht, dass du einfach wieder anspaziert kommen kannst, nachdem du so abgehauen bist. Glaub bloß nicht, dass du hier wieder einziehen kannst, nachdem du ein ganzes Jahr weg warst und Cowgirl gespielt hast. Nach allem, was du mir angetan hast.«

»Ich wollte nicht … ich wollte nur …«

»Du verschwindest auf der Stelle von hier.« Er schwenkte

den Arm in Richtung Treppe und trat auf sie zu. Sie sah ihm an den Augen an, dass er betrunken war. Er beugte sich über sie und knurrte durch die weinfleckigen Zähne: »Ihr habt vielleicht Nerven, hier gleichzeitig aufzutauchen, du und deine Mutter.«

»Was ich –«

»Halt den Mund. Bei dir heißt es immer nur ›ich‹. ›Ich kann‹, ›ich will‹, ›ich bin‹. Du hast mich nie respektiert. Nie. Immer hast du alles in Frage gestellt, was ich gesagt habe. Tja, hier geht es nicht nach deinem Kopf. Mick und Trudy werden hier einziehen, und sie werden mit mir zusammen hier wohnen. Trudy ist ein anständiges Mädchen. Sie wird bei ihrem Mann bleiben. Sie wird im Haus bleiben. Sie wird weiter als Lehrerin arbeiten und Geld ins Haus bringen. Sie wird den Druck von uns nehmen. Nicht wie du. Nicht wie du und deine Mutter. *Kein bisschen* wie du. Und jetzt raus. Raus aus meinem Haus.« Er riss ihr den Beutel aus den Händen, warf ihn auf den Boden und schubste sie aus der Tür.

Rebecca, benebelt vom Alkohol, fehlten die Worte. Während sie sich durch den Gang von ihm entfernte, sah sie ihm in die Augen und erklärte bitter: »Ich liebe dich auch, Daddy.«

3. Teil

Kapitel 12

Der Richter hob das rote Clipboard in den blauen Himmel und ließ es dann fallen. Der Zeitnehmer nahm das Signal nickend zur Kenntnis und blies in seine Trillerpfeife. Dags saß Rebecca zu Füßen und beobachtete nervös zitternd die Schafe. Sie hob kurz die Hand und sagte ruhig: »Dags, nach links.« Den Bauch dicht über dem Boden, umschlich er im Uhrzeigersinn die Herde. Erst im Laufschritt, dann beinahe kriechend, näherte er sich den Schafen. Die Herde wich vor ihm zurück und drängte in einer engen Gruppe auf Rebecca zu, die daraufhin das Tor öffnete.

Unruhig schnuppernd stand das Leitschaf vor dem Durchgang zum nächsten Gehege. Der groß gewachsene Widder zuckte kurz, als eine Brise die Reihe der roten und gelben Werbewimpel zum Flattern brachte. Das Plastik klatschte hörbar gegen den Zaun. Die Zuschauer kommentierten den unglücklichen Zeitpunkt dieser Brise mit einem halblauten »Ahhh«. Der Widder scheute vor den Wimpeln zurück, machte kehrt und wich vom Durchgang zurück, gefolgt von seiner Herde. Rebecca blieb ruhig, denn Dags lief instinktiv um die Herde herum, um ihr den Weg abzuschneiden. Sie arbeitete gegen die Uhr, und sie wusste, dass ihr jede Sekunde, die sie am Anfang des Parcours vergeudete, am Ende der Strecke fehlen würde.

»Vorwärts, Dags.«

Der Hund näherte sich behutsam der Herde. Der Leitwidder stampfte drohend mit dem Huf auf. Dags zuckte kurz, schlich aber weiter auf die eigensinnigen Schafe zu und versuchte gleichzeitig, den Widder mit seinem unnachgiebigen Blick einzuschüchtern. Der Widder stampfte ein zweites

Mal auf, kehrte aber um, und gleich darauf schien sich die Herde um sich selbst zu falten, um möglichst schnell in den nächsten Pferch zu gelangen. Rebecca schloss das Gatter hinter ihnen. Lockerer Applaus plätscherte durch die Menge. Das erste Hindernis hatte sie geschafft, aber noch fehlten der Treibgang, die Laderampe, den Sortierstand und das Einpferchen, und die Uhr tickte unerbittlich weiter.

Ihre Hände fummelten an der Torkette herum, doch schließlich hatte sie den Riegel gelöst und schwang das Tor auf. Sie holte tief Luft. Jetzt kam der schwierigste Teil. Dags war für einen Hunde-Trial manchmal zu ungestüm beim Treiben, darum gab sich Rebecca alle Mühe, ganz bedacht zu ihm zu sprechen.

»Ruhig, Dags. Aufreiten.«

In dem engen Treibgang lief Dags über die Schafrücken hinweg zum vordersten Tier der Herde nach vorn und ließ sich dann zu Boden fallen. Danach drückte er, halb unter den Schafen versteckt, den Körper gegen die Maschendrahtverkleidung des Ganges und kehrte zu Rebecca zurück. Seine bloße Anwesenheit ließ die Schafe hastig nach vorn drängeln, ohne dass er auch nur einmal zu bellen brauchte. Als er wieder auftauchte, schickte ihn Rebecca erneut über die Schafrücken ans vordere Ende des Treibganges, um dort Platz zu schaffen, damit sie das Tor am anderen Ende öffnen konnte. Diesmal waren Rebeccas Hände ruhiger, als sie die Kette des kleinen Treibgangtores aushängte. Dags gab ihr Zuversicht, und sie begann die Zuarbeit, die er leistete, zu genießen. Sie hatte befürchtet, dass er nach der aufreibenden Arbeit auf der Station keine Chance mehr als Vorführhund hätte, aber heute ließ er sich nicht aus der Ruhe bringen und war bereit, sich auf den Bauch fallen zu lassen, sobald sie »Stopp« pfiff.

An der Laderampe schickte sie Dags erneut über die Schafrücken.

»Gib Laut«, sagte sie, er bellte. Die Widder hetzten die

Rampe hinauf, Rebecca öffnete das Tor, Dags schlug ein zweites Mal an, und die Schafe hoppelten dicht an dicht auf der anderen Seite wieder hinunter.

Sie lag gut in der Zeit und hatte, soweit sie erkennen konnte, kaum einen Fehler gemacht. Der Richter hatte mit seinem Stift kaum das Clipboard berührt, daraus schloss sie, dass sie die meisten der hundert Punkte behalten hatte, mit denen sie in das Rennen gestartet war.

Am Sortierstand wartete Dags auf ihr Zeichen, während sie die ersten fünf Schafe durch den schmalen Metallgang ließ. Dann schwang Rebecca das Tor vor den nächsten zehn Schafen in die andere Richtung. Eines der Schafe bockte, verharrte schwer atmend und sah zu Rebecca auf. Sie wusste, wenn sie das Schaf berührte, würde ihr der Richter Punkte abziehen.

»Rauf«, sagte sie. Dags hüpfte sofort auf den Rücken der im Gang steckengebliebenen Schafe, doch das erste Schaf rührte sich nicht vom Fleck.

»Greif«, sagte sie. Dags wusste, was zu tun war. Er kniff mit den Zähnen in den »Topknot«, den Wollknoten zwischen den Ohren des Schafes. Das tat dem Schaf nicht weh, erschreckte es aber so sehr, dass es durch das Zähltor sprang.

»Das genügt, Dags. Braver Hund.« Rebecca wusste, dass manche Richter Punkte abzogen, wenn ein Hund ein Schaf biss, aber sie wusste auch, dass manche Richter das sogenannte »Topknotting« guthießen, weil es ein seltenes Talent war, das einen Treiberhund zu etwas ganz Besonderem machte. Hoffentlich war dieser Richter derselben Meinung.

Sie schwang das Sortiergitter wieder herum, die letzten fünf Schafe rannten durch den Treibgang und trotteten hinaus zu den ersten fünf Schafen, die eng gedrängt im Sammelraum standen. Rebecca seufzte erleichtert. Jetzt brauchte sie die Schafe nur noch in den Pferch zu bringen, dann hatte sie den Wettkampf überstanden.

Sie schickte Dags wieder hinter die Schafe, von wo er sie vorsichtig in Richtung Sammelpferch drängte. Die Schafe wussten, dass sie jetzt zu ihren Gefährten und in die sichere große Herde zurückkehren würden, darum gehorchten sie willig und trotteten an Rebecca vorbei durch das Tor.

Als sie sich bückte, um die glänzende Eisenkette um den Pfosten zu legen, war aus den Zuschauerreihen vereinzelt Applaus zu hören. Jemand rief: »Gute Arbeit!«

Der Richter hielt den Punktestand auf seinem Clipboard fest und spazierte langsam zum Zeitnehmer.

»Das war der letzte Durchgang für heute«, sagte der Zeitnehmer in sein Mikrofon. »Wir brauchen nur noch ein paar Minuten, um die Ergebnisse zu vergleichen und um auszurechnen, wer heute gewonnen hat.«

Rebecca sah auf die Uhr. In einer halben Stunde sollte sie im Schafstall sein, wo das Feinwoll-Klassifizieren stattfand.

Endlich schaltete der Zeitnehmer das Mikro mit einem lauten Klacken wieder ein und verlas die Namen der Sieger in den offenen und den geschlossenen Wettbewerben. Die Gewinner traten vor, um ihre Bänder in Empfang zu nehmen und ihre Säcke mit Hundefutter wegzuschleifen.

»Siegerin in der Klasse der Novizen ist bei einem Punktestand von vierundneunzig Punkten und mit nur einem Punkt Vorsprung Rebecca Saunders mit ihrem Hund Dags. Gute Arbeit, Rebecca.«

Jemand schlug ihr auf den Rücken, und sie trat vor, um das Band und eine golden glänzende Plastiktrophäe in Empfang zu nehmen.

Das Band in der Hosentasche und die Trophäe unter dem Arm geklemmt, schleppte sie die schweren Hundekuchen dicht gefolgt von Dags zu ihrem Schaftransporter. An ihrem Lastwagen fuhr sie mit dem Zeigefinger über die eingravierte Aufschrift auf der Trophäe: *»42. Maranga Show Diensthunde*

Trials – Erster Platz Kategorie Novizen«. Dags stand direkt neben ihren Stiefeln.

»Gut gemacht, Dags«, sagte sie leise und bückte sich, um ihn hinter den Ohren zu kraulen. Er sah mit seinen braunen Augen zu ihr auf und ließ die Schwanzspitze hin und her zucken. »Du hast es nicht so mit dem Gefühlezeigen, was, mein Junge?«

Seit sie dieses Jahr mit den Schafböcken auf »Tournee« ging, hatte Rebecca noch keine Trophäe in einer Hundevorführung gewonnen … bis heute. Zwar hatte sie ein paar Mal gute Punkte gemacht, aber nie einen Sieg oder auch nur einen zweiten oder dritten Platz errungen. Sie lehnte sich gegen den Laster und dachte an ihren Großvater. Wenn er jetzt hier gewesen wäre, hätte er sie an den Schultern festgehalten, sich vornübergebeugt, um ihr in die Augen zu sehen, und gebrummt: »Gut gemacht, Mädel.« Dann wäre er mit einem Zwinkern in seine strenge, aufrechte Haltung zurückgekehrt und weitergegangen.

Als sie die quietschende Fahrertür öffnete und nach oben fasste, um die Trophäe auf das Armaturenbrett zu legen, hörte sie eine Stimme in ihrem Rücken.

»Auf den Sieg!«

Sie drehte sich um.

»Basil! Charlie Lewis!«

»Du erinnerst dich an mich!«, sagte der groß gewachsene Junge. Die Augen gegen die Sonne zusammengekniffen, stand er vor ihr. Mit aufgekrempelten Ärmeln, aus der Hose hängendem Hemd, schlank und knackig.

»Also, du hast damals eindeutig Eindruck gemacht. Ich begegne nicht jeden Tag einem Nackten mit einem Eimer auf dem Kopf.« Becs Augen wanderten abwärts zu seinem Schritt, was Charlie nicht entging. Er machte einen Schritt vor, um sich neben ihr an den Laster zu lehnen, und lächelte sie leicht verlegen an.

»Ja. Schön. Das tut mir leid. Ich hab auf der Party ziemlich die Sau rausgelassen. Wir hatten davor wochenlang zu Hause die Ernte eingeholt, und ich war länger nicht mehr unterwegs …«

»Ach, kein Grund, sich zu entschuldigen!«, fiel ihm Bec ins Wort. »Ich fand es genial, dich so kennenzulernen, das kann ich dir versichern.«

Charlie lachte kurz und stocherte mit der Stiefelspitze im Dreck, aber er sah ihr nicht in die Augen.

O mein Gott, dachte Bec, er ist schüchtern. Er ist tatsächlich schüchtern! Nimm ihm den Rum weg, und er ist sanft wie ein Lamm.

»Und. Was hast du gewonnen?« Er nickte zu der Trophäe im Führerhaus hin.

»Ach, das! Nur den ersten Preis als Novizin bei den Hunde-Trials. Zusammen mit meinem Kumpel Dags.« Sie holte die Trophäe heraus. »Macht sich bestimmt super als Klopapierrollenhalter.«

»Gut gemacht! Gut gemacht, Dags!« Charlie bückte sich, nahm den Hundekopf in seine großen, braun gebrannten Hände und kraulte Dags hinter den Ohren. Dags badete in seiner Anerkennung und schmiegte sich prompt schwanzwedelnd an Charlies Bein.

»Er mag dich. Er macht das nur bei Menschen, denen er vertraut«, sagte Bec.

Charlie sah Dags in die Augen. »Zu schade, dass ich dich nicht in Aktion sehen konnte, mein Freund.« Dann sah er wieder zu Bec auf. »Wir sind gerade erst angekommen. Als wir durch die Stadt fuhren, fiel meinem Dad ein, dass er im Pub vorbeischauen könnte, um mit ein paar von den Schafsköpfen über die Arbeit zu schwatzen. Was treibst du so? Du bist hier ganz schön weit weg von Blue Plains. Arbeitest du immer noch da oben?«

Bec merkte, wie eine warme Welle sie überspülte. Sie hatte

ihm nie erzählt, wo sie arbeitete, demnach musste er sich nach ihr erkundigt haben.

»Schon. Ich leite inzwischen den Widderstall. Eigentlich sollte ich schon drüben bei den Pferchen sein, um mich für den nächsten Klassifizier-Wettbewerb vorzubereiten. Seit vier Monaten fahre ich von einer Show zur nächsten. Es nervt ein bisschen – manche Menschen sind solche Analllöcher –, aber dafür komme ich viel rum und lerne viele nette Leute kennen. Außerdem lasse ich mich nur zu gern mit einem Hunde-Trial ablenken, aber mein Boss meint, das ist alles gute Publicity für die Firma.«

Sie spürte einen kurzen Stich, als das Bild eines niedlichen Achtzehnjährigen in ihrem Kopf aufblitzte. Dunkles Lockenhaar, schlanke Glieder und ein kleiner, muskulöser Hintern. Er hieß Jeremy, und sie hatte ihn verführt, nachdem er auf der Western Region Show den Wettkampf der Junioren im Beurteilen gewonnen hatte. Seither hatte sich im ganzen Showzirkus herumgesprochen, dass Rebecca mit einem milchbärtigen Lover im Heu herumgetollt war. Sie sah immer noch vor sich, wie er sie mit seinen dunklen Welpenaugen angeschmachtet hatte, als sie zusammen in dem weichen, sauber riechenden Stroh des Schaftransporters gelegen hatten, sein blaues Siegerband quer über Rebeccas nackten Leib gebreitet. Beide hatten hysterisch gekichert. Es war eine der intensiveren Erinnerungen aus den Monaten auf ihrer Show-Rundfahrt.

Meist waren Rebeccas Tage als Tierpflegerin lang und monoton. Die Schafe füttern, die Streu in den Pferchen wechseln, die Wassertröge auswaschen, stundenlang mit dem LKW zu den Veranstaltungsgeländen fahren, die fast ausschließlich von bockigen alten Männer mit ihren Schafen bevölkert wurden. Ganze Tage brachte sie damit zu, den Böcken den Kopf zu waschen, ihre Wolle mit der Schere zu schneiden und dann herumzustehen und die Tiere festzuhalten, damit ein meckernder Richter sie begutachten konnte. Außerdem schleppte sie Wasser in schweren schwarzen Kanistern vom Laster zu ihren Tieren. Es war Wasser aus Blue Plains. Bob bestand darauf, dass die Schafböcke nur das Wasser zu trinken bekamen, das sie gewohnt waren. In manchen Orten wandten die Widder angewidert das Gesicht ab, weil das Wasser so eigenartig roch und schmeckte, also schleppte sie täglich Kanister.

Ihre Schafböcke, insgesamt zehn Tiere, gehörten bei allen Shows zu den Favoriten, und Rebecca hatte im Lauf der Zeit die verschiedenen Charaktere lieb gewonnen. Am liebsten war ihr Alf, nicht nur weil er der produktivste Bock war, optisch wie auf dem Papier, sondern auch weil er ein absolutes Weichei war. Wenn am Morgen die Sonne über den Horizont linste, begann Alf laut nach Rebecca zu rufen, sobald sie den Truck betrat. Alf war ihr ans Herz gewachsen und ihr ganzer Stolz.

Stundenlang konnte sie mit den Männern in den Schafpferchen über Stammbäume und Vererbungslinien fachsimpeln. Oft frustrierte es sie, dass nur zaghaft anerkannt wurde, welchen Nutzen die neuen Wissenschaften brachten, um das Durchsetzungsvermögen einer bestimmten Vererbungslinie zu bestimmen. Inzwischen gehörte sie zu der neuen Generation junger Merinozüchter, die gegen die bei diesen Vorführungen vorherrschenden antiquierten Auffassungen anrannten. Die jungen Züchter nutzten alle technischen Möglichkeiten für ihre Zuchtversuche, während die alte Generation sich an Traditionen festklammerte, die mehrere hundert Jahre alt waren. Manche davon klammerten sich auch an ihrem »alten Geld« und ihrem Dünkel fest. Das nervte Rebecca, aber sie versuchte, im Interesse ihrer Firma als vollkommene Diplomatin aufzutreten – jedenfalls bis zu einem gewissen Punkt. Sobald sie nach einer Show in der Bar einfiel, redete sie Klartext, und die ganze Firmen-Diplomatie war vergessen. In einer Bar in einer größeren Stadt hatte Rebecca auch durch ihren Rum-Nebel hindurch das Funkeln in den Augen des dunkelhaarigen achtzehnjährigen Gentleman Jeremy bemerkt. In dem dampfigen, testosterongeschwängerten Gedränge hatten die Viehvermittler und Farmer die knospende Romanze mit lüsternen Blicken und lautem Gejohle begleitet. Die »Romanze« hatte sich letztendlich auf eine Nacht beschränkt, aber sie hatte dazu geführt, dass sich ein Lächeln auf Rebeccas Lippen stahl, wann immer sie eine Reihe von jungen Burschen in ausgebeulten Jeans bei einem Junioren-Wettkampf stehen sah.

Der Gedanke an Jeremy, während sie mit dem schüchternen, muskulösen Charlie Lewis zusammenstand, weckte Rebeccas Begierde. Ihr fiel auf, wie sich Charlies Mundwinkel auf einer Seite zu einem halben Lächeln hob, wenn er ihr zuhörte. Außerdem legte er immer wieder den Kopf schief und fuhr sich mit der Hand über den Nacken, als wollte er ihn massieren. Um seine Augen zeichneten winzige Lachfältchen seine Haut, die Rebecca liebend gern gestreichelt hätte. Sie sah Charlie in die Augen, um ihm »den Blick« zuzuwerfen. Sie und Sally hatten »den Blick« unzählige Male während der Schulferien vor ihrem Schlafzimmerspiegel in Waters Meeting geübt. Stundenlang hatten sie über Jungs und Strategien geredet oder A- und B-Pläne entworfen, während sie mit ihren Pferden unter den Eukalyptusbäumen oder über die Berge geritten waren. Mit siebzehn Jahren hatten sie allen Ernstes geglaubt, die Kunst der Verführung gemeistert zu haben.

»Also, ich muss dann mal los«, sagte Charlie.

»Der Blick« fiel in sich zusammen. »Oh«, sagte sie und hätte beinahe laut gelacht, weil ihr Versuch, eine Flirtbotschaft auszusenden, so unübersehbar gescheitert war.

»Dad ist da drüben. Er schaut schon her. Wenn ich jetzt nicht gehe, dann pfeift er nach mir, so wie du Dags zu dir pfeifst.«

Bec sah auf den ungeschlachten Mann, der mit verschränkten Armen in einer Gruppe stand und redete. Er blickte unverhohlen in ihre Richtung.

»Na gut. Ich sollte sowieso zu den Widdern gehen. Inzwischen habe ich lang genug mit meinen Hunden rumgetrödelt. Wir sehen uns.«

»Genau. Bis später. Vielleicht bin ich nächstes Mal wieder nackig.« Charlie machte sich mit einem knappen Winken und einem breiten, frechen Grinsen auf den Weg.

»Hoffentlich«, rief Rebecca ihm mit einem genauso breiten Grinsen nach. Als sie ihm nachsah, blieb ihr der Mund offen stehen, und ihre Augen wurden groß. Heilige Muttergottes! Er trug tatsächlich Wranglers.

»Bitte, lieber Gott, nimm mich sofort zu dir«, flüsterte sie, während sie seinem festen, in dunkles Denim gekleideten Hinterteil nachsah. Im selben Moment drehte Charlie sich um, und Bec musste all ihre Konzentration aufbieten, um ihre Kinnlade wieder nach oben zu klappen.

Er rief ihr zu: »Vielleicht fahre ich nächstes Jahr für Dad mit ein paar Maschinen nach Springton rauf. Eventuell arbeiten wir den Winter über dort oben auf anderen Farmen. Bist du dann da? Wir könnten zusammen ins Pub gehen.«

»Könnten wir. Nur dass ich nicht da sein werde. Bis Februar habe ich Blue Plains verlassen – ich habe einen Kurs an der Tablelands University belegt. Schlage mich ein paar Jahre als Fachidiotin durch. Ich hab das Studium schon einmal um ein Jahr verschoben, um mit Schafen und Hunden rumzuhängen; es ist höchste Zeit, dass ich es endlich anpacke.«

»Oh.« Die Enttäuschung war ihm deutlich anzuhören, was Becs Herz schneller schlagen ließ. Er war scharf auf sie, so viel stand fest.

»Na, dann viel Glück.« Er holte Luft. »Wir sehen uns später.«

Sie winkte ihm mit halb erhobener Hand zu und wandte

sich ab. Während sie den schweren Sack mit Hundekuchen in den Laster hievte, zerschmolz ihre Begierde zu sehnsüchtiger Enttäuschung. Sie wünschte, er könnte noch bleiben. Sie wünschte, er wäre nach der Show mit ihr in die Bar gekommen, und sie hätten miteinander getrunken und geredet. Einfach nur reden. Sich die Zeit nehmen, Freunde zu werden, bevor sie mit ihm auf irgendeiner Ladefläche oder in einem Schlafsack landete. Plötzlich fühlte sie sich unendlich einsam. Sie konnte so viele Männer haben, wie sie wollte, aber ihre Sehnsucht ließ sich dadurch nicht stillen. Sehnte sie sich nach ihrem Zuhause? Oder nach einem Mann wie Charlie? Rebecca knallte die Tür des Lasters zu. Für Selbstmitleid hatte sie keine Zeit; ein Blick auf die Uhr mahnte sie, wie spät es war.

»Keine Zeit, den Jungs nachzuhecheln, Dags!« Sie hängte den Hund an einer Kette unter dem Laster an, schob ihm den Wassernapf hin und lief in Richtung Schafstall. Sie würde noch zu spät zum Finale der Feinwoll-Klassifizierer kommen.

Sie sah nicht, wie Charlie Lewis neben seinem Vater den braunen Ellbogen aus dem Fenster des Kornlasters hängte und ihr nachsah, während sie mit fliegendem Haar in den Pavillon eilte. Er prägte sich den Anblick tief im Gedächtnis ein. Das Bild löste ein Kribbeln in seinem Rückenmark aus. Dann verschwand das Lächeln aus seinem Gesicht und seinen Augen, er lehnte sich in den Sitz zurück und richtete den Blick grimmig durch die Windschutzscheibe nach vorn.

Nicht einmal im Hauptzelt der Landwirtschaftsshow konnte Bec Charlies leuchtend grüne Augen und die freundlichen Fältchen, die sich bei jedem Lächeln bildeten, aus ihren Gedanken ausblenden. Gedankenversunken streichelte sie das weiche weiße Gesicht des Widders, den sie sanft am Kinn festhielt. Trotz der Hitze bildete sich auf ihren Armen eine

Gänsehaut. Sie stand in der Reihe der Schafbesitzer, während der Richter in seiner knallweißen Jeans mit aufgesetzten Taschen die Schafe begutachtete wie ein Affe auf der Suche nach Flöhen.

Bec trat von einem Bein auf das andere, um ihre müden, schmerzenden Füße zu entlasten. Seit fünf Uhr früh war sie ständig auf dem Beton hin und her gerannt. Die grüne Kunstrasenfläche der Arena innerhalb des Zeltes bot nur wenig Erleichterung. Plötzlich hatte Bec das ewige Herumziehen satt. Genauso wie die Leute auf diesen Zuchtschauen. Wieder sah sie Charlies von einer Wrangler umhüllten Hintern vor sich.

Ich bin *verliebt,* meldete sich ein seufzender Gedanke. Ihr Gewissen schreckte sie auf und ermahnte sie streng, tu deinen Job, du faule Socke.

Sie merkte, wie sie sich aufrichtete und den jungen Widder dadurch zwang, sich ebenfalls aufzurichten. Ehe sie sich versah, wurde sie nach vorn gerufen, und ein Mann im Tweedmantel kam mit einem blauen Band auf sie zu. Das Publikum klatschte. Rebecca wusste, dass der erste Preis zum Greifen nah war.

»Gut gemacht, Alf«, sagte sie zu dem Widder.

Kapitel 13

Peter Maybury rieb mit dem Handrücken über sein juckendes Auge und zog dabei eine Mehlspur über seine Wange. Sein Hund Henbury rotierte auf seinem flauschigen Hintern über die Küchenfliesen, sah verzweifelt zu seinem Herrchen auf und flehte Peter mit Blicken an, ihm einen Happen zuzuwerfen. »Verschwinde, Henners, die Gnocchi sind für Frankie. Du hast dein Essen schon bekommen.« Der Hund leckte sich über die Lefzen und winselte. Frankie saß mit untergeschlagenen Füßen auf der Couch, ein Weinglas in der einen Hand, den Brief in der anderen, und hatte die goldgerahmte Brille an die Nasenspitze geschoben.

»Jetzt *hör* dir das an, Peter.« Sie fasste einen weiteren Abschnitt aus Toms Brief zusammen.

»Trudy hat einen Landschaftsgärtner *und* einen Architekten beauftragt, die Farm ›aufzumöbeln‹!«

Frankie schüttelte seufzend den Kopf.

»Anscheinend macht sich die Farm gut«, sagte Peter.

»Das wird nicht aus den Gewinnen der Farm bezahlt! Sondern von Trudys Vater. Er gibt ihr das Geld dafür.«

»Stimmt, ich habe irgendwo gelesen, dass der Stadtrat ihm genehmigt hat, einen Wohnkomplex in Port Side hochzuziehen. Offenbar läuft es gut für ihn.«

»Mmm, das habe ich in der Zeitung gesehen. Das nächste Hochhaus am Strand«, sagte Frankie bitter. »Eine Schande, die Abwässer werden die Meeresfauna in der Bucht auslöschen … aber zumindest kann er damit seine Tochter glücklich machen und ihre Renovierungen sponsern.«

Peter hörte die Anspannung in ihrer Stimme. »Noch etwas Wein?«, fragte er fröhlich.

Frankie schüttelte den Kopf und fuhr fort: »Es hat so vieles für sich, ein Einzelkind zu sein. Trudy ist absolut verwöhnt. Ich frage mich wirklich, warum ich mir die Mühe gemacht habe, drei Kinder zu bekommen, statt nach dem ersten Schluss zu machen. Dann hätte Harry nicht so viel Ärger mit seinen Plänen für die Farm gehabt!«

»Komm schon, Frankie. Sei nicht so zynisch«, mahnte Peter gütig. »Deine Kinder wären entsetzt, wenn sie dich hören könnten.«

»Aber es stimmt.«

Peter sah sie ausdruckslos an. Er wusste, dass sie schmerzhaft unsentimental sein konnte. Ihre pragmatische, klinische und wissenschaftliche Einstellung zum Leben war nicht die allerbeste Voraussetzung für das Dasein als Mutter. Er hatte den Verdacht, dass sie sich ständig mit Selbstvorwürfen quälte, weil sie ihre Kinder im Stich gelassen hatte und auch jetzt nicht für sie da war. Er lächelte Frankie melancholisch an. In den Monaten, die sie inzwischen zusammen waren, waren sie zu der Erkenntnis gelangt, dass sie einander brauchten. Frankie brauchte Peter, um ihre Härte zu mildern und zu lindern, und Peter, der Träumer, brauchte Frankie, um im Leben wieder auf die Spur zu kommen. Seit seine Ehe zerbrochen war, war er orientierungslos dahingetrieben. Inzwischen war er so glücklich wie nie zuvor.

Frankie sah zu ihm auf und registrierte die Bewunderung in seinem Blick. Sie lächelte ihn an und begann sich ein wenig zu entspannen. »Entschuldige, Peter. Es ist bloß, weil Trudy alles nachgeworfen bekommt, während sich meine Jungs immer abmühen mussten und von Harry kaum genug zum Überleben bekamen. Dann kommt sie angeschneit, und der Luxus kehrt ein. Wieso kann *sie* sich solche Extravaganzen leisten? Mich ließ Harry nicht einmal die Küche streichen, selbst wenn ich es von meinem eigenen Geld bezahlen wollte! Jahrelang habe ich dafür gekämpft, den Wintergarten anbauen zu lassen, damit etwas Licht ins Haus kommt. Ich weiß, dass ich nicht die beste Hausfrau bin, aber oft denke ich, dass wir vielleicht noch verheiratet wären, wenn er mir nur öfter freie Hand im Haus gelassen hätte. Das Haus war so dunkel und deprimierend. Kein Wunder, dass Harrys Mutter so früh gestorben ist! Wahrscheinlich an Vitamin-D-Mangel. Wenn er mir bloß das Gefühl gegeben hätte, dass das Haus auch mir gehört.«

Peter sah sie zweifelnd an. Er wusste, dass sie für ihre Arbeit lebte, und das bedeutete, dass ihre Ehe von Anfang an zum Scheitern verurteilt war, Haus hin oder her.

Frankie ahnte, was Peter dachte.

»Tut mir leid, du hast recht. Ich glaube, ich bin einfach nur neidisch.«

»Verständlicherweise.« Sie verstummten. Peter arbeitete wieder in der Küche, und Frankie las weiter.

Wenige Sekunden später stöhnte sie auf.

»Was ist denn?«, fragte Peter, der eben in den winzigen Kühlschrank gespäht hatte und sich jetzt steif wieder aufrichtete.

»Tom hat seine Sachen in die Unterkunft für die Schafscherer gebracht, damit Trudy in Ruhe renovieren kann und er nicht das Gefühl bekommt, ihr im Weg zu sein.«

Peter rümpfte die Nase.

»Diese Unterkünfte sind ein Rattenloch!«, sagte Frankie. »Der arme Tom.«

»Vielleicht handelt es sich nur um ein kurzfristiges Arrangement, bis die Renovierung vorüber ist«, versuchte der mehlbedeckte Peter zu trösten.

»Ja. Ja, das nehme ich an, aber ich mache mir solche Sorgen um Tom. Aus dem eigenen Haus geworfen.«

»Er ist erwachsen, Frankie. Bestimmt war es seine Entscheidung. Er muss wissen, was er tut.«

»Es ist alles so, so … schwierig. Es will mir nicht in den

Kopf, wie in aller Welt Trudy es ertragen kann, in demselben Haus zu leben wie ihr Schwiegervater. Mich trieb es damals als Frischverheiratete in den Wahnsinn, dass ich das Haus mit Harrys Dad teilen musste, und lass dir gesagt sein«, Frankie schwenkte ihr Glas in Peters Richtung, »Harrys Vater war … weicher als er. Umsichtiger.«

»Es ist ein großes Haus.«

»Peter«, sagte Frankie fest und fixierte ihn über den Rand ihres Glases hinweg, »darum geht es nicht.«

»Jetzt komm schon, Frankie, du hast dir vorgenommen, dich da nicht mehr so hineinzusteigern.«

»Ja. Ja, ich weiß, aber es geht … es geht mir um Tom. Bestimmt fühlt er sich schrecklich allein. Ich wünschte, ich könnte ihn öfter anrufen, aber er ist *nie* da, immer habe ich Trudy oder Harry am Apparat, und Harry spricht keinen Ton mit mir, während Trudy den Mund nicht mehr zubekommt.« Frankie seufzte und las weiter in Toms Brief, während Peter den mehligen Klumpen in der großen Emailschüssel durchknetete und zwischendurch kurze Schlucke aus seinem mehlfleckigen Weinglas nahm.

»Jetzt schreibt er, dass der Fluss Hochwasser führt und sie ein paar Rinder auf den Flussweiden verloren haben. Den Hunden geht's gut, und die Pferde sind fett.«

Sie verstummte und ließ die Augen weiter über Toms Brief wandern.

»Ha! Typisch!«

»Was?« Peter strich mit den Handflächen auf dem Teig hin und her.

»Er schreibt, dass sein Vater trotzdem nichts von Toms Vorschlag hält, eine zentrale Beregnungsanlage anzuschaffen und oben in den Hügeln einen Damm zu setzen. Verflucht typisch«, fuhr Frankie fort. »Er hat einen Brief von Rebecca bekommen. Sie hat den Novizenpreis bei einem Hunde-Trial gewonnen und bei der Wollausstellung ein blaues Siegerband für einen Widder aus Blue Plains ergattert.« Sie sah Peter an und erläuterte: »Das ist in diesen Kreisen eine große Sache.«

Peter schielte unter den Deckel eines dampfenden Topfes. »Offenbar macht sie sich gut in ihrem neuen Job.«

»Ja. Ich glaube, abgesehen davon, dass er ihr Spaß macht, hilft er ihr, etwas gesetzter zu werden und mehr Verantwortung zu übernehmen. Sie muss diese Geschichte mit ihrer Selbstdisziplin in den Griff bekommen, wenn sie auf die Uni geht.«

»Sie wird das schon machen«, tröstete Peter sie. »Mach dir nicht so viele Sorgen um sie. Sie wird zurechtkommen.«

»Das hoffe ich«, sagte Frankie zu Peter. »Das hoffe ich«, wiederholte sie leise für sich, dann verstummten beide, sodass nur noch das Klappern des Topfdeckels zu hören war, untermalt von Neil Diamonds Schmachten, das leise aus der Stereoanlage triefte.

»Ach Henbury, du *Ferkel!«*, erklärte Peter unvermittelt. »Er hat schon wieder gepupst.«

Frankie war es nicht gewohnt, dass ein Mann »pupsen« sagte, wenn gefurzt wurde, aber sie legte lächelnd Toms Brief beiseite und nippte an ihrem Wein. Seit Peter jeden Abend vorbeikam, um die Wohnung mit seiner Güte und seinen konfusen Kochkünsten zu erwärmen, war es hier längst nicht mehr so kalt wie früher. Sie hatte sich daran gewöhnt, dass er sie aus der Küche warf und den Herd in Beschlag nahm, um kulinarische Köstlichkeiten zu zaubern. Sie war es nicht gewöhnt, dass jemand zärtlich ihre Füße massierte oder ihr das Haar aus den Augen strich. Sie sog seine Einfühlsamkeit, seine Freundlichkeit auf wie ein Schwamm. Anfangs hatte sie sich dabei rau und hart gefühlt. Sie war zu dem Schluss gekommen, dass sie zu viele Jahre als Tierärztin im Overall durch Schafskot gestapft war. Zu viele Jahre, in denen sie alles Sanfte in sich unterdrückt hatte, damit sie sich in Harrys

Schatten und dem der Berge um Waters Meeting behaupten konnte. Die angenehme Stadtlandschaft hatte es ihr erlaubt, weicher zu werden und zu vergessen, wie schwer ihr Leben gewesen war. Bevor sie Peter kennengelernt hatte, hatte sie in manchen Nächten gemeint, Harrys grobschlächtige Männlichkeit zu vermissen, aber seit sie in Peters weicher Wärme zerschmolzen war, wusste sie, dass es falsch war, sich nach der Vergangenheit zu verzehren. Sie hatte das Gefühl, dass die alten Wunden allmählich verheilten, dass sie nach all den vergeudeten Jahren langsam wieder sie selbst wurde. Sie spürte, wie ihre Liebe zu Peter zu fließen begann. Dennoch träumte sie nachts immer noch vom Fluss. Vom Fluss und von ihrer Tochter. Nicht einmal Peters Umarmung konnte die Gewissensqualen und die Ängste lindern, von denen sie gepeinigt wurde, weil sie ihre Kinder zurückgelassen hatte.

Kapitel 14

Rebecca stellte eine weitere Trophäe auf dem staubigen Fenstersims in ihrem Zimmer ab und schnippte eine tote Fliege weg.

»Nicht noch eine!« Dave stand in seinen mit Eisbären bedruckten Bundaberg-Rum-Boxershorts in der Tür.

»Moss. Sie hat einen Novizen-Trial gewonnen.«

»Wie hat sich Stubby gemacht?«

»Sie war überall und nirgends – für Trials ist sie nicht zu gebrauchen. Dags ist immer noch mein Held – wir haben uns für die offene Meisterschaft qualifiziert. Er ist ein echter Angeber.«

»Kommt ganz nach seinem Frauchen«, sagte Dave.

Rebecca zeigte ihm den Stinkefinger. Dave reagierte, indem er die Zunge zwischen Zähne und Unterlippe schob und sie mit riesigen Augen anstarrte. Sie schleuderte einen Flipflop nach ihm. Er duckte sich darunter weg und rannte über den Flur in die Küche. Sie zog einen Umschlag aus ihrer Hosentasche und entnahm ihm drei knisternde 20-Dollar-Scheine. Dann zog sie die große Trinkschokoladen-Dose unter dem Bett hervor und steckte die Scheine hinein. Der Stapel bunter Geldscheine war sichtbar gewachsen. Das waren ihre Ersparnisse fürs College. Das meiste Geld hatte sie mit dem Welpenverkauf gemacht, aber seit ihren Erfolgen auf den Trials verdiente sie auch gutes Geld, indem sie Dags zum Decken weggab. Sie war erleichtert gewesen, als Moss endlich läufig wurde. Sie hatte so viele Bestellungen für weitere Welpen, dass sie mit der Lieferung nicht mehr nachkam. Letzte Woche hatte sie Moss von Dags decken lassen und hoffte jetzt, dass sie bald mit einem großen Wurf belohnt wurde.

Rebecca drückte den Deckel wieder auf die Dose und schob sie unter das Bett zurück. Dann räkelte sie sich und ging von ihrem Zimmer in die Küche. Sie versuchte zu überschlagen, wann die Welpen geboren würden.

»Scheiße«, sagte sie.

»Was?«, fragte Dave, der sich gerade vorgebeugt hatte, um den Gasgrill anzuzünden.

Sie blätterte durch den Wandkalender. Es war einer von Daves Busenwunder-Kalendern. Ein fettes schwarzes Filzstiftkreuz kennzeichnete den Tag, an dem Rebeccas Studium begann. Auf dem Kalenderblatt saß ein blondes Mädchen mit Silikonbrüsten in einem viel zu kleinen Bikini und zog einen Schmollmund. Das Busenwunder sah aus, als würde es ihr gar nicht passen, dass die Tage so langsam verstrichen.

»Mossy wirft ihre Welpen wahrscheinlich genau in meiner ersten Woche am College. Ich muss an die Uni schreiben und fragen, ob es sich irgendwie arrangieren lässt, dass ich meine Hunde mit auf den Campus nehme.«

»Sei nicht blöd. Du brauchst sie drei Jahre lang nicht! Knall sie ab.«

»Dave, ich hoffe, du machst Witze.« Bec sah vom Kalender auf. »Denn wenn nicht, dann muss ich Annabelle anrufen und ihr das mit ihrer Katze erzählen.«

»Was mit ihrer Katze?«

»Wie du sie überfahren hast. Absichtlich.«

»Das war echt keine Absicht. Ich konnte doch nicht ahnen, dass das blöde Ding unter dem Reifen schläft.«

»Ob absichtlich oder nicht, du hättest es ihr wenigstens *erzählen* können, damit sie das Tier begraben kann. Sie steht immer noch jeden Abend vor der Tür und ruft nach ihr. Dabei wissen wir alle, dass sie im Tal verscharrt liegt.« Bec legte die Hände an den Mund und sang mit hoher Stimme: »Minteeeee! Komm, Muschmusch … MINTEEE!«

»Klappe!« Dave schleuderte ein Hammelkotelett nach

Bec. Es prallte mit einem fleischigen Klatschen von ihrem Gesicht ab und landete auf dem Boden.

»Du Dreckschwein!« Sie hechtete nach dem Kotelett. Die Stuhlbeine schrammten über den Linoleumboden, als sie sich am Tisch vorbeidrängte und die Jagd auf Dave aufnahm. Mit einem Glas Wasser bewaffnet, wehrte er ihren Angriff ab, doch er konnte nicht verhindern, dass sie ihm das Kotelett in die Haare schmierte. Ihr Lachen und ihr Geschrei schallten durch die Unterkunft. Sie jagten sich durch das Zimmer, dass die Dielen bebten und die Holzträger wackelten, auf denen das Haus stand.

Schließlich brüllte Rebecca, schwer keuchend: »Stopp!«, und beide verstummten. Sie sah zu Dave auf, der fettbeschmiert und tropfnass vor ihr stand. Sie hatte ihn vermisst, während sie mit ihren Schafen auf Tournee gegangen war, und jetzt, als sie wieder da war, wusste sie, dass ihr seine ungelenken Späße fehlen würden, wenn sie erst auf dem College war. Sie würde ihre Unterkunft vermissen und die Weiden, die Menschen und die Pferde, die sie kennen und lieben gelernt hatte. Der Tag des Abschieds raste unaufhaltsam auf sie zu. Sie würde ihr ganzes Leben in Kartons packen und sie auf den Pick up laden. Dann würde sie den Treiberpferden zum Abschied die Kruppe tätscheln. Und die Wangen der immer ölverschmierten Männer aus dem Maschinenschuppen küssen – sie fürchtete sich schon jetzt davor, Jimbo zu küssen –, bevor sie Bob und seine Frau Marg zum Abschied umarmte.

Das Jahr war unter dem ständigen Schermesserschleifen, Futtermischen und Hornpolieren wie in einem Wirbelwind vorbeigezogen. Was ihr auf dem Höhepunkt der Saison der Landwirtschaftsausstellungen wie eine endlose Reise erschienen war, hatte nach dem großen Sieg im Westen ein abruptes Ende gefunden. Sie hatten das Siegerband feierlich in einer Glasvitrine im Bockstall aufgehängt und die protzige

Goldtrophäe in die Stadt geschickt, wo sie jetzt unübersehbar in der Eingangshalle der AR-Zentrale thronte.

Genau in diesem Moment erwachte der Funkempfänger auf dem Kühlschrank knisternd zum Leben, und Bobs Stimme krächzte durch den Raum.

»Rebecca, bist du auf Empfang?«

»O Mann«, sagte Bec und griff nach dem Handmikrofon. »Ich bin hier, Bob.«

»Die PR-Lady der Firma kommt jede Minute für das Foto angeflogen. Hast du Alf schon für sein Meisterschaftsfoto schick gemacht?«

»Klar. Von ihm aus kann's losgehen.«

»Und wie siehst du aus?«

»Wieso?«, fragte sie argwöhnisch.

»Die Geschäftsleitung möchte, dass du ebenfalls auf das Foto kommst, du solltest die Dame also möglichst am Flugfeld empfangen. Du kannst meinen Wagen nehmen. Und bring sie hierher, wenn du sie aufgelesen hast.«

»Ähhh, gut«, sagte Rebecca, den Blick auf ihr kotelettverschmiertes, nasses T-Shirt gesenkt.

Dave bog sich vor Lachen, als er sie in die Dusche rennen sah.

Auf dem rot-staubigen Flugfeld wehte eine kühlende Brise durch ihr noch feuchtes Haar in ihren Nacken. Rebecca sah zum Himmel auf und beobachtete, wie das winzige Firmenflugzeug vorbeibrummte und dann rechts von ihr eine weite Kurve zog. Der Pilot würde am südlichen Ende des Flugfeldes aufsetzen. Rebecca war die gesamte Rollbahn abgefahren, um sicherzugehen, dass keine Rinder darauf grasten, und hatte dabei mit lautem Hupen die großen, durch das hohe gelbe Gras stolzierenden Buschhühner vertrieben.

Das Flugzeug hielt neben ihrem Geländewagen, und Murray, der Pilot, schaltete die Turbinen ab.

»Hallo, Bec«, rief er ihr zu, als er die Tür entriegelte und die Treppe herausklappte.

»Hey Muzz. Guten Flug gehabt?«

»Yeah, war okay.« Er stieg die Stufen hinunter und sagte etwas zu der Frau in der Kabine, bevor er ans Heck des Flugzeuges trat, um ihr Gepäck herauszuholen.

Rebecca schaute zu, wie eine große, dünne Frau aus dem Flugzeug kletterte und mit ihren festen schwarzen High Heels energisch auf dem staubigen Flugfeld zu stehen kam. Sie hielt einen schwarzledernen Aktenkoffer in der Hand und sah sich angewidert blinzelnd auf dem öden Flugfeld um, bevor sie auf den Landcruiser zumarschiert kam.

»Ellen Tinker«, sagte sie und streckte Bec eine kühle, schlaffe Fischhand hin.

»Rebecca Saunders. Schön, dass Sie da sind. Willkommen auf Blue Plains.«

Die Frau bedankte sich, wenn auch mit Ziehharmonikamund, und wandte sich ab, um im Außenspiegel des Wagens ihr Haar zu richten. Auf der Rückfahrt zu den verstreut stehenden Wohngebäuden und Stallungen konzentrierte sich Bec darauf, durch jedes staubige Schlagloch zu fahren, das sie nur fand, und freute sich jedes Mal, wenn Ellen Tinkers auftoupierter Schopf zu hüpfen begann. Als sie sich der grünen Oase der Homestead näherten, bremste sie so abrupt, dass der Schotter unter den Reifen aufspritzte, und stellte den Wagen unter einem dicht belaubten Jacaranda-Baum ab. Tiger, der im Haus lebende Jack Russell, ließ eine noch mit Wolle behaftete Lammkeule aus seinem Maul fallen und kam angerannt, um sich an den elegant geformten, durchtrainierten Beinen ihrer Besucherin zu reiben.

»Schluss damit, Tiger«, ertönte eine Stimme aus dem Haus. Es war Marg.

»Hallo, Miss Tinker«, sagte sie und wischte dabei die Hände an einem Küchenhandtuch ab.

»Misses«, korrigierte Ellen Tinker.

In der Kühle der Küche breitete Ellen Tinker unter dem summenden Deckenventilator ihre Dokumente aus, griff nach einem korrekt aussehenden Notizbuch und brachte einen polierten Holzkuli in Schreibposition.

»Ich bin zurzeit dabei, den Jahresbericht zusammenzustellen. Man hat mich angewiesen, Sie für einen kurzen Artikel über den preisgekrönten Widder zu interviewen.«

Rebecca seufzte leise und zwirbelte einen Teelöffel zwischen den Fingern, bevor sie zu sprechen begann. Am liebsten hätte sie dieser Frau die Wahrheit über die Shows erzählt. Am liebsten hätte sie ihr klargemacht, dass sie zwar gern dort aufgetreten war, aber vieles davon völliger Unfug war. Völlig überholt. Eingeengt durch die altmodischen Auffassungen altmodischer Menschen in der Wollindustrie, die sich an ihren Traditionen festklammerten. Und die Todesängste vor jeder Veränderung hatten. Sie hätte ihr gern erzählt, dass die rein optische Bewertung der Schafe mit wissenschaftlichen Erkenntnissen unterfüttert werden sollte und dass die Marketingeffekte für die Firma auf keinen Fall die Kosten lohnten, die dadurch entstanden, dass jemand mit einem LKW voller überpflegter, überfütterter Schafböcke durchs Land geschickt wurde. Aber sie wusste, dass die meisten der Firmen-Häuptlinge das längst wussten und dass diese Shows nichts anderes waren als … Show.

Stattdessen erzählte sie Ellen Tinker, was sie hören wollte. Sie berichtete von Alf und seinen hervorstechenden Qualitäten als Zuchtbock, und sie erzählte ihr, dass hier auf Blue Plains die Leistungen der von Alf gezeugten Schafe in einem eigenen Testprogramm für die Nachkommen erforscht wurden, und zwar in enger Abstimmung mit der Forschungsgemeinschaft CSIRO. Die Worte flossen ihr aus dem Mund und beeindruckten Ellen Tinker so sehr, dass die Ziehharmonikafalten um ihren Mund ein wenig abflachten, während sie mit ihrem schicken Kuli mitschrieb. Am Rande des Gesprächs räumte Marg in der Küche herum, häufte Kekse auf einen Teller und schob ein Milchkännchen sowie eine Zuckerdose vor Ellen hin. Ellen nippte an ihrem schwarzen Kaffee, kniff leicht die Augen gegen den heißen Dampf zusammen und drängte Rebecca mit einem knappen Nicken, ihr mehr über den Sinn und Zweck eines Widder-Wettbewerbs zu erzählen.

Eigentlich hätte Rebecca viel lieber zu Ellen Tinker gesagt: »Bei einer dieser Shows habe ich diesen niedlichen Jungen entdeckt, der die Juniorenmeisterschaft im Bewerten gewonnen hat, Jeremy, mit Augen, für die man sterben könnte. Wir haben uns zusammen an der Schafbar besoffen ... das klingt komisch, oder? Schafbaaaah ... Schaf*baaah*«, ahmte sie ein Blöken nach. »Jedenfalls haben wir uns irgendwann draußen hinter den Toiletten geküsst und sind zuletzt in meinem Schaftransporter im Heu gelandet. Er war klein, so wie ich, und dünn, aber unglaublich süß. Ach ja. Und auf der Maranga Show habe ich Charlie Lewis getroffen, er ist einfach umwerfend, ich glaube, ich bin in ihn verliebt. Und ich glaube, er steht auf mich.«

Stattdessen erzählte sie Ellen Tinker, dass sie zwei wunderbare Jahre auf Blue Plains verbracht hatte und dass sie dank ihrer Erfahrungen als Jillaroo und Betreuerin der Böcke über eine fantastische Grundlage in den Agrarwissenschaften verfügte, auf der sie nun aufbauen wolle.

Nach diesem wenig investigativen Interview trat Ellen Tinker-Stinker mit ihrer Kamera und ihrem Ziehharmonikamund nach draußen in die Nachmittagssonne, um ein Foto von Rebecca und Alf vor dem goldgrünen Hintergrund eines verträumten Pfefferbaumes aufzunehmen.

Die Sonnenstrahlen fingen sich in Rebeccas frisch gewaschenem Haar und legten sich golden leuchtend über die weiche, faltige Haut auf Alfs breiter Schnauze.

Sogar Ellen Tinker flüsterte: »Bezaubernd«, als sie durch den Sucher auf die hübsche junge Frau und den kräftigen Widder blickte. Sie drückte auf den Auslöser und hielt Rebecca die Jillaroo mit Alf dem Widder, umfangen vom Sonnenschein auf Blue Plains, für alle Zeiten fest.

Kapitel 15

In seinem düsteren, unaufgeräumten Büro knallte Harry den Hörer auf die Gabel.

»Behämmerte Bankbeamte!« Er ballte die Faust, donnerte sie gegen den Aktenschrank und blieb dann stehen, um den Papierhaufen auf seinem Schreibtisch ins Auge zu fassen. Wieder einmal zählte Harry im Kopf die Monate, bis der Scheck des Wollhändlers eintrudeln musste. Während er schwer auf seinen Bürostuhl sackte, überschlug er im Kopf, wie viele fett gefütterte Mastochsen er noch verkaufen konnte und was die Fleischlämmer wohl einbringen würden. Der Heuverkauf würde sich in engen Grenzen halten, weil er genug Heu zurückbehalten wollte, falls ein strenger Winter ins Haus stand. Wieder und wieder rechnete er alles zusammen, drehte und wendete die Zahlen, bis er sich endgültig eingestehen musste, dass die Summe nicht ausreichte. Damit konnte er den dickbäuchigen Bankbeamten kaum zufriedenstellen. Er dachte an Rebecca und an die Worte, die sie ihm an den Kopf geworfen hatte.

»Du wirst noch alles verlieren.«

Er rieb mit dem kratzigen Ärmel seiner Wolljacke über seine Stirn. Seufzend stand er auf und ging durch den Flur zur Küche. Er schüttete kochendes Wasser in den Teekessel, der seit dem Frühstück am Ofenrand stand, und nahm sich dann eine Tasse. Gerade als er in den Wintergarten gehen wollte, kam Trudy in die Küche geeilt. In den Armen hielt sie ein Expresspaket, das sie gerade aus dem Briefkasten geholt hatte.

»Ach! Hallo, Harry! Ich dachte, du wärst draußen bei der Arbeit. Ich hab einen Stapel Rechnungen für dich dabei.« Sie warf sie vor ihm auf den Küchentisch und kramte dann in der Schublade nach einer Schere. Hastig schnitt sie das Paket auf und zog eine große, verschweißte Plastiktasche daraus hervor, in der Vorhänge eingeschweißt waren.

»Na endlich!«, jubelte sie schrill. »Schau mal!« Sie streckte ihm das blütenbedruckte Plastikpaket hin.

»Vorhänge für das Gästezimmer! Ich habe sie per Katalog bestellt. Ich liebe diese Kataloge … für mich ist das eine ganz neue Erfahrung! Das ist einer der Vorzüge, wenn man im Busch lebt. Ich habe sie hundert Dollar billiger bekommen. Sie werden fantastisch aussehen, wenn die Maler erst durch sind. Ich habe ein ganz sanftes Gelb ausgesucht, damit wir das Zimmer später als Kinderzimmer nehmen können.« Der Gedanke an die Möglichkeit eines Babys in ihrer jungen Ehe brachte sie zum Kichern.

»Trudy.« Harry wusste, dass seine Stimme zu streng klang. Sie legte die Vorhänge unvermittelt ab und sah ihren Schwiegervater mit großen Augen an. Er gab sich Mühe, freundlicher zu klingen. »Hat Mick mit dir über unsere finanzielle Situation gesprochen?« Sie ließ sich in einer flüssigen Bewegung auf den Stuhl sinken und begann zu schmollen.

»Es macht mir nichts aus, wenn du dein Gehalt für Sachen ausgibst, die dir gefallen, aber du brauchst dein Geld nicht in unser Haus zu stecken. Es ist noch gut in Schuss.«

»Unfug! Es bröselt und bröckelt an allen Ecken! Außerdem haben Mum und Dad die Vorhänge bezahlt. Sie haben ein Kundenkonto bei dem Versand. Es macht ihnen überhaupt nichts aus. Mum hat gesagt: ›Was immer dich glücklich macht‹. Außerdem kaufe ich nicht nur ein, weil es mir Spaß macht! Ich tue das auch für Michael und dich. Und dann gibt es meinen Eltern ein gutes Gefühl, wenn sie mir helfen können, indem sie sich an meinen Renovierungsarbeiten beteiligen.«

Harry setzte Teekessel und Tasse ab, als wolle er zu einer Rede ansetzen. Trudy sah ihn an.

»Ich hatte eine Überraschung für dich geplant«, kam sie ihm zuvor. »Aber es sieht so aus, als müsste ich sie dir schon vorab verraten.«

Sie holte Luft.

»Ich habe dir zum Geburtstag einen *Computer* bestellt. Für die Farm. Für die Buchhaltung. Er hat E-Mail und Internet und sogar einen Fotoscanner. Außerdem sind tonnenweise Spiele darauf, die du –«

»Trudy!«, brach es aus Harry heraus. »Hältst du das alles für ein verfluchtes Kinderspiel? Das … das hier.« Sein Arm schwenkte über die Küche und das Fenster. »Diese verfluchte Farm ist kein Puppenhaus. Wir haben kein Geld übrig für Landschaftsgärtner und neue Möbel und Anbauten und …«

»Aber …« Doch Harry schnitt Trudy mit erhobener Hand das Wort ab.

»Ich werde ganz bestimmt nicht zulassen, dass sich deine Eltern klammheimlich in meine Farm einkaufen und sie mir irgendwann unter der Nase wegziehen. Es steht ihnen nicht zu, ihr Geld für ein Heim auszugeben, das ihnen nicht gehört. Das werde ich nicht dulden.«

Er bremste sich, verstummte und versuchte abzuschätzen, welche Reaktion er damit auslösen würde. Er rechnete mit Tränen. Die Uhr tickte.

Doch stattdessen hatte er den Eindruck, dass Trudy sich plötzlich häutete. Harry konnte beobachten, wie die Maske der liebevollen Schwiegertochter von ihrem Gesicht verschwand. Ihr Schmollmund und die mädchenhafte Launigkeit waren wie weggefegt, und ihr Gesicht strahlte eine Kälte und Härte aus, die sogar Harry zusammenzucken ließ. Langsam stand sie auf.

»Jetzt hörst *du* mir zu«, erklärte sie in ihrer stechendsten Lehrerinnenstimme. »Michael arbeitet sich Tag für Tag auf dieser Farm für dich krumm. Er steht bei Tagesanbruch auf und kommt erst spätabends zurück, sodass ich ihn praktisch *nie* sehe. Er bekommt kaum einmal ein Wochenende frei, während ich hier drin schufte, um dir dein verfluchtes Essen hinzustellen. Glaubst du wirklich, wir tun das alles für *dich? Wirklich?«* Ihre wütenden Augen bohrten sich in Harrys, und ihr Mund verzerrte sich unter dem monatelang angestauten Hass.

»Das tun wir ganz bestimmt nicht. Wir buckeln nicht für dich. Wir buckeln für *uns.* Für Michael und *mich.* Er schuftet so schwer, damit er und ich eine *Zukunft* haben. Er ist der älteste Sohn. Ihm steht die Farm zu ... und das Haus. Und was meine Eltern und ich mit unserem Geld anfangen, geht dich einen feuchten Dreck an. Wir haben uns Baupläne für Fertighütten angesehen, damit wir dir unten am Fluss ein eigenes Haus bauen können, statt selbst ausziehen zu müssen. Dad hat schon einen Bauunternehmer beauftragt. Wir führen eine junge Ehe, Herrgott noch mal, und dir ist nicht mal aufgegangen, dass du für uns nur eine Belastung bist, indem du dich an diesem Haus festklammerst.

Michael und ich haben schon alles durchgesprochen und beschlossen, dass er ein festes Gehalt vom Farmkonto bekommen sollte, bis du dich zurückziehst. Ein Gehalt, das den vielen Arbeitsstunden und seiner großen Verantwortung gerecht wird, nicht das erbärmliche Taschengeld, mit dem du ihn abspeist, wenn dir der Sinn danach steht.«

Die ganze Zeit stand Harry stocksteif vor ihr. Der Mund stand ihm fassungslos offen. Das war ihm noch nie passiert. So hatte noch nie eine Frau oder gar ein Mädchen mit ihm gesprochen. Nicht einmal Rebecca oder Frankie hatten jene Grenzen übertreten, die Trudy gerade eingerissen hatte. Sie war so selbstsicher. Aus ihr strahlten eine Selbstsüchtigkeit und eine Bosheit, wie er sie noch nie erlebt hatte. Er beugte sich quer über den Tisch zu ihr hinüber und erklärte mit zusammengebissenen Zähnen:

»*Falls* du dieses Haus bekommst, Trudy. *Falls* du diese Farm bekommst, dann nur über meine Leiche.«

Sie hielt seinem Blick ungerührt stand. »Schön.« Sie beugte sich ebenfalls vor. »Wenn du es so haben willst.«

Genau in diesem Augenblick hörten sie, wie Michael zur Hintertür hereinkam und sich die Stiefel von den Füßen trat.

»Ich bin wieder da. Stellt den Wasserkessel auf!«

Trudys Augen wurden, ohne dass sie sich von Harry abgewandt hatten, wieder weich und füllten sich mit Tränen. Sie ließ ihren Körper auf den Stuhl sinken und begann, den Kopf in die Arme gelegt, zu schluchzen, bis die Tränen auf die Plastikhülle der neuen Blumenvorhänge tropften.

»Wie kannst du es wagen, mich aus meinem eigenen Haus jagen und in eine Holzhütte stecken zu wollen? Undankbare Schlampe.«

Harry fegte den Teekessel und seine Tasse vom Tisch. Während beides mit lautem Klirren zu Boden fiel, stürmte er aus der Tür, wo seine Schulter schmerzhaft gegen die Michaels rammte.

Kapitel 16

Die Metalldüse der Drenchpistole schlug gegen Rebeccas Zähne, und ein scharfer Strahl brannte sich tief in ihren Schlund. Sie schluckte schnell, den Blick auf das überladene Wappen des Landwirtschaftscolleges gerichtet. Es war mit festen gelben Stichen auf das Rugbyoberteil des vor ihr stehenden Riesen gestickt. Sie wollte ihm auf keinen Fall ins Gesicht sehen. Er packte ihr Gesicht noch einmal und verpasste ihr nur zum Spaß eine zweite Dosis. Den Kopf zurückgelegt, die Augen fest geschlossen schluckte sie die widerliche Flüssigkeit und spürte, wie sie brennend in ihren Magen rann. Dann sah sie hinüber zu einer anderen Studentin im ersten Semester, die ihr zuflüsterte: »Ich hab gehört, dass es Abführmittel in Essig ist!«

»Scheiße«, sagte Rebecca.

»Das trifft es auf den Punkt.« Das dunkelhaarige Mädchen brachte es fertig, ihr ein unsicheres Lächeln zu schenken.

Sie standen in zwei engen Reihen, immer ein Junge und ein Mädchen, auf dem Studentenparkplatz, während um sie herum Motoren aufheulten und Rinderpeitschen knallten. Eine Gruppe von Jungs aus dem zweiten Studienjahr, offenbar die größten und muskulösesten aus dem Rugbyteam, banden die Beine der Erstsemester mit Hanfschnüren zusammen.

Während der gesamten Orientierungswoche für die neuen Studenten war auf dem Campus darüber getuschelt worden, dass die Studenten aus dem zweiten und dritten Jahr auf eine hemmungslose Initiationszeremonie hinarbeiteten. Immer wieder waren Gerüchte herumgeschwirrt, was mit ihnen passieren würde. Wenn man die vergangenen Jahre zugrunde legte, konnte es ziemlich wild werden. Heute war der Tag, an dem Rebecca und ihre Mitstudenten Gewissheit bekommen würden.

Als an diesem Morgen vor ihren Fenstern Hupen getrötet, Männer gebrüllt und Ochsenziemer geknallt hatten, hatte Bec gespürt, wie eine Welle von ängstlicher Vorfreude durch die Erstsemester lief. Die Studenten, die einander und das College nicht kannten, schwebten in einem Zustand zwischen Spannung und Angst, während immer wildere Geschichten aus den vergangenen Jahren die Runde machten.

»Jetzt weiß ich, wie sich Kühe fühlen, die zum Schlachthaus getrieben werden«, sagte Rebecca zu dem großen Jungen neben ihr.

»Wahrscheinlich kommt als Nächstes irgendein Trinkspiel … du weißt schon, so was wie Staffelsaufen.« Er versuchte ihr und sich selbst Mut zu machen, dass die Zeremonie spaßig würde.

Ein Student mit energischem Kinn und einer durchgehenden Augenbraue schubste Bec neben den Mann, mit dem sie sich gerade unterhalten hatte. Dann bückte er sich und band ihre Beine mit einer orangefarbenen Schnur zusammen.

Sie sah auf ihr braunes Bein neben dem dürren weißen Bein des Jungen. Er trug laut Aufnäher reißfeste Shorts mit einem breiten Riss darin, die Stoppeln auf seinen haarigen Beinen schabten über ihre Haut.

»Nachdem wir schon so eng aneinandergebunden sind, können wir uns auch miteinander bekannt machen«, meinte Bec und sah zu ihm auf.

»Ich bin Richard, aber die meisten Leute nennen mich Dick. Dirttrack Dick.«

»Hi, Dick. Ich bin Rebecca, aber du kannst Bucket zu mir sagen.« Sie gaben sich die Hand.

»Und woher kommst du, Dick?«

»Aus dem Territorium.«

»Oh!« Bec riss die Augen auf und sah nichts als roten Staub und endlose Weite vor ihrem inneren Auge.

»Genau«, fuhr er fort, »dem Territorium der australischen Bundeshauptstadt.«

»Du meinst aus *Canberra?«*

»Genau. Nicht der coolste Herkunftsort für einen Landwirtschaftsstudenten.« Er wollte sie fragen, woher sie kam, aber der Student mit dem Kantenkinn schubste sie rücksichtslos nach vorn.

Die Erstsemester humpelten, ein Bein an das ihres jeweiligen Partners gefesselt, in einer Reihe vorwärts auf den Tennisplatz des Colleges. Manche sangen alte Gefangenenlieder, während andere ihren Arm um die Taille des Partners gelegt hatten und laut mitzählten, damit sie die gefesselten Beine im Gleichklang bewegten und die Schnur weniger scheuerte. Andere muhten wie Kühe oder »mähähten« wie traurige Schafe unter dem Knall der Ochsenziemer.

Als sie alle im hohen Maschendrahtgehege des Tennisplatzes gefangen waren, sah Bec einen Pick-up an den Zaun fahren. Ein Junge mit einem dichten blonden Schopf zog an der Startleine der Motorpumpe auf der Ladefläche des Pickups, bis der Motor grummelnd zum Leben erwachte. Wasser spritzte in einem dicken, schmerzhaft starken Strahl aus der Schlauchdüse. Eisig und brennend prallte er auf Rebecca. Als sie sich in der eng stehenden Gruppe umsah, stellte sie fest, dass sie alle mit roter Lebensmittelfarbe bespritzt und besprenkelt waren.

Ein dünnes Mädchen, das ihre glatten blonden Haare in einer dunkelblauen Schleife gebündelt hatte, rief: »O je! Das ist mein bestes Hemd!« Sie hielt die Front ihrer blumenbedruckten Bluse von sich weg und schüttelte den bändergeschmückten Pferdeschwanz.

»Krieg dich wieder ein«, sagte ein Junge aus der Mitte der Gruppe.

Die sonnengebleichten Spitzen von Becs welligem Haar sogen die Farbe in Sekundenschnelle auf, und ihr Kopf nahm eine rosarote Tönung an.

Als der Mob von älteren Studenten die Tore öffnete, seufzten die gefangenen Erstsemester kollektiv erleichtert auf.

»Das war nicht allzu schlimm«, fand Dick. »Ich nehme an, jetzt ist Zeit für die Bar.«

»Das mit den Abführmitteln war ziemlich übel«, meinte Bec.

Aber als sie aus dem Tennisplatz traten, stellten sie fest, dass die Zeremonie keineswegs überstanden war.

»Verfluchte Scheiße, das ist ja wie im *Herr der Fliegen«*, sagte Bec, als sie auf das Fußballfeld getrieben wurden, wo sie sich gemeinsam auf das kurze, feuchte Gras setzen mussten.

Vor ihnen stand ein Bad voll stinkendem, schwappendem Schweinedung, und der Typ mit der Augenbraue verkündete brüllend die Regeln für den Hindernislauf.

Die Strecke war aus schwarzem Plastik und Heuballen errichtet, und innerhalb des Tunnels lag auf dem warmen Plastik verschmiert ein Haufen Schafsgedärme, die am selben Morgen aus dem Schlachthaus geholt worden waren.

Das dunkelhaarige Mädchen beugte sich zu Rebecca herüber und flüsterte: »Ich hab gehört, sie haben auch noch draufgepinkelt und reingekackt.«

»Eklig«, sagte Rebecca.

Die Altstudenten packten ein Paar nach dem anderen und schleiften es zum Start der Strecke. Rebecca und Dick kamen als Vierte dran. Nachdem man sie in das Bad mit Schweinedung getunkt hatte, wurden sie zum Eingang des schwarzen Plastiktunnels gezerrt. Ein Junge drückte sie in die Knie. Auf allen vieren und jeweils paarweise zwängten sie sich durch die stinkenden Eingeweide. Einige Mädchen würgten, andere weinten.

Rebecca dachte an die Schafe, die sie auf Blue Plains geschlachtet hatte und deren schwere Eingeweide sie in den Schweinekoben geschleppt hatte. Sie sah Miss Oink vor sich und hielt den Atem an. All das gehörte zum Collegeritual, versuchte sie sich zu trösten.

Als sie am anderen Ende aus dem Tunnel kroch, blickte sie auf die eng zusammenstehenden Erstsemester zurück. Eine Handvoll Jungen versuchte, gewaltsam ihren Folterern zu entkommen.

Sie wurden schnell von den älteren Studenten eingefangen und mit festen Seilen an den Zaun rund um den Platz gefesselt. Dann wurden sie mit klebrigem Mehlbrei eingeschmiert.

Immer wieder knallten die Ochsenziemer um sie herum. Die älteren Studenten peitschten sich gegenseitig mit Gesängen, Witzeleien und Schikanen auf, während jedes Paar systematisch mit Pasteten voller Katzenfutter und warmem Bier mit Hundefutter gefüttert wurde.

»Das ist lächerlich«, flüsterte das Mädchen mit den kurzen Haaren Bec zu. Beide standen leicht bibbernd und mit klebrig grünem schleimigen Schweinedung überzogen da und versuchten nicht aufzufallen. Nicht aus der Menge herauszustechen, damit sie nicht zum Opfer wurden.

»Total außer Kontrolle«, sagte Bec.

Dirttrack Dick fragte immer wieder: »Alles in Ordnung?«, und Rebecca antwortete immer wieder: »Klar«, aber sie fragte sich, ob das stimmte.

Die Gesichter ihrer jungen Mitgefangenen verschwammen um sie herum. Sie konnte sehen, dass manche Mädchen die Zeremonie kaum mehr ertrugen und dass einige unbeherrscht weinten.

»Ich hatte ja gehört, dass es auf dem College ziemlich heftig zugeht. Aber das geht eindeutig zu weit«, sagte sie zu Dick. Sie schüttelte den Kopf. »Mir reicht's.«

Sie bückte sich, um mit kalten, zitternden Fingern das Band zu lösen.

»Was machst du da?«, fragte Dick nervös. »Pass auf, sonst werden sie auf uns aufmerksam. Wer weiß, was sie dann mit uns anstellen.«

»Scheiß drauf, das hier ist kein Spaß mehr.« Sie wickelte die Schnur ab und richtete sich stolz wieder auf. Dann begann sie hügelan auf die Wohnheime für die Studenten zuzugehen. Ein großer junger Mann in Collegejacke baute sich vor ihr auf.

»Wo willst du denn hin, Riesentitte?«

»Verpiss dich«, sagte sie. Er packte sie am Arm und schubste sie in die Gruppe zurück. »Die Zeremonie ist noch nicht vorüber.«

»Nimm deine Pfoten weg.« Rebecca wand sich aus seinem Griff.

»Oooh! Wir haben hier eine ganz Harte«, sagte er zu den anderen Studenten, die sich um sie zu versammeln begannen.

»Lass mich vorbei.«

»Du wirst nirgendwohin gehen, Titte«, sagte der große Junge und versperrte ihr mit verschränkten Armen den Weg. In einer blitzschnellen Bewegung rammte sie ihm das Knie zwischen die Schenkel, dass er vornüberkippte, das Gesicht qualvoll verzerrt.

Sie schob sich an ihm vorbei und marschierte in Richtung der Wohngebäude davon.

Die Gruppe der schreckensstarren und durchfrorenen Erstsemester jubelte laut, als sie Rebecca weggehen sahen. Ihre Jubelrufe wurden vom Knallen der Peitschen übertönt, mit dem sich die älteren Studenten wieder Achtung verschaffen wollten.

Aber Rebecca hatte die Machtbalance verschoben. Schweigend begannen sich die Erstsemester zu bücken und die Schnüre um ihre Knöchel aufzuknoten. Sie ignorierten die heiseren Schreie und das Geschubse der Älteren und begannen sich schweigend, aber gemeinsam zu befreien und wegzugehen.

Im Duschraum stand Rebecca bibbernd in ihren verdreckten Kleidern vor einer Dusche und hielt die Hand unter den Strahl.

»Sie haben das heiße Wasser abgedreht!« Ihre Worte hallten durch das große, leere Bad.

Bec schälte die stinkenden Kleider von ihrer roten Haut und warf sie in den Mülleimer. Nach Luft schnappend, trat sie unter das eisige Wasser. Schleimbatzen rutschten über ihre Haut abwärts und in den gurgelnden Abfluss. Sie schrubbte ihren Körper so schnell und so fest sie konnte mit Seife ab, aber das Wasser war unerträglich kalt. Also trat sie aus dem Strahl und versuchte ihre Haare mit Shampoo zu waschen. Zu ihrer Überraschung war sie weit davon entfernt, zu weinen. Sie spürte nur, wie sich ein tiefer Zorn in ihr breitmachte. Zorn auf die Anführer der Gruppe. Zorn auf die Männer.

Während sie den Schmutz aus ihren Haaren zerrte, begann sich das Bad mit dem Geplapper der Studentinnen zu füllen, die vom Fußballplatz zurückkehrten. Sie ließen ihr Martyrium Revue passieren und fluchten über das eisige Wasser. Der Gestank von Schweinekot mischte sich mit dem Duft nach Seife und Shampoo.

In ihr Handtuch gehüllt, stand Rebecca auf den kühlen roten Fliesen und kämmte sich vor dem Spiegel das immer noch zerzauste Haar.

Das dunkelhaarige Mädchen kam, in ein blaues Handtuch gehüllt, aus der Duschkabine. Ihre kantigen Schultern waren weiß und dünn.

»Ah, unsere Revolutionärin!«, sagte sie, als sie Rebecca

bemerkte. »Nachdem du weg warst, sind wir alle gegangen. Vielen Dank dafür.«

»Also, ich hätte diese Scheiße auf keinen Fall länger mitgemacht.«

»Diese Schweinescheiße, meinst du.«

Rebecca lachte, während das Mädchen murrte: »Dieser Haufen von Arschlöchern. Ein paar Mädchen wollen sich beim Rektor beschweren. Offenbar war es die schlimmste Zeremonie aller Zeiten. Da wird einiges ins Rollen kommen.«

»Bei uns wird auch einiges ins Rollen kommen … ich bin gespannt, wann die Abführmittel zu wirken anfangen«, sagte Bec.

»Hast du gewusst, dass für morgen eine Busfahrt zu einer Schweinefarm geplant ist?«, sagte das Mädchen. »Ist das zu glauben?«

Bec lachte und hielt den Arm unter ihre Nase. »Mir steckt der Schweinegestank noch in allen Poren.«

»Dann sollten wir ihn mit Rum rausspülen! Komm, wir ziehen uns an und zischen in die Bar ab. Heute gibt's Rum für zwei Dollar, und ich finde, wir sollten uns ordentlich die Kante geben, damit wir das Trauma besser verarbeiten!«

Sie drehte sich um und ging zur Tür. »Ach, übrigens, ich heiße Gabs. Die Kurzform von Gabrielle. Aber die meisten Leute nennen mich Scabs.«

Sie lächelten einander an und gaben sich die Hand.

»Rebecca. Bucket. Wir treffen uns in einer halben Stunde im Gemeinschaftsraum.«

Am nächsten Tag saß Rebecca völlig benebelt, mit dröhnendem Schädel und gurgelndem Magen im Bus. Sie konnte sich kaum an den vergangenen Abend erinnern. Noch nie war sie so betrunken gewesen, und noch nie musste sie einen so höllischen Kater ertragen. Immerhin konnte sie sich daran erinnern, gemeinsam mit Gabs Dirttrack-Dick am Arm über die Tanzfläche geschleudert zu haben. Und sie entsann sich vage, dass sie versucht hatte, zusammen mit Emma, einem beleibten Mädchen mit hübschem Gesicht, einen der Collegebusse zu stehlen, damit der heutige Ausflug abgesagt werden musste. Trotzdem saßen sie jetzt alle im Bus. Emma hockte mit bleichem Gesicht, die Stirn gegen das kühle Fensterglas gepresst, in ihrer Bank und starrte auf die vorbeiziehenden Weiden. Dick führte sich hinten mit ein paar neu gefundenen Kumpeln auf, als wären sie immer noch betrunken. Dennoch war die Stimmung unter den Erstsemestern gedrückt. Alle versuchten, die Erinnerung an die Demütigungen vom Vortag abzuschütteln.

Obwohl Rebecca am Morgen vor der Tour noch einmal geduscht hatte, meinte sie immer noch Schweinekot zu riechen, und ihr Magen brannte. Gabs hängte ihre Ellbogen über die Rückenlehne von Rebeccas Sitz und setzte ihren heiseren Monolog fort. Dass sie jedes einzelne Lied aus der Musicbox mitgegrölt hatte, hatte ihrer Stimme eindeutig nicht gutgetan.

»Sie werden noch in dieser Woche die Vorfälle untersuchen. Wir werden allesamt ins Büro des Rektors geholt, wo wir im Jahrbuch des letzten Jahres die Anführer identifizieren sollen. Die schlimmsten Übeltäter werden von der Uni fliegen. Geschieht ihnen verflucht noch mal recht. Karen, du kennst doch das kleine dicke Mädchen aus Block D, die wurde gestern Nacht noch ins Krankenhaus gekarrt. Ihr hat die Schweinescheiße echt zugesetzt. Und ein paar Mädchen haben ihren Kram zusammengepackt und sind heimgefahren. Die Sache kam sogar in den Nachrichten. Die Collegeleitung ist echt angeschissen.«

»Wo wir gerade von Scheiße reden …« Rebecca presste die Hand auf den Magen.

»Bus anhalten!«, rief Gabs dem Kursleiter zu, der auch den Bus fuhr.

»Ja!«, meldete sich Emma zu Wort. »Können wir noch mal anhalten?«

Während der Fahrer einen Gang herunterschaltete und der Bus leicht ins Schwanken kam, wuschelte Gabs Rebecca über den Kopf. Rebecca sah zu ihr auf, und sie lächelten einander an. Nach einem Höllentag und einer gemeinsamen Nacht im Rum-Nebel waren sie Freundinnen geworden.

Schlimmer kann das Studium nicht werden, dachte Rebecca, während sie die Rolle Toilettenpapier aus ihrem Rucksack zerrte und aus dem Bus rannte.

Kapitel 17

Da ist eine E-Mail für dich«, rief Charlotte von der Empfangstheke aus, wo sie auf ihrem Stift kaute. Frankie stakste mit langen Schritten durch den Korridor.

»Für mich?« Sie runzelte die Stirn. Sie bekam sonst nie E-Mails.

»Sieht aus, als wäre sie von deinem Sohn.«

»Meinem Sohn?«

»Tom.«

Charlotte stand auf und machte Frankie den Stuhl frei. Der Text leuchtete auf dem Bildschirm auf. Frankie lächelte, als sie ihn sah, und begann dann zu lesen:

Hi Mum!

Hier ist Tom. Hättest du das gedacht??? Waters Meeting ist in der modernen Welt angekommen, wir haben jetzt einen Computer mit Internetanschluss und E-Mail. Natürlich kann die moderne Nachrichtentechnik immer noch nichts gegen unsere Berge ausrichten, die Leitung fällt immer wieder aus, außerdem ist es ein eher kostspieliger und langsamer Spaß. (Klapp den Mund wieder zu, ich weiß, dass er dir jetzt offen steht.) Natürlich hat nicht Dad den Computer bezahlt.

Er ist eins der vielen Projekte, die von Trudy oder besser gesagt von Trudys Eltern finanziert werden. Trotzdem ist es super. Es bedeutet, dass ich Kontakt zu dem Wildfang halten kann, der sich gegenwärtig etwas agrarwissenschaftliche Bildung einzuverleiben versucht. Sie hat dort auch E-Mail, darum habe ich sie oben CC gesetzt. (Das heißt, sie bekommt diese Nachricht ebenfalls.) Du solltest ihr ein paar Zeilen schreiben, bevor sie das Studium wieder hinwirft. Ich glaube, das Alk-Monster frisst einen Großteil ihrer Studienzeit. (Das wird sie bestimmt gern lesen!)

Ich wohne immer noch in der Unterkunft. Seit es langsam auf den Frühling zugeht, ist es hier nicht mehr so kalt. Dafür ist es im Haupthaus kälter als je zuvor. Da drinnen tobt ein eisiger Krieg zwischen Dad und Mick und Trudy. Ich glaube, ausgelöst wurde er durch ein paar Vorhänge. Trudys Eltern haben unter den Eukalyptusbäumen auf der Pferdekoppel eine Holzhütte aus Fertigteilen aufstellen lassen – sie behaupten, sie wäre für sie selbst, wenn sie zu Besuch kommen, aber Trudy hat fallen lassen, dass dies das Altersheim für alte Knacker wie Dad werden soll. Es versteht sich von selbst, dass die kleinen Kräuselwellen inzwischen zu einem Tsunami angeschwollen sind. Ab und zu surfe ich ein bisschen darauf, indem ich Sachen sage wie: »Ich kann doch in die Hütte ziehen!« Eisiges Schweigen und finstere Blicke sind mir dann gewiss. Aber keine Panik! Ich bin nur der Baumstamm, der quer im Fluss steckt und um den herum das Wasser vorbeischießt. Mir gefällt es gut in der Unterkunft für die Scherer. Nur während der Schurzeit ist es dort wenig privat. Na schön. Ich will mich nicht weiter beklagen. Antworte bald … ach, übrigens … wir teilen uns die E-Mail-Adresse … also keine Bosheiten. Wir wollen Trudy-Girl doch nicht nervös machen.

Alles Liebe

Tom

P.S.: Bess und Stinky lassen ebenfalls grüßen, und Hank auch.

P.P.S.: Ich habe mich während meiner schlaflosen Nächte ins Arbeitszimmer geschlichen und alle Finanzdaten in ein tolles Buchhaltungsprogramm für Landwirtschaft übertragen. Dad ahnt nichts davon. Ich habe auch Bess ins Haus geschmuggelt, die jetzt auf meinen Füßen liegt und sie warm hält. Zweifellos wird Trudy schon in den nächsten Tagen die Hundehaare bemerken. Es versteht sich von selbst, dass die Finanzen auch auf einem Computerbildschirm nicht besser aussehen!

P.P.P.S.: Diese Nachricht wird sich in dreißig Sekunden selbst zerstören.

Frankie las den Brief noch einmal und lächelte.

»Gute Neuigkeiten?«, fragte Charlotte, die gerade eine Handvoll neuer Katzenhalsbänder an die Silberhaken hängte.

»Ehrlich gesagt nicht. Ich freue mich nur, dass er mir überhaupt eine E-Mail geschickt hat. Ich bin froh, dass er einen Computer benutzt.«

»E-Mails sind toll, oder?« Charlotte nahm einen weiteren Schwung Halsbänder aus dem Karton.

»Tom ist ein wirklich cleverer Bursche.« Frankie blickte versonnen auf die Worte auf dem Bildschirm. »Er hat noch nie Computerunterricht gehabt, trotzdem beherrscht er das Gerät schon nach ein paar Wochen.«

»Eine Schande, dass er nie von der Farm wegkommt, um dich in der Stadt zu besuchen.« Charlotte dachte an den Tag, als er in die Praxis geschlendert war und nach seiner Mutter gefragt hatte. Ein schüchterner Bauernjunge. Blond und fantastisch aussehend.

»Mmmm«, sagte Frankie und spürte, wie sie sich dabei versteifte. War sie daran schuld, dass ihr Sohn auf der Farm gefangen war? Dass er zu viel Angst vor der Welt außerhalb der schützenden Berge hatte? Unwillkürlich machte sich Frankie dafür verantwortlich.

Sie wusste, dass Tom künstlerisches Talent besaß, das aber brachlag. Es schien unter der Oberfläche seines stillen Wesens zu brodeln. Dort köchelte es vor sich hin, ohne dass die Frustration sich je Luft verschafft hätte. Sie war überzeugt, dass daher seine Launenhaftigkeit rührte. Der Himmel allein wusste, von wem er sein künstlerisches Talent geerbt hatte. Die Lehrer in der Schule hatten es erkannt und Frankie gedrängt, ihren Sohn zu fördern. Aber dann war ihr alles über den Kopf gewachsen. Sie hatte es einfach nicht mehr geschafft, den Job, die Kinder und Harrys stille Aggressivität zu vereinbaren.

Sie erinnerte sich noch an den Tag, an dem sie vorgeschlagen hatte, Tom mit dem Bus in den Kunstunterricht am Nachmittag zu schicken. Harry hatte sie angesehen, als wäre sie verrückt geworden. Dann hatte er gebrummelt: »Verfluchtes blödes Weib«, und war davongestapft. Harry würde nie zulassen, dass seine Söhne ihre Träume verfolgten, das wusste Frankie genau. Harry selbst war jeder Traum von einem Leben abseits der Farm ausgetrieben worden. Und er würde lieber in der Hölle schmoren, als seinen Söhnen eine solche Chance einzuräumen.

Charlottes Stimme riss Frankie in die Gegenwart zurück. »Warum ist er immer auf der Farm geblieben?«

»Ich weiß nicht, Charlotte. Ich weiß nicht …«

Sie wollte Charlottes Frage lieber nicht beantworten. Dann verfluchte sie sich, weil sie sich nicht der Wahrheit stellen wollte. Was hätte sie auch sagen sollen? Dass ihr Sohn so unter der Fuchtel seines Vaters stand, dass er Angst hatte, wegzugehen? Dass Harry Tom nie für seine Arbeit entlohnt hatte und dass dieser darum immer die Ausrede vorbringen konnte, er habe kein Geld? Frankie hatte das Gefühl, dass ihr Tom entglitten war. Und zwar so komplett, dass sie ihn kaum noch kannte – ihren eigenen Sohn. Sie wusste nur, dass er das Kind war, das sie am tiefsten verletzt hatte, als sie von der Farm weggefahren war, ihren Job über ihre Kinder gestellt hatte und ihrem Mann und dem schwierigen Leben als Hausfrau in diesem riesigen, dunklen, einsamen Haus entflohen war. Seufzend sah sie auf ihre Uhr.

»Wann kommt noch mal die Katze, der die Fäden gezogen werden sollen?«

Charlotte hockte inzwischen auf dem Boden des Empfangsraums und sah kurz auf. »Um drei. Es ist noch Zeit genug, um eine kurze Antwort zu tippen und sie abzuschicken. Ich zeige dir, wie es geht.«

Während sich Charlotte vorbeugte und die Maus übernahm, versuchte sich Frankie den Computer in dem dunklen Arbeitszimmer auf Waters Meeting vorzustellen. Bestimmt versank er halb zwischen aufgestapelten Zeitungen und Telefonbüchern. Sie malte sich aus, dass Harry ihn argwöhnisch umkreiste und anknurrte wie ein bissiger Hund. Das Bild ließ sie unwillkürlich lächeln.

Als Charlotte sich wieder aufrichtete, setzte sich Frankie aufrecht hin und begann zu tippen: »An meinen lieben Sohn Tom. Ich mache mir solche Sorgen um dich.« Sie stockte. Betrachtete die Worte, die sie geschrieben hatte, und griff dann nach der Maus, um den Bildschirm leer zu wischen. Stattdessen tippte sie: »Hi Tom, hier ist Mum. Katze kommt, schreibe später. 1000 Küsse, Mum.«

Frankie drückte auf »Senden« und marschierte aus dem Empfangsbereich in den Behandlungsraum. Sie fröstelte und zog leicht bibbernd den weißen Kittel enger um sich. Der Stahl des Operationsbestecks lag eisig an ihren Fingerspitzen und ließ sie noch mehr frösteln. Sie wünschte sich, das Telefon würde läuten. Dass Peters warme Stimme die Kälte, die sich um ihr Herz gelegt hatte, zum Schmelzen bringen würde. Sie hörte die Tür zur Klinik aufgehen und eine Katze miauen. Der nächste Patient war eingetroffen.

Kapitel 18

Rebecca stand hinter der dünnbeinigen Holstein-Kuh, als sie spürte, wie eine Muskelkontraktion über ihren Arm lief, bis sich eine Schwade von Methan und Kuhdung löste und direkt neben ihrem Ohr verpuffte.

»Manchmal hasse ich es, so klein zu sein«, sagte sie zu ihrem Lehrer. Die stille Holstein-Kuh hängte ihren Kopf ins Gestänge und stemmte sich gegen Rebeccas Arm, der sich die warme, schleimige Innenwand des Mastdarmes entlangschob. Die Kuh wedelte mit dem Schwanz, der mit einem hohen »Ping« gegen das Metallgestänge schlug.

»Fühlen Sie jetzt etwas Festes, wenn Sie die Unterseite des Darmes abtasten?«, fragte Ross Harman, auf das Gestänge gelehnt. »Was Sie hier durch die Darmwand spüren, ist der Fortpflanzungstrakt. Glauben Sie, dass Sie die Cervix ertastet haben?«

Rebeccas Fingerspitzen fuhren über die feste, geriffelte Oberfläche des Muttermundes. »Ja, ich glaube schon.«

»Wenn Sie mit der Hand nach links und rechts gleiten, werden Sie die Hörner des Uterus spüren. Auf diese Weise können wir feststellen, ob die Kuh trächtig ist. Probieren Sie es aus.«

Rebecca biss sich auf die Unterlippe und konzentrierte sich darauf, was ihre Fingerspitzen in der Kuh fühlten.

Die anderen Studenten beobachteten sie von jenseits des Zaunes, hielten die langen Gummihandschuhe in den Fingern und warteten darauf, dass sie an die Reihe kamen.

»Ich glaube, ich habe beides gefunden.«

»Gut. Jetzt umgreifen Sie die Cervix und führen probeweise das Besamungsgerät ein.«

Gabs stand bei den Plastikröhrchen voller Pseudo-Samen und lud die schlanke, silberne Besamungspistole, so wie sie es im Vorlesungssaal gelernt hatten. Dann reichte sie die Pistole an Rebecca weiter, die den langen Lauf in die Vagina der Kuh einführte.

»Jetzt lassen Sie das Gerät durch den Vaginalkanal an Ihrem Arm entlanggleiten. Sie werden merken, wann es auf die Cervix auftrifft. Ein sanfter Druck, dann können Sie die Spitze halb in die Cervix einführen. Dann injizieren Sie sanft und langsam den Samen.«

Rebecca verdrehte die Augen, weil die hinter dem Zaun in einer Gruppe stehenden Jungen flüsterten, lachten, schmunzelten und sich gegenseitig anstupsten.

»Sehen alle zu?«, fragte Ross streng. »Vielleicht werden einige von Ihnen …«, er drehte sich finster zu den unruhigen Studenten um, »die Techniken, die Sie hier erlernen, noch in einem anderen Bereich ihres Lebens benötigen, darum würde ich an Ihrer Stelle gut aufpassen.«

Die Jungen kicherten, denn Paddy Finnigan machte eine Bemerkung über die Schwierigkeit, das richtige Loch zu finden. Ross ignorierte sie einfach.

»So. Gut gemacht, Rebecca. Du scheinst die richtige Technik zu haben und warst sanft und gut zu deinem Tier. Jetzt lass sie wieder aus dem Gestell, dann holen wir die nächste Übungskuh.

Finnigan und Faulkner-Jones. Sie kommen als Nächste dran. Streifen Sie die Handschuhe über und das Grinsen von Ihrem Gesicht, und steigen Sie vom Zaun.«

Nachdem Bec den Handschuh abgezogen und in den Mülleimer geworfen hatte, wandte sie sich zu Gabs um.

»Ich kann mir romantischere Methoden vorstellen, mich schwängern zu lassen.«

»Allerdings. Kalter Stahl und ein Schuss Samen. Längst nicht so nett wie ein bulliger Kerl mit dicken Eiern«, lachte

Gabs. Die beiden Mädchen kletterten auf das Gatter um die Rinderpferche und beobachteten, wie der Rest der Gruppe eine künstliche Besamung durchexerzierte.

Von ihrem Zaun aus konnte Rebecca den sonnigen Ausblick auf die Collegefarm genießen. Vor allem aber genoss sie es, draußen zu sein. Sie wusste, dass sie den Nachmittag im Vorlesungssaal verbringen würden. Erst erwartete sie eine Vorlesung über Buchführung, dann ein Computer-Tutorium.

Sie dachte an Blue Plains. Im letzten Jahr hatte sie um diese Zeit eine Herde Mutterschafe und Lämmer getrieben und zum Markieren auf die Farm gebracht. Lämmer, die hinterhertrotteten und nach ihren Müttern blökten. Mutterschafe, die sich erst zu der Reiterin auf ihrem Pferd umdrehten und danach einen langen, tiefen Ruf ausstießen, bevor sie weiter jedes Lamm anschnüffelten, das an ihnen vorbeilief. Rebeccas Blick wanderte zu den Gehegen. Sie wirkten so klein, verglichen mit den Viehgehegen auf Blue Plains. Das Party-Komitee hatte frischen Sand für das Rodeo am kommenden Wochenende aufgeschüttet, das der Nacht des »Wet Sheep Walk-Out« folgen sollte, dem jährlichen B&S-Ball am College. Die Collegeleitung hatte mehrmals versucht, die Veranstaltung vom Campus zu verbannen, aber ein paar wenige Vertreter des Lehrkörpers sorgten dafür, dass die Feier auch weiterhin auf dem Gelände stattfand, weil »die Organisatoren dabei einige wichtige Lektionen über das wahre Leben« lernten. Sally würde tatsächlich ein paar Tage lang ihr Wirtschaftsstudium schwänzen, um daran teilzunehmen, und zu Rebeccas Überraschung hatte auch Tom gemailt, dass er mit dem Gedanken spielte, herzukommen.

»Schön«, hörte sie Ross' Stimme. »Die beiden Nächsten, bitte. Emma und Richard … äh, ich meine Dick.« Rebecca sah die nächste Übungskuh in das Metallgestell trotten. Ihr taten die Kühe leid.

»Was für ein Job!«, sagte sie zu Gabs und nickte dabei zu der Kuh hin.

»Was du nicht sagst! Ich möchte Dicks fetten Arm nicht in den Arsch geschoben bekommen.«

»Du bist ekelhaft«, sagte Bec.

Rebecca lächelte still vor sich hin. Nachdem sie diesen Kurs absolviert hatte, war sie berechtigt, die Schwangerschaftsuntersuchung und die Besamung der Rinder auf Waters Meeting selbst vorzunehmen. Sie malte sich aus, wie sie und Tom den genetisch getesteten Samen aus den Kanistern nahmen und eine Herde von edlen, glänzend schwarzen Angus-Kühen damit befruchteten. Aber gleich darauf spazierten Mick und Trudy und ihr Vater in ihren Tagtraum. Sie wusste, dass sie nach dem Studium mit ihren Qualifikationen überall arbeiten konnte, sogar in gehobener Position im AR-Management, aber das war nicht das, wovon sie träumte. Jedes Mal, wenn sie mehr darüber erfuhr, was auf einer Farm alles möglich war, platzte sie fast vor Begeisterung und Energie und richtete all ihre großen Träume und Pläne sofort auf das abgeschiedene Tal von Waters Meeting.

Sie sah über den Collegecampus hinweg auf die Hundezwinger. Es hatte sie einen halben Tag und achtzig Dollar gekostet, die Zwinger dort hinzustellen. Sie waren beileibe nicht ideal und zu weit von ihrem Zimmer im Wohngebäude entfernt, aber immerhin hatte ihr das College erlaubt, die Hunde auf dem Campus zu halten, und glücklicherweise waren die Zwinger abschließbar, sodass keine besoffenen Jungs nach einer durchzechten Nacht ihre Hunde auf dem Campus freilassen konnten. Von ihrem Sitzplatz aus konnte sie sehen, wie Moss' Welpen in einer wuselnden Masse raufend, rollend und knurrend miteinander spielten, während Stubby, Dags und Moss aufrecht und reglos dasaßen, den Blick unbeirrbar auf sie gerichtet.

»Sieh nur, wie sie dich beobachten.« Penelope Stirling

rückte ihren blumenbedruckten Kleinmädchen-Haarreif gerade. »Diese Hunde sind wirklich von dir besessen. Wenn du es nur schaffen würdest, dass dich ein Mann so ansieht.«

Jemand sollte ihr sagen, dass diese Alice-im-Wunderland-Haarreifen voll daneben und babyhaft aussehen, dachte Bec, doch stattdessen sagte sie: »Möchtest du einen Welpen kaufen, Penny? Du bekommst einen für vierhundert Dollar, das ist echt nachgeschmissen.«

Rebecca wusste, dass Penelope es hasste, Penny genannt zu werden, und dass sie keine Ahnung hatte, wie sie einen Hund ausbilden und arbeiten lassen musste, ganz zu schweigen davon, dass sie sich dafür interessiert hätte. Sie war eine Landjägerin. Eine Hektar-Häscherin. Eine Goldgräberin. Sie war darauf aus, einen reichen Jungen aus bestem Hause mit riesigen Ländereien zu heiraten. Schon im ersten Semester hatten sie und Hamish Faulkner-Jones zusammengefunden. Penelope verstand es ausgezeichnet, Bec Blicke wie Nadelstiche zuzuwerfen, wenn die sich mit Hamish über Hunde unterhielt.

Nachdem Rebecca die Zwinger aufgestellt hatte, hatten ein paar der Jungs in der Mensa zu bellen und zu hecheln begonnen, sobald sie dort auftauchte. Die Witze über Hündchen-Spiele flogen nur so durch die Luft, und als es abends Kotelett gab, wurde Becs Teller mit abgenagten Knochen überhäuft.

Nach einer Weile beruhigten sich die Jungs allerdings wieder. Sie begannen Rebecca um Rat zu fragen und kauften ihr sogar ein, zwei Welpen ab. Ein paar hatten sich inzwischen zusammengefunden und reisten hin und wieder auf einen Hunde-Trial. Penelope hatte vor Wut gekocht, als Hamish seinen Collie auf den Campus mitgebracht hatte, damit Bec ihn sich ansah.

Penelope kochte auch jetzt, da Gabs in diesem Moment einen lauten Furz herauspresste und sofort vorwurfsvoll verkündete: »Also Penny. Das ist voll *eklig.*« Gabs wedelte mit der Hand vor dem Gesicht, und die Studenten um sie herum begannen zu lachen. Ross gab sich alle Mühe, nicht zu feixen, als er Penelope vom Zaun rief und ihr einen Handschuh reichte. Sie nahm ihn angewidert entgegen.

Am Nachmittag brachte Bec die Vorlesung über Buchführung größtenteils damit zu, in ihrem Notizbuch zu kritzeln, Eukalyptusbäume oder Hunde und trabende Pferde zu zeichnen. Als der Professor endlich die Lektüre bis zur nächsten Stunde angegeben und seine Bücher zugeklappt hatte, fühlte sich Rebecca, als hätte sie nur noch Watte im Kopf. Sie war froh, aus dem Vorlesungssaal zu kommen. Die Bücher an die Brust gepresst, eilte sie an der Bücherei vorbei und in den Computerraum. Hier roch es genauso muffig wie im Vorlesungssaal. Die Tutorin, Michelle Rogers, zupfte an ihrem pastellblauen Kostümsakko und wandte sich der weißen Tafel zu. Die goldenen Armreifen klimperten, während sie die Überschrift »Farm-Software« anschrieb.

Rebecca ließ sich an den Computer neben Gabs fallen und beobachtete ausdruckslos, wie der kleine Nick Dunroan in abgewetzten Cowboystiefeln in den Raum trat. Neben ihm und einen guten Kopf größer watschelte der tonnenförmige Brendon McKenzie, dessen Collegepullover so über dem Bauch spannte, dass sich die breiten Streifen zu Halbkreisen verzogen.

»Das gibt Ärger«, sagte Rebecca zu Gabs, als sich die beiden Jungen hinter sie setzten.

Nicht viel später kam Helen Thompson in den Raum. Sie hatte noch nicht viele Freunde auf dem College gefunden, darum setzte sie sich ganz nach vorn, die braunen Augen fest auf ihre Bücher gerichtet. Brendon und Nick bemerkten sie und begannen leise zu kichern und zu flüstern.

»Was haben diese Wichser jetzt wieder?«, fragte Rebecca.

»Sie haben Helen auf dem Kieker«, sagte Gabs. »Offenbar hat Nick sie auf dem Kostümball am Mittwoch aufgerissen. Und jetzt erzählt er überall herum, dass sie behaarte Nippel hätte.«

»Wie aufregend«, meinte Rebecca gelangweilt.

Helen warf ihr schwarzes Haar über die Schulter und schlug die dicken Beine übereinander. Hinter ihnen begannen Nick und Brendon wie Walrösser zu schnauben. Rebecca blickte von dem Spreadsheet auf ihrem Monitor auf und sah über die Schulter zu Gabs hinüber.

»Hä? Was soll das jetzt?«

»Das neueste Gerücht ist, dass Brendon an Helens Tür gelauscht hat, nachdem sie am Samstag Warren Beacroft aufgerissen hatte.«

»Nicht Wozza!«, flüsterte Bec, die Augen weit aufgerissen.

»Sie war absolut blau. Jedenfalls hat Brendon an ihrer Tür gelauscht, und offenbar hörte sie sich *exakt* so an wie ein Walross.«

Als das Walrossschnaufen in ihrem Rücken immer lauter wurde, wirbelte Rebecca in ihrem Stuhl herum. »Kriegt euch wieder ein, Leute.«

Die beiden Jungen verstummten und winkten ihr kurz zu.

Sie wandte sich wieder an Gabs. »Geistesriesen.«

Dann konzentrierte sie sich wieder auf ihren Bildschirm und begann das Spreadsheet so auszufüllen, wie Michelle es demonstriert hatte.

Nach einer Stunde hörte Rebecca Michelle laut sagen: »Gut! Wir machen heute früher Schluss. Vorerst sind wir weit genug gekommen. Wer möchte, kann noch bleiben und weiterarbeiten; wer seine Ausbildung weniger wichtig nimmt, kann verschwinden und erwachsen werden.«

Michelle beobachtete Brendon und Nick kühl hinter ihrer Brille hervor, lehnte sich an ihren Schreibtisch und kreuzte die langen, eleganten Beine an den Knöcheln. Die beiden Dummsäcke eilten lachend und sich schubsend zur Tür.

»Bevor Sie verschwinden«, rief Michelle ihnen nach,

»möchte ich Sie nochmals daran erinnern, dass die Exposés für Ihre Fallstudien bis nächsten Mittwoch vorliegen müssen. Jeder muss sich mit einem Kommilitonen zusammentun, einen ausgewählten Landwirtschaftsbetrieb beschreiben und kurz umreißen, wie sich der Betrieb auf eine rentable Basis stellen lässt. Die Details finden Sie in der Kursbeschreibung. Und ich lasse keine Entschuldigungen gelten, Nick und Brendon. Vielen Dank. Das wäre alles.«

Währenddessen verfolgte Rebecca, wie die Nachrichten vom Server in ihre Mailbox heruntergeladen wurden. Eine stammte von Sal, die andere von Tom.

»Hey, cool«, sagte sie zu sich selbst, klickte Toms Nachricht an und begann zu lesen.

»Gabs!«, rief Rebecca, ohne den Blick von dem Text auf ihrem Bildschirm zu wenden.

Gabrielle sah hinter den fleckigen Brillengläsern auf. »Was ist denn?«

»Sieht so aus, als hätte Bruder Tom einen vertrackten Plan ausgeheckt, um meinen Fluss und Waters Meeting zu retten.«

»Echt wahr?«

»Ja, hier steht, dass er die gesamte Buchhaltung der Farm auf den Computer übertragen hat. Er wird mir die Datei mailen, dann können wir gemeinsam eine Rettungsstrategie überlegen.«

»Echt?«

»Ja. Er sagt, Dad weiß nichts davon. Trudy und Mick auch nicht.«

»Hey!« Gabs' Gesicht strahlte auf. »Eure Farm wäre das *ideale* Objekt für unsere Fallstudie.«

»Ich weiß nicht.« Rebecca seufzte. »Es wäre zu schmerzhaft für mich, das alles wieder aufzurühren. Ich hatte das auch schon überlegt, aber damit würde ich nur eine Menge Energie in einen hoffnungslosen Fall stecken. Dad hat ein festes Bild von mir, das er nicht ändern wird, selbst wenn ich ihm zeigen könnte, wie wir mit der Farm Geld verdienen könnten … Er könnte mich trotzdem nicht ausstehen und würde mich bestimmt nicht wieder aufnehmen.«

»Ach, komm schon, Bucket.« Gabs schwenkte ihren Stuhl zu Rebecca herum. »Lass dich nicht von ihm kleinkriegen. Tom könnte dein Maulwurf werden, das wäre perfekt. Könntest du dir ein besseres Objekt für eine Fallstudie vorstellen? Warum fragst du nicht deine Freundin Sally, ob sie uns hilft. Sie ist doch der Wirtschaftsguru. Es wäre eine Riesensache – wenn wir das hier versieben, haben wir alles versiebt. Komm schon, Schwester.« Sie boxte Bec freundschaftlich auf die Schulter.

Ein paar Sekunden blickte Rebecca sinnierend auf den Bildschirm. In Gedanken war sie wieder mit Tom auf Waters Meeting, wo sie damals stundenlang über ihre Träume und Pläne gesprochen hatten. Träume, die allem Anschein nach nie wahr werden sollten. Immerhin konnten sie jetzt *anfangen* und einen ersten Entwurf zu Papier bringen. Plötzlich bekam Bec eine Gänsehaut.

»Vielleicht hast du recht, Scabs, meine Alte. Zuallererst müssen wir Tom eine Hotmail-Adresse einrichten, damit wir ihm mailen können, ohne dass Trudy es mitbekommt. Ich werde versuchen, ihn am Sonntagnachmittag ans Telefon zu bekommen, bloß ist er *nie* im Haus, wenn Trudy da ist.«

Rebecca runzelte die Stirn, sah wieder auf den Computer und las Toms Nachricht zu Ende.

»Nein. Warte.« Sie hielt Gabs' Unterarm fest. »Er schreibt, dass er am Wochenende *hundertprozentig* zu dem Wet Sheep Walk-Out und zum Rodeo kommt! Oooley Dooley!«

»Geil! Ist er süß?«

»Süß wie … nein, erst die Arbeit, dann das Vergnügen. Du darfst ihn erst knutschen, wenn wir unser Papier fertig haben!«

»Aber bestimmt sind wir viel zu knülle, um was zu arbeiten.«

»Wann sind wir je nicht betrunken, Gabs?«

»Stimmt. Wir schaffen das schon. Gut. Also, nachdem das geklärt ist, sollten wir in die Bibliothek rüber und Emma suchen. Sie schuldet uns noch eine Flasche Passion Pop.«

»Okay. Ich komme gleich nach. Ich will nur noch Sals Nachricht lesen.« Rebecca überflog den Text und sagte zu Gabs: »Sally kommt auch zum B&S. Ein absolutes Wunder, dass sie über ihrem Studium und dem neuen Freund noch Zeit dafür findet! Blöd ist nur, dass du keine Chance bei meinem Bruder haben wirst, wenn Sal hier auftaucht.«

»Aber du hast doch gerade gesagt, sie hätte einen neuen Freund«, protestierte Gabs.

»Stimmt. Als hätte *das* Sal je gestört. Tom war schon immer scharf auf Sal. Ich glaube, er hat sich seit seinem ersten Schamhaar für sie aufgespart.«

»Kacke. Sieht aus, als würde die gute alte Scabs wieder leer ausgehen.« Gabs packte ihre Bücher zusammen. »Komm schon, du Modeopfer. Es war ein langer Tag, und ich brauche was zu trinken.«

Während Rebecca an diesem Abend zu den Hundezwingern ging, um den Hunden Auslauf zu geben und sie zu füttern, blickte sie versonnen auf die untergehende Sonne und das Laken aus rosa Wolken. Liebevoll streichelte sie jeden ihrer Hunde und spielte nacheinander mit allen Welpen. Dann schreckte sie ein Geräusch aus ihrer Konzentration auf, und sie sah im Gegenlicht zwei Gestalten mit einem glänzenden Einkaufswagen auf dem Hügel stehen. Es war Gabs, die Emma auf der Straße den Hügel hinab- und auf sie zuschob. Emma saß im Wagen, die runden Knie an die ausladende Brust gedrückt, und hielt die Flasche mit Passionsfrucht-Wein in der ausgestreckten Hand.

»Komm und trink mit uns, Hundefrau!«, rief sie Bec zu. Emma hob die Flasche zum Himmel. Rebecca lächelte ihnen zu, pfiff den Hunden, sperrte sie in ihre Zwinger und stapfte den beiden entgegen, bis alle drei nur noch Silhouetten vor dem Abendhimmel waren. Drei junge Frauen, ein Einkaufswagen und eine Flasche Passion Pop.

Kapitel 19

Charlie Lewis saß zusammengesunken am Esstisch und schob mit der Gabel ein Kartoffelstück durch die Soße.

»Setz dich gerade hin, Charlie«, sagte seine Mutter und schaufelte die restlichen Kartoffeln auf seinen Teller.

»Ich mag nicht mehr, Mum.«

»Unfug.«

Er ließ die Gabel fallen und schob den Teller von sich weg. Vom Tischende sah sein Vater düster zu ihm her. »Ich gehe ins Bett.« Er stand vom Tisch auf.

»Aber Charlie! Der Nachtisch!« Er ließ seine Mutter mit dem Küchentuch und dem Servierteller mit Apfelkuchen in der Hand stehen.

Als er in sein Zimmer kam und sich umsah, hauchte er: »Verfluchter Scheißdreck.«

Sie war wieder in seinem Zimmer gewesen. Seine Pyjamas lagen ordentlich zusammengefaltet und aufgestapelt am Fußende des Bettes, und sie hatte schon wieder die Bettwäsche gewechselt. Die frischen Laken steckten fest unter der Matratze und dufteten intensiv nach dem Zitronenduft des Waschmittels. Wütend zerrte er sich das Arbeitshemd und die Jeans vom Leib und schleuderte beides auf den Boden. Seine Arme waren bis zu den Ellbogen eingestaubt, und seine Füße waren verschwitzt, trotzdem beschloss er, nicht zu duschen, nur um seine Mutter zu ärgern. Nach einer Reihe von allzu langen, allzu heißen, öden Tagen in der Traktorkabine war er ausgelaugt und wollte nur noch schlafen. Er schaltete die Nachttischlampe ein und kroch nackt unter die kühlen, viel zu sauberen Laken.

Gleich darauf wälzte er sich auf den Bauch und griff nach

der Nachttischschublade. Er zog sie auf und nahm eine Hochglanzbroschüre heraus. Seine Finger strichen über den Goldprägedruck und fuhren das verschlungene A und R nach. Er blätterte die Seite vier des Jahresberichts auf und wälzte sich wieder auf den Rücken.

Die Arme zur Decke gestreckt, hielt er sich das Bild des Mädchens über sein Gesicht. Seine Augen tasteten sie ab, labten sich an ihrer Schönheit. Er las die Bildunterschrift: »Die AR-Angestellte Rebecca Saunders und der preisgekrönte Widder Blue Plains Alpha 655«. Er sah ihr in die blauen Augen. Die Sonne ergoss sich über die blonden Wellen ihres Haares und bestrahlte den Pfefferbaum, sodass er fast zu leuchten schien. Charlie malte sich aus, wie er ihre goldene Haut küsste. Sobald er den Finger auf ihr lächelndes Gesicht legte, merkte er, wie sich unter den frisch gewaschenen Blumenmusterlaken seiner Mutter eine Erektion zu regen begann. Er schloss die Augen und spürte, wie ihn Begierde durchfloss.

»Charlie, Schätzchen!«, hörte er seine Mutter vor seiner Tür trällern. Er ließ den Bericht geräuschvoll auf die Decke fallen. »Mann«, seufzte er und rief dann unwirsch: »Was denn?«

»Ich mache deinem Vater noch einen Tee vor dem Schlafengchen … möchtest du auch einen?«

»Nein«, antwortete er mürrisch und rief dann kläglich: »Trotzdem vielen Dank, Mum. Gute Nacht.«

»Nacht.« Er hörte sie über den Gang in die Küche schlurfen, wo sie ohne Ende auf seinen Vater einredete, der nebenan wie hypnotisiert auf den Fernseher starrte.

Er schlug wieder Seite vier auf, verabschiedete sich von Rebeccas Foto und legte dann die Broschüre in die Schublade zurück. Er spürte, wie er schon wieder kam … dieser Drang. Der Drang, in seinen Pick-up zu steigen und mit Vollgas der erdrückenden Missbilligung seiner Eltern zu entfliehen. Der

Drang, sich wieder in »Basil, den legendären Partyhengst« zu verwandeln und sich von seinen Kumpels als König der Partys und wilden Stunts feiern zu lassen. Statt ein frustriertes Muttersöhnchen zu sein, das Angst hatte, die Laken schmutzig zu machen. Frustriert drückte Charlie den Kopf in die Kissen. Morgen würde er es seinem Vater sagen. Er würde ihm sagen, dass er nächstes Jahr nicht auf der Farm arbeiten würde.

»Ich habe eine Mission zu erfüllen«, gelobte sich Charlie Lewis, schloss die Augen und fantasierte von einem Mädchen mit blonden Haaren, sagenhaft blauen Augen und einem frechen Lächeln. Dann knipste er das Licht aus, wälzte sich auf die Seite und lachte heimlich über sich selbst, weil er beim Wichsen am liebsten ein Mädchen mit einem Schaf aus einem landwirtschaftlichen Jahresbericht vor Augen hatte.

Kapitel 20

Das Tor schwang mit einem lauten Klirren auf, und ein rockiger Garth-Brooks-Song dröhnte aus den Lautsprechern. Die Glocke unter der Brust des bockenden, herumwirbelnden und schnaubenden Bullen schepperte mit blechern klingenden Schlägen. Der Reiter warf eine Hand in die Luft und spannte die Beine um den baumstammbreiten Bauchgurt des Bullen. Mit einer abrupten Drehung peitschte der Bulle den riesigen Leib herum, und der junge Mann flog hoch in die Luft, die Hand immer noch fest im Zaumzeug. Sein schlanker Körper hing an dem sich aufbäumenden geschecktcn Bullen.

»Wow! Echt abgefahren!«, brüllte Rebecca in der Zuschauermenge.

In der kleinen Arena tanzten die Rodeo-Clowns auf den Bullen zu. Gefährlich nah an den wirbelnden Hufen und umhüllt von aufsteigendem Sand, lösten sie den eng sitzenden Gurt um die Flanke des Tieres. Die nachlassende Spannung schien den Bullen halbwegs zu beruhigen, und der Reiter schaffte es, seine Hand aus dem Zaumzeug zu befreien. Der Cowboy schlug auf dem Sandboden auf, rollte sich über den Rücken ab, sprang auf die gestiefelten, sporengeschmückten Füße und bückte sich nach seinem Hut. Er streckte ihn der Menge entgegen, während der Wettkampfleiter näselnd einen Punktestand von neunundsiebzig verkündete. Rebecca schaute zu, wie der von einer Wrangler umhüllte Hintern in Richtung der Notausgänge schlenderte. Die fransenbesetzten ledernen Beinschoner, Chaps genannt, saßen über seinen Schenkeln und wurden von einem Band über dem Po zusammengehalten. Die Chaps betonten seinen kleinen, knackigen Hintern und die schmale Taille.

»Seht ihr auch, was ich sehe?«, wandte sich Bec an Sal, Emma und Gabs, die neben ihr auf dem Heuballen saßen.

»Mmmm. Ich *liebe* Wranglerhintern«, sagte Gabs.

Sally folgte ihrem Blick. »Also, ich muss sagen, die Chaps heben die Arschbacken wirklich gut hervor. Aber, Mädchen, ich muss euch leider gestehen, dass ich mich weiterentwickelt habe.«

»*Weiterentwickelt?*«, fragten Gabs und Bec wie aus einem Mund.

»Ja. Tut mir leid. Ich muss zugeben, in letzter Zeit stehe ich mehr auf Männer im Anzug.«

»Vorsicht, ihr Schreibtischhengste, nehmt euch in Acht!«, rief Bec.

Die drei sahen auf, weil Tom ihnen aus der Menge verkaterter oder noch betrunkener Partygäste entgegenschwankte. Die Sonne fing sich in seinem Haar, und er strahlte die Mädchen freundlich an, während er ihnen die Drinks in seinen Händen wie eine Morgengabe entgegenstreckte. Sallys Blick huschte über das verknitterte Hemd und den Spalt am Kragen, unter dem ein nackter, braun gebrannter Brustkorb hervorleuchtete. Dann folgten die beiden anderen Mädchen ihrem Blick. Emma und Gabs hatten Rebecca, als sie Tom erstmals begegnet waren, sofort zugegurrt, dass ihr Bruder »voll süß« sei. Auch wenn die Mädchen Tom fantastisch fanden, fielen Rebecca vor allem die leichten Ringe auf, die sich seit ihrer letzten Begegnung unter seinen Augen gebildet hatten, ihr entging auch nicht, dass sich sein ziselierter Ledergürtel wie eine Schlange um seine locker sitzende Jeans wand. Er war dünner geworden.

»Was habt ihr da von Anzügen geredet?«, fragte Tom, während er die Plastikbecher voll Rum austeilte, um sich dann neben Bec niederzulassen.

»Ach nichts, Bruder. Nur Weibertratsch.« Bec sah ihn fast traurig an und legte schwesterlich den Arm um seine Schultern. »Auf die besoffenen Idioten, auf die Party und auf die verheilten Rodeoverletzungen!«

Der arme Tom, dachte Bec. Erst nach stundenlangem Nägelkauen und zahllosen Gläsern Rum hatte er gestern Abend beim B&S den Mut aufgebracht, Sally zum Tanzen aufzufordern. Als er es endlich getan hatte, hatte sie ihn an der Hand auf die Tanzfläche gezogen und mit lauter albernen Tänzen losgelegt wie dem »Dorky Chicken Dance« oder dem guten alten »Wackel-mit-den-Knien-und-schieb-die-Hände-vor-und-zurück-Tanz«. Als sie danach zum »Walk like an Egyptian« angesetzt hatte, hatte Tom aufgegeben und war zu Bec zurückgekehrt, die bei einer Gruppe von Erstsemestern stand.

»Tom-Arsch«, hatte ihn Bec über die Musik angebrüllt, »ich glaube nicht, dass sie die Vibes gespürt hat, die du ihr schicken wolltest.« Sie schauten zu, wie Sally in ihrem paillettenbestickten Kleid, in dem sie unter den Studentinnen in ihren »Kampfanzügen« elegant und mondän wirkte, in der Menge untertauchte.

»Hast du ihr was gesagt?«, hatte Tom gefragt.

»Nein. Soll ich?«

»Nein. Nein danke.«

Später hatte Rebecca ihn in ihrem Pick-up wiedergefunden, der auf dem Studentenparkplatz abgestellt war. Tom hatte seinen Schlafsack ausgerollt und lag darin eingerollt. Sie sah beschwipst auf ihn hinunter. Es war vier Uhr früh, und er schlief mit einer tiefen Furche auf der Stirn unter dem kalten Mond. Sie versuchte ihn ins Haus zu schleppen.

»Du kannst in meinem Zimmer schlafen, du Dämel, du brauchst nur ins Haus zu gehen.« Betrunken, wie sie war, hob sie den Zeigefinger und verkündete begeistert: »Keine Sorge, Bruderherz, ich trage dich rein.« Sie packte den Schlafsack und versuchte ihn über die Heckklappe des Pick-ups zu zerren. Plötzlich verlor sie den Halt und purzelte rückwärts auf den Boden.

»Warte. Warte. Ich fahre dich zum Eingang.« Sie hantierte an der Tür ihres Pick-ups herum.

»Stell dich nicht so blöd an, Bec«, brummelte er. »Ich bleibe hier.«

»Na schön, dann lege ich mich eben zu dir.« Sie versuchte, ihr linkes Bein über die Seitenwand der Ladefläche zu heben.

»Sei nicht so verbohrt, Bec. Die Jungs machen dich morgen Früh fertig, wenn sie rausfinden, dass du mit deinem Bruder im Pick-up geschlafen hast. Du wirst für sie nur noch die blutschänderische Buschbraut sein.«

Während Bec noch über seinen Einwand nachsann, hörten sie Stimmen und Schritte auf der Straße, die sich von der Party her näherten. Über dem Lackglanz der Autos im Mondschein sahen sie Paddy, Brendon und Nick in ihren weißen Hemden und den schwarzen Frackhosen näher kommen. Nicks Hemdsärmel waren abgerissen, und seine blassen Oberarme leuchteten im fahlen, bläulichen Mondlicht. Paddy sprang auf die Kühlerhaube von Helen Thompsons blauem Corona und zog die Hose herunter. Bec sah ihn dort hocken, runzelte die Stirn und rief: »Oi! Paddy, was soll das werden?« Als Nick ihre Stimme hörte, kam er auf sie zugewankt und drückte den Finger an die Lippen.

»Pssst! Wir legen eine Geisterwurst!«

»Tom«, hatte sie gesagt und ihrem Bruder auf die Schulter geschlagen. »In meinem Zimmer riecht es deutlich besser.«

Tom hatte in Becs Schlafsack auf dem Boden geschlafen. Aus ihrem schmalen Collegebett heraus hatte Bec noch kurz vor dem Einschlafen gemurmelt: »Sieh's positiv, Bruderherz, morgen Früh kannst du beim Rodeo weiter an Sally Carter rumbaggern.« Statt zu antworten, hatte Tom nur die Decke über den Kopf gezogen.

Am Morgen waren sie von Geschrei und Gelächter im Gang geweckt worden und von dem lauten Ruf: »Geisterwurst! Eine Geisterwurst! Jemand hat eine Wurst in Natalie Ashcrofts Reitstiefel gesetzt!«

Bis sie ihr Frühstücksbier getrunken und sich fürs Rodeo angezogen hatten, war unübersehbar, dass Tom um jeden Preis gute Laune verbreiten wollte. Jetzt setzte er sich zu den Mädchen am Rodeoring und versuchte, an ihrem Gespräch teilzunehmen.

Sally plauderte, immer noch beschwipst vom Rum und beseelt von Vorfreude auf das Rodeo. Toms dunkle Aura, seine kummervollen Blicke und traurigen Augen nahm sie gar nicht wahr.

Bec schüttelte leise den Kopf, während ihre Freundin fröhlich von ihren Eroberungen an der städtischen Universität berichtete.

»Er war noch dazu *Jura*-Student!«, stöhnte Sal, »das sind die *schmierigsten* von allen – und als er mir erzählt hat, dass er den Vibrationsalarm seines Handys für geschmacklose Zwecke missbraucht, war Schluss. Da war *definitiv* Schluss. Finito.«

»Sal. Der Drink macht deine Lippen ganz schön geschmeidig.« Bec hoffte, dass ihre Freundin die Anspielung verstehen würde.

»Schande über diesen Mistkerl, der lieber einen BMW-Ledersitz gestreichelt hat als meine Schenkel!«

»Sal. Du sabberst schon«, warnte Rebecca.

»Scabs«, wandte sich Sal an Gabrielle, »richte Miss Oberschlau aus, sie soll sich wieder einkriegen. Sie sollte mal ein bisschen entspannen.«

Gabs wandte sich an Bec. »Bucket. Carter lässt dir ausrichten, du sollst dich einkriegen.« Dann sah sie blinzelnd Sal an. »War das gut so, Carter?«

»Yip«, sagte Sal und ließ den nickenden Kopf noch heftiger nicken. Dann leerte sie in einem Zug ihr Glas.

Rebecca beschloss, ihre Freundinnen zu ignorieren und

lieber den Collegeboys zuzuschauen, die auf ihren Pferden in lockerem Trab durch die Arena ritten. Gerade führten sie einen ungesattelten Bronco aus dem Ring. Die Stute trug Schweif und Kopf stolz erhoben, drängte gegen die Einfriedung und scharrte mit hoch ausgreifenden Hufen Sand auf. Rebecca wünschte, sie säße jetzt auf Ink Jet. Noch alkoholgesättigt nach dem vergangenen Abend, spürte sie, wie ein Verlangen in ihr aufkeimte. Jedes Mal, wenn sie einen Wranglerhintern erspähte, musste sie an Charlie Lewis denken.

Gabs stupste Bec mit dem Ellbogen in die Rippen. »Hey, Träumer.« Gabs wandte sich an Sally. »Wahrscheinlich träumt sie von dem Klotz. Die eine und einzige Affäre, zu der sie sich hinreißen ließ, seit sie auf diese formidable Akademie kam.«

»Erzähl!«, befahl Sally.

Emma beugte sich vor und übernahm das Erzählen an Gabs' Stelle, die sich fluchend den Rum vom Hemd wischte.

»Ein Rugbyklon durch und durch. Nichts als Muskeln und kein Hirn. Ein absoluter Klotz in der Vorwärtsverteidigung, daher der Name Klotz.«

Gabs erzählte weiter: »Es geschah eines Nachts nach einem Kostümball, wo sie als Rollerbladerin mit Kräuseltop und Rattenschwänzchen an die Bar gerollt kam. Sie ist praktisch in seine Arme und von dort aus direkt in sein Bett weitergerollt. Wie man hört, haben sie nicht mal die Rollschuhe ausgezogen.«

Die Mädchen prusteten los und kicherten hemmungslos, während Tom still an seinem Rum nippte.

Gabs und Sally steckten die Köpfe zusammen, und Gabs verkündete flüsternd und mit einer deutlichen Rum-Schwade: »Er sitzt genau vor uns … der da drüben.« Sie deutete auf einen Berg von Mann, der begeistert die Rodeoreiter anfeuerte, die Hände zu ziegelgroßen Fäusten geballt. Sein breiter, kantiger Nacken stützte einen quadratischen Schädel. Die blonden Haare waren kurz geschoren.

Bec sah ihn an. Sie stellte sich vor, wie sie ihn in den Nacken biss und mit den Fingern über seine unglaublich breiten Schultern fuhr.

»Sie war mächtig enttäuscht«, schloss Gabs kopfschüttelnd, »als sich herausstellte, dass bei ihrem einen und einzigen schmutzigen One-Night-Stand nur ein winziges Streichholz stand. Sie meinte, das Kondom hätte rumgehangen wie eine Windhose. Flapp, flapp, flapp!« Gabs schwenkte die Hand in der Luft, um ihre Worte zu unterstreichen.

»Autsch!«, sagte sie gleich darauf, als Rebecca ihr auf den Arm boxte.

»Aber seine Finger versprechen etwas anderes«, meinte Sally verwirrt.

»Damit wäre auch diese Theorie beim Teufel, oder?« Gabs rieb sich immer noch den Oberarm.

»Herrgott noch mal, seid endlich still, ihr zwei!«, brauste Rebecca auf.

Nach der nächsten Runde Rum war Bec endgültig abgefüllt. Sie stützte das Kinn in die Hände. Der zweite Tag im Rausch war zur Hälfte überstanden, und Bec war auf eine Mauer von Traurigkeit geschlagen. Sie wurde immer traurig, wenn sie so betrunken war. Sie sehnte sich nach Liebe. Nach ihrem Zuhause. Nach einem Wiedersehen mit Charlie Lewis. Tom saß schweigend neben ihr, und obwohl sie einerseits seine Nähe tröstlich fand, ließ ihr andererseits seine so allumfassende Trauer eine Gänsehaut über den Rücken laufen.

Sie hatte angenommen, dass er überglücklich wäre, nachdem Sally sich so enthusiastisch bereit erklärt hatte, ihnen bei dem Geschäftsplan für Waters Meeting beizustehen, aber stattdessen spürte sie, wie er sich in seine eigene Welt zurückzog. Jedes Mal, wenn sie ihn nach Harry fragte, verstummte

Tom. Er weigerte sich eisern, darüber zu spekulieren, welche Zukunft ihr Vater für sie beide und die Farm vorgezeichnet hatte. Rebecca wurde das Gefühl nicht los, dass Toms Depression mit ihrem Abschied von Waters Meeting zusammenhing. Sie beschwor ihn, sich für das kommende Semester am Landwirtschaftscollege einzuschreiben, aber Tom stocherte nur mit den abgewetzten Reitstiefeln im Staub und schüttelte den Kopf.

»Ich habe darüber nachgedacht, Bec, aber wenn ich die Farm tatsächlich verlassen würde, um zu studieren, dann würde ich Kunst studieren … nicht Agrarökonomie.«

»Was hält dich davon ab?«, platzte es aus Rebecca heraus.

Tom kippte seinen Drink hinunter, schüttelte den Kopf und klappte wortlos den Mund zu. Dann schlang er den Arm um seine Schwester und legte den Kopf auf ihre Schulter. Offenbar hatte der Alkohol Toms Zunge gelockert, dachte Bec. Sonst erzählte er nie von seiner Liebe zur Kunst. Bec wusste, dass er ab und zu Zeichnungen anfertigte, die er dann vor seiner Familie versteckte – vor allem vor Harry, vermutete sie.

Sie erinnerte sich noch an den Tag, an dem sie ein Bündel Blätter gefunden hatte – größtenteils wunderschöne Bleistiftzeichnungen von ihren Hunden, von Pferden oder Rindern. Sie hatte sie in Toms Schrank entdeckt. Als sie Tom darauf angesprochen und ihm erklärt hatte, wie schön sie die Zeichnungen fand, hatte er sich in einen Wutausbruch gesteigert, die Blätter vor ihren Augen in Fetzen gerissen und war dann aus dem Haus gestürmt. Erschrocken über seinen plötzlichen Zornesausbruch, hatte sie sich weinend auf den Boden gesetzt und versucht, die Blätter wieder zusammenzukleben. Allein der Gedanke an Toms dunkle Seite verursachte ihr manchmal höllische Angst. Und so saß sie auf der Rodeotribüne direkt neben ihrem verunsicherten Bruder, während die Welt um sie herum verschwamm. Den Blick starr nach vorn gerichtet, versuchte sie ihr Gehirn auszuschalten. Es war alles so verdammt schwer zu kapieren.

Nachdem die Sieger des Rodeos ihre Gürtelschnallen überreicht bekommen hatten, stiegen Bec, Sal, Gabs, Emma und Tom in eines der Taxis, die an der Straße durch das College standen. Die Fahrer hatten in der grellen Nachmittagssonne auf Studenten gewartet, die in das dunkle Pub in der Stadt gefahren werden wollten. An einem Sonntagnachmittag waren sonst nur wenige Fahrten zu ergattern.

Im Pub machte die Barbesatzung bereits alle Luken dicht und sich auf den Ansturm von mehr als hundertfünfzig betrunkenen Landwirtschaftsstudenten gefasst.

In der rauchigen Bar spürte Bec, wie eine Lassoschlinge über ihre Schultern fiel und zugezogen wurde. Am anderen Ende des Seiles stand Paddy. Er schleifte sie quer durch die betrunkene, grölende Menge. Gemeinsam kletterten sie auf einen Tisch, dann begann Paddy sie zu versteigern.

Sie wurde von einem Studenten im dritten Jahr ersteigert und brachte den restlichen Abend damit zu, sich unter dem Pooltisch vor ihm zu verstecken. Um drei Uhr nachts saß sie auf dem Parkplatz eines Tag und Nacht geöffneten Einkaufszentrums in einem Einkaufswagen, der von Gabs geschoben wurde. Um vier Uhr morgens fand sie sich am Straßenrand wieder, wo sie einen interessanten Mix aus Country Mints und Hotdogs in den Gully würgte. Danach steckte Tom sie allesamt in ein Taxi.

In ihrem winzigen Schlafraum sah Rebecca, bevor sie bewusstlos auf ihr Bett krachte, Tom noch voll angezogen neben der komatösen Sally liegen. Er sah sie mit großen Augen an. Dicke, stille Tränen tropften von seinen Wangen, während er Sallys Haar und Gesicht streichelte.

Kapitel 21

Der Hotdog war innen noch kalt, aber Rebecca stopfte den letzten Bissen ungerührt in ihren Mund. Die Frau in der Collegemensa verschränkte die Arme vor dem sackartigen Busen und meinte freundlich: »Nicht gut drauf heute, Liebes?«

»Höllenkater«, murmelte Bec und spürte, wie ihr dabei die Brotkrümel aufs T-Shirt purzelten. Sie wischte sich den Mund mit dem Handrücken ab. Der Kater war noch schlimmer als der vor ein paar Monaten nach dem Rodeo. Sie hatte sich den ganzen Montag über immer wieder erbrochen und einen ganzen Unterrichtstag verpasst.

»Kann ich bitte eine Schokomilch dazu bekommen? Vielleicht geht es mir danach besser. Ach ja, und eine Tüte Chips mit Barbecue-Geschmack.« Sie angelte in den Taschen ihrer Shorts nach Kleingeld.

Hamish Faulkner-Jones kam zu Bec geschlendert und piekte sie von hinten in die Rippen. »Miese Verfassung, altes Mädchen?«

»Mmm.«

»Tja, du kannst dich glücklich schätzen. Meine letzte Prüfung ist erst für heute Nachmittag angesetzt. Ihr habt gestern einen solchen Höllenlärm veranstaltet, dass ich kein Auge zutun konnte. Also seid ihr allein schuld, wenn ich abkacke.«

»Du fällst bestimmt nicht durch, du Streber«, sagte Bec zu seinen Stiefeln, weil ihr Kopf inzwischen auf die orangefarbene Laminattheke gesackt war.

»Ich bin nur froh, wenn alles vorüber ist und wir ins Pub abzischen können.«

»Heißt das, dass ich heute Abend *schon wieder* die gleiche Show abziehen muss?«, stöhnte Bec.

»Hat dir schon mal jemand gesagt, dass du zu viel trinkst?«

»Mmm. Genau wie der Rest der Collegebevölkerung. Dich eingeschlossen.«

»Bei dir ist das was anderes, Bucket. Bei dir läuft ein ganz anderer Film ab.« Er kaufte sich eine Tasse Kaffee und einen Sesammüsliriegel und wanderte in Richtung Bibliothek weiter, während Bec sich erstaunt fragte, was für einen Film er meinte, obwohl sie genau spürte, dass er den Nagel auf den Kopf getroffen hatte.

Sie hatte das erste Jahr am College hinter sich gebracht. Und dabei mehr Zeit betrunken oder verkatert als im Vorlesungssaal verbracht. Die Prüfungen waren stressig gewesen. Sie war nicht einmal sicher, ob sie das Jahr bestanden hatte.

Den schweren Rucksack voller Bücher hinter sich herschleifend, schleppte sie sich zu den Holzfächern für die Studentenpost. Im Fach für den Buchstaben S wartete ein dicker gelber Umschlag auf sie. Er enthielt eine hingekritzelte Nachricht von Tom und ein Bündel Fotos.

Hi Bucket,
trinkst du immer noch so viel? Ich wette, wenn du das liest, bist du gerade verkatert. Ich habe die Fotos von der Farm für euer Projekt beigelegt. Dir wird nicht entgehen, was für ein genialer Fotograf ich bin. Ein Foto ist für deinen Schreibtisch gedacht (nicht dass du oft daran sitzt), und Mick hat sich bereit erklärt, auf einem Foto für Scabs zu posen.
Ich hoffe, du zeigst es diesen Dumpfbacken mit deinem Geschäftsplan-Projekt.
Alles Liebe, dein Bruder (Tom-Arsch)

P.S.: Auf Waters Meeting ist der Dritte Weltkrieg so weit eskaliert, dass entweder er oder sie gehen müssen. Trudys Vater hat

Mick einen Job im großen Moloch angeboten, und zwar in der Abteilung für Agrarimmobilien. Ich nehme an, Mick wird annehmen, weil er es nicht mehr lang erträgt, zwischen Dad und Trudy zu stehen!

P.P.S.: Trudy ist trächtig.

Schwanger! Trudy würde ein Kind bekommen. Augenblicklich vergaß Bec, dass ihr Schädel dröhnte, und ihre Übelkeit war wie weggeblasen.

Mick und in die Stadt ziehen! Auf gar keinen Fall! Die hastig hingekritzelten Worte in Toms Nachricht hatten sie tief getroffen. Tom hatte ihr oft E-Mails mit Gedanken zu ihrem Projekt oder Vorschlägen zur wirtschaftlichen Erholung der Farm geschickt, aber was sich sonst zu Hause abspielte, hatte er kaum erwähnt.

Den Umschlag in der einen Hand, die Schokomilch sowie die Chips in der anderen und den schweren Rucksack am Ellbogen tragend, trat sie in die strahlende Sonne hinaus und setzte sich auf die kalten Backsteinstufen, die zur Bibliothek hinaufführten.

Sie schaute die Fotos durch. Bilder von daheim. Schnappschüsse von sichtbar ausgelaugten und mit Unkraut überwucherten Uferweiden, auf denen Schafe mit kotverklebtem Hintern grasten. Eine Rotte von gesunden, erhabenen Eukalyptusbäumen zog sich am Rand der Weide entlang und verschwand hinter dem Abhang zum unsichtbaren Rebecca River. Der Anblick ließ Rebeccas Atem stocken. Sie sah sich auf dem Backsteincampus um. Der Tag würde heiß. Hier konnte man nirgendwo schwimmen. Sich nirgendwo abkühlen. Seufzend sah sie wieder auf die Fotos. Als Nächstes folgten Bilder der Außengebäude und des Haupthauses. Als sie entdeckte, dass ihre ausgehöhlten Hundebaumstämme links vom Haus verschwunden waren, traten ihr Tränen in die Augen. Trudy musste Mick überredet haben, sie zu entfernen.

Rebecca wischte die Tränen weg und schalt sich streng, sich zusammenzureißen. Doch dann holte sie das nächste Foto nach vorn. Es war eine Nahaufnahme von Ink Jets Kopf. Die Nachmittagssonne hob die schwarzsilberne Silhouette des seidigen, mitternachtsdunklen Pferdefells hervor. Die Stute hatte die Ohren aufgestellt, und ein paar Sonnenstrahlen fielen auf die schwarzen Wimpern, die ihre tiefbraunen Augen umrahmten. Jetzt begannen Rebeccas Tränen heiß und hemmungslos zu fließen. Dicke, nasse Tropfen schlugen auf ihre Beine.

Ständig muss ich heulen, dachte sie wütend und presste die Hand auf ihr Gesicht. Sie atmete tief durch, schluchzte noch einmal flach und nahm das nächste Bild nach vorn. Es zeigte Mick. Wenigstens zum Teil. Ihr leuchteten vor allem seine weißen Arschbacken entgegen, nur im Hintergrund war das Grinsen auf seinem der Kamera zugewandten Gesicht zu erkennen.

»Mmm. Das kommt bestimmt ins Familienalbum«, hörte Bec Gabs' Stimme hinter ihrer Schulter. Rebecca wischte hastig die Tränen von ihrem Gesicht und fasste sich.

»Eigentlich ist der Schnappschuss für dich gedacht. Tom hat ihn dir geschickt.«

»Wie nett!«, lachte Gabs. »Ist das dein älterer Bruder?«

»Ja.«

»Niedlicher Hintern. Wenn auch ein bisschen hervorstehend.«

»Er ist verheiratet … und wird diesem Brief zufolge bald Vater.«

»Würg.«

Bec streckte Gabs die Chipstüte hin. Gabs nahm eine Handvoll und zerkaute sie krachend unter dem Sprechen: »Ich hoffe, das Foto vom Hintern deines Bruders gehört nicht zu dem Material für unser Projekt.«

»Nein – Gott sei Dank. Ehrlich gesagt sind die Bilder gar nicht schlecht. Dafür kassieren wir bestimmt eine gute Note.«

»Also, ich bin froh, dass ich dich gefunden habe. Ich habe dich schon überall gesucht. Die letzte Viertelstunde habe ich an deine Zimmertür getrommelt. Ich dachte schon, du wärst da drin ins Koma gefallen. In deiner eigenen Kotze ersoffen.«

»Das wäre zu schön gewesen. Allerdings bin ich sehr wohl mit dem Mülleimer neben meinem Bett und einer leeren Packung Barbecue-Crackern aufgewacht. Mein Mund war ausgedörrt wie eine Nonnenmuschi. Es war kein allzu guter Morgen. Keine Ahnung, warum ich jetzt diese Kackdinger futtere – ich brauche hundertprozentig nicht noch mehr Salz in meinem Körper.« Sie nahm einen Schluck aus der Milchflasche.

»Hat dir schon mal jemand gesagt, dass du zu viel trinkst?«

Bec drehte sich zu Gabs um. »Was? Milch?« Sie hielt die Flasche hoch und seufzte dann: »Fang du nicht auch noch an.« Gabs sah ihrer Freundin in die Augen.

»Hey! Du hast geweint! Ist alles okay?« Sie legte den dünnen Arm um Becs Schultern.

»Ich hab mir nur die Bilder von meinem Pferd und von zu Hause angeschaut.« Sie zeigte ihr das Bild von Stinky.

»Ink Jet?«

Bec nickte.

»Sie ist wunderschön. Kein Wunder, dass es dir die Tränen in die Augen treibt, sie dort gelassen zu haben. Jetzt komm. Es geht uns bestimmt gleich besser, wenn wir erst das Projekt eingereicht haben. Lass uns strebern und in die Bibliothek gehen.«

»Ja, Mum.« Gabs zog Rebecca auf die Füße und schloss sie lang und fest in die Arme, bis Bec wieder weinen musste.

Die Bibliothek war warm und roch, wie Rebecca fand, nach alten Socken. Die Bibliothekarin, unter den Studenten bekannt als »das Ding aus dem Dunkel«, watschelte mit einem Rollwagen voll zurückgegebener Bücher an ihnen vorbei. Die füllige Bibliothekarin lieferte den Jungs Material für stundenlange, unterhaltsame Spekulationen über ihr Liebesleben.

Die Witze und Frotzeleien machten Rebecca wütend. Sie mochte die Bibliothekarin. Sie hatte ihr geholfen, einige neue Bücher über die Ausbildung von Hütehunden zu bestellen, und sie sprach öfter mit ihr über den neuesten Bestseller, den sie gerade las.

»Hi.« Rebecca lächelte sie an.

»Hi, Mädchen.« Dann verschwand sie in der nächsten Bücherhöhle.

Gabs und Rebecca spazierten an den Reihen von Köpfen vorbei, die, eifrig über die Bücher gebeugt, noch für das nachmittägliche Examen paukten, das Letzte in diesem Jahr. Hamish sah auf, winkte ihnen und erbrach sich pantomimisch in Becs Richtung.

»Ich glaube, er ist in dich verliebt«, flüsterte Gabs.

»Penelope Hängearsch glaubt das auch! Also spar dir die Witze.«

Rebecca schenkte Hamish ein sprödes Lächeln und ging weiter zum Aktionsraum, in dem tiefe Sofas an den Wänden standen. Die Studenten lachten über die Bezeichnung »Aktionsraum«. Gerüchten zufolge hatte Paddy Finnigan einst eine Studentin für Pferdemanagement auf einem der Sofas gebumst. Immer wieder hatten andere Studenten den groben Polsterbezug der Sofas inspiziert, aber keiner konnte je verräterische Samenspuren entdecken.

Gabs schloss die Tür zum Lesesaal. »Ich frage mich nur, auf welchem Sofa sie es gemacht haben«, sagte sie.

»Würg. Ich setze mich auf den Boden.«

Bec kippte Notizbücher, Locher, Stifte, Kleber und Scheren aus ihrem Rucksack und verteilte sie auf dem niedrigen Tisch, während Gabs behutsam das fast fertige Projektbuch herausholte. Es war schon ausgedruckt, nur die Stellen, an denen die Fotos eingeklebt werden sollten, waren noch frei. Bec blätterte durch das gewichtige Dokument und spürte ein begeistertes Kribbeln. Das Projekt umfasste sämtliche gegenwärtigen Farmbereiche, die insgesamt keinen Profit abwarfen. Dann folgte ihr Vorschlag für eine Aufwertung des Betriebes.

»Sally hat als hypothetische Bankmanagerin einen tollen Job bei der Kreditberechnung gemacht.« Gabs sah angestrengt auf den Text. Sal war im Abschlussjahr ihres Studiums und hatte ein Praktikum bei einem der besten landwirtschaftlichen Finanzberater im ganzen Bundesstaat absolviert.

Gabs blätterte weiter und inspizierte die farbigen Karten der Farm, auf denen gezeigt wurde, wie die Weiden entwickelt werden konnten, um hochrentable Luzerne anzubauen. Die Karte zeigte auch den Platz für den von ihnen vorgeschlagenen Damm, an den die Bewässerungsanlage gekoppelt war, dahinter folgten mehrere Seiten, auf denen alle Ausgaben aufgelistet waren. Bodenproben und meteorologische Daten, von Tom geliefert, bewiesen, dass dort ideale Bedingungen herrschten. Außerdem hatte er einen möglichen Weg aufgezeigt, wie die bereits vorhandenen Pflanzen, Ausrüstungsgegenstände und Gebäude angepasst werden konnten, um den Anforderungen an eine qualitativ optimale Heuproduktion gerecht zu werden.

Gabs blätterte weiter zum Kapitel Marketing. Dort waren die zahlreichen Rennställe in der Region neben den Märkten in Hongkong und Japan aufgeführt. Die Kapitalrendite war realistisch angesetzt, und die Schulden könnten voraussichtlich innerhalb von fünf Jahren zurückgezahlt werden. Am schwächsten war ihr Projekt bei dem kurzen Abschnitt über die Planung der Generationenfolge. Dafür würden ihnen mit Sicherheit Punkte abgezogen.

»Abgesehen von dem knappen Kapitel über die zukünftige Eigentümerschaft des Betriebes, sieht es ziemlich gut aus«, meinte Gabs. Rebecca überhörte die Stichelei gegen ihre Familie.

»Es sollte verflucht noch mal gut sein. Schließlich haben wir echt dafür geackert.«

»Jetzt wird's Zeit, dass es klebrig wird.« Gabs nahm den Klebestift, streckte ihn Bec entgegen, fuhr die Klebespitze demonstrativ aus und ein und leckte sich dabei mit der Zunge über die Lippen.

Sie wählten die besten Fotos aus und klebten sie sorgsam auf die Seiten.

»Nimm deine Titten vom Tisch«, sagte Gabs mit einer Kopfbewegung zu Rebecca hin, die vor lauter Anspannung, jedes Bild richtig einzukleben, gar nicht bemerkt hatte, dass ihre Brüste auf der Tischplatte zur Ruhe gekommen waren.

»Wo soll ich sie denn sonst hintun, Scabs?« Sie versuchte sie unter der Tischplatte zu verstecken, aber das war zu unbequem.

»Wahrscheinlich bin ich nur neidisch.« Gabs drückte ihre kleinen Brüste vor und versuchte sie auf der Tischplatte abzusetzen. In diesem Augenblick streckte Paddy den Kopf durch die Tür.

»Was in aller Welt treibt ihr da?«

Gabs' Wangen leuchteten knallrosa auf.

»Wir versuchen gerade, unsere Titten am Tisch festzukleben«, antwortete Bec, den Klebestift hoch erhoben und vollkommen ungerührt.

»Ihr seid voll pervers.«

»Du musst es ja wissen«, gab Bec zurück. »Außerdem ist das hier der Aktionsraum, in dem alle möglichen Aktionen stattfinden. Wie du selbst weißt, Paddy. Solltest du nicht lernen?«

»Schon gut, schon gut. Ich mach nur kurz Pause. Wollte reinschauen und fragen, wo ihr Weihnachten verbringt. Fahrt ihr nach Hause?«

»Ich fahre mit meinen Alten an die Küste«, antwortete Gabs. »Heute Nachmittag bin ich hier weg, falls ich meine Titten vom Tisch losbekomme.« Alle lachten.

»Ich? Ich fahre rauf nach Blue Plains, wo ich früher gearbeitet habe. Ich habe da oben einen Sommerjob, bis die Uni wieder anfängt.«

»Du fährst nicht nach Hause?«, fragte Paddy.

»Nein.«

Paddy erkannte an ihrer Stimme, dass er besser nicht weiterfragen sollte. »Na, dann schöne Geilnachten, Mädels!«

»Viel Glück bei der Prüfung!«, rief Gabs ihm nach. Sie warteten, bis Paddy die Tür zugezogen hatte, dann sah Gabs Bec wütend an. »Was sollte das denn mit dem Tittenkleben? Das Gerücht wird noch schneller rumgehen als das von Paddy und der Hobbystute auf dem Sofa.«

»Ach Quatsch! Die fahren alle heim, bis zum nächsten Jahr ist das längst vergessen.«

Auf dem Weg nach draußen rief ihnen die Bibliothekarin nach: »Schöne Ferien und frohe Weihnachten!«, dass ihre Kinne schwabbelten.

Noch während Gabs und Bec zu den Fächern für die Projektarbeiten gingen, um ehrfürchtig ihr Waters-Meeting-Projekt hineinzustellen, kam Hamish angelaufen und legte beiden je einen Arm um die Schultern.

»Was höre ich da? Ihr habt euch die Tops ausgezogen, eure Brüste mit Leim eingeschmiert und euch dann auf dem Tisch im Aktionsraum gewälzt?«

»Bec, dafür bringe ich dich um«, murmelte Gabs.

Kapitel 22

Auf der anderen Seite des Tales lauschte Harry dem Laster, der einen Gang herunterschaltete, um die steile Abfahrt am Berghang zu meistern. Er marschierte im Scherstall auf und ab, rieb sich immer wieder mit der Hand über den Nacken und sah nervös aus der Tür. Der Atem klemmte zwischen seinen zusammengebissenen Zähnen fest, bis Harry ihn ausstieß wie eine fauchende Katze. Dann rollte ein glänzender roter Laster in sein Blickfeld, auf dessen Seite die makellose Aufschrift »Umzüge Moffet« prangte. Der Wagen fuhr am Scherstall vorbei und hoch zum Haupthaus. Trudy kam die Stufen heruntergesprungen und winkte den Laster weiter zum Seitentor des Gartens, damit er nicht über den Rost fuhr.

Harry sah zum Himmel auf und hielt ein weiteres Mal in einem hoffnungslosen Stoßgebet, die Schmerzen in seinem Magen zu lindern, die Luft an. Dann atmete er den Blick auf die Berge gerichtet aus. Dort, direkt unter dem Kamm, konnte er Tom ausmachen, der mit Hank den langen Bergpfad abritt. Er war zur Hirtenhütte unterwegs. Beim Anblick des winzigen Flecks, der sich langsam über das Antlitz des mächtigen Berges bewegte, stiegen Harry die Tränen in die Augen. Wieder sah er Toms niedergeschmetterte Miene während des Streits an diesem Morgen vor sich.

Vom ersten bis zum letzten Moment des tobenden, lautstarken Kampfes hatte Tom in der Küchenecke gesessen. Wie versteinert hatte der kräftige, kompakte Körper auf dem Stuhl verharrt, Tränen waren über Toms Wangen gerollt, während Trudy Harry hasserfüllt angegiftet hatte. Monatelang hatte sie im Schlafzimmer der Frischvermählten in leisen Sirenengesängen auf Mick eingeflüstert und sein Herz mit Eifersucht und Wut auf die Situation auf Waters Meeting geimpft. Erst hatte es in Mick zu brodeln begonnen, dann griff er seinen Vater offen an. An diesem Morgen in der Küche hatte Harry getobt. Die Adern an seinem Hals waren dick angeschwollen. Heißer Speichel lag auf seinen Lippen. Grausame Worte versengten die Luft. Mit Trudy im Rücken wirkte Mick größer und doppelt so schwer wie sein inzwischen vom Alter gebeugter Vater.

»Es ist vorbei, Dad. Wir gehen. Du hast dir ins eigene Nest gekackt. Wir lassen uns nicht länger von dir schikanieren. Wir arbeiten uns nicht länger für lau den Buckel krumm. Trudys Dad hält ein Haus für uns bereit. Warum soll ich mich noch länger mit deinem Bockmist rumärgern, wenn ich bei ihm sechzig Riesen pro Jahr verdienen kann? Das ist mehr, als ich hier bis an mein Lebensende zusammenkratzen würde.«

Trudy trat einen Schritt vor, bis sie halb hinter Mick stand. Kalt und sachlich erklärte sie: »Der Umzugswagen kommt um zehn. Wir nehmen nur das mit, was rechtmäßig uns gehört. Keine Fragen.«

»Nur über meine Leiche«, spie Harry.

»Verdammt noch mal, das *wird* über deine Leiche geschehen, du Idiot.« Mick packte Harry am Kragen und schubste ihn auf die Küchenbank.

Der Schock, von seinem eigenen Sohn herumgeschubst zu werden, bewirkte, dass sich Harry, den Mund sprachlos aufgerissen, mit weißen Knöcheln an der Bank festklammerte. Trudy nahm Mick sanft am Oberarm und führte ihn aus der Küche und durch den Flur zur Haustür. Der Knall, mit dem sie die schwere Tür zuschlugen, hallte wie ein Schuss durchs Haus.

In der Totenstille näherte sich Harry quer durch die Küche seinem Sohn Tom, der immer noch auf seinem Stuhl saß. Er beugte sich vor, bis sein Gesicht direkt vor Toms war, und brüllte: »Unternimm etwas, du nutzloser Bastard! Sag etwas!«, schrie er. »Statt nur rumzuhocken und zu heulen wie das Baby, das du bist!«

Harry schwenkte die offene Hand durch die Luft und schlug Tom mit voller Kraft ins Gesicht. Toms Unterkiefer flog zur Seite, ein scharfer Schmerz schoss durch seinen Schädel und das Rückenmark hinab. Der Kopf ruckte zur Seite. Das Gesicht verzerrte sich vor Trauer und Entsetzen.

Tom stand auf. Wie ein lebender Toter stakste er mit leeren Augen und fahlem Antlitz an seinem Vater vorbei. Er ging aus dem Haus in die Unterkunft, wo er wie in Trance seinen Schlafsack einrollte und einen Proviantbehälter mit Streichhölzern, Zucker und Tee füllte. Mit eisigen, flatternden Händen stopfte er mehrere Packungen Fertignudelgerichte und eine Rolle Toilettenpapier in die Satteltaschen. Dann verschwand er im Laufschritt zum Schuppen, um Sattel und Zaumzeug zu holen. Sobald Hank Tom kommen sah, trabte er auf seinen langen braunen Beinen zum Tor und wartete darauf, herausgelassen zu werden. Tom befestigte sein Gepäck am Sattel, stieg auf und ritt in Richtung Fluss los.

Im Gartenschuppen waren Mick und Trudy immer noch damit beschäftigt, die letzten Blumenzwiebeln einzupacken. Sie sahen von ihren Kartons auf und verfolgten, wie Tom die Brücke über den Fluss querte und dann auf den Hirtenpfad zuhielt, der ihn zum Kamm des Devil's Crag führen würde.

Von seinem jetzigen Standort aus konnte Harry Tom und Hank kaum noch hinter den Eukalyptusbäumen ausmachen. Oben vor dem Haupthaus schleppten die in Overalls gekleideten Umzugshelfer die schwere Wohnzimmergarnitur über den Rasen. Es war die mit den Blüten, die Trudys Eltern ihr zur Hochzeit geschenkt hatten. Mick trat beiseite, die Messingkopfenden ihrer Betten in den Armen. Trudy folgte ihm mit den Blumenvorhängen aus dem Gästezimmer beladen, die sie jetzt säuberlich auf dem Rücksitz ihres Autos ablegte. Harry zog sich in den Schuppen zurück, denn er wollte auf keinen Fall mit ansehen, wie der Laster und Trudys roter Flitzer am Schuppentor vorbei und von der Farm fuhren. Er sackte auf einen Wollballen, ließ den Kopf in die Hände sinken und lauschte dem Grollen des Möbelwagens, der langsam aus dem Tal fuhr.

Erst viel später erhob er sich langsam, mit steifen Beinen und schmerzenden Knien, um zum Haus hinüberzugehen. Er schwankte leicht und musste sich an der Wand abstützen. Sein Weg führte ihn in das ausgekühlte Esszimmer, wo er sich bückte, um die antike Vitrine aufzuschließen. Aus dem muffigen Inneren nahm er eine Flasche Whisky und eine Flasche Port. Dann ging er weiter in die Küche, wo er sich am Kopfende des Tisches niederließ. Hinter seiner Schulter leuchtete ein Staubfleck auf dem Kaminsims, wo bislang die Uhr gestanden hatte, aber Harry konnte das Ticken immer noch in seinem Kopf hören.

Lange blieb er so sitzen. Einfach nur sitzen. Es war schon dunkel, als er den letzten Schluck Whisky in seine Teetasse kippte und unsicher nach der Portweinflasche griff. Er merkte nicht mehr, wie er vom Stuhl kippte, auf den Boden sackte und dabei seinen Kopf mit einem dumpfen Knall an der Tischkante aufschlug.

Dafür spürte er am frühen Morgen den Schmerz wie ein scharfes Messer hinter seinen Augen. Als die Welt um ihn herum wieder Konturen annahm, begriff er, dass die weiche, bleiche Haut an der Innenseite seiner Schenkel brannte, weil irgendwann in der Nacht Urin in den Stoff seiner Arbeitshose gesickert war. Er musste gleich wieder würgen, als er begriff, dass die eine Hälfte seines Gesichtes in einer Pfütze aus Erbrochenem lag. Die Katze, die schon seit Stunden miaute, weil sie hinausgelassen werden wollte, saß mit großen, angsterfüllten Augen auf der Kommode, angewidert von sich selbst, weil sie zwangsweise in die Ecke gemacht hatte.

Draußen vor dem Fenster saß eine Krähe auf dem Wipfel einer dunklen australischen Pinie. Sie krächzte laut. Auf dem Boden liegend, hörte Harry ihren einsamen, gespenstischen Ruf über das menschenleere Tal schallen.

Kapitel 23

Du kannst doch keine Heuballen als Couch nehmen, du Dödel!« Rebecca stemmte die Hände in die Hüften und schaute zu, wie Paddy den Ballen in die Zimmerecke wuchtete und dabei eine Grasspur über den ohnehin fleckigen, penis-pinken Teppichboden legte.

»Also, nachdem du deine Anziehsachen und dein Essen im Einkaufswagen aufbewahrst, bin ich überzeugt, dass ein paar Heuballen den Gesamteindruck kaum stören«, antwortete Paddy mit hochrotem Kopf, nachdem er den Ballen fallen gelassen und seine Jeans wieder hochgezogen hatte.

»Ich hätte wissen müssen, dass es eine blöde Idee ist, mit dir zusammenzuziehen. Wir halten das nicht mal ein Semester lang durch! Schließlich habe ich dich schon kaum ertragen, als du noch einen Block entfernt von mir auf dem Campus gewohnt hast. Außerdem wird dich das Heu in deinen kleinen dicken Hintern pieken.«

»Von wegen! Lass dir gesagt sein, dass dies hier *Qualitätsheu* ist … und dass mein Hintern überhaupt nicht dick ist.«

»Meinetwegen kannst du dein *Qualitätsheu* an deine stinkenden Ziegen verfüttern – wir fahren zu St. Vinnies und besorgen eine echte Couch zum halben Preis, wenn das Heu tatsächlich so verflucht toll ist.«

Beide starrten einander finster an und strengten sich dabei an, das Lächeln hinter den scheinbar wütenden Gesichtern zu verbergen. Dann hörten beide die Haustür schlagen und drehten wie auf Kommando den Kopf zum Eingang. Gabs stand mit knallrotem Kopf vor ihnen, weil sie mehrere Supermarkttüten aus dem glühenden Datsun durch die Sommerhitze ins Haus geschleppt hatte.

»Hey, wollt ihr hier drin eine Futterkrippe einrichten?« Sie nickte zu den Heuballen hin.

»Dies ist Paddys Vorstellung zufolge die ›Couch‹.«

»Cool«, sagte Gabs, »… glaube ich.« Sie blieb kopfschüttelnd vor den Heuballen stehen. Dann fielen ihr die Tüten in ihren Armen wieder ein. »Hey Leute! Schaut mal, was ich gekauft hab! Chokoes waren im Angebot. Es gab einen ganzen Beutel für nur zwei Dollar.« Sie streckte stolz den Beutel vor.

»Chokoes?«, wiederholte Bec.

»Was ist das?«, fragte Paddy.

»Vor allem ekelhaft«, sagte Bec und schielte dabei in den Beutel mit dem grünen, zucchiniartigen Gemüse.

»Hey! Aber für zwei Dollar! Das war ein echtes Schnäppchen!«, wehrte sich Gabs.

»Was ist in den anderen Tüten?«, fragte Bec.

»Nur etwas Hack für die Spaghetti und was zu knabbern für die Bierparty heute Abend.«

»Wo wir gerade von Bier sprechen, das sollte ich lieber holen gehen.« Paddy zog die Schlüssel zu seinem Pick-up aus der Hosentasche. Gabs zog mitsamt ihren Tüten in die Küche ab.

Rebecca blieb im Zimmer stehen und blickte auf die tristen grauen Wände. Es war die einzige Mietwohnung, die ihnen die Maklerin zeigen wollte. Landwirtschaftsstudenten allein waren schon schlimm genug, aber eine Studentin mit drei Hunden bereitete ihr definitiv Kopfschmerzen. Rebecca hatte ihren feinsten Rock angezogen, den Blondschopf in einem Pferdeschwanz gezähmt und so seriös wie überhaupt möglich erklärt: »Ich kann Ihnen von der AR-Company, bei der ich zwei Jahre angestellt war, Referenzen für meine Hunde ausstellen lassen.«

Die Maklerin mit ihrer auftoupierten Mähne und den tiefen Falten um die Augen hatte Becs Blick abfällig erwidert.

Trotz der sengenden Hitze draußen hatte Bec in dem großen alten Haus zu frösteln begonnen. Vor allem, als die Maklerin erzählt hatte: »Natürlich war das hier jahrelang eine Arztpraxis, ehe das Haus für eine Bestattungsfirma umgebaut wurde. Daher die breiten Doppeltüren.«

»Anscheinend waren es keine besonders guten Ärzte«, hatte Rebecca gescherzt, doch die nach kaltem Zigarettenrauch und Parfüm riechende Gottesanbeterin im Maklerinnenkostüm war wortlos an ihr vorbeigerauscht, um ihr die Küche zu zeigen. Der Garten hinter dem Haus war ein Dschungel, aber er war groß und mit einem halb verfallenen Schuppen versehen, wo sie ihre Hunde anketten konnte.

Weil Rebecca das Haus für Paddy und Gabs gefunden hatte, durfte sie als Erste ihr Zimmer wählen. Sie hatte sich für das Vorderzimmer entschieden, wo sie die Morgensonne genießen konnte; trotz der zerschlissenen Tapeten hatte das Zimmer schöne große Fenster und einen alten Marmorkamin. Bestimmt hatten sie die Leichen nicht ausgerechnet hier aufgebahrt, dachte sie.

Am Wochenende hatte sie aus zweiter Hand eine Doppelbettmatratze gekauft und sie in der Ecke auf ein paar Ziegelsteine und ein Brett gelegt. Dann hatte sie aus Apfelkisten und Sperrholz einen Tisch gezimmert und mit Stoff überzogen und schließlich in einem Gebrauchtmöbelladen einen Stuhl erstanden. Neben dem Bett standen ein paar Kerzen. Eine Lampe würde sie später kaufen. Außerdem, dachte sie, waren Kerzen viel romantischer. Sie malte sich aus, wie sie einen frisch angekommenen Erstsemester in ihr Zimmer entführte und ihn langsam auf ihrem niedrigen Bett entkleidete.

Am Abend musterte Bec das kleine Grüppchen von Jungs auf der Party vom grünen Rasen vor dem Haus aus, wo sie und Gabs auf dem Bauch lagen. Bis jetzt noch kein junges Talent, nur die immer gleiche Bande schwer saufender Prolos aus dem vergangenen Studienjahr.

»Na, altes Mädchen«, wurde sie von Gabs aus ihren Gedanken gerissen, »ist was gelaufen in den Ferien?«

»Ach was«, antwortete Bec, »da war tote Hose. Alastair hat einen neuen Jackaroo eingestellt, ein echtes Sahneschnittchen, aber der war noch ein halbes Kind. Gerade mal achtzehn.«

»Als hätte dich das schon mal abgehalten.«

Rebecca rümpfte die Nase und stippte die Lippen in den kühlen Bierschaum, mit dem ihr Becher dank Paddys stümperhafter Versuche, das Fass anzuzapfen, gefüllt war.

»Und was ist mit dir?«

»O Gott, ich würde für etwas Action alles geben. Meine Sommerferien waren die Wüste«, sagte Gabs. Sie leerte ihren Becher und griff nach Becs. »Komm, wir schauen nach, ob Paddy das Bier inzwischen zum Laufen bekommen hat.«

Es war einer jener langen Sommerabende, an denen sich der Sonnenschein ewig zu halten schien. Die Wärme stand in der dunklen Nacht, und Insekten umsummten die nackten Glühbirnen der Außenbeleuchtung.

Die Luft schwirrte vor Aufregung, als sich die Studenten des vergangenen Jahres wiedersahen und die ersten Erstsemesterstudenten gespannt auf die berüchtigte College-Party-Action in den Garten spaziert kamen. Da seit dem vergangenen Jahr sämtliche Initiationsriten untersagt worden waren, waren Bierpartys in Mode gekommen, um die Neulinge zu empfangen und kennenzulernen.

»Gott. Da kommt schon wieder eine Schar ›Und-auf-welcher-Schule-warst-*du?*‹-Hühner«, sagte Bec und nickte dabei zu der Gruppe hin, die eben den Garten betreten hatte. Sie trugen korrekt gebügelte, klein gemusterte Blusen mit hochgeklapptem Kragen, ihre Handgelenke und Hälse waren schwer mit antikem Schmuck behangen.

»Nach drei Monaten haben sie sich normalisiert«, sagte Gabs trocken. »Bei Kerlen wie denen da kommen sie schon bald auf den Boden.« Gabs und Bec sahen zu dem Kreis von

Jungen hinüber, die mit heruntergelassenen Hosen um das Bierfass standen und sich mit der Zapfpistole Bier in den Mund schossen.

Bec hatte seit dem Mittag Bier getrunken, gerade verkohlte die zweite Ladung von Koteletts und fetten Würsten auf dem Grill. Hungrig und betrunken zerrten sie und Gabs wie Löwinnen das Fleisch von den halbrohen Koteletts.

»Zum Glück ist es dunkel. Die schmecken grauenhaft, und ich wette, sie sehen auch grauenhaft aus«, sagte Bec. Fettstriemen zogen sich über ihre Gesichter und glänzten im Licht der Außenlampen.

Die adretten Erstsemesterstudentinnen begannen bereits die Wirkung des Bieres zu spüren, und eine von ihnen begrüßte Bec und Gabs mit rosigen Wangen, während sie an einem Brotkanten kaute. Als sie und ihre Freundinnen nervös näher herantraten, reichte Bec ihr und den anderen aus ihrer Gruppe die kotelettfettige Hand. Zwischen zwei Bissen fragte Bec: »Erstsemester?«, obwohl sie das genau wusste.

»Ja«, antwortete eine mit einer großen Nase.

»Es wird euch gefallen. Im ersten Semester habt ihr Tierproduktion. Mein Lieblingsfach.«

»Meines auch«, bestätigte Gabs. »Wir durften Penisse studieren.«

»Verzeihung?«, fragte ein Mädchen mit einem Körper wie ein Model.

»Penisse!«, wiederholte Gabs lauter. »Ein wichtiger Bestandteil der Tierproduktionseinheit.«

»Ja. Stimmt«, ergänzte Bec. »Faszinierend. Wusstet ihr, dass ein Eberpenis wie ein Korkenzieher aussieht … fast gekringelt?« Sie zog kleine Kreise mit der Fingerspitze.

»Ein Bullenpenis hat eine S-Kurve und wird durch einen Reflektormuskel zur Erektion gebracht.« Gabs schob die Hüften vor und zurück.

»Genau. Du hast in der Vorlesung aufgepasst, Scabs! Hingegen hat«, fuhr Rebecca fort, »ein Widderpenis am Ende ein kleines Peitschendings namens Flagellum-Nochwas.«

»Ich weiß, dass Kater Widerhaken an ihrem Penis haben«, sagte das Mädchen mit der großen Nase.

»Stimmt genau!« Bec freute sich, dass die Mädchen allmählich auftauten.

»Unserem Professor zufolge, Ross – ihr werdet ihn noch diese Woche kennenlernen –, ähnelt der Penis eines Hengstes am ehesten dem des Mannes, weil er mit Blut gefüllt ist, wenn er erregt ist.«

Hinter Becs Schulter meldete sich eine Männerstimme zu Wort: »Weiß eine von euch, wie der Penis eines Gockels aussieht?«

Als die Mädchen, Gabs eingeschlossen, mit offenem Mund aufsahen, drehte sich Bec um. Ihre Augen wurden groß.

»Charlie Lewis! Was zum Geier tust du hier?«

»Aber, Miss Rebecca.« Seine Augen lächelten sie an, dann beugte er sich vor, um sie auf die Wange zu küssen.

»Mmm«, leckte er sich danach die Lippen. »Feinstes Kotelettfett.«

Die anderen Mädchen standen verwirrt um sie herum.

»Und wie *sieht* jetzt ein Gockelpenis aus?«, fragte Gabs.

Alle zuckten mit den Achseln, während Rebecca beglückt in Charlies Gesicht lächelte.

Gegen Mitternacht begannen dicke, warme Sommerregentropfen zu fallen, die zischend auf dem abkühlenden Grill landeten. Das zweite Fass war angezapft, und die Jungen wurden allmählich rauflustig. Bec, Charlie, Emma und Gabs hatten zu den Countrysongs getanzt, die aus den Lautsprechern von Paddys Pick-up dröhnten. Als Charlie dabei beiläufig den Arm um Rebeccas Taille schwang, durchzuckte sie ein Blitz der Begierde. Sie schaute zum Himmel auf, und die trägen, vereinzelten Tropfen landeten heiß auf ihrem Gesicht. Aus einem unerfindlichen Grund hätte sie in ihrem

Rausch nichts lieber getan, als Charlie bei der Hand zu nehmen und ihn zu ihren Hunden zu bringen. Falls Dags genauso auf ihn reagierte wie beim letzten Mal, wüsste sie, dass er ein guter Mensch war, und dann würde sie, betrunken wie sie war, sich ihm mit ganzer Seele hingeben.

Sie sah zu ihren Hunden, die fast den ganzen Tag angebunden geblieben waren. Am Ende ihrer Ketten liegend, hatten sie die schon mittags anlaufende Party und vor allem Rebecca nicht aus den Augen gelassen. Jetzt hatten sie sich in den Schuppen zurückgezogen, wo sie sich, die Schnauzen unter den Schwanz gebettet, eingerollt hatten.

Paddy hing gemeinsam mit Hamish kopfüber an der einbetonierten Wäschespinne und maß sich mit ihm im Fledermaussaufen. Sie forderten die Erstsemester zu einem Wettkampf heraus, und wenig später knirschte und quietschte der Metallrahmen der Wäschespinne bedenklich unter dem Gewicht zwei weiterer Fledermaussäufer, die mit den Knien eingehängt an den stählernen Streben baumelten. Die Hemden fielen ihnen übers Kinn, und die Bäuche leuchteten weiß und regennass durch die Nacht. Sie setzten die Plastikbecher an den Mund und tranken, bis ihnen das Bier aus der Nase lief. Jemand begann die Wäschespinne zu drehen, die daraufhin abknickte wie ein trockener Stock, und die Jungen landeten in einem lachenden, spritzenden und regennassen Haufen auf dem Boden.

Dann verlagerte sich die Party ins Haus.

»Das ist unser ewiger Ruheraum«, erklärte Rebecca Charlie mit einer ausgreifenden Geste.

»*Ewiger* Ruheraum?«

»Im Gegensatz zu einem normalen Ruheraum. Offenbar hatten sie hier die Leichen aufgebahrt, als hier das Bestattungsunternehmen untergebracht war.« Sie sah ihm ins Gesicht, das im hellen Licht ihren Atem stocken ließ. Er sah besser aus, als sie es sich je ausgemalt hatte, wenn sie wie so oft den Kuss am Fluss in ihrer Fantasie nacherlebt hatte. Dunkle Stoppeln überzogen sein kantiges Kinn, und seine Augen waren grün wie die Eukalyptusblätter, die vor ihren Kinderzimmerfenstern auf Waters Meeting im Wind geschaukelt hatten.

Im Geist fuhr sie mit den Fingerspitzen über sein Gesicht und die braune, weiche Haut an seinem Hals. Er betrachtete sie so konzentriert, dass sie unter seinem intensiven Blick und dem markanten Gesicht plötzlich ganz schüchtern wurde. Wahrscheinlich war ihr ganzes Gesicht fettverschmiert, und auf ihrem Kinn prangte ein fetter Pickel. Ihre Haaren waren schon längst dem Pferdeschwanz entkommen und völlig zerzaust, zwischen ihren Locken hatten sich Grashalme und Regentropfen verfangen.

»Nette Couch«, nickte Charlie zu ihren Heuballen hin.

»Stimmt, und so praktisch in Dürreperioden.«

Im überfüllten Zimmer brach lauter Applaus aus, als Paddy und ein Erstsemester namens Bill mit einem Karton voller Rum und Coke hereingestolpert kamen. Alle hatten blutergussblaue Fünfdollarscheine in Bills ausladenden Queenslander-Hut geworfen, sodass die Expedition zum Getränkeladen von Erfolg gekrönt war.

Bec nutzte die Ablenkung, um sich aus dem Zimmer zu schleichen.

»Kacke«, war alles, was ihr einfiel, als sie ihr Gesicht im Badezimmerspiegel erblickte. Die Kotelettfetttheorie hatte sich als korrekt erwiesen, und ihre Augen waren rot gerändert.

»Trümmertante«, beschimpfte sie ihr Spiegelbild. Sie fuhr mit einem heißen Waschlappen über ihr Gesicht und bürstete hastig die Grashalme aus ihren Haaren. Ihr T-Shirt war mit Tomatensoße bekleckert und unter einem Arm eingerissen, sodass ihr grau gewaschener BH zu sehen war.

»Kacke«, sagte sie wieder.

Sie flitzte über den Flur in ihr Zimmer und an dem Pärchen

vorbei, das sich knutschend an die Wände presste. In ihrem Zimmer zerrte sie sich Shorts und T-Shirt vom Leib, zog ihre Jeans an und wühlte nach ihrem engen schwarzen Top. Das Top betonte ihre blonden Haare und schmiegte sich hauteng um ihre runden Brüste. Sie wusste, dass sich die Männer nach ihr umdrehten, wenn sie es trug. Darum trug sie es so gut wie nie. Als sie es damals auf Blue Plains das erste Mal abends angezogen hatte, hatte Dave sie so angebaggert, dass sie es wieder ausgezogen hatte, bevor sie ins Pub gefahren waren. Aber das hier war ein Notfall. Sie wollte Charlie Lewis. Um jeden Preis.

Sie sah, wie Charlies Gesicht aufleuchtete, sobald sie ins Zentrum der Party zurückkehrte. Zwei Becher mit Cola-Rum in seinen großen, schmierölgrauen Farmerhänden haltend, schob er sich durch das Gedränge.

»Du hast dich umgezogen!« Er überreichte ihr einen Becher.

»Genau. Bin draußen ein bisschen nass geworden, und ich dachte, vielleicht sind die Mädels scharf darauf, später noch in einen Club zu gehen.« Sie hoffte, dass er ihr die Ausrede abnahm und sie nicht für eitel hielt. Ihr Hirn schrie: »Ich will dir meine Titten zeigen, bis du deine Lust nicht mehr zügeln kannst und mich ins Bett zerrst!«

Doch als endlich die letzte Flasche Rum geleert war, war es ihr schon wieder egal, wie sie aussah. Zwischen ihr und Charlie hatte sich eine gelöste, beschwipste Unterhaltung entsponnen, dank der die Party um sie herum wirkte, als steckten sie zu zweit in einem Aquarium, an dem die Welt vorbeispazierte. Sie hockten zu zweit auf einem riesigen Sitzsack, den Emma aus einem Trödelladen als Einweihungsgeschenk angeschleppt hatte.

»Sag mir, wenn ich dich totschwalle«, bat sie ihn.

»Nein. Nein.« Er hob die Hand. »Sag du mir, wenn *ich* dich totschwalle«, schwallte er.

Sie hatten über Anbau, Landmaschinen, Hunde und ihre Familien geredet – dieser Teil der Unterhaltung hatte sich über Stunden hingezogen –, sie hatten über Politik gesprochen, über den Zustand der Landwirtschaft und sogar über Periodenschmerzen. Die leicht lallende, angetrunkene Konversation plätscherte vollkommen mühelos dahin. Nur ab und zu wurde der Gesprächsfluss gestört, wenn Rum aus fremden Bechern auf sie spritzte oder andere Gäste auf sie fielen.

»Wieso hast du dich nur für das zweijährige Diplom und nicht für den dreijährigen Studiengang eingeschrieben?«, fragte Bec.

»Damit ich gleichzeitig mit dir fertig bin«, sagte Charlie.

Rebecca klappte der Mund auf, und ein ziemlich verdatterter Ausdruck trat auf ihr Gesicht, während sie versuchte, seine Antwort zu verarbeiten. Als ihr die Bedeutung aufging, änderte sich ihre Miene.

»Aber du kennst mich praktisch nicht!«

»Ich weiß. Aber ich weiß auch, dass ich seit dem Tag, an dem ich dir begegnet bin, ständig an dich denken muss. Voll schräg, ich weiß, eigentlich sollte ich ›Basil Lewis, der König des B&S und berüchtigter Partyhengst‹ sein, aber ich hänge fest, Rebecca. Echt. Da ist so ein Bild von dir in meinem Kopf. Ein Bild von dir in einem Fluss. Und … in einem AR-Jahresbericht.« Er fuhr mit den Fingern durch sein kurzes, dunkles Haar und murmelte in seinen Rum: »Ehrlich, das hört sich *voll* nach dummem Geschwalle an. Bestimmt hältst du mich für einen Psycho. Einen geisteskranken Stalker.«

»Nein! Nein«, sagte sie liebevoll und wollte gerade nach seiner Hand fassen, um ihm zu gestehen, dass sie ganz ähnlich empfand, als ein frisch duftendes Heubündel auf ihnen landete. Im nächsten Moment wurde der Reißverschluss ihres Sitzsacks aufgezogen, und sie flogen lachend in einen See von weißen Bohnen und goldgrünen Heuhalmen. Chokoes zerplatzten an den Wänden in hellgrünen Klecksen, und Flaschen zerschellten am Stahl eines Einkaufswagens. Die Party war vollkommen außer Kontrolle geraten, und so dauerte es nicht lang, bis zwei Polizisten ins Haus traten, wo sie über einen eingerollt schlafenden Erstsemesterstudenten und eine frische, warme Pfütze aus Erbrochenem steigen mussten.

Rebecca sah Gabs ihre verantwortungsvolle Miene aufsetzen – ein eher seltener Anblick – und mit den Polizisten sprechen. Die Musik setzte aus, das Gebrüll setzte aus, die Zerstörungsorgie setzte aus. Unter den strengen und ernsten Blicken der Polizisten verzogen sich die Partygäste auf die Straße und von dort aus ohne großes Aufsehen ins Pub.

»Willst du auch ins Pub?« Bec stand knöcheltief in einem Meer aus Heu, Sitzsackbohnen, Bechern und Flaschen.

»Nein.« Charlie sah ihr in die Augen.

»Na, dann komm, ich zeig dir meine Briefmarkensammlung.« Sie nahm ihn an der Hand.

»Deine Briefmarkensammlung?«

»Ja, ich hab sie in meinem Zimmer.« Sie sah mit lachenden Augen zu ihm auf. Dann führte sie ihn in ihr Zimmer, schloss die Tür und zündete die Kerzen an.

»Es gibt gar keine Briefmarkensammlung, stimmt's?«, sagte er und zog sie lächelnd an sich.

»Nein«, antwortete sie und wartete auf seinen Kuss.

Es war erst neun Uhr morgens, aber schon jetzt brachte die Morgensonne das Blechdach zum Glühen und kroch durch die Fenster herein, bis die Hitze im Zimmer kaum auszuhalten war. Rebecca wälzte sich herum und verzog das Gesicht, weil sie den Kater und die Hitze spürte, die auf ihren Körper drückte. Dann spürte sie die samtige Haut von Charlie Lewis, der neben ihr lag. Sie lächelte mit geschlossenen Augen und gab sich ganz seiner Berührung hin.

»Guten Morgen.« Seine tiefe, weiche Stimme spülte über sie hinweg und löste eine Gänsehaut aus.

Das ist zu schön, um wahr zu sein, dachte sie und schlug die Augen auf, um ihm ins Gesicht zu sehen. Er sah sie auf einen Ellbogen gestützt an und zwirbelte eine ihrer Haarsträhnen zwischen den Fingerspitzen.

»Hi«, antwortete sie krächzend. »Fühlst du dich genauso übel wie ich?«

»Hundeelend«, bestätigte er. »Kannst du dich noch an gestern Nacht erinnern?«

Rebecca lächelte. »Ja.«

Er zog sie an sich, und ihre nackten Brüste kamen warm auf seinem Brustkorb zu liegen.

Die deutlich definierten Muskeln in seinen Armen wölbten sich, und sie bekam urplötzlich Lust, ihre Zähne in seinen Bizeps zu senken. Farmerarme waren eben was Besonderes.

»Ich wollte nur nicht … du weißt schon … bis zum Äußersten gehen, solange wir so blau waren.« Er küsste sie und löste sich dann ein wenig, um ihr in die Augen zu sehen. »Damit es uns beiden als etwas ganz Besonderes im Gedächtnis bleibt … Hört sich das spießig an? Bestimmt hältst du mich jetzt für voll verkorkst! Aber wir waren beide so breit! Ich hielt es einfach für besser.«

»Es ist jedenfalls eine ungewöhnliche Entscheidung. Du bist jetzt am Landwirtschaftscollege, Charlie. Da heißt es: ›Keine Rücksicht auf Verluste!‹ Trotzdem war das richtig süß von dir.« Sie hielt inne und warf ihm einen spitzbübischen Blick zu. »Jedenfalls habe ich nicht geglaubt, dass du einen Alko-Hänger hattest.«

»Ganz bestimmt nicht.« Charlies Augen begannen zu funkeln.

Rebecca fuhr mit den Fingerspitzen über seinen Rücken. »Bin ich jetzt nüchtern genug für dich, Charlie Lewis?«

Er sah in ihre lächelnden blauen Augen und vergrub sein Gesicht in der weichen Haut an ihrer Halsbeuge.

»Ich will dich«, flüsterte sie und strich mit den Lippen über seine Schulter.

Er drückte sie fester an sich, bis sie seinen harten Penis an ihrem Schenkel spürte. Sie sah ihn verlegen an und fragte: »Hast du was dabei?« Sofort verzog sie angesichts ihrer klischeehaften Frage das Gesicht.

Charlie wollte gerade nach seiner Jeans fassen, die neben der Matratze auf dem Boden lag, als die Tür aufflog und die Hunde hereingaloppiert kamen, keuchend, schwanzwedelnd und vor Aufregung winselnd.

Gabs streckte den Kopf ins Zimmer und sagte: »Ich dachte, ihr steht bestimmt auf Doggie-Style.« Sie knallte die Tür wieder zu und verschwand laut lachend durch den mit Heu bestreuten Flur.

»Mossy!«, quiekte Bec, als die Hunde auf ihr Bett sprangen. »Was macht ihr im Haus?«

Charlie setzte sich mit einem breiten Grinsen auf.

»Hallo, Dags, alter Kumpel!« Er zog den Hund an seine Brust und tätschelte ihn mit festen, kumpelhaften Schlägen. Stubby hüpfte verspielt über das Bett und versuchte kläffend die Füße unter der Decke zu fangen.

»Das ist meine Crew!«, sagte Bec zu Charlie. »Hoffentlich magst du sie!«

»Sie sind irre! Hey, ich weiß was! Nachdem wir so rüde unterbrochen wurden und es hier drin so scheißheiß ist, sollten wir uns was Fettiges zu essen besorgen, um unseren Kater zu ölen, und dann mit den Hunden an den Fluss fahren. Ich kenne eine geniale Schwimmstelle. Mum und Dad haben dort immer mit uns Pause gemacht, wenn wir in der Stadt waren und wieder nach Westen rausfuhren.«

»Hört sich gut an«, sagte Bec, aber sie begann sich auch zu fragen … ob Charlie in der Schlafzimmerabteilung etwas zu verbergen hatte. Doch im selben Moment spürte sie ein Prickeln, weil er den Tag mit ihr verbringen wollte, verdrängte den Gedanken und beschloss, die Zeit mit ihm zu genießen.

»Auf, Dags. Schieb deinen schwarzen Hintern beiseite, wir stehen auf.«

Charlie sah Bec an, bevor er die Decke zurückschlug. »Nicht schauen.«

»Du machst wohl Witze – ich habe längst alles gesehen, Charlie Lewis.«

»Ich liebe das.«

»Was?«, fragte Bec.

»Ich liebe es, wenn du meinen Namen sagst.«

»Werd bloß nicht gefühlsduselig«, foppte sie ihn. »Du kannst das Handtuch nehmen, das an der Tür hängt. Die Dusche ist hinter der zweiten Tür rechts.«

In das Laken gehüllt, lehnte sie in der offenen Tür zum Gang und beobachtete seinen muskulösen Rücken, während er durch den Flur ging. Gabs kam immer noch betrunken und lachend aus ihrem Zimmer gesprungen und zerrte an seinem Handtuch, während die Hunde ihn aufgeregt bellend umtanzten. Rebecca fühlte sich versucht, ihm unter die Dusche zu folgen, entschied sich dann aber dagegen und wartete stattdessen in ihrem Zimmer, bis er zurückkam, um sich anzuziehen.

»Ich kann dir ein sauberes Hemd leihen, wenn du möchtest«, sagte Bec. »Ich hab damals ein paar von meinen Brüdern mitgehen lassen … Du musst nur in der Schublade wühlen. Ein Paar Boxershorts sind auch drin. Bedien dich.«

Während sie ins Bad verschwand, spürte Charlie einen wohligen Schauer, weil er allein Rebecca Saunders' Schränke durchwühlen durfte. Ihren Sachen nach zu urteilen, war sie ein cooles Mädchen. Nichts von dem Blütenscheiß wie bei den Mädchen, die seiner Mutter gefielen. Charlie hielt ein T-Shirt hoch und lachte. Auf dem Rücken stand in roten Buchstaben: »Trink ihn dir schön.«

Als Rebecca aus der Dusche kam, das Haar zu nassen Löckchen gekringelt, fand sie Charlie mit einer Mülltüte in der Hand inmitten der Partyüberreste im Ewige-Ruhe-Raum wieder. Gabs lehnte auf einem Rechen und plauderte mit ihm.

»Geht's wieder?«, fragte er.

»Halbwegs.«

Gabs nickte zur Tür hin. »Deine Hunde haben geholfen, Dongers Kotze zu beseitigen.«

»Ihh!«, sagte Bec und schickte die Hunde nach draußen.

Nachdem der Boden wieder sauber war, hätte das Haus etwas ordentlicher ausgesehen, wenn nicht lauter Chokoe-Stücke die Fenstersimse gesprenkelt hätten.

»Scheiß doch drauf«, sagte Gabs. »Ich muss schon wieder kotzen, und dann hau ich mich noch einmal hin. Den Rest machen wir heute Abend sauber.«

Im Pick-up peitschte der warme Fahrtwind Rebeccas Haare über ihre braun gebrannten Schultern. Mit Charlie Lewis über die Ampeln und aus der Stadt herauszufahren, war wie ein zum Leben erweckter Traum. Charlie erschien ihr absolut richtig. Richtig für ihr Leben. Wie er so in seinem Sitz lehnte, den Ellbogen auf den Fensterrahmen gestützt, und mit der anderen Hand nach guten Songs im Radio suchte. Schließlich fand er den Golden-Oldies-Kanal, und beide sangen laut und lachend alte Elvis-Hits mit.

Der Fluss, an den er sie führte, war atemberaubend. Ein gleißender, silberner Pfad, der durch rotbraune, zerklüftete Felsen führte. Sie mussten ziemlich lang auf einem groben Kiesweg zum Ufer absteigen. In der Hitze des Buschwerks war ihr der Schweiß ausgebrochen. Der Alkohol dampfte aus ihren Poren, und sie sehnte sich nach der kühlen Strömung des Flusses. Becs Handflächen schwitzten, weil sie Brathähnchen und Brot in einer Plastiktüte trug. Charlie hatte die Getränke übernommen, eiskalte Limonade und eine große

Wasserflasche. Außerdem trug er Becs Rucksack mit zwei Handtüchern und einer Packung Kondome.

Die Hunde trotteten ihnen voran. Sie konnten den Fluss schon riechen, aus ihren Augen leuchteten Begeisterung und Vorfreude. Ab und zu drehte sich Stubby zu ihnen um und bellte kurz, als wollte er sagen: »Beeilt euch!«

Am Flussufer ragten die roten Felsklippen hoch über ihnen auf. Flach wurzelnde Bäume klammerten sich am Ufer fest und beugten sich vor, als wollten sie ihr Spiegelbild im langsam dahinfließenden Wasser betrachten. Das Wasser selbst war dunkel und kühl. Schon bald lösten die Wellen, die Charlies und Rebeccas nackte Körper aufwarfen, die Spiegelbilder auf, und Rufe und Lachen hallten von den Wänden der Schlucht wider, während sie Seite an Seite flussaufwärts schwammen. Mossy, Dags und Stubby umschwammen sie in Kreisen, während die Wallabies sie aus ihrem sicheren Versteck beobachteten. Vögel riefen. Charlie entdeckte einen Felsen im Wasser, ließ sich darauf nieder, und Rebecca tastete nach seinen Fingerspitzen. Er packte ihre Hand und zog sie durch das Wasser heran. Sie setzte sich auf seinen Schoß. Er verlor sich in ihrer Schönheit. Sie spürte seinen warmen Mund auf ihrem. Nasse Finger auf nasser junger Haut.

»Genau wie bei unserem ersten Kuss«, sagte er.

Ohne den Blick von ihr zu nehmen, zog er sie wieder flussabwärts. Zu den Handtüchern und dem Rucksack zurück. Zurück zum grasbewachsenen Ufer. Auf Rebeccas Haut glänzten Wasserperlen, auf denen winzige Spiegelbilder der Schlucht leuchteten. Als sie sich auf das Handtuch legte, zerplatzten und verschmierten die perfekten silbernen Perlen unter Charlies schwerem Körper. Er küsste die Feuchtigkeit weg und ertrank in dem Anblick von Rebecca am Fluss. Sie fuhr mit den Händen über seine braune Haut und ertastete seine festen, muskulösen Hinterbacken. Es war ein so erfüllendes Gefühl, sein Gewicht zu spüren. So tröstlich. So richtig.

Als er in sie drang, sah Rebecca an seinem nach Flusswasser duftenden Haar vorbei auf in den blauesten Sommerhimmel. Sie fühlte, wie ihre Seele aufstieg. Hoch zu dem stillen Adler, der auf der warmen, sauberen Thermik schwebte. Sie erschauerten gemeinsam und sahen sich dann still liegend in die Augen, während der Fluss leise an ihnen vorbeiströmte.

Kapitel 24

Der Atem stand in der kühlen Bergluft als weiße Dampfwolke vor Nüstern und Mund, wenn Tom und Hank allmorgendlich noch in der Kühle der Dämmerung, bevor sich die Sonne über den Berg schob, langsam von der Hütte wegritten. Vom Pfad aus ging Toms Blick über das ganze Tal und folgte dem Band von Eukalyptusbäumen, das den Fluss säumte. So schön hatte die Farm früher von hier oben ausgesehen. Jetzt, in der Trockenheit, wirkte sie öde und unbeseelt. Nicht einmal die strahlende Morgensonne vermochte Toms Herz zu wärmen. Der dunkle Wasserlauf, der einst der stolze und fruchtbringende Rebecca River gewesen war, war zu einem dünnen silbernen Faden zusammengeschnurrt, der sich zwischen grauen Felsbrocken dahinschlängelte.

Sein Vater sah ihn nie auf Hank begleitet von der nebenher trottenden Bessie auf den Hof reiten. Harry blieb inzwischen immer mindestens bis neun Uhr im Bett und schlurfte erst dann in seinen stinkenden Arbeitsklamotten an den Küchentisch. Frühestens um elf Uhr vormittags trat er aus dem Haus und schlich mit leerem Gesicht und kalten Augen über den Hof. Tom war klar, dass sein Vater unter Depressionen litt. Er konnte das verstehen. Er wusste nur zu gut, wie es ist, in diesen dunklen Abgrund zu rutschen. Bis nur noch dunkle Wände aufragen und kein Weg mehr nach oben führt.

Anfangs war die Depression seines Vaters der wichtigste Grund für Tom gewesen, auf Waters Meeting zu bleiben. Während der ersten Wochen hatte Tom Pläne geschmiedet, wie er die Farm verlassen würde. Er träumte davon, den Pick-up für die Farmarbeiten mit seinem Schlafsack und Bessie zu beladen. Darin nach Norden zu reisen, um Arbeit zu finden, oder in die Stadt zu fahren, um sich dort für ein Kunststudium einzuschreiben. Doch im Lauf der Zeit hatte Tom erkannt, dass ihn die Angst lähmte, eine tiefe Angst vor der Welt da draußen. Sie überschattete sogar die Angst um ihn selbst und die Angst um seinen Vater. Tag für Tag konnte er beobachten, wie sich die Depression gleich einer nachtschwarzen Wolke über seinen Vater senkte. Sie zerrte Harrys Mundwinkel und seine Schultern nach unten und löschte das Licht in seinen Augen. Als sein Vater täglich zu trinken und den Whisky kartonweise in Dirty's Pub zu bestellen begann, hatte Tom das Gefühl, nicht mehr weg zu können. Seine Welt war jenseits aller Realität. Seine Welt war schwarz. Und so blieb Tom im selben tiefen Abgrund wie sein Vater.

Pflichtbewusst fütterte Tom die Hühner und sammelte die Eier ein. Die eine Hälfte legte er in einen Blecheimer an der Hintertür, die andere Hälfte wickelte er behutsam ein und steckte sie in seine Satteltasche. Er verfütterte die letzten strohigen Heuballen an die Pferde und Stiere und schleppte eimerweise schlammiges Brackwasser aus einer Vertiefung am Fluss in die Tröge. Tom hatte alle Tore zu den Auslaufweiden am Berg geöffnet, damit die trächtigen Kühe in den Taleinschnitten Futter suchen konnten. Dort wuchs noch genügend Gras, trotzdem brauchten sie dringend Regen, weil sonst die Bergquellen austrocknen würden. Die Merinoschafe waren alle verkauft, und die Getreidesilos waren leer. Als Tom einige der schwächeren Mutterschafe stolpern und in den Schlamm rund um die Wasserlöcher sinken sah, wurde ihm noch schwerer ums Herz. Es war kein Ende abzusehen. Tag für Tag Trockenheit.

An manchen Tagen ertrug Tom den Anblick der verhungernden Tiere nicht mehr und versteckte sich lieber in der Dunkelheit des Maschinenschuppens, wo er sich mit Kleinarbeiten beschäftigte – das Öl bei einem der Fahrzeuge zu wechseln oder die Hydraulik der Ballenpresse zu reparieren. Gleichzeitig hasste er die Dunkelheit und den Geruch des Maschinenschuppens. Beides erinnerte ihn an Mick.

Jeden Dienstag und Freitag drehte Tom den Anlasser des uralten Pick-ups für die Farmarbeiten und fuhr die zehn Kilometer über die staubige Straße und die andere Seite des Tales zum Briefkasten hinauf, um die bestellten Lebensmittel und die Post abzuholen.

Die Lebensmittel ließ er an der Hintertür zum Haupthaus stehen, dann fütterte er die Katze, packte seine Satteltasche mit Obst oder Kartoffeln voll und füllte seine Literflasche mit Milch.

Manchmal schlachtete er dann noch ein dürres Schaf und hängte es für seinen Vater gehäutet und geviertelt in den Schuppen. Die meisten Koteletts nahm er mit, weil es in der Hütte keinen Ofen gab, in dem er eine Keule oder Schulter hätte braten können. Tom kochte auf einem Lagerfeuer, das den ganzen Tag leise schmauchend vor sich hin glomm, während er unten auf den Feldern arbeitete. Gelegentlich begegnete er wortlos seinem Vater auf der Farm. Einmal hätten sich ihre Schultern fast berührt, als Tom in den Schuppen kam und Harry ihn gerade verließ, aber selbst da hatten sie es nicht fertiggebracht, einander in die Augen zu sehen.

Manchmal, wenn der Mond voll, hoch und groß am Himmel stand, stiegen Hank und Tom durch das gespenstische Weiß der Bergeukalyptusbäume ins Tal ab. Dann schlich Tom ins Haus und auf Zehenspitzen durch den Flur ins Arbeitszimmer. Im Schlafzimmer einen Stock höher lag sein Vater im Vollrausch zwischen den schmierigen Laken.

Das kühle blaue Licht des Computers beleuchtete Toms Gesicht, während er wieder einmal die Bücher prüfte. Ein Jahr konnten sie noch durchhalten. Ein knappes Jahr. Er bezahlte die Rechnungen online und schrieb eine weitere E-Mail an den Bankmanager. Rebecca zu schreiben, brachte er nicht übers Herz. Sie lebte in einer völlig anderen Welt. Ihre Nachricht an ihn leuchtete im Posteingangsordner auf. Er klickte sie an.

Hi Tom,
mache mir solche Sorgen um dich. Versteckst du dich immer noch in deiner Hütte? Wie läuft's auf der Farm? Was gibt es Neues von Micks neuem Job/Leben/Trudys Schwangerschaft? Wie geht's dem alten Mist… Ich meine Dad? Schreib mir! Ich bin ganz krank vor Sorge! Hat Trudy den Computer mitgenommen, kannst du deshalb nicht schreiben? Bitte melde dich.
Alles Liebe
Schwesterherz

P.S.: Wir haben eine Bombenbeurteilung für unser Farm-Projekt kassiert! Du solltest Sal schreiben und ihr danken. Danke für deine Hilfe dabei. Ich kann es kaum erwarten, das Projekt umzusetzen und die Farm zusammen mit dir wieder auf Kurs zu bringen.

P.P.S.: Ich gehe jetzt mit einem voll netten Typen … Er heißt Charlie Lewis. Du würdest ihn lieben.

Tom schloss die Augen. Dann schaltete er den Computer aus, und der Raum wurde schlagartig dunkel.

Als er die Hütte erreichte, war es schon zwei Uhr morgens, der Mond war hinter den Eukalyptusbäumen untergegangen. Müde trat er sich die Stiefel von den Füßen und kroch, ohne sich auszuziehen, zwischen die eisigen Laken unter seinem Leinenschlafsack. Dann fasste er unter das schmuddlige Kissen und zog einen schlaffen, abgewetzten Teddybär heraus. Er drückte ihn an seine Brust und fiel in einen tiefschwarzen Schlaf.

Kapitel 25

Er fragte Frankie bei einer Portion heißem, gegrilltem Lamm auf Rosmarin mit sahniger Knoblauchsoße. Peter stellte den Teller vor ihr ab, schenkte den Rotwein in einem plätschernden Strahl in ihr Kristallglas und kniete dann neben ihrem Stuhl nieder.

»Ich hatte nicht vor, das so schnell zu tun, und ich tue es nur aus einem Impuls heraus, darum bin ich auf jede Reaktion gefasst, aber … Dr. Frances Saunders, möchtest du mich heiraten?«

Während Frankie in Peters ernstes, fast flehendes Gesicht blickte, kam Henbury zu seinem Herrchen getappt. Der Hund schnupperte erst am Esstisch und dann an Peters Geschlecht.

Peter verzog das Gesicht und schubste Henbury mit dem Ellbogen weg. »Verzieh dich, Henners. Du machst den alles entscheidenden Moment kaputt!«

Peters Augen knitterten in einem Lächeln, dann nahm er Frankies Hand und sah ihr in die Augen. Ihr stockte der Atem. Sie war sprachlos. Glück und panische Angst überwältigten sie. Lachend hauchte sie: »Peter!«

Sie streckte beide Hände aus, um ihn zu umarmen, und lachte dann noch einmal. »Das kommt so überraschend. Ich weiß gar nicht, was ich sagen soll!«

»Ja! Du sollst Ja sagen!«

»Das möchte ich doch. Ich würde für mein Leben gern Ja sagen … Oh!« Sie schlug die Hand vor den Mund. Ihr zukünftiges Leben blitzte vor ihren Augen auf. Sie sah sich gemeinsam mit Peter alt werden. In einem richtigen Haus mit Garten, nicht in dieser winzigen Wohnung. Sie und ihn gemeinsam beim Hochbinden der Tomaten, Erbsenschälen oder Töpfern. Am Wochenende faul in der Sonne liegen und in dicken Wochenendzeitungen schmökern. Abende voller Geplauder über Wissenschaft, ihre Arbeit und seine Studenten. Ein Leben, das von seiner Wärme und seiner Fürsorge durchdrungen war. Aber noch während die Bilder aufblitzten, spürte Frankie, wie sie von Schuldgefühlen überrollt wurde. Immer wenn sie ihr Leben zu genießen begann, machte ihr das Unterbewusstsein einen Strich durch die Rechnung. Sie war die Frau, die ihre Kinder im Stich gelassen hatte – unverzeihlich. Würden sie dies als ihren letzten Verrat betrachten? Peter konnte sehen, wie Frankies freudige Miene in sich zusammenfiel. Er drückte ihre Hände fester. »Wenn es dir zu früh ist und du noch Zeit zum Nachdenken brauchst … du kannst dir alle Zeit der Welt nehmen, Frankie.«

»Ach, Peter, das ist es nicht. Ich liebe dich. Von ganzem Herzen … Aber ich … ach, ich weiß nicht …«

»Also, nachdem du offenbar noch etwas Zeit zum Überlegen brauchst, würde ich gern wieder aufstehen – meine Knie halten das nicht mehr lange durch«, versuchte er die Situation zu entkrampfen. Aber seine Stimme klang brüchig. Frankie hörte es und merkte, wie ihr noch mehr Schuldgefühle den Boden unter den Füßen wegzogen. Steif und angespannt machte er sich daran aufzustehen, schwer auf ein Knie gestützt und eine Hand in den Rücken pressend.

»Ich weiß sowieso nicht, wieso du einen alten Knacker wie mich nehmen solltest«, scherzte er.

»Peter.« Liebevoll legte sie die Hand auf seinen Arm. »Setz dich zu mir.« Sie zog den Stuhl neben sich am Esstisch heraus. Dann küsste sie ihn zärtlich auf die Lippen und nahm seine beiden Hände.

»Erst möchte ich dir erklären, was ich empfinde«, sagte sie sanft.

»Ja. Tu das.«

»Ja, ich würde dich liebend gern heiraten, doch ich habe trotz alledem das Gefühl, dass es ein Aber gibt.«

Peter nickte. »Deine Kinder?«

»Genau.« Sie senkte den Kopf.

»Für die ist das bestimmt in Ordnung.«

»Ich weiß! Sie sind alle erwachsen, ich weiß, aber ich habe trotzdem das Gefühl, dass es ein unwiderruflicher Schritt wäre. Dass sie das Gefühl bekommen könnten, ich hätte sie endgültig verlassen.«

»Frankie«, sagte er, »du wirst immer ihre Mutter bleiben, ob du nun mit mir verheiratet bist oder nicht.«

»Ja, aber was für eine Mutter? Ich war eine grässliche Mutter. Ich habe solche … *Schuldgefühle.«*

»Nein. Sag nicht so was. Du kannst dich nicht ewig mit Schuldgefühlen beladen, das hilft niemandem. Es schadet dir nur.« Sie spürte, wie seine Liebe sie umfloss. Tränen traten in ihre Augen.

»Schau mal«, fuhr Peter fort, »für deine Kinder ist das garantiert in Ordnung. Ich weiß es. Sie führen inzwischen ihr eigenes Leben. Wahrscheinlich werden sie genauso reagieren wie meine Kinder. Anfangs sind sie geschockt, aber dann gewöhnen sie sich an die Vorstellung. Außerdem könnte es uns passieren, dass wir beide allein alt werden, wenn wir diese Chance nicht nutzen, und das möchte ich für keinen von uns.«

Frankie nickte, schluckte ihre Gefühle hinunter und ließ sich weiter von Peter ermutigen.

»Wir nehmen uns beide frei. Wir verreisen zusammen. Wir können gemeinsam nach Waters Meeting fahren, um Tom die Neuigkeiten zu überbringen. Wir könnten sogar bis zu Rebeccas College fahren … Frankie, es ist bestimmt in Ordnung für deine Kinder. Ehrenwort. Vielleicht gefällt ihnen die Vorstellung sogar.«

Sein Blick flehte sie an. Sie streckte die Hand aus und zog ihn an sich. Er roch so gut. Nach Seife und gutem Essen. In seinen Armen fühlte sie sich so geborgen. Sie löste sich von ihm und sah ihn an.

»Ach, Peter«, seufzte sie. »Ich bin deinen Augen und deinen Umarmungen hoffnungslos verfallen.« Er lachte, und sie umarmten sich wieder.

Ein Klopfen an der Wohnungstür riss sie auseinander.

»Wer kann das sein? Erwarten wir jemanden?« Peter sah Frankie nach, während sie zur Tür ging.

»Frankiiiee! Hi!«, gellte Trudys quietschende Stimme durch die Wohnung und ließ die friedvolle Atmosphäre zerspringen.

Sie drängte in die Wohnung und küsste Peter und Frankie auf beide Wangen, während ihr Mick, eine Pappröhre unter den Arm geklemmt, still nachfolgte. Henbury kam unter dem Tisch hervorgekrabbelt, jaulte zur Begrüßung und wedelte mit seinem langhaarigen Schweif.

»Was für eine nette Überraschung!«, strahlte Frankie, als sie sah, wie gesund ihr Sohn aussah. Sie griff seine beiden Oberarme und drückte zu. »Ich freue mich so, dich zu sehen. Trudy, du siehst fabelhaft aus!«

Trudy legte die Hände an den runden Bauch. »Ich hab nicht mehr lang hin. Hoffentlich stören wir euch nicht beim Essen«, Trudys Blick lag auf der gefüllten Platte in der Tischmitte, »aber wir sind ja so aufgeregt! Wir haben eben die Pläne für das neue Haus abgeholt. Der Architekt, ein Freund von Daddy, baut es auf dem Neubaugebiet von Whispering Pines. Es ist perfekt!«

»Wie schön«, meinte Frankie unentschlossen und achtete dabei auf Micks Reaktion. Doch als Mick begeistert die Zeitschriften und Zeitungen vom Couchtisch fegte und den Plan ausrollte, erkannte Frankie, dass er genauso glücklich und stolz war, ein neues Leben in der Vorstadt begonnen zu haben. Seine Finger fuhren, von allen Ölflecken und den Schwielen des Zäuneziehens befreit, über die akkuraten Linien des Grundrisses, während er Peter die Vorzüge des Entwurfs pries und seiner Mutter voller Stolz zeigte, welches Zimmer für das Baby vorgesehen war.

»Wir waren einfach sooooo aufgeregt«, trällerte Trudy wieder, während sie über Micks Schulter hinweg die Pläne begutachtete. »Wir wissen, dass wir euch kaum besucht haben, seit wir aus dem Busch hergezogen sind, aber als wir gerade vorbeifuhren, dachte ich … dachten *wir,* dass es eine gute Idee wäre, bei euch vorbeizuschauen!«

Frankie legte die Hand auf Trudys Unterarm und sah ihr in die leuchtenden braunen Augen. »Wir freuen uns, dass ihr es getan habt. Peter kocht immer für eine ganze Armee. Möchtet ihr zum Essen bleiben?«

»Super«, sagte Michael.

Trudy klatschte in die Hände.

»In diesem Fall werden wir das hier brauchen.« Sie begann in ihrer Tasche zu kramen. Zuletzt zog sie eine braune Papiertüte heraus und streckte sie hoch. »Champagner!« Alle jubelten.

»Natürlich nehme *ich* nur einen *winzigen* Schluck!« Trudy tätschelte ihren Bauch.

»Perfekt!«, sagte Frankie. Sie sah Peter an und lächelte aufgeregt.

»Peter und ich haben ebenfalls etwas zu feiern.« Sie nahm ihren Mut zusammen und sprach es aus. Um die Wirkung zu testen.

»Er hat gerade eben um meine Hand angehalten.«

Es war, als würde sie einen Stein von einer Klippe werfen. Frankie wartete auf den Aufprall des Steines am Boden. Das Schweigen schien kein Ende zu nehmen. Dann begann Trudy zu quietschen.

»Oooooh! Das ist ja super für euch! Wunderbar!« Sie klatschte wieder in die Hände und hüpfte mit ihrem dicken Bauch auf und ab wie ein Gummiball.

Frankie verschränkte die Finger und wartete auf Micks Reaktion. Ihr fiel ein Stein vom Herzen, als ein Lächeln auf seinem Gesicht erschien und er aufstand, um Peter die Hand zu geben.

»Herzlichen Glückwunsch.« Er ging zu seiner Mutter und küsste sie auf die Wange. »Gut gemacht, Mum.«

»Moment! Ich habe noch nicht Ja gesagt!«

Alle lachten.

»Unserer Reaktion nach zu urteilen, Mum, finde ich wirklich, du solltest es tun.« Mick legte den Arm um sie.

»Ja. Dann Ja!« Und Peter schloss sie in die Arme.

Während sie auf das neue Haus, das neue Baby und die neue Verlobung anstießen und tranken, beobachtete Frankie ihren Sohn. Seit er von Waters Meeting weggezogen war, wirkte er wie befreit. Er kam ihr weniger abweisend, weniger arrogant vor. Trudy war ebenfalls glücklicher. Sie kam ihr … sympathischer vor.

»Wie läuft es bei der Immobilienfirma, Mick? Vermisst du die Farm?«, fragte Frankie.

Sie hörte ihm interessiert zu, den Kopf zur Seite gelegt, das Glas immer noch erhoben und einen Ellbogen auf den Tisch gestützt, wie er von seinem neuen Leben erzählte.

Als später das Lachen am Tisch vom Klappern des Bestecks auf den Tellern untermalt wurde, erkannte Frankie, dass ihre Entscheidung richtig war.

Nachts wachte Frankie nach dem vielen Champagner und Wein mit ausgetrocknetem Mund auf. Während sie im Bad durstig ein Glas leerte, fiel ihr das Wasser wieder ein. Das Wasser in ihrem Traum, das tosend durch das Flussbett geschossen kam. Weiter unten lag in einem Strudel abseits der Strömung ihr nackter Sohn Tom mit weißer Haut und dem Gesicht nach unten im Wasser, umspült von Blättern und Zweigen. Sie schüttelte den Traum aus ihrem Kopf und kehrte ins Bett zurück, wo sie sich fest an Peters warmen Rücken schmiegte.

4. Teil

Kapitel 26

Rebecca blickte mit zusammengekniffenen Augen aus Charlies altem Holden Pick-up auf die Bäume und das rote Dach in der Ferne. Haus und Nebengebäude waren von einer breiten Schneise aus grünen Weizenfeldern umgeben, die sich neben akkuraten Reihen von Baumwollpflanzen bis zum Horizont erstreckten. Kein Zaun trennte die verschiedenen Felder, nur kerzengerade Bahnen nackter, aufgeplatzter Erde oder der Buckel eines Dammes von einem Bewässerungskanal.

»Du hast erzählt, dass euer Haus auf einem Hügel steht!«, beschwerte sich Rebecca. »Nennst du das etwa einen Hügel?«

»Natürlich ist das ein Hügel … siehst du das nicht?« Charlie jagte den Pick-up ohne abzubremsen über den Rost und murmelte: »Nur weil bei euch höchstens ein paar Ziegen grasen können.«

Bec schlug ihm tadelnd auf den Oberschenkel. Er legte den Arm um ihre Schultern und küsste sie energisch auf den Scheitel. Er fand es aufregend, sie nach Hause mitzunehmen. Das hatte er lang genug hinausgezögert. Rebecca hatte ihn gedrängt, ihr die Farm seiner Familie noch während des Semesters zu zeigen, doch es war ihm gelungen, sie bis zum Ende des Universitätsjahres hinzuhalten.

Sobald er das Haus seiner Eltern in der Ferne stehen sah, spürte Charlie, wie sich seine Schultern verspannten. Schon jetzt wusste er, was seine Mutter von dem Mädchen halten würde, das neben ihm im Pick-up saß. Er warf einen Blick auf Bec. Sie war braun wie Schokolade. Die Bräune saß tief in ihren schlanken, kräftigen Armen und den Schultern. Sie trug ein weiches blaues Trikothemd im gleichen Farbton wie ihre Augen und ihre verblichenen Bluejeans, dazu einen klobigen Ledergürtel und ihre alten treuen Cowboystiefel. Der durchs Fenster wehende heiße Fahrtwind hatte ihre Haare zerzaust und aus dem Pferdeschwanz gezerrt. Sexy, dachte Charlie. Allerdings erwartete seine Mutter, wie er genau wusste, dass er ein Mädchen heiratete, das nicht nur für ihn sorgte, sondern auch für seine Wäsche, seine Mahlzeiten, seinen Garten und seine Kinder. Kein Mädchen wie Bec, das unabhängig war und »null Bock auf Rüschen« hatte, wie sie es ausgedrückt hatte, als sie sich an diesem Morgen anzog.

Rüschen, dachte Charlie. Rüschen. So oft hatte ihn seine Mutter sonntags in die Kirche geschleift und dort junge Mädchen in Blütenröcken und Rüschen angeschleppt. »Nette Mädchen«, wie Mrs Lewis sie nannte. Ausnahmslos Töchter irgendwelcher Bekannten aus der Kirche. Jedes Mal hatten sie in ihren langen Röcken und Strickwesten vor ihm gestanden und mit großen Augen und voller Hoffnung in Charlies gleichmäßiges Gesicht aufgesehen. Manchmal fragte sich Charlie, warum sich diese Mädchen nicht gleich die Worte »Heirate mich und mach mir Kinder« auf die Stirn tätowieren ließen. Einmal hätte er das um ein Haar zu seiner Mutter gesagt. Stattdessen ließ er diese Verkuppelungsversuche stoisch über sich ergehen und spielte sogar mit, um sich die Nörgeleien seiner Mutter zu ersparen.

»Mrs Conninghams Alice ist ein wirklich hübsches Mädchen, findest du nicht auch?«, sagte Mrs Lewis beispielsweise, während sie im Gemeindesaal aus einer angeschlagenen Tasse dünnen Tee mit Milch nippte.

»Sie ist in deinem Alter, Charlie. Du könntest sie doch irgendwann nach dem Sonntagsgottesdienst zum Mittagessen bei uns einladen.«

Charlie stöhnte zwar insgeheim auf, doch er erklärte seiner Mutter, dass er am Sonntag mit Reparaturarbeiten beschäftigt sei. »Das Ersatzteil kommt irgendwann diese Woche, und ich kann es nur am Sonntag einsetzen«, log er dann.

Überraschenderweise glaubte ihm seine Mutter immer wieder. Sie hatte keine Ahnung von den Alltagsarbeiten auf dem Feld und den Landmaschinen auf ihrer Farm. Sie kannte nicht einmal die Namen der verschiedenen Weiden auf ihrem Grund und Boden. So war das eben bei ihnen. Das Haus war ihr Reich, in dem sie unangefochten herrschte wie eine Bienenkönigin. Die Farm hingegen war rein männliches Territorium, das sie nur zu betreten wagte, wenn sie darum gebeten wurde, was nicht oft geschah. Mr Lewis war das nur recht so. Seiner Meinung nach gehörten Frauen in die Küche und den Garten, nicht aufs Feld. Kinder hatten ebenfalls still und gehorsam zu sein. Sie hatten ihre Eltern zu respektieren und ihren Partnern treu zu sein. All das wurde nie ausgesprochen, aber im Alltag wurde es im Haus der Lewis' exakt so gehandhabt.

Seine Eltern sahen sich als gute, kirchentreue Christen, die dem Wort der Bibel folgten – dass die Frau ihrem Mann untertan sein sollte und Kinder ihre Eltern zu ehren hatten. Schließlich war es schon immer so gewesen. Allerdings nur, bis Charlie darauf bestanden hatte, für zwei Jahre von der Farm weg und aufs College zu gehen. Sein Vater hatte ihn mit hochrotem Kopf angebrüllt, er würde »sich seinen Wünschen widersetzen«. Den gleichen Streit hatten sie schon ein paar Jahre zuvor ausgefochten, als Charlie nach dem Schulabschluss sein Bündel zusammengepackt hatte und nach Norden gezogen war, um ein Jahr lang auf einer Rinderfarm zu arbeiten. Am Tag des Abschieds hatte seine Mutter geheult und sein Vater getobt. Die gleiche Szene hatte sich wieder abgespielt, als Charlie zur Tablelands University aufgebrochen war.

Sie würden gleich wieder einen schweren Schock bekommen, dachte Charlie, wenn er mit Rebecca auftauchte. Wieder sah er lächelnd zu ihr hinüber. Sie hatte die Füße gegen das Armaturenbrett gestemmt, knabberte an ihren Nägeln und sang laut einen Green-Days-Song mit.

Bec war nervös. Sie hätte etwas Ordentlicheres anziehen sollen, dachte sie ruhelos. Sie hätte nicht versuchen sollen, Charlie das »harte Mädchen« vorzuspielen. Sie wusste, dass es ihn nervös machte, sie seinen Eltern vorzustellen, und verhielt sich zum Teil so, um ihn zu provozieren, zum Teil aber auch, weil ihr der weit reichende Einfluss der Lewis' auf ihren Sohn immer sauerer aufstieß. Charlie, für seine Freunde der wilde Partyhengst, wurde in vieler Hinsicht unterdrückt, das hatte Rebecca begriffen. Bec hatte sich schon jetzt ein festes Bild von seinen Eltern gemacht. Sie glaubte, den Typus zu kennen – traditionelle, konservative Mutter mit dominierendem, alles kontrollierendem Dad, was durch die Abgeschiedenheit der Farm noch verschlimmert wurde. Trotzdem wollte Bec endlich sehen, wo Charlie seine Kindheit verbracht hatte. Als er den Alkohol und die wilden Kerle in seinem Distrikt entdeckt hatte, hatte das mit Sicherheit die Fundamente ihres felsenfesten Familiengefüges erschüttert, aber Charlie war bis zu diesem Tag nicht nur seiner Familie, sondern auch der Gemeindekirche fest verbunden.

Bec wusste, dass die Lewis' strenge Kirchgänger waren, Menschen, die beim Picknick der Sonntagsschule einsprangen oder für den Kirchenflohmarkt Muffins backten. Der Gedanke an ihre Religiosität löste angesichts des bevorstehenden Besuches ein mulmiges Gefühl in Bec aus. All das war so weit von ihrer Welt entfernt. Sie ging kaum je in die Kirche, schon gar nicht mehr seit den täglichen Zwangsgottesdiensten, die sie im Internat über sich ergehen lassen musste. Sie musste daran denken, wie sie ihr ganzes Gesangsbuch durchgegangen war und dabei alle männlichen Pronomen dick und rot unterstrichen hatte. Ihn. Ihm. Er. Sein. Nach ihrem Schulabschluss hatte ihr die Vorstellung, in einer von Männern erbauten Kirche einen männlichen Gott anzubeten, nicht mehr zugesagt. Ihre Andacht galt dem Land, dem Fluss, den Bergen. Einer weiblichen Gottheit. Mutter Natur. Einer zyklischen Gottheit aus Erde, Luft und Wasser. Nicht einem Gott der von Menschen ersonnenen Regeln, einem Gott des Geldkreislaufs.

Jetzt sah sie im Führerhaus zu Charlie hinüber. Vielleicht sollte sie ihn fragen, ob man von ihr erwartete, mit der Familie zum Gottesdienst zu gehen. Dafür hätte sie nicht einmal das Richtige anzuziehen.

Als sie sich dem Haus näherten, starrte Rebecca auf die rechtwinklig gestutzte Hecke, die das frisch gestrichene, weiße Holzhaus umgab.

»Puppenhaus«, schoss es Rebecca durch den Kopf. Akkurate Reihen von rosa Blumen säumten die Auffahrt. Vermutlich waren es Primeln, aber sicher war sich Rebecca nicht. Ein Rasensprenger versprühte einen Kreis von klaren Tröpfchen auf den gemähten Rasen. Aus dem Schatten der Veranda trat eine grazile Dame in die Sonne und wischte sich die Hände an einer blumenbedruckten Schürze ab, die über ihren flachen Busen hing.

Bec seufzte, richtete sich auf und wischte, während der Pick-up anhielt, die Hände an ihren Jeans ab.

»Sie beißt nicht«, sagte Charlie, als er ihr die Tür öffnete. Rebecca trat auf den roten Staub der Auffahrt und setzte ein Lächeln für die Lady mit dem Heiligenschein aus grauem Haar auf.

»Mein Junge!« Mrs Lewis streckte die Arme aus. Charlie küsste sie kurz auf die Wange. »Hallo, Mum.«

Er trat zurück und reckte stolz den Arm in die heiße, trockene Luft. »Das ist Rebecca.«

»Hallo, Mrs Lewis.« Rebecca trat einen Schritt vor, streckte die Hand aus und hoffte auf eine Antwort wie: »Nenn mich

Joan.« Stattdessen nahm Mrs Lewis mit federleichtem Griff ihre Finger und sagte: »Rebecca. Gehen wir ins Haus. Hier draußen ist es grässlich heiß.«

In der kleinen, dunklen Küche setzte sich Rebecca an den Tisch und legte die Hände flach auf die kühle Resopaltischplatte. An manchen Stellen war das Muster nach jahrelangem Wischen verblasst. Charlie zog einen Chromstuhl hervor und setzte sich neben Bec. Noch während er sich niederließ, spürte sie seine große, kräftige Hand auf ihrem Oberschenkel.

Rebecca senkte den Kopf und verkniff sich ein Lächeln, als Mrs Lewis fragte: »Tee, meine Liebe?« Gleichzeitig stellte Mrs Lewis einen Teller mit Pfefferminzschokoschnitten und einen Korb voll dampfender Scones vor ihr ab.

»O ja. Ich hätte gern eine Tasse Tee, vielen Dank, Mrs Lewis«, sagte Rebecca. Unter dem Tisch glitt Charlies Hand langsam an ihrem Schenkel aufwärts. Rebecca sah ihn mit »Hör auf«-Miene an.

»Vielleicht möchten Sie sich frisch machen. Charlie zeigt Ihnen, wo das Bad ist.«

Im schmalen Flur schmückten goldgerahmte Studioaufnahmen der Familie die Wände.

»Ahh! Der kleine Bruder Glen, nehme ich an!« Bec deutete auf den lächelnden, dürren Jungen, der neben einem jünger aussehenden Charlie saß.

»Inzwischen ist er längst nicht mehr so klein … letztes Jahr ist er zwischen elf und zwölf mindestens dreißig Zentimeter gewachsen. Das müssen Dads Gene sein, denn an der Internatskost liegt es garantiert nicht.« Bec betrachtete den großen, schweren Mann auf den Fotos, der, wie ihn der Fotograf auch drapierte, immer fehl am Platz wirkte. Sie kannte das Gesicht schon von dem Tag, an dem sie Charlie auf der Landwirtschaftsschau gesehen hatte. Es war ein Gesicht, das kaum etwas verriet.

Charlie folgte ihrem Blick. »Offiziell spricht er immer noch nicht mit mir«, sagte er. »Er ist immer noch sauer, weil ich aufs College gegangen bin.«

»Das ist doch nur gut für die Farm«, wunderte sich Bec.

»Nicht, wenn es nach meinem alten Herrn geht. Du wirst schon sehen.« Charlie führte sie ins Bad. »Seife. Handtuch«, sagte er und nahm dabei beides von der strahlend weißen Ablage. Dann schlang er die Arme um sie.

Bec ließ sich gegen die kühlen Badfliesen sinken und hob ihm den Kopf entgegen. Sie schloss die Augen und konzentrierte sich darauf, die Wärme und die Liebkosungen seines feuchten Mundes und seiner Zunge zu fühlen. Gleichzeitig drängte sie ihren Busen gegen seine Brust und spürte die harte Erektion unter den Jeans, die er an ihren Unterleib schmiegte.

Plötzlich blitzte in Rebeccas Kopf das Bild von Mrs Lewis in ihrer Schürze und von abkühlenden Scones auf, und sie schubste Charlie lachend weg. »Deine Mum wartet auf uns, Charlie! Mit den Scones!«

Er sah ihr in die Augen, biss verspielt in ihren Nacken und verschwand gehorsam, nicht ohne das Hemd aus der Hose zu ziehen, um die Wölbung in seiner Hose zu überdecken.

Bec verriegelte die Tür, drehte sich wieder dem Spiegel zu und atmete tief aus, als sie ihr Gesicht betrachtete.

»Ach Mist«, flüsterte sie, denn sie spürte immer noch das Blut in ihrem Inneren fließen. Sie schloss die Augen und spritzte kaltes Wasser in ihr Gesicht. Augenblicklich roch sie den Schwefel und musste an faule Eier denken.

»Ach Mist«, sagte sie wieder, diesmal vollkommen leidenschaftslos. »Stinkiges Brunnenwasser.«

Bis zur dritten Pfefferminzschnitte, dem vierten Scone und der zweiten Tasse Tee schaffte es Rebecca, Mrs Lewis' bohrenden Fragen nach der Farm ihrer Familie auszuweichen. Nur einmal hatte sie ihren Dad erwähnt, das Wort

»Scheidung« war noch kein einziges Mal gefallen. Es war ein Wort, das so gar nicht in diese aufgeräumte, durchorganisierte Wohnstatt zu passen schien.

Charlie saß grinsend auf der Küchenbank und beobachtete Bec so eindringlich, dass sie zuletzt seinem Blick ausweichen musste und sich stattdessen auf das Cover von *Woman's Day* konzentrierte, wenn sie etwas sagte. Ein Blick auf ihn, dachte Bec, und sie würde vor Lachen platzen und Sconeskrumen über den Resopaltisch sprühen.

Während der ganzen Unterhaltung setzte sich Mrs Lewis kein einziges Mal zu ihnen an den Tisch. Stattdessen bewegte sie sich wie auf Autopilot durch die Küche und bereitete allem Anschein nach bereits das Abendessen vor.

»Können wir Ihnen wirklich nicht helfen?«, fragte Rebecca erneut.

»Nein. Nein, meine Liebe. Es geht schon, vielen Dank.«

Zu Rebeccas Erleichterung sprang Charlie von der Bank auf und erklärte: »Dann gehen wir jetzt Dad suchen … und ich zeige Rebecca dabei die Farm.«

»Vielleicht möchte sie die Farm gar nicht sehen, Charlie. Vielleicht möchte sie sich lieber etwas ausruhen. Es war eine lange Fahrt.«

»Nein! Nein. Ich würde gern raus. Und die Farm sehen«, ergänzte Rebecca und schoss dabei verdächtig schnell aus ihrem Stuhl, dass die Stuhlbeine übers Linoleum schabten.

Im Pick-up fuhren sie über das Gehöft, an riesigen, im Wind stöhnenden Scheunen mit Pultdach und turmhohen Silos vorbei. Sie sah sich zwischen den Gebäuden um.

»Wo sind eure Hunde?«

»Dad duldet keine Hunde. Früher hielten wir ein paar Schafe, aber die hat er verkauft und die Zäune niedergerissen. Der Scherstall ist jetzt mit Blech ausgelegt und wird als Getreidelager genutzt.«

»Keine Pferde?«

Charlie schüttelte den Kopf.

Nach ihren nächsten beiden Fragen: »Wo sind die Bäume?« und »Gibt es hier einen Fluss, in dem man schwimmen kann?«, war die Begeisterung auf Charlies Gesicht verflogen, und es war still in der Fahrerkabine geworden. Sie wusste, dass sie ihn verletzt hatte, und gab sich darum alle Mühe, ihn wieder aufzumuntern.

»Der Himmel ist hier draußen so schön und groß.« Sie beugte sich gebückt vor und blickte durch die Windschutzscheibe in das weite Blau auf. Er sah sie an und lächelte dünn.

Vor ihnen rumpelte ein riesiger Deutz-Traktor mit breiter Stangensprühanlage zwischen den Baumwollpflanzen auf und ab.

»Ich schätze, das ist dein Dad.«

»Da schätzt du richtig«, war Charlies knappe Antwort.

Nachdem der Traktor endlich tuckernd zum Stehen gekommen war, öffnete Mr Lewis die Kabinentür und kletterte langsam heraus. Er zog die Hose unter dem runden Bauch hoch und blieb einfach stehen, die Arme vor der breiten Brust verschränkt. Dann sah er Charlie an und nickte.

»Sohn.«

»Hi, Dad«, sagte Charlie.

Als Nächstes tastete Mr Lewis' Blick Rebecca ab. Sein Gesicht zeigte keine Regung. Er blieb wortlos stehen. Und wartete.

»Ähm. Dad«, durchbrach Charlies Stimme das Schweigen. »Das ist meine … Freundin … Rebecca.«

Rebecca trat lächelnd einen Schritt vor und streckte die Hand aus.

»Hallo«, sagte sie fröhlich.

Mr Lewis schüttelte ihre Hand, aber Rebecca war sicher, einen leichten Widerwillen auf seinem roten, runden Gesicht zu erkennen.

Beim Essen wechselte Mr Lewis kaum ein Wort mit

Rebecca und brachte die Zeit hauptsächlich damit zu, auf alle Politiker zu schimpfen, die in den Nachrichten auftauchten. Mit Charlie redete er noch weniger. Rebecca saß beklommen da und ließ die Erbsen über ihren Teller kullern.

»Noch ein Glas Wasser?«, fragte Mrs Lewis lächelnd.

»Danke. Gern.«

Rebecca war erleichtert, als das Essen überstanden war und sie den Raum verlassen konnte, um die Teller in die Küche zu tragen.

Als Rebecca und Charlie gemeinsam an der Spüle standen und abwuschen, flüsterte er ihr zu: »Alles okay?«

Bec lächelte freundlich und küsste die Luft zwischen ihnen, als wollte sie sagen: »Ich liebe dich, selbst wenn deine Eltern total den Zeiger haben.«

Als Mrs Lewis Rebecca ins Gästezimmer führte und ihr erklärte, dass sie sich eines der beiden schmalen Betten aussuchen könne, fiel Becs freundliches Lächeln endgültig in sich zusammen. Sie und Charlie wohnten praktisch seit einem Jahr zusammen. Das musste Mrs Lewis doch wissen. Warum also getrennte Zimmer?

Verdrossen zerrte Bec ihren einzigen Pyjama, den sie *nie* anzog, aus ihrer Reisetasche und schlüpfte wie ein muffiges Kind hinein. Im Bett kratzten die Laken an Becs Haut. Zu viel Waschmittel, dachte sie und ohrfeigte sich dann im Geist, weil sie so überempfindlich war. Als sie das Licht ausschaltete und versuchte, in dem fremden, dunklen Zimmer die Augen zu schließen und einzuschlafen, musste sie feststellen, dass sie sich nach Charlie und seinem nackten, warmen Körper sehnte. Sie wusste, dass sein Zimmer am anderen Ende des Ganges lag, noch hinter der Küche und auf der anderen Seite des Hauses. Aber würde sie sich im Dunkeln zurechtfinden, ohne dass Mr und Mrs Lewis sie hörten? Sie schlug die Decke zurück, schwang die Beine aus dem Bett und stand auf. Probieren würde sie es auf alle Fälle …

Kapitel 27

Herzlichen Glückwunsch, Mrs Maybury!« Tom erhob wackelnd das Glas und kleckerte dabei einen Schluck Champagner auf sein Hemd. Er nahm einen geräuschvollen Zug und küsste seine Mutter auf die Wange. Sein Kuss hinterließ einen feuchten Fleck auf dem leichten Make-up, das ihr Gesicht bedeckte. Dann wankte er zu dem Tapeziertisch, der im Schatten des großen Eukalyptusbaumes aufgestellt war, und kippte die Champagnerreste aus den dicken grünen Flaschen in sein Glas.

Bec beobachtete ihn aus der kleinen Gruppe von Hochzeitsgästen heraus. Ihr fiel auf, wie tief seine Schultern hingen und wie schlaff die Kleider an seinen dürren Gliedern schlackerten. Seine Haare waren ungeschnitten und standen in störrischen Büscheln vom Kopf ab. Dunkelbraune Stoppeln sprossen auf seinem kantigen Kinn. Seine Haut war eigentümlich blassbraun, und seine Augen waren von gelben Ringen unterlegt. Auf der Stirn durchfurchte eine tiefe senkrechte Falte die jugendliche Haut zwischen seinen Brauen.

Bec sah, wie Sally von der Bar her auf ihn zuschlenderte und ihm einen Kuss auf die Wange gab. Tom sah durch sie hindurch, als hätte er sie gar nicht bemerkt.

Sein Blick ließ Bec das Blut in den Adern gefrieren. Instinktiv stellte sie sich näher zu Charlie und schob die Hand in seine, ohne dass er die fröhliche Unterhaltung mit Peter unterbrochen hätte, der seinerseits nervös mit einem langen goldenen Band herumspielte.

Am anderen Ende des Bandes hockte Henbury, der damit beschäftigt war, den dünn behaarten Fleck zu lecken, an dem sich früher seine Eier befunden hatten. Der Hund hatte das während der gesamten kurzen Hochzeitszeremonie getan, Peters verstohlenen Tritten mit der Schuhspitze zum Trotz.

»Du hast erstklassige Arbeit als Trauzeuge geleistet, stimmt's, Henners?« Charlie bückte sich und tätschelte den Hund, wobei er Rebeccas Hand kurz losließ.

Während Peter und Charlie weiterplauderten, wanderten Becs Augen über die Hochzeitsgäste und kamen, inmitten der Gäste, auf einer dünnen Trudy mit einem fetten Baby im Arm zu liegen.

Ihr piepsiger Monolog überlagerte das Gemurmel der übrigen Anwesenden, und ihre Gesprächspartner lauschten ihr lächelnd und nickend mit glasigem Blick.

»Natürlich hat Daddy Mike *richtig* lang frei gegeben, was total *super* ist, weil Danny so ein *Plagegeist* ist, stimmt's, mein Dickerchen? Aber das neue Haus ist einfach perfekt, in einem, das weniger modern und geräumig wäre, würden wir es kaum aushalten, schon gar nicht, wenn Nummer zwei erst da ist, wobei, so schnell geht das nicht! Noch nicht! Ich glaube nicht, dass ich es jetzt schon mit zweien aufnehmen könnte. Natürlich kommt Mum oft vorbei und hilft mir. Sie ist einfach *super*. Ich kann mir nicht vorstellen, wie ich das alles geschafft hätte, wenn wir noch im Busch leben würden.«

Noch während Rebecca heimlich lauschte, spürte sie etwas an ihrem Haar zupfen. Sie drehte sich um und sah Mick mit kurz geschorenem Haar und im Anzug vor sich stehen.

»Wie geht's der Studentin im Abschlussjahr? Fühlst du dich wichtig, wo du bald ein offizielles Papier in der Hand hältst?«

»Es läuft genial … nur blöd, dass ich meine Erkenntnisse noch nirgendwo in die Praxis umsetzen konnte.«

»Ach, soweit ich gehört habe, hat der junge Charlie den einen oder anderen Hektar vorzuweisen. Du könntest dich dort versuchen. Waters Meeting kannst du vergessen – da haben Dad und die Dürre ganze Arbeit geleistet. Dauert nicht mehr lang, bis alles zusammenbricht.«

»Hör auf so zu reden!«

»Ach, komm schon, Bec. Da wegzukommen, hat mir mächtig gutgetan … inzwischen habe ich tatsächlich Geld auf der Bank. Ich hätte gedacht, dir hätte das Studium auch gutgetan und dich erkennen lassen, dass diese Träume, die du und Tom gesponnen haben, genau das sind. Dad lässt nicht los, bis er tot von der Veranda purzelt. Der alte Sack.«

»Der alte versoffene Sack«, sagte Tom, der zu ihnen spaziert kam, das Glas so schräg haltend, dass der Sekt auf den Rasen tröpfelte.

»Wie läuft es da draußen?«, fragte Bec mitfühlend.

»Was interessiert dich das?« Tom sah sie finster an.

»Drei Monate noch, Tom. Drei Monate, dann bin ich fertig. Dann ist der Kurs zu Ende, ich habe mein Diplom und kann weg. Dann komme ich heim, und wir können unsere Pläne umsetzen!«

»Vergiss es. Warst du in letzter Zeit mal dort?« Er wedelte wild mit den Armen. »Nein! Keiner von euch Arschlöchern war mal dort. Waters Scheiß Meeting, leck mich doch! Seit über einem Jahr fließt dort kein Wasser mehr zusammen – beide Flüsse sind ausgetrocknet! Wir haben kein Vieh mehr, von Hank und deiner einsamen alten Stute abgesehen, Dad hat alle Hunde erschossen. Er hat die armen Viecher nicht mal begraben. Sie einfach an der Kette verrotten lassen. Also vergiss diese Collegescheiße von wegen ›Ich werde die Farm retten‹.«

Die Verbitterung in Toms Stimme ließ das fröhliche Geplauder der Hochzeitsgäste verebben. Die Gäste verstummten und drehten sich mit großen Augen zu ihnen um. Charlie drehte sich um, stellte sich hinter Bec und legte eine Hand auf ihren Arm. Frankie, die gerade die Hochzeitstorte servierte, sah nervös von ihrer Kuchenplatte auf. Mitten in dem angespannten Schweigen kniff Trudy energisch die Lippen zusammen. Sie reichte das Baby an ihre Mutter weiter und marschierte auf Tom zu. Scheinbar sanft legte sie die schlanke, manikürte Hand auf seinen Arm, doch ihre Fingerspitzen bohrten sich in Toms Muskeln.

Ohne die Zähne auseinanderzunehmen, sagte sie säuselnd: »Beruhige dich, Tom. Du bist betrunken. Verdirb deiner Mutter nicht den Hochzeitstag, komm mit, dann bekommst du ein Stück Torte.«

»Schieb dir deine Torte sonst wohin, du egoistische Hexe!« Er schüttelte ihren Griff ab und taumelte rückwärts.

Mick hechtete sich auf ihn und packte ihn am Hemdkragen. »Pass auf, was du sagst.«

Tom holte aus, verfehlte seinen Bruder und fiel auf den Rasen. Auf allen vieren kniend, sah er zu ihnen auf. »Keiner von euch will der Wahrheit ins Gesicht sehen! Verpisst euch doch alle!«

Frankie trat vor, die Wangen hektisch gerötet. »Tom! Hör auf damit!«

»Was interessiert dich das? Wann hätte dich das *je* interessiert? *Mum?«*, setzte er sarkastisch nach.

Frankie erstarrte. Entsetzt starrte sie in das verzerrte, zornige Gesicht ihres Sohnes. Er sah ihr in die Augen, dann verzog sich seine Miene unter Qualen. Die Tränen begannen zu fließen, und ein ersticktes Schluchzen stieg tief aus seiner Brust.

»Du Rabenaas von einer Mutter!« Tom riss Rebecca das Sektglas aus der Hand und kippte es seiner Mutter ins Gesicht. Dann rannte er los zu seinem auf der Straße geparkten Pick-up. Alle beobachteten still und versteinert, wie er in Richtung Freeway fuhr, der aus der Stadt führte.

»Charlie, wir müssen ihm nachfahren!«, rief Bec.

»Ich glaube, ich hab schon zu viel getrunken, um noch zu

fahren«, widersprach er leise und schwenkte dabei vielsagend das Glas.

»Wenn du nicht fahren willst, fahre ich eben.« Sie drehte sich um und wollte gehen, doch Mick versperrte ihr den Weg.

»Bec. Er kommt schon zurecht. Er ist schon so oft betrunken gefahren. Ihm passiert schon nichts. Du bringst dich nur in Schwierigkeiten, wenn du ihm nachfährst. Wir haben alle zu viel getrunken.«

Rebecca wandte sich an ihre Mutter. »Mum?«

Frankie stand wie angewurzelt da, während Peter eine Hand auf ihre Schulter legte.

»Mum. Tu doch um Gottes willen etwas! Steh ihm wenigstens ein einziges Mal in deinem verfluchten Leben bei!« Ihre panische Stimme legte sich über die verstummte Hochzeitsgesellschaft. »Warum siehst du es nicht ein, Mum? Er braucht *deine* Hilfe. Ich kann ihn nicht länger bemuttern. Das ist *deine* Aufgabe!«

Jemand hatte Frankie eine Papierserviette gereicht, mit der sie wie betäubt den Sekt abtupfte, der in dunklen Flecken ihre Seidenjacke tränkte. Frankies Lippe begann zu beben. Sie drehte sich um und vergrub das Gesicht an Peters Brust. Er legte schützend die Arme um sie.

»Du solltest nicht deiner Mutter die Schuld geben, Rebecca«, sagte Peter leise. Dann führte er Frankie weg.

Rebecca stand immer noch in eisiger Angst mitten im Stadtpark, als Trudy auf sie zukam. »Ein Stück Torte?«, fragte sie und streckte ihr den Teller entgegen.

Kapitel 28

Harry Saunders' Kehle fühlte sich an, als steckte ein Messer darin, doch er hatte das Gefühl, dass er trotzdem etwas essen musste. In der Küche blickte er tiefsinnig in die Dosen mit gezacktem Rand, die sich auf dem Küchentisch drängten. Grüne, flauschige Schimmelkulturen sprossen auf den roten Schmierern von gebackenen Bohnen in Tomatensoße. Wütend fegte er mit dem Arm die Dosen vom Tisch. Das Geklapper der Dosen auf dem Boden ließ den Kater schon längst nicht mehr aus der Tür fliehen. Er hatte sich schon vor langer Zeit in den sicheren Brennholzhaufen zurückgezogen und ernährte sich dort notdürftig von Eidechsen, Mäusen und Vögeln.

»Wo steckt dieser verfluchte Tom?« Harry riss das Fenster auf und brüllte nach draußen: »Wo zum Teufel steckst du, Junge?« Seine Stimme hallte von den Hügeln wider.

Harry stolperte zur Küchenbank und goss einen Schluck Whisky in seine Kaffeetasse.

»Faulpelz«, murmelte er.

Auf der Veranda suchte Harry neben dem Wäschestapel nach einem Korb mit Eiern, nach Schaffleisch, das in ein Tuch eingeschlagen war, oder einem Karton Gemüse. Dort stand immer noch nichts. Rein gar nichts. Harry sah mit zusammengekniffenen Augen zum Berg auf, dann knallte er die Tür wieder zu und kehrte in die Küche zurück.

In seiner Hütte fütterte Tom Bessie mit etwas Hammelnacken, den sie ihm vorsichtig aus der Hand nahm.

»Braves Mädchen, Bess«, sagte er und beobachtete, wie sie mit dem Fleisch unter das alte Wassertankgestell trottete, um dort daran zu nagen. Dann kippte er etwas Hafer aus dem Jutesack in den alten, auf der unteren Hälfte einer Pflugschar liegenden Reifen, der Hank als Futtertrog diente. Hank kam leise wiehernd angetrabt.

In seiner Hütte stapelte Tom ordentlich die splittrigen Holzscheite neben dem Kamin auf. Dann schüttelte er das Laken seines Schlafsacks aus, rollte ihn fest darin ein und ließ ihn auf dem durchgelegenen Feldbett liegen. Anschließend nahm er den uralten Besen mit dem abgebrochenen Stiel zur Hand und fegte den Boden sauber. Mitten im Raum stand als Hauptpfeiler ein großer, von Hand gefällter Baumstamm. In das glatte Holz waren in altmodischen Buchstaben die Initialen seines Ururgroßvaters eingeschnitten, und dazu die Zahl des Jahres, in dem er den Namen eingeschnitzt hatte – ALS 1901. Archibald Lewis Saunders. Darunter waren in einem tieferen Einschnitt die Initialen seines Großvaters zu sehen – DJS 1945. Douglas John Saunders. Tom fuhr mit den Fingerspitzen über die Buchstaben und sprach die beiden Namen laut aus. Nur die Initialen seines Vaters waren nirgendwo auf dem Pfeiler zu finden.

Er nahm sein Messer aus dem Lederbeutel und begann seine eigenen Initialen unter denen seines Großvaters einzuschnitzen. TJS. Thomas John Saunders. Dann folgte die Jahreszahl. Er setzte sich zurück, begutachtete sein Werk und versuchte sich vorzustellen, wie die Toten in der Hütte herumwanderten.

Als Tom schließlich nach draußen auf die Veranda trat, wehte dichter Nebel heran. Ein frostiger Wind blies die feuchte Wolke mit leisem Heulen durch die Ritzen im Holz. Das lose Blech auf dem Dach schepperte wütend gegen die alten Schindeln darunter. Vielleicht, dachte er, würde die Wetterfront etwas Regen ins Tal bringen. Ihnen eine Atempause von der Dürre verschaffen.

Er sattelte Hank und befahl Bess, dem Pferd zu folgen. Im dichten Nebel stiegen sie vom Berg ab. Während des langen Rittes konnte er nichts von dem Tal unter ihnen erkennen, so dicht war der Nebel.

In der Abenddämmerung erschien Harry wieder an der Hintertür. Diesmal saß Bessie auf der Veranda. Sie schlug mit dem Schwanz auf die Betonstufe und winselte. Harrys Blick ging über den braungelben, staubigen Boden. Am Trog mit dem leckenden Hahn stand Hank und rupfte die kurzen Büschel von grünem Gras. Bessie trottete den Gartenweg hinunter, sprang über das Gartentor und verschwand in der Garage. Ohne sich umständlich die Stiefel anzuziehen, schlurfte Harry in Socken über den rissigen Betonweg zum Tor. Er stolperte über den staubigen Boden. Kletten verhakten sich in seinen Socken.

Bessie war am Garagentor sitzen geblieben und kläffte kurz. Harrys Wagen parkte in der Garage. Auf der staubigen Kühlerhaube stand ein Karton mit Lebensmitteln. Ein Stängel Sellerie ragte zwischen Nudeln, weißem Zucker und Teebeuteln heraus. Ein alter Topf voller Eier und ein Jutesack mit einem Lammschlegel lehnten an dem Karton. Harry wollte schon die Sachen einsammeln, als er im Halbdunkel der Garage ein geschlachtetes Lamm sah, das, in ein dunkles Tuch gehüllt, von einem der Sparren hing.

»Was spricht dagegen, den Schlachtschuppen zu benutzen, Junge?«, schnaubte Harry. »Faulpelz«, lallte er.

Er ging in die Garage und wollte das Schaf schon herunterschneiden, als er erkannte, dass der Stoff ein Ölmantel war. Unten aus dem Mantel ragten zwei Beine. Toms Stiefel, die in der Luft hin und her baumelten. Aus den Ärmeln des Mantels hingen schlaff zwei weiße Hände. Mit dreckigen Fingernägeln und leichenblass. Harry taumelte nach hinten und wäre fast gegen das Auto geprallt. Den Mund zu einem lautlosen Schrei aufgerissen, hob er den Blick zu den Dachsparren.

Toms Kopf hing schwer herab. Das bläuliche Gesicht starrte Harry aus hervorquellenden Augen an. Toms Miene war reglos. So reglos. Seine Lippen nur noch dünne blaue Striche. Als Harry vor dem Leichnam zurückwich, sah er die Worte, die mit roter Kreide auf das Autodach gekritzelt waren.

»Wachst du jetzt endlich auf, Dad?«, schrien die Buchstaben.

Noch während Harry zum Haus zurückrannte, brachen aus seiner Kehle heisere Schreie, die von den Hügeln widerhallten. Er knallte die Haustür zu und schloss die Welt aus.

In der abendlichen Stille trottete Bessie in die Garage und sah zu Tom auf. Sie schnupperte nervös, zuckte kurz zurück und ließ sich dann genau unter Toms Füßen nieder. Seufzend begann sie an einem Grassamen zu lecken, der sich an ihrer Flanke verfangen hatte.

Am Trog schüttelte Hank mit einem kurzen Zucken eine Fliege ab und trottete dann zur Garage, wo er an der Selleriestange zu knabbern und zu zupfen begann, die aus dem Karton ragte. Dann winkelte er den Hinterhuf an und begann zu dösen. Direkt neben Tom.

Kapitel 29

Rebecca saß in ihrer Prüfung über Agrarökonomie. Sie hatte den Stift hinter das Ohr geklemmt und tippte stirnrunzelnd Zahlen in ihren Taschenrechner ein, um die zukünftigen Erträge der hypothetischen Wollkontrakte zu errechnen. Der Prüfungsaufseher kam zwischen den Pulten auf sie zu und beugte sich vor, um ihr etwas ins Ohr zu flüstern. Er bat sie, Taschenrechner und Stift abzulegen und mit ihm nach draußen zu kommen. Ungläubig sah sie zu ihm auf. Im ersten Moment glaubte sie, er würde ihr unterstellen, sie hätte gespickt, aber sein mitleidiger Blick sagte ihr, dass etwas Schreckliches passiert sein musste. Ein paar Studenten sahen kurz auf, als sie leise aus der Tür huschte. Die anderen schrieben weiter.

Draußen legte Ross den Arm um ihre Taille und führte sie zum Rektorat. Graue Locken umrahmten sein rotes Gesicht. Er wirkte bedrückt. Charlie stand ein wenig abseits auf dem gepflasterten Weg. Er trat näher zum Rektor. Rebecca sah von ihrem Rektor auf Charlie.

»Rebecca, ich habe leider schlechte Nachrichten für Sie«, sagte der Rektor milde. Er streckte eine rosa Hand aus und legte sie auf ihre Schulter.

»Es geht um Ihren Bruder Tom.«

Ehe der Rektor weitersprechen konnte, wusste Bec, dass Tom tot war. Sie wusste es einfach. Sie spürte, wie der Atem, wie das Leben aus ihr gepresst wurde. Noch während sie zusammensackte, schrie sie auf. Obwohl es kein Schrei war, nur ein Stöhnen, ein qualvolles Stöhnen.

Charlie trat vor den Rektor und fing Rebecca mit seinen Armen auf. Ihr Kummer schnürte ihm die Luft ab. Er spürte das genau. Als der Rektor ihn angerufen hatte, um seine Hilfe zu erbitten, und ihm dabei die Neuigkeit erzählte, hatte Charlie zuerst vor allem Angst um Bec bekommen. Wie konnte er sie vor so etwas beschützen?

In Charlies Armen überschlugen sich Becs Gedanken. Dann setzte die Panik ein. Ihre Knie fühlten sich an, als würden sie unter ihr einknicken, und sie glaubte, sich übergeben zu müssen.

»Warum? Wie? O Gott …«

Charlie flüsterte ihr alle Einzelheiten zu, und jedes Wort durchbohrte sie wie ein Messerstich. »Sich umgebracht.« »Suizid.« »Gestern.« Die Worte fügten sich zusammen und formten eine grauenvolle neue Realität in Becs Geist. Während sie die Nachricht zu verarbeiten versuchte, explodierten Hass und Zorn auf ihren Vater in ihr. Sie biss die Zähne zusammen und begann laut und mit zusammengekniffenen Augen zu heulen.

Charlie legte die Hand auf ihren Kopf, drückte Rebecca an seine Brust und begann sie wegzutragen. Ross kam mit ihnen, die Hand immer noch auf Becs Rücken. Der Rektor folgte langsam nach. Mit grimmigem Gesicht. Ein Blatt Papier fest zwischen den Fingern.

In Rebeccas Zimmer legte Charlie sie ins Bett und breitete die Decke über ihre Schultern. Dann zog er die Vorhänge zu und schloss die Sonne aus. Er legte sich neben sie und strich ihr übers Haar. Er versprach, sich um alles zu kümmern.

Rebecca schlotterte. Als das Telefon läutete, küsste Charlie sie liebevoll auf den Kopf, ging aus dem Zimmer und zog die Tür hinter sich zu.

Rebecca wälzte sich im Halbdunkel ihres Zimmers im Bett und brüllte in ihr Kissen, bis sie spürte, wie ihr wieder übel wurde. Sie versuchte still und ruhig zu liegen und starrte auf die glühenden grünen Digitalziffern des Weckers, bis ihr Blick verschwamm. Sie hörte, wie Charlie nebenan leise und schnell ins Telefon sprach. Sobald er sich verabschiedet und aufgelegt hatte, läutete das Telefon erneut.

Als er endlich wieder in ihr Zimmer zurückkam, schlief sie schon; schlief in ihrer Tom-losen Welt.

Kapitel 30

Als sich die Trauergäste langsam vom Grab entfernten, stolperte Harry stumm in ihrem Kielwasser hinterher. Er stand im Schatten der Kirche, ganz am Rand der kleinen Trauergemeinde. Seine wässrigen Augen wanderten über die anderen Trauernden. Er hielt Ausschau nach Rebecca. Erst entdeckte er Frankie. Ihr braunes Haar wehte wild im Wind. Harry sah, wie Peter den Arm um sie legte und sie vom Grab weg zu den geparkten Autos führte.

In der Gruppe sah er Mick mit seinem Sohn Danny auf dem Arm den Hügel hinaufgehen. Im Gehen hob Mick das Kind an sein Gesicht und presste den Mund auf Dannys rosige Wange. Trudy hing mit ihren perfekten kleinen Händen an Micks Ellbogen und tupfte sich mit einem Taschentuch die Augen.

Hinter der kleinen Gemeinde entdeckte Harry schließlich auch Rebecca, die wie festgewachsen dastand und auf die ausgedörrte Wiese hinter der Kirche starrte. Er hielt den Atem an. Ein großer junger Mann mit dunklem Haar stand neben ihr und stützte sie mit einer Hand am Rücken. Als sie sich umdrehte und den anderen Gästen zuwandte, erkannte Harry, dass ihr erschüttertes Gesicht tränennass war. Und vor Schmerz verzerrt.

Sie war so schön, dachte er. Und Tom so ähnlich. In ihrer Hand hielt sie fest umklammert eine Leine aus Känguruleder. Das andere Ende der Leine hing an Bess' Halsband. Die Hündin stand reglos neben ihr und lehnte sich nur manchmal an Rebeccas Bein, um in der Luft zu schnuppern und nach Tom zu suchen.

Während Harry so dastand und Rebecca beobachtete,

begriff er plötzlich, was er getan hatte. Er hatte seinen Groll an seiner Familie ausgelassen. Er hatte das schwächste Glied darin zerstört. Den armen Tom. Den armen, stillen, fürsorglichen Tom. Harry merkte, wie sich sein Mund verzog, als ihn die Erkenntnis mit voller Kraft traf. Unter Tränen starrte er auf seine Tochter, die sich, fast aller Kräfte beraubt, müde auf den großen jungen Mann stützte.

Harry schluckte. Er würde keine Fehler mehr machen, nahm er sich vor. In diesem Moment beschloss er, in seinen verschrammten Stiefeln zwischen Löwenzahnblüten und windschiefen alten Grabsteinen stehend, dass er sich zusammenreißen und seine Farm retten würde. Nie wieder würde er seine Kinder bestrafen. Er machte auf dem Absatz kehrt und begann, in Richtung Stadt zu gehen.

Im kühlen Nachmittagslicht drehten die Trauergäste der Sandsteinkirche den Rücken zu und verstreuten sich im Wind. Schweigend stiegen sie in ihre Autos und Pick-ups, wo sie die Taschentücher wieder in die Tasche stopften; einige waren froh, dass sie noch am Leben waren, und spürten den Biss des kalten Windes, andere waren erschüttert, dass ihnen der Tod so nah war und dass er ein so junges Leben genommen hatte. In einer langsamen Prozession rollten die Menschen in ihren Autos und Pick-ups über die gewundene Schotterstraße dem Pub entgegen.

Sobald Charlie die Tür des Pubs aufzog und Rebecca hineinführte, begann Bessie an ihrer Leine zu zerren.

»Schon gut. Schon gut«, sagte Bec zu dem Hund und hängte die Leine ab. Bessie nieste und trottete zu dem Barhocker, auf dem Tom immer gesessen hatte. Die Hündin ließ sich entlang der hölzernen Fußleiste unter der Bar nieder und bettete den Kopf auf die Pfoten. Gelegentlich hob sie die Schnauze, um die dargebotenen Sandwichrinden oder Wurststücke aus den fettigen Hotdogs aufzuschnappen.

Rebecca und Frankie standen schweigend mit ihren angeschlagenen Teetassen inmitten der Gäste. Charlie und Peter wichen ihnen kaum von der Seite und unterhielten sich mit Freunden und Angehörigen. In einer Ecke versuchte Trudy den schreienden Danny zu beruhigen, indem sie ihn auf ihrer Hüfte hüpfen ließ.

Bis Dirtys Frau die leeren Sandwichplatten und Teetassen weggeräumt hatte, waren die gedämpften Stimmen der Trauergäste wieder so laut geworden wie sonst auch. Bier floss durch die Leitungen in die Gläser. Die Gäste begannen sich am Alkohol und ihrem Geplauder zu wärmen. Der Eishauch des Todes, vor allem eines Selbstmordes, war zu grausam, um ihn lange zu ertragen. Sie versuchten ihn abzuschütteln, indem sie ihre Gläser erhoben und auf Tom anstießen.

Draußen vor dem Pub saß Harry auf einem grob behauenen Baumstamm und lauschte den lauter werdenden Stimmen.

Als Dirtys Frau ihm die leere Teetasse abnehmen wollte, klammerte er sich mit beiden Händen daran fest. Sie verschränkte die Arme unter der Brust, kniff die Lippen zusammen und sah auf ihn herab. »Trinkst du heute gar nichts, Harry?«

Sie schnaubte kurz durch die Nase. »Ich bringe dir noch eine Tasse Tee.«

Seine Blicke folgten ihr dankbar.

Drinnen in der Bar ließ Rebecca sich von Rum und Cola wärmen. Sie saß auf Toms Stammplatz und spürte, wie seine Trauer sie durchlief.

Sie konnte ihn in ihrer Seele spüren und erkannte unvermittelt, dass er ein Teil von ihr war und dass er das immer bleiben würde. Als Dirty das nächste volle Glas vor ihr abstellte, lächelte sie ihn dankbar an und blickte zum anderen Ende der Bar, wo Charlie und Mick nebeneinander lehnten, die Ellbogen auf die Bar gestützt, und sich unterhielten. Plötzlich legte sich eine Hand auf ihre Schulter. Es war Peter.

»Wir gehen nach oben in unser Zimmer. Deine Mutter muss sich hinlegen.«

»Danke«, sagte sie zu ihm. Sie rutschte von ihrem Hocker und umarmte ihre Mutter. Als sie Frankies Arme auf ihrem Rücken spürte, wurde ihr wieder die Kehle eng, und die Tränen begannen zu fließen.

»War es unsere Schuld?«, fragte Bec in Frankies weiches, süß duftendes Haar.

»Ich weiß es nicht.« Frankie begann wieder zu weinen. Schluchzend ließ sie sich von Peter aus dem Raum führen, zwischen den Trauergästen hindurch, die rücksichtsvoll den Weg frei machten und mitleidig verfolgten, wie die Mutter des toten Jungen den Raum verließ.

Bec drängte sich durch die anderen Gäste und trat auf die Veranda. Draußen in der kühlen Luft stellte sie erschrocken fest, dass es schon dämmerte und die Sonne nur noch die Gipfel der Berge über dem Fluss bestrahlte. Der Wind war abgeflaut, die Welt war still geworden. Kakadus hingen laut zeternd an den Stromleitungen. Sie schlang den Arm um den glatten, abgewetzten Verandapfosten und ließ den Kopf gegen das Holz sinken.

»Hallo, Bec.« Sowie sie die Stimme hörte, wusste sie, dass es er war.

Sie drehte sich um und sah ihren Vater reglos im dunklen Schatten der Veranda kauern. Er saß gebeugt, sein Haar war nur noch ein grauer Schopf. Die Haut schien lose an ihm herabzuhängen. Eingefallene Wangen, tiefe Tränensäcke unter den Augen. Die Augen selbst waren rot geweint wie bei einem alten Hund. Die Kleider wirkten viel zu groß für seinen Körper. Rebecca erkannte ihren Vater kaum wieder. Unter den Trauernden am Grab hatte sie ihn nicht gesehen. Eigentlich sah er aus wie ein Penner, der seine Tage auf einer

Bank vor dem Pub verdämmerte. Er gab sich alle Mühe, ihr in die Augen zu sehen.

Müde stand er auf, kam auf sie zu und schlang die Arme um sie. So standen sie schweigend da. Rebecca war vor Hass wie versteinert. Eisig harrte sie in seinen Armen aus. Dann begann Harry zu beben. Sein Körper schrumpfte zusammen. Er trat zurück und wischte sich mit Daumen und Zeigefinder über die roten Augen.

»Ich gebe mir ganz allein die Schuld«, sagte er und schlurfte davon in die blaue Dämmerung bis zum fernen Ende der Reihe von geparkten Autos.

»Und zwar zu Recht«, murmelte Rebecca ungerührt, während sie beobachtete, wie die Scheinwerfer seines Autos über die Eukalyptusbäume strichen. Ihre Augen folgten den Lichtern, bis sie hinter der Kurve verschwanden.

Als Charlie Rebecca entdeckte, saß sie im Dunkeln an der Flussbiegung in der Nähe des Pubs. Sie hatte ihre Knie umschlungen, wiegte sich hin und her und weinte laut.

Mit seinem Hemdsärmel wischte er die Tränen und den Speichel von ihrem Gesicht und hielt sie in den Armen.

»Psst. Pssst. Pssst«, sagte er.

Kapitel 31

Im Motelzimmer reichte Charlie Rebecca eine Schale mit Weetabix, die sie ihm abnahm, ohne auch nur aufzusehen. Der Wolke auf der Wetterkarte im Fernsehen nach zu urteilen, versank die ganze Ostküste im Regen. Sie löste ihre verschränkten Beine, stand vom Bett auf und trug die Schüssel zum Fenster. Dort blieb sie stehen und sah zu, wie der Regen in schweren Schleiern vom Himmel fiel. Das Wasser plätscherte geräuschvoll durch das Regenrohr draußen, und die am Motel vorbeifahrenden Autos sprühten zischende Fontänen in die Luft.

Charlie trat neben sie.

»Iss auf. Es wird ein anstrengender Tag und eine anstrengende Nacht.«

»Tom hat uns Regen geschickt. Bestimmt tritt der Fluss zu Hause bald über die Ufer. Hoffentlich sitzen Inky und Hank nicht auf der Weide am Flussufer fest.«

Charlie sah sie ernst an, nahm ihr die Schüssel aus der Hand und stellte sie auf das Frühstückstablett zurück. Dann legte er die Arme um Rebecca und zog sie an seine Brust. Seine geflüsterten Worte strichen sanft über ihren Kopf.

»Komm schon, Bec. Heute bekommen wir unsere Abschlusszeugnisse. Sei nicht traurig. Tom wird bei dir sein. Heute sollten wir uns einfach nur amüsieren. Unsere Freunde treffen, etwas trinken. Ich sage nicht, dass du deine Trauer vergessen sollst. Ich sage nur, dass du sie beiseiteschieben sollst. Nur heute. Damit du vielleicht das Gefühl bekommst, dass du weitermachen möchtest.«

Sie löste sich von ihm. »Womit weitermachen?«, fragte sie wütend, dann rannte sie ins Bad und knallte die Tür hinter sich zu. Sie stellte sich unter die Dusche und ließ die heißen Wasserstrahlen auf ihre gerötete Haut prasseln. Sie hatte die Tage, Wochen und zuletzt Monate gezählt, die sie inzwischen seit Toms letztem Tag auf Erden zurückgelegt hatten. Sie hatte versucht, sich in seine Gedanken und Stimmungen zu versetzen. Sie sah vor sich, wie er allein in seiner Hütte saß, und sie weinte jedes Mal, wenn sie an Hank und Ink Jet dachte, die jetzt ohne Toms Liebe auf Waters Meeting überdauern mussten.

Unter der Dusche ließ Rebecca die vergangenen zwei Monate Revue passieren. Sie lagen wie im Nebel. Nur mit Mühe konnte sie sich daran erinnern, was ihre Tage ausgefüllt hatte. Eigentlich hatte sich nur die Trauer in ihr Gedächtnis eingebrannt … die Trauer mit ihrem unerträglichen Schmerz. Sie entsann sich, gemeinsam mit ihren Kommilitonen die letzten Prüfungen absolviert zu haben, obwohl Ross ihr angeboten hatte, sie später nachzuholen. Sie hatte an ihrem Pult gesessen und, einen Kloß in der Kehle und den Tränen nahe, ihre Antworten hingeschrieben. Sie konnte sich nicht entsinnen, in welchen Fächern sie Prüfungen geschrieben oder welche Antworten sie in die Hefte eingetragen hatte, bevor die Prüfungsaufsicht verkündete: »Die Zeit ist um!«

Nach der letzten Prüfung hatte sie ihre Bücher in Kartons gepackt und ihre Möbel an einen Studenten im zweiten Jahr verkauft. Sie hatte Gabs, Emma, Dick und Paddy zum Abschied umarmt und alle Hunde hinten auf dem Pick-up angebunden, wobei sie eine weitere Kette für Bessie befestigt hatte. Dann hatte sie Charlie geküsst.

»Ich muss eine Weile weg, nur bis zur Abschlussfeier.« Sie ertrug es nicht, den Schmerz in Charlies Augen zu sehen, darum fuhr sie eilig los, ohne sich noch einmal umzudrehen.

Sie war wieder einmal nach Norden gefahren. Zurück in ihre Unterkunft auf Blue Plains, zurück zu Bob und Marg. Um Trost in einer Art von Zuhause zu suchen. Doch dort oben hatte sich so vieles verändert. Sie hatte sich verändert. Die Trauer hatte sie altern lassen. Sie war weiser, tiefgründiger und ernster geworden, seit sie Toms Tod in sich trug. Ihre Hunde spürten das ebenfalls und pressten, als milden Trost, ihre feuchten Schnauzen in Rebeccas Handflächen. Nach einem Monat war ihr klar, dass sie Blue Plains wieder verlassen musste. Toms Tod war dort oben nicht weniger real. Es war zu früh, als dass sie versuchen wollte, wieder zu dem Leben zurückzukehren, das sie hinter sich gelassen hatte. Darum war Rebecca weitergefahren.

Jetzt drehte Rebecca in ihrem Motelzimmer die Dusche ab. Sie wusste, dass sie für Charlies Liebe und Güte dankbar sein sollte. Das winzige, kratzige Handtuch um den Leib geschlungen, trat sie aus dem Bad ins Schlafzimmer. Sie schenkte Charlie ein winziges Lächeln, und schon war er bei ihr, drückte sie in seine starken Arme, küsste das Wasser weg und liebte sie. Rebecca dürstete danach, sein Leben zu spüren, und erwiderte seinen Kuss voller Leidenschaft. Sie war froh, wieder mit ihm zusammen zu sein.

Die Absolventen unter ihren geliehenen Baretten und den schwarzen, flatternden Talaren stopften die Urkunden unter ihre Kleider und rannten aus dem Gebäude. Lachend liefen sie in den prasselnden Regen. Rebecca und Charlie waren unter ihnen. Wie schwarze Krähen flogen sie über die silbrig nasse Fahrbahn und die Straße entlang, bis sie in das stille, warme Pub platzten.

»Hey, Dave!«, rief Gabs, »können wir unsere Sachen in deinem Hinterzimmer ablegen?«

»Klar! Kein Problem!«, sagte der Barkeeper und sah dabei von seinem Kühlschrank auf.

Die Studenten zogen die muffig riechenden, regennassen Talare von ihren Schultern und stapelten sie in Gabs' Armen. Einige balancierten aufgestapelte Barette auf ihren Köpfen und spazierten damit die knarrende Treppe auf und ab, als wären sie in einer Benimmschule. Helen sammelte alle Urkunden, Diplome und Abschlusszeugnisse ein und legte sie zum Schutz ordentlich aufgestapelt in das Hinterzimmer des alten Hotels.

An der Bar begannen die Studenten gemeinsam mit ihren stolzen Eltern zu trinken. Rebecca erhob ihre Cola-Rum und stieß mit Gabs' Eltern an. Sie trank lächelnd, doch unter ihrem Lächeln lag ein bitteres Gefühl. Ein bitteres Gefühl ihrer Mutter gegenüber, die ihr erklärt hatte, sie sei zu beschäftigt, um zu kommen.

Um sechs Uhr war Rebecca schon auf der Tanzfläche, und der Schweiß lief ihr aus den Haaren über die Wangen. Sie und Gabs wirbelten sich gegenseitig inmitten der anderen Studenten im Kreis. Als Charlie sich zu ihnen gesellte, packte sie ihn und begann auf der Stelle zu hüpfen. Dann brüllte sie ihm ins Gesicht: »Gott sei Dank sind deine Eltern nicht gekommen, sonst müssten wir jetzt in irgendeinem billigen Restaurant sitzen und würden das hier verpassen.«

Er ließ sie stehen und kehrte auf seinen Hocker an der Bar zurück.

Der Regen war zu einem leichten Nieseln abgeflaut, das unter den Straßenlaternen durchzog. Rebecca saß am Straßenrand und ließ sich von den winzigen Tropfen durchnässen. Sie bibberte leicht. Um sich zu wärmen, legte sie den Kopf in den Nacken und ließ den Ingwerwein aus der Flasche in ihren Mund fließen.

In diesem Moment kam Charlie aus dem Pub und blieb hinter ihr stehen.

»Herrgott noch mal, Rebecca, hör doch auf!« Er versuchte ihr die dicke grüne Flasche zu entwinden, aber sie klammerte sich daran fest.

»Du hast genug gehabt. Komm schon, steh auf. Wir gehen ins Motel zurück.« Sie presste die Flasche an ihre Brust und schüttelte den Kopf.

»Rebecca. Du brauchst nicht so viel zu trinken.«

»Ach was! Und das sagt ausgerechnet Mr Basil Lewis. Was ist eigentlich aus dem wilden Partyhengst geworden? War der nur gespielt? Um zu vertuschen, dass du im Grunde nur ein Muttersöhnchen bist?«

»Bec. Du bist betrunken. Du willst mich provozieren. Ich werde mich nicht mit dir streiten, nur weil du um Tom trauerst.«

Charlie spürte, wie sie bei Toms Namen zusammenzuckte. Er wurde nachsichtiger. »Du kannst ihn nicht zurückholen, indem du dich mit Alkohol betäubst, Bec. Und es wird genauso wenig deine Probleme zu Hause lösen. Lass es einfach sein. Lass es sein.«

»Was weißt du denn schon?«, schrie sie ihn an. »Du bist schließlich im Musterfamilienland aufgewachsen …«

Er riss ihr die Flasche aus der Hand, zog Rebecca an sich, und sie brach in Tränen aus. »Ich weiß rein gar nichts, Bec. Ich weiß nur, dass du im Augenblick ein sehr verlorener Mensch bist. Und dass ich dich liebe.«

Rebecca ließ sich an seine Brust ziehen und vergrub ihr Gesicht in seiner Wolljacke. Er war warm und trocken und roch nach dem Zigarettenqualm im Pub.

Als sie eine Weile später im Regen saßen, sagte er: »Komm mit mir nach Hause, Bec.«

Sie löste sich aus seinem Arm und sah ihn an.

»Komm mit mir nach Hause, Bec. Wir könnten die Hütte wieder aufbauen und dort einziehen … weit weg von Mum und Dad. Du findest dort bestimmt überall Arbeit. Wir können uns einen Tieranhänger besorgen und Ink Jet und Hank mitnehmen … und ich baue dir Zwinger für deine Hunde. Wir werden uns auch ein paar Schafe zulegen.«

Mitten im Nieselregen hörte sie sich sagen: »Ja.«

»Okay. Ja, Charlie. Ja.«

Sie drückte ihn mit aller Kraft und sagte in seinen warmen Hals hinein: »Ich liebe dich so sehr.« Dann stand sie unsicher auf und zerrte Charlie ins Pub zurück.

Immer noch betrunken und von Rum und Regen durchnässt, fand sich Rebecca an Gabs' Seite wieder. Beide schauten zu, wie die Sonne hinter den Wolken aufging, die tief über den Dächern der Stadt hingen. Es hatte zu regnen aufgehört, und die Welt trug Grau in Grau. Charlie hatte es aufgegeben, sie aus dem Pub locken zu wollen. Kurz vor dem Morgengrauen war er in der stillen, nassen Dunkelheit zu ihrem Motel zurückgewandert.

Sie und Gabs saßen auf der Verkehrsinsel eines Kreisverkehrs, umgeben von Beeten mit hübschen Blumen und Büschen. Beide Mädchen hatten sich Gänseblümchen hinters Ohr gesteckt und prosteten mit ihren Biergläsern den Taxis und Lieferwagen zu, die im Kreisverkehr vorüberfuhren.

»Ich lieeebe ihn!«, erklärte Rebecca der trüben Sonne. »Ich lie-hie-hiebe ihn!«

»Ich weiß, dass du ihn liebst, du Hirni«, sagte Gabs in der Nase popelnd. »Aber du wirst es da draußen bei seiner Mum nicht aushalten. Außerdem gibt es dort keine Berge … und keine Schafe.«

Bevor Bec widersprechen konnte, erblickten die Mädchen einen Streifenwagen, der genau auf sie zuhielt.

»Scheiße!«, sagte Gabs. Sie duckten sich in den Wald von grünen Stängeln in ihrem Beet und versuchten das Kichern zu unterdrücken, während der Streifenwagen anhielt.

»Wir stechen raus wie die Eier eines Hundes«, keuchte Gabs.

»Psst!«, brachte Bec noch heraus, dann wälzten sich beide vor Lachen am Boden.

Die Polizisten versuchten ernst zu bleiben, als die Mädchen ihnen jeweils eine Blume darboten.

»Kommt. Wir bringen euch heim«, sagte der Jüngere.

»Heim«, sagte Rebecca und richtete sich schwankend auf. »Das wird nicht einfach.«

Kapitel 32

In ihrer winzigen Hütte sah Rebecca zum Deckenventilator auf, der ununterbrochen vor sich hin quietschte. Der Ventilator brachte die Luft um ihre Schultern herum in Bewegung und ließ eine Gänsehaut über ihre Arme laufen. Sie hatte es so satt, ihn anzustarren, dass sie ein Blatt Papier zusammenknüllte und es in die Ventilatorblätter warf. Das Knäuel wurde gegen die Wand geschleudert und fiel zu Boden.

»Vier Runs«, sagte Bec zu dem Ventilator.

Sie hatte eine Ewigkeit darauf gewartet, dass Charlies knisternde Stimme aus dem Funkgerät drang. Sie hatte im Garten zu arbeiten versucht, bis die Sonne ihr den Nacken verbrannt hatte. Dann war sie ins Haus gegangen, auf die Couch gesunken und hatte zu warten begonnen.

Jetzt stand sie auf und begann, die Kühlbox mit kaltem Wasser zu füllen. Endlich hörte sie seinen Funkspruch. Charlies roboterhaft klingende Stimme und das Knistern des Funks erfüllten die Küche.

»Bereit für die nächste Ladung, Bec?« Sie drückte den Knopf auf dem Mikrofon.

»Roger. Ich bin unterwegs.«

»Wer ist eigentlich dieser Roger?«, neckte Charlies Stimme sie.

Sie lächelte das Funkgerät an. »Ich fahre gleich los.«

Auf der Veranda zog sie die Stiefel an, setzte den Hut auf und trug die Kühlbox zum Laster. Als sie am Tor zum Haupthaus vorbeifuhr, sah sie Mrs Lewis winken und hielt an.

»Kacke«, sagte Bec, als Mrs Lewis in ihrem langen, blumengemusterten Sommerkleid und ihrer gelben Schürze angelaufen kam. Bec legte knirschend den Gang ein und setzte mit dem Laster rückwärts ans Tor. Dann sprang sie aus dem Führerhaus und ging Mrs Lewis entgegen, die ihre trockenen, sauberen Hände an der Schürze abwischte.

»Ich habe gerade im Funkgerät gehört, dass du dich auf den Weg machst, um Charlie zu helfen. Ich habe ihm ein paar Scones gebacken – sie brauchen nur noch zwei Minuten. Komm doch ins Haus.«

Scones, dachte Rebecca, in dieser Hitze? Sie trat ihre Stiefel von den Füßen und folgte Mrs Lewis in die Küche.

»Ich mache gerade einen Eintopf für heute Abend. Möchtest du, dass ich auch etwas für dich und Charlie vorbereite?«

»Nein, danke, das ist nicht nötig, Mrs Lewis.«

»Aber ja. Ich bestehe darauf. Er lässt dich während der Ernte so schwer arbeiten, dass du bestimmt kaum Zeit findest, ein richtiges Essen zuzubereiten.«

»Ich habe zu tun, aber das ist okay. Ich mag es so.«

»Habt ihr schon etwas von der Stelle in der Verwaltung der Getreidefirma gehört?«

»Nein, noch nicht.«

»Ich bin sicher, dass sie dich nehmen werden. Du wirkst so … selbstbewusst. Ich muss nächste Woche in die Stadt zum Einkaufen. Möchtest du vielleicht mitkommen? Du wirst neue Sachen fürs Büro brauchen.«

»Ja. Ja. Gute Idee.« Rebecca zupfte an ihren zerrissenen kurzen Jeans und strich ihr ölfleckiges Trägerhemd glatt, während Mrs Lewis sich bückte, um das Blech mit den Scones aus dem Ofen zu nehmen. Sie trug es an den Tisch, wo die Scones von dem Blech auf das Kühlgitter purzelten.

»Mhm. Die sehen gut aus«, sagte Rebecca. Genau in diesem Moment krächzte Charlies Stimme aus dem Funkgerät: »Rebecca, bist du auf Empfang?«

»Ja.«

»Bist du schon losgefahren?«

»Nein.«

»Gut. Könntest du noch etwas Öl mitnehmen, wenn du herkommst? Es ist in der gelben Tonne in dem großen Schuppen mit Pultdach … bei dem Honda.«

»Kein Problem. Bis gleich.«

»Ich freu mich schon drauf, Babe.« Als Charlies flirtende Stimme durch die Küche knisterte, richtete Mrs Lewis sich steif auf, ihre Miene verhärtete sich.

»Diese Funkgespräche sind quasi öffentlich. Viele in der Gegend verwenden denselben Kanal.«

Rebecca senkte den Blick auf die Löcher in ihren Socken. Sie hatte ein schlechtes Gewissen, weil sie Charlies Mutter nicht leiden konnte. Während der letzten Monate hatte sich Mrs Lewis vor Freundlichkeit überschlagen. Sie hatte Rebecca Raum zum Trauern gelassen und sich so intensiv um sie gekümmert, wie Rebecca es zugelassen hatte. Trotzdem war da ein Gefühl von Distanz … und von unausgesprochener Missbilligung. Mr Lewis strahlte das ebenfalls aus. Rebecca war aufgefallen, wie er sie jeden Morgen von Kopf bis Fuß musterte. Anfangs war sie jeden Morgen um Punkt sieben Uhr in ihren Arbeitskleidern im Maschinenschuppen erschienen. Hatte sich zur Arbeit gemeldet wie ein eifriger junger Soldat, der in die Schlacht ziehen will. Aber als Mr Lewis sich nach mehreren Wochen immer noch weigerte, ihr Arbeit zu geben, hatte Rebecca stillschweigend aufgegeben und war dazu übergegangen, stundenlang mit Charlie auf den Landmaschinen zu sitzen oder ihm im Schuppen Schraubenschlüssel oder Schraubenzieher zu reichen.

»Verflucht noch mal, Charlie«, hatte sie ihn eines Morgens angeschrien, »warum sagt er mir nicht ins Gesicht, dass er meint, ich gehöre in die Küche oder den Garten! Er ist noch schlimmer als mein Dad!«

Charlie gab sich redlich Mühe. Er trocknete Rebeccas Tränen um Tom, die im Dunkel der Nacht zu fließen begannen. Geduldig und ruhig stand er zwischen seiner rastlosen Mutter und Rebeccas stillem Trotz. Aber letztendlich beugte er sich jedes Mal dem Willen seines Vaters. Wenn Mr Lewis von Charlie verlangte, etwas zu erledigen, dann widersprach Charlie ihm nie, auch wenn Rebecca die Arbeit mit Leichtigkeit hätte erledigen können.

Charlie versprach ihr immer wieder, sich ein Wochenende freizunehmen, um Hank und Ink Jet von Waters Meeting zu holen, aber dieses freie Wochenende blieb eine Schimäre. Rebecca liebte Charlie, daran zweifelte sie nicht, aber ihr Groll wuchs unaufhörlich, und manchmal merkte sie beim Sex, dass sie ihn nicht voller Leidenschaft, sondern fast zornig liebte. Zorn auf alles, was ihr im Leben widerfahren war und was ihr nicht widerfahren wollte. Sie hatte das Gefühl, keine Kontrolle zu haben. Verloren zu sein. Manchmal meinte sie, ein fremdes Mädchen zu beobachten. Dieses andere Mädchen lebte in einer Hütte, warf Kissen an die Wand, wiegte sich vor und zurück und versuchte ihr früheres Leben mit Tom und ihren Hunden auf Waters Meeting in Erinnerung zu behalten. Versuchte sich auszumalen, wie ein Leben ohne Charlie wohl aussehen würde – ob sie es wohl ertragen würde, allein und heimatlos zu leben.

Als die Erntezeit nahte und der ganze Distrikt in hektische Aktivität verfiel, erkannten die Lewis', dass sie Rebecca mehr zutrauen mussten. Immerhin hatte sie einen LKW-Führerschein. Anfangs ließ Mr Lewis sie den Laster nur auf seinem Grundstück fahren, aber als immer weniger Zeit blieb, das Getreide in die Silos zu schaffen, bevor der Regen über den weiten Himmel zog, fand sie sich irgendwann auf der Straße in die Stadt wieder. Ein Hauch von Freiheit in einem Truck.

Als Rebecca diesmal mit den frisch gebackenen Scones auf dem Beifahrersitz von Mrs Lewis wegfuhr, musste sie ein Gähnen unterdrücken. Die Erntetage waren lang, und Rebecca und Charlie waren durch die weiten Felder getrennt. Immer fuhren sie in entgegengesetzte Richtungen, Charlie im Mähdrescher, sie im Getreidelaster. Zwischendurch trafen sie sich am Feldrand, wenn der Korntank voll war, dann winkte er ihr zu, während sie die Förderschnecke ansetzte, das Getreide in ihren Laster lud und damit zum Silo fuhr. Für Pausen blieb keine Zeit. Es war Erntezeit, und die Sonne schien. Nachdem die letzte Regenfront durchgezogen war, hatte das Wetteramt vorausgesagt, dass es wochenlang nicht regnen würde. Es gab keinen Vorwand für eine Pause. Nach der Getreideernte ging es ans Heumachen. Anschließend musste der Boden für die neue Aussaat vorbereitet werden, und dann fing alles von vorn an. Die Jahre wälzten sich endlos vor ihr aus in dieser befremdlich konturlosen Ebene, in der sie ewig fremd bleiben würde.

Allerdings gab es auch Zeiten, in denen all das dadurch aufgewogen wurde, dass sie mit Charlie zusammen war. Bei Erntebeginn hatte Vorfreude in der Luft gelegen, und Rebecca hatte angefangen, ihr Leben zu genießen. Sie und Charlie hatten über Funk geturtelt.

»Roger-Dodger, Ranger One, hier spricht Smokey Bandit Jail Bait, höre dich laut und deutlich.« Flirtsprüche und Witze waren durch den Äther geflogen. Aber das hatte Mrs Lewis gerade eben unterbunden, dachte Rebecca.

Sie sah Dags an, der im Fußraum des Trucks hockte und sabbernd auf die Scones starrte. »Tja, das Leben ist eben kein Spaß«, erklärte sie ihm. »Das Buch der Bücher ist nicht gerade eine Witzesammlung, wenn du verstehst.«

Dags stemmte die Pfoten aufs Armaturenbrett und hielt durch die Windschutzscheibe Ausschau nach nicht existenten Schafen inmitten der gelben Weizenstoppeln. Bec strich mit der Hand über seinen glatten, festen Rücken.

»Tut mir leid, Dags. Wir besorgen dir bald ein paar Schafe.«

Sie winkte Mr Lewis zu, der ihr in der Baumwollerntemaschine auf der schmalen Asphaltstrecke entgegengeholpert kam. Er war auf dem Weg zu einer anderen Farm, um dort gegen Entgelt bei der Ernte zu helfen. Nachdem sie den Baumwollernter passiert hatte, lenkte sie den Truck wieder in die Straßenmitte.

»Alter Stinker«, sagte sie. Dags sah zu ihr auf und hörte kurz auf zu hecheln. »Du doch nicht!«, lachte Rebecca.

Sie dachte über Mr Lewis nach. Fast meinte sie ihren Vater in ihm wiederzuerkennen. Sie spürte, wie es in ihr zu kochen begann, wenn er so herablassend mit Charlie redete. Dass Mr Lewis sie praktisch ignorierte, war schlimm genug, aber dass er Charlie bei jeder Gelegenheit rücksichtslos das Wort abschnitt, machte Rebecca richtig wütend. Charlies Schultern schienen herabzusacken, sobald sein Vater den Raum betrat, und sofort senkte sich das Schweigen wie eine dunkle Wolke über ihn. Charlie hatte so viele geniale Ideen für die Farm, und er teilte sie alle mit Rebecca. Er platzte vor Leidenschaft für die Landwirtschaft, aber er hatte keine Möglichkeit, sie auszuleben.

»Bei dieser Art von Boden fährt man am besten mit Minimalanbau«, hatte er ihr eines Tages erklärt. »Mit möglichst schonender Landwirtschaft. Damit könnten wir die Erträge unglaublich steigern, und wir würden weniger Wasser zum Bewässern verbrauchen … es wäre rundum besser.«

Rebecca hatte seine Vorstellungen mit ihm diskutiert und ihn dann mit ungezügeltem Enthusiasmus dazu getrieben, seinen Vater darauf anzusprechen. Zum Teil rührte ihr Drang nach Veränderung aus ihrer Frustration, auf Waters Meeting nichts erreicht zu haben. Mit Becs Unterstützung und Ermutigung im Rücken, hatte Charlie seine Gedanken offenbart. Da hatten die Auseinandersetzungen zwischen Charlie und seinem Vater begonnen. Das Gebrüll im Maschinenschuppen. Das Aufheulen der Motoren von Motorrad und

Pick-up, die sich mit quietschenden Reifen voneinander entfernten. Das grollende Schweigen am Esstisch. Mrs Lewis' verstohlene, anklagende Blicke auf Rebecca. Mr Lewis' missbilligende Seufzer bei dem Gedanken, dass sein Sohn an ein Mädchen »gekettet« war.

Rebecca hätte schon hundertmal gepackt und die Farm verlassen, wäre Charlie nicht gewesen. Tief in ihrer Magengrube lag die grauenvolle Angst, dass etwas Schlimmes geschehen konnte, wenn sie ihn verließ, so wie sie Tom verlassen hatte. Ein herzensguter, einsamer Farmerboy. Isoliert. Ausgeschlossen.

Dags stieß mit der feuchten Schnauze an ihre Hand, und Bec musste über seine Einfühlsamkeit lächeln. Sie fegte die deprimierenden Gedanken beiseite, griff nach dem Funkmikrofon, drückte den Knopf und setzte ihre süßeste Stimme auf.

»Wo bist du gerade, Charlie?« Während sie darauf wartete, dass er antwortete, stellte sie sich vor, wie seine braune, feste Hand nach dem Mikrofon griff.

»Auf der Ostseite.«

Ostseite. Ostseite? Sie hatte in diesem brettebenen Land Schwierigkeiten, sich zu orientieren, doch schon nach kurzer Zeit hatte sie ihn entdeckt. Sie schaltete einen Gang nach unten und hielt mit dem Truck am Feldrand. Dann sprang sie aus dem Führerhaus, rief Dags zu sich und blieb, die Hände in die Hüften gestemmt, in der Hitze stehen, bis die riesige Maschine brüllend zum Stehen gekommen war. Dags reckte schnuppernd die Nase in die Luft, wedelte mit dem Schwanz, als er Charlie gewittert hatte, und legte sich gleich darauf in den Schatten des Trucks, um nach Fliegen zu schnappen.

Charlie sprang aus der Kabine und kam auf sie zu. Er trug Shorts, und sie konnte sehen, wie sich bei jedem Schritt seine Beinmuskeln anspannten.

»Hallo, Spunky«, sagte sie und reckte sich zu einem Kuss.

»Zeit für eine Pause«, sagte er, nahm den Deckel der Thermoskanne ab und trank in tiefen Zügen.

»Ich dachte, das Ding da hätte eine Klimaanlage.« Bec nickte zu dem Mähdrescher hin.

»Hat es auch. Komm, ich zeig dir, wie es da oben blasen kann.« Er nahm sie an der Hand, und sie folgte ihm mit einem leisen Schmunzeln.

»Ach, warte. Deine Mum schickt dir Scones.«

In der engen Kabine oben auf dem Mähdrescher hüpfte Charlie inmitten der Schaltknüppel, Knöpfe und Armaturen auf seinem elastischen Fahrersitz auf und ab.

»Super Federung«, sagte er.

»Lass mich mal probieren.«

Bec setzte sich rittlings auf seinen Schoß und verschränkte die Finger in seinem Nacken. Dann begann sie ihn auf den Hals zu küssen, bevor ihre Lippen an seine Brust weiterwanderten. Er schmeckte nach Weizenstaub und Öl. Sie knöpfte sein Hemd auf und ließ ihre zärtlichen Küsse abwärts zu seiner Gürtelschnalle wandern. An dieser Stelle hielt sie kurz inne, ihre blauen Augen sahen zu ihm auf und schickten ihm *den* Blick, den er inzwischen genau kannte.

»Wolltest du mir nicht zeigen, wie es hier blasen kann?«, sagte sie und zerrte energisch die Gürtelschnalle auf.

Charlies Stöhnen übertönte sogar das Zischen des pneumatisch gefederten, auf und ab wippenden Fahrersitzes. Er packte ihre Schultern fester und schauderte, als er kam.

Die Scones lagen unbeachtet in ihrem Geschirrtuch auf dem Boden des Führerhauses.

Kapitel 33

Harry sah zu, wie die letzten Bierkartons in der Verbrennungsanlage verkohlten, und drehte sich dann zur Veranda um, wo er Trockenfutter in die Katzenschüssel schüttete und leise: »Musch, Musch« zu singen begann. Von der Katze war noch immer nichts zu sehen, aber das Futter war jeden Morgen verschwunden. Möglicherweise war das ein gutes Zeichen, dachte Harry.

Er schloss die Tür zur Waschküche, fegte die Veranda mit drei schnellen Besenstrichen und lehnte den Besenstiel danach gegen die von Spinnweben überzogene Wand.

Dann ging er zu den Ställen und sang dabei: »Auf, auf, auf!«

Hank hob den Kopf, das Maul immer noch voller Heu, und Ink Jet trottete vom Trog zu ihm her, den Kopf tief gesenkt, aber die Ohren aufmerksam gespitzt.

Harry ging auf die schwarze Stute zu und sagte leise: »Hey, mein Madchen. Hey, Stinky.« Er fuhr mit der Hand über ihren Hals, und Staub stieg aus ihrem Fell auf. Behutsam hängte er die Zügel über ihren Hals, zog das Gebiss in ihr Maul und schlang das Zaumzeug über die glatten schwarzen Ohren, die dabei nervös zu zucken begannen. Es war fast ein Jahr her, seit sie das letzte Mal geritten worden war. Sie zuckte leicht zusammen, als Harry den verkrusteten, steifen Sattel auf ihren Rücken warf, doch sie duldete es still, dass er den Gurt anzog.

Schwer im Sattel sitzend, ritt er auf den Fluss zu und fühlte dabei den schnellen Schritt der Stute. Er spürte, wie seine Muskeln und sein Herz zu schmerzen begannen. Er war seit Jahren auf keinem Pferd mehr gesessen. Er hatte sich seit Jahren kein Gefühl mehr erlaubt – schon seit der Zeit, bevor Frankie weggegangen war … genauer gesagt, seit sein Vater gestorben war. Harry spürte die Geister seiner Angehörigen um sich herum. Sie hauchten ihm in seinem zugigen Korridor ins Genick und brachten im Maschinenschuppen Dinge zum Scheppern, sobald er ihnen den Rücken zudrehte. Manchmal, in der Stille der Morgendämmerung, hatte er das Gefühl, dass sie alle tot waren. Nicht nur Tom. Alle anderen auch. Mick, Frankie, Rebecca, alle zu Staub zerfallen.

Er hatte Monate gebraucht, um den Wahnsinn, der nach dem Tod seines Sohnes in ihn gefahren war, wieder aus seinem Kopf zu vertreiben. Aber als während des kalten Winters der Alkohol endlich aus seinen Adern verdampft war, hatte er begonnen, etwas aufrechter zu gehen. Sein Leben langsam und stetig wieder auf Kurs zu bringen. Irgendwie hatte er das Gefühl, dass er Tom das schuldig war.

Er durchquerte den Fluss. Die Frühlingsschneeschmelze in den Bergen hatte ihn zu neuem Leben erweckt. Der Regen hatte dem Tal einen Hauch von leuchtendem Grün verpasst, aber bisher hatte es keine weiteren Regenschauer gegeben. Die Grassamen und Kleekeimlinge waren hoffnungsvoll gesprossen, aber inzwischen wurden alle Frühlingshoffnungen von bitteren Frostnächten und Winden abgetötet.

Harry ritt den Weg entlang, duckte sich unter frisch abgebrochenen oder abgesackten Ästen hindurch und versuchte dabei, sich in seinen Sohn hineinzuversetzen. Er suchte nach einem Hinweis darauf, dass Tom diesen Weg vor Monaten abgeritten war. Ein verblichenes Einwickelpapier möglicherweise, das ihm im Reiten aus der Hand gefallen war. Doch er sah nichts als einige verwehte Blätter in dem ausgetrockneten Unterholz des nach Regen hungernden Buschlandes. Am Berghang wuchsen die Bäume dicker und höher und waren dichter belaubt. Oben dünnte der Bewuchs wieder aus, und die Landschaft war von eisigen, windgebeugten Schnee-Eukalyptusbäumen geprägt.

Harry hielt Ausschau nach braunem Fell und lauschte nach knackenden Zweigen. Seit Tom die trächtigen Kühe in den Busch getrieben hatte, in der Hoffnung, dass sie dort die Dürre überlebten, konnten die Tiere auf ihrer Suche nach Futter tief in die Taleinschnitte gewandert sein. Es war sogar möglich, dass sie auf die hohe Bergweide gewechselt hatten, um dort nach frischen grünen Schösslingen zu suchen, die durch den schmelzenden Schnee brachen. Die Kühe waren die einzige Herde, die nach der Dürre noch auf seinem Grund lebte. Es würde schwer, sie zu finden, und noch schwerer, sie ohne Hund zusammentreiben. Harry seufzte. Nach Toms Beerdigung hatte Rebecca Bessie, die letzte Hündin auf seiner Farm, mitgenommen.

Und zwar zu Recht, dachte Harry. Zu Recht. Voller Scham rief er sich den Tag ins Gedächtnis, an dem er volltrunken im Zorn zu seinem Gewehr gegriffen und alle Hunde an ihren Ketten abgeschossen hatte. Dann schüttelte er die grässliche Erinnerung an die blutend im Staub liegende Mardy aus seinem Kopf. Er musste stark bleiben, er musste Wiedergutmachung leisten. Er versuchte, sich darauf zu konzentrieren, wo die Rinder sein konnten. Mit Sicherheit waren sie nicht auf dieser Seite der Bergkette, nicht nach einer so schweren Dürre. Das hatte ihm sein Vater erklärt. Plötzlich spukte die Stimme des alten Mannes durch seinen Kopf.

»In einem guten Jahr findest du sie, wenn überhaupt, auf dem Nordhang. Aber wenn es trocken war, musst du in die Täler in Richtung Heaven's Leap. Dann sind sie dort.«

»Glaub mir einfach, Junge«, hatte sein Vater immer gesagt. Harry rief sich die Zeit als kleiner Junge ins Gedächtnis. Wie er krampfhaft versucht hatte, nicht zu weinen, als sein Vater ihn auf einen riesigen Ackergaul gesetzt hatte. Sein Vater hatte nur gelacht.

»Ich sehe schon, du bist kein großer Rinderhirte, Junge.« Sein Vater war gnadenlos gewesen. So gnadenlos. Noch heute spürte Harry bisweilen einen Kloß in der Kehle, wenn er daran dachte, dass sein Vater für seinen alten Hund und seine Pferde mehr Gefühl gezeigt hatte als für seinen Sohn. Als junger Mann hatte Harry mit einem ganzen Cocktail von Emotionen seinem Vater gegenüber gekämpft – Bewunderung, Liebe, Hass und Verzweiflung, alles in einem wirren Mischmasch vermengt. Gepeinigt von Schuldgefühlen, erkannte Harry, dass er dieses Muster bei seinen Kindern wiederholt hatte. Kein Wunder, dass Tom dabei unter die Räder geraten war. Wenn ihm sein Vater nur beigebracht hätte, wie man liebt. Harry spuckte aus und ritt weiter.

Er hatte vor, die Nacht in der Hütte zu verbringen und morgen in aller Frühe auf die Hochebene zu reiten. Womöglich würde er Wochen brauchen, um die Rinder zu finden. Er richtete sich im Sattel auf und merkte, wie seine Rückenmuskeln zu kribbeln begannen und seine Hüften unter Schmerzen knackten. Inzwischen wünschte er sich, er hätte eine Flasche Whisky eingesteckt. Doch er wusste, dass er trocken bleiben musste. Dass er sich nicht treiben lassen durfte.

Im Reiten sann er über seine Kinder nach. Normalerweise hatten sie die frei grasenden Tiere zusammengetrieben. Tom und Rebecca. Sie waren die Tierexperten gewesen, die wahren Erben seines Dad, dachte Harry. Seines Dad, dieses alten Bastards.

Einen halben Kilometer vor der Hütte begannen fette Regentropfen auf Harrys Hutkrempe zu schlagen und Ink Jets Fell zu durchtränken, bis sie winzige Rinnsale bildeten, die an den Beinen abwärts zu den Fesseln rannen. Durch den Regenschleier hindurch sah er die Hütte stehen. Aus dem Kamin stieg Rauch auf. Tom hatte Feuer gemacht.

Doch als er näher kam, erkannte er, dass es kein Rauch war. Nur ein Nebelschleier.

Sobald er Ink Jet den Sattel abgenommen hatte, drückte sie den Schweif gegen die Wand des Schuppens und ließ sich beregnen. Sie legte die Ohren an, während der Regen den trockenen Fleck nässte, auf dem der Sattel gelegen hatte.

Harry ließ den Sattel auf die Veranda fallen, nahm Hut und Mantel ab und hängte beides an einen Nagel. Die Tür war mit einer Kette und einer Drahtschlaufe verriegelt. Tom hatte sie fest eingehängt. Harrys nasse, gerötete Hände mühten sich zittrig mit dem Draht ab. Sein Atem ging in kurzen Stößen.

Als er die Hütte betrat, konnte er im ersten Moment kaum etwas erkennen, so dunkel war es drinnen. Dann sah er, dass etwas an den tiefen Sparren in der Ecke hing. Eine dunkle Gestalt. Sein Herz setzte einen Schlag aus, und er presste sich an die Tür.

Es war nur ein alter Sack. Ein alter Jutesack mit etwas Salz für die Rinder. Er hing an einem Stahlhaken. Offenbar hatte Tom ihn hier aufgehängt.

Die Regenwolken draußen waren so dunkel, dass Harry eine Kerze anzündete und sie auf den schwarzen, kalten Kanonenofen stellte.

»Anständiger Junge«, sagte er, als sein Blick auf den ordentlich aufgestapelten Zunder aus Zeitungspapier und Holz fiel.

»Du warst so ein anständiger Junge.« Harry presste die Hand vor die Augen, als ihm wieder einmal aufging, was Tom alles unternommen hatte, um vor seinem Vater zu bestehen. Wie sehr er sich bemüht hatte, ein richtiger Farmersohn zu werden. Wie viel er aufgegeben hatte … seine künstlerische Gabe. Diese Gabe hatte er von Harrys Mutter geerbt. Die still gelitten hatte. Genau wie Tom. Wenn Harry ihm nur gesagt hätte, dass er ihn liebte. Wenn er das seinem Kind nur ein einziges Mal gesagt hätte.

Harry kauerte vor dem schon vorbereiteten Ofen und

fühlte sich versucht, das Feuer nicht anzuzünden. Toms Hände hatten die Stöcke im Ofen aufgestellt. Doch dann überlief ihn ein Schaudern, und er strich das Zündholz an, das gehorsam aufflammte und zu brennen begann. Der Ofen erwachte, seufzte und begann erst zu murmeln und wenig später zu fauchen.

In der Zimmerecke lag ordentlich zusammengerollt Toms Schlafsack unter einer dünnen Staubschicht. Harry fuhr mit den Fingern über die Gurte, löste dann hastig die Schnallen und rollte den Sack aus. Dann zog er sich bis auf die Unterwäsche aus, schlug die Leinendecke zurück und kletterte hinein. Er zog die kalten, schmutzigen Laken und die graue, schmutzige Decke hoch über die Schultern. Als er das zusammengeknüllte Kissen aufschütteln wollte, spürte er etwas unter seiner Hand. Er zog einen abgewetzten, felllosen Teddybären heraus. In seinen Glasaugen spiegelte sich das flackernde Licht der Kerze, die jetzt auf der alten Teetruhe neben dem Bett stand. Erschrocken schob Harry den Bären in den Kissenbezug zurück.

Als er den Kopf auf das Kissen sinken ließ und Toms Geruch einatmete, stieg ein jammervolles, tief aus dem Bauch kommendes Heulen aus seinem Mund. Er schloss die Augen und sah den kleinen Jungen, der den Teddy im Staub hinter sich herschleifte, in den Schafpferchen auf sich zurennen. Harrys zittriges Weinen zwängte sich durch die Schindeln und das Blechdach und vermengte sich mit dem Bergwind, der die Bäume peitschte und durch die Nacht heulte.

Am Morgen bückte sich Harry im kalten, kaum tröstlichen Tageslicht, um seine Stiefel anzuziehen, und hielt sich dabei an dem Pfeiler fest, um nicht umzufallen. Seine Fingerspitzen bohrten sich in frisch eingeschnittene Kerben. Im Dämmerlicht der Hütte betrachtete er den Pfosten genauer und entdeckte die letzten Zeichen, die Tom in diesem Leben hinterlassen hatte. Die letzten Zeichen, abgesehen von den zornigen roten Buchstaben auf dem Autodach. Durch frisch aufsteigende Tränen hindurch starrte Harry auf die Initialen, bis er endlich erkannte, was er zu tun hatte.

Er trat in die Morgendämmerung hinaus und machte sich daran, das Pferd zu satteln, um damit die Rinder zusammenzutreiben, sodass er sie ins Tal zurückholen konnte, wo er sie gegen Würmer behandeln würde, bevor er sie zusammen mit einem Stier auf die Hochebene zurückschickte.

Die Hütte hinter ihm schien leise zu seufzen. Eigentlich wäre Harry der Nächste gewesen, der in dieser Abfolge von Rinderzüchtern sterben sollte. Nicht Tom. Das Leben war völlig aus den Fugen geraten.

Kapitel 34

Rebecca stand gerade in Mrs Lewis' Küche und übergab ihr die Post, als der Funkspruch durchkam.

»Bec! Dad! Feuer! Der Mähdrescher hat einen Brand ausgelöst!«

Die Panik in Charlies Stimme machte ihr Angst. Augenblicklich griff sie nach dem Mikrofon. Mrs Lewis eilte herbei und blieb neben ihr stehen.

»Ich hab's gehört, Charlie. Ich rufe die Feuerwehr.«

»Mach schnell«, war alles, was er sagte.

Sie wechselte den Kanal und hielt das Mikrofon an den Mund. »Yarella Basis. Yarella Basis, hört ihr mich?«

»Ich höre«, antwortete Mrs Chapels Stimme.

»Hier ist Parkside Basis. Wir haben einen Feldbrand an der Oststraße. Wir brauchen dringend Trucks.«

»Eine Sekunde. Ich glaube, Bill ist im Maschinenschuppen.«

Bec biss die Zähne zusammen und zischte ungeduldig in das ausgeschaltete Mikrofon: »Scheiße.«

Mrs Lewis verschränkte die Arme vor der Brust. Sekunden später war Bill Chapel auf Sendung und sprach in das Funkmikrofon in seinem Pick-up.

»Rebecca, ich hab alles gehört … Wir kommen so schnell wie möglich.«

»Roger. Ich wechsle jetzt auf Kanal Neun.« Rebecca hängte das Mikrofon ein und drehte am Schalter für die Funkkanäle. Dann sah sie zu Mrs Lewis auf. »Charlie hat einen Wassertank auf dem Pick-up und dazu drei Sprühgeräte. Wir sollten losfahren und ihm helfen. Er braucht einen Fahrer.«

»Oh.« Mrs Lewis wich instinktiv zurück. »Normalerweise fahre ich nicht zu diesen Bränden. Jemand muss beim Telefon bleiben.«

»Aber Mr Lewis ist nicht da, er arbeitet auf einer anderen Farm! Charlie braucht uns! Wir sind auch über Funk erreichbar.«

Mrs Lewis war nicht aus ihrer Küche zu bewegen.

»Na schön, soll die Ernte doch verbrennen. Hauptsache, Sie packen uns genug Sandwiches ein«, sagte Rebecca leise, als sie aus dem Haus rannte. Sie stieg in ihre Stiefel und brauste in ihrem Toyota davon.

Am Horizont konnte sie eine riesige, schwarze, aufgeblähte Rauchwolke erkennen, die in einer schmalen Säule in den blauen Himmel aufstieg. Als sie sich dem Feld näherte, sah sie die orangefarbenen Flammen, die sich in einer tanzenden Linie unter einem Vorhang aus schwarzgrauem Qualm vorarbeiteten. Charlie kämpfte dagegen an und besprühte die Flammen vergeblich aus einem Rucksacktank. Die Stoppeln knisterten und knackten unter dem Wind, der sie genau auf das noch nicht abgeerntete Getreide zutrieb. Sie parkte den Pick-up an einer hoffentlich sicheren Stelle und rannte zu Charlies Fahrzeug mit dem Sprühtank. Dabei schlug ihr der glühende Wind ins Gesicht und wehte ihr die Haare vor die Augen.

»O Gott!«, rief sie, als sie erkannte, dass der gigantische Mähdrescher, der den Brand ausgelöst hatte, Feuer fangen konnte, falls sich der Wind drehte.

»Der Mähdrescher!«, schrie sie Charlie zu und rannte so schnell sie konnte quer über das holprige Feld. Sobald sie in der Kabine saß, fuhr sie den Messerbalken hoch und lenkte die Maschine weg auf die Wiese. Nachdem sie den Mähdrescher neben dem Pick-up geparkt hatte, rannte sie wieder zu Charlies Fahrzeug, auf dem ein Wassertank mit Pumpe montiert war.

»Ich fahre!«, brüllte sie noch im Laufen. Charlie folgte ihr. Er schleuderte den schweren Rucksacktank auf die Ladefläche des Pick-ups und riss am Anlasserseil der Wasserpumpe. Dann sprang er auf die Ladefläche und schlug auf das Kabinendach, um Bec anzuzeigen, dass sie an die Feuerfront fahren sollte. Den Schlauch fest in der Hand, richtete er den Wasserstrahl auf das Feuer, woraufhin Flammen augenblicklich erstarben und eine Schneise von geschwärztem, versengtem Boden zurückließen.

Langsam fuhren sie die Front entlang, doch Bec war klar, dass sie auf lange Sicht die Schlacht verlieren würden. Das Feuer breitete sich allmählich nach Norden aus und drang gleichzeitig rasend schnell nach Osten vor. Als endlich zwei Feuerwehrwagen angerollt kamen, stand bereits ein großer Teil der Ernte in Flammen. Als kurz darauf weitere Wagen eintrafen, fiel Rebecca ein Stein vom Herzen. Aus dem Funkgerät im Wagen krächzten aufgeregte Stimmen.

»Fünfhundert Meter vom Osttor entfernt gibt es einen Brunnen. Dort könnt ihr wieder auffüllen«, hörte sie eine Stimme.

»Wir sind gerade angekommen, Charlie. Wo brauchst du uns?«, meldete sich eine andere Stimme. Rebecca griff zum Mikrofon.

»Wir brauchen einen Truck auf der Nordseite«, sagte sie. »Da drüben gibt es einen Feldweg. Dort können wir das Feuer aufhalten.«

Männer in orangefarbenen Overalls kletterten auf die Ladeflächen der Feuerwehrlaster und versprühten aus dicken Schläuchen Wasser. Andere fuhren mit ihren privaten Pick-ups an den Brand heran und begannen, an den Ausläufern der Front mit nassen Säcken auf die Flammen einzuschlagen.

Als das Wasser im Tank auf Charlies Pick-up aufgebraucht war, erklärte sich einer der Männer bereit, den Wagen zum

Brunnen zu fahren und den Tank zu füllen. Dankbar sprang Bec aus dem Führerhaus und lud sich, genau wie Charlie, einen der schweren Rucksacktanks auf. Seite an Seite arbeiteten sie sich vor und spritzten Wasser auf die knisternde Flammenfront, die bei jedem Windstoß beängstigend schnell voranschritt. Die Flammen leckten an den gelben Stoppeln, ließen sie in hellem Orange aufleuchten und hinterließen ein Kielwasser aus schwarz schmauchender Erde. Winzige Tornados wirbelten auf, wo die Flammen gewütet hatten, und jagten haarfeine, geschwärzte Grashalme in die Luft, die sich im Strudel auflösten und sich auf den verschwitzten Gesichtern festsetzten. Charlie sah Bec an. Sie wusste, dass er gleich fragen würde, ob sie okay war.

»Das ist das heißeste Date, das ich je hatte«, witzelte sie, um alle Bedenken wegzuwischen, die er ihretwegen haben mochte. Charlies Gesicht entspannte sich ein wenig, und ein Lächeln zuckte um seine Lippen. Sie hatten das Gefühl, dass sie jetzt, wo Hilfe eingetroffen war, allmählich die Oberhand bekamen.

Plötzlich drehte die warme Brise, und Charlie und Bec wurden, ehe sie weglaufen konnten, von Rauch eingehüllt. Bec spürte, wie Tränen über ihr Gesicht strömten. Beide rannten los, um dem Qualm zu entkommen. Egal wie. Um sie herum lag ein dichter Schleier. Sie kämpften sich durch den Rauch auf einen roten Laster zu.

»Wollt ihr mitfahren?«, fragte eine freche Stimme, und Rebecca und Charlie hängten sich dankbar am Wagen fest.

»Alles in Ordnung, Liebes?«, fragte ein stämmiger Mann mit Himmelfahrtsnase.

»Schon«, sagte Bec. »Alles okay.« Sie presste die Fingerspitzen in die brennenden Augen.

Der Truck rollte langsam am Feuer entlang, während der stämmige Fahrer einen mächtigen Wasserstrahl auf die sich windende Flammenspur richtete. Bec klammerte sich an einer Stange auf der Wagenseite fest und sah, dass inzwischen mindestens acht Trucks das Feuer von allen Seiten einzudämmen versuchten.

»Gott sei Dank. Ich glaube, der Wind lässt nach«, sagte Charlie, den Blick auf das Feuer gerichtet. Inzwischen wehte er gegen die Flammen an, wodurch sich der Brand auf eine schmalen Spur zwischen den Stoppeln reduzierte. In der Ferne kam ein Traktor mit einem angehängten Pflug von der Farm der Chapels angetuckert. Bec sah ihn näher kommen. Sobald er auf das Feld bog, senkte der Fahrer das Tempo, dann ließ er die Pflugschar zu Boden. So fuhr er vor den Flammen weg und wendete die rote Erde zu einer breiten Feuerschneise.

Nachdem der Wind erneut gedreht und zuletzt endlich abgeflaut war, fiel die ängstliche Anspannung von den Männern ab. Die Flammen erstarben, und die Trucks fuhren kreuz und quer über die versengte Fläche, um die letzten glimmenden Stellen zu löschen.

Als sich der Qualm zu verziehen begann, sammelten sich die Trucks am Rand des versengten Bereichs. Die Feuerhelfer, die auf den Ladeflächen ihrer Pick-ups saßen oder sich aus dem Heck der Einsatzfahrzeuge lehnten, begannen sich zu unterhalten und versuchten abzuschätzen, wie viel verbrannt war und wer alles gekommen war, um den Brand zu bekämpfen. Sobald die Panik nachließ, wandelte sich die Hilfsaktion in eine Art geselliges Beisammensein. Immer noch darüber erschrocken, wie plötzlich das Feuer ausgebrochen war, versuchte Charlie sich zu sammeln. »Es hätte viel schlimmer kommen können«, trösteten ihn die Männer. Er genoss die Frotzeleien und die ruppigen Trostsprüche der Männer.

Doch sein Verhalten änderte sich abrupt, als Mr Lewis auf das Feld und den versengten Streifen entlanggefahren kam.

»Wurde Zeit, dass du auch mal auftauchst«, begrüßte ihn Mr Chapel ironisch.

Mr Lewis stieg mit hochrotem Gesicht und unübersehbar besorgt aus dem Wagen. »Wie viel Getreide haben wir verloren?«, fragte er Charlie.

»Ein paar hundert Hektar, würde ich schätzen.«

»Keine Panik«, sagte Mr Chapel. »Es hätte schlimmer kommen können.« Mr Chapel schlug Charlie freundschaftlich auf die Schulter.

»Diese beiden jungen Hüpfer hier haben dir die ganze Arbeit abgenommen, Kumpel. Du hättest gar nicht herkommen müssen.«

»Wirklich nicht, Bill?« Mr Lewis drehte sich lächelnd zu seinem Wagen um. Dann zog er einen Karton mit Bier vom Beifahrersitz.

»Mann, du alter Teufel«, rief Bill Chapel fröhlich.

Mr Lewis riss den Karton auf und zerrte die in Plastik verpackten Sixpacks heraus. Er reichte jedem Mann eine eiskalte Flasche. Als er Rebecca eine Flasche in die Hand drückte, verzog er keine Miene. Er schenkte ihr nicht einmal ein Lächeln. Sie spürte seinen Tadel – sie hatte hier nichts zu suchen. Charlie entging die missbilligende Reaktion seines Vaters nicht. Er trat an Rebeccas Seite und wischte die Rußspuren weg, die ihre Wangen bedeckten.

»Danke, dass du den Mähdrescher weggefahren hast, Bec«, sagte er so laut, dass sein Vater es hören musste. »Wenn du nicht wärst, hätten wir ihn und noch viel mehr Getreide verloren.«

Sie lächelte ihn dankbar an und lutschte den Schaum von der Flaschenöffnung.

Rebecca war gerade bei ihrem zweiten Bier, als ein Wagen die rote Staubstraße entlanggerast kam. Auf dem Beifahrersitz saß, im Sitz eingesunken wie ein kleines Kind, Mrs Lewis, während Marjorie Chapel am Steuer saß. Als der Wagen anhielt, stiegen die Frauen aus und holten, ohne ein Wort zu verlieren, einen Korb voller Sandwiches aus dem

Kofferraum. Die beiden Damen marschierten mit spitzen Schritten durch die nicht verbrannten Stoppeln und verteilten die Sandwiches.

Rebecca saß auf der Ladeklappe des Pick-ups, baumelte mit den Beinen und plauderte mit einem der Männer über Hunde, als Mrs Lewis ihr ein Sandwich anbot. Sie wischte sich mit dem Handrücken das Bier vom Mund, nahm das Weißbrot in ihre schwarzen Finger und sagte: »Oh! Vielen Dank!«

Mrs Lewis' Schweigen und ihr finsterer Blick sagten alles. Rebecca schob ihre Kappe in den Nacken und fuhr sich mit den Fingern durch das nach Rauch riechende Haar.

Scheiß drauf, dachte sie sich.

An jenem Abend sagte Rebecca, während Charlie mit dem Waschlappen ihren Nacken rubbelte: »Das … mit mir … hier. Bei euch. Das haut einfach nicht hin, oder?«

Charlie hielt im Schrubben inne. Als sie sich umdrehte und den Kummer in seinen Augen sah, musste sie ihn einfach in die Arme schließen.

Kapitel 35

Charlie beobachtete sie unter dem Carport hervor. Es gefiel ihm, wie sie mit ihren kräftigen, braunen Händen und Fingern über die Ohren und die Gesichter ihrer Hunde strich. Vielleicht war auch ein bisschen Eifersucht dabei. Ihre Hunde würde sie nie verlassen, dachte Charlie bitter.

Der Weizenstaub kratzte an seinem Hals, und er strich mit dem Finger über die verschwitzte Haut unter seinem Hemdkragen. Es war heiß. Selbst im Schatten bekam man kaum noch Luft. Er merkte, wie neue Panik in ihm aufstieg.

Er beobachtete, wie sie jeden einzelnen Hund von der Kette losmachte. Die Stahlpfeiler des Pultdaches dienten als Pfosten zum Anbinden, und das Wellblechdach spendete Schatten. Es war nicht der ideale Hundezwinger, und sie schmollte deswegen wie ein verzogenes Kind. Charlie hatte ihr versprochen, gleich nach der Ernte einen richtigen Auslaufzwinger zu bauen. Aber bisher hatte ihm einfach die Zeit dafür gefehlt. Die Ernte und die Maschinen hatten Vorrang. Wie immer.

Die Hunde umtanzten Rebecca Staub aufwirbelnd im Sonnenschein. Sie deutete auf die lange rote Straße, die zum Tor führte, und die Hunde rannten los. Rebecca folgte ihnen langsamer, kommandierte die Hunde dabei ab und zu mit einem scharfen Pfiff zurück oder hob die Hand, damit sie saßen. Charlies Augen folgten ihr, während sie auf die flirrende Hitze zuging und dabei immer kleiner wurde. Sie ging wieder einmal zum Damm. Auf der Suche nach Wasser, in dem sie schwimmen konnte.

Er wandte sich von ihrer verschwommenen Silhouette ab und kehrte ins Haus zurück, nahm die Zeitung vom

Küchentisch und ging damit weiter in sein dunkles ehemaliges Zimmer. Er meinte zu spüren, dass seine Mutter am Herd stand, aber er sah nicht auf, um sie zu begrüßen. Wortlos schloss er seine Zimmertür. Das Haus seiner Eltern und sein eigenes Zimmer kamen ihm fremd vor, seit Rebecca in die Hütte gezogen war. Inzwischen kam es ihm überhaupt nicht mehr wie sein Haus vor. Oder sein Zimmer. Der stetige Gezeitenwechsel zwischen Ernten, Pflügen, Pflanzen und Sprühen war unterbrochen. Das familiäre Muster von Mutter, Vater und zwei Jungen hatte sich zur Unkenntlichkeit verschoben, seit Rebecca hier war. Niemand sprach das je an. Aber alle rätselten insgeheim, wo sie in der neuen Familie standen.

Als sie damals hergekommen und in die Hütte gezogen war, hatte er jedes Mal das stechende Schweigen seiner Eltern im Rücken gespürt, wenn er nach dem Essen aufgestanden war und ihnen gute Nacht gewünscht hatte. Er wusste, dass sie still sitzen blieben und dem Klicken der Fliegentür lauschten, wenn er nach draußen ging, um in der Hütte und in ihren Armen zu schlafen. Seine Mutter hatte es längst aufgegeben, allmorgendlich zum Schein in sein Zimmer zu treten, um sein Bett zu machen. So wie er es aufgegeben hatte, vor der Morgendämmerung ins Haus zu schleichen und sich zwischen die gespannten Laken zu legen. Er liebte Rebeccas weiches Bett. Die nackten Glieder ineinander verschlungen zwischen weichen, verhedderten Laken, die nach ihr rochen. Er brachte es nicht über sich, sie allein in ihrem zerwühlten Bett zurückzulassen. Er brachte es nicht über sich, weiter seiner korrekten, kirchenfrommen Mutter zuliebe Theater zu spielen.

Jetzt saß er hier auf der Kante seines klobigen Kinderbettes und kam sich wieder wie ein kleiner Junge vor. Er blickte auf die Anzeige, die er eben eingekreist hatte, und las die schwarzen Druckbuchstaben: »150 reife Mutterschafe«.

Er wollte sie für Rebecca kaufen und dann die Weide wieder einzäunen, damit sie zumindest mit ihren Hunden arbeiten konnte. Aber erst musste er seinen Vater fragen. Er würde die Unterschrift seines Vaters auf dem Scheck brauchen. Mit einem frustrierten Seufzer knüllte er die Zeitung zusammen. In seinem Kopf bastelte er unentwegt an der Frage … der Frage, wie er seinen Vater um das Geld bitten sollte, ihr einen Ring zu kaufen.

Er schleuderte die Zeitung auf den Boden und wälzte sich auf den Bauch. Dann vergrub er das Gesicht in der Lücke zwischen seinen verschränkten Armen. Wieder spürte er die Panik. Er würde sie noch verlieren. Sie passte nicht hierher.

Nachdem sie nach der Abschlussfeier hier angekommen waren und er ihre Taschen in die Hütte getragen hatte, hatte sie tobend und fluchend in dem winzigen Wohnraum gestanden, während er ihr erklärte, dass er vorerst bei seinen Eltern wohnen bleiben würde.

Sie hatte die Kartons auf den Boden geschleudert, die Tür zugeknallt und ihn angebrüllt: »Muttersöhnchen! Verfluchte altmodische, verlogene Frömmlerbande!«

Sie hatte recht. Er war ein Muttersöhnchen. Er hasste sich dafür. So viele Mädchen aus seiner Gegend waren perplex, wenn sie ihn als Partyhengst auf den B&S-Feiern erlebten. Immer wieder hatten sie ihn von Kopf bis Fuß gemustert und erklärt: »Wenn dich deine Mutter so sehen könnte, Charlie Lewis.«

Die weiche Stimme seiner Mutter zischte immer noch wie ein Brandzeichen in seinem Kopf. Sie hatte die Schubkarre abgesetzt und ganz langsam die Gartenhandschuhe abgestreift. Ohne ihn anzusehen.

»Du denkst doch hoffentlich nicht, dass du zu ihr in die Hütte ziehen kannst? Wenigstens nicht, bis ihr offiziell verlobt seid.«

Ihm fehlte der Mumm, um sich gegen seine ganze Familie zu stellen. Dafür hasste er sich auch. Bec hatte ihm gezeigt, wie frei ein Geist sein konnte. Er wäre zu gern wie sie. In der Lage, seiner Familie den Rücken zuzukehren und wegzugehen. Doch er gehörte hierher, auf dieses Land, auf dem er sich seit jeher gesehen hatte. Schon als kleiner Junge konnte er sich als alten Mann sehen, der endlos auf seinem Traktor auf und ab fuhr. Den Boden bestellte. Dieses Land war seine Heimat. Diese Menschen waren seine Eltern. Sie hatten ihn gelehrt, zu gehorchen. Er hatte sich so bemüht, es allen recht zu machen, und nun stellte Rebecca all das immer wieder in Frage. Er wusste nicht mehr, wohin er getrieben wurde.

Charlie streckte die Hand aus, zog die Schublade neben dem Bett auf und holte die AR-Hochglanzbroschüre heraus. Das Mädchen, das in diesem Moment über die staubige Zufahrt zum Anwesen seiner Eltern spazierte, hatte all seine Träume bei Weitem übertroffen. Genau wie seine Fantasien. Und dieses Foto. Rebecca war das Gegenteil seiner Mutter. Und genau das liebte er an ihr. Deswegen liebte er sie.

Als er in dieser Nacht neben ihrem warmen, schlafenden Mädchenkörper lag, konnte er hören, wie sich ihr Atem änderte. Sie murmelte etwas im Schlaf und drehte sich zur Seite. Er zog sie an seinen Bauch und schmiegte sich an sie, bis er ihren runden Hintern an seinem Geschlecht spürte.

»Alles okay, Bec?«

»Mmmm?«

»Alles okay?«

Fast meinte er das Rauschen des Flusses zu hören. Sie träumte wieder einmal. Von ihrem Fluss. Er fragte sich, ob sie ihm am Morgen davon erzählen würde. Vorsichtig schob er die Hand unter ihre Brust und küsste sie zärtlich auf die Schulter. Er wollte dieses Mädchen heiraten, aber nicht seiner Mutter zuliebe oder weil es der Gott seiner Mutter so vorschrieb. Er wollte sie. In der Dunkelheit starrte er auf ihre geschwungene Schulter und seufzte. Sie war kein Mädchen, das schnell heiratete. Und schon gar nicht einen Getreidefarmer vom platten Land.

Kapitel 36

Die dicke Fliege, die beharrlich gegen das Glas im Wintergarten knallte, lenkte Harry kurzfristig von seiner Zeitungslektüre ab. Zögerlich nippte er an seinem zu heißen Tee und überflog dann weiter die Kleinanzeigen. Eine stach ihm ins Auge. Sie trug das Symbol der Landcare-Organisation. Zwei an den Fingerspitzen zusammentreffende Hände formten grob die Umrisse des australischen Kontinents nach. Mit zusammengekniffenen Augen las er das Kleingedruckte. Sie boten Kredite für Unkrautvernichtungsmaßnahmen an den Flussufern oder für Wiederaufforstungsprojekte an.

Als er gestern auf der Auslaufweide hinter den langsam dahinziehenden Herefordrindern hergeritten war, waren ihm die dunkelgrün wuchernden Brombeeren am Flussufer aufgefallen. Aus dem dunklen Gestrüpp hatten sich die hellgrünen Blätter frischer Triebe hervorgeschlängelt. Er hatte aufgehört zu zählen, seit wann die Jungs weg waren, aber dass dieses wild wachsende Unkraut seinen geliebten Fluss zu ersticken drohte, weckte sein letztes bisschen Stolz. Rebeccas Worte kamen ihm in den Sinn: »Du wirst noch alles verlieren.« Er sprach sie laut aus und erkannte, dass er längst alles verloren hatte. Seine Frau, seine Kinder. Auch Tom hatte ihn verlassen. Der Fluss und das Unkrautgestrüpp kamen ihm plötzlich nicht mehr so wichtig vor. Obwohl er vorerst noch sein Land besaß und die Berge und den Himmel, hatte er in Wahrheit nichts mehr. Gar nichts mehr.

Ink Jet spritzte mit ihrem matten Fell durchs Wasser hinter den dürren Kühen her. Von ihrem Rücken aus hatte Harry zu seinem Farmhaus aufgeschaut. Er hatte das Gefühl gehabt, das Anwesen zum ersten Mal seit vielen Jahren wirklich wahrzunehmen. Als würde er es mit den Augen seines Vaters und seines Großvaters sehen, die genau wie er auf die Gebäude und Koppeln zugeritten waren. In der sanften Nachmittagsbrise waren sie von den Toten zurückgekehrt und von der Hochebene herabgeschwebt, um zu sehen, wie ihr Vermögen zu verfaultem Holz und Rost verkommen war. Allein seinetwegen.

Als er Ink Jet abgesattelt und den Sattel im Schuppen aufgehängt hatte, waren seine Finger auf dem ledernen Sattelgurt zu liegen gekommen. Wie leicht es wäre, sich hängen zu lassen. Das Leder um seine Kehle zu legen und sich von einem Dachsparren hängen zu lassen. Harry hatte gerade den Gurt durch die Schlitze des Sattels gezogen, als er spürte, wie sich die Katze an seinem Bein rieb. Er hatte nach unten gesehen, und die Katze hatte zu ihm aufgesehen.

»Rrrrr-rrr«, hatte die Katze zu ihm gesagt.

Er hatte gelächelt.

Jetzt riss Harry im verschlafenen Wintergarten die Anzeige aus der Zeitung. Im gleichen Moment kam die Katze in die Küche stolziert, rieb sich langsam an den festen, hölzernen Tischbeinen und begrüßte ihn.

Danach legte sie sich auf einen sonnigen Fleck und beobachtete Harry. Aus schmalen Augen heraus. Langsam stand Harry auf, denn nach dem gestrigen Ritt tat ihm jeder einzelne Muskel weh. Er schnitt eine Scheibe Käse von einem dicken Brocken ab und warf sie der Katze zu. Dann schlurfte er zum Telefon.

Der erste Anruf galt den Nachbarn, um Heu für das Vieh aufzutreiben. Es war noch zu kalt, als dass er es riskiert hätte, so abgemagerte Kühe auf die Hochebene zu treiben. Er musste Heu kaufen, um sich Zeit zu kaufen – möglichst bis sich die Wiesen am Fluss erholt hatten. Die längeren Regenfälle, die der Ostwind gebracht hatte, hatten das Gras wachsen lassen, aber es war so von Unkraut durchsetzt, dass er Dünger und neues Saatgut brauchte und vor allem noch mehr Regen. Wie er diese Wiesenaufbereitung bezahlen sollte, wusste er beim besten Willen nicht. Genauso wenig wie er wusste, wie er die Kühe trächtig machen sollte. Er hatte nicht einmal einen Stier.

Die Stimme seines Nachbarn Gary Tate kam aus dem Hörer, und Harry merkte, dass es ihm schwerfiel, einen Anfang zu finden. Er räusperte sich, und dann begann Harry Saunders zum ersten Mal in seinem Leben zu betteln. Im ersten Moment erschrak Gary, dass Harry ihn anrief, doch dann begann er sich an dessen Leid zu laben. Er genoss den Anruf.

»Das wird nicht billig, fürchte ich«, sagte Gary schmallippig. »Wir haben zwar Bewässerung, aber wir brauchen auch ein paar Ballen für unser eigenes Vieh, und wie du weißt, ist Heu zurzeit knapp … Es wird von Tag zu Tag teurer. Wir brauchen Regen.«

Harry biss sich auf die Unterlippe und gab Gary widerwillig recht. Doch als Gary ihm den Preis nannte, stockte ihm kurz der Atem. Nachdem Harry aufgelegt hatte, hätte er am liebsten kehrtgemacht, um durch den Flur ins Esszimmer und zu dem dunklen, staubigen Küchenschrank zurückzukehren, in dem die dunklen Karaffen mit bitter schmeckendem Sherry standen. Doch stattdessen griff er noch einmal zum Hörer und tippte mit dem Finger die kostenfreie Nummer ein, die auf der Landcare-Anzeige angegeben war. Eine Dame mit geschmeidiger Stimme schaltete seinen Anruf zur zuständigen Niederlassung des Landwirtschaftsbüros weiter.

»Ich wollte den Mann von Landcare sprechen«, sagte er zu der nächsten Frauenstimme in der Telefonzentrale.

»Ich stelle Sie durch …«

Er hörte ein Klicken und lauschte dann der Pausenmusik – Vivaldi, schoss es ihm durch den Kopf. Er schaute der Katze zu, die in der Sonne ihre Hinterpfote leckte.

»Hallo …«

Kurzfristig verunsichert durch die jugendliche Frauenstimme, kam Harry ins Stottern. »Ähh. Ja … Ich rufe wegen Ihres Programms für Flussufer an … ähm …«

Die heitere und gut gelaunte Stimme am anderen Ende der Leitung schien Harrys Verunsicherung zu spüren und half ihm auf die Sprünge. »Ja, da bin ich die Richtige … Ich bin die neue Landcare-Vertreterin und die Landwirtschaftsberaterin für Ihre Region. Darf ich Sie nach Ihrem Namen fragen?«

»Hier ist Harry Saunders. Von Waters Meeting.«

Es blieb still.

»Das gibt's doch nicht. Hier ist Sally, Mr Saunders. Sally Carter.«

Im ersten Moment sagte ihm der Name nichts. Die Stimme setzte nach: »Rebeccas Freundin.«

Harry stand da wie vom Blitz getroffen. Es war das erste Mal seit fast einem Jahr, dass er den Namen seiner Tochter ausgesprochen hörte. Sally spürte seine Befangenheit und hakte sofort ein: »Wenn Sie morgen Zeit hätten, könnte ich um zehn Uhr vormittags vorbeikommen. Dann könnten wir die verschiedenen Möglichkeiten besprechen.«

»Ähhh …«

»Sehr gut. Ich weiß ja, wie ich zu Ihnen komme. Bis dann.« Sie legte schnell wieder auf.

Eine Weile blieb Harry neben dem Telefon stehen. Erinnerungen an Sally erwachten zum Leben. Er sah vor sich, wie die dünne, redegewandte Arzttochter mit seiner Tochter im Fluss planschte und schwamm. Harry lächelte, trat an die Spüle und drehte den Wasserhahn auf. Es war höchste Zeit, den Abwasch zu machen.

In ihrem Büro in der Stadt lehnte sich Sally in ihrem Schreibtischstuhl zurück und starrte das Telefon an. Diesmal würde sie ihn nicht vom Haken lassen, o nein, dachte sie. Sie brauchte nicht einmal zwei Stunden zu fahren, um dorthin zu kommen, wo Harry in Socken in seiner Küche stand. Sie müsste ein paar Termine auf anderen Farmen verschieben, aber diese Gelegenheit würde sie sich keinesfalls durch die Lappen gehen lassen.

Sie starrte auf die Fische, die über ihren Computerbildschirm schwammen. Dann schluckte sie und seufzte. »Rebeccas Freundin.« Sie hatte nicht das Gefühl, ihr eine Freundin zu sein. Seit Toms Beerdigung hatten sie sich kaum gesehen. Sally konnte das Gefühl nicht abschütteln, schuld an seinem Tod zu sein. Sie hatte Bec nicht einmal angerufen, um ihr von ihrem neuen Job in der alten Heimat zu erzählen. Dass sie die Männerjagd und das aufregende Stadtleben aufgegeben hatte, erschien ihr plötzlich trivial. Ausgelöst hatte diese Veränderung Toms Tod.

So oft hatte sie zu einem Brief an Rebecca angesetzt. Jedes Mal hatten ihre Worte dramatischer und emotionaler geklungen. Immer wieder hatte sie eine Seite geschrieben, sie durchgelesen und dann in ihren schlanken Händen zerknüllt. Dann hatte sie erneut angesetzt, diesmal mit Tränen in den Augen. Bis sie aufgab. Jetzt eröffnete ihr Harrys Anruf eine Chance, das war ihr bewusst. Eine Chance, ihre Freundschaft mit Rebecca zu retten, und eine Chance, irgendwie mit Tom ins Reine zu kommen.

In blauer Tinte kritzelte sie in ihren Terminkalender: »Waters Meeting, 10 Uhr«. Plötzlich stand ihr der Geschäftsplan von damals wieder vor Augen. Wo hatte sie ihre Kopie nur hingelegt? Ihr fiel der Karton mit den Universitätsbüchern ein, der zu Hause in ihrem Schlafzimmer stand. Heute Abend würde sie alles noch einmal durchlesen.

Sie griff nach ihrem Adressbuch und schlug unter Bec nach. Eine ganze Reihe von Nummern standen ausgestrichen neben ihrem Namen. Die Letzte stammte von Rebeccas Wohngemeinschaft an der Tablelands Uni. Sally hatte gehört, dass Bec auf die Farm ihres Freundes gezogen war. Sie kratzte sich mit dem Stift am Kopf. Wie hieß dieser Basil in Wahrheit? Charlie? Charlie … Lewis.

Eine gelangweilte Stimme bei der Auskunft fragte: »Haupthaus oder Hütte Eins?«

Ohne zu zögern, antwortete Sal: »Hütte Eins.« Möglicherweise war das die Arbeiterunterkunft, aber Sally konnte sich beim besten Willen nicht vorstellen, dass Rebecca Saunders bei den Eltern ihres Freundes unterkriechen würde. Sie wählte die Nummer, und als am anderen Ende der knisternden Leitung Rebeccas vertraute Stimme »Hallo« sagte, lief ihr eine Gänsehaut über den Rücken.

»Pass auf, gleich flippst du aus«, sagte Sally aufgeregt in den Hörer.

Kapitel 37

Mit dick aus dem Hals hervortretenden Adern und hochrotem Gesicht brüllte Charlie Rebecca an. Zornig marschierte er in der winzigen Hütte vor ihr auf und ab und fuhr sich ungestüm mit den Fingern durch die kurz geschnittenen schwarzen Haare. Sein Zorn und seine Furcht hatten ihn ganz im Griff. Sein Blick machte ihr Angst.

Als er sie an beiden Armen packte und ihr Gesicht auf eine Reaktion hin musterte, konnte sie sich nicht länger beherrschen.

»Ich halte das nicht mehr aus!«, kreischte sie. Sie schüttelte seinen Griff ab, rannte aus der Hütte und knallte die Tür hinter sich zu.

Im Schuppen ließ sie das Quad aufheulen und fuhr damit von der Farm weg, an den endlosen, mit gelben, spröden Stoppeln überzogenen Feldern vorbei. Der Wind trieb die Tränen über ihre Wangen, bis sie sich juckend unter ihren Haaren verteilten.

»Wo soll man sich hier bloß verstecken?«, fragte sie sich laut. Die Worte, durch zusammengebissene Zähne gepresst, wurden augenblicklich von dem Wind davongetragen, der über die Weizenstoppeln um sie herum jagte. Sie sehnte sich nach der Abgeschiedenheit von Tausenden von Bäumen, die sie lebendig und atmend umschlossen. Sie sehnte sich nach der Schwere der Berge, nach Millionen Tonnen schwerem Gestein, das sich unter der Sonne und dem Frost ausdehnte, aufplatzte oder fest zusammenzog. Sie fuhr auf die einzige Erhebung zu, die überhaupt zu sehen war. Einen Bewässerungsdamm. Auf der roten Dammschulter wucherte Unkraut. Eigenartige, an dornigen Ranken wachsende Melonen überzogen den Erdboden. Sie schaltete den Motor des Quads aus, und schlagartig war nur noch der Wind in den steifen Stängeln des geköpften Weizens zu hören. Dann lief sie zur Dammkrone hinauf und setzte sich mit Blick zum Wasser. Tief und braun wirbelte es vorüber. Es spendete ihr keinen Trost. Stattdessen wirkte es unheilvoll. Von Menschenhand gelenkt und unheilvoll. Wasser, das viel zu schnell strömte und das den Flüssen gestohlen worden war. Wasser, dass den Boden noch schneller versalzen lassen würde. Sie sah den Kanal entlang, starrte dann auf ihre verschrammten Stiefelspitzen und wünschte sich, sie hätte einen Hund mitgenommen, in dessen Fell sie jetzt weinen könnte.

Der Auslöser für ihren Streit war Sallys Anruf gewesen. Nachdem Rebecca den Hörer aufgelegt hatte, hatte Charlie sie angesehen und abgewartet, dass sie ihm erzählte, was sie erfahren hatte. Sie hatte im Schneidersitz auf der Couch gesessen, und er hatte ihr eine Flasche Bier gebracht. Während sie trank, hatte sie ihm das Gespräch mit Sally geschildert.

»Sie arbeitet als Finanzberaterin in der Region, außerdem springt sie zurzeit als Kreditvermittlerin für Landcare ein, bis sie dort jemanden eingestellt haben. Dad hat angerufen, um sich nach einem Kredit für eine Uferbereinigung zu erkundigen, ohne zu ahnen, dass er mit ihr sprechen würde. Sally hat morgen Früh um zehn einen Termin bei ihm.«

Charlie hatte die Neuigkeiten nickend aufgenommen und sich bemüht, sie positiv zu sehen, doch gleichzeitig hatten die Alarmglocken in seinem Kopf zu schrillen begonnen. Als Rebecca dann aufgeregt über eine mögliche Rückkehr nach Waters Meeting zu spekulieren begann, wuchsen Charlies Ängste ins Unermessliche.

»Jetzt, wo er endlich jemanden um Hilfe bittet, besteht eine echte Chance, begreifst du das nicht? Er hat es kapiert. Er hat eingesehen, dass er es allein nicht schaffen kann. Falls Sally die Tür ein wenig öffnen kann, und sei es nur einen

Spaltbreit, wird er vielleicht verstehen, dass er mich dort braucht.«

»Aber, Bec, meinst du wirklich, dein Vater hat es verdient, dass du ihm aus der Patsche hilfst? Was ist mit den Schmerzen, die er dir zugefügt hat … Wie ein Stück Dreck hat er dich behandelt. Was ist mit Tom? Hast du vergessen, was Tom passiert ist?«

Sobald Charlie Toms Namen ausgesprochen hatte, stand er wie eine Mauer zwischen ihnen.

»Wie kannst du es wagen! Du willst mich doch nur zur perfekten Farmerfrau umerziehen, genau wie deine verfluchte Mutter! Sieh mich an! Ich bin hier verloren, das weißt du genau! Und wie kannst du es wagen, Tom da hineinzuziehen? Wenn ich nicht zurückgehe, dann ist Tom tatsächlich umsonst gestorben! Begreifst du das nicht? Was soll ich hier, wo deine Mutter uns ständig im Genick sitzt und dein Vater über jeden deiner Schritte bestimmt? Du bist ein anderer Mensch, Charlie, sobald du hier bist. Das bist nicht du, das ist nicht der Charlie, den ich damals im Fluss geküsst habe. Hier verlierst du deine Kraft. Hier verlierst du dich selbst.«

»Ach was! Du musst ja wissen, wie man sich selbst verliert! Du hättest dich inzwischen ins Unglück gesoffen, Rebecca … genau wie dein Vater. Komm du mir nicht mit meinen Familienproblemen. Ich habe mich lange genug mit deinen herumgeschlagen.«

Plötzlich explodierten die jahrelang unterdrückten Gefühle in Charlie. Er wollte Rebecca um keinen Preis gehen lassen. Sie hörte die Panik in seiner Stimme. Sie hatte die Fäuste gegen die Schläfen gepresst und weinend sein Gebrüll ertragen.

Jetzt saß sie hier auf dem Bewässerungsdamm. Ein winziger Punkt inmitten eines endlosen Flickenteppichs aus gigantischen Rechtecken, die von schnurgeraden dahinströmenden

Wasserstraßen geteilt wurden. Rebecca in dieser Landschaft ohne jeden Fluss.

Sie hörte den Pick-up, bevor sie ihn sah. Charlie fuhr langsam auf sie zu und stellte den Wagen neben ihrem Quad ab. Als er aus der Kabine stieg, stand sie auf. Er kam zu ihr auf den Damm, nahm sie wortlos in die Arme und drückte sie an seine Brust. Sie erwiderte den Druck und spürte das Leben in ihm, spürte seine so gute Seele. Sie liebte jede Faser, jeden Zentimeter, jeden Teil von ihm.

»Es tut mir leid«, sagte er.

Nach einer Weile nahm er sie an der Hand. »Komm mit«, sagte er. »Ich mache dir Fischstäbchen zum Abendessen.«

Kapitel 38

Harry war selbst überrascht, dass er das zu dieser großen, gut gekleideten jungen Frau sagte.

»Wie geht es Rebecca so?« Die Worte purzelten unbeholfen aus seinem Mund, auch, weil er nicht die Kraft aufbrachte, Sally dabei in die Augen zu sehen. Sie saß auf der Sitzbank im Führerhaus des Pick-ups und sah angestrengt nach vorn, während sie auf dem Feldweg über die Weiden am Fluss holperten.

Sally lächelte freundlich und wandte den Blick von den traurigen Überresten der hoffnungslos überweideten Luzernen ab, die nach der Dürre ums Überleben kämpften. »Es geht ihr gut. Sehr gut. Charlie auch.«

Sie musste an den gestrigen Anruf denken. Ihr Herz hatte wie wild geschlagen, als sie Rebeccas Stimme gehört hatte. Sie konnte nicht abschätzen, wie ihre Freundin reagieren würde, nachdem Sally so plötzlich aus Rebeccas Leben verschwunden war. Aber gleich darauf hatte sie das Lächeln in Rebeccas Stimme gehört. Sie hatte sich von Herzen gefreut, von Sally zu hören. Nachdem Sally mit ihr darüber diskutiert hatte, ob sie Harry wohl umstimmen konnte, Rebecca wieder auf der Farm aufzunehmen, hatte sich das Gespräch vor allem um Tom gedreht.

»Ich weiß, dass ich mich nicht so um dich gekümmert habe, wie ich es hätte tun müssen«, sagte Sally leise. Sie hätte eigentlich erwartet, dass Rebecca sie mit einer ironischen Bemerkung aufrütteln würde, aber stattdessen hatte sie zur Antwort bekommen: »Ich kann das verstehen. Ich weiß, du hast dich irgendwie auch für Toms Tod verantwortlich gefühlt, Sal …«

Sally wusste nicht, wie sie darauf reagieren sollte, und schwieg deshalb.

»Aber du warst wirklich nicht daran schuld. Niemand war schuld. Tom brauchte jemanden, auf den er seine Träume richten konnte, und dieser Jemand warst zufällig du.«

»Wenn ich die Uhr zurückdrehen könnte …«

»Das ist doch Quatsch«, war ihr Rebecca ins Wort gefallen. »Du hättest nicht zu Tom gepasst, das wissen wir beide, also brauchst du solche Sachen gar nicht erst zu denken.«

Plötzlich riss Harrys Stimme Sally in die Gegenwart zurück.

»Hat sie einen Job?«, fragte Harry.

»Sie hat nicht wirklich gesucht. Sie leistet tolle Arbeit auf Charlies Farm … Seine Familie profitiert enorm von ihren Fähigkeiten«, log sie.

Sally wollte keinesfalls zu viel verraten. Sie würde ihn ein bisschen hinhalten. Um festzustellen, wo er stand, wenn es um die Zukunft seiner Tochter ging.

Trotz allem tat ihr Harry unwillkürlich leid. Sie war entsetzt gewesen, als sie zum Haus hinaufgefahren war. Immerhin war dies das Haus, von dem sie als Kind immer geträumt hatte. Obwohl sie viele Wochenenden auf der Hobbyfarm ihrer Familie verbracht hatte, hatten dem brandneuen Backsteinhaus im Farmhausstil, das ihr Vater errichtet hatte, Herz und Seele gefehlt. Waters Meeting hingegen mit seinem Farmhaus, seinen Ländereien und dem Himmel darüber steckte voller uralter Energie. Hier tummelten sich die Geister längst dahingeschiedener Menschen und Tiere. Im Holz, im Blech, in der Wildnis, überall war die Vergangenheit zu spüren. Als Kinder hatten Sally und Rebecca überall Schätze aus der Geschichte aufgestöbert – in Gestalt von winzigen Tonscherben im Boden, einem verrosteten Nagel im Margeritenbeet, dem alten Horn einer längst verstorbenen Kuh, der verrosteten Kette eines Hundes, den kein Lebender mehr gekannt hatte. Sie hatte Rebecca darum beneidet, in dieser unübersichtlichen Homestead aufwachsen zu dürfen, die sich zwischen die hohen Bäume und die Flussweiden der postkartenschönen Farm im Tal schmiegte. Die hier verbrachten Schulferien hatten Sally goldene Erinnerungen an endlose Sonnentage, Ponyausritte ohne Sattel, Geplansche im warmen Sommerfluss geschenkt. An Frankie, die mit winzigen verwaisten Ferkelchen, Kälbern oder Lämmern auftauchte. An herumspringende Welpen, festes Weißbrot und hausgemachte Himbeermarmelade. Alles war irgendwie chaotisch und gleichzeitig friedvoll gewesen. Als Kinder konnten sie so viel Freude an den vielen lebendigen Dingen um sie herum finden und den Zauber der vergangenen Leben spüren, die einst über dieses Land gewandelt waren.

Nun erschien ihr das Haus düster. Die Seelen verstummt. Das Tal menschenleer. Während Sally den Pfad zur Haustür hinaufgegangen war, hatte sie den Wind in den schattigen Pinien heulen gehört und leise gefröstelt. Sie musste an Tom denken. Hatte er sich an einem dieser glatten grauen Äste aufgeknüpft?

Sie wusste nicht genau, wo er es getan hatte. Oder wie. Ohne es zu wollen, hielt sie Ausschau nach einem Seilrest oder einer Scharte an einem waagerechten Ast. Wieder hatte sie kurz gefröstelt, dann hatte sie die Hand nach der alten Kuhglocke an der Hintertür ausgestreckt, die über einem spinnwebenüberzogenen Nest aus alten Stiefeln hing. Sobald die Glocke anschlug, gerieten die schwarzen Spinnen in Panik und zogen sich tiefer in ihre Netze zurück.

Harry öffnete ihr die Tür, doch Sally weigerte sich, auf eine Tasse Tee ins Haus zu kommen. Stattdessen erklärte sie viel zu fröhlich: »Kommen wir gleich zur Sache. Schauen wir uns doch erst einmal den Fluss an. Unterwegs können wir alles besprechen.«

Harry war erleichtert. Er hatte zwar die Küche aufgeräumt und gefegt, war aber trotzdem nicht besonders wild darauf, Tee zu kochen und die leicht stichige Milch hineinzuschütten. Vor allem fürchtete er sich davor, in angespanntem Schweigen dazusitzen, ohne dass wenigstens die Uhr getickt hätte.

Jetzt übertönte das Brummen des Motors ihr Schweigen, und das Rumpeln, Rasseln und Scheppern füllte die tiefen Lücken in ihrer Konversation.

Sally beschränkte sich auf schlichte und zielgerichtete Fragen. Sie war als Vertreterin von Landcare hier, nicht in ihrer Rolle als Finanzberaterin. Sie erkundigte sich nach Unkrautbekämpfungsprogrammen, Geländegrößen, früheren Versuchen, den Boden aufzubereiten. Sie notierte die Antworten mit wackligen Kürzeln in ihrem Notizbuch, während sie über den Feldweg schaukelten.

Erleichtert und durchaus beeindruckt von ihrem ernsten, professionellen Auftreten, begann sich Harry zu öffnen und sich nach ihrer Finanzberatung zu erkundigen.

»Haben Sie viele Anfragen nach einer Beratung?«, fragte er.

»Schon. Zurzeit kommen wir kaum mit der Arbeit nach … vor allem seit der Dürre. Die meisten Farmer erkennen, dass sie nicht ohne eine Beratung auskommen«, sagte sie. »Und weil der Service zum Teil von der Regierung und zum Teil von den Banken und der Industrie getragen wird, braucht der Farmer keinen Penny zu zahlen.« Sie konnte ihm ansehen, dass sie ihn allmählich überzeugte.

Unter einem knorrigen alten Eukalyptus hielt Harry den Wagen an. »Hier ist es am schlimmsten. Und im Wasser liegt ziemlich viel Treibgut.«

Sally ließ den Blick über das Gelände wandern. »Wenn Sie bereit sind, das hier einzuzäunen, könnten wir mindestens die Hälfte der Kosten für den Zaun durch ein Erosionskontrollprogramm hereinholen. Bei entsprechendem Wetter könnte ein Teil der Brombeeren weiter oben im Tal verbrannt und niedergesprüht werden.«

»Hört sich gut an«, sagte Harry.

Nachdem er ihr am Tor zum Abschied zugewinkt und dem Wagen nachgeschaut hatte, bis er den steilen Anstieg aus dem Tal hinaufgebraust war, fühlte sich Harry plötzlich ungeheuer allein. Die Katze war nirgendwo zu sehen. Er hätte sich gern ausführlicher nach Rebecca erkundigt, aber etwas hatte ihn davon abgehalten.

Darauf bedacht, nicht zur Garage zu schauen, ging er zum Maschinenschuppen. Der Traktor sprang sofort an und überraschte ihn mit seinem ruhigen, gesund klingenden Tuckern. Er fuhr den Traktor zur Außenwand des Schuppens und setzte ihn rückwärts an die Dreipunktkupplung des Zaunpfostenbohrers.

Seit über einem Jahr hatte er den Bohrer nicht mehr vom Fleck bewegt, lange, gelbe Grashalme wanden sich um sein Metallgestell. Harry setzte die Sicherungsstifte und koppelte das Stromkabel des Traktors an. Dann justierte er die Gänge und zog an einem Hebel, um sich davon zu überzeugen, dass der Bohrer noch funktionierte. Der große Spiralbohrer drehte sich locker. Harry fuhr den Traktor wieder in den Schuppen und schaltete den Motor aus. Anschließend warf er ein paar Zaunpfosten, eine Rolle Maschendrahtzaun, eine Rolle Draht und die Kiste mit dem Zaunzubehör auf die Ladefläche seines Pick-ups. Gleich morgen Früh würde er anfangen. Dann würde er die Erosion aufhalten, die allmählich sein Land zerfraß.

Kapitel 39

Im ersten Moment glaubte Peter, dass ihn Henburys Winseln im dunkelsten Abschnitt der Nacht geweckt hätte. Es war nicht ungewöhnlich, dass der inzwischen schon recht alte Hund darum bat, zu den unmöglichsten Nachtstunden nach draußen zu dürfen. Peter stützte sich auf einen Ellbogen und blickte auf den schwarzen Hügel, der zusammengerollt im Korb am Fußende des Bettes lag. Von dort stiegen nur leise Schnarchgeräusche auf. Erst da begriff Peter, dass Frankie ihn geweckt hatte. Zitternd und leise weinend lag sie mit dem Rücken zu ihm da.

»Hey«, sagte er sanft, drehte sich zu ihr um, nahm sie in die Arme und strich die nassen Haare aus ihrem Gesicht.

Sie versuchte von ihm wegzurutschen und ihm den Rücken zuzudrehen, um allein in ihrer isolierten Welt der Trauer zu bleiben. Doch Peter hielt sie fest.

»Tu das nicht, Frankie.« Sie entspannte sich ein wenig in seinen Armen. Er wusste, dass er sie jetzt nicht zum Reden drängen durfte. Anders, als er es in seinen Studienberatungsseminaren gelernt hatte, war Reden nicht immer die Lösung. Schon gar nicht in Frankies Fall.

Sie ertrug den Schmerz über den Tod ihres Sohnes in ihrer eigenen, stillen Hölle. Tagsüber setzte sie für ihre Kunden ein Autopiloten-Lächeln auf, und beim Abendessen in der Wohnung lächelte sie Peter an oder tätschelte liebevoll seine Hand oder sein Knie. Nie verloren sie auch nur ein Wort darüber, dass Tom tot war. Dass er sich selbst das Leben genommen hatte.

Sie litt an dieser Schuld, wie nur eine Mutter leiden konnte, und die Schuld begann allmählich ihre Mundwinkel herabzuziehen und ihr braunes Haar mit grauen Strähnen zu zeichnen.

Nachts war es am schlimmsten. Die Dunkelheit lastete schwer auf ihr. Jede Nacht lag sie wach und hörte Henbury und Peter in einer eigenwilligen Art von rhythmischem Konzert schnarchen.

Heute Nacht war die von Träumen über Tom und den Fluss durchsetzte Schlaflosigkeit mehr, als sie ertragen konnte. Sie drückte ihr Gesicht an Peters Brust und spürte den flauschigen Flanell seines Pyjamas an ihrer Wange. Sie atmete seinen Duft ein. Wieder meldete sich ihr schlechtes Gewissen, diesmal, weil sie Peter ausschloss. Sie hatte ihn im Stich gelassen. Seine neue Braut hatte sich in ihre Trauer zurückgezogen, bevor sie auch nur Zeit gehabt hatten, sich in ihrer Ehe zurechtzufinden. So wie sie sich zum Sprechen zwang, zwang sich Peter, zu schweigen.

»Es ist, als wäre er immer noch dort. Als wäre all das nie passiert. Jeden Morgen wache ich auf und denke mir, Mick und Trudy … in der Stadt mit ihrem Baby, Bec und Charlie … bauen Weizen und Baumwolle an, Tom … zu Hause auf der Farm. Aber da ist er nicht mehr. Er ist nicht mehr da. Und diese Träume. Sie sind so lebendig. So real. Er sieht mich an, und sein Gesicht ist kalkweiß. Immer braust und tost der Fluss so laut. O Gott, Peter! Ich hätte sie damals nicht verlassen dürfen. Nie. Ich hätte sie nicht allein bei diesem Mann lassen dürfen.«

Peter ließ ihre Worte auf sich wirken. Zum Teil verletzten sie ihn. Zum Teil ärgerten sie ihn, aber er schwieg standhaft und massierte stattdessen mit der Hand ihren Rücken. Dann sagte sie das, worauf er die ganze Zeit gewartet hatte.

»Ich muss hinfahren. Nach Waters Meeting. Ich muss mich mit eigenen Augen überzeugen, dass Tom nicht mehr da ist. Ich muss die Wege abgehen, die er zuletzt gegangen ist.«

Peter nickte verständnisvoll. Das entsprach dem, was sie

im Studienberaterseminar über die Konfrontation mit den eigenen Dämonen erzählt hatten. Er wollte gerade sagen, dass er sich krank melden und gleich morgen Früh mit ihr losfahren würde, als sie hörten, wic sich Henbury in seinem Korb bewegte und laut gähnte.

Frankie drehte sich um. »Herrgott noch mal, Henbury.« Sie schwang die Beine aus dem Bett und tastete im Dunkeln nach ihrem Morgenmantel.

»Schon gut, Frankie. Ich gehe mit ihm raus.«

»Nein, kein Problem. Ich gehe schon.« Sie war erleichtert, einen Vorwand zu haben, unter dem sie aus der Wohnung und vor ihrer grauenhaften Schlaflosigkeit fliehen konnte.

Als Frankie in der Tür zu ihrer Apartmentanlage stand und darauf wartete, dass Henbury in den winzigen Garten hinaustappte, sah sie auf. Zum ersten Mal seit langer Zeit bedauerte sie, keine Sterne am Himmel zu sehen.

Kapitel 40

Harry war so versessen darauf, mit dem Zäuneziehen zu beginnen, dass er noch vor dem Morgengrauen aufstand und Feuer im Herd machte, um den alten Kessel aufzusetzen. Als die Sonne sich gerade hinter dem dunklen Berg nach oben reckte, trat er bereits aus dem Haus und fuhr mit dem Pick-up zu der erodierten Stelle. Er parkte den Wagen im Schatten eines Eukalyptusbaumes, blieb daneben stehen, die Hände in die Hüften gestemmt, und versuchte zu überschlagen, wie lange es wohl dauern würde, die Arbeit alleine durchzuführen. Erst musste er zu Fuß zum Schuppen zurück, um den Traktor zu holen. Das würde ihn eine gute halbe Stunde kosten, überlegte er. Normalerweise wäre es ihm zutiefst zuwider gewesen, zu Fuß zu gehen, aber der Anblick der Sonne, die in einem gleißenden, flammend rotgoldenen Ball über dem Berg aufging, schien ihn zu beruhigen. Insekten surrten über die Wasseroberfläche, und die nach ihnen springenden Fische klatschten mit leisem Platschen ins Wasser zurück. Vorübergehend drückte die Trauer weniger auf Harrys Herz. In diesem Augenblick beschloss er, den Blick auf den leise vorüberziehenden Fluss gerichtet, dass er über Sally herausfinden würde, wo seine Tochter steckte. Er würde Rebecca fragen, ob sie nach Hause kommen konnte.

Der Spiralkopf des Pfostenbohrers schnitt mühelos durch den schweren, schwarzen Boden am Fluss. Die ersten vier Löcher hatte Harry in Windeseile gebohrt, doch das nächste Loch wäre schwerer zu setzen, das ahnte er schon, während er den Traktor rückwärts auf den felsigen Kamm rangierte. Er fuhr den Motor des Traktors hoch und senkte die Bohrerspitze auf den Boden, wo sie rotierend Dreck aufwarf, Gräser zerschnitt und kleine Steine aus der Erde schleuderte.

Das Metall traf auf Stein, und die Maschine mühte sich ab, einen schweren Brocken aus der Erde zu wühlen. Der Stein blieb direkt neben der rotierenden Klinge liegen und kratzte am Metall des Bohrkopfes. Harry beugte sich vor, um ihn wegzuziehen. Augenblicklich nahm das Sirren einen anderen Ton an, als erst Stoff, dann Haut, dann Fleisch und Knochen gegen das Metall schabten. Gnadenlos drehte sich die Maschine unter Harrys Schreien weiter. Verzweifelt reckte er den freien Arm nach oben. Seine Fingerspitzen konnten gerade noch den Hebel ertasten. Er sank auf die Knie und zog den Hebel mit seinem Gewicht nach unten. Der rotierende Bohrer kam zum Stehen. Harry ließ den Kopf sinken. Schweiß stand ihm auf der Stirn. Sein Gesicht war aschgrau. Blut sickerte in den Boden. Als er die Augen öffnete, konnte er das, was von seinem Arm noch übrig war, in der Maschine stecken sehen. Seine weiße Hand winkte ihm von der anderen Seite des Bohrkopfes aus zu. Entsetzt wich er zurück und erkannte in diesem Augenblick, dass der Arm nicht völlig abgetrennt worden war. Er hing an der Maschine fest. Seine Schreie schallten über die Hügel und ließen die schwarzen Kakadus kreischend zu den Berggipfeln aufsteigen.

Kapitel 41

Der Tag war so still und die Luft so rein. Schlaff standen die Bäume unter dem leicht diesigen, kalten Blau. Die gewundene Straße schmiegte sich an den Berghang, Blätter zuckten kurz im Fahrtwind und winkten dann dem vorbeifahrenden Wagen nach. Frankie und Peter saßen in entspanntem Schweigen. Henbury stand auf seiner Decke auf dem Rücksitz, presste sich an die Tür und reckte die Schnauze zu dem schmalen Fensterspalt empor. Am Vormittag waren sie ohne anzuhalten am Dingo-Trapper-Hotel vorbeigefahren.

»Wir brauchen bestimmt kein Zimmer für heute Abend reservieren«, hatte Frankie lächelnd zu Peter gesagt. »Hier übernachtet praktisch nie jemand ... bestimmt haben sie ein Zimmer frei, wenn wir später zurückfahren.«

Sie waren wieder verstummt und weitergefahren.

Frankie spürte ein vorfreudiges, aber auch ängstliches Kribbeln, als sie die Viehhöfe von Twelve Miles passierten ... sie näherten sich Waters Meeting, aber damit auch dem Wiedersehen mit Harry und dem Ort, an dem Tom gestorben war. Frankie blickte angestrengt durch die Windschutzscheibe und wartete auf den Moment, in dem sich schlagartig der Ausblick öffnete und den Reisenden, die um die Haarnadelkurve auf dem langen Bergvorsprung bogen, oft der Atem stockte. Sie liebte diese Aussicht. Sie hatten diesen Weg seit Micks und Trudys Hochzeit nicht mehr zurückgelegt, und damals hatte das Tal nach der langen Trockenheit in grellem Gelb geleuchtet. Jetzt waren die Weiden grün, trotzdem konnte Frankie erkennen, welchen Schaden die Dürre angerichtet hatte. Wo Heu und Getreide an die Tiere verfüttert worden waren, hatten die Felder lang hingezogene Narben davongetragen. Die Tiere waren nirgendwo zu sehen. An den Viehunterständen am Hang und in den Ausläufern der Weiden wucherte das Unkraut. Die übrigen Wiesen waren kurzgefressen und niedergetrampelt. Doch trotz alledem wirkte das Tal von hier oben aus atemberaubend. Ein leuchtend grüner Streifen, eingerahmt von dem tieferen Grünbraun des umgebenden Buschlandes.

»Wow«, sagte Peter, dem sich dieser Anblick zum zweiten Mal in seinem Leben bot.

Frankie schaute auf den silbrigen, von grünen Eukalyptusbäumen bestandenen Fluss. Er schlängelte sich durch die Flussweiden mit ihrem schweren, schwarzen Boden. Ein Hain aus grünen Pinien, silbrigen Birken, Eichen und gut mit Wasser versorgten Eukalyptusbäumen schirmte den Blick auf das Haus ab, doch dahinter konnte Frankie den Maschinenschuppen sowie die alte Scheune und den Stall ausmachen. Die Straße wand sich in die Talsohle hinab, dann war die Aussicht genauso plötzlich wieder verschwunden, wie sie aufgetaucht war.

Sie musste daran denken, wie sie erstmals auf dieser Straße gefahren war. Direkt nach dem College. Eine Tierärztin frisch von der Uni, der die Welt zu Füßen lag. Ehrgeizig, kokett und attraktiv, selbst im Overall. So war sie auf das Grundstück gefahren und hatte zwischen den Bäumen hindurch auf das zweistöckige Haupthaus geschaut.

»Wow«, hatte sie gesagt, als sie am Haus vorbeifuhr. Hoch hatte es über den Flusswiesen aufgeragt. Groß und erhaben hatte es ausgesehen. Die Rosen am Zaun blühten wie besessen, rund um die breiten Veranden parfümierten die Lavendelbüsche die Luft mit ihrem schweren Duft. Geranien blühten in Kästen auf dem Balkon im ersten Stock. Benommen angesichts dieses schönen Hauses und Gartens fuhr die junge Tierärztin zu den Pferchen weiter.

Es war früher Morgen, über die Berge strömte ein goldenes

Licht, das die hölzernen Einfriedungen zum Leuchten brachte. Dann sah Frankie ihn. Ihren Traum von einem waschechten Viehzüchter. Harry, der unter seinem abgewetzten Hut einen nervös und aufgeregt tänzelnden Junghengst zu beruhigen versuchte. Er lächelte sie an, während das Pferd um ihn herumtrippelte. Es war ein boshaftes Lächeln, das zahllose kleine Fältchen in seine Augenwinkel zauberte. »Sie sind bestimmt die Tierärztin«, grinste er.

Im selben Moment spürte Frankie ein erotisches Ziehen in ihrem Unterleib. Eine so starke Begierde, dass sich ihre Wangen hektisch röteten. Als sie Harrys Hand schüttelte, meinte sie, einen elektrischen Schlag zu bekommen.

Der Junghengst war ihre erste Kastration, seit sie ihren Abschluss gemacht hatte. Die Operation lief nicht wirklich glatt, aber das schien Harry nicht zu stören. Er verbrachte die Zeit hauptsächlich damit, neben ihr zu lehnen und ihren Duft einzuatmen, während sie mit gesenktem Kopf und zitternden Händen den Faden in die gebogene Nadel einführte.

Sie hörte auch keinen Groll in Harrys Stimme, als er wenige Tage darauf anrief und sie bat, noch einmal vorbeizukommen und eine Infektion des Wallachs zu behandeln. Während sie den Eiter wegwischte, die Wunde desinfizierte und das Pferd spritzte, spürte sie wieder Harrys Nähe, der mit kräftigen Händen das Seil um den Hals des Tieres hielt. Sie konnte ihn riechen. Diesen süßen, männlichen Duft. Damals hatten sie sich gleich dort im Stall geliebt, in einem Rausch der Begierde, inmitten des feuchten Strohs und umgeben von dem scharfen Geruch des Pferdedungs.

Frankie konnte immer noch die entsetzte Miene von Harrys Vater vor sich sehen, der plötzlich den düsteren, muffigen Stall betreten hatte. Im nächsten Moment hatte er ihnen den Rücken zugedreht und war wieder hinausgegangen, wobei er halblaut erklärt hatte, dass er mit Harry sprechen wolle. Von diesem Tag an stand für alle fest, dass Harry diese Frau, die Tierärztin, erst umwerben und danach heiraten würde. So wurde das gemacht, und Frankie widersetzte sich nicht. Harry war ihr grundsolider Farmer, und Waters Meeting ihre herrliche Landresidenz.

Das erste Ehejahr war ein Traum gewesen. Die flirrende Romantik, bei Tagesanbruch aufzustehen und die Pferde zu satteln, mit denen sie zu ihrer Hütte auf der Hochebene ritten. Die sonnigen Tage im Garten mit Harrys liebevoller, aber schlichter Mutter. Doch nach ungefähr einem Jahr hielt die graue Wirklichkeit Einzug. Frankie begann zu begreifen, dass sie einen hohen Preis für ihren herrschaftlichen Landsitz entrichten musste. Innerhalb des Hauses musste sie sich Harrys wortkargem Vater und seiner mausgrauen Mutter anpassen. Sie merkte, dass sie mehr wollte. Mehr von Harry. Mehr, um ihr Gehirn zu beschäftigen. Auch die Einsamkeit begann an ihr zu zehren. Sie verbrachte zu viele Tage zu Hause. Ewig gleiche Tage, die praktisch nur aus Farm- und Hausarbeit bestanden. Zu viele Tage, ohne ihren Geist zu fordern. Die allzu einseitigen Gespräche begannen sie immer mehr zu ermüden, und manchmal machte ihr Harrys Härte Angst. Obwohl er schmollte und eisern schwieg, begann sie in Teilzeit als Tierärztin zu arbeiten. Eine Teilzeitarbeit, an der sie sich verzweifelt festkrallte.

Irgendwann waren Harry und Frankie die Themen ausgegangen, über die sie sich abends unterhalten konnten. Frankie selbst hatte eines Tages beschlossen, dass Kinder die Lösung wären. Sie würden Harry wieder glücklich machen. Dadurch könnte er sich wieder öffnen, dadurch würde sich die Leere füllen, die sie in ihrer Seele spürte. Mit Kindern würde alles wieder ins Lot kommen.

Während Frankie mit Peter im Auto saß, merkte sie, wie die Gefühle sie zu überwältigen drohten, sobald sie an Tom, Rebecca und Mick dachte. Noch an diesem Morgen vor der

Abfahrt hatte sie Harry anzurufen versucht. Schockiert, immer noch Toms Stimme auf dem Anrufbeantworter zu hören, hatte sie Harry verflucht und die Hand auf den Mund gepresst, um nicht laut aufzuheulen.

Nach dem Piepton hatte Frankie hörbar Luft geholt und eisig erklärt: »Um Gottes willen, Harry, ändere endlich deine Ansage.« Dann hatte sie kurz innegehalten und um Fassung gerungen. »Ich rufe nur kurz an, um dir zu sagen, dass Peter und ich gegen Mittag rauskommen. Ich muss mit eigenen Augen sehen …« Frankie hatte kurz gestockt und dann zittrig weitergesprochen, »… sehen, wo er … gestorben ist.« Dann hatte sie ohne ein weiteres Wort den Hörer aufgelegt.

Jetzt im Auto presste Frankie die Hand auf den Mund und kämpfte gegen die Tränen an. Sie schaute aus dem Fenster und ließ den Busch in einem graugrünen Schleier vorbeiziehen. Peter legte liebevoll die Hand auf ihren Schenkel und fragte: »Alles in Ordnung?«

»Sicher«, antwortete sie.

Als sie das Tor zur Farm erreichten, stieg sie aus, um es zu öffnen und den Torflügel über die staubige Piste zu schleifen. Im selben Moment hörte sie das Wummern eines Helikopters am Himmel. Die Baumwipfel begannen in der windstillen Luft zu schlagen.

Während Frankie das Tor wieder schloss, sah sie zum Himmel auf und meinte: »Merkwürdig.«

Vom Haupttor aus waren es noch zehn Kilometer Strecke auf einer gewundenen Straße. Als die Homestead endlich in Sichtweite kam, herrschte dort zu Frankies Entsetzen hektische Aktivität.

Der Hubschrauber stand mit laufendem Rotor und Motor auf dem Rasen vor dem Haus und wirbelte die ruhige Luft zu einer eigensinnigen Bö auf. Sanitäter in orangefarbenen Overalls und Ärzte in Weiß rannten zwischen einem Krankenwagen mit flackerndem Blaulicht und dem Hubschrauber hin und her. Etwas weiter entfernt rumpelten Feuerwehrwagen und mehrere Einsatzwagen des Forstamts an der Flussschlinge hin und her und versuchten ein Grasfeuer einzudämmen, das langsam in Richtung der mit Busch bewachsenen Hänge vordrang. Der Rauch in der Luft legte einen leichten Schleier über die Szenerie.

»Was ist da los, in Dreiteufelsnamen?«, fragte Peter.

Frankie schüttelte mit ängstlicher Miene den Kopf. Henbury begann beim Anblick der ungewohnten Overalls laut zu bellen.

»Still, Henners«, befahl Peter.

Noch während sie auf den Hof fuhren, hob der Hubschrauber vom Boden ab und drehte nach Süden in Richtung der Stadt, aus der er gekommen war. Die Sanitäter blickten auf und schauten zu, wie er an Höhe gewann, über die Berge flog und schließlich verschwand.

Frankie machte sich in der Küche von Waters Meeting zu schaffen und stellte dabei erschrocken fest, wie vertraut sie ihr nach so vielen Jahren noch war. Sie holte Tassen aus dem Schrank, öffnete Dosen und löffelte krümelige Teeblätter in die große Kanne. Dann schürte sie das Feuer. Kekse gab es keine. Sie war entsetzt über den Zustand der Vorratskammer außer Nudeln und Dosen mit billigen Bohnen war nichts darin zu finden. Zumindest gab es Zucker.

Sie sah auf. Es war so befremdlich, Peter am Tisch von Waters Meeting sitzen zu sehen. Er wirkte so … städtisch und fehl am Platz hier. Um ihn herum unterhielten sich die freiwilligen Helfer über den Unfall und das Feuer, nicht ohne zwischendurch Frankie nervöse Blicke zuzuwerfen. Sie hatten sie seit Jahren nicht mehr in der Gegend gesehen. Die Krankenwagenfahrer saßen im Wintergarten und warteten darauf, dass der Kessel wieder kochte und sie ihren Kaffee bekamen.

Dann filterte Frankie aus dem allgemeinen Gerede die spröde Stimme von Harrys Nachbar Gary Tate, der gerade seine Geschichte erzählte. Peter saß Gary gegenüber am Tisch und beobachtete das verwitterte Gesicht des Erzählers.

»Letzte Woche hat er bei mir Heu bestellt, also bin ich her, um es abzuliefern. Als ich in den Hof gekommen bin, war niemand zu sehen, darum hab ich den Laster abgestellt und bin in den Garten, um am Haus anzuklopfen. Ich wusste ja nicht, wo ich das Heu lassen sollte, versteht ihr, und da war auch kein Traktor mit Ladegabel zu sehen, also konnte ich es auch nicht selbst abladen. Danke, Liebes.« Er nahm die Tasse mit dampfendem Tee aus Frankies Hand und gab ein paar Tropfen dünn angerührter Pulvermilch dazu. Anschließend löffelte er Zucker in die braune, heiße Flüssigkeit.

Frankie und Peter warteten beide neugierig vorgebeugt darauf, dass er weitersprach. Gary schien den Augenblick zu genießen. Als er wieder zu reden begann, verstummten die Freiwilligen von Feuerwehr und Hilfswerk der Reihe nach und lauschten ein weiteres Mal seiner Geschichte.

»Also, ich war gerade am Gartentor, als ich den Rauch sehe. Ach so, denke ich mir, er ist da drüben und rodet Altholz. Ich denke bei mir, zu Fuß ist mir das zu weit, aber mit dem Laster will ich nicht auf diesen Feldweg, also schaue ich im Schuppen nach und entdecke ein Motorrad. Ich denke, den alten Harry wird das bestimmt nicht stören. Ich schaue kurz nach, ob Benzin drin ist, und fahre dann los. Er hatte alle Tore offen gelassen, darum bin ich im Nu bei seinem Traktor. Aber dann … zuerst fand ich es komisch, dass sich das Feuer vom Traktor entfernt hat und sich hangaufwärts über die Weide ausgebreitet hat. Es hatte jedenfalls nicht unten am Fluss gebrannt, wo man es erwartet hätte. Die Flammen krochen langsam vorwärts über die grüne Wiese, so als würden sie von einem Busch zum anderen und von einem Grasbüschel zum nächsten weiterhüpfen. Und gequalmt hat es wie verrückt. Wobei das Feuer nicht schnell vorankam, weil kaum Wind war.«

Peter rutschte seufzend auf seinem Stuhl hin und her. Gary nahm das als Zeichen, sich auf seine Geschichte zu besinnen, und seine Stimme wurde schneller.

»Und da hab ich seine Stiefel hinter dem Traktor liegen sehen. Irgendwie hing er halb fest und lag er halb da, den einen Arm im Bohrer verheddert. Als ich hinkam, war er schon bewusstlos. Weißer als ein verfluchtes Bettlaken. Ich dachte, der ist tot. Aber als ich ihn geschüttelt hab, hab ich gemerkt, dass er noch lebt.«

Gary hielt inne und durchlebte noch einmal die grausige Entdeckung. Wieder spürte er den plötzlich aufbrandenden Ekel, und der Geruch nach Blut und Rauch schlug ihm in die Nase. Er schluckte. Hoffentlich musste er sich nicht schon wieder übergeben.

»Jedenfalls bin ich wie der Blitz auf dem Motorrad zurück zum Haus und hab den Notruf angerufen. Sie haben das ganze Kommando geschickt – Feuerwehr, Rettungshubschrauber und euch.« Er schwenkte seine Tasse zu den Krankenwagenfahrern hin. Dann drehte er sich um und sah Frankie in die Augen. Mit kreidebleichem Gesicht und unfähig, auch nur einen Schritt zu tun, krallte sie sich an der Rückenlehne eines Stuhles ein.

»Verfluchtes Glück hat er gehabt, haben die Jungs aus dem Hubschrauber gesagt. Die Maschine hat das Hemd so fest um seinen Arm und in seine Muskeln gewickelt, dass es die Wunde praktisch abgebunden hat. Andernfalls wäre er längst verblutet gewesen. Außerdem hatte er verdammtes Glück, dass er ein Feuerzeug dabeihatte, sonst hätte ich ihn bestimmt nicht gefunden.«

Die Menschen in der Küche saßen stumm da. Frankie zog den Stuhl vom Tisch weg und ließ sich schwer auf die ungepolsterte Sitzfläche fallen.

Genau in diesem Augenblick und inmitten der Stille ging die Tür auf. Ein junger Helfer streckte den Kopf in die Küche.

»Hey, Gaz, ich hab den Traktor zum Schuppen zurückgefahren. Meinst du, ich sollte den Bohrer erst abspritzen, bevor wir ihn abmachen?«

»Ja, Mann. Gute Idee.« Es gab Gary ein Gefühl der Bestätigung, dass ihn die jungen Männer als Chef der Aufräumarbeiten anzusehen schienen.

»Wenn du schon dabei bist, kannst du gleich den Stapleraufsatz montieren. Dann könnte ich das Heu abladen. Ach, warte mal, Junge.« Gary wandte sich an die Sanitäter. »Glaubt ihr, dass er durchkommt … ich meine …« Er rutschte auf seinem Stuhl herum. »Braucht er das Heu überhaupt noch?«

Frankie meldete sich scharf und fast zu laut zu Wort: »Ich schreibe dir einen Scheck aus.« Wieder wurde es still im Raum, nur das Zischen des Kessels war zu hören. Der junge Mann an der Tür verschwand nach draußen. Frankie sah Peter an.

Er war totenbleich, sie war überzeugt, dass er gleich in Ohnmacht fallen würde.

Nachdem sie die letzten Rettungshelfer verabschiedet hatten, standen Frankie und Peter mit dem Rücken zu dem riesigen, leeren Haus und blickten über die Wiesen am Fluss. Henbury schnupperte zu ihren Füßen herum, roch an Grasbüscheln und hob sein Bein an den Zaunpfosten. Die Sonne ging gerade unter und färbte die Berggipfel orange. Es wäre ein traumhafter Anblick gewesen, hätte Frankie nicht aus dem Augenwinkel die Garage wahrgenommen. Sie konnte sie spüren. Plötzlich wurden ihr die Knie weich. Sie hielt sich an Peters Arm fest, um nicht umzukippen.

»Sollen wir ins Pub zurückfahren und uns ein Zimmer nehmen?«, fragte Peter.

Frankie sah ihm in die Augen. »Ähm ... ich bin nicht sicher.«

Wieder schauten sie eine Weile auf die Wiesen am Fluss, dann sprach sie weiter.

»Würde es dir etwas ausmachen, Peter, wenn wir hier übernachten ... nur heute?«

Peter lächelte angespannt. Natürlich machte es ihm etwas aus. Er wollte nicht in diesem riesigen alten Kasten mitten im Nichts übernachten – noch dazu im Haus ihres Exmannes.

»Natürlich macht mir das nichts aus«, sagte er. »Wir können so lange bleiben, wie du möchtest.«

Dankbar legte Frankie die Hand auf seinen Arm. »Danke. Bestimmt gibt es irgendwo Tiere, die gefüttert werden müssen, nachdem Harry ... nicht hier ist.« Sie schaute wieder über das Tal. Dort unten konnte sie Hank und Ink Jet Seite an Seite grasen sehen.

»Peter?«, fragte sie vorsichtig.

»Mmm?«

»Kannst du reiten?«

Peter sah sie argwöhnisch an.

»Warum?«

»Es ist wegen ... morgen ... Ich würde zu gern mit dir zusammen auf die Hochebene reiten. Eine Nacht in der Hütte verbringen ... wo Tom gelebt hat.«

Peter schluckte und zog eine »Ich weiß nicht«-Grimasse.

»Bitte«, drängte sie. »Ich muss das einfach tun.«

»Ich nehme an, ich könnte es wenigstens versuchen.«

Frankie lachte leise und hauchte einen Kuss auf seine Wange.

»Ich liebe dich, Peter Maybury.«

Sie führte ihn ins Haus, während Henbury ihnen folgte. Es war Zeit, den Herd anzumachen.

Tief in der Nacht ließ Frankie Peter allein in dem durchgelegenen Bett des Gästezimmers liegen und schlich auf Zehenspitzen durchs Haus. Selbst im Dunkeln fand sie sich noch zurecht. Automatisch ergriff ihre Hand die Türknäufe. Knäufe, die ihr die Türen zu den Zimmern ihrer Jungen öffneten. Sie strich mit den Fingerspitzen über die glänzenden Fußballtrophäen in Micks Zimmer. In Toms Zimmer streichelte sie das Kissen auf Toms Bett, bevor sie den Schrank öffnete und einen alten Arbeitspullover an ihre Brust drückte. Lautlos fielen ihre Tränen auf die grobe Wolle. Ihre Finger fuhren über die abgewetzten Ellbogen. Ich muss das irgendwann für ihn flicken, dachte sie.

Wie ein geisterhafter Schatten ging Frankie im ganzen Haus die Wege der Vergangenheit ab. Als sie in Harrys Zimmer trat, traf sie der Geruch wie ein Schlag ins Gesicht. Sein Geruch. Sie machte einen Schritt auf das Bett zu, das sie einst geteilt hatten, und betrachtete die ungemachten, verhedderten Laken und Decken. Es sah aus, als würde er immer noch darin schlafen. Sie streckte eine Hand aus und spürte die Kälte der Überdecke. Dann drehte sie sich um und schloss die Tür zu seinem Zimmer und zu ihrer Vergangenheit.

Draußen sah sie, Toms Pullover immer noch an ihre Brust drückend, zu den zahllosen Sternen auf, die den Nachthimmel überzogen. In der kalten Luft überlief sie eine Gänsehaut. Sie spazierte barfuß über den kühlen Beton des Fußwegs und dann quer durch das taunasse Gras in die tiefschwarze Garage. Inmitten von Staub, totem Laub und weiß verkrustetem Schwalbenmist ging sie in die Hocke und begann zu weinen. Sie schluchzte in die Wolle von Toms Pullover. Frankie hockte weinend da und sah im Geist ihren Sohn über ihrem Kopf baumeln.

Kapitel 42

Charlie ließ sich nicht davon abbringen, mitzukommen, und warf seine Reisetasche hinten in Rebeccas Subaru. Die vier Hunde schnupperten vom Ende ihrer kurzen Ketten aus an der Tasche und wedelten mit dem Schwanz, als er auf den Beifahrersitz sprang. Rebecca sagte kein Wort. Sie startete den Pick-up und fuhr eilig von der Hütte weg. Charlies Mutter trat aus dem Haus, blieb bei der Hecke stehen und sah ihnen langsam winkend nach. In der Hand hielt sie eine Keksdose, die sie den beiden mitgeben wollte, bevor sie die lange Fahrt in die Stadt antraten.

Rebecca raste über den Rost. Wieder ging ihr Sallys Anruf durch den Kopf.

»Bec, ich habe bei uns im Büro gehört, dass dein Vater gestern einen Unfall hatte. Hat dich schon jemand angerufen?«

Rebeccas Gedanken überschlugen sich. Ein Unfall? War er tot?

»Nein. Mich hat niemand angerufen«, sagte sie schnell.

»Ich weiß nur, dass er gestern Abend ins Royal Hospital geflogen wurde. Ich habe es gerade erst erfahren. Soll ich hinfahren … und mich erkundigen, wie es ihm geht?«

Bleich und plötzlich außer Atem sank Rebecca auf einen Stuhl.

»Ja. Sal. Ja, ich fahre sofort los. Ich fahre gleich runter. Wir sehen uns heute Nachmittag dort.« Nachdem sie aufgelegt hatte, rannte sie auf die Toilette. Sie musste sich übergeben.

Jetzt im Wagen versuchte Rebecca, ihre Reaktion auf die Nachricht zusammenzufassen. Im ersten Moment war da blanke Angst um ihren Vater gewesen. Was war ihm zugestoßen? Würde er sich erholen? Musste er sterben? Jetzt, nachdem sie Zeit zum Nachdenken gehabt hatte, wusste sie nicht mehr so recht, was sie empfand. Sally konnte ihr keine Einzelheiten erzählen, und als sie im Krankenhaus angerufen hatte, hatte ihr die Schwester lediglich mitgeteilt, sein Zustand sei stabil. Sie wusste nicht genau, warum sie sich nach allem, was zwischen ihnen passiert war, verpflichtet fühlte, zu ihm zu fahren. Sie hatte versucht, Mick und Trudy anzurufen, doch nur deren Anrufbeantworter mit Trudys Singsang-Ansage erreicht. Während sie gepackt und den Pick-up aufgetankt hatte, hatte sie auch versucht, Frankie anzurufen. Nachdem in der Wohnung niemand ans Telefon gegangen war, hatte sie dort ebenfalls eine Nachricht aufgesprochen.

In der Tierklinik war Charlotte ans Telefon gegangen. »Nein, tut mir leid, Rebecca, deine Mum ist nicht hier«, hatte sie gesagt. »Sie hat sich eine Woche freigenommen und ist mit Peter weggefahren … keine Ahnung, wohin.«

Wütend hatte Rebecca den Hörer auf die Gabel geknallt.

»Das ist so verflucht typisch«, sagte Bec zu der Straße vor ihr, als sie an ihre Mutter dachte.

»Was denn?«, fragte Charlie.

»Mum. Sie ruft mich so gut wie nie an, und wenn sie in Urlaub fährt, sagt sie mir nicht einmal Bescheid, wohin sie fährt. Jetzt darf ich ganz allein mit dieser Geschichte fertig werden. Wie verflucht noch mal immer.«

Charlie sah Bec an und schob eine Haarsträhne hinter ihr Ohr. »Das wird schon wieder, Bec«, sagte er leise. »Außerdem musst du nicht allein damit fertig werden. Ich bin bei dir.«

»Ach, ich weiß nicht, Charlie«, sagte sie, als hätte sie ihn gar nicht gehört. »Früher dachte ich immer, Mum ist das Superweib, weil sie es mit Dad und ihrer vielen Arbeit und obendrein mit uns Kindern aufnimmt … aber inzwischen … jetzt, seit Tom, hat sich das geändert. Plötzlich habe ich das Gefühl, dass sie nie wirklich für uns da war. Ich glaube auch nicht, dass sie je wirklich für Dad da war … nicht mit Leib und Seele. Sie ist immer vor allem davongelaufen.«

»Hört sich nach jemandem an, den ich kenne«, sagte Charlie tonlos. Rebecca blitzte ihn zornig an.

»Früher habe ich Dad die Schuld an allem gegeben, verstehst du? Immer war Dad an allem schuld. Aber inzwischen … inzwischen habe ich das Gefühl, dass ich zu begreifen anfange.«

»Zum Tango braucht man immer zwei«, kommentierte Charlie.

Rebecca verstummte und dachte an ihre Mutter und ihren Vater, die so viele Jahre mit ihnen zusammen unter einem Dach gelebt hatten. Vielleicht täuschte sie die Erinnerung. Ihr ganzer Körper schien unter Spannung zu stehen. Sie bremste nicht ab, als ihnen auf dem schmalen Asphaltstreifen ein Laster entgegenkam. Die Räder des Subaru schleuderten Staub und Schotter auf, als sie über das Bankett rasten, um den Truck passieren zu lassen.

»Vielleicht sollte lieber ich fahren«, meinte Charlie freundlich. »Du bist zu aufgeregt.«

»Hör auf, mich zu bevormunden, Charlie Lewis.«

»Du solltest Fürsorge nicht mit Bevormundung verwechseln, Rebecca Saunders«, erwiderte Charlie schlagfertig und entlockte ihr damit wider Willen ein kleines Lächeln.

Als sie in der ersten Stadt auftankten, tauschten sie die Plätze. Während sie aus dem Ort hinausfuhren, streichelte Bec zärtlich Charlies Nacken und lächelte ihn an. Er erwiderte ihr Lächeln. Dann ließ sie den Kopf gegen die Nackenstütze sinken, schloss die Augen und hielt die Tränen zurück. Sie hatte Angst vor dem, was sie im Krankenhaus erwarten mochte.

Charlie und Rebecca traten zur Seite, um einen hellblau uniformierten Mann mit seinem Handwagen vorbeizulassen.

Der Krankenhausgeruch ließ Rebecca das Gesicht verziehen. Es war, als dürfte sie nicht zu tief einatmen, sonst würde sie ebenfalls krank und säße zusammen mit den Gebrechlichen, Alten und Sterbenden in diesen kalten Mauern fest. Eine Frau in einem schäbig aussehenden Morgenmantel schlurfte vor ihnen den Korridor entlang, einen Infusionsständer neben sich herführend. Ihr Gesicht war eingefallen und fahl. Sie sah Rebecca wütend an, als könnte sie deren Gedanken lesen.

»Ich hasse Krankenhäuser«, flüsterte Rebecca Charlie ins Ohr.

Der Korridor öffnete sich in einen weitläufigen Empfangs- und Wartebereich. In einer Ecke sah sie Sally auf einem unförmigen Stuhl sitzen. Sie hatte sich nahe der Empfangstheke neben einer Statue der Jungfrau Maria niedergelassen. Maria hatte den verschleierten Kopf gesenkt, als würde sie ernst auf Sally herabsehen. Als Sally aufstand, wurde Rebecca bewusst, wie dünn sie geworden war und wie blass sie aussah, doch aus ihren Augen leuchteten Wärme und aufrichtige Freude, ihre Freundin wiederzusehen. Sie fielen sich in die Arme.

»Charlie«, begrüßte Sally ihn warmherzig und schloss ihn ebenfalls in die Arme.

»Entschuldige, dass wir so spät kommen – der Verkehr«, sagte er.

»Schon okay. Ich habe währenddessen mit der Jungfrau hier geplauscht.« Sie beugte sich vor und flüsterte ihnen zu: »Ehrlich gesagt ist sie eine ziemliche Trantüte – wir haben nicht wirklich viel gemeinsam.«

»Das hätte mich auch gewundert«, lächelte Bec. »Du hättest reingehen und Dad besuchen sollen, statt auf uns zu warten und mit der Jungfrau zu quatschen.«

»O nein! Ich hasse es, jemanden im Krankenhaus zu besuchen. Ich dachte, ich warte lieber auf euch. Außerdem habe ich nachgefragt, wo er liegt, und zur Antwort bekommen, dass nur die engsten Verwandten zu ihm dürften.«

»Als wäre ich mit ihm besonders ›eng‹«, kommentierte Rebecca sarkastisch. »Du kommst auch mit, Sal, du bist seine Beraterin, vergiss das nicht.« Rebecca kniff sie in den Arm.

»Seine *Agrarfinanzberaterin* wohlgemerkt, nicht seine Gesundheitsberaterin.« Sie sah Rebecca an und gab sich geschlagen. »Na schön. Er liegt im zweiten Stock.« Sie nickte zu den Aufzügen hin.

Die drei gingen schweigend hinüber, alle in stiller Angst, was sie auf der Station zu sehen bekommen würden. Im Edelstahlgehäuse des Lifts bekam Bec kaum noch Luft. Sie griff nach Charlies Hand. Er drückte sie fest. Als die Türen aufglitten, sagte Sally: »Ihr geht erst mal rein und seht nach ihm. Ich warte draußen.«

»Nein. Nein, Sal. Du kommst mit. Ich brauche euch beide.« Rebeccas blaue Augen flehten sie an.

Zunächst huschten Rebeccas Augen in dem großen Krankensaal über den alten Mann hinweg, der auf mehrere Kissen gestützt in seinem zu schmalen Bett schlief. Dann zuckte ihr Blick zu ihm zurück, und sie erkannte entsetzt, dass der alte Mann ihr Vater war.

Sie sah Charlie an und deutete auf das Bett. Sein Blick folgte ihrer verzagten Geste und kam auf Harry zu liegen. Alle drei starrten auf die Stelle, wo sein rechter Arm hätte sein sollen. Auf dem Kissen ruhte stattdessen ein abgerundeter, in dicke Verbände gepackter Stumpf.

Als Rebecca an sein Bett trat und ihn am linken Arm berührte, schreckte er aus dem Schlaf.

»Oh! Hallo!«, krächzte er leise. Er zog die Decke hoch, als versuche er seine Verlegenheit zu verdecken. Rebecca stellte entsetzt fest, wie schwach er wirkte.

Sie versuchte nicht auf den Bluterguss zu starren, der tiefschwarz unter dem Verband begann und sich über seiner nackten Brust und dem Hals in seltsamen gelblich-lila Schattierungen aufzulösen schien.

»Wie geht es dir, Dad?«

»Könnte besser gehen.« Seine Stimme drang als heiseres Flüstern durch die trockenen, aufgesprungenen Lippen. Das Weiß seiner Augen war vergilbt. Während er redete, blickte er stumpf auf das Fußende des Bettes. Seine Tochter sah er nicht an. Im Raum war es bis auf das Schnarchen eines anderen Patienten und das Geplapper aus dem hoch in der Ecke montierten Fernseher still.

»Ich glaube, du hast Charlie noch nicht richtig kennengelernt, Dad. Charlie Lewis.« Rebecca nickte zu Charlie hin, der neben ihr stand. Harry sah ihn an und erklärte mit schwacher Stimme: »Ich würde Ihnen ja die Hand geben, aber …« Seine Stimme erstarb.

Charlie wusste nicht recht, ob er über Harrys halbherzigen Scherz lachen sollte, und hob stattdessen winkend die Hand. »Sehr erfreut, Sie kennenzulernen, Mr Saunders.«

»Sal kennst du ja.«

Harry nickte in ihre Richtung.

Wieder Schweigen. Charlie und Harry drehten das Gesicht dem Fernseher zu und verfolgten den Kurzbericht über ein Golfturnier. Sally wühlte in ihrer Tasche und förderte ein Sortiment von Landcare- und landwirtschaftlichen Zeitschriften zutage.

»Die habe ich Ihnen mitgebracht.« Sie legte die Hefte auf das Tischchen neben seinem Bett. Als er ihr zum Dank zunickte, begann Rebeccas Herz zu rasen. Sie spürte, wie ihr Puls unter der Haut an ihrem Hals hämmerte. Sie sah das Profil ihres Vaters und wollte ihn nur noch anbrüllen. Sie wollte ihn schlagen, ihn prügeln und kratzen, ihren ganzen Zorn über Toms Tod über ihm ausschütten. Ihn hassen. Ihn verhöhnen. Auf ihn spucken.

Stattdessen wandte er ihr das Gesicht zu und sagte: »Bec.

Es tut mir leid. Ich habe nicht erwartet, dass du kommst.« Tränen begannen über die roten Lider unter seinen Augen zu laufen, dann begann er zu zittern und zu schluchzen. Verlegen wischte er mit der linken Hand über sein Gesicht und verschmierte dabei die Tränen über seine Wangen. Charlie schaute angestrengt auf den Fernseher. Sally schob die Zeitschriften zurecht, und Bec stand wie betäubt am Bett, ohne zu wissen, was sie jetzt sagen sollte, während Harrys Schultern zuckten und bebten und er sich mit dem Handrücken Rotz und Speichel aus dem Gesicht wischte.

»Entschuldige. Ihr solltet jetzt gehen. Es tut mir leid.« Seine Worte waren praktisch nicht zu verstehen. Er versuchte, sie noch einmal auszusprechen, doch diesmal stieg nur ein tiefes, leidendes Schluchzen aus seiner Brust. Die anderen Patienten drehten ihm die Köpfe zu. Charlie und Sally sahen einander an und gingen aus dem Zimmer. Rebecca fasste nach der Schachtel mit Papiertaschentüchern auf seinem Bettkasten, weil ihr inzwischen ebenfalls die Tränen übers Gesicht liefen. Sie rupfte ein Tuch heraus und stellte die Schachtel dann neben ihm ab. Danach zog sie den blauen Vorhang rund um sein Bett zu und ließ ihn allein. Mit langen Schritten eilte sie durch den Korridor und versuchte dabei, das Schluchzen des Mannes in ihrem Rücken auszublenden.

Draußen erschütterten die grelle Sonne und das Dröhnen des Verkehrs hinter dem Krankenhausgarten Rebeccas Sinne. Bec, Charlie und Sally blinzelten ins grelle Licht und wussten nicht, was sie tun oder sagen sollten.

»Sollen wir uns ein paar Minuten dorthin setzen?«, schlug Sally vor und deutete auf eine Bank unter einer schattigen Eiche.

Auf der Bank legte Charlie den Arm um Bec, und sie ließ den Kopf auf seine Schulter sinken. In der geballten Faust hielt sie ihr durchnässtes Taschentuch umklammert. Sal stieß mit dem Fuß nach dem Haufen von Zigarettenstummeln, der sich auf den Holzschnitzeln unter der Bank aufgetürmt hatte.

Schließlich sagte Sally: »Willst du meine Theorie über das Leben hören?«

»Auf jeden Fall«, sagte Bec.

»Du darfst aber nicht lachen.«

»Okay.«

Sie reckte das Kinn energisch vor. »Ich glaube, dass die Menschen nicht ohne Grund krank werden oder Unfälle bauen. Dein Dad hat sich selbst sabotiert, weil er dich zurückholen möchte. Es ist seine Art, sich für alles zu bestrafen, was vorgefallen ist. Darum hat er seinen Arm verloren.«

Rebecca setzte sich auf und sah ihre Freundin an. Eine tiefe senkrechte Falte grub sich durch ihre Stirn. Sally rutschte auf der Bank herum und senkte die Stimme.

»Ich weiß, du denkst vielleicht, dass mich das alles nichts angeht und dass es ziemlich schräg ist, den Sinn des Lebens von einer versoffenen, männerjagenden Freundin wie mir erklärt zu bekommen, die deinem Bruder das Herz gebrochen hat, aber wenn du irgendwann glücklich werden willst, Bec, dann musst du dir über manches klar werden. Dein Dad gehört zu jener Sorte von Männern, die nie um Hilfe bitten. Er wird oder kann dich zumindest nicht bitten, nach Hause zu kommen. Er kann dir nicht sagen, dass er dich liebt. Er kann nicht sagen, dass es ihm leid tut. So ist er eben. Darum haben sich das Leben, das Universum und alles andere verschworen, ihm diesen Unfall widerfahren zu lassen, damit du ihm vergeben kannst.«

»Ihm vergeben!«, brach es aus Bec heraus. »Wie kannst du es wagen, mir zu erklären, dass ich diesem Schwein vergeben soll! Er hat praktisch meinen Bruder ermordet!«

»Bec«, beschwor Charlie sie. »Hör ihr zu. Du musst das für dich klären.«

Sie sah ihm tief in die Augen. Sally legte die Hand auf Rebeccas Arm. Sally weinte.

»Glaubst du vielleicht, ich sage das gern? Ich habe mir nach Toms Tod die größten Vorwürfe gemacht. Ich habe ihn zum Narren gehalten. Mit meinen kleinen egoistischen Spielchen habe ich ihn zum Narren gehalten. Es gefiel mir, im Mittelpunkt zu stehen … und die Tatsache, dass ein Typ meinetwegen so ausflippt. Wenn ich nur wirklich ehrlich zu mir und ihm gewesen wäre, dann hätte er uns vielleicht nicht … verlassen …«

»Psst«, beruhigte sie Rebecca. »Es ist okay, Sal. Es ist okay.«

Die beiden Mädchen umarmten sich und wischten sich die Tränen vom Gesicht. Charlie saß allein am anderen Ende der Bank. Erstarrt. Schluckend. Er wusste, was gleich kommen würde.

»Geh wieder rein und rede mit ihm, Bec«, drängte Sally. »Das ist deine Chance, Waters Meeting zu retten. Tu es. Das ist deine Chance.«

Bec sah ihre Freundin an und holte lang und tief Luft. Unvermittelt sprang sie auf und lief auf die schweren Glastüren des Krankenhauses zu. Charlie sah sie in dem wuchtigen Gebäude verschwinden.

Als Bec durch die Lücke im Vorhang schlüpfte, lag Harry still da und starrte auf die zwei kleinen Hügel, die seine Füße unter der weißen Baumwollüberdecke bildeten.

»Dad?«

Von Neuem überrascht sah er auf. Dann tätschelte er die Matratze als Zeichen, sich zu setzen. Es war eine ungewohnte Geste für Harry. Sie ließ sich unbeholfen auf der äußersten Bettkante nieder.

»Dad«, sagte sie und wusste nicht, wie sie weitersprechen sollte. Ein schmerzliches und betretenes Schweigen senkte sich über sie. Dann nahm Harry ihr das Sprechen ab. Behutsam redete er durch seine bleichen, dünnen Lippen auf sie ein.

»Rebecca, ich möchte, dass zu zurückkommst. Ich möchte, dass du die Farm übernimmst. Ich brauche dich.«

Im ersten Moment spürte Rebecca, wie eine warme Woge sie überlief. Wie oft hatte sie davon geträumt, dass ihr Vater diese Worte aussprechen würde? Aber die Freude war nur von kurzer Dauer. Dann kehrte der Zorn zurück.

»Du brauchst mich? Du sagst, dass du mich brauchst? Pff! Natürlich brauchst du mich«, sie deutete auf seinen Stumpf. »Tom hast du ausgenutzt. Jetzt, wo er weg ist, willst du mich ausnutzen … Was hat sich denn geändert, Dad? Ist eine junge Frau plötzlich nützlicher als ein alter Mann mit nur einem Arm?«

Sie sah, wie seine Augen sich verletzt zusammenzogen, als sie das sagte.

»Bec«, erklärte er leise. »Ich kann verstehen, dass du wütend bist, aber bitte gib mir noch einmal eine Chance. Ich hatte das schon davor beschlossen.« Harry neigte den Kopf zu dem frisch verbundenen Stumpf hin. »Ich hatte das schon beschlossen, bevor das passiert ist. Ich wollte dich anrufen. Ich wollte dich fragen, ob du heimkommen willst. Ehrenwort. Das wollte ich wirklich.«

Rebecca sah ihm in die Augen und glaubte ihm. Ihr Vater war vielleicht ein harter, schweigsamer Mann, aber er war ganz bestimmt kein Lügner.

Mit flehender Miene fuhr er fort: »Wenn du heimkommen möchtest, steht dir Waters Meeting offen. Bitte verzeih mir, dass ich so lange gebraucht habe, um zur Einsicht zu kommen.«

Rebecca wusste, dass er Tom meinte, aber seinen Namen auszusprechen, tat Harry noch zu weh.

»Was sagst du dazu?« Er streckte die verbliebene Hand

über seinen Körper und deckte sie leicht über Rebeccas Hand.

»Ich weiß nicht, was ich sagen soll«, antwortete sie mit Tränen in den Augen, während sie die ungewohnte liebevolle Berührung zu verarbeiten versuchte.

»Dann sag erst einmal nichts«, sagte Harry. »Komm einfach her, und lass dich umarmen.«

Vorsichtig beugte sich Rebecca über ihren Vater, der verlegen die Hand um ihren Kopf legte und sie an seine Brust zog. Er roch nach Seife. Sie befürchtete, gleich loszuheulen, doch stattdessen versteifte sie sich, so als könnte sie der Situation nicht trauen. Nach ein paar Sekunden löste sie sich aus seinem Griff.

»Tut mir leid, ich war nie ein großer Freund von Umarmungen«, bekannte Harry. »Andernfalls wäre deine Mutter vielleicht länger geblieben.«

Rebecca schüttelte traurig den Kopf, und dann begannen die Tränen zu fließen. Erst nach einer Weile merkte sie, dass Harry sie in den Arm genommen hatte. In seinen einen, starken Arm. Und ihr Haar mit seiner einen, starken Hand streichelte. Sie spürte, wie er sie auf den Scheitel küsste und sie zu beruhigen versuchte. Dann sprach er es aus. Er sagte: »Ich liebe dich.« Dann begann er ebenfalls zu weinen.

Kapitel 43

In der stickigen Hitze des Führerhauses oben auf dem Getreidetransporter hatte Rebecca die Bilder immer und immer wieder Revue passieren lassen, wenn sie während der Ernte die schnurgerade Asphaltstraße entlanggefahren war. Sie hatte sich ausgemalt, Charlie dorthin mitzunehmen, nach Waters Meeting. Mit ihm zusammen nackt im kühlen Fluss zu schwimmen. Im getüpfelten Schatten auf dem feuchten, grünen Klee zu liegen. Ihn in ihrem großen, luftigen Zimmer bei offener Tür zu lieben, während die Vorhänge sanft im Wind wehten und die Eukalyptusbäume Schattenrisse auf ihre Haut malten. Doch als sie mit ihrem Subaru auf die Homestead von Waters Meeting gefahren war, hatten sich diese Bilder in Luft aufgelöst. Zum einen hatte sie den spektakulären Ausblick vor der Abfahrt ins Tal nicht mit ihm geteilt, weil Charlie ihr in seinem eigenen Pick-up folgte.

Diese Reise hatte einen erbitterten Streit in der winzigen Hütte auf der Farm der Lewis' ausgelöst. Charlie hatte darauf bestanden, dass er ein eigenes Auto brauchte, falls er dringend auf die Farm zurück musste. Sein Vater hatte das genauso gesehen.

Rebecca hätte Charlie auf der Fahrt in ihren Heimatdistrikt gern an ihrer Seite gehabt, damit sie ihm alles über das Land und die Farmen, an denen sie vorbeikamen, erzählen konnte. Wie sie damals Micks alten Morris gleich hinter Dirty's Pub in den Deich gefahren hatten. Oder wie Rebecca nach ihrem achtzehnten Geburtstag nachts auf Ink Jet nach Hause geritten war und dabei so betrunken gewesen war, dass sie, so weit sie sich entsinnen konnte, erst am Tor zur Farm aufgewacht war und dabei Akazienblüten in ihrer

Tasche und klappernde leere Bierdosen in ihren Satteltaschen entdeckt hatte.

Heute war ihr die Fahrt von Charlies Ebene in ihr Tal noch länger vorgekommen als sonst. Die Entfernung zwischen den beiden Farmen drohte Rebeccas Herz abzuschnüren. Als sie beide unterwegs in eine Tankstelle gebogen waren, um nachzutanken und Essen einzukaufen, war die Stimmung angespannt gewesen. Ein paar Worte, ein kurzer Kuss, dann waren sie wieder auf der Straße. Jeder allein in seinem Wagen, wo ein Monolog ängstlicher Gedanken durch ihre Köpfe lief. Rebecca machte nicht einmal beim Dingo Trapper halt. Sie fuhr ohne abzubremsen vorbei. In ihrem Tagtraum war sie dort mit Charlie auf ein Bier und einen freundschaftlichen Rückenschlag von Dirty eingekehrt, bevor sie mit ihm nach Waters Meeting weitergefahren war.

Jetzt, wo sie angekommen war und auf der von Unkraut überwucherten Kiesauffahrt stand, wurde es Rebecca noch schwerer ums Herz. Die Farm hatte sich so verändert. Das war ihr gleich nach dem Haupttor aufgefallen. Schlaglöcher in den Pisten, dicht wuchernde Disteln und Farne auf den früher makellosen Weiden. Zäune, die am Boden lagen, als hätte man sie aufgegeben. Wozu waren sie auch nütze, wenn es kein Vieh gab, das ein- oder ausgeschlossen werden musste.

Das Haus war nicht mehr das charmante, von Grün umrankte Heim ihrer Kindheit, sondern sah schäbig und heruntergekommen aus wie eine gealterte Schönheit, die nichts mehr auf ihr Äußeres gab. Alles hatte kapituliert. Von den riesigen Pinien waren graue Äste abgebrochen und auf den einst soldatenhaft strammstehenden Gartenzaun gefallen. Die toten Äste ragten in den unmöglichsten Winkeln in die Luft wie gebrochene Knochen. Die Nebengebäude wirkten ungepflegt und vollgestellt. An den Seitenwänden hatten sich Bretter gelöst, und die Wellblechdächer klatschten und schlugen regelmäßig im Wind.

Als Rebecca den Pick-up neben dem Seitentor zum Garten abstellte, fielen ihr die Hunde wieder ein, die sie auf der Ladefläche angebunden hatte. Dags, Mossy, Bessie und Stubby sprangen aufgeregt und voller Vorfreude, endlich von der Kette gelassen zu werden, herum, und am meisten freute sich Toms Hund Bessie. Sie wussten, dass sie heimgekehrt waren. Bec hatte den Verdacht, dass sich Bessie unverzüglich auf die Suche nach Tom machen würde und dabei womöglich bis zur Hütte hinaufwandern würde.

»Sitz«, befahl Bec ihnen knurrend. Sie löste alle von der Kette außer Bessie. »Tut mir leid, meine Kleine.« Sie streichelte ihren Kopf. »Gleich.«

Charlie parkte neben ihrem Wagen, stieg aus seinem Pick-up, sah sich um und schaute dann zu dem Bergmassiv auf, das so unvermittelt aus der beweideten Ebene emporschoss.

»Puh!«, sagte er. »Echtes Ziegenland!«

Der Kommentar traf sie. Sie zog ihre staubigen Reisetaschen von der Ladefläche, ging auf das Haus zu und begann fluchend mit der Torkette zu hantieren.

»Komm wieder runter«, sagte Charlie und half ihr.

Es war nicht zu übersehen, dass Ink Jet und Hank am Morgen einen Zugang zum Garten entdeckt hatten. Sie hatten eine Spur von frischen Pferdeäpfeln auf den Wegen hinterlassen und einen Teil der Pflanzen in den Beeten auf dicke grüne Stängel reduziert.

Bec hielt am vorderen Tor nach den Pferden Ausschau. Ihre Augen suchten nach einem schwarzen Fleck und einem braunen Fleck, die dösend unter einem Baum am Fluss standen und mit dem Schweif nach einer vereinzelten Fliege schlugen. Doch die Wiesen am Fluss waren leer.

»Ich frage mich, wo Hank und Stinky stecken«, sagte sie eher zu sich selbst als zu Charlie. Charlie folgte ihrem Blick.

»Sie sind bestimmt irgendwo in der Nähe.«

Sie hatte sich ausgemalt, nach Hause zu kommen und sofort ihre Pferde zu rufen. In ihrer Fantasie waren beide wiehernd angetrabt. Jetzt waren sie nirgendwo zu sehen. Der nächste Teil ihres Traumes zerbrach.

Auf der Veranda surrten Fliegen durch den Schatten. In den Spinnweben, die überall die Schäfte der aufgeplatzten Lederstiefel überzogen, hatten sich weiche, flauschige Löwenzahnsamen und scharfkantige Grassamen verfangen. Aus der Waschküche kam der verwurmte rotbraune Kater angeschlichen und begrüßte sie mit einem hohen, freundlichen Miauen. Bec spürte die zerbrechlichen Rippen, als sich der Kater an ihr Bein schmiegte. Sie nahm ihn auf den Arm.

»Halloooo«, sagte sie leise und entdeckte erschrocken zahllose Flöhe und offene, eitrige Stellen an seinem Körper.

»Keine Sorge, Musch. Jetzt bin ich wieder da.« Sie setzte den schnurrenden Kater ab. »Gleich bekommst du was zu fressen.«

Während sie in der Stiefelkiste nach dem Schlüssel suchte, ließ Charlie die Hände in den Hosentaschen und den Mund geschlossen.

Drinnen war alles dunkel. Alle Vorhänge waren zugezogen. Bis auf das Summen einer dicken Schmeißfliege, die sie umkreiste, während sie darauf warteten, dass sich ihre Augen an das Halbdunkel des Flurs gewöhnten, war es im Haus totenstill.

Aus dem Wintergarten drang Licht in den Flur und legte ein helles Viereck auf den Teppich. Rebecca ging darauf zu und trat in die Küche. Dort roch es nach Putzmittel.

»Ich schätze, Dirtys Frau war nach Dads Unfall hier und hat sauber gemacht«, sagte Bec laut zu sich selbst.

Sie begann die Schränke zu öffnen und sah in den Kühlschrank.

»Komisch«, sagte sie. »Wer hier sauber gemacht hat, hat

auch die Speisekammer und den Kühlschrank aufgefüllt.« Sie griff nach einem Päckchen mit Pistazienkeksen.

»Es sieht nicht so aus, als wäre es jemand aus dem Ort gewesen … vor allem nicht Dirtys Frau.« Sie griff nach einer geöffneten Packung Camembert.

»Ganz bestimmt nicht Dirtys Frau …«

»Was ist?«, fragte Charlie, der eben in die Küche kam.

»Ich sagte, nach dem Unfall war jemand hier.«

»Dieser Kasten ist ja riesig!«, bemerkte er, ohne auf ihre Antwort einzugehen, und sah verblüfft über die Größe des Hauses zur Decke auf.

»Und leer«, ergänzte Bec.

Sie stand in der Küche und wusste plötzlich nicht mehr, was sie jetzt tun sollte. Wo sie anfangen sollte. Am liebsten hätte sie nach Tom gerufen. Bestimmt wäre er irgendwo im Flur, im Arbeitszimmer oder oben in seinem Zimmer. Einen Moment musste sie krampfhaft die Tränen hinunterschlucken. Charlie legte von hinten die Arme um sie und küsste sie auf den Hals.

»Eine Tasse Tee?«, fragte sie ihn mit halb erstickter Stimme. Noch während sie sich aus seiner Umarmung befreite und nach dem Kessel griff, fragte sie sich, warum es ihr vorkam, als hätte sie einen Fremden im Haus.

»Ich hole die Milch und das restliche Zeug aus dem Auto«, sagte Charlie.

Während der elektrische Wasserkocher in der Küche summte, eilte Rebecca von Zimmer zu Zimmer, riss die Vorhänge zurück und ließ die Rollos in lärmender Hast nach oben schnappen.

Sie wollte Licht und Leben ins Haus zurückholen. Im Arbeitszimmer blinkte ärgerlich und drängend das rote Lämpchen auf dem Anrufbeantworter. Bec wusste, dass das Band mit Anrufen von der Bank, von Viehmaklern, die auf ihr Geld warteten, und Nachfragen nach Harrys Unfall randvoll sein musste. Sie beschloss, die Nachrichten später abzuhören.

Im muffigen Halbdunkel des Esszimmers kniete sich Bec auf ein altes Sofa und spähte aus dem Fenster. Hinter dem gedämpften Licht unter den Pinien konnte sie die Garage sehen. Sie wirkte unheilverheißend. Sie stellte sich vor, wie Tom darin hing, und schauderte.

»Hallooooo?« Charlie wanderte schon wieder durch den Korridor, schaute in jedes Zimmer und versuchte sich mit dem erdigen Geruch des alten Hauses anzufreunden. Versuchte sich darin wohlzufühlen, Bec zuliebe.

»Ich glaube, ich habe das Mysterium der aufgefüllten Vorratsschränke gelüftet«, verkündete er grinsend. »Ich habe eben einen kurzen Blick in die Schuppen geworfen, in einem davon steht der Wagen von deiner Mum.«

»Mum?« Rebecca traute ihren Ohren nicht. »Was macht die denn hier?«

»Ich habe nach ihr gerufen, aber hier ist definitiv niemand«, sagte Charlie.

»Ah. Das erklärt, warum Inky und Hank nicht da sind. Bestimmt sind sie auf ihnen ausgeritten.«

Rebecca verstummte und versuchte die merkwürdigen Ereignisse zu verarbeiten. Das befremdliche Gefühl, wieder auf Waters Meeting zu sein. Dass ihre Mutter irgendwo hier war.

Charlie blieb in der Tür stehen und versuchte, ihre Laune zu erspüren. »Das Wasser kocht«, sagte er schließlich.

Rebecca kehrte dem Blick auf die Garage den Rücken zu und lief zu ihm. Sie holte tief Luft und sah ihn an. Wie er in seinen Jeans und seinem blauen Hemd im Türrahmen lehnte. Mit hochgekrempelten Ärmeln und leuchtend grünen Augen. Sie merkte, wie warme Lust in ihr aufstieg.

»Komm mit«, sagte sie und streckte ihm die Hand hin. »Den Tee trinken wir später. Ich zeige dir das Obergeschoss …

und mein Zimmer.« Sie ließ die Brauen wackeln und grinste. »Bevor Mum und Peter zurückkommen …« Plötzlich wollte sie sich vor allem lebendig fühlen. Wollte Charlies glatte, warme Haut tröstend an ihrer spüren, wollte die Kälte aussperren, den Tod und den Verfall in diesem Haus und auf der ganzen Farm.

Sie nahm ihn an der Hand und führte ihn die knarrende Treppe hinauf. Er strich mit der freien Hand über das glatte Holz des Geländers und folgte ihr nach oben.

Sie stellte sich vor, wie sie ihn auf ihr Bett werfen und ihn so ungestüm lieben würde, dass er nie wieder in die Ebene zurückkehren wollte. Morgen würde sie dann mit ihm in die Berge reiten, damit er sich in der Wildheit ihrer Landschaft verlieren konnte. Ein ganzer Film lief in ihrem Kopf ab. Doch stattdessen schnürte ihr der fette Gestank des Todes die Kehle zu, sobald sie die Tür zu ihrem Zimmer aufstieß. Sie sah zu dem braunen Fleck an der Zimmerdecke hoch und dann auf die frischen, fetten, sich ringelnden Maden auf der Tagesdecke ihres Bettes.

»Verfluchte Fuchskusu«, sagte sie seufzend.

Der Rest des Tages war grau geworden, und an den Berghängen hatten sich Wolkenschleier verfangen. Mossy wanderte schnuppernd im Garten herum, als sie plötzlich zu bellen begann. Die anderen Hunde stellten die Ohren auf und bellten ebenfalls, die Köpfe wie Mossy der Furt am Fluss zugekehrt. Rebecca sah auf und war erleichtert, Frankie und Peter auf Ink Jet und Hank über die glänzenden Steine planschen zu sehen. Ein fußlahmer Henbury watschelte in einiger Entfernung hinterher. Ein Lächeln trat auf Rebeccas Gesicht.

»Charlie!«, rief sie nach hinten. »Sie sind wieder da … Sie kommen doch nicht in den Regen.«

Charlie trat auf der Seite des Hauses ins Freie und wischte sich die Hände, nachdem er soeben den toten Fuchskusu auf einen Holzhaufen befördert hatte. Während er die Hände unter dem Wasserhahn wusch, beobachtete er, wie die schwarze Stute und der braune Wallach in schnellem Schritt über die Weiden auf sie zuhielten. Frankie ritt auf Ink Jet voran, während Hank mit aufgestellten Ohren folgte. Bald würden sie die Sattel, Satteltaschen und Schlafsäcke abnehmen, und die Pferde würden abgezäumt, damit sie gemeinsam davontrotten konnten, um den Boden mit ihren Hufen aufzuklopfen und zu beschnuppern, bevor sie sich lustvoll schnaubend im Gras wälzten.

Rebecca musste schmunzeln, als sie Peter auf Hank sitzen sah. Er hing mit hängenden Schultern im Sattel und fühlte sich sichtlich unwohl auf dem immer schneller heimwärts trabenden Hank. Das Lächeln, mit dem er Rebecca und Charlie begrüßte, als er sie auf der Anhöhe stehen sah, glich eher einer Grimasse.

»Armer Peter!«, meinte Bec. »Ich glaube, wir sollten ihm lieber ein heißes Bad einlassen.«

Rebecca lief auf die beiden zu, während Charlie in einigem Abstand folgte. Die Hunde rannten voraus und wedelten beim Anblick von Hank und Ink Jet so aufgeregt mit dem Schwanz, dass der ganze Körper zu wackeln begann. Die Pferde warfen zur Begrüßung die Köpfe zurück und wieherten freudig. Bec öffnete das Tor und erwartete sie dort.

»Mum! Peter! Hi!« Sie trat zu Ink Jet, legte die Arme um den breiten Hals und drückte die Wange in das warme Fell der Stute. Dann fuhr sie mit der Hand Hanks langen, glatten Hals entlang.

»Hallo, ihr beiden«, sagte sie zärtlich zu den Pferden, und dann hob sie lächelnd das Gesicht zu ihrer Mutter. »Ich hätte nicht gedacht, dass ich dich hier treffe.«

In der Küche wirkte das Haus dank des fauchenden Ofens und der klappernden Töpfe fast normal. Rebecca zog Trost aus dem Bild. Ihre Mutter, die den Esstisch deckte. Peter, der frisch gebadet in einem Rattansessel saß und seine verspannten Wadenmuskeln massierte. Und Charlie, der die Äpfel für den Obstsalat würfelte.

Peter sah zu Charlie auf. »Kannst du eigentlich reiten? Ich hoffe es für dich … wenn du mit diesen beiden Frauen zusammen sein willst, wirst du es lernen müssen. Und glaub mir, es ist nicht so leicht, wie es aussieht.«

Charlie lachte kurz auf. »Ich kann einigermaßen reiten.«

»Einigermaßen!«, schnaubte Rebecca. »Charlie hat nach der Schule ein Jahr lang auf einer Station im Norden gearbeitet. Dort haben sie ihn gleich zur Begrüßung auf ein Pferd gesetzt, und soweit ich gehört habe, war er ein Naturtalent. Er kam als Cowboy heim … obwohl er das gut versteckt.«

»Es ist schon eine Weile her, seit ich das letzte Mal auf einem Pferd gesessen habe. Wenn ich in letzter Zeit überhaupt geritten bin, dann höchstens in einem Einkaufswagen … die können aber genauso launisch und stur sein.«

Rebecca lächelte ihn an. »Wie sieht es morgen aus? Wir könnten über die Farm reiten und uns ein Bild machen, wie viele Tiere noch übrig sind. Habt ihr welche auf eurem Ausritt entdeckt, Mum?«

»Nein. Kein einziges Tier, abgesehen von den Kühen auf der Hochebene.«

Frankie war still an diesem Abend. Ihr saß noch die Nacht in den Knochen, die sie in der Hütte verbracht hatten, in eben jenem schmalen Feldbett, in dem auch Tom geschlafen hatte. Als wahrer Gentleman hatte Peter seine Schlafmatte auf dem unebenen Boden vor dem Bett ausgebreitet. Sie hatte seinem Atem gelauscht und sich vorzustellen versucht, es sei Tom, der dort schlafend neben ihr lag und so regelmäßig atmete. Ein und aus. Toms Atem. Sie hatte kein Auge zugetan und jedem Laut gelauscht, den die Hütte ihr einflüsterte. Das Quietschen des Blechdaches, das Klopfen der im Wind schaukelnden Tür, das dumpfe Murmeln des langsam glimmenden Ofens.

Nach Waters Meeting zurückzukehren, war schwerer gewesen, als Frankie sich je vorgestellt hätte. Jetzt, nachdem sie in der Hütte gewesen war, spürte sie den überwältigenden Drang, wieder zu fliehen. Das Haus, die Erinnerungen … all das lastete viel zu schwer auf ihr. Am liebsten wäre sie in ihr bequemes Leben mit Peter geflüchtet und hätte die Geister der Vergangenheit hinter sich gelassen. Schuldbewusst sah sie zu Rebecca auf.

»Peter und ich haben beschlossen, morgen Früh abzufahren. Das macht dir doch nichts aus, oder? Wir hatten vor, ein paar Tage am Meer zu verbringen, bevor wir wieder arbeiten müssen.«

»Nein! Macht nur. Charlie und ich kommen schon zurecht. Gönnt euch eine Pause.« Rebecca gab sich Mühe, unbeschwert zu klingen, doch ein Hauch von Ärger schlich sich in ihre Stimme und verlieh ihr eine unterschwellige Härte, eine Härte, die ihre Mutter spürte.

»Komm schon, Bec«, sagte Frankie. »Bis zum Abendessen ist es noch etwas hin. Ich helfe dir, dein Bett zu beziehen.« Widerstrebend stand Rebecca auf und folgte ihrer Mutter aus der Küche.

Im Schlafzimmer verfolgte Rebecca stumm, wie Frankie geschäftig das Bett machte und die Laken straff zog, wobei sie unausgesetzt schwatzte und die Anspannung in ihrer Stimme zu überspielen versuchte.

»So«, sagte sie und stemmte die Hände in die Hüften. »Alles bereit für dich und Charlie.« Sie sah ihre Tochter an. »Wie lange bleibt er?«

Rebecca sank müde aufs Fußende des Bettes und sagte tonlos: »Ich weiß es nicht.« Sie seufzte.

Ihre Mutter setzte sich neben sie.

»Rebecca. Hältst du es wirklich für eine gute Idee, hierher zurückzukommen? Ich meine, wäre es nicht besser für dich, mit Charlie auf seiner Farm zu wohnen … wenigstens ist es eine gut erhaltene, produktive Farm … und auch wenn es wie ein Klischee klingt, er ist ein netter Junge. Ein wirklich bezaubernder Mann, und ich kann sehen, dass er dich vergöttert.«

Rebecca merkte, wie ihre Wangen rot wurden. »Meinst du nicht, es ist ein bisschen spät, um in meinem Schlafzimmer Mutter-Tochter-Gespräche zu führen? Und wie kannst du das sagen? Wie kannst du mir raten, dass ich all das hier aufgeben soll, nur um es mir einfacher zu machen? Du hast das nie verstanden, oder? Nie. Du hast nie hierher gehört und hast es mir immer verübelt, dass ich es tue. Du bist immer nur weggelaufen. Du warst nie für uns da! Nie.«

»Das ist nicht wahr, das weißt du genau! Wie oft habe ich dir den Hintern gerettet, als du damals in der Stadt im Internat warst … wie oft habe ich dich vor deinem Vater beschützt? Versuch du nicht, mir ein schlechtes Gewissen zu machen, Rebecca Saunders. Du bist alt und tapfer genug, um das zu verstehen. Manchmal hält eine Ehe eben nicht – und damit basta. Dein Vater und ich waren schlicht nicht füreinander bestimmt. Um euretwillen habe ich so lange ausgeharrt wie überhaupt möglich. Ich bin so lang geblieben, wie ich es aushielt. Ich habe euch so viel gegeben, wie ich damals konnte. Es tut mir leid, Rebecca, wenn das für dich nicht genug war. Aber lade mir nicht noch mehr Schuld auf. Glaubst du, ich habe noch nicht genug Schuld zu tragen … vor allem jetzt nach … Tom.« Tränen stiegen Frankie in die Augen, und Rebecca beobachtete, wie ihre Mutter zu schluchzen begann.

»Entschuldige«, sagte sie leise und legte dabei eine Hand auf Frankies Arm. »Es ist nur so, dass vor allem du mir beigebracht hast, in die Welt zu ziehen und das zu suchen, was ich wirklich möchte. Du wolltest immer eine eigene Praxis, und jetzt sieh dich an – du könntest sogar expandieren und eine zweite eröffnen. Wenn du hier geblieben wärst, nur weil jemand gesagt hat, dass sich das so gehört, hättest du diesen Traum nie wahr machen können. Du bist gegangen und hast dir einen Herzenswunsch erfüllt. Und das hier ist das, wonach ich mich von Herzen sehne. Diese Farm hier. Also sag mir nicht, Mum, dass ich das alles aufgeben soll.«

Rebecca hatte immer ausschließlich ihrem Vater die Schuld daran gegeben, dass ihre Mutter sie verlassen hatte. Sie hatte Frankie so lange auf ein Podest gestellt, dass es beinahe eine Erleichterung war, die wahre Frankie zu erkennen. Dass sie ein Mensch mit menschlichen Fehlern und Ängsten war, genau wie ihr Vater. Sobald Rebecca an ihren Vater dachte, spürte sie ein Ziehen im Rücken und einen Schauer der Angst vor dem, was die Zukunft für Waters Meeting und für sie und Charlie bereithalten mochte. Ihr Gesicht knitterte ängstlich, und sie versuchte, ihre Gefühle herunterzuschlucken.

»O Mum. Es ist so schwer.«

Ihre Mutter strich ihr übers Haar, um ihre Tränen zu trocknen. »Ich weiß. Aber vergiss nie, dass ich dich liebe, meine Kleine. Ich werde dich bei allem, wofür du dich entscheidest, unterstützen … und ich bin stolz auf dich.« Frankie legte den Arm um Rebeccas Schultern und zog ihre Tochter an ihre Seite. So blieben sie ein paar Minuten sitzen.

»Danke, Mum«, sagte Rebecca schließlich, richtete sich auf und schnäuzte sich in ein Papiertaschentuch. Sie atmete tief durch. »Ich schätze, die Kartoffeln sind inzwischen gar.«

In der Dunkelheit ihres Zimmers liebten sich Rebecca und Charlie. Der Akt hatte etwas Trauriges. Etwas Zärtliches, das Rebecca so anrührte, dass sie still zu weinen begann, als sie Charlies weiche, warme Haut an ihrer spürte. Sie küsste ihn aufs Gesicht und auf die Lider und strich mit den Lippen seinen Hals entlang.

»Ich liebe dich«, erklärte sie seinem dunklen Schatten.

»Ich liebe dich auch«, erwiderte er.

Nackt im weichen Morgenlicht stehend, öffnete Charlie die Terrassentüren vor Rebeccas Zimmer, und eine kühle, die Vorhänge blähende Brise wehte herein. Rebecca wälzte sich auf den Bauch und betrachtete seinen nackten, schönen Körper. Die goldene Haut. Die Blätter an dem Eukalyptusbaum vor der Veranda flatterten im Wind und umrahmten seine Silhouette. Die Elstern sangen ihr zauderndes Lied. Er kam zu ihr und blieb vor ihr stehen. Dann nahm er ihre Hand.

»Guten Morgen, meine Schöne«, sagte er lächelnd und küsste sie zärtlich auf den Kopf. Sie konnte die Rohre im Haus klopfen hören und schloss daraus, dass Frankie oder Peter unter der Dusche stand. Sie hatte noch Zeit, Charlie ein paar Minuten in die Wärme des Bettes zurückzuzerren, bevor sie beide nach unten und frühstücken gehen würden. Sie packte ihn an beiden Händen und zog ihn zu sich herab. Dann läutete unten das Telefon.

»Ich wette, das ist Mum«, sagte Charlie. »Ich gehe runter.«

Sie verdrehte die Augen, doch er hatte sich bereits ihrem Griff entzogen. Hastig stieg er in seine Jeans, eilte aus dem Raum und rannte nach unten. In ein Laken gehüllt, setzte sie sich auf die oberste Treppenstufe und lauschte seiner durchs Treppenhaus dringenden Stimme. Sie schien sich sofort zu verändern, wenn er mit seiner Mutter sprach.

Als Rebecca und Charlie später am Morgen in die Küche traten, hatte Frankie schon eine Kanne Tee gemacht. Der Duft von warmem Toast lag in der Luft. Sie hatte das Feuer geschürt, sodass es im Raum angenehm warm war. Jetzt stand sie hinter Peter und massierte seine Schultern. Der Kater schlief eingerollt auf seinem Schoß.

»Morgen«, lächelte Frankie.

»Hi«, sagte Bec und nahm sich eine Scheibe Toast.

»Wir dachten, wir fahren heute möglichst früh los«, sagte Peter, »also, eigentlich dachte deine *Mutter,* dass wir heute lieber möglichst früh losfahren sollten. Sie hat mich aus dem Bett gejagt und mich als faulen Sack beschimpft.« Er verzog das Gesicht unter ihrem plötzlich energischen Massagegriff. »Autsch!«

Rebecca lächelte über ihre Neckereien und wünschte sich gleichzeitig, die beiden würden länger bleiben, war aber zu stolz, sie darum zu bitten.

Nach dem Frühstück halfen Rebecca und Charlie, die Reisetaschen zum Auto zu tragen.

»Also, ich habe euch das ganze Essen im Kühlschrank gelassen«, sagte Frankie. »In ein paar Tagen sind wir wieder in der Stadt, ruft einfach an, falls ihr irgendwas braucht. Ich komme demnächst übers Wochenende her und helfe euch, den Garten und das Haus sauber zu machen, damit ihr euch in aller Ruhe darauf konzentrieren könnt, was ihr mit der Farm machen wollt.«

»Danke, Mum. Wir kommen schon zurecht«, sagte Rebecca und umarmte ihre Mutter, bevor sie Peter einen Kuss auf die Wange gab. Charlie gab Frankie gerade einen Abschiedskuss, als sie das Telefon im Haus läuten hörten.

»Ich gehe dran«, sagte Charlie und kehrte im Laufschritt ins Haus zurück.

»Das ist bestimmt seine Mum«, meinte Rebecca trocken.

Frankie lächelte. »Verfluchte Mums, wie?«

»Genau!«, sagte Rebecca und verdrehte in gespieltem Widerwillen die Augen. Es folgte eine letzte kurze Umarmung, dann waren Frankie und Peter abgefahren, und nur das Brummen ihres Automotors dröhnte noch durch den Busch.

Rebecca hob die Hand und winkte ihnen hinterher, als sie

über eine Lichtung fuhren; die andere Hand kraulte Dags Ohr, der neben ihr saß.

»Ihr bleibt beim Haus«, befahl sie den Hunden. Sowie sie hineinging, ließen sie sich auf dem Rasen nieder, um in der Sonne zu dösen. Der rote Kater stolzierte langsam zu Mossy, strich an ihr entlang und legte sich neben ihr in die Morgensonne.

Im Arbeitszimmer blieb Rebecca dicht hinter Charlie stehen, den Blick auf seine breiten Schultern geheftet, während er telefonierte. Sie verschränkte die Arme vor der Brust. Sie wusste, was kommen würde, nachdem er den Hörer aufgelegt hatte.

»Das war noch mal Mum«, sagte er und drehte sich zu ihr um.

Rebecca biss die Zähne zusammen.

»Dad hat einen Großauftrag – er soll für die Cotton Co. die Saat ausbringen. Sie brauchen mich auf der Farm. Glen ist vom Internat zurück, aber er schafft das noch nicht allein.« Charlie beugte sich leicht vor und sah Rebecca tief in die Augen. »Aber keine Angst, sie brauchen mich nicht sofort. Ich kann auch morgen fahren.«

»Morgen! Super!«, kommentierte Rebecca sarkastisch und stapfte durch den Hausflur davon.

»Was denn? Was soll ich denn machen? Ich wusste doch nicht, dass er den Auftrag annimmt!« Charlie folgte ihr mit ausgebreiteten Armen.

Sie blieb in der Küchentür stehen, starrte ihn an und spürte gleichzeitig, wie ihr Blut vor Wut und Verletzung zu sieden begann. »Nichts. Nein, ganz toll. Ganze drei Tage hier sind super. Herrgott noch mal, Charlie, du warst nicht mehr von der Farm weg, seit du vom College zurück bist – nicht mal übers Wochenende, nie. Sie könnten dir wenigstens –«

»Ach komm schon, Bec, glaubst du tatsächlich, eine Woche mit dir hier wären Ferien für mich? Wir haben den Rest der Farm noch nicht mal gesehen, aber die Pferche und Schuppen sind völlig verrottet … und glaubst du wirklich, dass wir bei diesem Haus in einer Woche viel ausrichten können? Um diese Farm wieder auf die Beine zu bringen, braucht es ein ganzes Leben.«

»Ach ja? Etwas Unterstützung wäre trotzdem sehr nett.«

»Unterstützung? Seit wir miteinander gehen, habe ich dich immer nur unterstützt – dir in deinen Familiendramen den Rücken gestärkt, geduldig deine Launen ertragen, dir nach Toms Tod beigestanden.«

Auf diese Worte hin öffnete sich eine Kluft des Schweigens zwischen ihnen, die Gedanken begannen in Rebeccas Kopf zu schwirren. Plötzlich begann sie in einer Stimme, die ihr selbst völlig fremd war, zu zetern.

»Ach so! *So* ist das also! Ich war dir nur eine Last. Tom, die ganze Geschichte … der treue Freund war also nur geschauspielert, während du dich im Stillen immer über mich geärgert hast! Kannst du dir eigentlich vorstellen, wie schwer das alles für mich war? Und damit meine ich nicht nur das hier«, sie schwenkte wild den Arm, um das Haus und die Farm einzuschließen, »sondern auch, mich in deine Familie einzufügen! Nicht ein einziges Mal haben sie Anerkennung für die Arbeit gezeigt, die ich geleistet habe, ganz zu schweigen davon, dass sie mir etwas dafür gezahlt hätten. Sie haben mich nie wirklich teilhaben lassen. Ich bin nicht gut genug für ihren Erstgeborenen. Nicht mal annähernd. Sie können es kaum erwarten, dass ich endlich abhaue!«

»Das ist nicht wahr!«

»Quatsch, Charlie! Sie möchten, dass du dir eine Frau suchst, die gerne gärtnert, dich bekocht und als Lehrerin oder Krankenschwester ein nettes kleines, unabhängiges Einkommen mitbringt. Oder die sich freiwillig engagiert, indem sie beim Tennistag Sandwiches belegt! Also, ich werde mich nicht zurücklehnen und tatenlos zuschauen, wie du die ganze Arbeit machst. Das kann ich nicht. Ich will gleichberechtigt neben dir arbeiten. Du bist nur der Sklave deines Vaters. Und obendrein ein Muttersöhnchen. Ich bin in genau derselben Situation gelandet wie damals, als ich noch hier gelebt habe!«

»Ach, wie nett. Echt nett.« Er biss so fest die Zähne zusammen, dass unter seiner Haut ein Muskel zuckte. Die Wut pumpte Blut in seine Wangen. »Was erwartest du denn von mir? Dass ich alles stehen und liegen lasse, was ich zu Hause habe, und herziehe, um dir zu helfen, dieses Ding hier schuldenfrei zu bekommen?«

»Dass du alles zurücklässt, was du zu Hause hast? Wach endlich auf! Charlie, du hast *nichts* zu Hause. Dein Dad kontrolliert die Farm, und deine Mum kontrolliert dich!«

»Fang bloß nicht an, mir was über Familien erzählen zu wollen – meine hält wenigstens zusammen. Mit einer Familie wie deiner im Rücken bist du wirklich nicht in der Position, mir Ratschläge zu erteilen! Warum sollte ich in dieses Chaos hier einzusteigen?« Er drehte ihr den Rücken zu und marschierte in die Küche. Rebecca folgte ihm und sah ihn an der Spüle stehen, wo er aus dem Fenster auf die Pinien sah.

»Charlie! Wir müssen das geregelt bekommen! Wir müssen das endlich durchsprechen!«

»Geregelt bekommen! Durchsprechen? Wie können wir das geregelt bekommen? Wir haben das schon oft genug durchgesprochen. Geändert hat sich nie etwas.« Er drehte sich zu ihr um und griff sie an beiden Armen. In seinen Augen standen Tränen. Sie erschrak.

»Ich wollte dich schon so lange fragen, ob du mich heiraten möchtest … ich liebe dich, Bec …«

Die Worte schwemmten über sie hinweg und erfüllten sie im ersten Moment mit Freude. Doch dann sprach Charlie leise weiter.

»Ich weiß, dass du es bei uns kaum aushältst und dass du das Gefühl hast, nicht in meine Familie zu passen …« Seine Stimme wurde beschwörend, er sprach schneller und flehentlich. »Ich weiß, du magst die Ebene mit den weiten Feldern nicht, aber wir können es trotzdem schaffen. Wir werden uns Vieh zulegen. Du kannst Schafe halten. Wir werden deine Pferde mitnehmen. Wir brauchen nicht in der Hütte direkt neben Mum und Dad zu wohnen. Wir können uns weiter weg ein neues Haus bauen.«

Rebecca versuchte sich diese neue Welt, diese neue Zukunft an Charlies Seite vorzustellen.

»Nein«, sagte sie zu abrupt. Sie wich unwillkürlich zurück. »Nein. Ich bin eben erst zurückgekommen. Ich werde nicht wieder weggehen. Nie wieder.«

»Aber hier hast du nichts zu erwarten! Was willst du ganz allein hier ausrichten?«

»Was meinst du mit ganz allein? Du glaubst wohl nicht, dass eine Frau so etwas zustande bringen könnte? Du hörst dich allmählich genauso sexistisch an wie unsere Väter.«

»Stell dich nicht dumm, Bec.«

»Dumm! Du bist genau wie all die anderen Mistkerle! Du glaubst, ich hätte kein Recht, mein eigenes Land zu bestellen, im Gegensatz zu dir, weil du nämlich ein Mann bist! Du hast ein Recht auf deinen Anteil an brettebenem, chemie- und salzverseuchtem Dreck, während ich kein Recht auf meinen Anteil an verlottertem, heruntergewirtschaftetem Bergland habe. Du brauchst dich wirklich nicht aufzuspielen und mir zu erklären, dass ich hier nichts verloren hätte. Ich habe eine Chance, um diese Farm zu kämpfen … und ich habe ein Anrecht darauf!«

»Fein.« Charlie machte auf dem Absatz kehrt und spazierte aus der Küche.

Er lief die Treppe hinauf und begann seine Sachen in die Reisetasche zu werfen.

»Charlie!« Ihre Stimme bebte hysterisch, als sie ins Zimmer trat und sah, was er tat. Er schüttelte ihre Hände ab, die sich in sein Hemd gekrallt hatten.

»Lass mich in Ruhe!« Wütend zog er den Reißverschluss der Tasche zu und marschierte mit schweren Schritten die Treppe hinunter, durch den Flur und aus der Tür. Die Hunde sprangen auf, als die Tür zuknallte, und blickten aufmerksam abwechselnd auf Bec und Charlie. Sie wussten, dass etwas passiert war, und hielten sich automatisch in Rebeccas Nähe.

»Wo willst du hin?« Sie lief ihm hinterher.

Er brüllte, während er den Weg hinunterging: »Du hast dich entschieden, Bec! Du hast dich für diese Farm und deinen Vater und gegen mich entschieden! Na schön. Ich überlasse dich deinem Schicksal! Viel Spaß.«

Er öffnete die Tür des Pick-ups und stieg ein.

»Charlie«, sagte Bec mit panisch ansteigender Stimme. »Charlie! Fahr noch nicht!«

Er sah sie an, und Tränen flossen aus seinen grünen Augen. »Fahr *noch* nicht? Du hast sowieso nicht vor, mit mir heimzufahren. Du hast nie geglaubt, dass es dir genügen würde, mit mir zusammenzuleben. Du bist so verflucht egoistisch. Genau wie dein Vater!«

Er versuchte mit jedem Muskel im Leib, die Tränen zurückzuhalten. Die Zähne fest zusammenbeißend, ließ er den Motor an.

Rebecca packte den Griff, um die Fahrertür aufzureißen, doch er zog sie ruppig wieder zu. Mit rotem Gesicht und tränenüberströmt schrie sie ihn an: »Nein, Charlie, fahr nicht! Verlass mich nicht!« Er sah sie ein letztes Mal an und gab Gas. Sie sank schluchzend in den Dreck.

Jahre des Zorns machten sich Luft. Sie schluchzte, bis sie zusammengerollt im Dreck liegen blieb. Die Hunde kamen herbei, um ihr tränenüberströmtes Gesicht abzulecken.

Nur Mossy blieb ein wenig abseits sitzen und begleitete Becs Schreie mit ihrem traurigen Geheul.

Als sie die Augen aufschlug, sah sie die Farm seitwärts gekippt. Eine sanfte Brise fuhr raschelnd durch das Blech und die Bretterverschalungen der Schuppen. Am Rand des Blickfelds erhoben sich die dunklen Pinien und die Garage. Rebecca stand auf, lief zum Maschinenschuppen und rollte die schweren hölzernen Torflügel beiseite, sodass Licht in den unaufgeräumten, ölfleckigen Innenraum fiel. Den Unterkiefer verbissen vorgeschoben, eilte sie wie eine Irre durch den Schuppen und schleuderte alle möglichen Gerätschaften und Werkzeuge auf die Ladefläche des farmeigenen Pick-ups. Einen Benzinkanister, Ohrschützer, Handschuhe und Ketten warf sie darauf, dann wuchtete sie die schwere Kettensäge auf die Ladefläche. Die Tränen brannten ihr auf den Wangen. Die Hunde spürten ihre Wut, verzogen sich leise und blieben mit ängstlichem Gesicht an der Hintertür sitzen.

Rebecca fuhr den Pick-up an die Garage heran, beugte sich über die Kettensäge und zog an der Reißleine. Die Säge wollte nicht anspringen. Wütend versuchte sie es erneut und riss unter Knurren immer und immer wieder am Startseil. Endlich erwachte die Kettensäge spuckend zum Leben.

Unbeschnitten wirkte der knorrige Stamm der Pinie fast nicht wie Holz. Er war von einem gespenstischen Grau wie totes Fleisch, Rebecca wurde von dem Anblick übel. Als die Metallkette der Säge zu fassen begann, registrierte sie überrascht, wie hart das Holz war. Dann wich die äußere Borke dem weicheren Innenholz, und Sägespäne begannen aus der glatten Einschnittkerbe zu sprühen. Die Äste des Baumes begannen zu zittern, als sie auf der einen Seite zwei kurze Einschnitte setzte und den Stamm dann von der anderen Seite durchzusägen begann. Sie hoffte, dass sie die Einschnitte richtig gesetzt hatte.

Nach einer Weile spürte sie, wie der Baum nachgab, und trat zurück. Als er fiel, lief das Echo des Aufpralls durch ihren Körper. Die Baumkrone stürzte genau auf die Garage und ließ sie in hundert Stücke zersplittern, während das Wellblechdach wie Alufolie knitterte und zerriss. Einen Augenblick blieb Rebecca schnaufend stehen und wartete ab, bis sich die Äste nicht mehr bewegten, als würde sie den Tod eines riesigen Ungeheuers abwarten. Dann setzte sie die Säge am nächsten Baum an.

Als sich endlich die schwarze Nacht über das Tal senkte, hatte Rebecca alle großen Pinien gefällt und sie an einer Kette mit ihrem kräftigsten Traktor auf zwei große Haufen gezogen. Tote Zweige, Pinienzapfen und Nadeln lagen überall im Hof und im Garten verstreut. Die Farm sah aus wie ein Schlachtfeld. Auf dem sie das tote Holz über den Dreck geschleift und für ein ungeheures Feuer aufgeschichtet hatte. Sie wusste, dass Pinien hervorragend brannten. Mühsam wuchtete sie den Dieselkanister von der Ladefläche des Pickups und holte eine Schachtel Zündhölzer aus dem Handschuhfach.

Die Pinien stießen zischend ihren Saft aus, sie quietschten und tränten. Die trockenen Bretter der Garagenwand knisterten und färbten sich schwarz inmitten der hoch leckenden orangefarbenen Flammen. Außerhalb des heißen Ringes herrschte die kalte Winternacht. Rebecca zog ihr Hemd fester zu und schlang die Arme um ihren Leib. Es war tiefschwarze Nacht. Noch lange nachdem die rote Glut des heißen Wellblechs erloschen war, stand sie da und schaute zu, wie die Garage verglomm.

Im Haus legte sie sich auf Toms Bett schlafen und hielt dabei den in Toms Mannschaftstrikot gewickelten Fußball im Arm. Sie rollte sich fest zusammen. Jeder Muskel in ihrem Leib schmerzte, und ihre blutenden Hände krallten sich zusammen wie Hühnerklauen. Trotz der Handschuhe waren sie aufgeschürft, wund und mit Kratzern und Blasen übersät.

Als sie schließlich wieder erwachte, erstrahlte das Haus im goldenen Licht der Morgensonne. Aus jedem einzelnen Fenster konnte sie die Berge sehen. Sie lief nacheinander in jedes Zimmer und sah das Licht ins Haus fallen. Einen Moment lang fühlte sie sich besser. Dann dachte sie an Charlie und begann von Neuem zu weinen.

Kapitel 44

»Wow!«, sagte Sally und betrachtete, die Hände in die Hüften gestemmt, den niedergebrannten Scheiterhaufen aus Pinienästen und klobigen Baumstümpfen, aus denen immer noch Saft blutete.

»Also, wenn du sauer wirst, dann aber *richtig!*« Sie drehte sich zu ihrer Freundin um. »Du hättest dabei *umkommen* können, du *dumme Kuh!*«

Rebecca ließ den Kopf hängen und verschränkte die Arme vor der Brust. Sally holte zu einem matten Boxhieb aus, traf Bec auf den Oberarm und schloss sie sofort danach in die Arme.

»Komm schon. Ins Haus. Wir haben zu tun.«

In der Küche ließ Sally ihre schwere Aktentasche auf den Tisch fallen und öffnete die Verschlüsse. Dann zog sie die dicke, gebundene Ausgabe von Gabs' und Rebeccas Geschäftsplan für die Farm heraus sowie einen Stapel Papier und mehrere Stifte. Und schließlich noch eine Flasche Rum.

»Ich dachte, damit könnten wir unser Denkvermögen ölen.« Sie stellte die Flasche Rum auf den Tisch. »Hol ein paar Gläser und mach sie auf.«

Rebecca schlurfte zum Schrank und versuchte unbeholfen, die Schranktür aufzuziehen. Ihre Finger blieben verkrampft und eingerollt. Das Blut hatte die Schnittwunden versiegelt, doch sobald sie die Finger ausstreckte, riss der Schorf wieder auf, und die Wunden bluteten von Neuem. Mit schmerzverzogenem Gesicht versuchte sie die Gläser zu greifen. Sally, die geschäftig in ihren Unterlagen gewühlt hatte, sah auf.

»O Bec! Was hast du nur mit dir angestellt?« Sie ergriff Becs Hände und betrachtete sie ausgiebig.

»Mann! Das ist ja übel! Du *dumme Kuh!* Du bist gestern während des großen Pinienmassakers voll durchgedreht!«

»Es war wirklich ein bisschen finster.« Rebecca sank auf ihren Stuhl und schaute zu, wie Sally den Rum mit sprudelnder, zischender Cola mischte.

»Ich glaube, mir war von Anfang an klar, dass Charlie nicht bleiben würde. Aber ich dachte … ich dachte, er würde es wenigstens probieren … wenigstens eine Weile. Er hat so getan, als würde er sich freuen, als ich ihm erzählt hatte, dass Dad mich die Farm leiten lassen wollte, aber ich wusste … im Grunde wusste ich, dass er total enttäuscht war. O Sal! Was soll ich nur tun?«

Sally reichte ihr ein Glas. »Du kannst nur eines tun …«

Bec nippte an ihrem Rum und sah ihre Freundin dabei mit halb zusammengekniffenen Augen an, weil die Gischt auf ihre Nase und Wangen sprühte.

»Du musst deinen Träumen folgen … und was ist dein größter Traum, Charlie oder diese Farm?«

»Beides! Ich will beides! Warum ist alles so kompliziert, Sal? Soll ich ihn anrufen? Ich könnte ihm hinterherfahren … und … hier einen Verwalter einsetzen oder so, wenn die Farm erst wieder läuft.«

»Würde dich das glücklich machen?«

»Nein«, sagte Bec bekümmert. Sie schaute unglücklich in ihr inzwischen leeres Glas.

»Und?« Es blieb still im Raum, während Sally Rum und Cola nachschenkte. Dann begann Bec zu reden.

»Scheiß auf Charlie Lewis, dieses Muttersöhnchen. Lass uns die Sache ins Rollen bringen! *Das hier* ist mein größter Traum!« Sie schwenkte ihr Glas über den Tisch und prostete dem Ausblick hinter dem Fenster zu. Seit die Pinien gefällt waren, umrahmte das Fenster einen weiten Panoramablick auf das Tal flussaufwärts vom Haus aus. Die Sonne bohrte sich durch weiche graue und goldene Wolken. Aus dem

Himmel fiel das weiße Licht in einem breiten Fächer auf die Wildnis des bergigen Buschlandes.

»Also, dann auf deinen Traum!« Sally erhob ihr Glas und stieß mit Bec an.

Während Rebecca trank, breitete sich in ihrem Herzen Melancholie aus und nistete sich dort ein. Sie musste lernen, damit zu leben. Musste lernen, ohne ihn zu leben.

Gewärmt vom Rum und eingelullt vom Rumoren des Holzofens in der Küche, saßen die beiden in der Küche und merkten nicht, dass zwei Stunden verflogen waren, während derer sie an ihren Plänen für Waters Meeting gefeilt hatten.

»Mein Magen meldet sich«, sagte Sally und ging zum Kühlschrank.

»Bratreis?«, fragte sie und hielt eine grüne Paprikaschote in die Luft.

Während Sally das Gemüse schnitt, studierte Rebecca die verschiedenen Aufträge, die Sally in ihrer korrekten Schrift aufgelistet hatte. Es war eine beängstigende Aufzählung, doch das große Bild, das sich dank ihres Geschäftsplanes dahinter abzeichnete, wirkte verlockend. Am liebsten wäre sie sofort aufgesprungen und hätte alles gleichzeitig angepackt. Telefoniert, gefaxt, das Internet durchforstet, Haus und Schuppen entrümpelt, gepflügt, gepflanzt, einfach alles. Die Zukunft ihrer Farm stand ihr so deutlich vor Augen, dass ihr vor Begeisterung fast schwindlig wurde.

Nachdem sie die Teller in die Spüle gestellt hatten, schenkte Sally ihnen ein Glas als »Wegzehrung« für die lange Reise durch den Flur ins Arbeitszimmer ein.

Rebecca legte den alten Lichtschalter nach unten. Eine nackte Glühbirne an einem langen schwarzen Kabel verströmte ihr kaltes, grelles Licht im Raum. Papiere, Zeitschriften, Umschläge, Bücher, Ohrmarken, Schwanzmarken für die Lämmer, Spielzeuglaster und verstaubte alte Bücher lagen in unordentlichen Haufen in den alten hölzernen

Ablageschränken und überschwemmten den Schreibtisch. Die einzigen freien Flächen im Büro waren die Sitzfläche des Stuhles und jener Bereich des Schreibtisches, auf dem der Computer stand. Die Wände waren mit verblichenen Familienfotos aus den Glanzzeiten der Farm und mit alten Postern aus Landwirtschaftszeitschriften, auf denen preisgekrönte Schafe und Rinder zu sehen waren, tapeziert. Mehrere Kalender von *Hoofs and Horns,* diversen Viehvermittlungen und den hiesigen Lieferanten für Landwirtschaftsbedarf hingen mit ihren vergilbten Rändern in einem senkrechten Stapel an ein und demselben Nagel. Jahr um Jahr war verstrichen, bis nichts mehr auf den Nagel gepasst hatte.

»Heilige Kuh!« Bec sah sich entmutigt um. »Wo fangen wir in diesem Bockmist nur an?«

»Du räumst auf, während ich den Computer durchsuche und die Post durchsehe, um festzustellen, was an Forderungen und Schulden aussteht.«

Sally drückte den Anschaltknopf des Computers, der leise summend ansprang. Sie ließ sich in dem Stuhl nieder, als wollte sie ein Flugzeug starten. Dann rieb sie die Hände, griff nach der Maus und murmelte: »Na schön, Tom. Was hast du für uns?«

Rebecca blickte auf den blau leuchtenden Bildschirm und stellte sich vor, wie Tom hier gesessen hatte. Im nächsten Moment eilte sie aus dem Zimmer, um Mülltüten und Kartons zu holen.

Trotz der Schmerzen in ihren Händen arbeitete Rebecca wie im Rausch, räumte Regalfächer leer, stapelte Papiere auf, staubte Möbel ab und entsorgte leere Stifte, alte Visitenkarten und Rundbriefe. Als sie die Kalender vom Haken nahm und dabei eine spindeldürre Spinne aufschreckte, fiel ihr das nachgedunkelte Holz darunter auf. Überall sonst waren die holzverkleideten Wände im Lauf der Jahre ausgeblichen. Es überraschte sie, dass Trudy hier nicht gewirkt hatte. Sonst hatte sie überall im Haus ihre Spuren hinterlassen, nur hier drinnen nicht. Dieser kalte Raum, der bis vor Kurzem im Schatten der Pinien vor dem Haus gelegen hatte, war den Männern vorbehalten.

Rebecca zerknüllte geräuschvoll Papiere und raschelte mit den Mülltüten, während Sally murmelnd auf den Computer einsprach und ihm seine gespeicherten Informationen entlockte.

»Er hat wirklich gründlich gearbeitet«, stellte sie fest. »Es ist so gut wie alles hier aufgeführt, wir müssen nur die neuesten Daten nachtragen, alles ausdrucken und es der Bank vorlegen. Ich glaube, wir können schon für Freitag einen Termin vereinbaren. Oder ist dir das zu früh?«

»Nicht früh genug«, kommentierte Bec.

Sally verstummte kurz.

»Bec. Komm mal her und sieh dir das an.«

Rebecca sah auf die Datei, die den Bildschirm füllte. Sie begann zu lesen. Ihr Herz setzte einen Schlag aus, als sie begriff, dass es eine Nachricht vom Tom war.

Liebe Bec,
wenn du je diese Datei lesen solltest, bedeutet das, dass du einen Weg gefunden hast, aus Waters Meeting wieder eine richtig gute Farm zu machen. Wahrscheinlich hast du Charlie aus seiner bekackten Ackerwüste gezerrt, ihn geheiratet und dich mit ihm zusammen hier niedergelassen. Das hoffe ich schwer, allerdings habe ich im Moment wenig Hoffnung auf irgendwas. Nur für dich. Du bist von uns beiden eindeutig die Stärkere. Ich kann eine Vision für diese Farm heraufbeschwören, aber ich schaffe die Reise dorthin einfach nicht. Ich bin total am Ende, Bec. So wie die Dinge momentan stehen, glaube ich nicht, dass du dies je lesen wirst, aber wenn doch, dann war das gute Arbeit, Schwesterherz.

Die Buchstaben verschwammen hinter Rebeccas Tränen. Sie wischte sie weg und wanderte im Bildlauf nach unten. Dann las sie weiter.

Diese Datei enthält eine Liste von gleichgesinnten Farmern in unserer Region, die daran interessiert wären, eine Art Kooperative zu gründen. Einige davon waren auch an den Geschäftsfeldern interessiert, die wir damals aufgetan hatten. Es gab ein Treffen im Pub, auf dem ich eine Liste von Namen und Telefonnummern erstellt habe. Nach diesem Treffen wurde es wieder still um unseren Plan, es hat sich also noch nichts entwickelt. Sie brauchen nur jemanden, der die Herde antreibt. Jemanden wie dich, Bec. Also nur zu … du schaffst das. Aber versuch es nicht allein. Du darfst nie so allein sein wie ich. Vergiss nicht, dass ich dich liebe.

Dein Tom.

Bec verschob den Text ein weiteres Mal und stieß auf eine Liste von Namen und Telefonnummern. Sie suchte noch mehr von Tom auf der Festplatte. Doch da war nichts mehr.

In jener Nacht schlang sie im Bett die Beine um die Decke, als suchte sie die Berührung von Charlies warmer Haut. Sie wollte seinen herben männlichen Duft einatmen. Doch das Bett war kalt. Rebecca schlang die Arme um ihren Leib und ließ lautlose Tränen fließen.

Am Morgen wurde sie vom Schrillen des Telefons geweckt. Sie sprang aus dem Bett und rumpelte die Treppe hinunter. Sie war sicher, dass Charlie anrief.

»Hallo!« Rebecca gab sich Mühe, besonders fröhlich und aufgeweckt zu klingen.

»Hab dich aus dem Bett geholt, stimmt's?« Harry war am Apparat.

»Nein«, verteidigte sich Rebecca. Sie wusste nicht recht,

wie sie auf ihren Vater reagieren sollte. Sein Tonfall beruhigte sie wieder. Er klang genauso wie im Krankenhaus. Nicht streitbar, nicht arrogant, sondern demütig, leise und verlegen.

»Ich … ähm … Die haben gesagt, ich kann in den nächsten Tagen nach Hause, und, also, ich wollte nur nachfragen, ob du irgendwann in die Stadt kommst und mich mit nach Hause nehmen könntest?«

»Sicher, Dad«, sagte Rebecca etwas zu leutselig, weshalb sie hinzufügte: »Aber nur unter gewissen Bedingungen.«

»Ich verstehe«, sagte er argwöhnisch, »du willst deinen verkrüppelten Vater erpressen.«

»Worauf du wetten kannst! Es ist kein Drama, Dad, es ist nur so, dass Sal und ich ein paar Zahlen für die Farm erarbeitet haben … einen Geschäftsplan und eine Marketingstrategie. Um die Farm wieder auf die Beine zu bringen.«

»Das ging aber schnell! Wie lange bist du wieder da? Eine Woche? Das nenne ich eine Wunderheilung! Kannst du auch abgetrennte Glieder wieder anzaubern?«

Rebecca rutschte mit dem Rücken an der Wand nach unten und setzte sich auf den Boden. »Nein, Dad«, sagte sie müde. »Du verstehst das nicht. Wir haben diesen Plan während der letzten Jahre ausgearbeitet, es ist ein Geschäftsplan. Ich habe ihn für die Uni erstellt. Sally und Tom haben mir dabei geholfen.«

»Ich verstehe«, sagte Harry leise.

»Wenn du uns den Rücken stärkst, können wir die Bank leichter überzeugen … außerdem müssen wir ein paar Fragen mit den Anwälten klären.«

»Anwälten?«

»Keine Panik, Dad, es geht nur um eine Nachfolgeregelung, du weißt selbst, dass die längst überfällig ist. Im Krankenhaus hast du dich damit einverstanden erklärt. Weißt du noch?«

»Das müssen die Drogen gewesen sein, mit denen sie mich vollgepumpt haben«, murrte Harry.

»Dad«, drängte Rebecca.

»Ja, ja. Ich habe verstanden.« Er klang erschöpft und resigniert. »Sag mir nur Bescheid, wann du mich abholen kommst.«

»Okay. Ich rufe kurz durch, sobald ich alle Termine vereinbart habe. Bis dann.«

»Bis dann.«

Rebecca wollte schon auflegen, als sie ihren Vater rufen hörte.

»Bec! Warte!«

»Ja? Was denn?«

»Du solltest lieber die Blockhütte für mich herrichten lassen.«

»Wieso das denn?«

»Ich will nicht mehr in das große alte Haus zurück. Die Blockhütte würde mir besser gefallen.«

»Na schön«, sagte sie.

Dann war die Leitung tot.

»Cool«, sagte sie in den leeren Flur hinein, dann rannte sie die Treppe hinauf, zwei Stufen auf einmal nehmend, und rief laut nach Sally.

Rebecca breitete die Tischdecke über den schlichten Holztisch, strich die Kanten mit den Fingerspitzen glatt und richtete sich auf.

»So! Was sagst du dazu?« Sie trat einen Schritt zurück und sah sich in der Hütte um.

»Wirklich heimelig.« Sally schälte die rosa Gummihandschuhe von ihren Fingern und ließ sich auf der Armlehne eines Stuhles nieder. »Dein Dad wird begeistert sein.«

Sie waren den ganzen Vormittag damit beschäftigt gewesen, die Hütte wohnlich zu machen. Hatten die Fenster geputzt, Spinnweben aus den Ecken gefegt, das Bett frisch bezogen und neue Zeitungen und Zeitschriften bereitgelegt. Bec gab sich alle Mühe, beim Arbeiten die Schmerzen in ihren zerschnittenen und blaufleckigen Händen zu ignorieren.

»Autsch!« Sie schüttelte die Hände heftig in der Luft und verzog das Gesicht.

»Was ist denn?«, hörte sie Sallys Stimme aus dem Badezimmer.

»Das Scheuerpulver fühlt sich nicht allzu gut auf offenen Wunden an.«

»Du wirst schon darüber wegkommen, du Weichei«, frotzelte Sally, die gerade die Fliesen an der Wand der Dusche schrubbte. Bec schüttelte den Kopf und wischte weiter den niedrigen, geschwungenen Couchtisch, um anschließend ins Schlafzimmer zu wechseln. Auf den Nachttisch stellte sie ein kleines Foto in einem Silberrahmen. Es war ein Bild von Tom, Mick und Bec als Kindern, die zu dritt mit einem dickbäuchigen Lamm im Gras knieten. Mick hatte eine Trinkflasche in der Hand, während Tom und Bec das Lamm im Arm hielten. Sie lächelten übertrieben in die Kamera. Lauter breite, strahlend weiße Zahnreihen und zusammengekniffene Augen. Sie platzierte das Bild neben dem Bett, in dem in Zukunft ihr Vater schlafen würde.

Als sie in der sauberen Hütte standen und die neu aufgestellten Möbel begutachteten, seufzte Rebecca. »Das wird bestimmt schräg, Sal. Ich und er ganz allein hier.«

»Gib euch Zeit«, riet Sally. »Wenigstens wohnt ihr nicht unter demselben Dach.« Sie zogen die Tür der Hütte hinter sich zu, dann bückte sich Rebecca, um die Türmatte geradezurücken, auf der Mossy sich niedergelassen hatte.

»Ich komme nachher noch mal mit der Motorsense her und schneide das Gras weg. Dann sieht es richtig nett aus«, nahm sie sich vor.

Die Hütte stand in einiger Entfernung vom Haus zwischen

einigen alten, knorrigen Eukalyptusbäumen, die auf einer kleinen Anhöhe über dem Fluss wuchsen. Von dort aus hatte man nicht den gleichen spektakulären Blick auf die Berge wie vom großen Haus aus, trotzdem hatten Trudy und ihre Eltern die Lage gut gewählt. Der Fluss schlängelte sich vorn an der kleinen Veranda der Hütte vorbei. Die Bäume schirmten sie gegen das Haupthaus und die Außengebäude ab. Die Hütte hatte etwas Stilles, Abgeschiedenes.

»Ich hätte auch selbst hier einziehen können«, meinte Bec. »Dann müsste ich nicht in dem alten Kasten herumgeistern.«

»Du schaffst das schon«, sagte Sally. »Ich habe fest vor, dich dauernd zu besuchen … und deine alten Kommilitonen vom College für wilde Cocktailfeiern und Mörderpartys zusammenzutrommeln.«

Rebecca musste lächeln und sah Sally an. »Danke für alles. Dafür, dass du dir freigenommen hast … für alles. Danke.« Sie schloss ihre Freundin in die Arme.

»Mach dir keine Gedanken.« Sally wedelte mit den rosa Gummihandschuhen. »Ich schicke dir die Rechnung.«

Dann stapften sie beide hügelan auf das Haus zu, wo sie lächeln mussten, als sie sahen, wie die Sonne auf die Veranda des Haupthauses schien.

»Sieht super aus ohne diese riesigen alten Bäume«, sagte Sally gut gelaunt.

»Stimmt«, antwortete Bec mit hochgezogenen Brauen und nickte. Allmählich kamen die Dinge wieder ins Lot. Als sie zum Haus gingen, trabte Mossy neben ihr her.

Kapitel 45

Im Wagen sangen Rebecca und Sally übertrieben näselnd die Songs der Dixie Chicks mit und brachen dabei immer wieder in Lachen aus. Sally bog in die breite Einfahrt der Wohnanlage, und Rebecca steckte sich beim Anblick des überdimensionalen kitschigen Schildes mit der Aufschrift »Whispering Pines – Der friedliche Ort zu wohnen« unter Würgelauten den Finger in den Mund. Sie fuhren die brandneue Asphaltstraße entlang und bogen links in den Radiata Drive. Sally hielt den Wagen vor Nummer 12 an, und Rebecca pfiff leise durch die Zähne, als sie aus dem Seitenfenster auf das Haus sah.

»Also, das nenne ich ein *ganz reizendes* neues Heim«, erklärte Rebecca näselnd, während sie und Sally den makellosen Rasenteppich, den gemauerten Briefkastenständer und den lang gestreckten, niedrigen Backsteinbungalow in Augenschein nahmen. Die Morgensonne brachte den weißen Lack der Dachtraufen zum Leuchten.

»Mmm. Vorstadtparadies«, meinte Rebecca.

»Sei nicht so sarkastisch«, belehrte Sally sie. Sie drehte sich zu Harry um, der auf dem Rücksitz saß.

»Ich weiß nicht, von wem sie das hat. Du vielleicht?«

Harry lächelte Sally an und schüttelte den Kopf. »Keinen Schimmer.« Die ganze Fahrt vom Krankenhaus hierher hatte Harry, dessen einer Ärmel von den Krankenschwestern säuberlich umgenäht worden war, schweigend und in sich zusammengesunken auf dem Rücksitz gelehnt wie ein Kriegsheimkehrer.

Rebecca wusste, dass ihm bei dem Gedanken an ein Familientreffen unwohl war. Ihr auch. Am besten brachten sie die Sache so schnell wie möglich hinter sich, dachte sie und drückte die Beifahrertür auf.

Sie hob den Kopf und sah, wie die große Haustür aufschwang. Trudy erschien in einem blumengemusterten Sommerkleid. Über dem basketballrunden Schwangerschaftsbauch stand ihr Kleid nach vorn ab wie eine Ladenmarkise. Danny tappte auf seinen Stummelbeinchen an die Tür und betrachtete staunend Sallys Wagen, wobei er sich mit einer feisten kleinen Faust an Trudys Kleid festhielt. In der anderen Hand hielt er einen großen gelben Plastiklaster.

»Ahh! Ein Mini-Mick!«, sagte Rebecca. »Jesus. Und er war auf einer fetten Weide!« Ihr Blick kam auf dem dicken Kleinkinderbauch zu liegen, über dem sich die »Bananas in Pyjamas« zu lang gezogenen Spaghettis verzogen.

»Benimm dich, Bec«, raunte Sal.

Trudy gab ihnen ein Zeichen, in der Einfahrt zu parken, einem breiten grauen Betonstreifen, der von korrekt gestutzten Rasenflächen gesäumt war. Ehe Rebecca die hintere Tür des Wagens öffnen und Harry heraushelfen konnte, war Trudy bei ihnen und machte sich geschäftig ans Werk. Sie löste Harrys Sicherheitsgurt und zerrte ihn aus dem Auto, alles unter endlosem fröhlichem Geplapper.

»Wie geht es euch allen? Ich freue mich ja so, dass ihr da seid. Danny, sag Hallo zu Tante Becky und zu ihrer Freundin Sally.« Sie schubste Danny unauffällig nach vorn, und Bec beugte sich vor, um dem kleinen Jungen in die grünen Augen zu sehen.

»Na, Chef?«, sagte sie, als er sie mit großen Augen ansah.

»Kommt alle ins Haus«, kommandierte Trudy. »Danny, nimm bitte Opas Gehstock, Schätzchen, und halte ihn für ihn. Mick arbeitet noch, aber er müsste gleich fertig sein. Hattet ihr eine gute Fahrt?«

Nachdem sie alle auf die Terrasse getrieben hatte, bekam jeder eine Umarmung und einen Kuss.

»Huch!«, sagte sie, als sie Harry mit ihrem Bauch anstieß.

»Nicht mehr lang hin«, meinte Harry mit einem Nicken zu ihrem Bauch hin.

»Wir warten, wir warten.« Trudy tätschelte ihr Kleid. Dann führte sie ihre Gäste in ein mit Parkett belegtes Foyer, das so groß war, dass ihre Schritte und Stimmen darin nachhallten.

»Rrrrr!«, sagte Danny und schob dabei seinen gelben Laster durch den leeren Flur. Sie folgten ihm in einen weitläufigen Koch- und Essbereich.

Trudy deutete auf das Sofa. »Setzt euch! Ich stelle schnell Wasser auf.«

Harry zog einen Küchenstuhl unter dem Tisch heraus, setzte sich und verzog dabei leicht das Gesicht.

»Das wäre super, danke«, antwortete Rebecca, den Blick auf die Uhr auf der Kommode gerichtet. Es war die Uhr aus der Küche in Waters Meeting. Hier drin klang ihr Ticken anders. Ein altes Möbel in einem neuen Heim.

»Wann kommen Mum und Peter?«

Trudy stand lächelnd hinter ihrer neuen Küchentheke. »Sie müssten jeden Moment da sein«, sagte sie. »Tee oder Kaffee?«

Noch bevor Rebecca antworten konnte, läutete die Türglocke.

»Da sind sie schon«, sagte Trudy. »Pünktlich auf die Minute. Ich mache ihnen auf.«

Während sie durch den Flur in Richtung Haustür ging, kam Mick durch eine andere Tür herein und trat lächelnd in den Raum.

»Mick! Wie geht's denn so?«, fragte Bec fröhlich. Sie freute sich wirklich, ihn zu sehen. Er schlenderte zu ihr und drückte sie fest an seine Brust. Er hatte Gewicht zugelegt.

»Hey, Sal!«, winkte er ihrer Freundin zu.

»Wie läuft's so, Mick?«

»Super!« Er tätschelte seinen Bauch. »Ich bin im siebten Himmel. Auch wenn ihr mich mit eurer Nachfolgeregelungskonferenz in letzter Zeit ganz schön auf Trab gehalten habt. Ich habe im Esszimmer das Whiteboard und alles andere für euch bereitgestellt. Ist das okay? Ich hab sogar ein paar Marker aus dem Büro mitgehen lassen, damit diese Geschäftsplan-Diagramme, die ihr uns aufmalen werdet, richtig geil aussehen.«

»Gut gemacht. Das ist super«, sagte Sal. »Aber wir sollten möglichst bald anfangen, weil wir heute Nachmittag einen Termin haben.«

»Jawoll, Madam.« Er salutierte vor ihr. Dann blickte er an Sally vorbei und sah seinen Vater verlegen auf seinem Stuhl sitzen.

»Dad«, sagte er und legte ihm die Hand auf die Schulter. »Ich freue mich, dich wiederzusehen. Ein Glück, dass sie dich rausgelassen haben. Du siehst gut aus.«

Aufgekratztes Geplauder aus dem Flur kündigte die Ankunft von Frankie und Peter an. Danny brummte mit seinem Laster um ihre Beine herum, während sie in der Küche standen und sich reihum mit Küssen, Händeschütteln und verlegenen Umarmungen begrußten. Frankie wirkte aufgelöst und nervös. Als sie Harry unsicher am Tisch lehnen sah, holte sie hörbar Luft. Ihre Wut auf ihn wurde zu einer Art Mitleid gelindert, als sie den über seinem Armstumpf umgeschlagenen Ärmel sah. Harry sah sie ausdruckslos an und begutachtete ihre städtische Kleidung und die korrekt frisierten Haare. Er nickte ihr zu und murmelte einen Gruß. Zum Glück entkrampfte Trudy die Situation, indem sie Kekse anbot, Tassen mit Tee oder Kaffee ausschenkte und immer das Richtige sagte. Allerdings nur, bis sie einen spitzen Schrei ausstieß.

»Ohhhh! Michael!« Alle sahen auf. Danny hielt zwei Marker in seinen kleinen pummeligen Fäustchen und verschönerte die Wand im Flur mit wilden roten Kritzeleien.

»Ich habe dir doch gesagt, du sollst du Tür *zu lassen!*«

»Schon okay, Spatz. Das lässt sich abwaschen«, sagte Mick zu seiner Frau, hob gleichzeitig mit einer ausgreifenden Bewegung Danny in die Luft und klemmte sich das schreiende Kind unter den Arm. »Ich glaube, es wird Zeit, dass wir mit dem Meeting beginnen. Ich bringe nur schnell den Kurzen raus auf die Hauptstraße, damit er im Verkehr spielen kann.«

Sally holte tief Luft. Jetzt war sie an der Reihe. Sie griff nach ihrer Aktentasche.

»Zeig mir den Weg.«

In Trudys Esszimmer stand Sally vor der versammelten Familie, die sich rund um den blank polierten Holztisch versammelt hatte. In der Hand hielt sie den Vorschlag, den sie, Tom, Gabs und Rebecca erarbeitet hatten. Auf der weißen Kunststofftafel zeichnete sie in Umrissen die anvisierten Geschäftsfelder an, zu denen die Heuproduktion für den Export zählte, die Zucht von Fleischlämmern, der Direktverkauf von ausgewiesenem Hochland-Rindfleisch, Vertragsviehwirtschaft für den Fleischexport sowie eine Produzentenkooperative. Während ihres Vortrags listete sie sämtliche Kosten auf. Das Einkommen. Der Investitionsertrag. Sie erklärte den Plan in schlichten, aber präzisen Worten. Nachdem sie schon bei vielen Familienfarm-Konferenzen moderiert hatte, war sie eigentlich innerlich ruhig und gefasst. Trotzdem merkte sie, dass es ihr diesmal schwerer fiel, die Hände ruhig zu halten und mit tiefer, fester Stimme zu sprechen. Für Sally hing viel von diesem Treffen ab. Es ging nicht nur um ihre Kindheitserinnerungen an diese Farm, es ging auch um Tom, und es ging um Rebecca. Sogar die Sorge um Harrys Platz in alldem bedrückte sie ein wenig. Sie schluckte ihre Nervosität herunter und redete einfach weiter, mit dem Zeigefinger auf die Tischplatte klopfend, um anzuzeigen, wie stabil dieser Geschäftsplan war. Wie vernünftig alles war.

Obwohl Rebecca ihre Freundin durch und durch kannte, merkte sie Sally die Nervosität nicht an. Sie saß auf ihrem steifen Esszimmerstuhl und staunte darüber, wie wortgewandt Sally ihr Projekt dem schwierigsten Publikum überhaupt verkaufte. Rebecca sah reihum in die Gesichter ihrer Familienangehörigen, die in dem neobarocken, plastikhaft anmutenden Esszimmer saßen. An einem Ende des nachgebauten Antiktisches saß Harry. Neben ihm hatte Mick Platz genommen. Neben Mick saßen Frankie und Peter. Trudy schien ständig mit Kuchen, Keksen und Kannen mit frischem Kaffee und Tee zu kommen und zu gehen. Sie war mit ihrem Haus zufrieden und fühlte sich in der finanziellen Fürsorge ihrer Familie geborgen. So wie es aussah, war für sie die Farm ein Relikt aus der Vergangenheit. Sie blieb an der Peripherie und war froh, sich aus allem heraushalten zu können. Jetzt kehrte sie in den Raum zurück, setzte sich, schlug die Beine elegant übereinander und lauschte mit einem Ohr Danny, der im Flur spielte. Rebecca lächelte sie an, und sie lächelte gütig zurück.

Für Rebecca war es ein befremdliches Gefühl, mit allen im selben Raum zu sitzen. Alle hatten den Blick fest auf Sally gerichtet, fast als brächten sie nicht den Mut auf, einander anzusehen. Rebecca widerstand der Versuchung, eigene Anmerkungen einzuwerfen, als Sally ihre Pläne für einen Neubeginn auf der Farm vorstellte. Stattdessen kritzelte sie ununterbrochen auf ihrem Zettel herum und zeichnete dabei Blumen, Sterne, Pferdeköpfe, Blitze und Eukalyptusbäume. Sie war zu nervös, als dass sie sich den Ausgang dieses Treffens vorstellen wollte. Was war, wenn ihre Familie die Pläne ablehnte? Sie wünschte sich, Charlie würde neben ihr sitzen und Dags läge zu ihren Füßen. In diesem ungewohnten, blitzsauberen, mit Plüschteppichen belegten Haus fühlte sie sich fremd. Ihre Handflächen schwitzten, und ihr Mund war wie ausgetrocknet.

»Ihr könnt also sehen«, schloss Sally und zielte dabei mit einem Stift auf das Diagramm an der Tafel, »dass Tom und Rebecca ihre Hausaufgaben gründlich erledigt haben. Ich sage damit nicht, dass ihr mit alldem einverstanden sein müsst. Es handelt sich hierbei schließlich nur um einen Vorschlag, aber bei diesem Treffen hier und heute geht es nicht nur darum, Waters Meeting in der Familie zu halten, sondern auch darum, die Familie durch offene Kommunikation zusammenzuhalten. So, ich glaube, ich habe genug gesagt, jetzt seid ihr an der Reihe.«

Sie wischte die Tafel sauber. »Wie der Geschäftsplan aussieht, wisst ihr jetzt, jetzt müssen wir herausfinden, was sich jeder Einzelne von euch für die Farm wünscht.

Dazu möchte ich, dass jeder von euch mir eine Liste von Zielen nennt, die er oder sie für die Zukunft hat. Das können auch bloße Wunschträume sein. Es geht darum, was in den nächsten zehn Jahren in eurem Leben geschehen soll.«

Harry rutschte auf seinem Sitz herum und verzog brummelnd das Gesicht. Sally streckte ihm eine Faust voll bunter Marker hin.

»Such dir eine Farbe aus«, sagte sie.

»Schwarz«, antwortete Harry.

Sie reichte die Stifte rundum, Rebecca wählte Rot, Mick und Trudy nahmen Grün und Frankie mit Peter Blau.

»Der lila Marker ist für Tom«, sagte Sally. Der Name durchschnitt die bedrückte Atmosphäre im Raum. »Wir dürfen ihn nicht vergessen. Vor allem seinetwegen sind wir hier. Vor allem seinetwegen müssen wir alle Karten auf den Tisch legen und uns ein gemeinsames Ziel setzen. Vor allem seinetwegen müssen wir anfangen zu reden.«

»Harry«, fuhr Sally fort, »wir fangen nicht mit dir an. Ich weiß, dass dieser Prozess für dich am schwierigsten ist. Mick, wir geben deinem Vater Zeit zum Nachdenken, lass uns mit dir anfangen.«

»Nein, Sally«, sagte Harry beinahe zu laut. »Du hast uns erklärt, dass es bei dieser Zusammenkunft vor allem um Kommunikation geht, und es wird Zeit, dass ich etwas sage.« Seine Stimme zitterte leicht.

Sally lächelte ihn aufmunternd an und zog die Kappe von dem schwarzen Marker, um damit die Tafel zu beschriften.

»Ich möchte, dass wir euren Vorschlag in die Tat umsetzen. Ich wollte zu lange die Zügel in der Hand behalten, und wir wissen alle, wohin das geführt hat. Ich möchte, dass Rebecca die Farm übernimmt und ihre Pläne umsetzt ... das heißt, wenn die Bank ihr Okay dazu gibt. So wie es aussieht, haben Mick und Trudy sich hier gut eingerichtet. Mick, dir scheint das Farmleben nicht zu fehlen.«

Mick schüttelte den Kopf. »Mir ging's nie besser, Dad.«

»Seht ihr«, sagte Harry, »damit ist alles geklärt.« Er stemmte eine Hand auf den Tisch und spreizte die langen Finger auf der glatten Tischfläche. »Rebecca kann die Farm übernehmen. Meinen Segen hat sie.«

»Nicht so stürmisch, Harry«, fiel ihm Sally freundlich ins Wort. »So einfach ist die Sache nicht. Wir wollen von jedem von euch hören, was für Ziele er oder sie sich persönlich gesetzt hat. Jeder in diesem Raum muss sich äußern. Verstehst du, Harry, es ist schön und gut, wenn du beschließt, dass die Zukunft der Farm in Rebeccas Händen liegen soll, aber du hast uns noch nicht erklärt, wo du dich in den nächsten zehn Jahren siehst. Was sind deine Ziele? Und bei dieser Frage ist Rebecca außen vor.«

Harry rutschte wieder verlegen auf seinem Stuhl herum. Er hob die Hand an den Hinterkopf und kratzte sich nachdenklich. Im Zimmer wurde es still.

»Landcare«, brach es aus ihm heraus. »Ich wollte schon immer als freiwilliger Helfer für Landcare arbeiten.«

»Gut, das ist gut«, sagte Sally und notierte die Worte säuberlich unter Harrys Namen auf der Tafel.

»Und der Fluss, ich wollte schon immer die Leute am Unterlauf dazu bringen, den Fluss zu bereinigen … und natürlich möchte ich weiterhin auf der Farm helfen, soweit ich kann.« Er reckte seinen Stumpf ein wenig vor.

Der schwarze Marker begann eine Ecke der Tafel mit Worten zu füllen und Harrys Zukunft mit einem Bild zu verbinden. Zum ersten Mal seit vielen Jahren konnte Rebecca ein Leuchten in seinen Augen sehen.

Als Harry fertig war, begann Sally Mick nach seinen Zielen zu befragen. Auch er brauchte Zeit zum Reden.

»Also. Ich würde gern weiter mit Immobilien handeln und in der Firma ein paar Stufen nach oben klettern. Mir vielleicht ein Ferienhaus an der Küste zulegen. Was die Farm angeht, hätte ich eines Tages gern einen finanziellen Anteil daran, aber erst, wenn sie wieder stabil läuft und Profit abwirft. Aber vor allem möchte ich den Neuanfang unterstützen, damit ich mit meinen Jungs dorthin fahren und mit ihnen angeln oder jagen gehen kann …«

»Moment mal!«, fiel ihm Trudy ins Wort.

O nein, dachte Rebecca, Trudy würde das ganze Treffen sabotieren.

Doch stattdessen fuhr Trudy lächelnd fort: »Du hast von deinen ›Jungs‹ gesprochen. Jung-sss«, wiederholte sie, wobei sie das S übertrieben betonte und ihren Bauch massierte. »Du *weißt* doch gar nicht, ob es ein Junge wird! Immerhin wird *sie* vielleicht eine *Sie!* Und vielleicht möchte sie genauso gern wie Danny mit dir zum Angeln und Jagen nach Waters Meeting fahren!«

»Guter Einwand, Trudy«, bekannte Sally lächelnd, und die übrige Familie lachte.

Mick hob in gespielter Resignation die Hände und redete weiter, während Sally seine Ziele in das grüne Viertel eintrug.

Rebecca spürte, wie eine Woge der Erleichterung sie

durchlief, sie hatte zum ersten Mal das Gefühl, dass Trudy gar nicht so übel war.

Während jedes Familienmitglied seine Ziele beschrieb, verwandelte sich die Tafel in ein farbenfrohes Wörterbild, das ein ganzes Panorama von Zukunftsträumen darstellte. Die Atmosphäre im Raum begann sich zu wandeln, alle empfanden so etwas wie Vorfreude darauf, was die nächsten Jahre bringen mochten.

Vor allem Rebecca saß gespannt auf der Stuhlkante und spürte, wie die Energie ihrer Familie sie trug. Es war ein neues Gefühl. Und ein gutes dazu.

Als die Zusammenkunft schließlich zum Ende zu kommen schien, hob Sally Toms lila Marker hoch.

»Lasst uns mal sehen, wo Tom bei alldem bleibt«, sagte Sally. Sie begann jene Worte einzukreisen, die in jedem Viertel auftauchten, und sie dann mit einer lila Linie zu verbinden. Jedes Familienmitglied wollte für sich selbst und seine Kinder Zugang auf Waters Meeting. Frankie und Peter, Mick und Trudy wollten alle, dass Waters Meeting in der Familie blieb, sodass sie die Farm weiterhin besuchen konnten. Nicht einer von ihnen hatte vorgeschlagen, den Grund aufzuteilen oder die Farm zu verkaufen. Rebecca wusste, das war der Fluss, der durch ihre Herzen strömte. Obwohl sie die Einzige war, die wahre Leidenschaft für die Landwirtschaft aufbrachte, waren alle durch diesen Faden miteinander verbunden. Den Rebecca River. Sie war der Schlüssel, der alles zusammenhielt.

»Seht ihr das Muster?«, fragte Sally. »Genau das hat Tom sich gewünscht. Er wollte, dass ihr alle nach Waters Meeting kommen und euch dort frei und glücklich fühlen könnt. Aber«, sagte Sally ernst, »hier geht es nicht nur um eitel Sonnenschein und Teetrinken auf der Veranda. Der Betrieb steckt bis zum Hals in Schulden, und wenn wir den Bankmanager nicht umstimmen können, muss die Farm verkauft werden.« Sallys Worte durchschnitten die Luft und dämpften die fröhliche, versöhnliche Atmosphäre.

»Eine einzige Zusammenkunft kann nicht alles regeln«, fuhr Sally fort. »Wir müssen jetzt gleich einen Brief aufsetzen, in dem Harry seine Unterstützung für diesen Geschäftsplan und für die angestrebte Umschuldung erklärt. Wir haben noch eine Stunde bis zu unserem Termin auf der Bank, wir sollten also lieber die Rollschuhe anschnallen.«

Draußen vor dem Haus versammelte sich die Familie, um Rebecca und Sally, die den frisch ausgedruckten und gefalteten Brief in ihrer Aktentasche verstaut hatte, viel Glück auf der Bank zu wünschen und ihnen zum Abschied nachzuwinken. Rebecca schloss Trudy in die Arme und flüsterte: »Danke.«

»Ich danke dir auch, Becky. Ich glaube, dass wir uns jetzt alle viel besser fühlen, meinst du nicht auch? Als wäre die Luft gereinigt oder so.«

»Sicher. Jedenfalls kommen wir nach unserem Termin auf der Bank wieder vorbei, um Dad abzuholen. Wir sehen uns dann.«

»Und ihr wollt ganz bestimmt nicht über Nacht bleiben? Er kommt mir schrecklich müde vor.«

»Vielleicht ist das gar keine schlechte Idee. Und man kann nie wissen – wenn der Termin mit dem alten Knacker auf der Bank glattgeht, haben wir vielleicht etwas zu feiern«, sagte sie augenzwinkernd.

Rebecca drehte sich um und bekam mit, wie Harry sich unbeholfen mit seiner Linken von Peter verabschiedete, der Frankie in die Stadt zurückfahren wollte. Frankie lächelte Harry an und hauchte einen Kuss auf seine Wange, dann sah sie zu Rebecca herüber.

»Rebecca. Kann ich dich einen Moment sprechen?«, rief Frankie ihr zu.

»Sicher, Mum«, meinte Rebecca stirnrunzelnd, denn eigentlich war sie der Auffassung, dass für einen Tag genug gesprochen worden war. Ihre Mutter wirkte müde, wie sie so auf dem Betonweg stand, aber gleichzeitig auch glücklich nach dem Familientreffen. Sie spazierten gemeinsam ein paar Schritte die Auffahrt hinab.

»Ich möchte dir das hier geben.« Sie reichte ihrer Tochter ein Papier. Als Rebecca es auffaltete, stockte ihr der Atem. Es war ein Scheck über 350 000 Dollar.

»Mum! Woher hast du verflixt noch mal so viel Geld? Und warum gibst du es mir?«

»Psst! Steck es ein, bevor dein Vater es sieht. Das ist das Geld aus der Scheidungsvereinbarung. Ich hatte es angelegt … ich habe es nie angetastet. Das konnte ich nicht.«

»Aber Mum, deine Praxis … Du könntest damit doch –«

»Nimm es für die Farm, steck es wieder in die Farm. Ich bestehe darauf. Dieses Geld stammt ohnehin aus dem Grundbesitz deines Großvaters. Es soll Waters Meeting zugute kommen, keiner geschiedenen Saunders. Du weißt, dass meine Eltern nach der Scheidung finanziell für mich gesorgt haben. Ihr Geld hat es mir ermöglicht, die Praxis aufzubauen. Jetzt ist es an mir, dir zu helfen, dieses Geld soll dir gehören.«

Mit Tränen in den Augen schloss Rebecca ihre Mutter in die Arme.

»Danke. Tausend Dank, Mum. Du wirst es nicht bereuen, das verspreche ich dir. Um dieselbe Zeit in einem Jahr wirst du die Farm nicht wiedererkennen.« Genau in diesem Moment rammte Danny seinen Laster mit voller Kraft gegen Rebeccas Beine.

»Peng, peng, peng!«, schrie er und knallte dabei den Kipplaster gegen ihr Schienbein.

»Jesus!«, stöhnte Bec. »Danny! Du willst dir wohl einen rechten Haken von deiner Tante Becky einfangen?« Mick stand mit verschränkten Armen abseits und lachte, während Trudy die Hand auf den Mund schlug.

»Du hast ihm gesagt, dass er das tun soll, stimmt's?«, fragte Bec ihren Bruder mit grollender Stimme und einem Funkeln in den Augen. Rebecca nahm Danny auf den Arm und kitzelte ihn am Bauch, während sie gleichzeitig mit den Lippen laute Furzgeräusche an seinem Hals produzierte, bis er fröhlich kreischend mit den Beinen um sich schlug.

Nachdem Bec die Tür zugezogen und sich angeschnallt hatte, sah sie Sally mit hochgezogenen Brauen an. »Mann. Kids«, sagte sie und rieb sich das Schienbein. »Danny scheint echt hart drauf zu sein! Ich würde einen Wurf Welpen jederzeit vorziehen!«

Sally zog die Sonnenbrille aus der Stirn auf ihre Nase. »Du bist also genauso drauf wie ich – meilenweit von jedem Kinderwunsch entfernt? Ich weiß nicht, wann werden wir je anfangen zu glucken, Bec?«

»Vor dem Glucken kommt das Kucken, Sal! Sehen wir der Sache ins Gesicht, wir stecken beide mal wieder in einer Dürrephase. El Niño.«

Sally hielt an einer roten Ampel und sah ihre Freundin an. »Weißt du, du bist ein echtes Ferkel, Bucket. Wie in aller Welt sollen wir einen Bankmanager dazu bringen, ausgerechnet *dir* ein paar Trillionen Dollar zu leihen?«

»Ich weiß schon, wie«, antwortete Bec. Sie begann ihr Hemd aufzuknöpfen und die Brust vorzurecken. Dann streckte sie die Zunge so weit wie möglich aus dem Mund und fuhr sich damit über die Lippen.

»Ihh! Hör auf.« Sally schlug auf ihre Arme und Hände ein.

Der fast kahle Fahrer in dem BMW auf der Nebenspur sah zu ihnen herüber und erstarrte. Dann fuhr er sich ebenfalls mit der Zunge über die Oberlippe.

»Ihh! Bäh! Uargh!«, rief Sally. »Schalt auf Grün! Schnell, schalt auf Grün!«

Rebecca sank in ihren Sitz zurück und bog sich vor Lachen, während Sally das Gaspedal durchtrat, um die Ampel und den Mann so schnell wie möglich hinter ihnen zu lassen.

»Du hast zu deiner alten Form zurückgefunden, Bec … das macht mir angst.«

»Das ist nur ein kurzfristiges Hoch. Ich weiß einfach, dass wir heute auf der Bank den Durchbruch schaffen. Genau wie du bei der Familienkonferenz den Durchbruch geschafft hast.« Plötzlich ernst, ergänzte sie: »Du warst fantastisch, Sal. Du hast unsere Familie wirklich zusammengebracht. Ich hätte das nicht für möglich gehalten. Wie soll ich dir nur danken?«

Sally wandte sich an sie, zog die Sonnenbrille an ihre elegante Nasenspitze und sah ihr in die Augen. »Ich tue das nicht für dich. Ich glaube, das hatte was mit Tom zu tun. Das war ich ihm schuldig.«

Bec lächelte ihre Freundin an, während sie sich weiter durch den Verkehr in Richtung Stadtzentrum schoben. »Es wird für uns alle gut ausgehen, Sal, das weiß ich einfach. Schau nur, was Mum mir gegeben hat.« Sie hielt den Scheck hoch, den Sal beim Fahren zu entziffern versuchte.

Als sie die Zahlen endlich entschlüsselt hatte, entfuhr es ihr: »Heilige Scheiße! Das injiziert allerdings Adrenalin in das Farm-Budget!« Grinsend schob sie eine Kassette in den Recorder und stellte die Musik laut.

Trotz der hämmernden Musik von »Killing Heidi« wollte die Trauer nicht aus Rebeccas Herz weichen. Charlie Lewis. Der Kuss am Fluss.

In der Parkgarage strich Rebecca ihr Haar glatt und zupfte den Rock nach unten. Dann streifte sie die Kostümjacke über.

»Wie sehe ich aus?«

»Nach ein paar Millionen Dollar«, befand Sally.

»Gut. Genau die wollen wir.«

Sie atmete tief durch. Sie war zwar ruhig, aber nervös, und ihr war ein bisschen mulmig. Sally hingegen sah geschleckt und glatt aus wie eine Katze. Die stylische Aktentasche in der Hand, marschierte sie auf den Lift zu. Sobald die Tür aufglitt, trat sie ein und drückte noch im selben Moment den Knopf wie ein Anwalt in einem amerikanischen Serienkrimi.

Als sie in das nach Plastik riechende klimatisierte Büro geführt wurden, erhob sich der Bankmanager, deutete auf die Sessel und wusste dann nicht, ob er den beiden jungen Frauen die Hand geben oder ob er sie nur mit einem lockeren Kopfnicken begrüßen sollte.

Rebeccas kraftvoller Händedruck und die rauen Handflächen überraschten ihn. So ein hübsches kleines Ding, dachte er. Rebecca zog ihre Hand zurück; sie ahnte, was der Mann dachte, und hoffte, dass ihm die verkrusteten Schnittwunden und Blasen nicht aufgefallen waren, die ihre Handflächen und Finger überzogen.

Sally und Rebecca setzten sich gleichzeitig und mit identisch überkreuzten Beinen. Sallys Beine waren lang, blass und elegant. Rebeccas muskulös und honigbraun. Sie waren beide so *jung,* dachte der Manager. Am Telefon hatte Sally Carter viel älter geklungen. Die blauen Augen der Blonden verschlugen ihm den Atem. Die ungewöhnlichen braungrünen Sprenkel in den Augen der Großen betörten ihn.

»Es ist mir eine Freude, Sie persönlich kennenzulernen, meine Damen«, sagte er mit tiefer Samtstimme. Sein Blick senkte sich verstohlen unter die Halsausschnitte, und noch im Reden registrierte er die großen, perfekt abgerundeten Brüste der Blonden. Er räusperte sich und strich mit der Hand über sein grau gelacktes Haar. Ein Haar verfing sich in seinem goldenen Ehering, wurde ausgezupft und landete auf dem Kragen seines nachtblauen Anzugs. Beim Reden fuhr er unentwegt mit der anderen Hand über die rote Krawatte, unter der sich die Umrisse seines Bauches abzeichneten.

»Ich habe gestern mit der Post eine Kopie Ihres Geschäftsplanes und Kreditantrages erhalten.«

Er legte die korrekt eingehefteten Dokumente vor sich auf den Tisch, schob seinen Stuhl nach vorn und stützte die Ellbogen auf die Tischplatte.

»Ihr kühnes Vorhaben hat mich sehr beeindruckt. Es ist ein sehr ehrgeiziger Plan für zwei so junge Damen wie Sie. Ich habe Ihren Kreditantrag prüfen lassen, dennoch müssen wir zuvor einige Fragen klären. Vor allem was das Eigentum an dem Land betrifft und die Identität des Kreditnehmers.«

Bevor er weitersprechen konnte, zog Sally einen makellosen weißen Umschlag aus einem Fach ihrer schwarzen Aktentasche. Sie hielt ihn mit einem charmanten Lächeln in der Hand.

»Ich glaube, dieser Brief sollte alle Ihre Fragen bezüglich des Kreditantrages beantworten. Darin wird die volle Unterstützung des Grundbesitzers zugesichert.« Dann schob sie den Umschlag über die Tischplatte.

Im Raum blieb es still, während der Bankmanager den Umschlag öffnete, den säuberlich getippten Text studierte und zuletzt den Blick auf Harry Saunders' hingekrakelte Unterschrift senkte.

»Also, Miss Saunders, mit der vollen Unterstützung Ihres Vaters sieht es für Ihren Kreditantrag natürlich deutlich besser aus. Machen wir uns an die Arbeit …«

Vor der Bank biss sich Rebecca in die Faust und gab sich alle Mühe, nicht laut zu schreien. Sally klammerte sich an Becs Arm fest und hüpfte aufgeregt auf und ab.

»Wir haben es geschafft!«, jubelte Bec. Die Mädchen fielen sich lachend in die Arme. Dann sprangen sie, einander an den Händen haltend, im Kreis, sahen sich gegenseitig in die tränenfeuchten Augen und jubelten … aber nur ein bisschen. Gleich darauf entfernten sie sich mit eiligen Schritten vom Bankgebäude und hofften gleichzeitig, dass die Angestellten nicht beobachtet hatten, wie die professionelle Coolness von ihnen abgefallen war.

5. Teil

Kapitel 46

Die ersten Wochen auf Waters Meeting waren für Rebecca keine leichte Zeit, denn sie musste sich allein in dem großen Haus einrichten und gleichzeitig die Arbeiten auf der Farm in Angriff nehmen. Sallys und Frankies tägliche Anrufe halfen ihr durchzuhalten, doch wenn es später wurde, sehnte sie sich regelmäßig nach Charlie, außerdem ging ihr immer wieder Harry im Kopf herum. Abends sah sie oft aus dem Fenster und konnte durch die Bäume hindurch das Licht in seiner Hütte brennen sehen. Sie stellte sich vor, wie er die Nachrichten schaute oder gezuckerten Tee mit Milch trank.

Sie hatte sich entschieden, ihn die Abende allein verbringen zu lassen, dafür spazierte sie jeden Morgen mit Mossy oder Dags, Bessie oder Stubby über die Weide zu ihm hinunter. Allmorgendlich klopfte sie nervös an die Tür zu seiner Hütte und hielt dann den Atem an, bis sie ihn »Komm rein« rufen hörte. Sie hatte befürchtet, dass ihr Vater in seine alten Unarten zurückfallen und ganz allmählich ihre Träume vereiteln könnte. Doch stattdessen saß er meistens dösend in seinem Lehnstuhl in der Morgensonne und las ein Buch oder die Zeitung, wenn er nicht in seinem uralten Radiogerät den Landfunk hörte. Er schien nicht daran interessiert, sich aus der Hütte fortzubewegen. Rebecca hatte den Verdacht, dass er immer noch unter schweren Schmerzen litt, doch falls dem so war, dann beklagte er sich nie. Jeden Morgen deutete er auf den Kessel und sagte fröhlich: »Nimm dir auch eine Tasse.«

»Wann ist die Nachuntersuchung fällig?«, fragte sie eines Morgens und nickte dabei zu seinem Stumpf hin.

»Nächste Woche.«

»Ich fahre dich hin.«

»Brauchst du nicht. Ich kann mit dem Automatik fahren«, sagte Harry.

Sie hatte ihn von ihrem Zimmerfenster aus beobachtet. Er hatte sich zum Schuppen geschlichen und war in sein altes Auto gestiegen. Dann war er damit langsam die Einfahrt entlanggerollt, am Scherstall vorbei, bevor er in einem weiten Kreis auf der Weide gewendet hatte. Anschließend war er zum Schuppen zurückgefahren.

Anfangs hatte Rebecca gerätselt, was er da trieb. Dann war es ihr wie Schuppen von den Augen gefallen. Er *übte Autofahren* mit einem Arm. Plötzlich hatte die Erkenntnis, wie schwierig und beängstigend es für ihn sein musste, mit seiner Behinderung zurechtzukommen, dazu geführt, dass sie sich aufrichtig um ihren Vater sorgte.

Jetzt sah sie ihn an, wie er so in seinem Sessel auf einem sonnigen Fleck saß. Die grauen Haare kurz geschnitten, die Arbeitskleidung sauber und ordentlich.

»Nein, Dad, fahr nicht allein. Ich möchte sowieso in die Stadt, also könnte ich dich auch zu deinem Termin fahren. Und außerdem brauche ich dich dort. Am Dienstag werden ein paar Herden versteigert … und da möchte ich dich dabeihaben. Um zu hören, was du dazu meinst. Aber ich muss dich warnen, es sind Angus-Rinder. *Nicht* deine geliebten Rotbunten, dafür haben sie exzellente Gene. Alle leistungsgeprüft, alle garantiert frei von Paratuberkulose und ohne Wachstumshormone aufgezogen. Gute Kühe, um eine Herde zu gründen. Am besten kaufen wir sie jetzt, bevor die Preise wieder anziehen.«

Harrys Reaktion überraschte sie. »Hört sich gut an. Ich würde gern mitkommen.«

»Toll.« Sie lächelte ihn an. »Ach ja, und Dad, du könntest mir noch einen Gefallen tun, wenn du Zeit hast …« Sie schob die Hand in die Hosentasche und zog ein Blatt heraus. »Hier sind die Telefonnummern von einigen Baufirmen in der Gegend. Könntest du ein paar Angebote für mich einholen? Ich möchte so bald wie möglich mit dem Dammbau beginnen. Ich würde ja selbst anrufen, es ist nur so, dass ich beschlossen habe, noch heute Abend zur Hütte hinaufzureiten. Die Kühe da oben brauchen frisches Salz, außerdem will ich ein paar Zäune abreiten.«

Harry hob die Hand. »Wirklich kein Problem, Bec. Ich helfe dir gern. Du kennst mich, im Feilschen bin ich ganz groß. Ich werde dir den verdammt besten Dammbau-Deal aushandeln, den es je gab. Und«, sagte er mit fester, aber freundlicher Stimme, »hör endlich auf, auf Samtpfoten um mich rumzuschleichen. Dein alter Herr ist altersmilde geworden, siehst du das nicht? Ich werde nicht zweimal denselben Fehler begehen. Du wirst auf dieser Farm Großes leisten. Du brauchst mir nicht jede Kleinigkeit zu erklären, denn ich verlasse mich auf dein Urteilsvermögen. Ich werde dir helfen, wo und wie ich kann.«

Er zwinkerte ihr zu. Rebecca spürte, wie sie ein warmes Kribbeln überlief. Sie lächelte ihn an. Er fuhr fort: »Schau bei mir vorbei, wenn du morgen von der Hütte zurückkommst. Ich mache dir einen Braten.«

»Das ware super, Dad!«

»Und beim Essen will ich was Geschäftliches mit dir besprechen.«

»Etwas Geschäftliches?«

»Genau. Ich will dir einen Welpen abkaufen.«

»Einen Welpen?«

»Wenn ich dir mit nur einem Arm von Nutzen sein soll, dann sollte ich lieber lernen, mit einem von deinen komischen Hunden zu arbeiten. Schließlich kann ich keinen Pickup mit Gangschaltung mehr fahren und auch nicht auf dem Motorrad um die Herde herumbrausen. Ich muss still und leise arbeiten. Mit Pferd und Hund. So wie es sich gehört. Könntest du mir dabei helfen?«

»Natürlich, Dad«, sagte Rebecca liebevoll. »Am besten fängst du an, indem du ein tolles Handbuch über die Kelpie-Ausbildung liest, das ich drüben habe, ein Buch von Tony Parsons.«

»Du gibst mir jetzt schon Hausaufgaben?«

»Bist du nun offen für neue Ideen oder nicht, Dad?«

Er lächelte sie an. »Natürlich. Von jetzt an gehe ich mein Leben anders an.«

»Wer sagt denn, dass man einem alten Hund keine neuen Tricks beibringen kann?« Rebecca drehte sich um und trat aus der Tür in die Sonne. Umtanzt von ihren Hunden, eilte sie im Laufschritt in Richtung Stall, wo Inky schon angebunden bereitstand.

Aus purem Übermut ließ Rebecca Ink Jet freien Lauf. Vor Anstrengung schnaubend, trabte die Stute die steilen Felspfade bergan, mit fliegender Mähne und auf den Steinen klopfenden Hufen oder auf den Fels klickenden Eisen. Bec saß vorgebeugt im Sattel und trieb die Stute weiter an. Die Satteltaschen waren mit Zaunspannern, Kneifzange und Proviant für ihr Abendessen in der Hütte schwer beladen. Ein Jutesack mit Salz für die Rinder war vor dem Sattel festgeschnürt, sodass er auf Inkys starkem Hals ruhte.

Obwohl sie so schwer beladen war, genoss die kräftige, stämmige Stute den Auslauf in der Bergluft. Bec sah, wie Inky die Ohren aufstellte, als sie auf einem Plateau ankamen. Ein kalter Wind hob Becs Haare von ihren Schultern und ließ ihre Wangen rot leuchten. Mit einem kurzen Kommandopfiff schickte sie die Hunde voraus, den Weg zu erkunden.

Sie duckte sich unter den verzerrten weißen Ästen der Berg-Eukalyptusbäume durch und folgte dann der Biegung im Weg, die sie auf eine offene, baumlose Weide führte. Der Frühling machte sich schon bemerkbar, das gelbbraune

Gras zwischen den Schneeflecken erholte sich, und kräftige, leuchtend grüne Stängel begannen zu schießen.

Unter einem Saum von Bäumen am Rand der Hochebene lehnte sich Bec plötzlich im Sattel zurück. Die dahintrabende Stute stockte und blieb am Rand einer Klippe stehen. Inkys Ohren zuckten nach vorn. Rebecca, ihre vier Hunde und die Stute blickten über das weite Land voller Niederungen und Bergkämme. Buschland, so weit das Auge reichte. Heaven's Leap hieß dieser Fleck, ein Name, der auf die Goldgräber zurückging. Sie hatte immer davon geträumt, Charlie zu diesem »Himmelssprung« zu bringen. Sie hatte sich ausgemalt, wie sie ihn auf die Schluchten aufmerksam machen würde, wie sie ihm die Quelle der zwei Bergflüsse zeigte. Zwei Flüsse, die sich in einer Felsenklamm vereinten und gemeinsam der satten Flussebene zubrausten. Als ein einziger Fluss, der Rebecca River.

Hier oben war der Wind so eisig, dass ihre Lippen brannten. Sie trank sich an dem Ausblick satt und rief sich dabei die letzten paar Wochen in Erinnerung. Die Veränderungen in ihrem Vater. Die Begeisterung darüber, dass der Kredit für die Erneuerung der Farm gewährt worden war. Das Gefühl löste immer noch ein Kribbeln aus. Sie spürte eine innere Stärke, die, wie sie wusste, aus der Unterstützung und dem Trost ihrer Familie rührte. Dass sich alles so gut entwickelte, brachte sie zum Lächeln. Doch hier oben, am Rand des Himmels, rührte sich auch wieder die Trauer. Zwei Männer in ihrem Leben. Einer tot. Der andere fort.

Wieder ließ sie den Blick über die wunderschöne weite Wildnis wandern. Zu zerklüftet, um je gezähmt zu werden. So massiv, so wild, so uralt. Sie spürte den Überschwang des Lebens und begriff, dass sie, Tom und Charlie allesamt ein Teil davon waren. Sie alle waren ein Teil jener unermesslichen, atmenden Wildnis, die ihr hier zu Füßen lag. Dann wendete sie die Stute der Hütte zu und ritt vor den kalten

Windstößen davon, die über und durch Millionen Eukalyptusbäume gefegt waren.

Rebecca war überrascht, wie zusammengesunken und alt die Hütte inzwischen wirkte. Die tiefen Bergwolken hatten alles in Feuchtigkeit gepackt, bis das Holz zu verrotten und das Blech zu rosten begonnen hatte. Sie musste mit Sally hierher kommen, dachte sie. Vielleicht wusste Sally ja, ob die Denkmalschützer vom Heritage Funding einen Beitrag zur Erhaltung leisten würden. Es war unübersehbar, dass Tom an der Hütte gearbeitet hatte, während er hier oben gelebt hatte. Rebecca fuhr mit den Fingerspitzen über die glänzenden Nägel, die neben den rostigen alten in den Verandaboden geschlagen worden waren.

Sie schob den Türriegel zurück und trat in die stille Luft im Inneren der Hütte. Der Wind pfiff zwar durch die Nagellöcher des Blechdaches und die Schlitze zwischen den handgesägten Bodenplanken, aber obwohl die Hütte zugig war, fühlte sich Rebecca hier drin geborgen. Behütet.

Während sie mit den Fingern Toms Initialen und jene ihres Großvaters und Urgroßvaters nachfuhr, sprach sie jeden einzelnen Namen laut aus. Dann zog sie ein Taschenmesser aus dem Lederbeutel an ihrem Gürtel und klappte die Klinge aus. Sie begann ihre Initialen tief in den dicken Stamm zu schnitzen. Dabei wurde ihr bewusst, dass es verlorene Energie war, Charlie nachzutrauern. Sie gehörte hierher. An diesen Fleck, wo sich zwei Flüsse trafen.

Kapitel 47

Schon von draußen konnte Rebecca ihren Vater hinter dem Fensterrahmen in seiner Blockhütte stehen sehen. Er stand an der Spüle und wusch Geschirr. Noch während sie auf Inky vorbeiritt, rief sie seinen Namen.

»Ich gehe noch die Post holen.« Er schwenkte ein Küchentuch zum Zeichen, dass er sie gehört hatte, und sah sie gefolgt von Mossy davonreiten.

Die Post kam dienstags und freitags. Dienstags fuhr Harry mit dem Auto los, um sie zu holen. Freitags ritt Rebecca selbst zum Briefkasten, wenn sie Zeit dazu hatte. Manchmal prüfte sie unterwegs die Rinderherde oder ritt mit ihren Zaunspannern und einer Zange in der Satteltasche sowie einer Drahtrolle über ihrer Schulter die Zäune ab. Während des Ritts hatte sie Zeit zum Nachdenken. Sie mochte den Freitag. Die vergangenen zwei Jahre waren im Flug vergangen. Die Tage waren wie in einem hektischen Rausch vorbeigezogen. Der Freitag war ihr Ruhetag.

Heute war sie zufrieden, nur die Sonne auf ihrem Gesicht zu spüren. Sie verbannte alle anstehenden Entscheidungen, Geschäftspläne und Schulden aus ihrem Kopf und ließ sich von der Sonne wärmen. Ihr Blick ging über die Merinoschafe mit ihren Lämmern. Während die Mutterschafe grasten, streckten sich die Lämmer in der Sonne aus. Kleine leuchtend weiße Punkte auf einer grünen Decke. Auf der nächsten Weide hoben fette Anguskühe mit glänzendem Fell die Köpfe und schauten ihr beim Vorbeireiten zu, bevor sie sich behäbig kauend umwandten, um nach den neugierigen Kälbern zu sehen, die an den Flanken ihrer Mütter herumtollten.

Nachdem Rebecca das erste Tor auf der Straße geöffnet hatte, ließ sie die Stute den langen Anstieg zum Hügel hinauftrotten. Der rhythmische Hufschlag hallte durch die Bäume in die Schluchten.

Am Briefkasten beugte sich Rebecca über Ink Jets schweißbedeckte Schulter und hob die schwere, gewebte Posttasche an. Dann löste sie die große Schnalle und lockerte den Lederriemen. Die Stute verlagerte ihr Gewicht, winkelte einen Hinterhuf an und senkte den Kopf, um sich auszuruhen. Mossy lag hechelnd unter einer Schatten spendenden Akazie im hohen Gras.

Während des ersten Jahres hatte die Post nichts als Rechnungen gebracht. Rechnungen für Zuchttiere, Dünger, Saatgut, Heu, Maschinenteile, Strom, Telefon, Lebensmittel. Es schien kein Ende nehmen zu wollen. Manchmal hatte Rebecca die steifen Umschläge in der Faust zusammengepresst und zu weinen begonnen. Die Bankschulden lasteten auf ihren Schultern, als wollten sie Rebecca erdrücken. Doch jedes Mal hatte sie die Schultern wieder durchgestreckt, die Tränen weggewischt und war heimgeritten, um Sally anzurufen, damit sie gemeinsam einen Plan erarbeiteten, wie sie die ausstehenden Schulden abzahlen konnten.

An manchen Tagen war auch ein Brief von Charlie darunter gewesen. Meist waren sie auf dünnem, liniertem Papier geschrieben, und seine Einsamkeit war über das ganze Blatt hinweg zu spüren gewesen. Aus anderen Briefen sprach eine so echte Leidenschaft, dass Rebecca seine Hand auf ihrer Haut zu fühlen glaubte. Manchmal schrieb er ausschließlich über die Farm seines Vaters und weigerte sich, irgendwelche Gefühle mit seinen Worten auszudrücken. Immer noch lastete Verbitterung auf ihrer Fernbeziehung. Wenn Rebecca seine Briefe las, hoch auf dem Pferderücken sitzend, rannen ihr manchmal dicke Tränen aus den Augen. Bei anderen Gelegenheiten ritt sie direkt nach Hause und schaute den ganzen

Weg über in den Busch oder auf die staubige Straße, während sie gleichzeitig zu vergessen versuchte, dass Charlie gefaltet, versiegelt und abgestempelt in ihrer Satteltasche wartete.

Als die Jahreszeiten zum zweiten Mal kamen und gingen, versickerten Charlies Briefe zu einem dünnen Rinnsal, das schließlich ganz austrocknete. Sie nahm an, dass er inzwischen jemand anderen gefunden hatte. Also hörte sie ebenfalls auf zu schreiben.

So viel war seit ihrer Trennung passiert. Die Arbeit war ein Kapitel für sich. Schwer und aufregend. Inzwischen wurde eine der Schluchten von einem dreihunderttausend Kubikmeter fassenden Stausee gefüllt, dessen weiches Wasser von grasbewachsenen Ufern gesäumt war und auf dem sich Wildenten niedergelassen hatten. Der Stausee erfüllte Rebecca mit einer beruhigenden Gewissheit, was die Zukunft anging. Das darin gespeicherte Wasser garantierte ihr Einkünfte aus dem Getreideverkauf und genug Trinkwasser für ihre Herden, selbst wenn eine neue Dürre hereinbrach und der Fluss wieder zu einem Rinnsal zusammenschmolz. Schon hatte sie für ihre Tiere einen Weiderotationsplan aufgestellt, für den sie die Zaungrenzen verschoben, neue Gatter eingebaut und überall Wassertroge aufgestellt hatte. Durch die verbesserten Weidemöglichkeiten und die wechselnde Beweidung konnten sie die Herden vergrößern, ohne das Land auszubluten. Bei alldem half ihr Harry von ganzem Herzen – dank der Wassertröge konnten sie die Tiere jetzt vom Fluss fernhalten, wodurch die empfindlichen Ufer geschont wurden, was in Harrys Augen ein enormer Vorteil war. Oft stand er breitbeinig am Rand des Dammes, eine Hand in die Hüfte gestemmt und den Stumpf abgespreizt, so als ruhe die amputierte Hand auf der anderen Hüfte, und schüttelte nachdenklich den Kopf.

»Das hätten wir schon vor Jahren machen sollen«, sagte er eher zu der Erinnerung an seinen Vater als zu Rebecca.

Der Damm war die erste Maßnahme in dem Bewässerungsprogramm für die Farm, und er würde die Einnahmen nächstes Jahr weiter steigen lassen. Schon jetzt waren die Sattelschlepper über die Farm gerumpelt und hatten die Einzelteile für die brandneue fahrbare Feldbewässerungsanlage gebracht. Harry, schon immer mit mehr Sinn für Maschinen als für sein Vieh ausgestattet, erwartete gespannt den Beginn des bewässerungsoptimierten Getreideanbaus. Das bedeutete nämlich, dass er über Land fahren und Ausschau nach Ausverkäufen halten würde, bei denen er alte Maschinen erstehen konnte, um sie anschließend aufzupolieren, zusammenzuschweißen, zu modifizieren und zu reparieren.

Inzwischen kam er ausgesprochen geschickt mit nur einem Arm zurecht. Trotzdem machte sich Rebecca oft Sorgen um ihn. Manchmal hörte sie ihn im Maschinenschuppen fluchen und toben. Dann folgte ein lautes Krachen, weil er wieder irgendwas, manchmal einen Schraubenzieher, manchmal einen Ganghebel, voller Ärger gegen die Blechwand geschleudert hatte. Es gab Tage voller düsterer Depressionen und in wortlosem Schweigen. Tage, an denen Harry von Toms Tod an seine Hütte und in Embryostellung an sein Bett gefesselt war.

Aber im Großen und Ganzen rollten die Tage vorbei, und Rebecca arbeitete, während ihr Vater ihr half, so gut er konnte. Die Arbeit mit den Tieren mied er immer noch, doch er stand zu seinem Vorhaben, seinen jungen, lebhaften Welpen zu trainieren. Er hatte die Kleine Cloe getauft. Sie war aus einem Wurf von Stubby. Cloe war eine kleine rotbraune Hündin, die von einem Karawarra-Rüden im Distrikt gezeugt worden war. Sie tanzte Harry um die Füße und blickte eifrig zu ihm auf. Er nahm sie überall hin mit und hatte ihr aus einer alten, mit Decken gefüllten Teekiste einen gemütlichen Zwinger auf der Veranda seiner Hütte eingerichtet. Jeden Tag hatte Harry mit ihr Gehorsam geübt, so wie Rebecca es ihm gezeigt hatte, und er war verblüfft gewesen, wie sich das frühe Training auszahlte, als er sie zum ersten Mal eine Herde treiben ließ. Rebecca konnte kaum glauben, wie sehr sich ihr Vater verändert hatte. Harry hatte endlich eine Begleiterin und zugleich Verständnis für Hütehunde gefunden.

Auch an ihrer Mutter entdeckte sie Veränderungen. Wenn sie irgendetwas Positives an Toms Tod hätte nennen müssen, dann war es die Entwicklung, die Rebecca bei ihren Eltern wahrnahm. Inzwischen kam Frankie regelmäßig mit Peter aus der Stadt auf die Farm gefahren. Sie war Rebeccas Verbündete in allen Fragen der Viehzucht. Während des Lammens und Kalbens hatten Rebecca und ihre Mutter Tag und Nacht die Tiere umsorgt. Jedes einzelne Tier war kostbar. Rebecca hatte den Großteil des Geldes, das Frankie ihr gegeben hatte, in erstklassige Merinoschafe für die Wollproduktion und gemischtrassige Mutterschafe für die Zucht von Fleischlämmern investiert. Jedes trächtige Schaf, jede trächtige Kuh war eine Investition in die Zukunft. Sie mussten die Zahlen rasch steigern, damit auch die Einnahmen stiegen.

In der Stadt hatte Frankie endlich einen Partner gefunden, der in ihre Praxis eingestiegen war. Das bedeutete, dass sie mehr Zeit für ihre Tochter hatte. Oft kam sie angefahren, den Wagen mit Impfstoffen und Entwurmungsmitteln, Hunde- und Rinderfutter zum Einkaufspreis beladen. Sie brachte sogar Kanister voll Trockeneis an, in denen Röhrchen mit dem Samen der besten Stiere und Widder im weiten Umkreis lagerten. Sie half Rebecca bei ihrem Zuchtprogramm und beschäftigte sich von Neuem mit dem Embryotransfer und der künstlichen Befruchtung von Zuchttieren, einem Gebiet, das sie schon während ihrer Jahre als Landtierärztin fasziniert hatte. Frankie genoss es, wieder mit großen Tieren arbeiten zu können, und forschte leidenschaftlich nach den besten Zuchteigenschaften, wobei sie Rebecca täglich E-Mails über neu entdeckte Statistiken oder über Forschungsprogramme zu verbesserten Zuchtergebnissen zuschickte.

»Jede noch so kleine Hilfe zählt«, hatte sie zu Rebecca gesagt, als sie ihr neue Hundehalsbänder überreicht und den Wagen zu entladen begonnen hatte, bis Peter unter einem Haufen von Einkaufstaschen zum Vorschein gekommen war.

»Peter!«, lachte Rebecca. »Dich habe ich gar nicht gesehen.«

Auch Peter genoss die Ausflüge nach Waters Meeting. Er verbrachte die Zeit damit, am Flussufer die Angel auszuwerfen oder an den tiefer gelegenen Berghängen nach Fossilien zu suchen. Ab und zu kam Harry zum Haupthaus spaziert, wenn Frankie und Peter zu Besuch waren, und streckte den Kopf in die Küche, um Hallo zu sagen. Falls er noch Verbitterung empfand, versteckte er sie gut, wenn er mit Peter unbeschwert über die Flüsse und die Felstypen plauderte, die das Wasser Jahr für Jahr in neue Formen schnitzte. Frankie gegenüber zeigte er sich höflich, blieb aber auf Distanz. Wie Rebecca wusste, hatte er es immer noch nicht verwunden, dass Frankie ihn verlassen hatte, er fühlte sich zeitweise schrecklich einsam. Aber sie wusste auch, dass es einige ältere Damen im Distrikt gab, die bei den Versammlungen der Landcare-Organisation ihrem Vater ein ganz besonderes Lächeln schenkten.

»Nimm dich in Acht vor den Witwen«, rief ihm Rebecca ab und zu ironisch nach, wenn er zu einer der vielen Versammlungen in den Ort fuhr. Und jedes Mal schnitt er eine Grimasse des Entsetzens, ehe er grinsend davonfuhr.

Während der vergangenen zwei Jahre war der Regen glücklicherweise meist zum richtigen Zeitpunkt in den Bergen niedergegangen, und die Flussebene war wieder aufgeblüht. Der neue Frühling hatte auch Rebecca und Harry aufleben lassen.

Ab und zu sagte Rebecca zu Harry, während sie zusah, wie sich die Regenwolken lautlos über ihnen zusammenschoben: »Tom sorgt da oben für uns.« Sie liebte den Regen. Dann setzte sie sich auf die Veranda, wo Dags zu ihren Füßen lagerte, und schaute zu, wie er den dicht bewachsenen Garten bewässerte. Wie er auf die Blechdächer trommelte und auf der Zufahrt kleine Rinnsale bildete. Wie das Wasser in breiten Bächen lautlos dem Fluss zuströmte. Seit sie heimgekehrt war, war der Fluss schon zweimal über die Ufer getreten und hatte den Boden der Tiefebene mit süßem, lebensspendendem Wasser durchtränkt, aber er hatte auch Unrat gegen die Drahtzäune und Baumstämme geschwemmt. Nachdem das Wasser zurückgegangen war, hatte Harry stundenlang für Rebecca auf dem Traktor gesessen, um neue Futterwiesen aus Klee, Knaulgras und Roggen anzulegen und um auf den Feldern am Fluss Luzerne auszusäen. Sie half ihm, die Sämaschine zu füllen, während er auf dem Fahrersitz saß, mit dem Knie lenkte und mit seiner einen Hand schaltete. Die Saat war in dem warmen, nahrhaften Boden praktisch über Nacht aufgegangen, inzwischen warfen die Weiden fast wieder den vollen Ertrag ab. Die Luzerne wuchs wie verrückt und säumte den Fluss mit einem leuchtend grünen Band ein.

Endlich zahlten sich die Anstrengungen aus, dachte Rebecca, während sie, noch auf der Stute sitzend, einen Umschlag aufriss. Zwischen den Rechnungen tauchten seit Neuestem immer mehr Schecks auf – Zahlungen für ihre Produkte. Heute erhielt sie eine Anzahlung für einen Welpen sowie die Zahlung für hundertfünfzig Junglämmer, die sie Anfang des Monats verkauft hatten.

»Wow!«, sagte sie, als sie den Scheck sah. Der Agent hatte ihr versichert, dass die Lämmer von Waters Meeting auf der Auktion Spitzenpreise erzielen würden, und sie wusste auch, dass die Großhandelspreise kräftig gestiegen waren. Den dicken Scheck in Händen zu halten, jagte ihr einen wohligen Schauer über den Rücken.

Nachdem sie alle weiteren Umschläge aufgerissen hatte, in denen sich möglicherweise ein Scheck verbarg, schnürte Rebecca die Rechnungen zu einem Bündel und steckte es in ihre Satteltasche. Dann fasste sie wieder nach dem Postsack. Ganz unten lag noch etwas, das den Sack nach unten zog. Sie steckte die Hand hinein und zog eine Ausgabe von *Landscape* heraus, einem australischen Hochglanzmagazin.

»Ahhh! Mossy!«, sagte sie. »Endlich ist es gekommen.« Der Hund öffnete die Augen, hielt kurz im Hecheln inne und sah Rebecca mit schief gelegtem Kopf an.

Rebecca schlug aufgeregt die Zeitschrift auf und brach in Lachen aus, als sie die Fotos von sich selbst sah. Sie presste die Hand vor den Mund.

»O Gott! Was für ein Landei!«

Über eine ganze Doppelseite war ein Foto von ihr auf Ink Jet abgedruckt, während im Hintergrund fett gefressene schwarze Rinder in der Luzerne weideten. Auf der nächsten Seite saß Rebecca auf einem Foto im Lauftext im Kreis ihrer Hunde auf einem kleinen quaderförmigen Luzerneballen – ihre erste Ernte an Heu in Exportqualität, bestimmt für japanische Rennställe. Dags leckte ihr gerade das Gesicht, und Rebecca rümpfte angeekelt die Nase, weil sie beobachtet hatte, wie er kurz zuvor an einem halb verwesten Schafschädel herumgenagt hatte.

Als sie die erste Zeile las und ihr Alter, siebenundzwanzig Jahre, ausgeschrieben sah, lehnte sie sich im Sattel zurück. Siebenundzwanzig! Nicht zu glauben. Gedruckt sah das unendlich alt aus. Sie fragte sich, wo die Jahre geblieben waren.

Sie begann den Artikel zu lesen und bekam schon bei den ersten Worten eine Gänsehaut. Die Überschrift lautete: *Auftrieb auf der Farm.*

Rebeca seufzte. Sie konnte stolz darauf sein, was sie und ihre Familie, Sally eingeschlossen, in einem so kurzen Zeitraum geleistet hatten. Sie las von der Produzenten-Kooperative, die sie und Sally in ihrer Region initiiert hatten. Anfangs war es ein Zusammenschluss von mehreren Rindfleischproduzenten gewesen. Inzwischen hatten sie zusätzlich eine Maschinen-Genossenschaft gegründet und belieferten gemeinsam Rennställe in ganz Asien mit erstklassiger Luzerne. Rebeccas Geschäftsplan war Wirklichkeit geworden und half nicht nur, den Schuldenberg auf Waters Meeting abzutragen, sondern nutzte auch anderen landwirtschaftlichen Betrieben in der Region. Sie konnte kaum glauben, wie professionell sie sich in dem Artikel anhörte.

»In nur zwei Jahren haben wir nicht nur den Verkauf unseres Rindsleders gesichert, sondern auch Vorverträge für die Abnahme unseres Rindfleischs geschlossen. Wir besuchen regelmäßig die Fleisch verarbeitenden Betriebe, um festzustellen, was unsere Kunden in Japan gerade nachfragen – zurzeit vor allem Schwarzrinder, weshalb wir vorwiegend Angusrinder kaufen und züchten, die wir hier in der Flussebene aufziehen.«

Nachdem in dieser Gegend traditionell Herefordrinder gezüchtet wurden, behielt Rebecca einige Herden aus Familienbesitz zurück, die nun auf den Hochflächen rund um Waters Meeting weiden.

»Es besteht eine starke Nachfrage nach organischem Rindfleisch, darum verkaufen wir die rotbunten Rinder an spezialisierte Metzger im Inland, die ihrerseits die Stadtrestaurants mit ausgewiesenem Hochland-Rindfleisch beliefern. Wir hatten sogar schon eine Busladung von Wirten auf unserer Farm, die mit eigenen Augen sehen wollten, wie ökologisch wir wirtschaften und wie viel Wert wir darauf legen, unsere Rinder gut und sachgerecht zu behandeln.

Auf jeder Farm treffen wir uns regelmäßig mit allen

Mitglieder unserer Produzenten-Kooperative, um uns gegenseitig zu unterstützen. Bei den Entscheidungen darüber, in welche Richtung wir uns entwickeln, werden wir vom Viehzuchtbeauftragten des Landwirtschaftsministeriums, Nick Hammond, und der Finanzberaterin Sally Carter beraten.«

Rebecca lächelte, als sie Nicks Namen gedruckt las. Sie rief sich das erste Kooperativen-Treffen in Dirty's Pub in Erinnerung. Sie und Sally hatten Einladungen an alle Farmer verschickt, die Tom auf seiner Liste aufgeführt hatte. Im Pub hatten die Farmer auf den Stühlen gesessen und argwöhnisch die Arme vor den Bäuchen verschränkt. Sie, Sally und Nick hatten in ein Meer ausdrucksloser Mienen geblickt, während sie ihre Präsentation abhielten. Damals hatten sie Nick erst einen Monat gekannt. Sally war ihm eines Vormittags in der Zentrale des Landwirtschaftsministeriums begegnet und hatte ihn nach Dienstschluss umgehend in das nächste Pub geschleift. Um acht Uhr hatte sie ihn in ihrem Bett. Er war ein großer, fester, gut aussehender Mann. Nicht fett, aber fleischig, so wie es sich für einen Fleischvieh-Berater gehörte. Er war kein Typ für schicke Anzüge, sondern spazierte stattdessen in Jeans und Stiefeln herum. Sally kam immer noch ins Sabbern, wenn sie ihn sah – sein dunkles Haar, die rosigen Wangen und massigen Schultern.

Auch auf dem Treffen hatte Rebecca, die zwischen den beiden stand und die bohrenden Fragen der grimmig dreinblickenden Farmer nach ihrem Konzept für eine Rindfleisch-Kooperative beantwortete, die sexuelle Spannung zwischen Sally und Nick gespürt. Schon damals hatte sie in der schwülen Luft im Hinterzimmer des Pubs geahnt, dass die beiden länger ein Paar bleiben würden. Ein unkonventionelles Paar, dachte sie, aber trotzdem ein langfristiges und glückliches Paar.

Jetzt warf Rebecca einen Blick auf die Uhr, steckte dann

die abzuschickenden Briefe in den Postsack, schloss den Ledergurt und schob ihn in den Briefkasten zurück, damit er heute Abend abgeholt wurde. Sally und Nick wollten über das Wochenende nach Waters Meeting kommen. Sie mussten bald eintreffen, überlegte sie. Sie steckte die Zeitschrift in die Satteltasche und schloss die Schnalle.

Mossy kratzte sich so heftig hinter ihrem Ohr, dass ihr Halsband klimperte, und erhob sich zum Gehen. Inky hob den Kopf und schlug mit dem Schweif nach einer Fliege.

»Also los, Mädchen.« Rebecca setzte sich im Sattel zurecht, und sie ritten in Richtung Haupthaus los.

Sally, Nick und Rebecca standen rund um den Küchentisch und stießen mit ihrer Cola-Rum an.

»Auf die neue Bewässerungsanlage!«, sagte Nick.

»… und den gefüllten Stausee«, ergänzte Sally.

Alle tranken. Während sie kurz schweigend dastanden, blickte Rebecca aus dem Fenster auf den Stapel von silbernen Rohren, die draußen auf der Wiese lagen und zusammengesteckt die neue Bewässerungsanlage ergeben würden.

»Wie soll ich diesen ganzen Mist zusammenpopeln, verflucht noch eins?«

»Wir helfen dir«, erbot sich Nick und schwenkte dabei die Installationsanleitung in der Hand.

»Außerdem haben wir auf der Durchfahrt Dirty erzählt, dass du eine neue Fünfzig-Masten-Bewässerungsanlage hast. Die Erste dieser Art im Distrikt. Er hat heute Abend ein paar Leute im Pub … die werden es kaum erwarten können, rauszukommen und sich das Ding anzusehen. Alle werden dir helfen. Die Anlage steht in Nullkommanix, bald kannst du ohne Ende säen und ernten«, prophezeite Nick und fasste nach einem Tortillachip.

Rebecca stand am Tischende und begann, Tomaten in Scheiben zu schneiden.

»Danke, Leute. So viel also zu eurem freien Wochenende. Immer wenn ihr über Nacht kommt, lasse ich euch arbeiten.«

»Das tut uns Schreibtischtätern nur gut«, sagte Sally und tätschelte Nicks Hintern.

»Ach, Kacke«, meinte Rebecca unvermittelt.

»Was denn?«, fragte Sally.

»Hab vergessen, die Hunde zu füttern.«

Nick setzte sein Glas ab und stand auf. »Ich gehe.«

»Danke.« Bec lächelte ihm nach, bis er die Küche verlassen hatte. Dann rief sie ihm nach: »Gib Dags auf jeden Fall zuerst zu fressen … von wegen Chef des Rudels und so.«

»Ja, ja. Ich kenne mich aus«, sagte er und streckte den Kopf noch mal zur Tür herein.

»Und lass sie erst sitzen und kurz warten, bevor sie anfangen zu fressen.«

»Jawohl, Frau Hundepsychologin.«

Nachdem er die Tür hinter sich ins Schloss gezogen hatte, sagte Rebecca: »Ein guter Kerl, dein Kerl. Ich bin froh, dass ihr euch gefunden habt, Sal.«

Sal zermahlte ein paar Tortillachips zwischen den Zähnen. »Ich liebe ihn über alles.« Rebecca spürte einen leisen Stich. Sally und Nick liebten sich sichtlich. Wenn sie miteinander turtelten und sich in Rebeccas Gegenwart so innig küssten, konnte sie nicht anders, als Charlie nachzutrauern. Sie fragte sich, ob sie je wieder eine so intensive Leidenschaft empfinden würde oder einen Liebhaber finden, der sich in ihrer Gegenwart so wohl fühlte.

Sally ahnte Becs Gedanken, stellte sich neben sie und legte den Arm um ihre Schultern.

»Was ist mit dir? Immer noch nichts Neues an der Männerfront?«

Rebecca schüttelte den Kopf. »Haufenweise schmierige Angebote unten in Dirty's Pub, und dann war da noch dieser vierzigjährige Junggesellenfarmer, der sich in Altmännerklamotten aus dem Versandkatalog kleidet.«

»Ugh«, kommentierte Sally naserümpfend.

»Außerdem hat er Schuppen wie ein ganzes Schneegestöber – er versucht sich auf jedem Farmertreffen an mich ranzumachen, aber abgesehen davon, *nada.* Ich habe das Interesse verloren.«

»Bec! Wenn du nicht aufpasst, wächst dir das Jungfernhäutchen wieder zu! Ganz im Ernst. Du brauchst mal eine Pause. Auf dem Papier und auf den Weiden sieht es gut aus. Jetzt ist der perfekte Zeitpunkt für einen Urlaub.«

Sally piekte ihre Freundin in die Rippen. »Sieh dich nur an. Du bist total abgemagert! Du arbeitest zu viel. Was ist mit der Asienreise? Warum kommst du nicht mit mir und Nick – wäre doch nett, deine Kunden aus den Rennställen mal persönlich kennenzulernen.«

»Vergiss es, Sal! Wir haben die Bewässerungsanlage zu montieren, dann kommt die neue Aussaat und dann –«

»Die Ernte und das Scheren und das Lämmermarkieren und das Drenchen und das Zusammentreiben der Herden auf der Hochebene … weiß ich doch. O Gott. Was habe ich da nur angestellt? Du wirst dich in eine Buschfrau verwandeln und vertrocknet, einsam und kinderlos sterben. Um Gottes willen, Bec, such dir wenigstens jemanden zum Bumsen!«

»Habe ich da eben Bumsen gehört?« Nick kam herein und brachte einen Schwall kalter Luft in die warme Küche.

Sally schlang die Arme um seinen Hals und küsste ihn liebevoll. »Ich habe nur gesagt, dass Bec hier jemanden zum Bumsen braucht.«

»Ich glaube eher, sie bräuchte einen Manager für den Feldanbau, damit sie überhaupt Zeit zum Bumsen hat«, meinte Nick ironisch.

Sally kaute auf einem Chip und überlegte ein paar

Sekunden. »Weißt du«, erklärte sie langsam, »das ist gar keine schlechte Idee, Nick!«

»Genau. Als könnten wir uns das leisten«, schnaubte Bec. »Außerdem kann Dad mir helfen.«

»Vergiss es, Bec. Du weißt genau, dass dein alter Herr das nicht mehr schafft. Er ist glücklich damit, als Vorsitzender bei den Landcare- und Riverwatch-Gruppen zu arbeiten. Er war noch nie so unverdrossen. Lass den armen Mann in Frieden. Du arbeitest ihn noch zu Tode.«

»Pff!«, meinte Bec abfällig.

Nick fasste nach der Rumflasche und füllte ihre Gläser auf. »Wir wissen alle, dass deine Stärke im Viehmanagement liegt, Bec, aber wenn die Beregnungsanlage erst installiert ist, werdet ihr das meiste Geld auf dieser Farm mit spezialisiertem Feldanbau verdienen. Du brauchst jemanden, der sich damit auskennt.«

»Spart euch die Fleischvieh-Beauftragten-Rhetorik – ihr verfluchten Verwaltungshengste!« Sie leerte ihr volles Glas mit mehreren Schlucken und knallte es auf den Tisch.

»Du klingst allmählich wie ein alter, kauziger Eigenbrötler, Rebecca Saunders. Du weißt genau, dass Nick nicht unrecht hat.« Sally stemmte die Hände in die Hüften.

»Mach das nicht«, erklärte Rebecca argwöhnisch.

»Was denn?«

»Das da. Diese Sache.«

»Was für eine Sache?«

»Die du gerade machst – die Hände in die Hüften stemmen. Ich kenne dich, Sally … und ich kenne diesen Gesichtsausdruck. Du wirst nicht lockerlassen, oder? Du wirst mir zusetzen, bis ich einen Manager einstelle, und dann stopfst du mich in ein Flugzeug nach Asien.«

»Ich werde bestimmt nicht lockerlassen, da hast du verflucht recht – wir sollten unbedingt einen Aktionsplan für diese Geschichte aufstellen. Einen Manager für den Feldanbau und die Bewässerung – das ist perfekt. Natürlich muss ich dann das Budget neu arrangieren.«

»Du und dein bescheuertes Budget, Carter! Pass nur auf, dass ich nicht *dich* neu arrangiere. Ich dachte, wir hätten diese Bewässerungsanlage mit dem scheißteuren Computer, der sie steuern soll, nur angeschafft, weil sie sich praktisch selbst managt.«

»Siehst du, ich habe dir doch gesagt, dass sie keine Ahnung vom Feldanbau hat«, meinte Nick fröhlich zu Sally.

Rebecca steckte ihren Kopf ein paar Sekunden lang in den Kühlschrank, während Nick und Sally ihre Komödie fortsetzten. Schließlich richtete sie sich mit einem Bündel Stangensellerie in der Hand auf.

»Haltet jetzt endlich den Mund! Sonst ...«

»Wow! Ganz ruhig, Bec!« Nick trat einen Schritt zurück und hob die Hände. »Mach dich nicht unglücklich.«

Rebecca schwenkte den Sellerie in ihre Richtung, und Sally verzog sich mit Nick in eine Küchenecke, wo sie sich ängstlich aneinanderklammerten.

»Haltet ihr jetzt endlich den Mund?«

»Nicht nervös werden«, beschwichtigte Nick. »Leg den Sellerie hin ... bevor jemand verletzt wird.«

»Oder Schlimmeres«, ergänzte Sally in gespieltem Entsetzen.

»Und? Werdet ihr endlich den Mund halten?«

Sally und Nick nickten tiefernst und blickten dabei wie gebannt auf den Sellerie, mit dem Bec jetzt bedrohlich vor ihren Kehlen herumfuchtelte.

»Gut. Und jetzt schenkt mir noch einen Rum ein.«

»Das übernehme ich!« Nick tauchte unter ihrem Arm durch, riss ihr den Sellerie aus der Hand und schleuderte ihn aus dem Fenster.

Kapitel 48

Charlie schleuderte die Stiefel von den Füßen und trat durch die Fliegengittertür. Dann stand er in Socken, mit wirr abstehendem Haar, das kantige Kinn von Stoppeln überwuchert in der Küche. Sein braun gebranntes Gesicht brachte seine grünen Augen zum Leuchten. Sein Hemd war verknittert, die Jeans mit einer Schmiere aus Motorenöl und rotem Staub überzogen. Glen saß in einem steif gebügelten Arbeitshemd am Küchentisch und las eine Ausgabe des *Machinery Deals*. Seine Mutter steckte in einem hellblauen Morgenmantel und schob andächtig Rühreibrocken auf zwei Toastecken. Es war ein sonniger Samstagmorgen. Samstag war der Tag, an dem es sich Mrs Lewis gestattete, eine Stunde später aufzustehen und sich erst nach dem Frühstück anzukleiden. Sie schlappte in ihren rosa Frotteepantoffeln über das Linoleum.

»Möchtest du frühstücken, Schatz?«, fragte sie ohne aufzusehen. »Ich habe deinem Bruder gerade ein paar Eier gemacht.«

»Nein danke, Mum«, antwortete Charlie. »Ich bin auf dem Weg in die Stadt. Ich wollte nur kurz nachfragen, ob ihr was braucht.«

Mrs Lewis' Mund gerann zu einem dünnen Strich. Sie wusste, dass ihr Sohn wieder auf dem Weg ins Pub war und dass er vor morgen nicht zurückkommen würde, um dann nach Rauch und Alkohol stinkend wieder aufzutauchen. Anschließend würde er sich in seiner Hütte einschließen und schlafen oder Sport schauen, statt mit ihnen in die Kirche zu gehen.

»Nein danke, Schatz, ich glaube, wir haben noch genug

Milch. Außerdem mache ich am Montag ohnehin einen Großeinkauf.«

»Schön, dann bis später.«

»Du fährst doch hoffentlich nicht so in die Stadt, oder?« Mrs Lewis hatte Charlie den Rücken zugedreht, weil sie die Pfanne mit Wasser voll laufen ließ. Charlie sah an seinen Sachen herab und fragte sich, woher sie wusste, was er anhatte, obwohl sie nicht einmal zu ihm aufgesehen hatte.

»Ich bügle dir gleich ein Paar Hosen und ein Hemd.«

»Nein, Mum. Das passt schon«, antwortete er fast wütend. Sie drehte sich um und sah ihn verletzt an. Glen kippte Sauce auf seine Eier und begann seinen Toast zu kauen.

»Willst du nicht mitkommen, Glen?«, fragte Charlie, obwohl er die Antwort bereits kannte.

»Nein danke«, antwortete Glen, nachdem er heruntergeschluckt hatte. »Ich will mein Motorrad fit machen und es dann auf den Weiden hinten probefahren.«

»Super. Viel Spaß. Bis dann.« Charlie drehte sich um und wäre um ein Haar mit seinem Vater zusammengeprallt, der gerade von der wöchentlich zelebrierten, mit ausgiebiger Zeitungslektüre verbundenen halbstündigen Toilettensitzung vor dem warmen Samstagsfrühstück hereinkam.

»Bis später, Dad«, sagte Charlie und stürmte aus der Tür. Er griff sich seine Stiefel und hielt auf seinen Pick-up zu. Er musste hier weg.

Seit sein jüngerer Bruder Glen endgültig von der Schule auf die Farm zurückgekommen war, hatte sich vieles für Charlie verändert. Inzwischen ignorierte ihn seine Mutter mehr oder weniger und bemutterte stattdessen Glen. Wie kaum zu übersehen, war sie so froh, wieder einen ihrer Jungen im Haus zu haben, dass sie Charlies Verfall praktisch nicht wahrnahm.

Nach Rebeccas Fortgang hatte Charlie den Protesten seiner Mutter zum Trotz darauf bestanden, in der Hütte zu wohnen. Das hatte ihm Zeit gegeben, mit seiner Trauer, seinem Zorn und seiner Verwirrung allein zu sein. Außerdem hatte er auf diese Weise die Freiheit bewahrt, zu kommen und zu gehen, wie es ihm gefiel. Die ganze Woche arbeitete er sich für seinen Vater auf, aber am Wochenende gab er sich die Kante im Pub oder im Golf Club oder auf einer Feier in der Gemeindehalle. Am nächsten Tag fuhr er gnadenlos betrunken nach Hause zurück, zog dabei Schlangenlinien über den schmalen Asphaltweg, legte Zaunpfosten um und kam auf dem Schotterstreifen ins Schleudern. Inzwischen spielte er jedes Wochenende den Partykönig, nicht nur ab und zu wie früher.

Die Sonntage verbrachte er im Halbkoma auf der Couch unter dem Deckenventilator in seiner Hütte.

An den meisten Wochenenden griff er irgendwann zum Stift und verfasste lange Briefe an Rebecca, doch im Lauf der Monate hatte Charlie das Gefühl bekommen, von einer Wolke niedergedrückt zu werden. Einer feuchten, dunklen Wolke, die jede Erinnerung an Rebecca erdrückte. Irgendwann schmerzten die Worte so sehr, dass er nicht mehr schreiben konnte. Ihren Namen zu schreiben, tat weh. An sie zu denken, tat weh. Die Zeit entfernte sie unerbittlich von ihm, und bald klammerte er sich nur noch an die wöchentlichen Alkoholgelage. Trunkene Nächte mit euphorischen Glanzlichtern, wenn er mit seinen Kumpeln sang oder auf dem Tisch tanzte. Manchmal besuchten ihn seine Kumpel mit noch mehr Bier, und dann erinnerte seine Hütte so an ein wildes Jackaroo-Quartier, dass sogar seine Mutter sich weigerte, gegen das Chaos anzukämpfen. Gelegentlich las ihm sein Vater die Leviten, wenn er am Montagmorgen in die stickige, stinkende Hütte trat, weil Charlie sich zu elend zum Arbeiten fühlte. Missbilligend musterte sein Vater die leeren Bierflaschen und seinen bleichen Sohn.

Seit Glen wieder daheim war, lastete weniger Druck auf

Charlie, den Mustersohn zu spielen. Glen war das Goldtöpfchen seiner Eltern. Er trank nicht gern, er war besessen von Landmaschinen und Feldanbau, konnte sich darum nicht vorstellen, je von der Farm wegzugehen, und zu guter Letzt ging er noch mit einer Tochter von Mr und Mrs Lewis' Freunden aus der Kirche. Die Beziehung war letztes Jahr nach der Kirchenfeier erblüht, auf der Glen und Kathlene gebeten worden waren, die Stühle aufzustapeln und die Tapeziertische wegzuräumen. Glen war mit ihr im Veteranenclub chinesisch essen gegangen, und seither hatte sich ihre Beziehung nahtlos in das Alltagsleben beider Familien eingefügt.

Seit Glen ihm einen Großteil der Arbeit abnahm, spürte Charlie, wie seine Leidenschaft für die Farm erlahmte, und seit Rebecca nicht mehr bei ihm war, versuchte er sich zu überzeugen, dass er trotz seines monotonen Alltags glücklich sei. Beim Traktorfahren, Trinken, Fußballspielen, Partyfeiern mit den Kumpels, in seiner unermesslichen Freiheit. Das ideale Leben, versuchte er sich einzureden.

Auf seiner Fahrt in Richtung Stadt jagte er die grauen Rosakakadus vom Asphalt zu den Ästen der durstig wirkenden Eukalyptusbäume hoch. Dort saßen sie mit ihren staubrosa Bauchfedern und krächzten dem Pick-up nach, der eben vorbeigerast war.

Ohne auch nur den Fuß vom Gaspedal zu nehmen, schoss Charlie an dem 60-km/h-Schild vorbei. Er wusste, dass Arnie, der bierbäuchige Polizist, im Nachbarort die Kinder der Cricket-Jugendliga trainierte. Charlie wollte schon vor dem Pub anhalten, als ihm einfiel, dass der drinnen aufgestellte Geldautomat kaputt war. Verschwommen entsann er sich, letzte Woche ein Glas Bier darüber ausgekippt zu haben. Rog hatte mit zorniger Miene hinter der Bar gestanden, bis Charlie ihm die Bankkarte zugeworfen und betreten erklärt hatte: »Ich zahle dafür«; erst dann war ihm eingefallen, dass er die Maschine brauchte, um an das nötige Geld zu kommen. Die Tatsache hatte einen Lachanfall ausgelöst, der ihn einknicken ließ, sodass er sich wenig später auf dem Boden liegend wiedergefunden hatte, die Hände auf den Bauch gepresst. Er war sicher, ein winziges Zucken in Rogs Mundwinkel bemerkt zu haben, als ihn der Wirt vom Boden hochgezogen hatte. Charlie war immerhin sein bester Kunde und laut Rog »ein witziger Bastard«. Jetzt, eine Woche später, war der neue Geldautomat immer noch nicht eingetroffen.

Charlie fuhr am Pub vorbei und hielt stattdessen am Lebensmittelladen. Er sprang aus dem Auto und rumpelte durch die Fliegentür, dass die Glöckchenkette aufgeschreckt zu bimmeln begann. Janine saß wie immer hinter der Theke und las in einer Zeitschrift.

»Morgen, Basil«, flötete sie, richtete sich auf, zog den Bauch ein und drückte die Brust raus.

»Gehst du heute ins Pub?«, fragte sie, obwohl sie das genau wusste. Sie verdrehte die Augen. »Wir machen heute erst um sieben zu, ich komme also erst später.«

»Kacke«, sagte Charlie, insgeheim erleichtert, dass sie ihm heute nicht nachstellen würde.

»Ähh, ich hätte gern eine Portion Pommes, zwei Dim Sims, einen Kartoffelkuchen und … äh … das wäre alles.«

»Noch nicht gefrühstückt?« Sie trat an die Theke und schaufelte mit klappernder Zange die Pommes frites in einen Pappbecher. Während sie die Dim Sims und den Kartoffelkuchen in braune Papiertüten steckte, schob Charlie die Hände in die Hosentaschen und schlenderte an den Zeitungs- und Zeitschriftenständer. Die meisten Zeitschriften waren vergilbt, eselsohrig, eingestaubt und völlig veraltet. Die neu eingetroffenen Exemplare thronten vorn am Ständer neben den Zeitungen. Ein Hochglanzmagazin fiel ihm ins Auge.

Er begann darin zu blättern. Es enthielt Storys über

getunte Pick-ups, übers Bullenfangen und über eine biologische Schweinefarm.

»Da hast du's«, sagte Janine und stellte die fettigen Papiertüten oben auf die Theke.

»Kann ich noch einen Milchshake mitnehmen?«, fragte Charlie.

Ein Fahrzeug hielt vor der Tür, und Charlie sah auf dem Parkplatz einen Pick-up mit mehreren Hunden auf der Ladefläche stehen. Sein Herz setzte kurz aus. Es waren gut gebaute Kelpies mit glänzendem Fell. Ein rotbrauner mit breiter Schnauze und zwei schwarzbraune mit eleganteren Zügen. Nachdem in der Gegend vor allem Getreideanbau betrieben wurde, fuhren die wenigsten Menschen mehrere Hunde mit sich herum, und die meisten hiesigen Hütehunde waren Mischlinge – ein bisschen hiervon, ein bisschen davon und eher zäh, wenn es ans Laufen ging. So elegante Hunde wie diese sah man nur selten in der Stadt. Hunde wie die von Rebecca.

Ein großer Mann stieg aus dem Pick-up, kam in den Laden und wartete ab, bis Janine die lärmende Maschine abgestellt hatte, die Charlies Milchshake anrührte. Er reichte ein paar Scheine über die Theke und fragte nach Tabak und Papier. Dann nickte er Charlie im Umdrehen zu und verschwand wieder aus dem Laden.

Das Magazin gedankenverloren in Händen, schaute Charlie zu, wie der Mann wieder auf die Straße zurückfuhr und die Hunde schwanzwedelnd die Schnauzen in den Wind drehten. Er fragte sich, ob die Hunde irgendwie mit Becs Hunden verwandt waren.

Mit einem resignierten Seufzer sah Charlie wieder in die Zeitschrift. Dort auf der Doppelseite sah er Rebecca. Lächelnd, auf ihrem Pferd, mit ihrem goldenen Haar, das unter dem Hut hervorquoll. Charlie klappte der Kiefer nach unten, ihn überlief eine Gänsehaut.

»Ist das alles?«, fragte Janine mit kokett zur Seite gelegtem Kopf.

Ihre Stimme riss Charlie aus seinen Tagträumen.

»Ich nehme noch das hier, eine Zeitung und zweihundert Dollar bar dazu.« Ungeduldig trommelte er mit den Fingern auf die Theke, während sie die Karte durchzog.

»Seit du den Automaten im Pub lahmgelegt hast, habe ich kaum noch Bargeld. Ich kann dir nicht mehr als fünfzig geben.«

»Auch gut«, sagte Charlie. Nachdem sie ihm die Karte und das Geld gereicht hatte, klemmte er sich Zeitschrift und Zeitung unter den Arm und eilte, die Tüten und den Milchshake jonglierend, aus dem Laden, weil er es kaum erwarten konnte, den Artikel über Rebecca zu lesen.

Er hielt den Pick-up unter einem Pfefferbaum an, stieg aus und ließ sein Essen und die Zeitschrift auf den abblätternden Lack des Picknicktisches fallen. Neben dem Parkplatz zog der Bewässerungskanal an einem rostigen Schild vorbei, auf dem »Schwimmen verboten« stand. Er setzte sich hin, schlug die Zeitschrift auf und tauchte in ihren Anblick ein. Las jedes Wort, las den Artikel wieder und wieder. Starrte auf ihre Augen, ihr Lächeln, ihre Hände. Fuhr mit der Fingerspitze ihren Körper nach. Starrte traurig auf das Foto von Dags. Sogar ihre Hunde vermisste er.

Er kniff die Augen zusammen, weil er sich schämte, Tränen aufsteigen zu spüren. Schließlich klappte er die Zeitschrift zu. Als er endlich dazu kam, seine Pommes zu essen, waren sie kalt. Er kaute langsam und las dabei die örtliche Zeitung, obwohl er mühsam der Versuchung widerstehen musste, die Zeitschrift wieder aufzuschlagen und sie anzusehen. Als er zu den Stellenangeboten kam, überflog er kurz die Jobanzeigen. Dann stach ihm eine ins Auge. Er las sie noch einmal. Wieder bekam er eine Gänsehaut. Er sprang auf und rannte zu seinem Pick-up.

Mrs Lewis traute ihren Augen kaum, als Charlie gerade mal zwei Stunden nach seiner Abfahrt wieder auf der Farm auftauchte. Anders als sonst verschwand er nicht sofort in seiner Hütte. Stattdessen rumpelte er mit weit aufgerissenen Augen in die Küche.

»Mum«, sagte er, »ich muss an den Computer.«

»Warum um Himmels willen?« Mrs Lewis wischte stirnrunzelnd die Hände an einem Geschirrtuch ab und folgte ihm durch den Flur ins Arbeitszimmer.

Kapitel 49

Durch das Fenster in Sallys Büro sah Rebecca auf den Verkehr, der auf der Straße unten vorbeifloss. Ihre Freundin probierte es erneut.

»Komm schon, Bec.«

Sie drehte sich zu Sally um und sagte noch einmal mit weit aufgerissen blauen Augen: »Nein, nein, nein. *Nein!*«

»Doch!«, widersprach Sally mit zusammengebissenen Zähnen.

»Du hast behauptet, ich müsste in die Stadt kommen, um einen Exportvertrag zu unterschreiben, nicht um Gespräche mit möglichen Bewerbern zu führen! Du hast mich angelogen.«

Sally seufzte und spreizte die Finger auf der Schreibtischfläche. »Bec, es ist nur in deinem Interesse und im Interesse eurer Farm. Du kannst so nicht weitermachen. Wenn ich mit offenen Karten gespielt hätte, wärst du gar nicht erst hergekommen. Wenn du nicht so ein Workaholic wärst, hättest du dir die Zeit genommen, die Zeitung zu lesen. Dann hättest du gesehen, dass wir eine Anzeige aufgegeben haben. Es zahlt sich aus, in geschäftlichen Dingen auf dem Laufenden zu bleiben.«

»Wo sollen wir deiner Meinung nach einen neuen Manager unterbringen? Noch dazu einen mit Familie?«

»Hör zu, das sind doch nur Details. Dein Vater hat vorgeschlagen, eine zweite Hütte zu bauen, außerdem ist reichlich Platz in –«

»Du hast mit meinem Dad darüber gesprochen!«

»Aber selbstverständlich. Er hat mir geholfen, die Anzeige zu verfassen. Natürlich sieht er das genauso. Er kann nicht mehr mit dir mithalten. Ihr beide braucht einen Manager für den Feldanbau und die Bewässerung.«

Rebecca seufzte und plumpste in einen Sessel. »Na schön … du hast ja immer recht, Sally Carter.«

»Verfluchte sture Ziege«, murmelte Sally vor sich hin.

Rebecca hockte kochend in ihrem Sessel und musterte mit finsterer Miene die vielen Bewerber, die nacheinander in den Raum traten und den Job als Manager für die Bewässerung und den Feldanbau haben wollten. Manchmal stellte sie unmögliche Fragen, bei den meisten weigerte sie sich, Interesse zu zeigen, stattdessen stand sie nur am Fenster und starrte hinaus. In ihrem Kopf lief der immer gleiche Film ab. Sie sah sich mit dem neuen Manager streiten. Er würde es nicht ertragen, von einer jungen Frau Anweisungen zu erhalten, er würde in ihre Privatsphäre eindringen, er hätte eine Frau und laute Kinder. Er wäre nicht gut zu den Tieren. Er wäre ein Schmiersack oder ein Voyeur. Sie hatte das Gefühl, dass jemand in ihre Welt einzudringen drohte. Doch gleichzeitig wusste Rebecca, dass Sally recht hatte. Sie brauchte jemanden, der nicht nur Hirn hatte, sondern auch anpacken konnte. Schon jetzt hatte sie ihrer Freundin verheimlicht, dass ihre Schulter ständig schmerzte und sie nachts vor Rückenschmerzen kaum schlafen konnte. Physisch, emotional und geistig hatten die letzten Jahre auf Waters Meeting sie ausgezehrt. Obwohl ihre Familie Rebecca unterstützte und Sally ihr beistand, spürte sie doch die Last der Verantwortung auf ihren Schultern. Sie vermisste es, sorgenfrei und locker zu sein. Nachts auf eine Party zu gehen oder bis zum Sonnenaufgang durchzutanzen. Sie wusste, dass Sally recht hatte, aber sie war fest entschlossen, dass niemand, der nicht perfekt zu ihr passte, in ihre Privatsphäre eindringen sollte.

Nachdem der vierte Bewerber die Hose über den Wanst hochgezogen und aus dem Raum marschiert war, knurrte Rebecca ihre Freundin an: »Wo sollten wir den unterbringen, falls wir ihn wirklich einstellen sollten? Bei mir im Haus?«

»Ich habe dir doch gesagt, da gibt es verschiedene Möglichkeiten. Ich habe mich über Fertighäuser schlau gemacht. Die wären bei deinem Budget noch drin.«

»Ach, du hast alles schon ausgetüftelt – du und dein blödes Budget! Ich kann nicht glauben, dass du mir das antust!«

»Reiß dich zusammen und halt die Klappe! Holst du den nächsten Bewerber rein oder soll ich es tun?«

Sally schaute in Rebeccas Gewittergesicht und warf die Hände in die Luft. »Na schön! Ich gehe schon. Hier, wirf einen Blick auf seinen Lebenslauf – er ist eindeutig qualifiziert; weißt du, ich glaube, du wirst feststellen, dass er genau der Mann ist, den du gesucht hast.«

Sie warf den schwarzen Ordner in Rebeccas Schoß. Statt ihn aufzuschlagen, beschäftigte sich Rebecca damit, mit einer Büroklammer ihre Fingernägel zu putzen. Sie sah nicht einmal auf, als der nächste Bewerber eintrat.

»Setzen Sie sich«, hörte Rebecca Sallys weiche, freundliche Stimme. Sally stolzierte mit ihren langen, eleganten Beinen durch den Raum und nahm ihren Platz hinter dem Schreibtisch wieder ein.

»Es freut mich, dass die Fahrt hierher angenehm war. Also, wir haben uns Ihren Lebenslauf angesehen, Ihre Qualifikationen sind exzellent, aber können Sie uns verraten, warum in aller Welt sie für diese miesepetrige, vertrocknete alte Gewitterziege hier in der Ecke arbeiten wollen?«

Rebecca blickte von ihrer Nagelsäuberung auf.

»Na ja«, antwortete der Bewerber. »Weil ich sie liebe.«

Ein heißer Schauer lief durch Rebeccas Körper, als sie Charlie auf dem Stuhl vor dem Schreibtisch sitzen sah. Er ließ ein breites Lächeln aufleuchten und sagte: »Hallo, Bec.«

»Charlie!« Er sah noch besser aus als in ihren Träumen. Seine Haare waren frisch geschnitten, außerdem trug er einen Anzug. Sie hatte ihn noch nie im Anzug gesehen, er sah toll aus. Mit seiner braun leuchtenden Haut über dem Weiß seines Hemdes. Dem Grün in seiner Krawatte, das seine Augen zum Strahlen brachte. Der über seine breiten Schulter fallenden Jacke. Seinen Händen, diesen großen, gebräunten Händen, die er im Schoß gefaltet hatte. Rebecca spürte, wie ihre Wangen rot anliefen, während sie sich in dem süßen Anblick verlor.

Dann waren sie plötzlich beide aufgestanden und gingen aufeinander zu. Sie schlang die Arme um seinen Hals und zog ihn an sich. Sie meinte zu schweben, als sie ihn wieder roch und spürte und ihre Seele von Liebe überschwemmt wurde. Dann hob sie ihr Gesicht seinem entgegen, sie sahen sich tief in die Augen und küssten sich.

Gleich darauf löste sie sich wieder von ihm, weil ihr aufging, was passiert war. Sie drehte sich um und sah Sally zornblitzend an.

»Du hast es gewusst! Du hast es gewusst! Und du hast mich all diese Bewerbungsgespräche durchexerzieren lassen! Du weißt es schon seit einer Woche, wenn nicht länger!«

Sally grinste achselzuckend. »Du hast es verdient.«

Rebecca wandte sich wieder Charlie zu und spürte, wie sie gleichzeitig lachen und weinen musste. »Ihr miesen Schweine!«

Dann küsste sie ihn wieder voller Leidenschaft und verlor sich in ihm. Während er sich in ihr verlor. Ihrer Wärme, ihrer Stärke, dem weichen goldenen Haar und den starken, sinnlichen Händen. Rebecca und Charlie, die sich wieder küssten und beide spürten, wie der Fluss sie umspülte.

Rebecca zog sich zurück, hob die Hände, um sein Gesicht abzutasten, begann unter Tränen zu lachen und küsste ihn immer und immer wieder.

Schließlich räusperte sich Sally: »Ähm … heißt das, er hat den Job?«

Kapitel 50

Kühle Gischt aus dem Rebecca River sprühte auf Hanks kastanienbraune Schulter, als der Wallach durch das Wasser spritzte. Charlie saß mit nichts als einer verblichenen Jeans und einem verbeulten Akubra-Hut auf dem Rücken des Wallachs und beugte sich lachend vor. Mit einer riesigen Pranke schaufelte er das Wasser in einem Schwall glitzernder Spritzer in Rebeccas Richtung.

Ink Jet warf den Kopf unter den fallenden Tropfen herum, und Bec lachte, als sie das kühle Flusswasser auf ihren gebräunten Schenkeln spürte. Sie trug abgeschnittene Jeans und ein Trägerhemd und saß ohne Sattel auf Ink Jet. Als sich die Pferde im Wasser umkreisten und die Köpfe zurückwarfen, lachte sie kreischend auf. Sie musste so lachen, dass sie schon fürchtete, von Inkys Rücken zu rutschen. Charlie packte sie am Arm und drohte, sie von ihrem Pferd ins Wasser zu zerren. Sie warf ihm einen verliebten Blick zu und drängte ihr Pferd in lockerem Galopp aus dem Wasser die Uferböschung hinauf. Charlie folgte ihr und sah Rebeccas Haar fliegen.

Im nächsten Moment galoppierte sie über das Luzernefeld, stieß dabei schrille Schreie aus und sah sich immer wieder um, bis sie Inky zuletzt unter dem riesigen Ausleger der Bewässerungsanlage anhalten ließ. Kaum war Rebecca von der Stute gesprungen, da senkte Inky den Kopf und begann die süßen weichen Blätter und lila Blüten der Luzerne zu rupfen. Charlie kam wenige Sekunden später auf Hank angaloppiert.

»Ich wollt' nur mal Ihren Ausleger kontrollieren, Miss Boss Lady«, sagte er mit gedehntem Texaner-Akzent. »Ich würd' wohl sagen, die Ernte steht mächtig gut, Ma'am.«

»O ja, das glaube ich auch«, antwortete sie in ihrem besten Südstaaten-Ladyslang, »aber womöglich wäre etwas mehr Feuchtigkeit angebracht.«

Charlies Augen funkelten, und er glitt von seinem Pferd. »Wenn Sie gestatten, Ma'am.«

Er trat an den Kasten mit dem Bewässerungscomputer. Nachdem er eine Reihe von Knöpfen gedrückt hatte, schoss schon bald Wasser durch die Röhren, und ein feiner Nebel stäubte aus den Düsen. Charlie schlang die Arme um Rebecca und zog sie in den Nieselregen.

Im milden Nachmittagslicht ließen Rebecca und Charlie sich vom Wasser besprühen und küssten sich dabei. Sie presste ihre Brüste an seinen nackten Oberkörper und sah lächelnd in seine Augen. Dann zog Rebecca Charlie am Fuß des Berges in einen weichen Wald aus süß duftender Luzerne hinunter. Waters Meeting. Ihr Heim.

Danksagung

Dieses Buch wäre ohne die Liebe und Unterstützung meines Mannes John nie geschrieben worden. Im Jahr 1999 verschleppte er mich für ein Jahr ins Outback von Queensland, wo ich endlich den nötigen Freiraum hatte, diesen Roman in Angriff zu nehmen. Er überzeugte mich, dass wir von Luft und Liebe leben könnten – plus jeder Menge Rindfleisch von der Station. Mein Dank gilt auch Dougall, meinem liebsten (Hunde-)Freund, der mir acht Jahre zur Seite stand, bevor er tragischerweise an einem Schlangenbiss starb, ehe die letzte Seite getippt und das letzte Schaf geschoren war. Ich danke auch meinen anderen Hunden Gippy, Diamond, Alfred, Taxi und Stubby, die allzu lang angekettet bleiben mussten, während ich im Haus eingeschlossen an meinem Buch schrieb.

Joe Bugden vom Tasmanian Writers' Centre und meine literarische Mentorin Robyn Friend halfen mir beim nächsten Schritt in der Entwicklung des Romans; ohne ihre wunderbare Hilfestellung wäre die Erstfassung vielleicht nie fertig geworden.

An der Heimatfront gilt meine »Jubelparade« Jamie und Michelle, die mir eine Hütte zur Verfügung stellten, und zwar zu einem Mietpreis, der meinem Einkommen als Autorin entsprach. Und Cousin Doug und Louie, die mir bewusst machten, dass ich nicht der einzige Mensch im Tal bin, der ein unbestimmbares und befremdliches kreatives Verhalten zeigt.

Mein Dank gilt auch meiner Freundin Margareta, die mit mir die kühnsten Plots ersann, während wir in unserem *Falcon* durch Queensland donnerten, und meinen Kumpeln Steph, Sarah, Wooks, Debbie Lee, Mev sowie den Mädchen vom *Woodsdale Footy Club,* die mir gezeigt haben, was Mädchen alles auf sich nehmen, nur um Spaß zu haben.

Ich danke meiner Mum Jenny dafür, dass sie (an den richtigen Stellen) weinte und lachte, und meinem Dad Val, dass er mir bei den ernsten Geschäftspassagen half. Meinem Bruder Miles danke ich dafür, dass er sich immer Zeit für mich nahm, und seiner Frau Dr. Kristy für ihr medizinisches Fachwissen.

Meinen Schwiegerleuten: Danke, Doug und Mary, für eure tolle Reaktion nach der Lektüre des ersten Entwurfs und für eure eiserne Rückendeckung für meine erblühende Autorinnenkarriere, obwohl John und ich während dieser Zeit eigentlich für euch in Victoria Zäune richten oder Kälber markieren sollten. Danke, Sharon und Rob, für eure Liebe und eure Unterstützung. Meiner Schwester Anna und Pete, meinem Bruder Ben und Fiona, Paul und Kate … ihr seid super!

Eine Wagenladung Dank geht an das fantastische Team bei Penguin Books, darunter Clare Forster, Rebecca Steinberg, Cathy Larsen und viele, viele andere hinter der Bühne, wie etwa Joe vom Versand, dem ich eine tolle Lagerhaustour verdanke. Dank euch war meine Feuertaufe als Autorin ein einziges Vergnügen. Ich danke auch meiner Lektorin in Queensland, Julia Stiles, für ihre professionelle Einstellung, ihren Humor und ihre inspirierte Verwendung des gelben Post-its.

Eine dicke Umarmung geht an meinen Hundefreund und Fotografen Bill Bachman für das wunderschöne Umschlagsfoto und an Sally Bachman für die harte Arbeit im Büro. Meinen gut aussehenden Kumpeln Chris Stoney, Rachel Parsons, Mahogany dem Pferd und Froggy dem Hund danke ich für ihre Fähigkeiten als Vorlage. Und Lee Kernaghan und Tony Parsons für die Großzügigkeit und für eure Freigiebigkeit.

Abschließend sei gesagt, dass ich dieses Buch für all die wunderbaren Farmerinnen und Farmer geschrieben habe, mit denen ich im Lauf der Jahre zusammengetroffen bin und gelebt und gefeiert habe. Ich danke euch für eure Inspiration und eure Stärke. *Agriculture rules!*

Dieser Roman wurde mit Unterstützung des *Tasmanian Writers' Center* und des *Australia Councils* geschrieben, des wichtigsten künstlerischen Förderungs- und Beratungsgremiums der australischen Regierung.